LYNSAY SANDS
Verliebt in einen Vampir
Ein Vampir zum Vernaschen

Verliebt in einen Vampir

Nach einer Nachtschicht im Leichenschauhaus erwacht Rachel Garrett zu ihrer Überraschung in fremder Umgebung und noch dazu vollkommen nackt! Ihr erster Gedanke ist, so schnell wie möglich das Weite zu suchen. Doch dann sieht sie den Mann ihrer Träume aus einem Sarg steigen, und der Blick in seinen silbernen Augen geht ihr sofort unter die Haut. Dreihundert Jahre lang ist der Vampir Etienne Argeneau Junggeselle gewesen. Die Entscheidung, die hübsche Rachel in eine Vampirin zu verwandeln, wird sein Leben verändern – auf immer und ewig!

Ein Vampir zum Vernaschen

Der gut aussehende Vampir Lucern Argeneau schreibt unter Pseudonym historische Liebesromane. Da er die meisten Ereignisse, die er in seinen Romanen beschreibt, selbst erlebt hat, sind seine Bücher sehr erfolgreich. Er besitzt eine große Fangemeinde, die sich nichts sehnlicher wünscht, als ihren Autor einmal persönlich kennenzulernen. Doch Lucern lebt äußerst zurückgezogen und weigert sich, auf Lesereise zu gehen oder Autogramme zu geben, schon allein deshalb, weil für ihn als Vampir das Reisen bei Tag schwierig ist. Doch seine neue Lektorin Kate C. Leever hat es darauf angelegt, den schüchternen Lucern aus der Reserve zu locken – und das um jeden Preis.

Autorin

Die kanadische Autorin Lynsay Sands hat zahlreiche zeitgenössische und historische Romane verfasst. Sie studierte Psychologie, liest gern Horror- und Liebesromane und ist der Ansicht, dass ein wenig Humor »in allen Lebenslagen hilft«. Mit der »Argeneau«-Serie gelang ihr der große Durchbruch.
Weitere Informationen unter: www.lynsaysands.net

Die Romane von Lynsay Sands bei LYX:

1. Verliebt in einen Vampir
2. Ein Vampir zum Vernaschen
3. Eine Vampirin auf Abwegen
4. Immer Ärger mit Vampiren
5. Vampire haben's auch nicht leicht
6. Ein Vampir für gewisse Stunden
7. Ein Vampir und Gentleman
8. Wer will schon einen Vampir?
9. Vampire sind die beste Medizin
10. Im siebten Himmel mit einem Vampir
11. Vampire und andere Katastrophen *(erscheint im August 2011)*

Lynsay Sands

VERLIEBT IN EINEN VAMPIR
EIN VAMPIR ZUM VERNASCHEN

Zwei Romane in einem Band

LYX EGMONT

Sammelbandausgabe Mai 2011 bei LYX,
verlegt durch EGMONT Verlagsgesellschaften mbH,
Gertrudenstraße 30-36, 50667 Köln

Verliebt in einen Vampir
Die amerikanische Originalausgabe erschien 2004 unter dem Titel
Love Bites bei Dorchester Publishing Co., Inc., New York.
Deutschsprachige Erstausgabe September 2008 bei LYX verlegt durch
EGMONT Verlagsgesellschaften mbH, Gertrudenstraße 30–36, 50667 Köln

Ein Vampir zum Vernaschen
Die amerikanische Originalausgabe erschien 2003 unter dem Titel
Single White Vampire bei Dorchester Publishing Co., Inc., New York.
Deutschsprachige Erstausgabe November 2008 bei LYX verlegt durch
EGMONT Verlagsgesellschaften mbH, Gertrudenstraße 30-36, 50667 Köln

1. Auflage
Umschlaggestaltung: HildenDesign, München, www.hildendesign.de
Artwork: © Ramona Popa
unter Verwendung mehrerer Motive von Shutterstock
Satz: Greiner & Reichel, Köln
Druck: CPI – Clausen & Bosse, Leck
ISBN 978-3-8025-8473-2
www.egmont-lyx.de

Verliebt in einen Vampir

Roman

Ins Deutsche übertragen von
Regina Winter

Für Deborah MacGillvray

PROLOG

Pudge blickte mit zusammengekniffenen Augen durch das Zielfernrohr seines Gewehrs. Es war nicht irgendein Gewehr. Es handelte sich um eine Tac Ops Tango 51, die ultimative taktische Präzisionswaffe. Sie wog 10,8 Pfund, war 110,75 cm lang und ihre Maximalabweichung betrug 0,25 Winkelminuten. Zu ihrem Schaft gehörte auch ein halbbreiter Biberschwanz –

Er hielt mit seiner in Gedanken heruntergebeteten Beschreibung aus dem Tac-Ops-Katalog inne und sah sich die Waffe noch einmal genau an, denn er war sich nicht ganz sicher, was ein Biberschwanz eigentlich war. Es klang beinahe sexy. Biberschwanz. Schwanz. Die ganze Beschreibung der Waffe war irgendwie erregend. Wie oft allein das Wort „Schaft" erwähnt wurde. Natürlich musste er bei diesem Wort sofort an Sex denken. Zugegeben, er musste bei den meisten Dingen an Sex denken.

Lautes Hupen ließ ihn zusammenzucken, und er hätte das Gewehr beinahe fallen lassen. Also drückte er es schützend an die Brust und starrte in die dunkle Straße hinunter. Er hatte sich entschieden, auf dem Dach des Hauses Position zu beziehen, weil er von da aus den besten Blick auf den Parkplatz auf der anderen Straßenseite haben würde. Dabei hatte er allerdings nicht bedacht, dass es keinerlei Schutz vor der Kälte bot – so musste man sich in Alaska im Winter fühlen. Wenn Etienne sich nicht beeilte, würde er erfrieren. Pudge verzog unwillig das Gesicht. Wie lange würde der Mistkerl denn noch da drin bleiben? Es war schon nach Mitternacht. Das hier –

„Scheiße!" Der Zahnstocher, auf dem er gekaut hatte, fiel ihm bei diesem Ausruf von den Lippen. Da sah er die Person, auf die er gewartet hatte, das Gebäude verlassen und auf den Parkplatz zugehen. Etienne Argeneau. Ganz allein. Und ihn vollkommen wehrlos ausgeliefert.

Pudge erstarrte einen Moment, dann ging er in Stellung. Er schaute durch das Zielfernrohr und nahm den Kerl ins Visier, doch dann zögerte er. Plötzlich bemerkte er, wie schwer sein Atem ging. Er keuchte, als sei er meilenweit gelaufen, und trotz der Kälte schwitzte er gewaltig. Norman Pudge Renberger würde einen Mann erschießen. Und nicht nur irgendeinen Mann, sondern Etienne Argeneau. Seine Nemesis.

„Dreckskerl", murmelte Pudge. Mit trägem Grinsen richtete er die Laser-Zielvorrichtung seines Gewehrs auf die Brust seines ahnungslosen Opfers. Es gab kein Geräusch, als er abdrückte. Er hatte seine Tango 51 mit einem Tac-Ops-Schalldämpfer ausgerüstet, sodass nur ein ganz zartes Säuseln zu hören war. Wenn das Gewehr nicht in seinen Händen gezuckt hätte, hätte er vielleicht nicht einmal gewusst, ob er wirklich abgedrückt hatte.

Sofort richtete er das Zielfernrohr wieder auf Etienne und spähte hindurch. Dieser war plötzlich stehen geblieben und blickte auf seine Brust hinunter. War er nun getroffen oder nicht? Einen Augenblick lang befürchtete Pudge, er habe danebengeschossen, aber dann sah er das Blut.

Etienne Argeneau hob den Kopf. Seine silbernen Augen fanden sofort die richtige Stelle und konzentrierten sich auf den Punkt, wo Pudge auf dem Dach kauerte, dann schwand langsam das Licht aus ihnen, und Etienne stürzte mit dem Gesicht auf das Pflaster.

„Ja", hauchte Pudge, und ein zittriges Lächeln umspielte seine Lippen. Ungeschickt nahm er das Gewehr auseinander und bemühte sich, dem plötzlichen Zittern, das ihn gepackt hatte, keine Aufmerksamkeit zu schenken, als er die Einzelteile in den Kasten zurücklegte. Seine sexy Tango 51 mit ihrem Schaft und dem Biberschwanz hatte ihn fast fünftausend Dollar gekostet, aber sie war jeden einzelnen dieser Pennys wert gewesen.

1

„Hör mal, Rach! Ich hol mir jetzt einen Kaffee. Willst du auch irgendwas?"

Rachel Garrett richtete sich auf und fuhr sich mit dem Rücken ihrer behandschuhten Hand über die Stirn. Seit sie vor zwei Stunden zur Arbeit gekommen war, hatte sie zwischen Schüttelfrost und erhöhter Temperatur geschwankt. Im Augenblick befand sie sich wieder in der fiebrigen Phase. Schweißtröpfchen sammelten sich auf ihrem Rücken und ihrer Kopfhaut. Offenbar brütete sie gerade etwas Übles aus.

Sie warf einen Blick auf die Wanduhr. Fast eins. Erst zwei Stunden vorbei – sechs lagen noch vor ihr. Sie hätte beinahe laut gestöhnt. Sechs lange Stunden. So, wie diese Grippe sich ankündigte, bezweifelte sie, dass sie auch nur die Hälfte durchhalten würde.

„He! Alles in Ordnung, Rach? Du siehst echt beschissen aus!"

Rachel verzog schmerzlich das Gesicht, als ihr Assistent auf sie zutrat und ihr die Stirn fühlte. *Beschissen?* Männer konnten so taktvoll sein.

„Kalt. Feucht." Er runzelte die Stirn und fragte: „Fieber und Schüttelfrost?"

„Es geht mir gut." Verlegen und gereizt schob Rachel seine Hand weg, dann holte sie ein paar Münzen aus der Tasche. „Also gut, Tony. Vielleicht kannst du mir einen Saft oder etwas Ähnliches mitbringen."

„Na klar. Ich kann ja sehen, dass es dir gut geht."

Etwas in seinem Ton irritierte Rachel. Dann wurde ihr plötzlich klar, dass sie den Kittel beiseite geschoben und die Hand in die Hosentasche gesteckt hatte, ohne den blutigen Gummihandschuh auszuziehen. Na wunderbar.

„Vielleicht solltest du –"

„Es geht mir wirklich gut", sagte sie erneut. „Es wird mir gleich wieder besser gehen. Verschwinde jetzt."

Tony zögerte, dann zuckte er die Achseln. „Na gut. Aber du könntest vielleicht in Erwägung ziehen, dich hinzusetzen, bis ich wiederkomme."

Rachel tat, als ob sie den Vorschlag nicht gehört hätte, und wandte sich wieder der Leiche zu, als Tony sich auf den Weg machte. Tony war ein netter Kerl. Na ja, vielleicht ein bisschen seltsam. Zum Beispiel bestand er darauf, wie ein Goodfella aus der Bronx zu reden, obwohl er in Toronto geboren und aufgewachsen war und die Stadt nie verlassen hatte. Er war auch nicht italienischer Herkunft. Ebenso wenig, wie er wirklich Tony hieß. Sein Geburtsname lautete Teodozjusz Schweinberger. Rachel konnte gut verstehen, dass er seinen Namen geändert hatte, aber sie verstand nicht, wieso zu dem neuen Namen offenbar auch ein neuer Umgangston gehörte.

„Achtung!"

Rachel schaute kurz hoch zur offenen Tür des Sektionsraums. Sie legte das Skalpell hin, zog den Gummihandschuh von der rechten Hand und ging den Männern mit der Bahre entgegen. Dale und Fred. Nette Jungs. Sanitäter, die sie selten zu sehen bekam. Normalerweise brachten sie ihre Kunden lebendig ins Krankenhaus. Selbstverständlich starben einige nach der Ankunft, aber dann waren diese beiden für gewöhnlich schon wieder weg. Dieser Patient musste im Krankenwagen gestorben sein.

„Hallo, Rachel. Sie sehen, äh, gut aus."

Höflich ignorierte sie Dales kleines Zögern. Tony hatte ihr

sehr deutlich zu verstehen gegeben, wie sie aussah. „Was haben wir denn da?“

Dale reichte ihr ein Klemmbrett mit mehreren Blättern Papier. „Schusswunde. Als wir ihn vom Tatort wegbrachten, glaubte ich für einen Moment noch einen Herzschlag zu hören, aber vielleicht hab ich mich auch geirrt. Für die Akten ist er unterwegs gestorben. Doc Westin hat ihn für tot erklärt, als wir hier eintrafen, und uns gebeten, ihn hierher zu bringen. Sie werden eine Autopsie wollen, die Kugel und so weiter.“

„Hmm.“ Rachel ließ die Formulare wieder auf das Klemmbrett zurückfallen, dann ging sie zum Ende des Raums, um eine der speziellen Bahren aus rostfreiem Edelstahl zu holen, die bei Autopsien benutzt wurden. Sie rollte sie zu den Sanitätern. „Könnt ihr ihn hierhin legen, während ich unterschreibe?“

„Klar.“

„Danke.“ Sie überließ die beiden ihrer Arbeit und ging währenddessen zu dem Schreibtisch in der Ecke, um einen Stift zu suchen. Nachdem sie alle notwendigen Formulare unterschrieben hatte, kehrte sie zu den Sanitätern zurück, die inzwischen den Toten umgebettet hatten. Das Laken, das ihn auf seinem Weg durch das Krankenhaus bedeckt hatte, fehlte nun. Rachel blieb stehen und starrte die Leiche an.

Der Neuzugang in der Prosektur war ein gut aussehender dunkelblonder Mann, nicht älter als dreißig. Rachel betrachtete sein blasses, scharf geschnittenes Gesicht und wünschte sich, sie hätte ihn gesehen, als er noch lebte, und würde wissen, wie er mit klarem Blick ausgesehen hatte. Der Gedanke, dass die Objekte ihrer Arbeit einmal lebendig gewesen waren, kam ihr nur selten. Sie hätte ihren Job nicht ausüben können, wenn sie sich jedes Mal vor Augen geführt hätte, dass die Toten, die man ihr als Pathologin zur Untersuchung brachte, Mütter waren, Brüder, Schwestern, Großväter … Aber bei diesem Mann war das anders. Sie stellte sich vor, wie er lächelte und lachte, und in ihrer Fantasie hatte er silberne Augen, wie Rachel sie in Wirklichkeit noch nie gesehen hatte.

„Rachel?"

Sie blinzelte verwirrt und starrte Dale an. Die Tatsache, dass sie jetzt saß, erschreckte sie ein wenig. Die Sanitäter hatten offenbar den Schreibtischstuhl herübergerollt und sie dazu gebracht, sich hinzusetzen. Beide beugten sich besorgt über sie.

„Ich glaube, Sie waren kurz vor einer Ohnmacht", sagte Dale. „Sie schwankten und waren ganz blass. Wie geht es Ihnen jetzt?"

„Oh." Sie lachte verlegen und machte eine beschwichtigende Geste. „Mit geht es eigentlich ganz gut. Wirklich. Aber ich befürchte, bei mir ist eine Grippe im Anzug. Schüttelfrost und Fieber." Sie zuckte die Achseln.

Dale legte ihr prüfend die Hand auf die Stirn und machte ein bedenkliches Gesicht. „Vielleicht sollten Sie heimgehen. Sie glühen ja richtig."

Rachel befühlte ihre Wangen und stellte erschrocken fest, dass er recht hatte. Und sogleich begann sie inständig zu hoffen, dass das Tempo und die Intensität, mit der diese Krankheit begann, kein Omen für einen schlimmen Verlauf wäre. Und wenn es doch so schlimm kommen sollte, dass sie dann ebenso schnell wieder gesund würde. Rachel fand es unerträglich krank zu sein.

„Rachel?"

„Was?" Sie sah die besorgten Gesichter der Sanitäter über sich und versuchte sich zusammenzureißen. „Oh, tut mir leid. Ja, ich sollte lieber heimgehen, wenn Tony wieder zurück ist. Ich habe die Papiere für den Toten unterzeichnet; es ist alles erledigt." Sie behielt die für sie wichtigen Unterlagen und gab ihnen den Rest auf dem Klemmbrett zurück. Dale nahm es entgegen, dann warf er Fred einen zweifelnden Blick zu. Beide schienen unschlüssig, ob sie sie allein lassen konnten.

„Mir geht es wieder ganz gut, wirklich", versicherte sie ihnen. „Und Tony ist nur kurz weg, um uns etwas zu trinken zu holen. Er wird bald wieder da sein. Gehen Sie ruhig."

„Also gut." Dale klang immer noch widerstrebend. „Tun Sie uns aber einen Gefallen und bleiben Sie genau da sitzen, bis er da ist. Wenn Sie ohnmächtig werden und sich am Kopf verletzen …"

Rachel nickte. „Einverstanden. Ich werde mich so lange ausruhen, bis Tony zurückkommt."

Dale sah nicht aus, als glaubte er ihr, aber er hatte getan, was er konnte. Er folgte Fred zur Tür. „Na dann. Wir verschwinden."

„Bis später", fügte Fred hinzu.

Rachel sah ihnen hinterher, dann blieb sie einen Moment still sitzen, wie sie es versprochen hatte. Es dauerte allerdings nicht lange, bis sie ungeduldig wurde. Sie war es nicht gewöhnt, nichts zu tun. Ihr Blick glitt zu der Leiche auf dem fahrbaren Tisch. Eine Schusswunde. Das gab es selten. Es bedeutete, dass irgendwo in Toronto ein Heckenschütze herumlief. Es bedeutete auch, dass dieser Mann jetzt vor allen anderen Vorrang hatte. Die Polizei würde die Kugel haben wollen, um Untersuchungen machen zu können, und das wiederum bedeutete, dass sie nicht nach Hause gehen konnte, auch nicht, wenn Tony wieder zurück war. Zumindest nicht, bevor sie die Kugel herausgeholt hatte. Die offizielle Autopsie würde zwar erst am kommenden Morgen stattfinden, aber die Kugel herauszuholen war nun einmal ihr Job. Als vorgesetzte Leichenbeschauerin der Nachtschicht war sie dafür verantwortlich.

Sie streckte sich, stand auf und trat an den Metalltisch. Mit einem Blick auf ihren neuesten Kunden sagte sie: „Du hast dir wirklich eine tolle Nacht ausgesucht, um dich erschießen zu lassen, mein Freund."

Sie betrachtete sein Gesicht. Er hatte wirklich gut ausgesehen.

Eine richtige Schande, dass er tot war – aber es war immer eine Schande, wenn Leute starben. Rachel schob den Gedanken beiseite, griff nach dem Wagen mit dem Instrumententablett und rollte ihn zu dem Seziertisch. Sie sah sich den Toten noch einmal an, bevor sie sich an die Arbeit machte.

Die Sanitäter hatten ihm das Hemd vorn aufgerissen und es dann wieder leidlich zusammengefügt. Er war immer noch vollständig bekleidet und trug einen ziemlich schicken – und sehr teuer aussehenden – Designeranzug. „Schöne Klamotten. Offenbar ein Mann mit Geschmack und den nötigen Mitteln", stellte sie fest und bewunderte den Schnitt von Jacke und Hose und den Körper darunter. „Tut mir leid um den Anzug."

Sie griff nach der Schere, die bei den Instrumenten lag, und schnitt ihm rasch und geschickt die Anzugjacke und das Hemd vom Leib. Dann hielt sie inne und betrachtete bewundernd, was sie vor sich sah. Normalerweise hätte sie auch Hose und Unterwäsche der Leiche entfernt, aber das Fieber hatte sie geschwächt. Ihre Arme fühlten sich an, als seien sie aus Gummi, ihre Finger waren kraftlos und ungeschickt. Sie kam zu dem Schluss, dass es nichts ausmachen würde, wenn sie ihre Routine ein wenig abwandelte. Sie würde mit den Befunden am Oberkörper anfangen, bevor sie die Kleidung von seinem Unterkörper entfernte. Bis dahin würde Tony hoffentlich zurück sein, um ihr zu helfen.

Sie legte die Schere beiseite und griff über sich, um die Operationslampe und das Mikrofon so heranzuziehen, dass sie direkt über seiner Brust hingen. Dann schaltete sie das Mikrofon ein.

„Der Verstorbene ist ... Oh, verdammt!" Rachel schaltete das Mikrofon wieder aus. Rasch holte sie die Formulare, die Dale und Fred zurückgelassen hatten, und suchte dort nach einem Namen. Sie verzog missbilligend das Gesicht. Es gab keinen. Er war also ein John Doe, ein Namenloser. Gut gekleidet, aber ohne Papiere. Sie fragte sich, was wohl hinter der Schießerei gesteckt haben könnte. Vielleicht hatte man ihn erschossen, um ihm die Brieftasche zu stehlen. Wieder sah sie den Mann an. Es war wirklich eine Schande, wenn er wegen ein paar Dollar umgebracht worden war. Was für eine verrückte Welt!

Rachel legte die Formulare wieder aus der Hand und schaltete das Mikrofon erneut an. „Dr. Garrett bei der Untersuchung des erschossenen ‚John Doe'. John Doe ist Weißer, männlich, etwa einsneunzig groß", schätzte sie – jemand würde später genau nachmessen. „Er ist ein sehr gesundes Exemplar."

Sie schaltete das Mikrofon wieder aus und ließ sich Zeit, ihn anzusehen. „Sehr gesund" war eine Untertreibung. John Doe hatte eine Figur wie ein Athlet – einen flachen Bauch, eine breite Brust und muskulöse Arme, die zu seinem schönen männlichen Gesicht passten. Rachel hob seine beiden Arme nacheinander hoch, um sich die Unterseiten genau anzusehen. Dann trat sie mit leichtem Stirnrunzeln zurück. Er hatte nicht eine einzige Schramme, keine Narbe, kein Muttermal. Es gab nichts an diesem Mann, was als Kennzeichen zu seiner Identifizierung beitragen konnte. Bis auf die Schusswunde über seinem Herzen war er vollkommen makellos. Selbst seine Finger waren perfekt.

„Seltsam", murmelte Rachel. Normalerweise gab es wenigstens ein paar Narben – eine Blinddarmnarbe, kleine Narben an den Händen von früheren Verletzungen oder irgendetwas anderes. Aber dieser Mann war ohne jeden sichtbaren Fehler. Seine Finger und Hände hatten nicht einmal Schwielen. Ein reicher Müßiggänger?, fragte sie sich und betrachtete noch einmal sehr genau sein Gesicht. Auf klassische Art gut aussehend. Aber keine sonderlich gebräunte Haut. Die Schönen und Reichen waren normalerweise braun gebrannt von der Sonne exotischer Orte, an denen sie Urlaub machten, oder vom Sonnenstudio.

Sie kam zu dem Schluss, dass sie mit solchen Spekulationen

nur Zeit verschwendete, schüttelte tadelnd den Kopf und schaltete das Mikrofon wieder ein. „John Doe hat keine Narben oder andere Merkmale am vorderen Oberkörper, mit Ausnahme der Schusswunde. Todesursache ist nach dem ersten Eindruck Verbluten durch die erwähnte Wunde."

Sie ließ das Mikrofon eingeschaltet, als sie nach der Pinzette griff, um die Kugel herauszuholen. Das Aufzeichnungsgerät wurde von Stimmen aktiviert, also würde es nur aufnehmen, wenn sie irgendetwas sagte. Später würde sie dann das Band nutzen, um ihren Bericht zu schreiben, und notfalls irgendwelche gemurmelten Bemerkungen auslassen, die für den Fall irrelevant waren.

Rachel vermaß und beschrieb die Schusswunde und machte Angaben zu ihrer Lage im Körper, dann führte sie vorsichtig die Pinzette in das Loch ein und bewegte sie langsam und sorgfältig, damit sie auch wirklich dem Weg der Kugel folgte und nicht durch unbeschädigtes Gewebe stieß. Wenig später hatte sie das Geschoss erreicht, packte es und zog es vorsichtig heraus.

Mit einem triumphierenden „Aha!" richtete sie sich auf, mit der Kugel in der Pinzette. Sie wandte sich dem Tablett zu, hielt aber gereizt inne, als ihr klar wurde, dass es keinen Behälter für das Geschoss gab. Solche Dinge wurden normalerweise nicht benötigt, und sie selbst hatte auch nicht daran gedacht. Leise vor sich hin schimpfend, begab sie sich vom Tisch zu einer Reihe von Schränken auf der anderen Seite des Raums, um nach etwas Brauchbarem Ausschau zu halten.

Dabei fragte sie sich, wo Tony wohl blieb. Er hatte offenbar die kurze Pause, in der er etwas zu trinken besorgen wollte, verlängert. Rachel nahm an, dass eine gewisse Krankenschwester, die im fünften Stock arbeitete und ihren Kollegen in letzter Zeit häufiger aufhielt, nicht ganz unschuldig daran war. Tony war ziemlich in sie verschossen und kannte ihren Dienstplan wie seine Westentasche. Normalerweise richtete er sich nach ihren Pausen. Wenn sie jetzt in der Cafeteria gewesen war, konnte Rachel ziemlich sicher sein, dass er seine große Pause vorverlegt hatte. Nicht dass sie das störte. Wenn sie jetzt nach seiner Rückkehr nach Hause ging, würde er den Rest der Nacht schließlich niemanden mehr haben, der ihn vertreten konnte.

Schließlich fand Rachel einen Behälter, legte die Kugel hinein und brachte ihn zu ihrem Schreibtisch, um ihn zu beschriften. Beweisstücke wie dieses Geschoss durften nicht verlegt werden oder in Behältern ohne Etikett aufbewahrt werden. Natürlich konnte sie die Aufkleber nicht sofort finden und verschwendete kostbare Zeit mit ihrer Suche. Dann verschrieb sie sich bei dreien, bis sie schließlich den vierten richtig ausgefüllt hatte. All das waren deutliche Zeichen dafür, dass es ihr nicht gut ging und dass es eine ausgezeichnete Idee wäre, nach Hause zu gehen. Sie war eine Perfektionistin, und solche kleinen Fehler ärgerten sie, brachten sie sogar leicht aus der Fassung.

Ein wenig verzweifelt über sich selbst und ihren geschwächten Zustand, klebte Rachel das Etikett auf den Behälter. Plötzlich nahm sie aus den Augenwinkeln eine Bewegung wahr und drehte sich um. Sie nahm an, Tony sei zurückgekehrt, aber der Raum war leer. Es gab nur sie selbst und John Doe auf dem metallenen Tisch. Das Fieber fing offenbar an, ihr etwas vorzugaukeln.

Rachel riss sich zusammen und stand auf. Dabei bemerkte sie mit Bestürzung, dass ihr die Knie zitterten. Ihr Fieber schien hochzuschnellen. Es war, als habe jemand einen Schmelzofen eingeschaltet – innerhalb eines Herzschlags war sie von einer klammen Eiseskälte zum Glühen gebracht worden.

Ein Rascheln lenkte ihre Aufmerksamkeit wieder auf den Tisch. Befand sich die rechte Hand des Toten noch dort, wo sie das letzte Mal gewesen war, als Rachel hingesehen hatte? Sie hätte schwören können, dass sie diese Hand auf der Suche nach

Narben mit der Innenfläche nach unten hingelegt hatte, aber jetzt war sie nach oben gedreht, und die Finger sahen irgendwie lockerer aus.

Rachels Blick folgte dem Arm bis zum Gesicht, und sie runzelte die Brauen, als sie seinen Ausdruck sah. Er war mit einer starren, beinahe verblüfften Miene gestorben, die im Tod erhalten geblieben war. Aber jetzt wirkte er irgendwie gequält. Oder doch nicht? Vielleicht bildete sie es sich ja nur ein. Sie musste es sich einbilden. Der Mann war tot. Er hatte ganz bestimmt nicht die Hand bewegt oder seinen Gesichtsausdruck verändert.

„Du hattest zu viele Nachtschichten in letzter Zeit", murmelte Rachel. Langsam ging sie auf ihn zu. Sie musste immer noch die restliche Kleidung der Leiche entfernen und den vorderen Unterkörper untersuchen.

Selbstverständlich würde sie Tonys Hilfe brauchen, um den Mann umzudrehen und sich die Rückseite genauer ansehen zu können. Bis dahin beschloss Rachel trotzdem weiterzuarbeiten. Je eher sie Gelegenheit hatte, nach Hause und ins Bett zu kommen, desto besser. Es war klüger, so viel wie möglich zu erledigen, bevor ihr Assistent zurückkehrte. Das bedeutete auch, die Hose des Opfers aufzuschneiden. Zu diesem Zweck griff sie nach der Schere, doch dann fiel ihr ein, dass sie den Toten noch nicht auf Kopfwunden hin untersucht hatte.

Es war unwahrscheinlich, dass er in den Kopf geschossen worden war. Zumindest hatte es keine Anzeichen dafür gegeben, und Fred und Dale hätten es sicher erwähnt. Und obwohl sie nicht ganz sicher gewesen waren, ob sein Herz nicht doch noch einmal geschlagen hatte, war der Mann mit Sicherheit sofort tot gewesen, als die Kugel ihn getroffen hatte. Dennoch musste sie sich selbst davon überzeugen.

Sie ließ die Schere, wo sie war, stellte sich ans obere Ende des Tisches und untersuchte rasch den Kopf des Opfers. Der

Mann hatte schönes blondes Haar, so gesund, wie sie es noch nie gesehen hatte. Rachel wünschte sich, ihre eigenen roten Locken befänden sich in einem wenigstens halb so gutem Zustand. Als sie nichts fand, nicht einmal die kleinste Schürfwunde, legte sie den Kopf sanft zurück und stellte sich wieder an die Seite der Bahre.

Nun griff sie neuerlich nach der Schere und spielte damit herum, während sie den Bund der Anzughose des Mannes betrachtete. Sie fing nicht sofort an zu schneiden – es war seltsam, aber irgendwie widerstrebte es ihr. Sie hatte seit dem Studium keine Probleme mehr damit gehabt, einem Toten die Hose aufzuschneiden, und konnte sich ihr Zögern deshalb nicht so recht erklären.

Wieder fiel ihr Blick auf seine Brust. Er war wirklich gut gebaut. Seine Beine würden genauso muskulös sein, dachte Rachel, und bestürzt stellte sie fest, dass sie mehr als nur ein wenig neugierig war. Und genau darin, dachte sie, lag vermutlich der Grund für ihr Zögern. Sie war Gedanken dieser Art einfach nicht gewöhnt, wenn sie einen Toten untersuchte, und das machte sie verlegen. Mann, dieses Fieber brachte sie wirklich völlig durcheinander!

Selbst blass und leblos war John Doe ein attraktiver Mann. Tatsächlich wirkte er nicht ganz so blass und leblos, wie ihre Kunden normalerweise aussahen. Er sah aus, als hielte er nur ein Schläfchen.

Ihr Blick wanderte zu seinem Gesicht zurück. Sie fand ihn sehr attraktiv, und das war eigentlich erschreckend. Sich von einem Toten angezogen zu fühlen war ein bisschen krankhaft. Aber Rachel versicherte sich, dass es nur ein weiterer Beweis für ihr langweiliges Privatleben war. Ihre Arbeitszeiten machten es ihr fast unmöglich, jemanden kennenzulernen. Während die meisten Leute ausgingen und sich ihres Lebens freuten, arbeitete sie im Krankenhaus. Ja, diese Nachtschichten hatten ihr Liebesleben wirklich ruiniert.

Nicht dass es jemals besonders aufregend gewesen wäre. Rachel war früh in die Höhe geschossen und während der gesamten Highschool-Zeit größer gewesen als alle anderen ihrer Altersgruppe. Das hatte sie schüchtern und ungelenk gemacht und dazu geführt, dass sie so etwas wie ein Mauerblümchen geworden war. Durch die Nachtschichten im Sektionssaal war es nicht einfacher geworden. Aber sie lieferten immerhin eine praktische Ausrede, wenn jemand nach ihrem Liebesleben fragte. Sie konnte leicht dem Job die Schuld an seinem Fehlen geben.

Die Situation musste sich allerdings ziemlich verschärft haben, wenn sie sich jetzt schon zu Leichen hingezogen fühlte. Es war sicher keine schlechte Idee gewesen, dass sie vor Kurzem beschlossen hatte, die Nachtschichten loszuwerden. Dieses viele Alleinsein konnte auf Dauer einfach nicht gut für sie sein.

Sie zwang sich, das außerordentlich schöne Gesicht der Leiche nicht mehr anzusehen, und ließ den Blick über ihre Instrumente gleiten, um sich wieder einmal darüber zu wundern, dass sie sich ausgerechnet diese Tätigkeit ausgesucht hatte. Sie hatte immer alles gehasst, was mit Ärzten und Arztbesuchen zu tun hatte. Nadeln waren ein Albtraum für sie, und sie war die größte Jammerliese auf der Welt, wenn es um Schmerzen ging. Also schien es nur folgerichtig, dass sie ausgerechnet einen Job im Krankenhaus angenommen hatte, wo Spritzen und Schmerzen an der Tagesordnung waren. Rachel nahm an, es handelte sich um eine Art unterbewusster Rebellion, eine Weigerung, sich von ihren Ängsten beherrschen zu lassen.

Gegen ihren Willen schaute sie nun wieder auf John Does Brust. War die Schusswunde kleiner geworden? Sie starrte sie an, dann blinzelte sie, als es aussah, als hebe und senke sich die Brust.

„Halluzinationen", murmelte Rachel und zwang sich, den Blick abzuwenden. Sie hatte eine Kugel aus dem Herzen dieses Mannes herausgeholt. Er war eindeutig tot. Tote atmeten nicht. Entschlossen, ihre Arbeit hinter sich zu bringen, damit sie die Leiche in den Kühlraum schaffen und aufhören konnte, sich irgendetwas einzubilden, wandte sie sich wieder seiner Hose zu und schob die untere Schneide der Schere zwischen Körper und Bund.

„Tut mir leid. Ich möchte wirklich keine Hose ruinieren, die vollkommen in Ordnung ist, aber …" Sie zuckte die Achseln und begann zu schneiden.

„Aber was?"

Rachel erstarrte, dann fuhr ihr Kopf hoch. Der Anblick der Augen des Toten – offen und auf sie gerichtet – ließ sie aufschreien und nach hinten springen. Weil ihre Knie ohnehin zittrig waren, wäre sie beinahe hingefallen. Entsetzt schnappte sie nach Luft. Sie schloss die Augen und öffnete sie wieder, aber der Kerl lag immer noch da und sah sie an. „Das ist nicht gut", sagte sie.

„Was ist nicht gut?", fragte er interessiert.

Seine Stimme klang schwach. Aber, nun ja, für einen Toten war selbst eine eher schwach klingende Stimme ein gelungener Streich. Rachel schüttelte ehrfürchtig den Kopf.

„Was ist nicht gut?", fragte die Leiche abermals, und ihre Stimme hörte sich diesmal schon ein wenig kräftiger an.

„Ich habe Halluzinationen", erklärte Rachel höflich, dann bemerkte sie die Augen des Fremden. Sie hielt inne und starrte sie an. Sie hatte noch nie solch hinreißende Augen gesehen. Sie waren von einem überraschenden exotischen Silberblau. Tatsächlich hätte sie, wenn man sie gefragt hätte, geschworen, so etwas gebe es gar nicht.

Rachel versuchte sich zu fassen. Sie hatte sich vor Kurzem noch überlegt, dass seine Augen bestimmt silbern sein müssten, und jetzt bildete sie sich offensichtlich ein, dass er sie weit geöffnet hatte und sie die Farbe sehen könne. Plötzlich hatte sie keinen Zweifel mehr daran, dass ihre hohe Temperatur sie halluzinieren ließ. Oh Gott, das Fieber musste wirklich enorm gestiegen sein!

Die Leiche setzte sich auf und erregte damit erneut Rachels Aufmerksamkeit. Sie sagte noch einmal halblaut: „Es ist eine Wahnvorstellung. Das Fieber."

John Doe kniff die Augen zusammen und sah sie prüfend an. „Sie haben Fieber? Das erklärt es."

„Erklärt was?", fragte Rachel, rief sich jedoch gleich zur Ordnung, weil ihr klar wurde, dass sie mit einem Trugbild sprach. Was vermutlich nicht schlimmer war, als mit Toten zu reden, was sie häufig tat. Außerdem hatte die Leiche wirklich eine angenehme Stimme, weich wie guter Whiskey. Sie hätte jetzt nichts gegen einen guten Whiskey. Tee, Zitrone, Honig und Whiskey. Ja, ein Toddy würde ihr wirklich helfen und diesen Halluzinationen ein Ende bereiten. Oder einfach dafür sorgen, dass sie ihr gleichgültig wären. Wie auch immer, beides wäre gut.

„Warum kommen Sie nicht zu mir?"

Rachel schaute wieder den toten Mann an. Was er sagte, klang nicht besonders logisch, aber das konnte man von einem Geschöpf der Fantasie wohl auch nicht erwarten. Sie versuchte, sachlich mit ihm zu reden. „Warum sollte ich zu Ihnen kommen? Sie sind nicht wirklich. In Wirklichkeit sitzen Sie nicht einmal."

„Nein?"

„Nein, das bilde ich mir nur ein. In Wirklichkeit liegen Sie immer noch da und sind tot. Ich bilde mir nur ein, dass Sie vor mir sitzen und mit mir reden."

„Hmm." Er grinste plötzlich. Es war ein nettes Grinsen. „Und woher wissen Sie das so genau?"

„Weil Tote sich nicht aufsetzen und reden", erklärte sie geduldig. „Bitte legen Sie sich wieder hin. In meinen Kopf herrscht ein großes Durcheinander."

„Und wenn ich doch nicht tot bin?"

Rachel stutzte einen Moment, doch dann fiel ihr wieder ein, dass sie ja Fieber hatte und er in Wirklichkeit gar nicht da saß. Um jeden Irrtum auszuschließen, machte sie einen Schritt vorwärts und strich mit der Hand über den Tisch. Doch statt ungehindert durch die Luft zu fahren, schlug ihre Hand gegen ein festes Kinn. Die Leiche stieß einen leisen, überraschten Schrei aus, aber das bemerkte Rachel kaum, weil sie gleichzeitig kreischend zurückwich. Die Leiche hatte sich tatsächlich hingesetzt!

Der Raum drehte sich um sie, dann wurde es um sie herum immer dunkler. „Verdammt, ich werde ohnmächtig", erkannte sie voll Entsetzen. Beinahe schuldbewusst sagte sie zu der Leiche: „Sonst werde ich nie ohnmächtig. Ganz bestimmt nicht."

Etienne sah zu, wie die große Rothaarige umfiel, dann rutschte er vorsichtig von dem kalten Metalltisch und schaute sich um. Er befand sich offensichtlich im Sektionssaal eines Krankenhauses. Diese Erkenntnis rief ein unfrohes Lächeln auf seine Lippen. Nicht gerade der Ort, an dem er sich jemals gewünscht hätte aufzuwachen, nicht einmal in seinem dreihundertjährigen Leben.

Er schauderte, dann kniete er sich hin, um die Ohnmächtige genauer zu betrachten. Kaum hatte er ihre Stirn berührt, begann er sich jedoch schwindlig zu fühlen. Das lag an seinem geschwächten Zustand. Er hatte viel zu viel Blut verloren – erst aus der Brustwunde und dann, als er sich geheilt hatte. Er würde das Blut bald ersetzen müssen, aber nicht mit dem dieser Frau. Sie war offensichtlich krank, und das bedeutete, dass ihr Blut ihm wenig helfen würde. Er würde eine andere Quelle finden müssen, und zwar bald. Aber im Augenblick musste er seine

Wünsche und seinen schwachen Zustand so gut es ging ignorieren. Es gab Dinge, die wichtiger waren.

Etienne strich der jungen Frau das Haar aus dem Gesicht und bemerkte, wie blass sie war. Ihr Kopf war mit einem dumpfen Laut auf dem Boden aufgeschlagen. Es überraschte ihn nicht, an ihrem Hinterkopf eine Beule und eine Schürfwunde zu finden. Sie würde schreckliche Kopfschmerzen haben, wenn sie aufwachte, aber sonst würde es ihr gut gehen. Dass sie nur leicht verletzt war, beruhigte ihn ein wenig. Nun konzentrierte er sich darauf, dafür zu sorgen, dass sie sich nicht an ihn erinnern würde – ihre Erinnerung, verbunden mit seinem Verschwinden aus dem Sektionssaal, würde mit Sicherheit alle möglichen Fragen aufwerfen, die er auf keinen Fall gebrauchen konnte. Etienne suchte ihren Geist mit seinem, fand ihn aber seltsam flüchtig. Offenbar konnte er nicht in ihre Gedanken eindringen.

Er runzelte die Stirn über dieses seltsame Phänomen. Die meisten Gedanken fast aller Leute lagen vor ihm wie ein offenes Buch. Nie zuvor hatte er einen solchen Widerstand verspürt. Mit einer Ausnahme, nämlich im Fall von Pudge, wie er mit einer Spur von Bedauern zugeben musste. Es war ihm nie gelungen, den Schmerz und die Verwirrung im Kopf dieses Mannes zu durchdringen, seine Gedanken zu erreichen und sein Wissen über die Besonderheiten von Etiennes Familie auszulöschen. Wäre Etienne dazu in der Lage gewesen, dann wäre es nie zu dieser Eskalation gekommen.

Er gab sich selbst die Schuld daran, weil er vor Pudges Leid kapituliert hatte. Pudge hatte in den letzten sechs Monaten sehr gelitten: Er hatte Rebecca verloren, seine Verlobte, die er sehr geliebt und verehrt hatte. Etienne hatte sie gekannt. Sie war hochbegabt und in der Datenverarbeitung beschäftigt gewesen und so liebenswert wie ein sonniger Sommertag. Wirklich etwas ganz Besonderes. Ihr plötzliches Ende durch einen Autounfall war in der Tat tragisch gewesen. Er hatte Pudges gesamte Welt erschüttert. Der Tod seiner Mutter wenig später hatte den jungen Mann endgültig in das dunkle Reich des Schmerzes gestoßen.

Etienne war einfach nicht stark genug gewesen, um mit Pudge trauern zu können. Das einzige Mal, als er es versucht hatte, hatte das Leid, das an Pudges Gedanken zerrte, ihn auf eine Weise berührt, die er sich nicht einmal selbst eingestehen wollte. Er wusste nicht, wie Pudge ein solch wundes Herz ertragen konnte, ohne den Verstand zu verlieren. Also hatte er diese Gefühle kaum angetastet und sich traurig und zutiefst deprimiert wieder zurückgezogen. Pudge war diesen Empfindungen Tag und Nacht ausgesetzt. Etienne hatte schließlich verstanden, wieso sich Pudge auf das Wissen über seinen eigenen übernatürlichen Zustand gestürzt und es benutzt hatte, um seinem Leben wieder einen Sinn zu geben. Es lieferte ihm so etwas wie einen Schild zwischen sich und seinem Verlust.

Etienne hatte so grenzenloses Mitleid für Pudge verspürt, dass er sich außerstande gesehen hatte, seine Gedanken weiter zu erforschen und die gefährlichen Erinnerungen auszulöschen. Aber das hatte ihn gegenüber Pudges Angriffen verwundbar gemacht – eine alles andere als ideale Situation, wie der Mordversuch der letzten Nacht wieder einmal bewiesen hatte. Es war an der Zeit, eine andere Taktik anzuwenden. Das Unglück war nur, dass Etienne nicht wusste, was er tun sollte. Pudge zu eliminieren wäre das Einfachste gewesen, aber zu solchen Mitteln griffen er und die Seinen nur, wenn alle Stricke rissen. Außerdem konnte er nicht einfach jemanden töten, der so schrecklich litt. Das war, als würde man einen Hund treten, der bereits verletzt am Boden lag.

Er schob diese beunruhigenden Gedanken achselzuckend beiseite und widmete sich wieder der Rothaarigen. Er fragte sich, wieso er nicht in ihren Kopf eindringen konnte. Er spürte bei ihr keine Trauer, keinen Schmerz und keinen noch so verborgenen Wahnsinn. Das Einzige, das er fand, war ein Gefühl von unendlicher Einsamkeit, etwas, das Etienne sehr gut kannte.

Seine Schwierigkeiten mussten damit zusammenhängen, dass er so schwach war. Aber ihr Fieber, die Beule und die Wunde am Hinterkopf würden sicherlich genügen, sie davon zu überzeugen, dass sie sich alles nur eingebildet hatte. Schon als sie noch bei Bewusstsein gewesen war, hatte sie behauptet, Etienne sei eine Wahnvorstellung, also würde das wahrscheinlich ausreichen.

Seine Finger waren blutig, als er ihren Kopf wieder auf den Boden legte. Nach kurzem Zögern hob er sie an die Nase und sog den süßen Duft ein, dann wagte er, an seinen Fingern zu lecken. Er runzelte die Stirn. Die arme Frau brauchte Vitamine oder etwas Ähnliches; sie war beinahe anämisch. Vielleicht hatte das aber auch nur mit ihrer Grippe zu tun.

Gegen seinen Willen betrachtete er ihren Hals. Er hatte solchen Hunger. Aber er kämpfte gegen die Versuchung an, zuzubeißen, denn ihm wäre überhaupt nicht damit geholfen, das Blut einer Kranken zu trinken. Und diese Frau war eindeutig krank. Ihre Haut brannte geradezu unter seiner kühlen Hand, und ihre Wangen waren hochrot. Trotzdem machte ihn der Geruch des Blutes fast wahnsinnig, und er bewirkte, dass sein Körper sich vor Hunger zusammenkrampfte. Seinem Körper war es egal, ob sie krank war und ihm wenig nutzen würde, er nahm nur noch das Blut wahr und wollte es haben.

Während Etienne noch gegen seine innersten Triebe ankämpfte, hatte sich hinter ihm plötzlich die Tür geöffnet. Ein Mann hatte den Raum betreten – und war wie angewurzelt stehen geblieben.

„Wer –“ Der Blick des Mannes wanderte von Etienne zu der Ohnmächtgen am Boden, dann wieder zu Etiennes nackter Brust mit den Blutflecken. „Oh Mann!“

Zu Etiennes großer Erheiterung blickte der Mann wild um sich, dann streckte er den Kaffeebecher aus, als sei das heiße Getränk ein Abschreckungsmittel. „Was haben Sie mit Rach gemacht? Was wollen Sie hier?"

„Rach?" Etienne warf einen Blick auf die junge Frau, die vor ihm auf dem Boden lag. Rach. Abkürzung für Rachel. Ein hübscher Name für eine hübsche Frau. Und eine ziemlich kranke Frau. Sie sollte eigentlich zu Hause und im Bett sein. Er schaute den Mann an. „Sind Sie auch krank?"

„Krank?" Der Mann schien vollkommen verblüfft. Offensichtlich war das die letzte Frage, die er erwartet hatte. „Nein."

Etienne nickte. „Gut. Dann kommen Sie mal her."

„Ich –" Die Lippen des Mannes schlossen sich über den Worten der Weigerung, die er hatte sagen wollen, dann ließ er plötzlich beide Arme sinken und bewegte sich, als würde er dazu gezwungen. Was natürlich auch der Fall war. Mit dem Kaffeebecher in der einen und einem Becher Orangensaft in der anderen Hand, die beide kraftlos nach unten hingen, ging er auf Etienne zu, bis er dicht vor ihm stand.

„Ich brauche ein wenig Blut von Ihnen. Eigentlich brauche ich viel Blut, aber ich werde Ihnen noch genügend übrig lassen", erklärte Etienne. Nicht dass seine Zustimmung jetzt noch eine Rolle gespielt hätte oder überhaupt erwartet wurde, denn der Mann stand einfach schweigend da und starrte blicklos ins Leere.

Etienne zögerte. Er hatte schon lange niemanden mehr gebissen. Seit es Blutbanken gab, war Beißen bei Leuten seinesgleichen verpönt. Dennoch, das hier war ein Notfall. Er hatte viel Blut verloren und musste jetzt etwas zu sich nehmen, um wieder kräftig genug für den Heimweg zu sein.

Er warf seinem Opfer einen entschuldigenden Blick zu, dann legte er ihm die Hand in den Nacken, bog den Hinterkopf leicht zur Seite und entblößte sorgfältig den Hals. Der Mann erstarrte und gab ein leises protestierendes Geräusch von sich, als Etienne die Zähne in seine Haut bohrte, aber in dem Moment, als Etienne anfing zu trinken, gab er ein erlöstes Stöhnen von sich. Das Blut war warm, frisch und nahrhaft. Es schmeckte auch viel besser als das kalte Zeug aus den Plastikbeuteln, an das er sich gewöhnt hatte. Es erinnerte Etienne an vergangene Zeiten, und er nahm sich ein bisschen mehr, als er vorgehabt hatte. Erst als sein Spender gegen ihn sackte, zwang er sich aufzuhören. Er setzte den Mann auf den Schreibtischstuhl neben der am Boden liegenden Frau, dann untersuchte er ihn, um sich davon zu überzeugen, dass er ihm keinen dauerhaften Schaden zugefügt hatte. Aber das war nicht der Fall.

Erleichtert stellte er fest, dass das Herz des Mannes gleichmäßig und kräftig schlug. Er nahm sich genügend Zeit, um die Erinnerungen an die unfreiwillige Spende zu löschen, dann richtete er sich wieder auf und bemerkte einen Behälter auf dem Schreibtisch. Instinktiv wusste er, dass eine Kugel darin lag. Unwillkürlich legte er die Hand an die Brust und rieb sich über die immer noch heilende Wunde, dann sah er sich das Etikett des Behälters an.

Das hier war die Kugel, die sein Herz zum Stillstand gebracht hatte. Dass die Rothaarige sie aus seinem Körper geholt hatte, hatte seine Heilung ermöglicht. Ansonsten läge er immer noch auf dem Tisch. Diese Kugel war ein Beweis seiner Existenz, den er nicht zurücklassen durfte. Also steckte er sie ein und sah sich noch einmal um. Als er die Formulare fand, die die Sanitäter zurückgelassen hatten, wurde ihm klar, dass er auch diese Männer finden und das Ereignis aus ihrer Erinnerung löschen musste und außerdem die Kopien der Formulare brauchte. Wahrscheinlich gab es auch noch Polizeiberichte und andere Dinge, um die er sich kümmern musste. Alles in allem war es ein größeres Unternehmen, als ihm lieb war, und eines, bei dem er auf Hilfe angewiesen war. Er schnitt eine Grimasse. Er würde Bastien um Hilfe bitten müssen, was bedeutete, dass die Familie davon erfahren würde, aber das konnte er nicht vermeiden. Dieser Vorfall musste aus dem Gedächtnis der Öffentlichkeit gelöscht werden.

Resigniert zuckte er die Schultern. Er nahm sein zerschnittenes Hemd und die Anzugjacke und sah sich noch ein letztes Mal um, um sich davon zu überzeugen, dass nichts von ihm zurückgeblieben war. Dann lieh er sich einen Laborkittel, der an einem Haken neben der Tür hing. Er zog ihn an, fand eine Plastiktüte für die Kugel und seine ruinierte Kleidung und verließ rasch den Sektionssaal.

Bastien würde ihm helfen müssen, alles wieder in Ordnung zu bringen. Etienne hoffte nur, dass der ältere Bruder nichts der Mutter sagen würde. Marguerite würde Zustände bekommen, wenn sie Wind von der Sache bekam. Sie hatte kurz nach Etiennes Versuch, Pudges Gedanken zu beeinflussen, eine gewisse Ahnung vom Leiden des jungen Mannes bekommen, und da sie eine weichherzige Frau war, war sie mit ihrem Sohn einer Meinung gewesen, Pudge nicht zu töten. Aber darüber hinaus war ihr keine andere Lösung eingefallen, und sie hatte sich darüber geärgert, dass Etienne ebenfalls keine brauchbare Idee gehabt hatte.

Verärgert verließ Etienne schließlich das Krankenhaus. Er hasste Fehlschläge jeder Art.

2

„Das war wirklich deprimierend“, stellte Etienne fest, als er ihnen durch die dichte Zuschauermenge einen Weg nach draußen bahnte.

„Es sollte eine Komödie sein“, sagte seine Mutter Marguerite entschuldigend. „Jedenfalls stand das in der Ankündigung.“

„Dieses Ziel hat der Autor großräumig verfehlt.“ Er tätschelte Bastiens Rücken. „Trotzdem herzlichen Glückwunsch zum Geburtstag, lieber Bruder!“

„Danke.“

Bastien klang nicht sonderlich begeistert, aber das konnte Etienne ihm wirklich nicht verübeln. Nach vierhundert Jahren waren Geburtstagsfeiern wahrscheinlich bestenfalls langweilig. Etienne hätte schon mit nur dreihundert Jahren seinen Geburtstag gerne übergangen, aber er wusste, dass er dabei nicht mehr Glück als Bastien haben und einer Feier nicht entgehen würde. Ihre Mutter feierte die Geburtstage ihrer Kinder jedes Jahr, ganz gleich, wie viele davon es im Lauf der Jahrhunderte gegeben hatte. Marguerite Argeneau liebte ihre Kinder. Sie war froh, dass sie auf der Welt waren, und glaubte, dass man das Leben feiern müsse. Etienne nahm an, er sollte sich darüber freuen, dass sie so dachte. Es war gut, eine Familie zu haben.

„Oje, es regnet“, sagte Marguerite, als sie sich zu dem Gedränge unter der Markise des Gebäudes gesellten. Die Theaterbesucher schienen nicht eben versessen darauf, hinaus in den Platzregen zu treten.

„Hmm.“ Etienne schaute in den Regen. Sein Blick schweifte

uninteressiert über die Fahrzeuge, die langsam vorbeifuhren und blieb dann jäh an einem Auto hängen, das auf der anderen Straßenseite geparkt war. Die Erinnerung war wie ein Schock. Es sah genauso aus wie der Wagen, mit dem Pudge ihn überfahren hatte. Dieser Vorfall hatte sich ein paar Wochen vor der Erschießung ereignet, aber Etienne war dabei wesentlich besser davongekommen. Sein Körper hatte das gebrochene Schlüsselbein und den Schädelbruch, die er sich dabei eingehandelt hatte, innerhalb weniger Augenblicke geheilt. Zum Glück hatte es keine Zeugen für diese Schnellgenesung gegeben.

Noch während Etienne hinsah, ließ Pudge das Auto an, die Scheinwerfer leuchteten auf, und der Wagen fuhr los. Etienne hatte sich gerade eben gefasst, als seine Mutter fragte: „War er das?" Sofort spannte sich alles in ihm an.

Seine Mutter wusste alles. Sie hatte seit seiner Erschießung immerzu darüber nachdenken müssen. Nachdem sie ihn mehrmals gefragt hatte, was er gegen seinen Angreifer unternehmen werde, war Etienne gezwungen gewesen zuzugeben, dass er das nicht wüsste. Er hatte versucht, seine Mutter zu beruhigen, indem er ihr versprach, in Zukunft vorsichtiger zu sein, und so tat, als sei das Ganze eher ein Scherz, aber sie hatte seine Einstellung nicht sonderlich gut aufgenommen. Und jetzt hatte Pudge Etiennes Leben noch schwerer gemacht.

„Nein, ich bin sicher, er war es nicht", behauptete er, dann versuchte er, einem weiteren Gespräch aus dem Weg zu gehen. „Ihr beide wartet hier, und ich hole das Auto."

Er war schon unterwegs, bevor sie ihm widersprechen konnten. Es gab an diesem Theater keinen Parkdienst, aber Etienne hatte Glück gehabt und einen bewachten Parkplatz gefunden, der kaum einen halben Block entfernt war. Jetzt war er froh darüber, denn so konnte er auf recht elegante Weise den Vorhaltungen seiner Mutter entgehen. Er nickte dem Parkwächter zu, als er an dessen Kabine vorbeikam, eilte dann zu seinem Auto und drückte dabei den Knopf an seinem Schlüsselbund, der das Auto für ihn startete – ein praktisches kleines Gerät, das er erst eine Woche zuvor in Vorbereitung auf den kommenden Winter eingebaut hatte. Die Winter in Kanada konnten bitterkalt sein, und es gab nichts Unangenehmeres, als in ein eiskaltes Auto zu steigen.

Er befand sich nur noch ein paar Schritte von seinem Wagen entfernt, als er ihn anließ. Er streckte schon die Hand nach dem Türgriff aus, als der Motor zum Leben erwachte, aber das genügte, um Etienne das Leben zu retten. Wenn er die Zündung innen im Auto angestellt hätte, hätte die Explosion ihn wohl tatsächlich umgebracht. So traf ihn nur die Druckwelle, eine rote, heiße Welle, die ihn hochriss und mehrere Meter durch die Luft schleuderte. Er roch verbranntes Fleisch, Schmerzen durchzuckten ihn, und dann spürte und wusste Etienne nichts mehr.

„He, da sind Sie ja wieder!"

Rachel blickte von ihrem längst überfälligen Papierkram auf und lächelte Fred und Dale an, die eine zugedeckte Bahre hereinrollten. Es war ihr erster Arbeitstag seit der Nacht, als die Grippe sie hatte ohnmächtig werden lassen. Sie war einige Zeit später wieder aufgewacht und hatte festgestellt, dass Tony sich über sie beugte, schwach und blass, und sie bezichtigte, ihn angesteckt zu haben, weil er sich ebenfalls nicht gut fühlte.

Rachel hatte keine besonders deutliche Erinnerung mehr an ihre Ohnmacht. Sie hatte nur noch ein vages, traumähnliches Bild vor sich und wusste, dass Fred und Dale jemanden hereingebracht hatten, aber das war auch schon alles. Als sie das Bewusstsein wiedererlangt hatte, hatte es keine neuen Leichen gegeben. Überzeugt, dass alles Teil ihres Fieberwahns gewesen sein musste, hatte Rachel den Entschluss gefasst, sich doch lieber ins Bett zu legen, und sich um eine Vertretung gekümmert. Sie hatte Tony gefragt, ob er ebenfalls einen Ersatzmann wolle, aber er hatte sich sehr rasch wieder erholt und betont, dass er sich ausgezeichnet fühle.

Rachel war eine Woche lang ernsthaft krank gewesen. Sie hatte auch die seltsamsten Träume gehabt, voller gut aussehender, silberäugiger Leichen, die sich auf einer Metallbahre aufsetzten und mit ihr sprachen. Aber diese Träume hatten aufgehört, als es ihr wieder besser gegangen war, und zum ersten Mal, seit sie den Job bei der Nachtschicht im Sektionssaal des Krankenhauses angenommen hatte, freute sich Rachel auf ihre Arbeit.

Na ja, meistens. Sie war ein Morgenmensch und fand es eigentlich nicht besonders schön, nachts arbeiten zu müssen. Sie mochte das klare Licht des Tages. Nachts zu arbeiten und dann den ganzen Tag zu verschlafen ärgerte sie und machte sie unleidlich, und am Abend war sie dann doch nie richtig ausgeruht. Erst nach ihrer Schicht, wenn sie erschöpft nach Hause ging, konnte sie schlafen, und selbst dann nicht besonders gut, denn sie wachte immer wieder auf.

„Ich habe gehört, Sie sind ziemlich krank gewesen. Und das hier ist auch nicht gerade ein Willkommensgeschenk. Tut mir leid“, sagte Dale, als Rachel einen Tisch zu der Bahre rollte.

„Was ist es denn?“, fragte sie neugierig.

„Ein Rostbraten“. Fred zog das Laken weg und enthüllte eine verkohlte Leiche.

„Ist ein Haus abgebrannt?“ Rachel sah ihn bestürzt an.

„Autoexplosion. Er saß nicht in dem Auto, aber er stand ganz in der Nähe“, antwortete Dale.

„Ja.“ Fred starrte die Leiche an, dann schüttelte er den Kopf. „Das Seltsamste war, dass sein Herz noch schlug. Wir brachten ihn zum Krankenwagen – kein Herzschlag mehr. Dann gab es auf halbem Weg hierher noch einen. Dann keine Herztöne mehr. Der Kerl konnte sich offenbar nicht entscheiden. Der Arzt hat ihn für tot erklärt, als er ihn hier untersuchte."

Rachel sah den Toten neugierig an, dann nahm sie das Klemmbrett entgegen, das Dale ihr hinhielt.

„Wo steckt Tony denn?", fragte der Sanitäter während sie die Papiere unterzeichnete.

„Krank."

„Hat sich bei Ihnen angesteckt, wie?" Fred lachte leise.

„Nicht bei mir. Bei seiner Freundin, der Krankenschwester." Rachel sah zu, wie sie den Toten auf den Stahltisch hoben, dann wandte sie sich wieder dem Klemmbrett zu.

„Und wir haben auch gehört, dass wir Ihr hübsches Gesicht nachts bald nicht mehr sehen werden", sagte Dale. „Glückwunsch."

„Glückwunsch?" Rachel starrte ihn verdutzt an.

„Zu dem Job als stellvertretende Pathologin in der Tagschicht. Tony hat es uns erzählt, als wir das letzte Mal hier waren."

Rachel machte große Augen. „Was?"

Fred und Dale wechselten einen Blick, und es war Fred, der schließlich sagte: „Äh … Tony meinte, Bob werde Sie schon informieren, sobald Sie wieder zur Arbeit kommen. Bob hat es Ihnen doch gesagt, oder nicht?"

Rachel starrte ihn nur an. Bob war Robert Clayton, der Pathologe der Prosektur. Er arbeitete in der Tagschicht, aber er kam oft am Abend noch einmal vorbei, gab Anweisungen und holte sich Berichte ab. Das hatte er an diesem Abend allerdings nicht getan. „Jenny sagt, er sei krank. Wahrscheinlich ist er jetzt dran, die Grippe zu kriegen", sagte sie.

„Oh verdammt, wir haben die Überraschung versaut!"

Rachel starrte ihn weiterhin an, aber dann grinste sie. Sie hatte tatsächlich den Job als stellvertretende Leichenbeschauerin bekommen! Bald schon würde sie die Nachtschicht los sein! Sie hatte einen neuen Job! „Jungs!", rief Rachel aufgeregt, dann hielt sie inne und fragte: „Das ist doch kein Scherz, oder? Ihr versucht nicht, mich zu veralbern?"

Die Männer schüttelten den Kopf. „Nein. Sie haben den Job. Versuchen Sie einfach, überrascht zu tun, wenn Bob es Ihnen sagt. Ich will nicht, dass Tony Ärger bekommt."

Dale stieß ein erfreutes Brummen aus, als sie sich an seine Brust warf. Lachend umarmte sie ihn, so fest sie konnte. „Ich hab den Job! Danke, danke, dass Sie mir das gesagt haben. Mann! Das sind wirklich tolle Nachrichten! Keine Nachtarbeit mehr! Nicht mehr versuchen müssen zu schlafen, wenn der Nachbar den Rasen mäht. Nicht mehr darauf verzichten müssen, mit Freunden auszugehen, weil ich arbeiten muss. Das ist wirklich wunderbar!"

„Es freut Sie also?" Fred lachte, als sie Dale losließ und stattdessen ihn umarmte.

„Oh, Sie haben ja keine Ahnung!", sagte Rachel glücklich. „Ich hasse Nachtschicht wie nichts sonst auf der Welt."

„Wir werden Sie vermissen", sagte Dale. „Aber wir sind froh, wenn Sie sich freuen."

„So ist es. Vergessen Sie nicht, überrascht zu tun, wenn Bob es Ihnen sagt", erinnerte Fred sie und klopfte ihr auf die Schulter. Dann warf er Dale einen Blick zu. „Wir sollten wieder an die Arbeit gehen."

Rachel lächelte ihnen hinterher, dann drehte sie sich zu dem Stahltisch um und betrachtete ihren neuen Gast. Sie würde sein Eigentum an sich nehmen müssen, wenn noch etwas intakt war, ihn dann ausziehen, ihn mit einem Kennzeichnungsanhänger versehen und ihn in eine der Kühlschubladen verfrachten. Das konnte sie nicht alleine schaffen; sie würde Hilfe brauchen, um den Toten anzuheben und umzudrehen.

Ein Blick auf die Uhr zeigte ihr, dass es kurz vor Mitternacht war. Bald würde Beth auftauchen, eine Teilzeitkraft, die einsprang, wenn die regulären Angestellten krank waren. In letzter Zeit war das sehr oft passiert. Normalerweise war Beth auch sehr zuverlässig, sehr pünktlich und auch gerne bereit, Überstunden zu machen, aber an diesem Tag hatte sie Probleme mit ihrem Auto gehabt und angerufen, um Rachel mitzuteilen, dass sie später kommen würde. Sie wartete darauf, dass eine Freundin sie abholte und zur Arbeit brachte.

Rachel würde eben einige Minuten länger bleiben müssen. Sobald Beth da war, konnten sie die Leiche zusammen ausziehen, aber inzwischen wollte Rachel sich das Eigentum des Mannes ansehen. Er schien nicht in so schlechter Verfassung zu sein, wie sie zunächst gedacht hatte. Tatsächlich sah er sogar erheblich besser aus. Als sie einen ersten Blick auf ihn geworfen hatte, war er beinahe vollkommen verkohlt gewesen und hatte kaum noch Fleisch auf den Knochen gehabt. Jetzt schien ein großer Teil der verkohlten Stellen verschwunden zu sein. Tatsächlich bröckelten sie ab, wie Rachel nun erkannte, und viele der kleinen Stücke lagen nun neben ihm auf dem Metalltisch. Sie streckte die Hand aus, streifte die Haut an seinem Gesicht und sah fasziniert zu, wie die geschwärzte Haut riss und darunter gesunde Haut zum Vorschein kam. So etwas hatte sie noch nie erlebt. Er häutete sich wie eine Schlange!

Rachel richtete sich auf und starrte den Toten an. Ihr Herz begann schneller zu schlagen. Wie war das möglich? Oder bildete sie sich das alles nur ein? Vielleicht war das gar keine verkohlte Haut, die abbröselte, vielleicht war er bei der Explosion mit etwas übergossen worden. Vielleicht war er gar nicht so schwer verbrannt gewesen, sondern hatte nur so ausgesehen. Doch sofort wurde ihr klar, dass das nicht sein konnte: Dale und Fred waren hervorragende Sanitäter und konnten sich nicht so sehr geirrt haben. Dennoch suchte sie unwillkürlich an seinem Handgelenk nach einem Pulsschlag. Als sich unter ihren Fingern noch mehr verkohlte Haut löste, fürchtete sie, den Puls nicht richtig fühlen zu können, und sie beugte sich vor, um stattdessen das Ohr auf seine Brust zu drücken. Zuerst kam sie sich schwachsinnig vor, weil sie bei einem Toten nach Lebenszeichen suchte, aber dann hörte sie tatsächlich einen Ton. Rachel richtete sich staunend auf, dann legte sie ihr Ohr wieder auf die Brust des Mannes. Sehr lange Zeit war es still, dann vernahm sie wiederum einen Herzschlag.

Die Tür hinter ihr wurde aufgerissen. „Schnell weg! Er ist ein Vampir!"

Rachel richtete sich auf und fuhr erstaunt zu dem Mann herum, der in der offenen Tür stand. Er sah aus, als habe er den Verstand verloren. Das lag nicht nur an der Tarnkleidung, die er unter dem weiten Trenchcoat trug, den er jetzt aufknöpfte, oder an der Tatsache, dass ein Gewehr über seiner Schulter hing und unter seinem Arm klemmte, oder an der Axt, die er sich über die andere Schulter gehängt hatte. Es war das alles zusammen, was zusätzlich zu seinem wilden Blick und seinem Gesichtsausdruck den Eindruck vermittelte, dass sie einen entkommenen Irrenhäusler vor sich hatte.

Rachel sah ihn misstrauisch an und hob die Hand. „Hören Sie mal, mein Freund", begann sie sachlich. Weiter kam sie nicht. Der Mann kam auf sie zugestürzt und stieß sie zur Seite.

„Haben Sie mich nicht gehört? Verschwinden Sie hier! Er ist ein Vampir, ein Ungeheuer. Ein Tier der Nacht. Dämonenbrut. Ein höllischer Blutsauger. Ich muss ihn umbringen."

Rachel hielt sich am Tisch fest, um nicht zu stolpern, und sah ungläubig zu, wie der Mann seine Axt nahm und mit beiden Händen über die Schulter hob. Sie konnte es einfach nicht glauben. Dieser Idiot hatte tatsächlich vor, ihrer Leiche den Kopf abzuschlagen! Wenn der Verbrannte überhaupt eine Leiche war, korrigierte sie sich. Sie hatte einen Herzschlag gehört. Ihr Blick fiel auf den Mann auf dem Tisch, und sie sah, dass noch etwas verkohlte Haut abgefallen war. Rachel konnte die Züge des Mannes nun deutlicher sehen, und er kam ihr bekannt vor.

Ohne darüber nachzudenken, was sie tat, warf sie sich zwischen die beiden Männer und schrie „Nein!“, im selben Moment, in dem der Verrückte die Axt niedersausen ließ. Sofort erkannte sie ihren Fehler. Es wäre wirklich schlauer gewesen, den Mann aus dem Gleichgewicht zu bringen. Sein Schwung war nicht mehr zu bremsen, und Rachels Lebenshauch verließ sie zusammen mit einem verblüfften „Oh“, als die Axt sie traf. Es geschah so schnell, dass sie kaum Schmerzen verspürte.

Ihr Angreifer schrie entsetzt auf und zog die Axt wieder heraus, aber es war zu spät. Rachel wusste das, als sie gegen den Tisch fiel. Es war ein tödlicher Schlag gewesen. Sie würde sehr schnell verbluten.

„Es tut mir leid! Das wollte ich nicht …“ Der Mann schüttelte fassungslos den Kopf, dann taumelte er vorwärts.

Unwillkürlich zuckte Rachel vor seinen zugreifenden Händen zurück. Bedauern und Trauer malten sich auf seinem Gesicht.

„Lassen Sie mich Ihnen helfen. Ich will Ihnen nur helfen! Ich wollte Sie nicht verletzen. Warum haben Sie sich mir in den Weg gestellt? Ich wollte doch nur ihn …“

Die Stimme des Mannes verstummte abrupt, als ein vertrautes Quietschen an Rachels Ohren drang. Sie kannte das Geräusch: Jemand hatte die Tür zum Flur geöffnet. Sie entnahm dem Aufschrei, der aus dieser Richtung kam – und der Miene ihres Angreifers –, dass sie recht gehabt hatte. Dann ein neuerliches Quietschen, gefolgt von eiligen Schritten, die sich schnell im Flur verloren.

„Es tut mir wirklich leid“, sagte ihr Angreifer, als er sie immer noch gequält ansah. „Wirklich. Ich wollte Ihnen nichts tun. Hilfe ist sicher unterwegs, aber ich muss jetzt gehen. Halten Sie durch", befahl er, während er davonstolperte. „Was immer Sie tun – nur sterben dürfen Sie nicht! Damit könnte ich nicht leben."

Rachel starrte hinter ihm her und wollte schreien, aber sie hatte nicht mehr die Kraft dazu. Ein Stöhnen hinter ihr bewirkte, dass sie sich in Zeitlupe umdrehte. Das gelang ihr gerade noch, dann hatten sie ihre Kräfte endgültig verlassen. Sie brach über dem Explosionsopfer zusammen.

Blut, Schweiß und Wärme. Etienne seufzte wohlig, als er trank. Es half gegen die schrecklichen Schmerzen in seinem Körper. Er brauchte die nährende Flüssigkeit, die ihm in den Mund lief, und selbst sein schlechtes Gewissen, dass die Ärztin den Axthieb abbekommen hatte, der eigentlich ihm gegolten hatte, bedeuteten nicht, dass er das Blut weniger genoss. Er brauchte es unbedingt und war dankbar dafür.

„Etienne!"

Er erkannte die Stimme seiner Mutter, konnte aber nicht sehen, woher sie kam. Dann wurde der warme Körper, der auf ihm lag, plötzlich weggenommen, und er öffnete protestierend die Augen. Er sah, dass seine Muter sich über ihn beugte.

„Ist mit dir alles in Ordnung, mein Sohn?" Sie sah ihn besorgt an und strich ihm über die Wange. „Gib mir einen von diesen Blutbeuteln, Bastien", befahl sie. Sie wandte sich wieder Etienne zu. „Bastien hat darauf bestanden, auf dem Weg hierher ins Büro zu gehen und ein paar davon mitzunehmen. Gott sei Dank!" Sie stieß mit ihrem langen Fingernagel ein Loch in den Beutel, dann hielt sie ihn über Etiennes leicht geöffneten Mund. Ebenso verfuhr sie mit drei weiteren Beuteln, so lange, bis er stark genug war, sich aufsetzen zu können.

Etienne sah stirnrunzelnd zu, wie sich die verkohlte Haut

von ihm löste und abfiel. Er schwang die Beine vom Tisch und setzte sich auf. Bei der Explosion hatte er kein Blut verloren, aber sein Körper hatte viel davon verbraucht, um seine Haut zu regenerieren. Noch ein paar Beutel mehr, und er würde sich wieder ausgezeichnet fühlen. Er nahm den nächsten Beutel, den seine Mutter ihm reichte, und trank gierig. Als sie den letzten öffnete, betrachtete Etienne die rothaarige Frau, neben der Bastien kniete.

„Wird es ihr bald wieder besser gehen?"

Sein Bruder verzog bedauernd das Gesicht und schüttelte den Kopf. „Sie stirbt."

„Sie darf nicht sterben. Sie hat mir das Leben gerettet." Etienne schob den Blutbeutel, den seine Mutter ihm gerade anbot, zur Seite und zwang sich aufzustehen.

„Setzt dich wieder hin! Du bist noch nicht stark genug", sagte Marguerite scharf.

„Mir geht es gut." Etienne kniete sich neben die junge Frau und ignorierte das gemurmelte „Selbstverständlich geht es dir gut. Und Pokey ist nicht etwa gefährlich, es ist alles nur ein Scherz. Alles ist immer nur lustig, bis jemand einen Axthieb in die Brust bekommt" seiner Mutter.

„Pudge, nicht Pokey", verbesserte Etienne sie automatisch und streckte die Hand aus, um der Sterbenden den Puls zu fühlen. Er erkannte sie von seinem letzten Besuch im Sektionssaal wieder. Sie war schön und ebenso blass wie das letzte Mal – aber damals rührte ihre Blässe von einer Grippe her. Diesmal litt sie unter Blutverlust. Etienne war plötzlich klar geworden, dass er einen Teil dieses Blutes getrunken hatte. Die Frau hatte ihm das Leben gerettet. Er war zwar geschwächt gewesen, aber er hatte gesehen, wie sie sich zwischen ihn und die Axt gestellt hatte, die Pudge gehoben hatte.

„Ich habe versucht, die Blutung zu stillen, aber ich fürchte, es ist zu spät", sagte Bastien sehr leise. „Nichts kann sie mehr retten."

„Nur eins", erwiderte Etienne. Er versuchte, den Ärmel aufzurollen. Das brüchige Tuch zerbröselte unter seinen Fingern, also zerriss er es einfach.

„Was hast du vor? Du kannst sie nicht einfach zu einer Vampirin wandeln", sagte seine Mutter.

„Sie hat mir das Leben gerettet", wiederholte Etienne.

„Wir haben Bestimmungen, die diese Dinge regeln. Du kannst nicht einfach Leute nach Lust und Laune wandeln, und du brauchst die Erlaubnis dazu."

„Aber ich darf mir eine Lebensgefährtin erschaffen."

„Lebensgefährtin!?" Seine Mutter klang eher aufgeregt als verärgert. Bastien sah ihn besorgt an.

„Du kennst diese Frau ja nicht einmal, Etienne", bemerkte er. „Was geschieht, wenn du sie nicht leiden kannst?"

„Dann werde ich eben keine Lebensgefährtin haben."

„Du würdest für diese Frau eine Lebensgefährtin aufgeben?", fragte Bastien.

Etienne hielt einen Moment inne, dann nickte er nur. „Ohne sie wäre überhaupt kein Leben mehr in mir." Er senkte den Kopf und biss sich ins Handgelenk. Rote Flüssigkeit quoll hervor, und einen Augenblick später drückte er sein blutendes Handgelenk an den Mund der Sterbenden.

„Das ist alles, was wir im Augenblick tun können." Marguerite richtete sich auf und wandte sich ihrem Sohn zu. „Jetzt müssen wir uns um dich kümmern."

„Mir geht es gut", murmelte Etienne, ohne den Blick von der Frau zu wenden, die in seinem Bett lag. Sie hatten sie aus dem Krankenhaus zu ihm nach Hause gebracht. Seine Mutter und Bastien hatten sie ausgezogen, sie in seinem Bett festgebunden und ihr eine Infusion gelegt, um ihr das Blut zuzuführen, das sie brauchte, um die Wandlung durchzuführen. Etienne war noch nie Zeuge einer solchen Wandlung gewesen und wusste daher nichts über ihren Verlauf, auch nicht, ob irgendwelche Schwierigkeiten auftauchen könnten. Die junge Frau war still und reglos liegen geblieben, nachdem er ihr sein eigenes Blut eingeflößt hatte, aber im Auto, auf dem Weg nach Hause, hatte sie begonnen zu stöhnen und um sich zu schlagen. Etienne war immer noch nicht sicher, ob es nicht zu spät gewesen war, aber er wirkte ein wenig hoffnungsvoller.

„Es geht dir wirklich nicht gut. Du häutest dich immer noch, und du bist schrecklich blass. Du brauchst Blut und Ruhe."

„Ich kann genauso gut auch so Blut zu mir nehmen."

„Du musst dich hinlegen", erklärte seine Mutter beharrlich. „Du schwankst richtig."

„Ich werde mich um ihn kümmern", verkündete Bastien und ergriff Etiennes Arm.

Etienne wollte widersprechen, aber er hatte wirklich nicht die Energie dazu, also ließ er sich ohne Protest von seinem älteren Bruder wegführen.

„Welches Zimmer?", fragte Bastien und blieb im Flur stehen. „Hast du die Gästezimmer schon fertig?"

„Nein." Etienne sah ein wenig schuldbewusst drein. „Aber im Arbeitszimmer steht mein Sarg."

„Himmel! Hast du das Ding immer noch?" Bastien schauderte vor Widerwillen. „Ich hab mich sofort von meinem getrennt, als sie nicht mehr notwendig waren. Ich weiß nicht, wie du es aushältst, ihn noch hier zu haben."

„Er hilft mir nachzudenken", sagte Etienne. „In diesem Sarg hatte ich einige meiner besten Ideen."

„Hmm." Bastien führte ihn den Flur entlang, die Treppe hinunter und zur Rückseite des Hauses. Die Treppe zum Souterrain befand sich im hinteren Teil der Küche. Sein Bruder schob ihn vor sich her und hielt ihn am Arm, als sein Schwanken bedenklicher wurde. Bald schon lag Etienne in seinem Sarg in einer Ecke des Arbeitszimmers. „Ich bin gleich wieder da", kündigte sein Bruder an.

Etienne murmelte eine müde Antwort und schloss die Augen. Er war erschöpft, und seine Schmerzen meldeten sich wieder. Er brauchte tatsächlich mehr Blut und wusste, dass Bastien unterwegs war, um welches zu holen.

Trotz der wachsenden Schmerzen seines Körpers, der sich auf der Suche nach Blut selbst angriff, schlief Etienne ein. Er erwachte kurz darauf jedoch wieder und spürte, dass ihm jemand in den Arm stach. Als er die Augen öffnete, sah er, dass Bastien sich über ihn beugte und eine Infusion in die Ader unterhalb seines Ellbogens legte.

„Komme ich dir wie Lissianna vor?", fragte er gereizt. Er versuchte, den Arm wegzuziehen, aber Bastien war stärker.

„Nein, du siehst zumindest nicht wie Lissianna aus. Ihr Gesicht schält sich nicht", erwiderte sein Bruder trocken. „Ich würde dir ja gerne zehn mannbare Jungfrauen bringen, von denen du dich ernähren kannst, aber ich konnte keine finden. Jungfrauen sind heutzutage Mangelware."

Etienne lachte müde und merkte, wie sich seine Spannung langsam löste.

„Ganz im Ernst", sagte Bastien und machte mit der Infusion weiter. „Du brauchst viel Blut und viel Ruhe. So ist es einfacher. Ich werde den Beutel wechseln, während du schläfst. Morgen früh geht es dir weder gut."

Etienne nickte. „Glaubst du, das Mädchen wird es überleben?"

Bastien schwieg einen Moment, dann seufzte er. „Wir müssen abwarten. Ich werde dich aufwecken, wenn ... wenn etwas dazwischenkommt."

Etienne schloss unglücklich die Augen. „Wenn sie stirbt, meinst du. Wenn das passiert, wird es meine Schuld sein. Ich hätte viel früher schon etwas gegen Pudge unternehmen müssen."

„Du darfst dir nicht die Schuld daran geben, Etienne. Es ist schwer zu entscheiden, was man mit einem solchen Mann tun soll. Ich selbst habe auch keine Ahnung, obwohl ich über das Problem nachgedacht habe, seit er dich erschossen hat. Wir müssen allerdings definitiv etwas unternehmen." Er richtete sich wieder auf. „Ich werde Lucern anrufen und sehen, ob ihm etwas einfällt. Wir reden später darüber, wenn es dir besser geht. Im Augenblick solltest du dich ausruhen."

Es war Morgen, als Etienne wieder aufwachte. Er fühlte sich wie immer und hundertprozentig gesund. Während er dort im Dunkeln lag, konnte er die Gegenwart seiner Mutter und seines Bruders im Haus spüren. Er spürte auch die Gegenwart der Fremden. Sie lebte.

Er stieg aus dem Sarg, entfernte die Infusionsvorrichtung von seinem Arm, griff nach dem Infusionsständer und nahm ihn mit sich nach oben. Er stellte ihn in die Besenkammer, wo er ihn für Notfälle oder Besuche seiner Schwester aufbewahrte, dann ging er durch das dunkle, stille Haus in den ersten Stock hinauf.

Er fand seine Mutter und seinen Bruder in seinem Schlafzimmer, wo sie auf die rothaarige Frau aufpassten.

Diese wand sich stöhnend auf dem Bett. Ihr Haar klebte feucht und wirr an ihrem geröteten, fiebrigen Gesicht. Etienne runzelte die Stirn. „Was fehlt ihr denn?", fragte er besorgt.

„Sie wandelt sich gerade", sagte seine Mutter schlicht.

Marguerites Ruhe beruhigte Etienne ebenfalls ein wenig, dann bemerkte er die leeren Blutbeutel auf dem Nachttisch. Es musste ein Dutzend sein. In diesem Augenblick stand seine Mutter auf und nahm einen weiteren leeren Beutel vom Infusionsständer. Wie er es offensichtlich schon viele Male getan hatte, erhob sich Bastien ebenfalls und holte frisches Blut aus dem kleinen Kühlschrank in der Zimmerecke.

„Warum braucht sie so viel?", fragte Etienne.

„Die Verletzung war sehr schwer, mein Sohn. Sie hat viel Blut verloren, und außerdem müssen dreißig Jahre Leben wiederhergestellt werden."

Das leuchtete Etienne ein. „Und wie lange wird es noch dauern?"

Marguerite zuckte die Achseln. „Das hängt davon ab."

„Wovon?"

„Davon, wie viel Schaden repariert werden muss."

Etienne sagte hoffnungsvoll: „Sie sah ziemlich gesund aus. Vielleicht ein bisschen anämisch, aber –"

„Sie könnte alles Mögliche in ihrem System haben, mein Sohn", sagte Marguerite sanft. „Krebs, Leukämie, HIV … Man sieht es den Leuten nicht immer an."

Beschwichtigt ließ Etienne sich auf der Bettkante nieder.

„Du siehst besser aus", stellte Bastien fest. „Wie geht es dir?"

„Gut." Etienne schaute sich seine Hände an. Jede Spur von Schwarz war verschwunden, und frische, gesunde rosa Haut bedeckte seine Hände und Arme. Er wusste, dass er am ganzen Körper so aussah. Also nahm er sich vor, später im Sarg staubzusaugen, denn dort hatte er die meisten verkohlten Hautstückchen zurückgelassen. „Hast du Lucern erreicht?"

Bastien nickte. „Er kommt heute Abend, dann können wir uns alle zusammensetzen. Inzwischen gibt es viel zu tun, um den Schaden zu begrenzen."

Etienne hob fragend die Brauen. „Was ist passiert?"

„Sie war in den Nachrichten. Offenbar hat jemand Pudge im Büro des Pathologen gesehen und wollte Hilfe holen. Diese Hilfe muss eingetroffen sein, nachdem wir euch beide herausgeholt hatten, denn in den Nachrichten war zu hören, ein ‚bewaffneter Mann in Tarnanzug' habe sie entführt. Sie haben eine Zeichnung und eine Beschreibung von Pudge veröffentlicht. Sie wissen nicht, wer er ist, aber sie suchen nach ihm."

„Das könnte von Vorteil für uns sein", sagte Etienne.

„Ja. Wenn wir sie dazu bringen könnten, die Entführungsgeschichte zu bestätigen, würde das gleichzeitig unser Problem mit Pudge lösen."

Etienne nickte, dann sah er mitleidig zu seiner Mutter hinüber. Marguerite döste in einem Sessel vor sich hin. Es war später Vormittag, also lange nach ihrer Schlafenszeit. „Ich kann jetzt auf sie aufpassen. Ihr beide solltet euch ausruhen."

„Ja." Bastien stand auf, dann begann er, seiner widerstrebenden Mutter auf die Beine zu helfen. „Wir kommen heute Abend wieder", sagte er, als er Marguerite zur Tür drängte.

Marguerite warf Etienne einen schläfrigen Blick zu. „Sie braucht nicht mehr so viel Blut. Vielleicht noch einen Beutel oder zwei. Das Fieber dürfte bald vorbei sein. Ich glaube, sie ist beinahe so weit. Ihre Wunde ist recht gut geheilt. Sie wird wahrscheinlich irgendwann heute Abend aufwachen."

„Ja, Mutter." Etienne folgte ihnen zur Tür.

„Und du müsstest die Riemen bald lösen können. Du willst schließlich nicht, dass das arme Mädchen aufwacht und glaubt, eine Gefangene zu sein."

„Selbstverständlich."

„Etienne", fügte Marguerite mit feierlicher Stimme hinzu, die immer ein Indiz für Wichtiges war. „Du warst noch nie Zeuge einer Wandlung, also sollte ich dich warnen – Rachels Denkabläufe werden noch eine ganze Weile, nachdem sie aufgewacht ist, nicht besonders klar sein."

„Wie meinst du das?", fragte Etienne.

„Frisch Gewandelte sind häufig verwirrt und störrisch, wenn

sie aufwachen. Es fällt ihnen schwer, die Beweise für ihren neuen Zustand zu akzeptieren, und deshalb kämpfen sie dagegen an. Ihr Geist befindet sich häufig in einem solchen Aufruhr, dass die Vernunft nicht viel ausrichten kann. Diese junge Frau wird sich vielleicht in alle möglichen Gründe hineinsteigern, um herauszufinden, was mit ihr passiert ist, in sehr wirre Gründe. Hab einfach Geduld, bis ihr Geist wieder klarer wird und sie imstande ist, sich mit den neuen Tatsachen abzufinden. Versuche, sie nicht zu sehr aufzubringen."

Etienne nickte nachdenklich und bemühte sich zu begreifen, was seine Mutter gesagt hatte. „Gut, ich werde mein Bestes tun."

„Das weiß ich, Söhnchen." Seine Mutter tätschelte zärtlich seine Wange, dann folgte sie Bastien. „Wir kommen bald zurück, um dich zu unterstützen", waren ihre letzten Worte, bevor die Tür hinter ihr zufiel.

Etienne lächelte in sich hinein. Es war doch gut, eine Familie zu haben, dachte er und wandte sich wieder seiner Patientin zu.

3

Rachel tat der ganze Körper weh, und einen Augenblick war sie überzeugt davon, dass sie immer noch unter den Nachwirkungen der Grippe litt, die sie so umgeworfen hatte. Aber als sie die Augen öffnete, sah sie sofort, dass sie nicht in ihrem eigenen Bett zu Hause lag. Tatsächlich hatte sie den Raum, in dem sie sich befand, noch nie zuvor gesehen.

Sie versuchte sich mit aller Kraft daran zu erinnern, wie sie hierhergekommen war und wo genau dieses Hier war, als ihr Gedächtnis wieder zu funktionieren begann – unzusammenhängende und wunderliche Erinnerungsfetzen: ein blonder Mann, der sich über sie beugte, sie im Rücken stützte und sie drängte zu trinken, obwohl es kein Glas gab, aus dem sie hätte trinken können. Aber sie hatte eine warme, dicke Flüssigkeit auf der Zunge gespürt. Sie konnte sich auch an einen Verrückten erinnern, der einen Tarnanzug und einen Trenchcoat trug und eine Axt schwang. Sie erinnerte sich an schreckliche Schmerzen in der Brust, und dann hatte sie ein Bild von Fred und Dale vor Augen, die ihr erzählten, sie habe die Stelle als Stellvertreterin bekommen und müsse bald keine Nachtschichten mehr machen. Die Erinnerungen schienen alle durcheinanderzuwirbeln, aber zumindest die letzte war gut und brachte sie zum Lächeln, während sie noch unentschlossen zwischen Wachen und Träumen schwankte. Dann fiel ihr ein verwirrendes Gespräch ein, das sie gehört hatte – eines, das sie überhaupt nicht verstanden hatte und jetzt auch nicht besser verstand, aber es hatte etwas mit Lebensgefährten und Wandlung zu tun. Wandlung von oder zu was und wie – das wusste sie nicht. Insgesamt hatten sich die einzelnen Erinnerungsstränge verheddert und waren nur schwer zu lösen und zu begreifen.

Wieder öffnete sie die Augen und sah sich diesmal genauer in dem Zimmer um. Es war geschmackvoll und modern in Blau eingerichtet, mit abstrakten Gemälden und silbernen Lampen auf beiden Seiten des Bettes. Rachel war sich immer noch nicht klar darüber, wo sie sich befand und wie sie hierhergekommen war, aber sie fühlte sich so schwach und erschöpft, dass sie zu dem Schluss kam, dass es gleichgültig sei und sie nun schlafen müsse. Als sie jedoch die Augen wieder schloss, sah sie das Bild einer Axt vor sich, die auf sie niederfuhr.

Im Nu waren ihre Augen wieder offen, und ihr Herz raste. Sie war von einem Axthieb getroffen worden, und das war mit größter Sicherheit ein tödlicher Schlag gewesen. Zumindest wäre es fast einer geworden. Aber sie hatte auch eine vage Erinnerung an ihren Angreifer und dann an einen Mann mit silbernen Augen, der sich über sie beugte und ihr sagte, sie solle sich nicht bewegen und keine Kraft verschwenden, während er ihre Wunde untersuche. Er hatte genau so ausgesehen wie der Mann, der ihre fiebrigen Grippeträume damals heimgesucht hatte, aber das Haar dieses Mannes war dunkel gewesen und das des Mannes in ihren Träumen blond.

Offensichtlich hatte ihr geholfen werden können. Rachel wünschte sich nur, dass ihr Kopf ein klein wenig klarer würde. Die Erinnerung an den Axthieb erklärte zwar die Schmerzen in ihrer Brust, aber nicht all die anderen, unter denen sie litt. Sie erklärte auch nicht, wo sie war. Eigentlich hätte sie in einem Krankenhaus liegen müssen. Und das hier war eindeutig kein Krankenhaus.

Rachel blinzelte zu den mit Jalousien verdunkelten Fenstern hinüber. Am Rand der Jalousien schimmerte eine Spur Sonnenlicht durch. Es war offensichtlich Tag. Sie wünschte sich, die Jalousien wären hochgezogen, sodass sie vielleicht ihre Umgebung hätte erkennen können.

Sie schob die Decken von sich, um sich hinzusetzen, als sie feststellte, dass sie vollkommen nackt war. Das war interessant. Sie schlief niemals nackt, und in Krankenhäusern zogen sie einem für gewöhnlich diese schrecklichen Hemden an. Wirklich seltsam, und sie hatte keine Ahnung, was sie davon halten sollte.

Unbehaglich rutschte sie auf dem Bett hin und her, dann warf sie einen irritierten Blick auf ihren Arm, an dem etwas zupfte. Der Anblick einer Infusion in der Armbeuge erschreckte sie. Mit den Augen folgte sie dem durchsichtigen Schlauch, der zu dem Beutel am Infusionsständer führte. Der Beutel war leer, aber ein oder zwei Tropfen Flüssigkeit waren übrig geblieben – genug jedenfalls, um zu erkennen, dass es Blut war. Sie hatte offenbar eine Transfusion gebraucht.

Der Gedanke ließ sie wieder auf ihre Brust schauen und nach der Wunde suchen. Sie konnte sich genau erinnern, wie die Axt in ihren Körper eingedrungen war, aber sie trug keinen Verband, und sie konnte keine andere Spur einer Verletzung erkennen als eine dünne Narbe, die sich von ihrem Schulterblatt bis zur Brustwarze zog. Ungläubig sah sie die Narbe an und erstarrte, als ihr klar wurde, was das zu bedeuten hatte. Seit dem Angriff waren vermutlich Wochen, vielleicht sogar Monate vergangen.

„Lieber Gott", hauchte Rachel. Wie lange hatte sie denn nur geschlafen? Hatte sie im Koma gelegen? Befand sie sich in einer Spezialeinrichtung für Komapatienten? Das war beinahe tröstlich, bis sie sich an die Beförderung erinnerte, von der sie direkt vor ihrer Verletzung erfahren hatte. Wenn sie monatelang im Koma gelegen hatte, hatte sie die neue Stelle vielleicht an jemand anderen verloren. Wahrscheinlich hatte sie überhaupt keinen Job mehr. Aber warum jetzt noch eine Transfusion?, fragte sie sich und warf noch einmal einen Blick auf den leeren Infusionsbeutel. Sie konnte verstehen, dass vielleicht direkt nach dem Angriff Infusionen notwendig gewesen waren, aber wenn es Monate her war, würde sie doch sicher jetzt keine mehr brauchen.

In Rachels Kopf überschlugen sich die Gedanken, als sie den Schlauch herauszog, die Infusionskanüle aber in ihrem Arm ließ, und dann vorsichtig die Beine auf den Boden stellte und aufzustehen versuchte. Es war sehr anstrengend. Sobald es ihr gelungen war, stand sie schwach und erschöpft neben dem Bett und dachte noch einmal ernsthaft darüber nach, ob es wirklich eine gute Idee gewesen war, aufzustehen. Das Nachdenken dauerte nicht lange. So sehr ihr Körper auch ins Bett zurückkriechen und sich ausruhen und erholen wollte, sehnte er sich auch nach etwas, das Bettruhe ihm nicht geben konnte. Sie wusste nicht, was das war, nur dass sie ein Verlangen hatte, das befriedigt werden musste. Selbst wenn sie imstande gewesen wäre, dieses Drängen zu ignorieren, und Rachel bezweifelte, dass das möglich war, hatte auch ihr Geist ein Verlangen. Sie wollte endlich wissen, wo sie sich befand, und sie wollte wissen, was aus ihrem Angreifer geworden war und ob der Mann auf dem Stahltisch wirklich am Leben gewesen war, wie sie angenommen hatte, oder ob sie ihr Leben für einen Toten aufs Spiel gesetzt hatte.

Es wäre typisch für sie, wenn sie die Wunde bekommen, Monate ihres Lebens im Koma verloren und jetzt eine entzückende Narbe hätte, und das alles für einen Toten. Ein wenig mürrisch, aber auch gekräftigt durch ihre Gereiztheit, ging Rachel zur Tür, als ihr bewusst wurde, dass sie immer noch nackt war. Sie konnte ja wohl kaum nackt auf den Flur hinaustreten.

Ein Griff in die Schublade des Nachttisches förderte nichts weiter zu Tage als ein paar Bücher, die Rachel schon kannte. Jemand in diesem Haus hatte einen guten Geschmack, oder zumindest ähnelte dieser Geschmack dem ihren.

Sie sah sich in dem dämmrigen Raum um und stellte fest, dass es drei Türen gab. Eine davon befand sich rechts von ihr an der Wand, an der das Bett stand, eine andere in der parallel zum Bett verlaufenden Wand, beides normal große Türen. Dem Fußende des Bettes gegenüber jedoch befand sich eine Doppeltür, die wahrscheinlich zu einem Schrank führte. Alle Türen schienen schrecklich weit weg zu sein, und obwohl Rachel sicher war, es bis dahin zu schaffen, war ihr die Vorstellung sehr peinlich, auf halbem Weg nackt ertappt zu werden. Außerdem wusste sie ja nicht mit Bestimmtheit, ob sich hinter der Doppeltür wirklich Kleider befanden.

Nachdem sie einen Augenblick überlegt hatte, zog sie das Laken vom Bett und wickelte es sich um wie eine Toga. Dann ging sie zu der Tür, die am wahrscheinlichsten zu einem Flur und ein paar Antworten führen würde.

Wie sie gehofft hatte, öffnete sie sich tatsächlich auf einen Flur, doch es war eindeutig kein Krankenhausflur. Sie schien sich in einem Wohnhaus zu befinden – einem ziemlich geschmackvoll eingerichteten Wohnhaus. Anerkennend ließ sie ihre Augen über die freundlichen Erdtöne des Korridors wandern. Sie hatte in ihrer Wohnung die gleichen Farben verwendet und fand sie stets aufs Neue warm und einladend.

Aber Innenarchitektur war im Augenblick nicht ihre Hauptsorge. Der Raum, den sie gerade verlassen hatte, befand sich am Ende des Flurs. Nun folgten zu beiden Seiten mehrere Türen, aber kein Hinweis darauf, dass sich noch jemand außer ihr hier aufhielt. Rachel trat von einem Fuß auf den anderen und überlegte, was sie tun sollte, aber am Ende schien ihr keine Wahl zu bleiben. Sie konnte entweder bleiben, wo sie war und darauf warten, dass jemand zu ihr käme, oder sie konnte jemanden suchen, an den sie ihre Fragen richten konnte.

Das Verlangen, unter dem sie litt, erleichterte ihr die Entscheidung. Rachel trat durch die Tür des Schlafzimmers auf den Flur hinaus und folgte ihm. Sie kam gar nicht auf die Idee, einen Blick in die Zimmer zu werfen, an denen sie vorbeikam. Nirgendwo war auch nur ein einziger Laut zu hören. Es war so leise, dass man die Stille förmlich schreien hörte, zumindest in diesem Stockwerk.

Als sie den Treppenabsatz erreichte, sah es nicht wesentlich besser aus. Sie spähte ins Entree hinunter und wunderte sich über die Dunkelheit und Stille. Sie war doch sicher nicht ganz alleine in diesem Haus. Jemand musste da gewesen sein, um die Infusionen zu wechseln.

Ihre Beine waren immer noch ein bisschen wacklig, aber es gelang Rachel, ohne Zwischenfall die Treppe hinabzusteigen. Dann stand sie im Entree und sah sich um. In diesem Teil des Hauses war die Sonne ebenso ausgeschlossen wie im Schlafzimmer. Alle Fenster waren verdunkelt. Rachel versuchte instinktiv, den Knauf der Tür zu drehen, die wie eine Haustür aussah, fand sie aber verschlossen. Es war ein altmodisches Schloss, für das man auch von innen einen Schlüssel brauchte, und kein Schlüssel war zu sehen, auch nicht auf dem kleinen Tisch nahe der Haustür.

Also ging Rachel den Flur entlang, um jemanden zu finden, der ihr erklären konnte, wo sie war. Sie kam an Räumen voller Dunkelheit und Schatten vorbei, in denen sich offensichtlich niemand aufhielt. An Ende des Flurs stieß sie eine Tür auf und gelangte so in die Küche. Während sie dort kurze Zeit verweilte, gewöhnten sich ihre Augen immer mehr an die Dunkelheit und sie erkannte die Umrisse von Kühlschrank, Herd, Tisch und Stühlen. Sie wollte sich gerade abwenden und wieder gehen, als sie bemerkte, dass unter der Tür auf der anderen Seite der Küche Licht hervordrang.

Aufregung erfasste sie bei diesem ersten Anzeichen einer anderen Person, die schnell in Mutlosigkeit umschlug. Doch sie fasste sich ein Herz, ging langsam auf diese Tür zu und öffnete sie. Sie führte ins Souterrain hinunter, wo auch das Licht herkam. Rachel zögerte, unsicher, was sie tun sollte. Ihre Kraft schien nachzulassen, und gleichzeitig kehrten die Krämpfe zurück. Es war wie bei einer Grippe, nur heftiger, und durchdrang jede einzelne Faser ihres Körpers.

„Hallo?“, rief sie hoffnungsvoll.

Natürlich antwortete niemand. Niemand kam, um ihr Erklärungen oder gar Unterstützung anzubieten. Rachel schlich durch ein dunkles, leeres Haus und zog dabei einen Zipfel des Lakens auf dem Boden hinter sich her wie die Schleppe eines altmodischen Gewandes.

„Ich bin in einem Gruselroman aufgewacht“, murmelte sie halblaut vor sich hin, war sich aber nicht sicher, ob sie das komisch finden sollte. Denn genauso fühlte sie sich tatsächlich. Das brachte sie auf ein paar skurrile Einfälle – vielleicht war sie ja tot, und das hier war die Hölle. Oder vielleicht der Himmel. Rachel war relativ sicher, in ihrem Leben nichts getan zu haben, was sie in die Hölle bringen würde. Es sei denn … vielleicht hatte sie keine letzte Ölung erhalten. Die Priester sagten, wenn man ohne sie starb …

Sie gebot diesen beunruhigenden Gedanken Einhalt und begann die Treppe hinabzusteigen. Es war auf jeden Fall besser zu wissen, woran man war. Unkenntnis würde sie auch nicht selig machen.

Sie schaffte es die Treppe hinunter, wenn auch sehr mühsam. Sie bestand fast nur noch aus Schmerzen und Schwachheit. Ihre Beine schienen aus Gummi zu sein, als sie endlich auf der letzten Stufe des Souterrain angekommen war. Als ihre Füße in einem hochflorigen Teppichboden versanken, war sie sich einigermaßen sicher, dass sie sich nicht in der Hölle befand – die Hölle war ganz bestimmt nicht so bequem ausgestattet.

Vielleicht träumte sie ja. Vielleicht war sie noch gar nicht richtig aufgewacht. Diesen Gedanken konnte sie erheblich leichter akzeptieren. Er gefiel ihr sogar. Zumindest war er wesentlich besser zu ertragen als der Gedanke, tot zu sein. Träume konnten unterhaltsam sein. Solange sie nicht zu Albträumen wurden.

Sie schob diesen beunruhigenden Aspekt beiseite und ließ den Blick über die vor ihr liegenden Türen gleiten. Die erste stand offen, und in dem schwachen Licht, das auf den Flur fiel, konnte Rachel erkennen, dass sie in eine Waschküche führte. Die zweite Tür öffnete sich in einen Weinkeller. Damit blieb noch die dritte, die geschlossen war. Ein schmaler Streifen Licht drang unter ihr hervor.

Rachel versuchte sich gegen ihre Angst zu wappnen, indem sie tief Luft holte, dann drückte sie die Klinke herunter. Auf den ersten Blick wirkte dieses Zimmer wie eine Art Überwachungsraum. Computer standen auf dem großen, L-förmigen Schreibtisch, der sich über zwei Wände erstreckte. Es gab mindestens vier Computer mit ebenso vielen Monitoren. Aber die Idee, dass es ein Überwachungsraum war, verlor sich im selben Moment, als Rachel erkannte, dass die Bilder auf den Schirmen nicht das Haus zeigen konnten, in dem sie sich befand.

Sie ging ein paar Schritte weiter in den Raum hinein, um sich die Bilder besser ansehen zu können. Eins war ein Standbild eines gruseligen nächtlichen Waldes. Ein anderes zeigte ein ihr unbekanntes, unheimliches altes Haus. Auf dem dritten Monitor zeigte sich das mitten in der Bewegung eingefrorene Computerbild einer schönen Frau, die ein Kreuz umklammerte, als wollte sie damit das Böse abwehren. Der letzte Monitor war leer.

Fasziniert von dem Bild der Frau überging Rachel den Rest des Raums und stellte sich vor den Monitor mit diesem Bild. Die Frau war sehr schön, mit langem dunklem Haar und großen silbernen Augen. Sie kam ihr irgendwie bekannt vor.

„Ich kenne dich", rief Rachel leise dem Bildnis zu. „Woher kenne ich dich nur?"

Die Frau schien Teil des Durcheinanders von Erinnerungen zu sein, die durch ihren Kopf geisterten.

„Woher kenne ich dich nur?", wiederholte Rachel ein wenig lauter, als erwartete sie, dass ihr der Bildschirm antwortete. Das tat er nicht, aber plötzlich knarrte es hinter ihr. Rachel fuhr herum, und ihre Nackenhaare sträubten sich. An der Wand neben der Tür stand ein altmodischer Sarg, den sie beim Hereinkommen nicht bemerkt hatte. Und jetzt hob sich langsam der Deckel dieses Sarges, und eine blasse Hand war zu sehen, die ihn bewegte. Der Deckel öffnete sich knarrend immer weiter, ein Handgelenk tauchte auf, ein Arm, dann folgte eine Schulter.

Es dauerte in Wirklichkeit nur einen Moment, aber Rachel kam es vor wie eine Ewigkeit. Sie stieß einen tiefen Seufzer aus, und ihre Knie wurden weich, als der Sargbewohner sich aufsetzte. Es zog ihr die Beine weg, und sie öffnete den Mund zu einem lautlosen Schrei, als der blonde Mann aus ihren Träumen sich suchend umblickte und sie schließlich entdeckte.

„Oh." Er schien überrascht, dass sie in seinem Zimmer war. „Hallo. Ich dachte doch, ich hätte gehört, dass jemand etwas sagte, aber ich habe Ihre Anwesenheit nicht gespürt, also war ich nicht sicher, ob es sich nicht einfach um einen Traum handelte. Ich hätte es besser wissen sollen. Ich hatte schon befürchtet, Sie würden wachwerden und sich fürchten."

„So ein Mist", hauchte Rachel, als der Raum sich um sie zu drehen begann. „Ich werde ohnmächtig."

„Tatsächlich?", meinte er. „Das scheint Ihnen häufiger zu passieren."

Rachel setzte sich mit einem Plumps auf ihr Hinterteil, als die Muskeln in ihren Oberschenkeln nur noch aus Watte bestanden. Aber aller Ankündigung zum Trotz verlor sie das Bewusstsein nicht, und einen Moment später drehte sich das Karussell immer langsamer um sie herum und blieb schließlich stehen. Sie war sogar in der Lage, ihn zu fragen: „Wer sind Sie?"

„Oh, tut mir leid." Er schnitt eine kleine entschuldigende Grimasse und sprang geschickt aus dem Sarg, dann ließ er den Deckel zufallen. „Wirklich unhöflich von mir, mich nicht vorzustellen. Ich bin Ihr Gastgeber." Er verbeugte sich höflich. „Etienne Argeneau, zu Ihren Diensten."

„Sie sind der Tote!", keuchte Rachel, als er näher kam. Sie bemerkte die silbernen Augen.

„Und Sie haben mich nicht vergessen." Das schien ihn zu freuen, obwohl sie sich nicht vorstellen konnte, wieso. Rachel war jedenfalls kein bisschen erfreut, mit einem Toten zu sprechen – einem Mann, der, wie sie mit eigenen Augen gesehen hatte, tatsächlich schon zweimal gestorben war. Er war leicht als das Schusswundenopfer zu erkennen, von dem sie sich inzwischen eingeredet hatte, es sei eine Ausgeburt ihres Fieberwahns gewesen, aber sie brauchte ein wenig länger, um ihn auch als das Explosionsopfer des vergangenen Abends zu erkennen … oder wann immer sie diesen bewaffneten Kerl davon abgehalten hatte, ihm den Kopf abzuschlagen, korrigierte sie sich. Stirnrunzelnd erinnerte sie sich an den Angriff.

„*Schnell weg, er ist ein Vampir!*", hatte der Verrückte gerufen.

Rachels Blick zuckte zu dem Sarg hinüber, dann wieder zurück zu dem Mann, der sich als ihr Gastgeber vorgestellt hatte. Es gab keine Vampire. Aber dieser Kerl war gerade aus einem Sarg gesprungen und offenbar schon zweimal wieder zum Leben erwacht, nachdem man ihn bereits für tot erklärt hatte.

„Vampir?" Er wiederholte das Wort amüsiert, und Rachel bemerkte, dass sie laut gesprochen hatte. „Wie kommen Sie nur darauf, dass ich ein Vampir sein könnte?"

Rachel starrte erst ihn mit offenem Mund an, dann den Sarg. Ihr Gastgeber folgte ihrem Blick und wurde ein wenig verlegen. „Nun ja, es mag Ihnen vielleicht seltsam vorkommen, dass ich in einem Sarg schlafe, aber es hilft mir, meine Gedanken zu ordnen. Außerdem lagen Sie in meinem Bett, und Sie hätten es wohl nicht sonderlich zu schätzen gewusst, wenn ich mich dazugelegt hätte."

Rachel schüttelte den Kopf. Nein, das hätte sie wirklich nicht. Sie wäre nicht gerne neben einem Fremden aufgewacht. Besonders einem toten Fremden. Das war eine etwas übertriebene Interpretation von „Arbeit mit nach Hause nehmen". Nicht dass sie hier zu Hause gewesen wäre.

„Wo bin ich?" Das schien an dieser Stelle die naheliegendste Frage zu sein.

„In meinem Haus", antwortete ihr Gastgeber sofort. „Meine Mutter wollte Sie im Herrenhaus der Familie einquartieren, aber ich bestand darauf, Sie hierher zu bringen."

„Aha." Rachel nickte, als hätte das ihre Frage tatsächlich beantwortet. Dann fragte sie: „Ihre Mutter?" Hatten Vampire Mütter? Wahrscheinlich. Sie wurden geboren, nicht ausgebrütet. Oder sprach man eher davon, dass sie gewandelt wurden? Rachels Informationen zu diesem Thema waren ein wenig unklar.

Als sie merkte, dass er auf sie zukam, griff sie instinktiv nach dem Kreuz, dass für gewöhnlich an einer Kette um ihren Hals hing. Es war selbstverständlich nicht da. Albern, sich einzubilden, dass das der Fall wäre, dachte Rachel. Ihr Gastgeber hätte eine solche Gefahr für sein Wohlergehen wohl kaum einfach hingenommen. Ohne das Kreuz tat sie das Einzige, was ihr einfiel – sie bildete mit ihren Zeigefingern ein Kreuz und stieß damit nach vorn. Sie war vollkommen verblüfft, als es funktionierte und der Mann tatsächlich stehen blieb.

Er wirkte allerdings nicht sonderlich entsetzt. Tatsächlich

legte er den Kopf schief und machte einen eher neugierigen als gequälten Eindruck. „Ich dachte nur, Sie möchten sich vielleicht hinsetzen." Offenbar unberührt von ihrem behelfsmäßigen Kreuz bückte sich der Mann und hob sie auf die Arme.

Er zog den Schreibtischstuhl mit dem Fuß heran, und bevor Rachel genug Luft holen konnte, um zu protestieren oder zu schreien, setzte er sie darauf. Dann trat er zurück und lehnte sich gegen den Schreibtisch. „Erzählen Sie mir ein wenig von sich", schlug er in leichtem Plauderton vor. „Ich weiß, dass Sie Rachel Garrett heißen und im Sektionssaal des Krankenhauses arbeiten, aber –"

„Woher wissen Sie das?", fauchte Rachel.

„Es stand auf Ihrem Krankenhausausweis", erklärte er.

„Oh." Sie kniff die Augen zusammen. „Wie bin ich von dort hierhergekommen?"

„Wir haben Sie hergebracht."

„Warum?"

Er schien überrascht zu sein. „Nun ja, man konnte Ihnen dort nicht helfen, und wir wussten, dass Sie Zeit brauchen würden, um sich anzupassen."

„An was anzupassen?"

„An Ihre Wandlung."

„Wandlung?", quiekte sie. Nach und nach bekam sie wirklich ein ungutes Gefühl. Bevor er weitersprechen konnte, rief sie: „Ein Verrückter hat mich mit einer Axt erschlagen."

Ihr Gastgeber nickte ernst. „Sie haben mir das Leben gerettet, indem Sie diesen Schlag abfingen, und ich danke Ihnen dafür. Ich musste mich einfach revanchieren."

„Ach ja, mussten Sie?" Sie sah ihn stirnrunzelnd an und hätte beinahe gefragt, wie er sie gerettet hatte, aber plötzlich wollte sie das nicht mehr so genau wissen. Immerhin hatte der Mann nicht abgestritten, ein Vampir zu sein.

Als sie erkannte, wie lächerlich diese Gedanken waren, schüttelte Rachel den Kopf. Es gab keine Vampire, und selbst wenn man einmal annahm ... Nein, darüber nachzudenken würde sie noch konfuser machen. Stattdessen fragte sie also: „Wann war das? Der Angriff, meine ich."

„Letzte Nacht."

Rachel blinzelte verwirrt. „Letzte Nacht – und weiter?"

„Letzte Nacht wurden Sie verletzt", erklärte er geduldig.

Rachel schüttelte sofort den Kopf. Das war unmöglich. Die Wunde war schon zu einer Narbe verheilt. Sie zog ihre Behelfstoga ein wenig zur Seite, um sich mit einem Blick auf ihre Brust davon zu überzeugen, dass sie es sich nicht eingebildet hatte. Dann erstarrte sie. Die Narbe war verschwunden. Sie berührte ungläubig die glatte Haut, als würde die Narbe dadurch plötzlich wieder auftauchen, aber sie blieb verschwunden.

„Wir gesunden schneller als Sterbliche."

„Wir?", wiederholte Rachel. „Sterbliche?" Ihre Zunge fühlte sich aufgequollen und trocken an. Wollte ihr nicht so recht gehorchen. Dennoch bildete sie irgendwie Worte, und er schien sie zu verstehen.

„Ja. Leider gab es nur diese eine Möglichkeit, Sie zu retten. Normalerweise wandeln wir jemanden nur mit dessen Erlaubnis, aber Sie waren in diesem Augenblick nicht imstande, eine Entscheidung zu treffen. Außerdem konnte ich Sie doch nicht einfach sterben lassen, nachdem Sie Ihr Leben für das meine gegeben hatten."

„Mein Leben?" Rachels Zunge fühlte sich an wie Watte.

„Ja. Ihr Leben."

„Gewandelt?"

„Ja."

„Zu was genau gewandelt?" Ihre taube Wattezunge machte die Frage zu „Uwa gnau gewan?", aber wieder verstand er sie.

„Ich habe Sie zu einer Unsterblichen gemacht."

Unsterblich. Rachel war einen Moment erleichtert. Sie hatte schon befürchtet, das Wort Vampir zu hören. Unsterblich klang viel besser. Unsterblich. Das erinnerte sie an diesen Film mit dem einen Schauspieler – wie hieß er noch? Gut aussehend, mit einem herrlich blasierten Akzent, und Sean Connery hatte ebenfalls einen Unsterblichen gespielt … Ach ja. Christopher Lambert, und der Film hatte „Highlander" geheißen. Und darin waren Unsterbliche keine bösen, blutsaugenden Dämonen, sondern … na ja … eben unsterblich. Sie glaubte allerdings, sich auch an ein paar böse Unsterbliche erinnern zu können und irgendwelchen Unsinn über abgeschnittene Köpfe. Und dass man ja nur einen habe. Sie hatte etwas gegen die Vorstellung, den Kopf abgeschnitten z bekommen.

„Nicht unsterblich wie Sean Connery und Christopher Lambert in ‚Highlander'", erklärte ihr Gastgeber geduldig, was ihr bewies, dass sie schon wieder laut gedacht hatte. „Unsterblich wie … ich glaube, für Ihr Verständnis ist der Begriff, der es am besten treffen würde, wohl Vampir."

„Oh Himmel!" Rachel war aufgesprungen und hatte es plötzlich sehr eilig aufzubrechen. Sie hatte genug gehört. Das hier war eindeutig kein skurriler Traum mehr, sondern ein Albtraum. Leider waren ihre Beine nicht kräftiger als zuvor. Auf halbem Weg zur Tür gaben sie nach, und alles drehte sich um sie. Sie sackte zu Boden.

Ihr Gastgeber hob sie erneut hoch. Er sagte etwas darüber, dass es Zeit für sie sei, wieder ins Bett zu gehen, und trug sie nach oben. Rachel konnte nur kläglich sagen: „Aber ich will kein blutsaugender Dämon sein. Wie soll ich mich schminken, wenn ich kein Spiegelbild habe?"

Er gab eine Antwort, aber Rachel hörte nicht zu; sie dachte an die wenigen Episoden von „Buffy", die sie im Fernsehen gesehen hatte, bevor sie abends zur Arbeit aufgebrochen war, und fügte hinzu: „Diese Flecken und Beulen im Gesicht sind so unschön."

„Flecken und Beulen im Gesicht?"

Rachel sah das Gesicht des Mannes, der sie trug, dicht vor sich. Er sah kein bisschen aus, wie sie sich einen Vampir vorgestellt hatte. Er war nicht einmal blass – das war wohl eher die Auswirkung des Lichts im Computerraum gewesen. Hier auf der beleuchteten Treppe wirkte seine Haut ganz natürlich, sogar ein wenig rosig. Er sah aus wie ein ganz normaler gesunder Mann, nicht wie ein Toter. Er roch auch vage nach einem teuren Herrenparfum und nicht wie eine verwesende Leiche.

„Beulen im Gesicht?", fragte er noch einmal.

„Wie Angel und Spike und die anderen Vampire im Fernsehen. Ihre Gesichter verändern sich und verzerren sich zu diesen wirklich unangenehmen Dämonenfratzen", erklärte sie zerstreut. Sie fragte sich, ob er vielleicht verrückt war. Immerhin gab es keine Vampire, also musste dieser Mann, der behauptete, einer zu sein … Andererseits wusste sie mit Bestimmtheit, dass eine Axt in ihren Körper eingedrungen war, aber es gab kein Anzeichen der Wunde mehr. War sie wirklich verwundet worden? Vielleicht hatte sie sich die Narbe im Schlafzimmer vorhin nur eingebildet. Oder vielleicht war das hier tatsächlich ein Traum.

„Ihr Gesicht wird sich nicht verzerren", versicherte er. „Sie werden nicht aussehen wie ein Dämon."

„Wie wachsen Ihre Zähne denn dann?", fragte Rachel. Es war einfach ein Test, um zu sehen, ob er verrückt war.

„So."

Er öffnete den Mund, aber die falschen Vampirzähne, die sie erwartet hatte, waren nicht vorhanden. Tatsächlich sahen seine Zähne vollkommen normal aus – einen Herzschlag lang, dann begannen seine Eckzähne länger zu werden, als bewegten sie sich in geölten Scharnieren.

Rachel stöhnte und schloss die Augen. „Es ist nur ein Traum", versicherte sie sich, als Etienne sie durch die Küche trug. „Nur ein Traum."

„Ja. Nur ein Traum." Seine Stimme klang warm und tröstlich.

Rachel entspannte sich bei diesen Worten ein wenig, aber nur ein wenig. Sie blieb in seinen Armen, als er sie auch die zweite Treppe hinauf und durch den Flur trug. Schließlich legte er sie auf das Bett, das sie erst vor Kurzem verlassen hatte.

Rachel öffnete die Augen, griff blitzschnell nach den Decken und zog sie bis ans Kinn hoch. Nicht dass es notwendig gewesen wäre. Er schien sie nicht angreifen zu wollen; tatsächlich trat er zu dem kleinen Kühlschrank in der Ecke. Er bückte sich, öffnete ihn und holte einen Beutel mit einer Flüssigkeit heraus, die sehr nach Blut aussah.

Rachel kniff misstrauisch die Augen zusammen und lag voller Anspannung da, als ihr Gastgeber zurückkam und den Blutbeutel an den Infusionsständer hängte. „Was machen Sie denn da?", fragte sie. Sie versuchte, ihm ihren Arm zu entziehen, als er danach griff, aber er war viel stärker als sie.

„Sie brauchen das hier." So geschickt wie ein Krankenpfleger steckte er den dünnen Schlauch wieder in das Infusionsröhrchen in ihrem Arm. „Ihr Körper macht Veränderungen durch, und die Heilung brauchte noch zusätzlich Blut. Das hier wird die Krämpfe erleichtern, damit Sie wieder schlafen können."

Rachel wollte widersprechen, aber sobald das Blut durch den durchsichtigen Schlauch geflossen war und begann, in ihren Körper einzudringen, ließ etwas von dem Ziehen nach, unter dem sie seit dem Aufwachen gelitten hatte. Das seltsame Verlangen, das sie verspürt hatte, verschwand ebenfalls. Offensichtlich hatte sich ihr Körper genau nach diesem Stoff gesehnt.

„Sie werden jetzt schlafen."

Das klang mehr nach einem Befehl als nach einem Vorschlag. Rachel hatte sich nie gerne herumkommandieren lassen und wollte widersprechen … aber plötzlich fühlte sie sich wirklich sehr müde. Ihre Erschöpfung und Kraftlosigkeit wuchsen proportional zu dem Blut, das sie aufnahm. Sie fühlte sich ganz ähnlich wie nach einer üppigen kohlehydratreichen Festtagsmahlzeit.

„Das hier ist nur ein Traum, erinnern Sie sich?", sagte ihr Gastgeber beruhigend. „Schlafen Sie ruhig. Und wenn Sie wieder aufwachen, wird die Welt wieder in Ordnung sein,."

„Schlafen", murmelte Rachel.

Ja, es würde guttun zu schlafen. Und wenn sie aus ihrem Traum aufwachte, würde sie in einem Krankenhaus sein oder vielleicht an ihrem Schreibtisch dösen. Es war sicher alles nur ein Traum – das Explosionsopfer, der Verrückte mit der Axt, alles. Diese Überlegung beruhigte sie so, dass sie die Augen schloss und ihre Gedanken treiben ließ. Sie bedauerte nur eins, bevor sie in Schlaf versank: Wenn das alles nur ein Traum war, dann würde auch dieser gut aussehende, kraftvolle Mann, der sie eben getragen hatte, nur ein Traum sein, und das war eigentlich sehr schade.

Etienne beobachtete, wie Rachels Gesicht im Schlaf alle Anspannung verlor. Sie war eine wunderschöne Frau und beinahe so groß wie er, was ihm gefiel, aber ihr Leben war offenbar sehr anstrengend gewesen. Es gab Spuren von Mühsal um Mund und Augen. Die würden verschwinden, sobald sie genug Blut in sich aufgenommen hatte, aber es gab noch andere Anzeichen dafür, dass ihr Leben nicht einfach gewesen war. Er schob ihr eine feuerrote Locke von der Wange und lächelte, als sie gereizt das Gesicht verzog und seine Hand wegstieß, als sei sie eine lästige Fliege.

Ja, Rachel war eine interessante Frau. Sie ließ manchmal Anzeichen von Widerspenstigkeit erkennen. Das mochte er, denn er hatte Herausforderungen immer genossen.

Sein Lächeln verschwand, als er an Rachels Reaktion dachte. Sie würde sich der Wandlung zunächst widersetzen, denn sie hatte offenbar alle möglichen falschen Vorstellungen, was seinesgleichen betraf. Beulen im Gesicht? Blutsaugende Dämonen? Er würde ihr einiges erklären müssen, wenn sie das nächste Mal wach war. „Vampir“ war kein Etikett, das ihm zusagte, aber es war praktisch, und die meisten Leute verstanden es. Es könnte als Aufhänger für das Gespräch dienen, das ihm mit ihr bevorstand.

Etienne unterdrückte ein Gähnen und sah sich in seinem Schlafzimmer um. Er wäre gerne hiergeblieben, denn er wollte sie nicht allein lassen, aber auch er wurde müde. Aus ihrer Blässe schloss er, dass sie noch zwei oder drei weitere Beutel Blut brauchen würde. Und wenn ein Beutel leer war, würden die Krämpfe sie wieder aufwecken. Er wollte nicht, dass sie schwach und zittrig im Haus herumlief – sie konnte hinfallen und sich wehtun.

Nach kurzem Zögern steckte Etienne sich also neben ihr auf dem Bett aus. Er überkreuzte die Füße und verschränkte die Hände hinter dem Kopf, dann warf er ihr einen kurzen Blick zu. Er würde hierbleiben, dösen und die Beutel wechseln, wenn sie leer waren. Ihre Ruhelosigkeit, wenn sie einen neuen brauchte, würde ihn schon wecken.

4

Das Zimmer war dunkel und leer, aber trotzdem hatte sie etwas geweckt. Rachel blieb noch einen Moment ruhig liegen, lauschte und sammelte sich. Es war nicht vollkommen still. Draußen war es offenbar windig. Sie konnte das leise Rauschen hören, wenn der Wind um das Haus strich und die Zweige sich raschelnd bewegten. Aber das waren die einzigen Geräusche, und sonst gab es nichts, was anzeigte, wo sie war – nichts außer den Erinnerungen, die auf sie eindrangen.

Diese Erinnerungen waren beängstigend und verwirrend. Diesmal jedoch befanden sie sich in der zeitlich korrekten Abfolge. Rachel erinnerte sich genau daran, dass Fred und Dale das Explosionsopfer gebracht und ihr erzählt hatten, sie würde die Stelle in der Tagschicht bekommen, die sie immer hatte haben wollen. Dann fiel ihr mühelos wieder ihre Irritation über den Zustand des Explosionsopfers ein und gleich darauf der Verrückte mit dem wilden Blick, der in den Raum gestürzt war. Und sie sah noch immer sehr deutlich vor sich, wie seine Axt auf sie niederfuhr und in sie eindrang. Aber jetzt hatte sie keine Schmerzen mehr.

Sie hätte gerne geglaubt, dass sie sich deshalb so gesund fühlte, weil man ihr hervorragende Medikamente gegeben hatte, aber da fiel ihr ein, zuvor schon einmal aufgewacht und dem gut aussehenden blonden Mann mit den silbernen Augen begegnet zu sein. Etienne. Es war derselbe Mann, der in ihren Träumen erschienen war, als sie in der Woche vor dem Axtangriff krank gewesen war. Aber er war auch der Mann gewesen, der behauptet hatte, ein Vampir zu sein, und ihr dann seine ausfahrbaren Zähne gezeigt hatte. Was sie eigentlich hätte überzeugen sollen, dass all ihre Erinnerungen nichts weiter als ein Traum waren. Schließlich gab es keine Vampire.

Rachel bewegte sich vorsichtig und war auf schreckliche Schmerzen in ihrer Brust vorbereitet, dort, wo die Axt sie getroffen hatte, aber es gab keine. Man hatte ihr offenbar sehr starke Schmerzmittel verabreicht. Zweifellos verwirrten diese Drogen auch ihr Denken und dämpften nicht nur den Schmerz, den sie spüren sollte.

Erstaunliche Drogen, dachte Rachel. Sie hatte sich seit Jahren nicht mehr so stark und gesund gefühlt. Zumindest nicht, seit sie mit der Nachtschichtarbeit begonnen hatte.

Sie setzte sich vorsichtig auf, um die Infusion nicht in Gefahr zu bringen, die sie an ihrem Arm spüren konnte, und blinzelte mehrmals, um die Umrisse der Gegenstände in dem dunklen Zimmer besser erkennen zu können. Der Raum wirkte groß, viel größer, als ein Krankenhauszimmer hätte sein sollen.

Rachel wunderte sich immer noch darüber, als sie erkannte, dass nach allem, was sie aus den Schatten und Umrissen erkennen konnte, das Zimmer ganz ähnlich aussah wie das Schlafzimmer aus ihrem letzten Traum. Zuvor war es draußen hell gewesen, und sie hatte das Bett und die blaue Einrichtung besser sehen können. Ihr fiel auch wieder ein, dass sie durch ein leeres Haus ins Souterrain geschlichen war, wo ein Mann mit silbernen Augen sich aus einem Sarg erhoben hatte.

Eindeutig ein Traum, entschied sie für sich.

Sie konnte sich im Dunkeln nicht sehen und fuhr deshalb mit den Händen über den Oberkörper. Sie trug keine Kleidung, und es gab keine Spur einer Wunde – genauso wie es in ihrem Traum gewesen war. War sie wirklich verwundet worden? Was war Traum und was Wirklichkeit?

„Oh Gott." Sie war ein wenig nervös geworden, schob die Decke über sich weg und bemerkte kaum, dass dabei die Infusionsvorrichtung aus ihrem Arm gezogen wurde. Sie hielt lange genug inne, um nach dem Bettlaken zu tasten, auf dem sie lag. Sie zog es zu sich her und wickelte es wie eine Toga um sich. Schon wieder? Sie hatte ein deutliches Gefühl von Déjà-vu.

Denk einfach nicht mehr daran, befahl sie sich selbst. Plötzlich wollte sie unbedingt jemanden finden, irgendwen, der herausfinden konnte, was passiert war. Sie erinnerte sich vage, wie der Raum eingerichtet war, aber da sie bereits zu dem Schluss gekommen war, dass sie sich nur an einen Traum erinnerte, konnte sie sich nicht darauf verlassen. Stattdessen schlich sie am Bett entlang zu der Wand, an der es stand, und tastete sich mit ausgestreckten Armen vorwärts. Sobald sie die Wand unter ihren Händen spürte, folgte sie ihr vorsichtig, auf der Suche nach einer Tür.

Das Erste, was sie fand, war ein Möbelstück. Genauer gesagt war es ihr Bein, das es fand – denn ihr Schienbein krachte unvermittelt dagegen. Rachel blieb stehen und rieb sich eine Weile das Bein, bevor sie den Gegenstand befühlte und feststellte, dass es sich um einen Stuhl handelte.

„Guter Platz dafür", murmelte sie gereizt, dann zwang sie sich innezuhalten und holte tief Luft. Sie hätte die Nachttischlampe einschalten sollen. Aber sie hatte keine ertastet, nicht einmal einen Nachttisch. Andererseits waren ihre Arme selbstverständlich auf Schulterhöhe ausgestreckt gewesen, und vielleicht hatte sie deshalb keinen bemerkt. In Schlafzimmern gab es doch immer Nachttische, oder nicht?

Sie überlegte kurz, auf dem Weg, den sie genommen hatte, wieder umzukehren, aber er kam ihr so schrecklich lang vor. Stattdessen beschloss sie weiterzugehen und sich um den Stuhl herum und vorwärtszubewegen. Sie keuchte, als ihre Finger plötzlich auf Holz stießen. Kurz darauf fand sie einen Türknauf und drehte ihn rasch. Die Tür öffnete sich. Schwärze gähnte vor ihr, ein noch tieferes Schwarz, als in dem Zimmer herrschte, in dem sie stand. Nach kurzem Zögern tastete sich Rachel an der Wand entlang, bis sie einen Schalter fand. Sie knipste ihn an.

Licht explodierte über ihr und zwang sie, die Augen zu schließen. Als sie wieder sehen konnte, stellte sie fest, dass sie in der Tür eines Badezimmers stand. Beinahe direkt vor ihr befand sich eine große Wanne. Es gab auch eine Toilette und ein Bidet. Der Besitzer dieses Hauses hatte offenbar einen europäischen Geschmack, was mehr als alles andere bewies, dass sie sich nicht in einem Krankenhaus befand. Oder sie war in einem Krankenhaus in Europa.

Das wäre natürlich eine Möglichkeit, überlegte Rachel. Sie war vielleicht in einer Spezialklinik für Komapatienten. Obwohl das Bad größer und luxuriöser aussah als ein normales Krankenhausbad, und sie glaubte auch nicht, dass Kliniken in Europa – nicht einmal teure Kliniken in Europa – so viel Platz an eine komatöse Patientin verschwenden würden. Außerdem würde ihre Krankenversicherung für eine solch teure Pflege nicht zahlen, und ihre Familie wäre ebenfalls kaum dazu in der Lage.

All diese Überlegungen hatten sie noch mehr verwirrt, und sie wollte sich gerade wieder zurückziehen, als sie sich plötzlich im Spiegel sah. Gebannt trat sie näher, bis das Waschbecken sie aufhielt.

Sie stand lange Zeit da und starrte fasziniert ihr Spiegelbild an. Sie sah gut aus. Verdammt gut. Ihr Haar war glänzend und lebendig – dunkelrot mit Naturlocken und nicht das übliche trockene Orangerot, das immer wieder eine Spezialölbehandlung brauchte. Seit ihrer Teenagerzeit hatte sie nicht mehr so gut ausgesehen. Das hektische, stressreiche Leben an der Uni und danach die Anstrengungen ihrer Arbeit waren ihr nicht gut bekommen. Ihr Gesicht war jetzt rosig und gesund – wohl kaum die Hautfarbe einer Kranken, die sich von einer Brustwunde erholt. Und auch nicht die Blässe der Untoten. Ein ironisches Lächeln umspielte ihre Lippen. Vampire hatten kein Spiegelbild. Sie war keine Vampirin.

Das hatte sie eigentlich ohnehin nie geglaubt. Sie verzog das Gesicht zu einer kleinen Grimasse, dann gab sie zu: Nun ja. Eine Minute hatte ich wirklich Angst, dass diese Traumerinnerungen an einen Mann mit silbernen Augen wahr sein könnten, der mir sagte, er habe mich „gewandelt", um mir das Leben zu retten.

Albernes Ding, tadelte sie sich. Aber sie zog dennoch die Lippen zu einem Zähnefletschen zurück. Ihre Zähne sahen normal aus, und sie hätte am liebsten erleichtert aufgeschluchzt. „Danke, lieber Gott", hauchte sie.

Sie holte tief Luft, um sich zu wappnen, und öffnete dann das Laken, das sie trug, zu einer letzten Prüfung. Sie fand die Haut ihres Oberkörpers und der Brüste zart und unverletzt. Mist. Nicht dass sie sich gewünscht hätte, verwundet zu sein, aber es hätte vielleicht geholfen, diese Träume abzutun.

In diesem Augenblick bemerkte Rachel auch, dass das Laken, das sie trug, dieselbe hellblaue Farbe hatte wie in ihrem Traum. Einen Augenblick wurde sie von Panik gepackt, aber sie bezwang sie.

„Ruhig. Ganz ruhig", befahl sie sich selbst. „Es gibt eine vollkommen vernünftige Erklärung dafür. Du musst sie nur finden."

Ein wenig beruhigt von dem Klang ihrer Stimme, wandte sie sich von ihrem Spiegelbild ab. Als sie zurück ins Schlafzimmer schaute, konnte sie im Licht der Badezimmerlampe die Möbel besser erkennen. Sie erstarrte. Es war tatsächlich das Zimmer aus ihrem Traum.

Ihr Blick fiel auf den Infusionsständer. Der Beutel war beinahe leer, aber wie zuvor enthielt er noch ein oder zwei Tropfen einer Flüssigkeit. Blut.

„Oh Gott." Rachel trat nervös von einem Bein auf das andere, dann durchquerte sie das Schlafzimmer. Sie musste wissen, was sich hinter der Tür befand. Doch sicher nicht der Flur aus ihrem Traum.

„Verdammt", flüsterte sie, als sie hinter der Tür genau das vorfand, was sie befürchtet hatte: den langen, leeren Gang, an den sie sich so gut erinnerte. Sie atmete tief durch und versuchte den Kopf nicht zu verlieren. Na schön, der Flur und selbst das Schlafzimmer waren dieselben wie in ihrem Traum. Das ließ sich leicht erklären. Vielleicht hatte sie noch nicht vollkommen im Koma gelegen, als man sie hergebracht hatte. Vielleicht war sie halb bei Bewusstsein gewesen oder hatte Fieber gehabt oder so etwas und war wach genug gewesen, um Flur und Schlafzimmer zu sehen und sich daran zu erinnern.

Sie fegte alle Widersprüche vom Tisch, betrat den Flur und ging vor bis zum Treppenabsatz. In dem, was sie für einen Traum hielt, war das Entree dunkel und leer gewesen. Leer war es zwar immer noch, aber nicht dunkel. Aus den Räumen kam Licht, und sie konnte leise Stimmen hören.

Nach anfänglichem Zögern stieg sie die Treppe hinab. Sie presste ihre Zehen bei jedem Schritt fest gegen das Holz der Treppe, um sich zu beweisen, dass sie diesmal nicht nur träumte.

„Du hast ihr gesagt, es sei ein Traum?"

Rachel wurde langsamer, als sie diese Frage hörte. Die Frauenstimme fuhr verärgert fort: „Etienne! Was hast du dir nur dabei gedacht?"

„Ich habe mir gedacht, dass sie Ruhe brauchte und dass das der leichteste Weg war, sie zu beruhigen", antwortete eine Männerstimme ein wenig defensiv. „Sie war ein bisschen durcheinander, Mutter."

„Das ist nur verständlich", erklang eine andere Stimme, die der des Traummannes ähnelte, der behauptet hatte, ihr Gastgeber zu sein, aber tiefer und irgendwie ernster war, obwohl er im Augenblick amüsiert klang. „Besonders, da sie dich erwischt hat, als du in diesem Sarg schliefst."

„Oh Etienne!", rief die Frau. „Du hast dieses eklige alte Ding noch?"

„Normalerweise schlafe ich nicht darin" – nun klang er entschieden defensiv – „aber ich hatte einige meiner besten Ideen, als ich in diesem Sarg lag, Mutter. Außerdem schlief sie in meinem Bett."

„Du hast doch sicher noch andere Betten hier, mein Sohn. Oder willst du damit sagen, dass du die Gästezimmer noch immer nicht möbliert hast?"

Etiennes Antwort war von dort aus, wo Rachel stand, nicht richtig zu verstehen. Sie merkte, dass sie stehen geblieben war, und schlich weiter bis zur Tür. Dort zögerte sie und wartete, bis die Frau wieder etwas sagte, bevor sie um den Türrahmen spähte, um die Anwesenden sehen zu können.

„Du wirst ihr wirklich einiges erklären müssen, Etienne. Und nachdem du sie einmal angelogen hast, wird sie dir vielleicht nicht mehr glauben." Die Frau klang verärgert. Sie sah auch beunruhigt aus, dachte Rachel. Sie war wunderschön, unglaublich schön, die Art Frau, in deren Nähe andere Frauen sich am liebsten unsichtbar machten. Außerdem war sie die Vorlage für das Bild, das Rachel auf dem Monitor unten gesehen hatte. Langes, lockiges Haar, große silberne Augen, großzügiger Mund.

Hatte der Mann namens Etienne sie tatsächlich Mutter genannt? Rachel schüttelte zweifelnd den Kopf. Diese Frau sah aus wie Ende zwanzig. Höchstens dreißig. Sie war bestimmt nicht die Mutter des blonden Mannes. „Mutter" musste ein Spitzname sein, vielleicht, weil sie sich dauernd Sorgen machte.

„Ich weiß."

Rachel warf einen Blick auf Etienne. „Mutter" hatte ihn Sohn genannt. Ihr Blick schweifte über sein perfektes Gesicht und das dunkelblonde Haar. Er war der Mann aus ihren Träumen – sexy, blond und stark. Wenn ihr Traum Wirklichkeit gewesen war, hatte er sie zwei Stockwerke hinaufgetragen, als wöge sie überhaupt nichts. Ja, er war eindeutig stark.

„Und sie hat selbstverständlich negative Vorstellungen über das, was wir sind", fuhr Etienne fort.

„Selbstverständlich hat sie das", sagte der zweite Mann. Er war eine dunkelhaarigere Version von Etienne, obwohl die Männer gleichaltrig zu sein schienen. „Das haben die meisten Leute."

„Wie negativ?" Die Frau klang, als sei sie auf alles gefasst.

„Ich glaube, sie sprach von ‚blutsaugenden Dämonen'."

„Oje." Die Frau seufzte.

„Und sie glaubt, unsere Gesichter veränderten sich wie in ‚Buffy'."

Der dunkelhaarige Mann zog eine Grimasse. „Dumme Sendung. Hat uns sehr geschadet."

„Du hast sie dir angeschaut, Bastien?" Etienne klang überrascht.

„Nein, aber ich habe davon gehört. Im Büro gibt es ein paar Fans. Hast du es gesehen?"

„Ja. Tatsächlich ist sie recht unterhaltsam. Und Buffy ist ein interessantes Geschöpf."

„Können wir wieder zum Thema zurückkommen?", fragte die Frau ein wenig spitz. „Etienne, wie willst du ihr also erklären, was geschehen ist?"

„Ich werde ihr einfach sagen, dass es die einzige Möglichkeit gewesen sei, sie zu retten. Und das stimmt ja auch. Ich konnte sie nicht einfach sterben lassen, nachdem sie mir das Leben gerettet hatte."

Die Frau schnaubte, dann wandte sie sich Bastien zu. „Hast du dich um die Verwaltung im Krankenhaus gekümmert?"

„Das brauchte ich nicht", erklärte dieser. „Man hat uns überhaupt nicht gesehen. Wir hatten Glück, dass sie zu dem Schluss gekommen sind, Pudge habe sie entführt."

„Was ist mit den Krankenhausformularen für Etiennes Leiche?"

„Die habe ich eingesteckt, bevor wir gegangen sind, während Etienne das Mädchen wandelte. Heute früh musste ich nur den Sanitätern helfen, seinen Namen zu vergessen, und ihre Kopien der Formulare nehmen. Oh, und den Papierkram über Etiennes Auto aus dem Revier holen."

„Und das war wirklich alles?", fragte die Frau lächelnd.

Bastien zuckte die Schultern über ihre Erheiterung. „Es hätte schlimmer kommen können, Mutter."

Diese nickte zustimmend, dann wandte sie sich wieder Etienne zu. „Du musst dich endlich um diesen Pudge kümmern."

„Ich weiß." Der blonde Mann klang bekümmert. „Wenn ihr irgendwelche Ideen habt, würde ich sie gerne hören."

Die Miene der „Mutter" wurde ein wenig weicher. Sie tätschelte sein Knie mit einer ebenso beschwichtigenden wie liebevollen Geste. „Nun, ich werde darüber nachdenken. Das werden wir alle tun. Uns wird schon etwas einfallen."

„Ja", schloss sich Bastien an. „Und Lucern wird später ebenfalls herkommen. Gemeinsam müssten wir doch imstande sein, eine Lösung zu finden."

„Wann kommt er?", fragte Etienne.

„Ein wenig später als sonst. Er arbeitet an den Fahnen seines letzten Meisterwerks, hat aber versprochen, nach dem Abendessen vorbeizukommen."

„Also nach Mitternacht", sagte die Frau in leicht gereiztem Ton. „Inzwischen sollten wir unserem Gast etwas zu trinken anbieten."

Rachel duckte sich rasch, konnte aber noch einen Blick auf Etiennes verdutzte Miene erhaschen, als sie das tat. Das Herz schlug ihr bis zum Hals. Keiner von ihnen hatte in ihre Richtung geschaut, aber irgendwie musste sie ihre Anwesenheit verraten haben.

„Sie hat schon ein paar Minuten an der Tür gestanden", hörte Rachel Bastien sagen.

„Nein!", erwiderte Etienne.

Und dann war er plötzlich bei ihr draußen im Flur. Rachels erster Impuls war zu fliehen. Leider war ihr Körper anderer Meinung. Er schien festgewachsen zu sein.

„Sie sind tatsächlich wach." Er blieb einen Schritt vor ihr stehen und starrte sie an.

Rachel starrte zurück, und ein leises Quieken kam ihr über die Lippen.

„Warum habe ich nicht gespürt, dass sie kam?" Er hatte sich umgedreht und die Frage offenbar an die drei anderen gerichtet.

Diese Worte schienen Rachels erstarrte Glieder ein wenig zu lösen, jedenfalls genug, dass sie sich an der Wand entlangschieben konnte, bis sie gegen einen kleinen Tisch stieß. Dort blieb sie stehen und lächelte den Mann nervös an, der wieder zu ihr hinschaute. Sie kreuzte die Finger und betete, dass er nicht bemerkte, dass sie sich bewegt hatte.

„Nein?" Die Stimme der Frau erklang aus dem anderen Zimmer. „Wie interessant."

Ihre offensichtliche Faszination vergrößerte nur Rachels Nervosität, und Etienne schien sich über die Bemerkung zu ärgern. Er drehte sich um und sah sie erbost an. Sobald er nicht mehr hinschaute, schlich Rachel weiter und bewegte sich vorsichtig auf die Haustür zu. Sie blieb wieder stehen, als er leise etwas vor sich hin murmelte.

Dann drehte er sich wieder zu ihr um, sah, dass sie beinahe die Tür erreicht hatte, und runzelte die Stirn. Mürrisch sagte er: „Es ist keine gute Idee, jetzt auszugehen."

Rachel wurde wütend. Ihr Zorn war größer als ihre Angst. „Warum? Weil Sie mich in einen blutsaugenden Dämon verwandelt haben und das Tageslicht mich umbringen wird?", höhnte sie. Sie konnte einfach nicht fassen, was hier um sie herum geschah …

Aber gleichzeitig fürchtete sie auch, dass es doch wahr sein könnte.

„Es ist Nacht", erklärte er freundlich. „Aber es ist auch ausgesprochen kalt für Spätsommer. Zu kalt, um nur in ein Laken gekleidet unterwegs zu sein."

Rachel schnappte erschrocken nach Luft, als er sie an ihre wenig angemessene Kleidung erinnerte. Sie eilte zur Treppe und fürchtete halb, ihr Gastgeber werde sie verfolgen, aber sehr zu ihrer Erleichterung erreichte sie den oberen Gang, ohne aufgehalten zu werden. Doch wurde sie deshalb nicht langsamer, sondern lief sofort weiter in das Schlafzimmer, in dem sie aufgewacht war, und warf die Tür hinter sich zu.

Dort blieb sie schwer atmend stehen, ihre Augen suchten nach etwas, womit sie die Tür verbarrikadieren konnte. Leider schien es nichts zu geben. Sie dachte einen Moment daran, die Kommode von der gegenüberliegenden Wand zu benutzen, aber dann kam sie zu dem Schluss, dass sie nicht die Kraft dazu haben würde, und er war wahrscheinlich ohnehin stark genug, um die Tür aufzubekommen – mit oder ohne Barrikade. Was sie wirklich brauchte, war ein Schlüssel, um sich einzuschließen. Aber selbstverständlich gab es keinen.

Sie gab die Idee auf und zwang sich, von der Tür wegzugehen und sich eine Waffe zu suchen. Sie wusste nicht, wo sie sich befand oder wer diese Leute waren, aber sie hatten sie aus dem Krankenhaus weggeschafft, in Polizeiakten gewühlt, und zumindest einer von ihnen hielt sich für einen Vampir. Selbstverteidigung war jetzt das Wichtigste.

Etienne starrte stirnrunzelnd die Treppe hoch. Rachel schien die Neuigkeiten nicht besonders gut aufgenommen zu haben. Sie erinnerte ihn an ein verängstigtes Kaninchen, das wieder in sein Loch flüchtet – eine Reaktion, die er von ihr nicht erwartet hatte. Rothaarige waren für gewöhnlich kratzbürstiger. Aber zumindest schluchzte sie nicht hysterisch oder tat etwas ähnlich Ärgerliches.

„Sie ist nicht unbedingt verängstigt, sondern eher verwirrt und verlegen“, sagte seine Mutter.

Etienne warf ihr einen gereizten Blick zu, und sie kam zu ihm in den Flur hinaus. Er konnte es nicht ausstehen, wenn sie seine Gedanken las. Er mochte es auch nicht besonders, dass sie Rachels Gedanken offenbar ebenso leicht lesen konnte. Ihm selbst fehlte diese Gabe.

„Ich muss etwas für sie zum Anziehen finden und ihr die Situation erklären“, sagte er zerstreut. „Ich habe einen Jogginganzug, der im Augenblick sicher genügt.“

„Sie wird bestimmt nicht deinen Jogginganzug anziehen wollen“, stellte Marguerite trocken fest. „Sie braucht ihre eigenen Sachen. Etwas Vertrautes, das ihr das Gefühl gibt, eine gewisse Kontrolle über die Situation zu haben. Bastien?“ Sie drehte sich um und sah Etiennes Bruder an. „Du hast ihre Handtasche mitgenommen, als wir das Krankenhaus verließen, nicht wahr?“

„Ja.“ Bastien trat zu ihnen. „Sie ist in der Küche.“

Marguerite nickte. „Geh und bring mir ihre Schlüssel, wir werden ein paar Sachen holen, die das arme Mädchen anziehen kann.“

Etienne spürte, dass er sich langsam entspannte. Der Vorschlag seiner Mutter würde ihm ein wenig Zeit geben, alleine mit Rachel zu sprechen. Das würde einfacher sein, als wenn seine Mutter und Bastien dabei wären.

Als Bastien mit den Schlüsseln zurück war, drängte Etienne seine Mutter und seinen Bruder zur Tür und wandte sich gleich darauf der Treppe zum oberen Stockwerk zu.

Rachel. Rachel Garrett. Er straffte die Schultern und machte sich auf den Weg nach oben, um ihr die Situation zu erklären. Er war sicher, dass sie ihm dankbar für alles sein würde, sobald sie erkannt hatte, dass es die einzige Möglichkeit gewesen war, ihr Leben zu retten, und wenn er die Vorteile des neuen Lebens aufzählte, das er ihr geschenkt hatte.

5

„Sie haben was?“

Rachel starrte ihren gut aussehenden Gastgeber an, und ihre Hände umklammerten einen Luffa-Schwamm an einem kleinen Stock, den sie unter der Decke versteckt hatte. Es war eine ziemlich jämmerliche Waffe, aber die einzige, die sie hatte finden können. Mit der tröstlichen Gewissheit, dass selbst eine jämmerliche Waffe besser war als keine, war sie wieder ins Bett gekrochen und hatte gehofft, dass ihre Waffe, verbunden mit einem Überraschungsangriff, genügen würde, sie vor allem Ungehörigen zu schützen. Sie hatte sich unter der Decke zusammengerollt, bis es an der Tür geklopft hatte.

Ihr „Ja?“ klang ein wenig erschrocken und auch überrascht darüber, dass er so höflich gewesen war, nicht unangemeldet hereinzustürzen.

Etienne, der blonde Mann, war hereingekommen, und Rachel hatte ihn misstrauisch betrachtet. Zu ihrer Erleichterung war er allein gewesen. Dann hatte er mit einer langen, ausführlichen Geschichte darüber begonnen, dass er wirklich ihr Explosionsopfer war, ebenso der Tote mit der Schusswunde. Sie hatte ihm mit stummem Erstaunen zugehört, als er erklärte, dass sie tatsächlich von der Axt getroffen worden war, als sie versucht hatte, ihn vor einem Wahnsinnigen namens Pudge zu retten, und dass er sich revanchiert hatte, indem er sie in eine Vampirin gewandelt hatte, ein Wesen, wie er und seine Verwandten es waren.

„Ich habe Sie gewandelt, um Ihnen das Leben zu retten“, wiederholte Etienne nicht ohne Stolz.

Sollte sie sich dafür etwa bei ihm bedanken? Rachel starrte ihn einen Augenblick ausdruckslos an. Dann fühlte sie Ärger in sich aufsteigen, und so kroch sie nicht mehr unter die Decke, sondern stand aus dem Bett auf.

Etienne Argeneau machte vorsichtig einen Schritt zurück, aber Rachel hatte nicht vor, ihm zu nahe zu kommen.

Der Mann hatte offensichtlich den Verstand verloren. Schön, aber verrückt, dachte sie finster, als sie durch das Zimmer auf die Doppeltür zuging, von der sie hoffte, dass sie einen Schrank verbarg. Und sie war kein blutsaugender Dämon!

„Kein blutsaugender Dämon", stimmte der Mann ihr mit übertriebener Geduld zu und machte Rachel damit klar, dass sie schon wieder laut gedacht hatte. „Eine Vampirin."

„Vampire sind Tote. Seelenlose Tote, die einfach weiterexistieren", fauchte Rachel. Sie riss die Doppeltür auf und stellte fest, dass sich dahinter tatsächlich ein Schrank befand. „Sie sind seelenlose, blutsaugende Dämonen. Und sie sind nur Einbildung. Es gibt sie in Wirklichkeit gar nicht."

„Das mit dem Seelenlosen ist tatsächlich erfunden. Wir sind – was machen Sie denn da?", unterbrach er sich.

Sie durchsuchte die Sachen, die auf den Kleiderbügeln hingen. „Etwas, was ich schon lange hätte tun sollen. Ich suche etwas anzuziehen." Sie zerrte eins seiner Hemden heraus, betrachtete es kritisch und warf es dann aufs Bett.

„Ich könnte –"

„Bleiben Sie, wo Sie sind!", warnte Rachel. Sie starrte ihn wütend an, bis er tatsächlich stehen blieb, dann wandte sie sich wieder dem Schrank zu.

„Sehen Sie", sagte er beschwichtigend, „ich verstehe ja, dass Sie das aufregt und verwirrt und vielleicht –"

Rachel fuhr herum. „Verwirrt? Aufregt? Was könnte daran verwirrend oder aufregend sein? Sie sind ein Vampir. Und es gibt da draußen einen Verrückten, der Sie umbringen will. Aber er ist in Wirklichkeit gar nicht verrückt, weil Sie auch kein Vampir sind", stellte sie finster richtig. Dann fügte sie hinzu: „Oh, und wir dürfen nicht vergessen, dass er mir aus Versehen einen Schlag mit der Axt versetzt hat, um zu Ihnen zu gelangen, also haben Sie mich ebenfalls zum Vampir gemacht. Jetzt bin ich also ebenfalls eine seelenlose Blutsaugerin und dazu verdammt, nur noch nachts rausgehen zu können und Leute in die Hälse zu beißen." Sie verdrehte die Augen und wandte sich wieder dem Schrank zu.

„Wir beißen in keine Hälse", sagte er, als wäre schon die Idee vollkommen absurd. Aber als Rachel ihn mit hochgezogenen Augenbrauen ansah, fügte er widerstrebend hinzu: „Jedenfalls nicht oft. Nur in Notfällen. Ich meine, wir tun alles, um zu verhindern – nun ja, es gibt hin und wieder einen abtrünnigen Vampir, der ..." Er hielt inne und wirkte bedrückt.

Rachel schüttelte den Kopf und murmelte: „Vollkommen durchgeknallt. Reif fürs Irrenhaus."

„Nein, wirklich", sagte er. „Ich meine, wir haben alle sofort in Blutbanken investiert, als sie ins Leben gerufen wurden. Tatsächlich waren es Leute unserer Gattung, die die Idee der Bluttransfusion entwickelt haben. Der Erfinder hat es Jean Baptiste Denis gegenüber erwähnt, und der hat es versucht und ... Ach, ist ja auch egal. Wichtig ist, dass uns unser Blut heutzutage angeliefert wird. Verstehen Sie?"

„Ich ..." Rachel blieben die Worte im Halse stecken, als ihr Blick auf den kleinen Kühlschrank fiel, den er geöffnet hatte. Sie riss fassungslos die Augen auf. Im Kühlschrank befand sich mindestens ein Dutzend Beutel mit Blut.

„Bastien hat letzte Nacht, als wir auf dem Weg hierher waren, haltgemacht und zwei Dutzend Beutel geholt", erklärte Etienne. „Für Sie und für mich. Wir waren nicht sicher, wie viel Sie für

Ihre Wandlung und Heilung brauchten. Wir nahmen an, vier oder fünf Beutel würden zu Ihrer Wiederherstellung ausreichen, aber eine vollständige Wandlung kann aufwendig sein. Wie viel sie dafür benötigen, hängt davon ab, welchen Schaden Ihr Körper im Lauf der Jahre genommen hat. Sie scheinen relativ gesund zu sein, aber es besteht immer die Gefahr einer Krebserkrankung, Herzkrankheit und so weiter." Er sah ihr verblüfftes Gesicht, nahm einen Blutbeutel aus dem Kühlschrank und erklärte: „Es ist nicht so schmackhaft wie frisches warmes Blut direkt von der Quelle, aber es kann immerhin ganz ähnlich konsumiert werden."

Als sie ihn weiterhin wortlos anstarrte, hielt er sich den Beutel vor den geöffneten Mund. Rachel sah entsetzt, dass seine Zähne wuchsen und er sie in den Beutel schlug. Das Blut verschwand sofort, als würde es durch die Zähne aufgesaugt.

Immer noch trinkend, griff Etienne wieder in den Kühlschrank, nahm einen weiteren heraus und hielt ihn ihr hin. „Mhm?"

Sie nahm an, es handle sich um eine Einladung. Rachel hätte am liebsten gelacht. Sie stand am Rande eines hysterischen Anfalls und beschloss, den Verrückten einfach zu ignorieren und weiter seinen Schrank zu plündern – aber dieses namenlose Sehnen, das sie zuvor schon einmal in sich gespürt hatte, überkam sie wieder und bewirkte, dass ihr Magen sich zusammenzog. Und noch schlimmer, als der metallische Geruch von Blut um sie herum aufstieg, merkte sie, dass in ihrem Mund etwas sehr Seltsames geschah. Es gab ein merkwürdiges Schieben – nicht schmerzhaft, eher eine Art Druck, aber sehr, sehr ungewöhnlich. Dann fühlte sie ein scharfes Stechen am Rand ihrer Zunge. Rachel öffnete den Mund und befühlte ihre Zähne.

„Oh Gott!", hauchte sie, als sie spürte, dass ihre Eckzähne länger geworden waren. Sie eilte ins Badezimmer und vor den Spiegel. Entsetzen packte sie.

„Das muss ein Trick sein", erklärte sie verzweifelt.

„Es ist kein Trick", versicherte Etienne. Er war ihr ins Bad gefolgt. „Bastien hat heute Morgen einen Blick darauf geworfen und gesagt, dass eine Wandlung manchmal relativ schnell geht. Die Veränderung der Zähne ist das erste größere Anzeichen. Bald schon werden Sie im Dunkeln besser sehen können und besser hören … und solche Sachen", schloss er vage.

Rachel richtete ihren Blick auf sein Spiegelbild, dann hielt sie inne, abgelenkt von der Erkenntnis, dass sie es sehen konnte. Etienne stand direkt hinter ihr, und seine Schultern, sein Hals und der Kopf waren ebenfalls deutlich im Spiegel zu erkennen.

„Vampire haben keine Spiegelbilder", erklärte sie. Es war ein ziemlich absurdes Argument, aber sie war verzweifelt.

„Ein Mythos", informierte er sie und lächelte. „Sehen Sie? Sie können sich doch schminken!"

Irgendwie tröstete sie das nicht sonderlich. Statt darüber froh zu sein, ließ Rachel die Schultern hängen. „Ich bin tot."

„Sie sind nicht tot", erklärte Etienne geduldig. „Ich habe Sie zu einer Vampirin gewandelt, um Ihnen das Leben zu retten."

„Oh – vielen Dank, Kumpel! Sie haben mich getötet, um mich zu retten. Typische Männerlogik." Sie fluchte. „Ich nehme an, den diesjährigen Urlaub auf Hawaii kann ich mir abschminken. Scheibenkleister! Und ich hatte gerade einen Badeanzug gefunden, in dem ich nicht wie Godzilla aussehe."

„Ich habe Sie nicht getötet", wiederholte Etienne. „Pudge –"

„Pudge? Der Kerl im Tarnanzug?", unterbrach sie ihn. Sie sah den Mann wieder vor sich, axtschwingend, und runzelte die Stirn. Im Spiegel starrte sie Etienne wütend an. „Ich hätte lieber zusehen sollen, wie er Ihnen den Kopf abhackt. Jedenfalls wäre ich dann nicht tot und hätte keine Seele mehr."

„Sie haben eine Seele", widersprach Etienne. Seine Geduld

ließ offensichtlich nach. „Pudge hat Sie tödlich verwundet. Um Ihr Leben zu retten, musste ich Sie wandeln."

„Ich fühle mich nicht seelenlos." Rachel beugte sich auf den Spiegel zu und fletschte die Zähne, dann berührte sie ihre neuen Eckzähne.

„Das sind Sie ja auch gar nicht."

Rachel ignorierte ihn und begann in den Schubladen unter dem Waschbecken herumzuwühlen. Sie suchte nach einer Pinzette, aber selbstverständlich erwartete sie nicht, eine zu finden. Das Beste war noch ein Nagelknipser. Sie fand einen kleinen und einen großen. Sie entschied sich für den größeren und beugte sich zum Spiegel vor.

„Was machen Sie denn da?", kreischte ihr Gastgeber entsetzt. Er riss ihr den Knipser aus der Hand, als sie versuchte, damit einen ihrer neuen Zähne zu packen und auszureißen.

„Ich will kein Vampir sein!", fauchte sie. Sie hätte ihm den Knipser wieder abgenommen, aber er befand sich außer Reichweite.

Also wandte sie sich ab und suchte weiter in der Schublade herum. Diesmal fand sie eine Nagelfeile. Sie sah wieder in den Spiegel und begann, an einem ihrer Eckzähne herumzufeilen.

„Er wird sich nur wieder regenerieren", stellte Etienne verärgert fest. „Und es ist nicht so schlimm, ein Vampir zu sein."

„Ha!", erwiderte Rachel und feilte weiter.

„Sie werden niemals altern", sagte er hoffnungsvoll. „Sie werden niemals krank, und niemals –"

„Ich werde niemals wieder das Tageslicht sehen", unterbrach sie ihn wütend. Sie warf ihm einen erbosten Blick zu und fragte: „Wissen Sie, wie lange ich versucht habe, von der Nachtschicht wegzukommen? Drei Jahre! Drei lange Jahre habe ich nachts gearbeitet und konnte tagsüber nicht schlafen, und gerade als ich zur Tagschicht befördert wurde, haben Sie mich in ein Geschöpf der Nacht verwandelt!“ Ihre Stimme hob sich bei jedem Wort, bis sie schließlich durchdringend schrie: „Sie haben mich zu einer ewigen Nachtschicht verurteilt. Ich hasse Sie!“

„Sie können tagsüber rausgehen“, sagte Etienne. Aber er schien sich nicht besonders sicher zu sein, und Rachel kam zu dem Schluss, dass er sie nur beruhigen wollte. Sie machte sich nicht die Mühe, ihn einen Lügner zu nennen, denn ihr Geist befasste sich bereits mit anderen Dingen, die Vampire tun konnten oder nicht.

„Knoblauch!“ Sie riss ungläubig die Augen auf. „Ich liebe Knoblauch, und jetzt kann ich nicht mehr –“

„Sie können Knoblauch essen“, unterbrach er sie. „Wirklich. Das ist auch nur eine Legende.“

Sie hätte nicht sagen können, ob er log oder nicht, also sah sie ihn nur grübelnd an. „Was ist mit der Kirche?“

„Kirche?“ Er schien nicht zu verstehen.

„Kann ich in die Kirche gehen?“, fragte sie bedächtig, als wäre er ein Idiot. „Meine Familie ist, so lange ich mich erinnern kann, jeden Sonntag zur Messe gegangen, aber Vampire –“

„Sie können in die Kirche gehen“, versicherte er ihr offenbar erleichtert. „Das ist ein weiterer Mythos. Religiöse Gegenstände und Orte haben keine abschreckende Wirkung auf uns.“

Er hatte offenbar erwartet, dass sie sich darüber freute. Aber das war nicht der Fall. Wieder ließ sie die Schultern hängen. „Na wunderbar“, murmelte sie. „Ich hatte schon gehofft, wenigstens eine gute Ausrede zu haben, von jetzt an nicht mehr in die Kirche gehen zu müssen. Bruder Antonelli predigt ein bisschen weitschweifig, aber selbst Mom würde nicht darauf bestehen, dass ich gehe, wenn ich in Flammen ausbräche oder etwas ähnlich Peinliches passieren würde, sobald ich die Kirche betrete.“ Rachel seufzte entmutigt. „Ich nehme an, es gibt einfach nichts Positives daran, tot zu sein.“

Etienne seufzte. Offenbar hatte es ihm besser gefallen, als sie zornig gewesen war. „Selbstverständlich gibt es gute Seiten", sagte er. „Sie sind am Leben. Und Sie werden … nun ja, sehr lange leben. Und nicht altern, und –"

„Das sagten Sie bereits", stellte sie trocken fest. Dann drängte sie sich an ihm vorbei und ging wieder ins Schlafzimmer.

„Was haben Sie denn jetzt vor?" Etienne klang erschrocken und folgte ihr.

„Ich suche etwas, das ich anziehen kann." Rachel blieb mitten im Zimmer stehen. „Es sei denn, meine Sachen sind hier irgendwo."

Er schüttelte den Kopf. „Sie waren blutig. Ruiniert, fürchte ich."

„Hmm." Rachel wandte sich wieder dem Schrank zu. „Dann werde ich mir ein paar von Ihren Sachen leihen müssen. Ich werde sie Ihnen natürlich ersetzen."

Etienne sah stirnrunzelnd, aber widerspruchslos zu, wie Rachel seinen Kleiderschrank durchwühlte. Sie hatte offenbar vergessen, dass sie schon ein Hemd ausgesucht hatte, griff nun nach einem weiteren langärmligen weißen Hemd und einer Hose und marschierte damit ins Bad. Aus reinem Instinkt wollte Etienne ihr gerade folgen, als sie ihm die Tür vor der Nase zuwarf.

„Ich werde hier draußen warten", murmelte er.

„Gute Idee", erwiderte sie von drinnen.

Etienne warf der Badezimmertür einen verärgerten Blick zu und lauschte dem Rascheln von Stoff. Er nahm an, sie ließ das Laken fallen. Er hatte kurz ein Bild vor Augen, wie sie das Laken abwickelte und über ihre blassen runden Brüste sinken ließ, ihren Bauch, ihre Hüften, ihr … Er schüttelte sich.

Etienne wusste genau, wie sie nackt aussah. Er war nicht stark genug gewesen, um zu helfen, als sie sie aus dem Krankenhaus hierher gebracht hatten, aber auch nicht stark genug, nicht hinzusehen, als Bastien und seine Mutter sie auszogen, sich um ihre Wunden kümmerten, sie wuschen und dann in sein Bett legten. Er hatte eine sehr genaue Vorstellung davon, wie sie jetzt hinter dieser Tür aussah. Ihre helle Haut und das rote Haar würden ein wunderbarer Kontrast zu den Blautönen des Badezimmers sein. Ihre Muskeln würden sich anspannen, wenn sie das Laken beiseite warf und anfing, das übergroße Hemd anzuziehen, sein Lieblingshemd …

Etienne war tief in seiner Vision versunken, als die Tür aufging. Rachel blieb jäh stehen und starrte ihn wütend an, als sie ihn direkt vor der Tür stehen sah.

Er räusperte sich und grinste schief. „Das ging schnell."

„Lassen Sie mich durch."

„Selbstverständlich." Er trat rasch beiseite und ließ sie vorbeigehen. Die Hose war viel zu lang und hing ihr wie ein Sack von den Hüften. Sie hatte das Hemd hineingesteckt und dann den Hosenbund zugeknotet, aber als sie wieder zum Schrank ging, löste sich der Knoten und die Hose rutschte nach unten.

Etiennes Brauen wanderten nach oben, als die Hose fiel. Rachel blieb stehen, und er war sicher, dass sie wütend dreinschaute, als sie das Kleidungsstück betrachtete, das sich jetzt um ihre Füße ringelte. Er war ebenfalls verärgert, aber nicht der Hose wegen, sondern weil der Saum des Hemds ebenso schnell gefallen war und ihm den Blick versperrte. Das war ziemlich enttäuschend. Die Aussicht auf ihre Beine war allerdings immer noch sehr nett. Es waren hübsche Beine.

Rachel stieg leise vor sich hin schimpfend aus der Hose und ging weiter. „Ich brauche Schuhe."

„Nein, die brauchen Sie nicht."

„Doch."

„Warum?"

„Ich kann doch nicht barfuß auf die Straße gehen. Könnten

Sie mir ein Taxi rufen?“ Sie beugte sich vor, um sich die Schuhe in seinem Schrank anzusehen.

„Nein.“

Rachel sah ihn rebellisch an. „Dann rufe ich mir selbst eins.“

„Ich meinte, nein, Sie dürfen nicht gehen“, erklärte er.

Da baute sie sich drohend vor ihm auf und fixierte ihn aus zusammengekniffenen Augen. An ihrem Zorn bestand kein Zweifel. „Ich habe nachgedacht, während ich mich umgezogen habe.“

„Das muss ein flüchtiges Nachdenken gewesen sein“, stellte er fest.

Sie ignorierte seinen Sarkasmus. „Und wissen Sie, ich hätte Ihnen anfangs beinahe geglaubt, aber jetzt ist mir klar, dass nichts von dem, was Sie gesagt haben, stimmt. Ihre Lügen sind aufgeflogen. Es ist vorbei. Sie sollten mich lieber gehen lassen.“

„Was für Lügen?“, fragte er überrascht.

„Diese Vampir-Geschichte. Ich kann keine Vampirin sein. Es gibt keine Vampire.“

„Doch. Ich bin einer.“

„Nein. Sie sind verrückt. Sie bilden sich nur ein, dass sie einer sind, wie diese Leute, die sich für Werwölfe halten, aber tatsächlich unter Lycanthropie leiden. Sie leiden offenbar unter der Vampirversion davon. Vampanthropie oder so.“

Etienne verdrehte die Augen. „Ich verstehe. Und was ist mit Ihren Zähnen?“

Sie kniff die Lippen zusammen und wirkte einen Moment unsicher.

Um seine Argumentation zu bekräftigen, ging Etienne zu dem kleinen Kühlschrank und holte den Blutbeutel heraus, den er ihr bereits angeboten hatte. Er benutzte den langen Nagel seines kleinen Fingers, um ihn aufzuschlitzen, und näherte sich ihr.

Als der Geruch sie erreichte, geschah genau das, was Etienne erwartet hatte: Ihre Zähne fuhren aus und schoben sich über ihre Unterlippe – nach allem, was er gehört hatte, eine normale Reaktion bei frisch Gewandelten. Sie würde eine Weile brauchen, um die neuen Instinkte ihres Körpers zu beherrschen. Entsetzt nach Luft schnappend, schlug Rachel die Hand vor den Mund und rannte zum Badezimmerspiegel.

Etienne folgte ihr. Er stand hinter ihr, als sie sich betrachtete, und er wusste, es würde Ärger geben, als sie plötzlich ganz ruhig schien.

„Was ist?", fragte er misstrauisch.

„Vampire haben keine Spiegelbilder", wiederholte sie. „Ich schon." Sie begegnete im Spiegel seinem Blick und lächelte. Das wirkte mit ihren neuen Eckzähnen eher bösartig.

„Ein Mythos", sagte er noch einmal.

„Nein. Ein Beweis, dass ich keine Vampirin bin." Sie wirkte vollkommen überzeugt.

„Und die Zähne?", fragte Etienne beharrlich.

Das schien sie einen Moment aus der Fassung zu bringen, dann hatte sie die Antwort gefunden. „Ich träume", antwortete sie. „Das hier geschieht gar nicht." Sie sah ihn an und lächelte strahlend. „Ich träume von Ihnen, weil ich Sie attraktiv fand, als man Ihre Leiche hereinbrachte. Ich habe Sie in diesem Traum zum Vampir gemacht, weil ich weiß, dass das die einzige Möglichkeit ist, einen Toten wieder zum Leben zu erwecken. Na ja, jedenfalls zu einer Art von Leben."

Sie runzelte kurz die Stirn über den Widerspruch. Dann fügte sie hinzu: „Und im Traum bin ich zu einer Vampirin geworden, damit ich bei Ihnen sein kann."

„Sie fanden mich attraktiv?", fragte Etienne erfreut.

„Oh ja", gab sie leichthin zu. „Es war das erste Mal, dass ich einen Toten attraktiv gefunden habe. Vielleicht ist auch das ein Grund für diesen Traum. Es ist ziemlich seltsam, eine Leiche aufregend zu finden, also musste ich Ihnen in diesem Traum vielleicht ein Leben geben, um mit der Tatsache zurechtzukommen, dass ich Sie so anziehend fand." Sie legte den Kopf schief und dachte nach. „Wie auch immer, Sie sind der hinreißendste Kadaver, an dem ich je meinen Beruf ausgeübt habe."

„Tatsächlich?" Etienne lächelte. Niemand hatte ihm je gesagt, dass er ein hinreißender Leichnam war. Allerdings war er auch kein Leichnam, und das musste er ihr jetzt wirklich klarmachen, dachte er.

„Nun gut", seufzte sie. „Und was machen wir jetzt?"

Etienne blinzelte. „Machen?"

„Ja. Was passiert in meinem Traum als Nächstes?" Sie sah ihn interessiert an. „Ist das hier ein erotischer Traum?"

„Was?" Er starrte sie an.

„Entschuldigung. Wahrscheinlich wissen Sie das ebenso wenig wie ich, da Sie nur ein Teil meines Geistes sind, der dafür steht, dass ich mich von Ihrem wahren Ich angezogen fühlte – aber ich bin tatsächlich nicht sicher, wie das hier funktioniert. Ich hatte noch nie einen solchen Traum. Meine Freundin Sylvia hat dauernd welche, aber ich nicht … jedenfalls keinen, an den ich mich erinnere." Rachel lächelte ironisch und fügte hinzu: „Zu verklemmt. Katholisch, wissen Sie. Dem alten Vater Antonelli solche Träume zu beichten wäre einfach zu peinlich." Sie machte ein bedenkliches Gesicht. „Und dieser hier würde ein ziemlicher Hammer sein. Der arme alte Knabe würde wahrscheinlich einen Herzschlag bekommen."

„Äh …" Etienne brachte plötzlich kein Wort mehr heraus.

Rachel ging es anders. „Also …" Sie sandte einen Blick zu dem Bett hinüber. „… da der größte Teil dieses Traums in einem Schlafzimmer stattgefunden hat, gehe ich davon aus, dass es sich tatsächlich um einen erotischen Traum handelt." Sie ließ das Bett nicht aus den Augen. „Und ich nehme an, es wird in diesem Bett passieren. Verglichen mit Sylvias Träumen ist das alles noch ziemlich banal, aber da das hier mein Erster ist, hat wahrscheinlich mein Unterbewusstsein beschlossen, langsam anzufangen."

Etienne hatte es die Sprache verschlagen.

Rachel fuhr mit einem Schnauben fort. „Da Sie keine Versuche unternehmen, sich mir zu nähern, stellen Sie offenbar meine weniger aggressive Seite dar." Sie klang enttäuscht, dann wurde sie wieder ein wenig lebhafter, als sie hinzufügte: „Nun ja, zumindest ist es kein Vergewaltigungstraum. Ich glaube nicht, dass mir so etwas gefallen würde."

„Uh", ächzte Etienne.

„Es ist nämlich so: Ich bin ein Kontrollfreak. Ich darf wahrscheinlich die Beherrschung nicht verlieren, damit ein solcher Traum funktioniert. Nur so kann ich mich vermutlich dabei wohlfühlen." Sie schickte einen bedeutungsvollen Blick zu dem Bett hinüber, dann nickte sie. „Also gut, fangen wir an. Ich kann kaum erwarten, Sylvia alles zu erzählen. Sie ist immer so selbstzufrieden wegen ihrer Träume. Der Mann tut genau, was sie will, und es ist immer schrecklich aufregend. Der beste Sex, den sie je hatte. Echte Männer schneiden im Vergleich dazu nicht gut ab."

Bei diesen Worten kam Rachel ein Stück auf ihn zu, wirkte aber ein wenig unsicher, als Etienne einen nervösen Schritt zurück machte. Dann redete sie verärgert weiter. „Ich weiß, ich bin ein wenig verklemmt, aber ein kleines bisschen Angriffslust von Ihrer Seite wäre nicht übel."

„Ich denke nicht –"

„Dann denken Sie eben nicht", schlug sie vor. Sie reckte sich ein wenig und küsste ihn.

Etienne erstarrte, als er spürte, wie ihre weichen Lippen die seinen berührten. Er bekam Hunger, aber er wagte nicht, ihn zu stillen. Rachel war vermutlich verwirrt und glaubte immer noch, dass sie schlief. Er musste sie davon überzeugen, dass das nicht stimmte – so ärgerlich es auch sein mochte.

„Sieht so aus, als müsste ich selbst die Initiative ergreifen, aber ein bisschen Unterstützung wäre nicht schlecht", murmelte Rachel an seinen Lippen. Dann hörte sie auf, ihn zu küssen, nahm ihn bei der Hand und zog ihn zum Bett. „Vielleicht klappt es besser, wenn wir liegen."

„Ich ..." Etiennes Satz erstarb in einem überraschten Keuchen, als sie ihn weiterzerrte und dann aufs Bett schubste. Er war kaum darauf gelandet, als sie auch schon auf ihn stieg und sich auf seiner Mitte niederließ. Sie beugte sich über ihn und hatte offenbar vor, ihn noch einmal zu küssen.

Er wehrte sie mit einer Verzweiflung ab, die darauf zurückzuführen war, dass er sie eigentlich gar nicht abwehren wollte. Er packte sie bei den Schultern und hielt sie fest. „Nein. Warten Sie. Das hier ist kein Traum!"

„Selbstverständlich ist es einer", erwiderte sie. „Sie sind mein Traummann!"

Er gab ein wenig nach. Sie beugte sich näher zu ihm, aber wieder packte er sie und hielt sie auf. Sie riss sich los, und er hatte Mühe, ihre Hände zu ignorieren, die ihm über die Brust fuhren und sich an seinen Hemdknöpfen zu schaffen machten.

„Nein, wirklich – oh, das können Sie sehr gut."

Rachel hatte bereits die Knöpfe geöffnet und das Hemd zur Seite geschoben. Ihre kühlen Hände glitten lüstern über seine Brust.

„Alles Erfahrung", erklärte sie. „Oft schneiden wir die Kleider einfach weg, aber manchmal müssen wir die Leichen auch ausziehen. Mann, Sie haben wirklich einen hinreißenden Körper", stellte sie fest.

„Äh ... danke! Ihrer ist auch sehr nett", sagte Etienne. Er richtete den Blick auf ihre Brust, die sich hob und senkte, als sie mit den Händen über ihn strich. Die obersten drei Knöpfe ihres Hemds waren aufgegangen, und bildeten ein tiefes Dekolleté. Es war ein hübsches Dekolleté. Sehr hübsch. Er fuhr sich unwillkürlich mit der Zunge über die Lippen. Und es waren sehr hübsche Brüste.

„Ich weiß natürlich nicht, ob Sie im wirklichen Leben auch einen so hübschen Oberkörper haben", stellte sie fest, „aber in meinen Träumen ist er perfekt."

Etienne gratulierte sich gerade dazu, dass sie seine Brust für gut befunden hatte, als er spürte, wie sie die Hände auf seinen Hosenbund zu bewegte.

„Sie müssten auch hier gut ausgestattet sein. Sehen wir mal nach."

„Nein!" Er ließ ihre Schultern los und packte ihre Hände.

Rachel sah ihn enttäuscht an. „Nein? Sie sind nicht gut ausgestattet? Aber ich möchte das so gern! Schließlich ist es doch mein Traum!"

„Nein, ich meinte –" Sie wirkte plötzlich so enttäuscht, dass Etienne sie unbedingt beruhigen wollte. „Die Männer in meiner Familie sind alle gut ausgestattet."

„Prima!" Rachel entzog sich seinen Händen und beschäftigte sich wieder mit seiner Hose.

„Aber das dürfen wir nicht", brachte er heraus. Es tat beinahe weh, das zu sagen.

„Natürlich dürfen wir. Das hier ist mein Traum, und da kann ich machen, was ich will", stellte sie vollkommen sachlich fest.

„Ja, aber … hören Sie, ich kann Ihnen doch nicht gestatten, so etwas zu tun, solange Sie glauben, es sei ein Traum."

Rachel hielt inne und starrte ihn an, dann blies sie sich mit einem tiefen Seufzer die Stirnfransen aus den Augen. „Typisch – so etwas kann nur mir passieren, in einem erotischen Traum von einem Mann zurückgewiesen zu werden."

„Es ist kein Traum", wiederholte Etienne. „Und wenn Sie endlich akzeptieren würden, dass das alles hier Wirklichkeit ist, könnten wir –"

„Also gut", erwiderte Rachel. „Es ist kein Traum." Sie grinste.

Etienne beäugte sie misstrauisch. „Ernsthaft?"

„Es ist kein Traum, es ist ein Albtraum. Aber der beste verdammte Albtraum, den ich seit Langem hatte."

„Nein, es ist auch kein Albtraum."

„Es ist ganz bestimmt einer", erwiderte sie. „Es ist für jede Frau ein Albtraum, im Bett eines attraktiven Mannes aufzuwachen und dann feststellen zu müssen, dass er sie nicht haben will. Eindeutig ein Albtraum."

„Ich will Sie ja haben", versicherte Etienne ihr.

„Gut so. Vielleicht ist es dann doch kein Albtraum." Sie küsste ihn erneut.

Diesmal brachte Etienne es nicht mehr über sich, sie davon abzuhalten. Nach kurzem Zögern gab er seinen eigenen Begierden nach. Die Leidenschaft, die zwischen ihnen aufflammte, war verblüffend.

Etienne hatte schon ein langes Leben hinter sich, und Sex hatte schon vor langer Zeit seine Attraktivität verloren. Er hatte das Leben dann recht öde gefunden – bis Computer erfunden wurden. Diese wunderbaren Maschinen hatten sein Interesse geweckt und seine Leidenschaft auf eine Weise gebannt, wie Frauen es schon lange nicht mehr gekonnt hatten. Diese hier weckte in ihm jedoch Empfindungen, die er seit Jahrhunderten nicht mehr gehabt hatte. Und das alles mit einem einzigen Kuss?

Etienne war so verdutzt über die leidenschaftliche Reaktion seines Körpers, dass er sofort nachgab und alle edlen Vorsätze über Bord warf. Er ließ Rachels Schultern los und fuhr mit gieriger Zärtlichkeit über ihren Körper, wobei er ungeduldig an ihrer Kleidung zerrte. Mit einem erregten Knurren packte er den Stoff und zerrte daran. Es war ihm egal, dass er dabei die Knöpfe von seinem Lieblingshemd abriss. Er besaß keine zarte Damenunterwäsche, die Rachel ihm hätte entwenden können, also trug sie keine. Das gab ihm Gelegenheit, ihre runden Brüste erst mit den Augen zu verschlingen und sie dann mit beiden Händen zu umfassen.

Rachel unterbrach ihren Kuss mit einem Stöhnen und lehnte sich nach vorn in sein Streicheln.

„Oh ja", hauchte sie, legte den Kopf zurück und schloss die Augen. Sie legte ihre Hände auf die seinen. „Ich bin so wild."

„Nicht wahr?", fragte Etienne mit einem leisen Lachen. Er setzte sich auf, bis er ihre Brust mit dem Mund erreichen konnte. Er schloss die Lippen um eine Brustwarze, saugte daran und rieb mit der Zunge über den fester werdenden Nippel.

„Oh Gott, ich werde noch verrückt!", keuchte Rachel. Sie rutschte auf seinem Schoß hin und her und rieb sich an der Wölbung seiner Jeans. „Sylvia sagt ja immer, erotische Träume wären ziemlich gut – aber das hier!"

Etienne fühlte sich einen Augenblick lang schuldig, aber wirklich nur einen Augenblick. Sie genoss ihren Traum so offensichtlich, und er hatte schließlich versucht, ihr die Wahrheit zu sagen.

Diese Argumentationskette brach in dem Moment ab, als ihre Hand wieder nach seinem Hosenbund griff. Diesmal versuchte Etienne nicht mehr, sie aufzuhalten, sondern hielt erregt den Atem an, und seine Bauchmuskeln zogen sich zusammen, als sie den Knopf öffnete und dann den Reißverschluss herunterzog. Sie ließ die Hand gerade in seine Hose gleiten, als die Schlafzimmertür aufging. Marguerite kam herein.

„Aha", stellte Etiennes Mutter amüsiert fest. „Sieht so aus, als kämt ihr ganz gut miteinander zurecht."

Etienne schnappte nach Luft. Sein Blick ging zu Rachel, die sich aufsetzte, um sich umzusehen. Verdutzt sah sie seine Mutter an. „Was machen Sie denn in meinem erotischen Traum?“

„Erotischer Traum?“ Marguerite Argeneau schaute fragend ihren Sohn an.

Etienne brachte nur ein „Äh …“ heraus.

6

„Du solltest sie davon überzeugen, dass sie nicht träumt, mein Sohn."

„Ich weiß", sagte Etienne beschwichtigend. Er hatte seine Mutter noch nie so verärgert erlebt. Sie war sehr liebenswürdig und nett zu Rachel gewesen, hatte die Bemerkung über den Traum einfach übergangen und so getan, als wäre sie nicht gerade in einem peinlichen Augenblick hereingekommen. Dann hatte sie Rachel eine Plastiktüte mit Kleidung aus ihrer Wohnung überreicht und angedeutet, sie werde sich darin vielleicht wohler fühlen als in Etiennes Sachen. Danach hatte sie Rachel gebeten, sich zu ihnen zu gesellen, wenn sie mit Umziehen fertig war.

Als Nächstes hatte sie Etienne aus dem Schlafzimmer gedrängt, und ihr anhaltendes Schweigen auf dem Weg zum Wohnzimmer hatte ihm klargemacht, dass sie mehr als nur ein bisschen ungehalten war. Dort angekommen, hatte er sofort versucht, sich zu verteidigen. „Ich habe nichts unversucht gelassen, sie zu überzeugen, dass es kein Traum war. Ernsthaft!"

„Offenbar mit nur geringem Erfolg", fauchte Marguerite. „Um Himmels willen, das Mädchen glaubt, sie hätte einen erotischen Traum!"

„Einen erotischen Traum?", wiederholte Bastien. Er klang halb amüsiert, halb entsetzt.

„Faszinierend." Lucern – eine Kopie von Bastien, nur etwas größer – holte einen Stift und einen Block aus der Tasche und begann etwas aufzuschreiben.

Etienne starrte seine Brüder erbost an, dann holte er tief Luft, um sich zu beruhigen. Er wandte sich wieder seiner Mutter zu und sagte: „Sie widersetzt sich mit großer Heftigkeit der Idee, eine Vampirin zu sein. Ich meine damit, sie setzt ihr wirklich Widerstand entgegen, Mutter. Sie verdreht und verzerrt die Logik auf die wildeste Weise, damit sie es nicht akzeptieren muss."

„Vielleicht hast du deine Argumente nicht angemessen vorgebracht."

Eine tiefe Männerstimme lenkte Etiennes Aufmerksamkeit auf die Bar, und er zog überrascht die Brauen hoch, als er dort ein Paar stehen sah. Es war der Mann, der gesprochen hatte, aber Etiennes Blick galt zuerst seiner Schwester. Von der Tatsache, dass sie blond war, einmal abgesehen, sah Lissianna genau wie ihre Mutter aus. Sie war schon immer schön gewesen, aber als sie jetzt mit einem Glas in der Hand auf ihn zukam, leuchtete sie regelrecht. Verlobt zu sein tat ihr offenbar gut.

Etienne warf einen Blick auf den Mann, der ihr folgte – Gregory Hewitt. Groß, dunkelhaarig und gut aussehend. Lissiannas Verlobter lächelte ihn zur Begrüßung an.

„Mir war nicht klar, dass ihr beide ebenfalls kommen würdet", stellte Etienne fest. „Ich dachte, ihr wärt mit den Hochzeitsvorbereitungen zu sehr beschäftigt."

„Wenn es um die Familie geht, bin ich nie zu beschäftigt", flötete Lissianna und umarmte ihn. „Außerdem musste ich doch deine Lebensgefährtin kennenlernen."

Etienne sackte zusammen. Seine Lebensgefährtin bekämpfte ihn mit Zähnen und Klauen – wenn sie nicht gerade vollkommen seltsame Dinge tat, wie darauf zu bestehen, dass alles nur ein erotischer Traum war, und ihn ins Bett zerrte.

„Wie ich schon sagte", wiederholte Gregory und legte den Arm um Lissianna. Sie gab Etienne frei und machte einen Schritt zurück. „Vielleicht hast du ihr die Dinge einfach nicht im richtigen Licht dargestellt."

„Natürlich hat er das nicht", stimmte Lissianna lächelnd zu. „Sobald sie all die guten Seiten kennt, wird es ihr schon gefallen."

„Ich habe ihr alle guten Seiten aufgezählt", erklärte Etienne störrisch.

„Ich wette, nicht alle." Lissiannas Lächeln machte es ein wenig erträglicher, dass sie an ihm zweifelte.

„Doch", erwiderte er.

„Das wird sich zeigen."

Lissianna zuckte die Achseln und lächelte, aber das Lächeln war nicht für Etienne bestimmt und machte ihm bewusst, dass eine andere Person – selbstverständlich Rachel – ins Wohnzimmer gekommen war. Er drehte sich um und machte große Augen, als er ihre Kleidung sah. Sie hatte eine Stoffhose, eine Bluse und einen Laborkittel angehabt, als er sie im Sektionssaal gesehen hatte. Hier im Haus war sie entweder nackt oder in ein Laken gewickelt gewesen, oder sie hatte eines seiner Hemden getragen. Jetzt hatte sie eine enge, ausgebleichte Jeans an und ein T-Shirt, das ihr kaum bis zur Taille reichte. Das Haar hatte sie zu einem Pferdeschwanz zusammengefasst, und sie hatte sich nicht geschminkt. Insgesamt sah sie aus wie eine Achtzehnjährige. Eine sehr begehrenswerte Achtzehnjährige.

Etienne war gewaltig beeindruckt.

„Äh, das hier sind nicht … äh …" Rachel trat von einem Bein aufs andere und zupfte nervös am Saum des T-Shirts, um es ein Stück herunterzuziehen. „Sie haben nicht zufällig noch andere Sachen aus meiner Wohnung mitgebracht?"

„Tut mir leid, nein, meine Liebe. Sind das die falschen Kleidungsstücke?", fragte Marguerite. Sie stand auf und kam näher. „Gehören Sie Ihnen denn nicht? Ich habe sie aus Ihrem Schrank genommen. Es war die einzige Freizeitkleidung, die ich finden konnte."

„Doch, doch. Die Sachen gehören mir schon", sagte Rachel schnell. „Aber sie sind alt. Ich habe seit der Uni keine Jeans mehr getragen und bin offensichtlich aus ihnen herausgewachsen." Sie sah stirnrunzelnd an sich herunter und zupfte wieder an ihrem Top. „Ich hätte sie eigentlich schon längst wegwerfen sollen, aber ich neige ein bisschen zum Horten."

„Nein, Sie sehen reizend darin aus". Marguerite ergriff sie am Arm und führte sie zur Couch. Sobald sie saß, tätschelte sie Rachels Hand und sagte: „Nach dem, was Etienne uns gesagt hat, sind Sie ein wenig durcheinander."

„Nicht ich bin durcheinander", erwiderte Rachel, obwohl sie nicht sicher war, ob das wirklich zutraf. Dieser Traum hatte wirklich eine irreale Wendung genommen. Sie war nicht mehr sicher, wie sie ihn nennen sollte. Einen Traum? Albtraum? Fiebervisionen? War das alles eine Auswirkung minderwertiger Medikamente?

„Aha. Nun gut." Marguerite lächelte strahlend. „Wenn Sie mir vielleicht erzählen würden, an was sie sich als Letztes vor dem Aufwachen erinnern, könnten wir dort beginnen."

„Das Letzte, woran ich mich erinnere", murmelte Rachel nachdenklich. Logik war beruhigend. Marguerite behauptete nicht, eine Vampirin zu sein oder dass Rachel eine sei. Vielleicht würde sich tatsächlich alles in Wohlgefallen auflösen.

Sie fuhr sich mit der Zunge über die oberen Schneidezähne und stellte erleichtert fest, dass sich alles vollkommen normal anfühlte. Das hier musste wirklich von üblen Medikamenten herrühren. Sie rieb sich zerstreut die Brust, wo die Axt die Haut durchtrennt hatte, aber keine Narbe mehr zu finden war. Wahrscheinlich lag sie gerade im Koma, und eine schlechte Morphininfusion verursachte diese seltsamen Träume. Es waren nicht unbedingt schlechte Träume. Diese wenigen schwülen Momente im Schlafzimmer waren wirklich nicht übel gewesen.

Tatsächlich bedauerte sie, dass sie so abrupt ein Ende gefunden hatten – so unbefriedigend.

„Das Letzte, woran ich mich erinnere …", wiederholte sie und versuchte sich zu konzentrieren. „Ich war nach einer Woche Grippe das erste Mal wieder zur Arbeit gegangen."

„Ja." Marguerite nickte ermutigend.

„Tony war krank und Beth spät dran." Sie blickte auf und fügte hinzu: „Sie hatte Probleme mit dem Auto."

Marguerite gab ein Geräusch von sich, das möglicherweise von Mitleid für die unbekannte Beth und ihr Auto sprach.

„Fred und Dale, zwei Sanitäter, brachten einen Rostbraten."

„Einen Rostbraten?"

Rachel warf dem Mann, der ihr gegenübersaß und gefragt hatte, einen Blick zu. Er sah ebenso wie der Mann, den sie schon vorher kennengelernt hatte, wie ein brünetter Etienne aus, war aber ein bisschen schlechter gelaunt. Und er hatte einen Schreibblock auf den Knien und schien sich Notizen zu machen. Sie warf einen neugierigen Blick auf den Block und antwortete: „Verkohlte Leiche."

„Sie nennen sie ‚Rostbraten'?", fragte Bastien, der erste Brünette, erschüttert.

Rachel seufzte innerlich. Es war schwierig, Leuten, die nicht in ihrem Bereich arbeiteten, solche Kaltschnäuzigkeit zu erklären, aber sie würde es versuchen.

„Der tägliche Umgang mit dem Tod kann ziemlich bedrückend sein. Manchmal benutzen wir solche Begriffe, um … na ja, vor allem, um uns von der Tragödie zu distanzieren. Und jeder Fall ist eine Tragödie, ob es sich nun um ein Verbrennungsopfer oder einen Herzinfarkt handelt. Jede Person wird von irgendjemandem geliebt und betrauert. Das ist uns bewusst, aber wir müssen es ignorieren und versuchen zu bagatellisieren, sonst könnten wir einfach nicht arbeiten." Sie sah ihnen an, dass sie es nicht völlig verstanden. Wahrscheinlich konnte das niemand so richtig. Ihre Arbeit war schwierig, sowohl in technischer als auch emotionaler Hinsicht. Sie und ihre Mitarbeiter taten ihr Bestes, die Toten zu respektieren, aber einige der Dinge, die sie taten, um damit zurechtzukommen …

„Diese Sanitäter brachten also eine verbrannte Leiche“, hakte die junge blonde Frau nach.

„Ja.“ Rachel schaute neugierig von ihr zu derjenigen, die ihre Sachen aus der Wohnung geholt hatte. Die beiden hätten Zwillinge sein können, wenn man einmal von ihren unterschiedlichen Haarfarben absah. Dann glitt Rachels Blick wieder zu Etienne, und sie spürte, wie ihre Verwirrung zunahm. „Ja, das Opfer einer Autoexplosion. Fred und Dale verschwanden wieder, und ich begann, den Toten zu untersuchen. Dabei stellte sich heraus, dass das Schwarze gar keine verbrannte Haut war, sondern etwas, das sich bei der Explosion über den Mann ergossen haben musste. Dann glaubte ich zu sehen, wie sich seine Brust plötzlich hob. Also versuchte ich, den Pulsschlag festzustellen, aber dabei …“ Sie zögerte. Das war der Punkt, an dem die Dinge anfingen, unklar zu werden. Nicht weil sie sich nicht erinnern konnte – Rachel würde nie vergessen, wie die Axt in ihren Körper gedrungen war –, aber weil es jetzt keine Wunde mehr gab und alles so unerklärlich war.

„Aber als Sie das taten …“, ermutigte sie der Mann mit dem Block.

„Wurde die Tür zum Sektionssaal aufgerissen.“ Sie zwang sich, weiterzusprechen. „Ein Mann kam hereingestürzt, ein Mann in Tarnanzug und Trenchcoat. Er riss den Trenchcoat auf und hatte ein Gewehr über einer Schulter hängen und eine Axt über der anderen. Er schrie mich an.“ Wieder fuhr ihr Blick unsicher zu Etienne.

„Er schrie, ich solle verschwinden, weil der Verbrannte ein

Vampir sei. Dann rannte er auf die Bahre zu und hob die Axt. Im selben Augenblick wurde mir klar, dass er ihm den Kopf abschlagen wollte, aber das konnte ich nicht zulassen. Ich war doch nicht sicher, ob der Mann nicht noch lebte. Also stellte ich mich zwischen die beiden, in der Hoffnung, den Mann mit der Axt aufhalten zu können, aber das war nicht mehr möglich. Er konnte seinen Schwung nicht mehr bremsen, und die Axt …“ Sie brach ab und rieb sich unwillkürlich über eine Stelle unterhalb ihres Schlüsselbeins.

Eine Weile herrschte Schweigen, dann räusperte sie sich und beendete ihren Bericht. „Er war entsetzt darüber, was er getan hatte. Er versuchte, mir zu helfen, aber ich stand unter Schock und hatte Angst. Ich glaube, dann schaute jemand ganz kurz zur Tür herein. Der Mann mit der Axt bekam Angst, behauptete, dass Hilfe unterwegs sei, sagte, ich solle möglichst am Leben bleiben, drehte sich um und floh.“

„Mistkerl“, flüsterte Etienne. Er wandte sich den anderen zu. „Ich bin jedenfalls der Meinung, wir sollten die Polizei rufen und behaupten, er habe sie entführt. Sollen sie ihn doch ins Gefängnis stecken!“

„Aber er hat mich nicht entführt“, widersprach Rachel.

„Das ist egal“, erwiderte Etienne. „Es wird Aussage gegen Aussage stehen, und außerdem hat jemand gesehen, dass er sich im Krankenhaus aufhielt und bewaffnet war. Sie werden Ihnen glauben.“

„Aber er hat mich wirklich nicht entführt“, wiederholte sie.

„Nein, er hat nur versucht, Sie umzubringen“, erwiderte er sarkastisch. Dann wandte er sich den anderen zu. „Wir können sie die Polizei aus einer Telefonzelle in der Nähe seines Hauses anrufen lassen, und sie behauptet dann, dass sie gerade geflohen sei, und dann –“

„Das werde ich nicht tun“, unterbrach Rachel ihn. „Ich werde der Polizei sagen, dass er mich aus Versehen mit der Axt getroffen hat, als er Ihnen den Kopf abschlagen wollte, und dass es ihm offenbar sofort leidtat, aber ich werde nicht behaupten, dass er mich entführt hat. Das wäre eine Lüge."

Ihr Gastgeber schnaubte gereizt. „Rachel, er hat versucht, Sie umzubringen."

„Tatsächlich hat er das nicht getan", widersprach sie. „Es war ein Unfall."

„Also gut. Dann hat er versucht, mich umzubringen", fauchte er.

„Wenn Sie tatsächlich ein seelenloser Blutsauger sind, wie Sie behaupten – wer könnte es ihm dann übel nehmen?"

Alle schnappten nach Luft. Dann fing Marguerite an zu lachen.

Etienne starrte sie fassungslos an. „Mutter! Wie kannst du das auch noch komisch finden?"

„Sie ist einfach köstlich", entschuldigte sie sich, dann drehte sie sich um und klopfte Rachel sanft auf den Arm. „Er hat eine Seele, mein Kind. Wir haben alle eine. Ebenso wie Sie."

Rachel schaute finster drein. Marguerite kam offenbar zu dem Schluss, dass es sinnlos war, sie weiter überreden zu wollen, und wählte eine andere Strategie. Sie sagte: „Ich möchte Ihnen meine Kinder vorstellen. Etienne sind Sie zweifellos schon begegnet."

Etienne lächelte Rachel ermutigend zu, bezweifelte aber, dass sie es überhaupt bemerkte. Ihr Blick zuckte nervös zu ihm hin, dann wandte sie sich wieder ab, nickte und errötete.

„Und das hier sind meine Tochter Lissianna und ihr Verlobter Gregory." Marguerite deutete lächelnd auf das Paar, dann wartete sie, bis Lissi und Greg Rachel die Hand gegeben hatten. Schließlich wandte sie sich ihren älteren Söhnen zu. „Und das sind meine ältesten Sprösslinge – Lucern und Bastien. Hört auf, so zu grinsen, Jungs! Ihr macht Rachel nur verlegen."

Bei diesen Worten fuhr Etiennes Kopf herum. Seine Augen

blitzten aufgebracht, als er sah, wie begehrlich die beiden Männer Rachel betrachteten.

„Äh, entschuldigen Sie", unterbrach Rachel und richtete ihren verwirrten Blick auf Marguerite. „Sagten Sie Kinder?"

„Ja." Marguerite lächelte.

„Aber Sie sind viel zu jung, um –"

„Danke, meine Liebe", unterbrach Marguerite sie lächelnd. „Aber ich bin viel älter, als ich aussehe."

Rachel kniff die Augen zusammen. „Wie viel älter?"

„Ich bin siebenhundertsechsunddreißig Jahre alt."

Rachel blinzelte, dann räusperte sie sich. „Siebenhundertsechsunddreißig?", wiederholte sie.

„Ja." Marguerite nickte.

Rachel nickte.

Sie nickten alle.

Dann schüttelte Rachel den Kopf, schloss die Augen, und Etienne hörte sie sagen: „Ich träume also immer noch. Aber jetzt ist wieder alles zu einem Albtraum geworden."

Sehr zu Etiennes Überraschung fing seine Mutter wieder an zu lachen und nahm Rachel kurz in den Arm. „Es ist kein Traum. Und kein Albtraum. Und auch kein erotischer Traum", erklärte sie. „Das hier passiert alles wirklich. Wir sind tatsächlich – obwohl der Begriff uns nicht sonderlich zusagt – Vampire, und ich bin wirklich siebenhundertsechsunddreißig Jahre alt."

„Aha." Wieder nickte Rachel, dann schloss sie die Augen und schüttelte den Kopf. Aber fast im selben Moment öffnete sie ihre Augen wieder und brach in einen lauten Schrei aus, weil Marguerite sie gekniffen hatte. „Sie träumen nicht", sagte sie. „Denn dieses Kneifen hätte Sie aufgeweckt. Das hier ist die Realität. Und wir sind Vampire. Und Sie gehören jetzt auch dazu."

„Sie sagen das, als sei es etwas Gutes", murmelte Rachel. Dann fügte sie hinzu: „Die ganze Familie ist durchgeknallt."

„Vielleicht könnte Bastien die wissenschaftlichen Grundlagen erklären", sagte Greg plötzlich. In seinen Augen stand ein mitleidiger Ausdruck, der Etienne daran erinnerte, dass Greg das alles ebenfalls durchgemacht hatte.

„Ja." Bastien stand auf und setzte sich zu Rachel aufs Sofa. Etienne sah, dass Marguerite aufstand und an die Bar trat, um dort im Kühlschrank etwas zu suchen. Er nahm an, dass seine Mutter sich etwas von seinen privaten Blutvorräten genehmigen wollte. Wahrscheinlich hatte keiner von ihnen gegessen, bevor sie gekommen waren. Sie waren zu sehr mit ihren Sorgen beschäftigt gewesen. Pudges Wissen und seine Besessenheit stellten für jeden von ihnen eine Gefahr dar.

„Sie müssen wissen", begann Bastien, nahm Rachels Hand und lächelte sie auf eine Weise an, die Etienne überhaupt nicht gefiel, „dass wir den Begriff ‚Vampir' nicht selbst gewählt haben. Er wurde uns angehängt, und wir akzeptieren, dass er praktisch ist, wenn wir mit Sterblichen, äh, mit Nicht-Vampiren zu tun haben. Aber dieser Begriff ist nicht ganz zutreffend."

„Nein?" Rachel klang misstrauisch.

„Nein. Zumindest ist falsch, was in der Öffentlichkeit damit assoziiert wird. Wir sind nicht wegen eines Fluches zu dem geworden, was wir sind", erklärte er, „oder weil Gott uns ablehnt. Daher haben auch religiöse Symbole keine Wirkung auf uns."

„Aha", sagte Rachel bedächtig.

„Wir sind nicht von Dämonen besessen, die unsere Gesichtszüge verzerren oder die sich von uns ernähren oder sich daran freuen, Menschen zu quälen."

„Aha."

„Es gibt eine wissenschaftliche Erklärung und Ursache für unseren Zustand."

Das ließ sie aufmerken. Sie hörte wirklich zu, stellte Bastien erleichtert fest.

„Sie müssen wissen, dass unsere Wurzeln sehr weit zurückreichen", erklärte er. „Unsere Ahnen existierten schon vor Christi Geburt und sogar schon vor den alten Römern. Tatsächlich vor den ersten schriftlichen Zeugnissen der Menschheit. Schon sehr lange davor."

„Tatsächlich?" Nun wirkte Rachel wieder unsicher.

„Ja. Unser ursprüngliches Zuhause war ein Ort, den einige Leute Atlantis nennen."

„Ah." Etienne hörte Rachels Tonfall an, dass Bastien aufpassen musste. Sie hatte wieder diese skeptische Miene aufgesetzt.

„Unsere Wissenschaftler dort waren in ihrer Forschung sehr weit fortgeschritten. Sie entwickelten … nun, die einfachste Erklärung wäre wohl, dass es sich um eine Art Nanotechnologie handelt."

„Nanos?" Sie entspannte sich ein wenig, da sie sich nun wieder auf wissenschaftlichem Boden befanden.

„Ja. Und sie verbanden diese Nanotechnologie geschickt mit Gentechnik und schufen besondere Nanos, die als eine Art wohlwollender Parasit fungierten."

„Parasit?" Das interessierte sie offensichtlich, und Etienne schöpfte wieder Hoffnung, dass sie schließlich doch akzeptieren würde, was geschehen war.

„Ja. Sie ernähren sich von dem Blut, das wir ihnen liefern."

„Es ist also ein wissenschaftliches Experiment, das schiefgegangen ist", schloss sie und sah, dass Bastien nickte. „Aber wie sind diese Nanos in Ihre Vorfahren hineingelangt?"

„Sie wurden bewusst eingeführt", gab er zu. „Diese Nanos wurden von Anfang an dazu entwickelt, im Blut zu leben und zu helfen, Schäden zu beheben, die durch Verletzungen entstanden waren – ähnlich wie die Arbeit mikroskopischer Chirurgen, die sozusagen von innen heraus arbeiten. Aber sobald diese Nanos sich im Blut unserer Ahnen befanden, fand man heraus, dass sie nicht nur Gewebe reparierten, sondern sich auch selbst regenerierten und Krankheiten bekämpften."

„Ich verstehe. Sie reparieren und regenerieren also Ihre Körper und sorgen dafür, dass Sie jung und gesund bleiben, und im Austausch dafür leben sie von Ihrem Blut?", fragte sie bedächtig.

„Genau." Bastien lächelte.

Rachel schien einen Augenblick lang nachzudenken, dann stellte sie fest: „Ich nehme an, es kostet ziemlich viel Blut, um ununterbrochen das Gewebe zu heilen und zu regenerieren."

„Ja", gab er zu. „Mehr, als ein normaler menschlicher Körper selbst herstellen kann."

„Daher die Notwendigkeit, in Hälse zu beißen", spekulierte Rachel.

Etienne räusperte sich, und alle Anwesenden zuckten zusammen.

„Seht mich nicht so an", sagte er gereizt, als sie sich ihm zuwandten. „Diesen Ausdruck hat sie nicht von mir."

„Wir beißen nicht mehr in Hälse", sagte Lissianna beschwichtigend. Sie setzte sich zu Rachel und ihrem Bruder. „Es stimmt, dass das in der Vergangenheit hin und wieder notwendig war und dass manchmal Probleme gesundheitlicher Art oder … äh … Phobien" – sie warf Greg einen Blick zu, und das Paar lächelte sich liebevoll an – „einen oder zwei von uns zwangen, wieder auf die alte Weise zu leben. Doch grundsätzlich wird Beißen missbilligt, seit es Blutbanken gibt."

„Blutbanken." Rachel riss vor Überraschung die Augen auf. „Lieber Gott, die müssen wie Fast-Food-Restaurants sein, ein McDonald's für Vampire."

„Mehr eine Sandwichbar als McDonald's. Alles kalt." Lissianna verzog angewidert das Gesicht. Sie war wegen ausgeprägter Hämophobie bis vor Kurzem gezwungen gewesen, tatsächlich in

Hälse zu beißen. Es gab nichts Schlimmeres für einen Vampir, als beim Anblick von Blut ohnmächtig zu werden – etwas, woran Lissianna seit ihrer Kindheit gelitten hatte. Jetzt war sie geheilt, aber Etienne wusste, dass sie immer noch Schwierigkeiten hatte, sich von kaltem Blut aus Beuteln zu ernähren.

Rachel schwieg angewidert. „Und ich bin jetzt wie Sie?"

Lissianna nahm ihre Hand, sodass sowohl sie als auch Bastien eine von Rachels Händen hielten. „Ja", sagte sie feierlich. „Denn Etienne hat Sie zu einer der Unseren gewandelt, um Ihnen das Leben zu retten. Sie sind jetzt eine richtige Vampirin."

Rachel ließ erschüttert die Schultern hängen. „Aber ich mag nicht mal Blutwurst oder ein Steak, das nicht durchgebraten ist! Wenn es nur ein winziges bisschen rosa ist, wird mir schlecht. Ich werde nie in der Lage sein –"

„Damit kommen wir zurecht", versicherte Lissianna ihr. „Wenn nötig, können Sie Ihr Blut weiterhin durch Infusionen beziehen wie zuvor."

Das schien Rachel nicht sonderlich zu beeindrucken. „Mein Zahnarzt wird begeistert sein. Wenn er das erste Mal meine Zähne röntgt, wird er durchdrehen."

„Das wird überhaupt kein Problem sein. Sie werden nicht mehr zum Zahnarzt gehen müssen", versicherte Bastien.

„Nein?"

„Nein", bestätigte Lissianna. „Und auch nicht zu anderen Ärzten. Sie sind jetzt karies- und krankheitsfest. Das Blut wird dafür sorgen."

„Er wird also überhaupt nicht mehr bohren? Und ich brauche keine Grippeimpfungen mehr?", fragte Rachel.

Lissianna warf Etienne ein triumphierendes Lächeln zu. „Ich wusste doch, dass du es nicht richtig angestellt hast. Ich wette, du hast auch kein Wort über Orgasmen gesagt."

„Ich habe ihr gesagt, sie werde ewig leben und nicht älter

werden. Das schien mir überzeugender als Zahnärzte oder Arztbesuche“, erwiderte Etienne gereizt.

„Vielleicht für jemanden, der sich nie damit herumschlagen musste“, erwiderte Rachel zerstreut. Dann fragte sie: „Orgasmen?“

„Das ist mein Stichwort. Ich gehe.“ Greg nahm sein Glas und ging zur Tür. „Wenn Frauen anfangen, über Sex zu reden …“

Bastien tätschelte noch einmal Rachels Hand und stand dann ebenfalls auf. „Ja, diesen Teil der Unterhaltung wollen wir lieber den Frauen überlassen.“

„Hm“, knurrte Lucern zustimmend, aber er sah aus, als würde er eigentlich lieber bleiben und sich Notizen machen. Widerstrebend erhob auch er sich und erreichte die Tür fast gleichzeitig mit Etienne und Bastien. Als hätten die beide anderen ein- und denselben Gedanken – was vermutlich auch der Fall war –, nahmen sie ihn je an einem Arm und zerrten ihn mit sich hinaus.

„Komm mit, kleiner Bruder. Du kannst uns den neuesten Stand der Entwicklungen deines Spiels zeigen“, sagte Bastien.

Etienne widersprach nicht. Das wäre auch sinnlos gewesen. Selbst ein Vampir zu sein half nicht gegen zwei so herrische Brüder wie Lucern und Bastien.

„Orgasmen“, griff Marguerite das Thema wieder auf, als sich die Tür hinter den Männern geschlossen hatte.

Rachel sah Etiennes Mutter an. Sie – diese viel ältere Frau, wenn sie tatsächlich siebenhundertsechsunddreißig Jahre alt war – lächelte spitzbübisch, als sie neben Rachel Platz nahm. „Das können Sie sich nicht vorstellen.“

Lissianna lachte leise über die Begeisterung ihrer Mutter, dann sagte sie: „Marguerite kann es besser erklären als ich. Ich wurde als Vampirin geboren und hatte nie das Sexualleben einer Sterblichen. Aber Mutter hat als Mensch begonnen und wurde gewandelt wie Sie. Und sie behauptet, der Unterschied sei überwältigend."

„So ist es." Marguerite fuhr sich mit der Zunge über die Schneidezähne und nickt andächtig. „Im ersten Jahr bin ich jedes Mal ohnmächtig geworden."

„Ohnmächtig?", keuchte Rachel. „Das ganze erste Jahr?"

„Oh ja!" Marguerite klopfte ihr auf den Arm. „Man kann den Unterschied einfach nicht beschreiben. Es ist überwältigend. Sie verbinden sich mit Ihrem Partner und erleben seine Leidenschaft ebenso wie die Ihre."

„Es ist also doppelt so stark?", fragte Rachel.

Marguerite schüttelte den Kopf. „Eher zwanzigmal. Irgendwie erhöht das Blut die Empfindsamkeit. Ihr Geruchssinn wird zehnmal besser sein als zuvor, sie können besser hören, weiter sehen und reagieren besonders empfindlich auf Berührungen."

„Zwanzigmal besserer Sex?" Rachel versuchte das Gehörte zu begreifen, aber sie konnte es nicht. Vielleicht wäre es gut gewesen, wenn sie mehr Erfahrung gehabt hätte. Rachel hatte jedoch in den letzten Jahren nicht viel Zeit auf ihr Liebesleben verschwendet. An der Uni war sie verlobt gewesen, aber ihren Verlobten im Bett mit ihrer Mitbewohnerin zu erwischen hatte dazu geführt, dass sie sich überwiegend auf ihre Arbeit konzentriert hatte.

„Erfahrener zu sein, würde auch nicht helfen, meine Liebe", sagte Marguerite mitleidig. „Sie werden erst verstehen, wovon ich spreche, wenn Sie es erleben."

Rachel starrte die andere unsicher an, dann räusperte sie sich und fragte: „Haben Sie gerade meine Gedanken gelesen?"

„Ich fürchte beinahe – ja." Marguerite biss sich auf die Unterlippe. „Es tut mir wirklich leid. Eine schlechte Angewohnheit. Ich werde in Zukunft nicht mehr versuchen, in Ihre Gedanken einzudringen."

Rachel zuckte die Achseln. Sie würde einfach nur aufpassen müssen, was sie dachte. Und im Augenblick interessierten sie diese anderen Dinge mehr. „Kann ich jetzt auch Gedanken lesen?“

„Noch nicht. Sie müssen es erst noch lernen. Es gibt viele Dinge, die Sie noch lernen müssen.“

„Zum Beispiel?“, fragte sie neugierig.

Marguerite dachte nach. Rachel befürchtete, sie versuchte zu entscheiden, was sie ihrem Gegenüber zumuten konnte und was nicht. Schließlich sagte die Ältere: „Sie werden feststellen, dass Sie viel stärker sind als früher. Auch schneller, sowohl körperlich als auch geistig. Und sie werden besser im Dunkeln sehen können.“

„Wie nächtliche Raubtiere.“

„Ja. Ihre Augen werden leuchten, wenn das Licht sie im Dunkeln trifft, wie die eines Nachttieres.“

Rachel hob unwillkürlich die Hand ans Gesicht und schaute von Marguerite zu Lissianna. Sie hatten beide die gleichen silbrig blauen Augen wie Etienne. „Sind meine Augen jetzt wie Ihre?“ Es war ihr nicht wirklich aufgefallen, als sie oben in den Spiegel geschaut hatte.

„Eher silbrig grün“, stellte Marguerite fest. „Waren sie ursprünglich grün?“

„Ja.“ Jetzt war Rachel neugierig geworden und wollte es unbedingt sehen.

Sie hatte den Gedanken kaum zu Ende gebracht, als Lissianna aufstand und zum Tresen der Bar ging, auf dem ihre Handtasche lag. Sie kramte einen Moment darin herum, dann hatte sie eine Puderdose in der Hand. Sie öffnete sie und kam damit zum Sofa zurück. „Ich bin zweihundertzwei Jahre alt“, sagte sie und reichte Rachel die Dose mit dem Spiegel.

Rachel gelang ein verlegenes Lächeln, als Lissianna ihre lediglich in Gedanken formulierte Frage beantwortete, und sie erinnerte sich daran, dass sie in der Nähe dieser Wesen wirklich aufpassen musste, was sie dachte. Dann schaute sie in den Spiegel und betrachtete ihre Augen.

„Oh“, hauchte sie. Die Sorge um das Gedankenlesen war schnell wieder vergessen. Dann sagte sie ein wenig besorgt: „Es wird interessant sein, das meinen Verwandten zu erklären.“ Sie blickte auf und bemerkte gerade noch, dass Mutter und Tochter einen Blick wechselten. „Was ist?“

Lissianna schüttelte den Kopf, aber ihr Lächeln wirkte ein wenig angestrengt. „Sagen Sie einfach, es seien Kontaktlinsen.“

„Gute Idee“, stellte Marguerite fest und erhob sich. Aber ihre Zustimmung war verdächtig schnell gekommen. „Jetzt sollten Sie sich noch ein wenig ausruhen. Sie sind müde.“

Es war seltsam, aber Rachel fühlte sich tatsächlich auf einmal sehr müde. Sie hatte auch den Verdacht, dass das Lesen der Gedanken anderer nicht das Einzige war, was diese Leute beherrschten.

„Sie können auch Gedanken kontrollieren“, bezichtigte sie die beiden Damen.

„In früheren Zeiten war das bei der Jagd ein nützlicher Kniff“, erwiderte Marguerite ruhig.

Zumindest log sie nicht, dachte Rachel ergeben. Dann fiel ihr etwas anderes ein: „Hat Etienne vorhin mein Denken beeinflusst?“ Sie erwähnte die leidenschaftlichen Augenblicke im Schlafzimmer nicht direkt, aber das war auch nicht notwendig. Marguerite konnte schließlich problemlos in ihr geistiges Inneres eindringen.

„Zum Glück kann Etienne weder Ihre Gedanken lesen noch sie beherrschen“, stellte sie fest.

„Wieso ist das ein Glück?“, fragte Rachel. Sie war zwar derselben Meinung, aber warum empfand Marguerite ebenso?

„Weil gute Lebensgefährten einander nicht deuten oder beherrschen dürfen. Das wäre keine richtige Partnerschaft, sondern eine Beziehung zwischen einem Puppenspieler und einer Marionette."

Rachel fand diese Bemerkung ein wenig irritierend, denn sie hatte diese Leute gerade erst kennengelernt und war niemandes Lebensgefährtin, aber dann fiel ihr noch eine andere Frage ein. „Wie alt ist Etienne?"

„Dreihundertzwölf."

„Dreihundertzwölf", wiederholte Rachel. Ihr Unbehagen kehrte zurück. Dieser Mann war dreihundertzwölf Jahre alt. Sie hatte versucht, einen alten Mann ins Bett zu zerren. Einen Tattergreis.

„Keine Sorge", sagte Marguerite. Diesmal war ihre Stimme leise, flüsternd leise. Beinahe, als habe sie nicht richtig gesprochen, sondern die Worte nur gehaucht. Oder nur gedacht. „Seien Sie nicht so bekümmert. Wenn Sie sich ausgeruht haben, wird Ihnen alles viel weniger kompliziert vorkommen."

„Ja." Das Wort trat wie von selbst auf Rachels Lippen. Nicht dass sie das sonderlich interessierte. Sie konnte nur noch daran denken, dass sie müde war und Ruhe brauchte.

„Kommen Sie", sagte Marguerite und trat zu ihr. Rachel tat, wie man ihr befahl.

„Brillant!" Grinsend schlug Bastien seinem Bruder auf die Schulter, als Etienne das Programm beendete. „Das hier wird ein noch größerer Erfolg werden als das Erste." Lucern und Greg nickten.

„So gut?"

Alle vier Männer drehten sich überrascht zur Tür um, als sie Lissiannas Stimme hörten. Greg lächelte, als er sie sah, trat an ihre Seite und legte ihr den Arm um die Taille. Er drückte ihr einen Kuss auf die Stirn. „Seid ihr damit fertig, Rachel die Freuden des Vampirsex zu erklären?"

„Hmm." Sie lächelte und gab ihm ebenfalls einen Kuss, dann wandte sie sich ihrem Bruder zu. „Sie ist fasziniert, Etienne. Wir haben deine Chancen sehr wahrscheinlich erhöht."

„Ha, ha." Etienne wandte sich vom Computer ab und stand auf. „Wo ist Mutter?"

„Sie hat Rachel nach oben ins Bett gebracht."

Etienne lachte. „Und sie zugedeckt wie ein Kind?"

„Sie ist ja wirklich noch ein Kind", bemerkte Lucern und ging zur Tür. „Sie ist nicht mal fünfundzwanzig."

„Beinahe dreißig", verbesserte Etienne.

„Immer noch ein Kind", stellte Lucern achselzuckend fest.

„Für dich sind alle Kinder, Lucern", witzelte Lissianna.

„Nicht alle. Nur alle unter vierhundert."

„Damit meinst du alle außer dir, Mutter, Bastien und etwa hundert weiteren uralten Vampis auf der Welt", stellte Etienne angewidert fest. Mit dreihundertzwölf hatte er langsam genug davon, als Kind bezeichnet zu werden. Manchmal sehnte er sich sogar danach, ein Mensch zu sein, eine normale Lebenserwartung und eine Familie zu haben. Aber dieses Gefühl verging immer wieder schnell.

„Also gut, was werden wir mit deinem Freund Pokey machen?", fragte Greg, als sie ins Wohnzimmer zurückkehrten.

„Pudge", verbesserte Etienne.

„Deine Mutter sagte, er heißt Pokey."

„Sie hat anscheinend eine geistige Blockierung, wenn es um seinen Namen geht."

„Ich habe darüber nachgedacht", sagte Bastien. Alle wandten sich ihm zu. Als Lucern sich nach dem Tod ihres Vaters entschlossen hatte, Autor zu werden und lieber anderen kreativen Beschäftigungen nachzugehen, als das Familienunternehmen zu übernehmen, war das Geschäft auf Bastien übergegangen. Alle würdigten seine Arbeit und die Anstrengungen, die er unternahm, um anderen zu helfen. „Wie ihr schon wisst, glauben Krankenhausleitung und Polizei, dass Pudge Rachel entführt hat. Also wäre es vielleicht ratsam, wenn wir sie überreden könnten, diese Version zu übernehmen. Sie würden ihn verhaften und wegen Entführung vor Gericht stellen. Etienne muss sie überzeugen, das zu tun."

„Eine sehr vernünftige Idee", stellte Lucern fest. Dann sah er Etienne an und fragte skeptisch: „Glaubst du, dass du das kannst?"

„Ich kann es zumindest versuchen", antwortete Etienne. Er lächelte. „Ich werde genug Zeit haben, sie zu überzeugen, solange sie hier ist."

„Wenn sie einverstanden ist zu bleiben", wandte Lissianna ein.

„Das wird sie schon."

„Sie ist kein herumstreunender Hund, Etienne", sagte Marguerite, die gerade wieder hereinkam. „Du kannst sie nicht einfach behalten, wenn du möchtest."

„Nein, sie ist kein herumstreunender Hund", stimmte er zu. „Aber sie ist jetzt tatsächlich eine von uns."

„Und?", fragte Lissianna. „Das bedeutet nicht, dass du sie anketten kannst. Sie wird wahrscheinlich zu ihrem eigenen Leben zurückkehren wollen."

„Aber sie muss Nahrung zu sich nehmen", protestierte er.

„Das stimmt", schaltete sich Bastien ein. „Und wir werden ihr unsere Blutbanken zur Verfügung stellen, falls sie sie braucht."

Etienne wurde bei dieser Bemerkung hellhörig. „Falls sie sie braucht? Selbstverständlich wird sie sie brauchen."

„Nicht unbedingt", sagte Greg. „Sie arbeitet in einem Krankenhaus. Sie kann sich dort wahrscheinlich selbst versorgen."

Etienne schwieg, aber er spürte, wie er missbilligend die Lippen zusammenkniff. Der Gedanke, Rachel wieder zu verlieren, gefiel ihm überhaupt nicht, und einen Augenblick rang er mit den Gründen dafür. Er war vollkommen verstört von seiner eigenen Reaktion, denn er kannte die junge Frau kaum und hätte eigentlich gar nicht so intensiv empfinden dürfen – aber genau das tat er. Er hätte sich gewünscht, dass es nicht nur eine Reaktion seines Körpers auf ihren Kuss war oder mit seinen Empfindungen zu tun hatte, als sie sich ihm mit ihrem ganzen Leib anbot.

Er schaute in den Gang hinaus, während die anderen sich weiterunterhielten. Rachel würde in diesem Augenblick in seinem Bett liegen; seine Mutter hatte dafür gesorgt. Das war das Beste für Rachel. Ihr Körper hatte in der letzten Zeit viel aushalten müssen – eine tödliche Wunde, die Wandlung, die Heilung – und auch ihre Psyche. Es konnte nicht leicht sein zu akzeptieren, dass sich das ganze Leben plötzlich geändert hatte.

Etienne runzelte die Stirn. Auch sein Leben hatte eine unerwartete Wendung genommen, und auch er kam sich einigermaßen überfordert vor. Plötzlich musste er sich um ein anderes Wesen sorgen und es betreuen. Als Lissianna noch ein Kind gewesen war, hatte er den älteren Bruder gespielt und sie beschützt, aber das war etwas völlig anderes gewesen. Der jungen Frau gegenüber hatte er schon nach kürzester Zeit eine Art Verantwortung entwickelt, die er sich nicht erklären konnte. Vielleicht lag es daran, dass er derjenige gewesen war, der sie gewandelt hatte. Was auch immer der Grund dafür war, er fühlte jedenfalls, dass ihr Leben mit dem seinen nun eng verflochten war.

Vielleicht musste er einfach wieder mehr in das gesellschaftliche Leben eintauchen. Es war sicher nicht gut, dass er so lange wie ein Mönch gelebt hatte.

„Wie lange war es denn?“

„Zwanzig oder dreißig Jahre“, antwortete Etienne, bevor er

sich zurückhalten konnte. Dann sah er seine Mutter wütend an. „Es ist unhöflich, anderer Leute Gedanken zu lesen, Mutter."

Sie lächelte ihn liebenswürdig an. Marguerite hatte eine besondere Verbindung zu den Köpfen ihrer Kinder, vielleicht schon seit deren Geburt. Sie hatte immer ihre Gedanken lesen können – eine Begabung, die andersherum nicht funktionierte. Sie alle konnten geistig in die Köpfe anderer eindringen – oder zumindest fast immer, korrigierte Etienne sich, als ihm einfiel, dass Rachels Geist ihm offenbar verschlossen war. Die Gedanken der Geschwister untereinander lagen ebenfalls offen vor ihnen, wenn sie nicht wachsam waren, was meist der Fall war. Aber keiner war imstande zu deuten, was in Marguerites Kopf vorging.

„Es ist spät, und ich habe noch zu tun", erklärte sie mit einem Mal und stand auf. „Außerdem müssen wir Etienne Zeit lassen, darüber nachzudenken, wie er Rachel von unserem Plan überzeugen kann. Wir können uns morgen Abend wieder hier versammeln."

Sehr zu Etiennes Erleichterung waren alle damit einverstanden. Er begleitete sie hinaus und schloss hinter ihnen ab, dann ging er nach oben in sein Zimmer, denn er konnte einfach nicht anders.

Sein schöner Gast schlief. Wie sie dort in kindlicher Unschuld in seinem Bett lag, zusammengerollt und in Decken eingehüllt, hätte niemand ahnen können, was für eine lebenshungrige, ja übermütige Frau sie war. Rachel hatte tatsächlich das Temperament, das vielen Rothaarigen nachgesagt wird, und gerade das gefiel Etienne. Er konnte kaum erwarten, dass die Sonne unterging und eine neue Nacht begann.

7

Die rot glühenden Ziffern des digitalen Weckers auf dem Nachttisch zeigten an, dass es sechs Minuten nach zwölf war. Immer noch mitten in der Nacht. Diesmal hatte Rachel nur kurze Zeit schlafen können. Die jahrelangen Nachtschichten hatten ihren Schlafrhythmus beeinflusst, und aus Erfahrung wusste sie beim Aufwachen sofort, dass sie jetzt nicht wieder einschlafen konnte.

Sie setzte sich auf die Bettkante und griff nach den Kleidungsstücken, die am Fußende des Bettes lagen. Sie konnte sich vage erinnern, dass Marguerite versprochen hatte, noch mehr Kleider für sie aus der Wohnung zu holen und hatte nicht vergessen, dass sie ihr zugestimmt hatte, aber sie konnte sich nicht mehr vorstellen, warum. Sie hatte nicht vor, auch nur noch einen einzigen Tag länger hierzubleiben. Sie würde nach Hause gehen. Sie hatte zwar keine Ahnung, was auf sie zukommen würde, aber Bastiens Erklärungen im Laufe des Abends hatten sie überzeugt, dass sich ihr Leben tatsächlich verändert hatte.

Doch es war merkwürdig. Sie war zwar jetzt bereit zuzugeben, das zu akzeptieren, aber sie fühlte sich deshalb nicht anders. Sie liebte ihre Familie immer noch, und ihre Ziele und ihr Ehrgeiz waren dieselben geblieben. Sie war sich immer noch nicht sicher, was sie davon halten sollte, Vampirin zu sein, aber sie befürchtete eher, dass es ihr nicht leicht fallen würde. Es war eine Sache, sich vorzustellen, nie alt zu werden und ewig leben zu können – obwohl es nach allem, was die Argeneaus ihr erzählt hatten, nicht notwendigerweise wirklich auf ewig sein musste –, aber eine ganz andere, wenn es tatsächlich der Fall war.

Rachel hatte in der vergangenen Nacht geträumt, die Welt drehte sich nun schneller um sie. In diesem Traum war sie von vielen ihr unbekannten Menschen umgeben gewesen. Sie wurden geboren, wuchsen auf und alterten, während sie selbst unverändert blieb. Sie und auch die Argeneaus blieben jedoch stets dieselben, während sie zusahen, wie alle anderen rings um sie schließlich zu Staub zerfielen. Und es kamen immer wieder neue Geschöpfe zur Welt, um den Platz der vorhergehenden einzunehmen und dann ebenfalls zu sterben.

Rachel gelang es endlich, diesen trostlosen Traum und die Fragen, die er aufwarf, abzuschütteln und zog sich fertig an. Sie verließ den Raum und fand das Haus so still und leer wie beim ersten Mal, als sie aufgewacht war. Sehr zu ihrer Erleichterung hatte jedoch jemand im Flur das Licht brennen lassen, sodass sie es diesmal leichter die Treppe ins Parterre hinunter schaffte. Doch da war niemand mehr – Etiennes Verwandte waren offenbar alle nach Hause gegangen. Ihr Instinkt führte sie direkt in die Küche, und es überraschte sie nicht, dass Licht unter der Tür zum Souterrain hervordrang.

Rachel öffnete die Tür und folgte diesem Licht, entschlossen, ihren Gastgeber zu finden. Sie würde nach Hause gehen. Und zwar jetzt gleich. Ihre Schritte wurden jedoch zögernder, als sie das Ende der Treppe erreichte, und Erinnerungen an ihre Begegnungen mit Etienne brachen über sie herein. Sie krümmte sich innerlich vor Verlegenheit bei dem Gedanken daran, wie sie sich ihm gegenüber benommen hatte. Wie konnte sie ihm überhaupt noch gegenübertreten? Sie spielte kurz mit dem Gedanken, einfach zu verschwinden, aber das fand sie mehr als unhöflich. Er hatte ihr schließlich das Leben gerettet. Rachel war noch nicht sicher, ob ihr besonders gefiel, wie er es getan hatte, aber immerhin hatte er sie gerettet. Sie war es sich und ihm schuldig, sich zumindest zu bedanken und zu verabschieden.

Nachdem sie sich das klargemacht hatte, zwang sie sich weiterzugehen. Die Tür war nur angelehnt, und als sie sie öffnete, bemerkte sie, dass sie ganz aus Metall und mindestens fünfzehn Zentimeter dick war. Sie musste an einen Banksafe denken. Hightech-Sicherheit, dachte sie zerstreut, dann bemerkte sie Etienne, der vor dem langen Tisch mit den Computern saß. Er rollte auf seinen Schreibtischstuhl von einem Monitor zum anderen, prüfte und korrigierte Einstellungen und rollte wieder zurück. In dieser Nacht schlief er nicht in seinem Sarg.

Ihr Blick wurde von dem langen, schmalen Kasten fast magnetisch angezogen, und sie fragte sich, ob sie auch in einem solchen schlafen musste. Der Gedanke erschreckte sie. Rachel litt unter leichter Klaustrophobie.

„Oh, Sie sind ja wach."

Sie sah ihren Gastgeber an. Er drehte den Stuhl ganz zu ihr herum und lächelte strahlend. Er schien oft zu lächeln, stellte sie fest. Er war offensichtlich ein überwiegend gut gelaunter Mann. Aber warum auch nicht? Er war wohlhabend, sah gut aus, würde bis in alle Ewigkeit jung bleiben und musste sich vermutlich nicht mit allzu großen Problemen herumschlagen. Dann merkte sie auf einmal, dass sie einfach nur töricht dastand, und sie zwang sich dazu, zumindest zu lächeln und das Zimmer zu betreten. „Was machen Sie denn da?"

„Ich arbeite." Er wandte sich wieder den Monitoren zu und gab etwas in die Tastatur ein, was das Bild veränderte. Rachel machte große Augen, als sie erkannte, was es war.

„‚Blutlust'?", fragte sie leise. Ihre Augen wurden noch größer, als das Bild sich endlich vollkommen aufgebaut hatte. Der Titel bestand aus roten Buchstaben, die ausliefen und vor Blut nur so troffen. „‚Blutlust II'!", rief sie. „Ich fand den ersten Teil wunderbar. Ich wusste nicht, das es schon einen zweiten gibt."

„Den gibt es auch nicht. Noch nicht."

„Noch nicht?“ Sie starrte wie gebannt auf den Monitor, als nach dem Titel das Logo der Produktionsfirma erschien, dann fuhr ihr Blick zu Etienne. „Wollen Sie etwa behaupten, dass Sie der Schöpfer dieses Spiels sind?“

Er nickte grinsend.

„Unglaublich.“ Sie schaute wieder auf den Monitor. „Ich habe gehört, dass der Erfinder des Spiels in Toronto lebt, aber …“ Aber sie war ziemlich schockiert festzustellen, dass es von einem Vampir stammte. Bei dem Spiel ging es ebenfalls um Vampire – um böse Vampire, und eine einsame Jägerin, die sie vernichtete.

„Ich bin mit ‚Blutlust II‘ beinahe fertig, bis auf die letzte Schlacht“, antwortete er. „Ich wollte gerade ein Testspiel durchführen, um Fehler oder unlogische Stellen zu finden. Wollen Sie mitmachen?“

Rachel zögerte, aber nur kurz. Sie würde sich später bedanken und dann gehen. Die Möglichkeit, einen noch unveröffentlichten Prototyp der zweiten Folge ihres Lieblingsspiels zu testen, war einfach zu verlockend.

„Na ja, wenn Sie ‚Blutlust‘ entwickelt haben, können Sie wirklich nicht so übel sein“, neckte sie ihn ein wenig. Dann ließ sie sich auf einen Schreibtischstuhl nieder, den er herangerollt hatte, und sah zu, wie er sich wieder auf seinen eigenen Stuhl setzte.

„Besten Dank.“ Er klang amüsiert. Dann fuhr er das Spiel hoch.

„Hat Pudge auf diese Weise herausgefunden, dass Sie ein Vampir sind?“, fragte Rachel. Seine Finger tanzten über die Taststur. Er war sehr schnell. Sie war beeindruckt. Sie tippte eher mit dem Zwei-Finger-Suchsystem.

„Nicht ganz“, antwortete er. „Obwohl es ihm vielleicht geholfen hat. Was mich wirklich verraten hat, ist der Sarg, meine Angewohnheit, tagsüber im Haus zu bleiben, und dass er mich niemals etwas essen gesehen hat.“

Rachel starrte ihn ausdruckslos an, dann fragte sie verwirrt: „Aber wie hat er das alles erfahren?“

Etienne zuckte die Achseln und konzentrierte sich auf das, was er tat. „Pudge ist ein Computerfreak. Ich glaube, er neidete mir meinen Erfolg. Er hatte sich ganz auf mich eingeschossen und versucht, mich dazu zu bringen, ihn einzustellen. Aber ich arbeite lieber allein.“ Er runzelte die Stirn. „Damit hat er mich über ein Jahr geplagt. Er hat sogar angeboten, umsonst zu arbeiten. Als ich mich immer noch weigerte, fing er an, mich zu verfolgen, ist ins Haus eingebrochen, wenn ich nicht da war, und solche Sachen. Ich glaube, er versuchte nur, Informationen über meine Arbeit herauszubekommen, aber ich bin ziemlich sicher, dass das, was er schließlich fand, war nicht ganz das war, was er erwartet hatte.“ Seine Worte waren vermutlich die größte Untertreibung. „Es genügte jedenfalls, um ihn davon zu überzeugen, er müsse mich auf die traditionelle Weise erledigen.“

Damit bezog er sich offenbar auf Pudges Versuch, ihm den Kopf abzuhacken. „Ist die traditionelle Methode nicht die mit dem Pfahl?“

„Ein angespitzter Holzpflock ins Herz und dann enthaupten“, stimmte Etienne zu. „Ich nehme an, er war der Ansicht, dass er sich den Pflock sparen könne.“

„Oh Gott.“ Rachel verzog seltsam berührt das Gesicht. Was wäre geschehen, wenn sie nicht zwischen Etienne und den Axt schwingenden Pudge gesprungen wäre? Vor ihrem geistigen Auge hatte sie plötzlich das Bild eines Mannes, der Etiennes baumelnden Kopf hin und her schwenkte, und war froh, dass es nicht dazu gekommen war. „Dieser Pudge ist ein bisschen krank.“

„Ja. Ich glaube, er braucht ärztliche Hilfe“, stimmte Etienne zu. „Tatsächlich weiß ich das sogar sicher.“

„Und wieso? Ich meine, einmal von der Tatsache abgesehen,

dass er zahllose Male versucht hat, Sie umzubringen?", fragte sie spöttisch.

„Ich kann nicht in seinen Geist eindringen, um seine Erinnerungen zu löschen oder ihn zu beeinflussen." Als Rachel die Augen misstrauisch zusammenkniff, fügte er hinzu: „Nein, ich kann Ihre Gedanken auch nicht lesen und Ihr Verhalten nicht beherrschen, aber in Ihrem Fall bin ich sicher, dass das nichts mit Wahnsinn zu tun hat."

Gegen ihren Willen musste Rachel über sein Frotzeln lächeln. „Es gibt also Leute, deren Gedanken Sie tatsächlich nicht lesen können?" Als er nickte, spekulierte sie: „Dann ist er vielleicht einfach wie ich, einer von diesen – Leuten."

Etienne schüttelte den Kopf. „Dann habe ich es falsch erklärt. Ich kann zwar in seinen Kopf eindringen, aber nur unter großen Schmerzen." Er wandte den Blick ab und zuckte die Achseln. „Seine Gedanken sind wirr und trübe. Fragmentiert ist vielleicht die beste Beschreibung. Ich konnte sie nicht richtig fassen und begreifen, um irgendetwas damit tun zu können. Bei Ihnen ist das anders: Ich kann Ihre Gedanken schlicht überhaupt nicht lesen."

„Hmm." Rachel dachte darüber nach, war aber nicht sicher, ob sie ihm glaubte. „Ihre Mutter scheint damit keine Probleme zu haben."

„Erinnern Sie mich nicht daran." Er klang gereizt.

„Warum kann sie es und Sie nicht?", fragte Rachel, obwohl sie nicht sicher war, ob das überhaupt zutraf. Es wäre weniger peinlich, glauben zu können, dass ihr vorheriges Verhalten auf seine Beeinflussung zurückzuführen war. Aber sie war selbst nicht so recht davon überzeugt.

Etienne antwortete nicht. „Also los", sagte er und lenkte ihre Aufmerksamkeit auf den Schirm. „Level One."

Rachel betrachtete fasziniert die Anfangsszene, und ihr Mund formte sich zu einem erwartungsvollen Lächeln. Sie war insgeheim ein Videospiel-Junkie, und ihre Arbeitsstunden machten eine andere Art von Leben ohnehin schwierig, also hatte sie viele Stunden mit diesen Spielen verbracht. Dass Etienne der Schöpfer ihres Lieblingsspiels war, freute sie. Hinreißend und brillant? Er sah jeden Augenblick besser aus, und dabei hatte er schon am Anfang verdammt gut ausgesehen. Selbst als Leiche.

Sie spielten. Etienne war ein strenger Lehrer. Er erlaubte keine Cheat-Codes und gab nicht einmal Hinweise, was als Nächstes kam. Er bestand auch darauf, dass sie nicht den leichtesten Level benutzten; sie spielten als Experten und arbeiteten als Team, um böse Vampire zu jagen und zu pfählen.

Rachel beschloss, nicht weiter darüber nachzudenken, dass es in dem Spiel darum ging, Vampire zu vernichten. Aber sie zuckte trotzdem jedes Mal zusammen, wenn sie einen der Schurken erwischte. Das fiel Etienne schließlich auf, und er erklärte, es handele sich um „abtrünnige Vampire", nicht um gute wie sie selbst. Diese Vampire ernährten sich auf die altmodische Weise und töteten dabei. Das beruhigte Rachel, und sie konnte sich nun wirklich in das Spiel versenken – bis Etienne sich für eine Minute entschuldigte und anschließend unauffällig neben ihrer Hand einen Becher abstellte.

Dann bemerkte sie plötzlich, dass sie Durst hatte, tastete blind nach dem Becher und nahm einen großen Schluck, nur um den größten Teil wieder in das Gefäß zurückzuspucken. „Iiih!" Der metallene Geschmack von kaltem, dickem Blut überzog ihre Zunge.

„Tut mir leid." Etienne klang nicht besonders schuldbewusst. Er lachte leise, als er den Becher nahm und Rachel eine Schachtel Kleenex vom anderen Ende des Schreibtisches zuschob. Sie wischte das Blut auf, das sie danebengespuckt hatte. „Es ist ein bisschen gewöhnungsbedürftig. Ich hätte Sie vorher warnen sollen."

Rachel verzog angewidert das Gesicht. „Ich glaube nicht, dass ich mich allzu bald daran gewöhnen werde." Sie wischte sich sehr gründlich den Mund ab

„Hmm." Er schien beunruhigt zu sein und trank einen Schluck aus seinem eigenen Becher. Dann stellte er ihn beiseite und sagte: „Sie wissen ja: Wenn es notwenig ist, können wir Sie auch durch Infusionen ernähren."

Rachel seufzte resigniert. „Das klingt … irgendwie feige."

Er zuckte die Achseln. „Es ist unpraktisch, aber machbar. Lissianna musste es bis vor Kurzem tun."

„Ihre Schwester?" Rachel war überrascht. Lissianna war ihr so stark vorgekommen und nicht annähernd so zimperlich, wie sie selbst sich fühlte.

Etienne nickte. „Sie konnte schon als Kind kein Blut sehen. Der Anblick und der Geruch von Blut ließen sie ohnmächtig werden. Sie konnte sich nur ernähren, wenn sie jemanden biss oder ihr das Blut per Infusion zugeführt wurde."

„Beißen? Schmeckte sie es dabei denn nicht?"

„Nein. Wenn man es richtig macht, saugen die Zähne das Blut ein, und es berührt noch nicht einmal Ihre Zunge."

„Warum hat sie dann nicht einfach in Beutel gebissen, wie Sie es heute getan haben?"

„Der Anblick ließ sie ebenfalls ohnmächtig werden", erinnerte er sich. „Und sie kann wohl kaum mit geschlossenen Augen herumlaufen und in Blutbeutel beißen. Und wenn sie nicht richtig gezielt hätte, wäre das eine ziemliche Schweinerei gewesen. Und dann ist da noch der Geruch", fügte er hinzu. „Sobald die Zähne in den Blutbeutel einstechen, kommt der Geruch ins Spiel. Blut in Beuteln hat einen ganz besonderen Geruch. Für uns andere ist das kein Problem, für Lissianna aber schon."

„Ich verstehe", murmelte Rachel, dann bemerkte sie, dass er sie stirnrunzelnd ansah.

„Wie fühlen Sie sich?“, fragte er.

Rachel dachte nach. Sie hatten stundenlang „Blutlust II“ gespielt, und sie konnte sich nicht einmal erinnern, wann sie das letzte Mal etwas gegessen hatte. Wahrscheinlich noch vor Pudges Angriff. „Ich habe Hunger.“

Er nickte. „Das dachte ich mir. Sie sehen blass aus. Nichts außer Blut wird diesen Hunger stillen können.“

Rachel sah ihn gereizt an. „Essen Sie denn keine normalen Nahrungsmittel?“

„Wir.“ Er sagte das Wort betont deutlich und erinnerte sie damit daran, dass sie jetzt eine von ihnen war. „Wir können das sicher, und wir tun es auch, besonders, wenn wir jung sind. Kinder müssen zusätzlich zu Blut auch normale Mahlzeiten zu sich nehmen, damit die Muskeln kräftig werden und die Knochen wachsen. Die, die es nicht getan haben, sind leicht zu erkennen – sie sind oft kleinwüchsig und ausgemergelt. Aber wenn man erwachsen ist, ist es nicht mehr so wichtig. Nach etwa hundert Jahren haben die meisten genug vom Kochen und manchmal sogar von dem Geschmack von Lebensmitteln, und sie trinken einfach nur Blut und essen höchstens hin und wieder, um ihre Muskelmasse zu erhalten. Obwohl Bastien glaubt, dass selbst das nicht notwendig ist.“

Rachel dachte darüber nach, dann räusperte sie sich. „Nun, das bedeutet, dass mir noch etwa siebzig Jahre bleiben, bis ich genug von Essen habe.“

Etienne grinste schief. „Ich lasse etwas aus dem Laden an der Ecke kommen.“

„Laden an der Ecke?“, fragte Rachel und warf einen Blick auf ihre Armbanduhr – die natürlich nicht da war. „Wie spät ist es?“

„Kurz nach zehn Uhr morgens.“

„Nach zehn?“ Ihre Stimme klang beinahe schrill. Sie hatten

die Nacht durchgespielt und bis zum Vormittag weitergemacht. Es stimmte offenbar wirklich, dass die Zeit schneller verging, wenn man sich gut unterhielt. Dennoch war es schwer zu glauben, dass sie die ganze Nacht damit zugebracht hatten.

„Was hätten Sie denn gerne?“, fragte Etienne und begann Nummern in das Telefon auf dem Tisch einzutippen.

Rachel dachte nach, dann bat sie um ein Roastbeef-Sandwich, Chips und eine Cola. Sie hatte wirklich Hunger, ein Gefühl, das jetzt, da sie sich dessen bewusst war, jede Minute drängender wurde.

Sie spielten noch ein wenig „Blutlust II“, um sich die Zeit bis zum Essen zu vertreiben, aber Rachel konnte sich nicht mehr so recht konzentrieren. Sie war sehr erleichtert, als ein Klingeln an der Haustür schließlich ankündigte, dass ihre Bestellung geliefert wurde. Rachel wusste, dass Etienne annahm, sie würde im Arbeitszimmer warten, bis er zurück war, aber das konnte sie nicht. Sie hielt das Spiel an und folgte ihm nach oben. Als sie die Küche betrat, kam er gerade mit einer Papiertüte in der Hand aus dem Flur.

Es gelang ihr, sich zu beherrschen, bis er einen Teller aus dem Schrank geholt und das Essen darauf angerichtet hatte, aber dann fiel sie mit einem solch hemmungslosen Heißhunger über Sandwich und Chips her, dass es ihr beinahe peinlich war. Sie hörte nicht auf zu essen, bis sie den letzten Krümel vertilgt und den letzten Tropfen getrunken hatte; dann lehnte sie sich zurück und machte ein verdrießliches Gesicht. Ihr Magen war zum Bersten voll, aber ihr Kopf wollte sie davon überzeugen, dass ihr Hunger noch lange nicht gestillt sei.

„Sie brauchen Blut“, sagte Etienne leise, denn er schien ihren Verdruss zu begreifen. „Bastien sagte, Sie würden eine Weile ziemlich viel brauchen. Ihr Körper verändert sich immer noch.“

„Ich dachte, die Wandlung sei abgeschlossen.“

„Überwiegend“, verbesserte er. „Es sind immer noch ein paar Dinge für ihn zu tun.“

„Was zum Beispiel?“, fragte sie neugierig. Sie fragte sich, ob er die Orgasmen erwähnen würde.

„Ihre Sinne werden schärfer werden. Ihr Geruchsvermögen ist bereits besser, aber es wird noch ausgeprägter werden. Und selbstverständlich Ihr Sehvermögen. Sie werden auch im Dunkeln sehen können.“

„Das hat Ihre Mutter schon erwähnt“, gab Rachel zu. Das hörte sich nicht so schlecht an. Jedenfalls besser als Flecken und Beulen im Gesicht.

„Kommen Sie.“ Er stand auf. „Wir werden Ihnen eine Infusion gönnen.“

„Ich hasse Nadeln“, beschwerte sich Rachel. Widerstrebend erhob sie sich. „Ich will damit sagen, dass ich sie fast nicht ertragen kann. Es ist beinahe eine Phobie.“

Etienne gab nicht nach. „Sie brauchen mehr Blut. Sie werden sich nicht besser fühlen, bis Sie wieder richtig damit versorgt sind.“ Er führte sie den Flur hinunter.

Rachel streckte ihm hinter seinem Rücken die Zunge heraus, aber sie wusste, dass er recht hatte – sie merkte selbst, dass sie mehr Blut brauchte. Ihr Körper verlangte so beharrlich danach, dass es schon fast schmerzte. Ihr wurde klar, dass sie ihre Pläne, nach Hause zu gehen, verschieben musste, bis sie sich dazu entschließen konnte, kaltes Blut aus Beuteln zu trinken. Aber schon der Gedanke daran ließ sie schaudern.

„Kann ich nicht einfach jemanden beißen?“, fragte sie. Aus irgendeinem Grund erschien ihr diese Idee angenehmer als kaltes konserviertes Blut – wenn auch nicht übermäßig angenehm. „Es müsste natürlich jemand sein, den ich nicht leiden kann.“

Etienne schaute sie mit offenem Mund an, aber er hielt inne, als er sah, dass sie seinen Hals betrachtete. „He! Ich bin der

Erfinder von ‚Blutlust', vergessen Sie das nicht. Ihr liebstes Videospiel."

„Ja, aber Sie sind auch derjenige, der mich gewandelt hat", erinnerte sie ihn.

Etienne begriff anscheinend nicht, dass sie ihn nur aufzog. Er schaute plötzlich schuldbewusst drein. „Es tut mir wirklich leid. Aber ich konnte Sie doch nicht sterben lassen."

Es machte einfach keinen Spaß, jemanden mit einem schlechten Gewissen zu necken. Und er hatte ganz offensichtlich eines. Rachel zuckte die Schultern, ging zur Treppe und sagte im Vorübergehen. „Ich werde schon drüber wegkommen. Wahrscheinlich ist es wirklich besser, als tot zu sein."

Etiennes tiefes Seufzen ließ Rachel stehen bleiben und sich umdrehen. Sie mochte ihn nicht in dieser düsteren und unglücklichen Stimmung sehen. Das hatte sie wirklich nicht gewollt. Ihn aufzuheitern schien die beste Möglichkeit zu sein, um alles wieder in Ordnung zu bringen, also lächelte sie strahlend und sagte: „Also gut … da Sie nicht wollen, dass ich Sie beiße, kann ich vielleicht meinen Boss aufsuchen und sein Blut trinken. Er ist derjenige, der mich drei Jahre in die Nachtschicht gesteckt hat."

Etienne wirkte unsicher. „Es ist Tag."

Rachel runzelte die Brauen. „Ich dachte, Sie sagten, wir könnten tagsüber rausgehen."

„Ja, aber dann werden Sie noch mehr Blut brauchen, um die Schäden zu beheben, die das Sonnenlicht anrichtet. Außerdem ist Beißen wirklich etwas, das wir um jeden Preis zu vermeiden versuchen."

„Wissen Sie", sagte Rachel ein wenig enttäuscht, „manchmal haben Sie wirklich keinen Sinn für Humor." Sie stieg weiter die Treppe hinauf. „Ich habe nur Witze gemacht, was das Beißen angeht. Wenn ich nicht mal in einen Beutel beißen kann, würde ich bei einem lebenden Menschen sicher auch nicht besser abschneiden. Himmel!"

„Oh. Ich hatte mir schon gedacht, dass Sie vielleicht scherzen, aber ich war mir nicht ganz sicher."

Rachel lachte, denn sie glaubte ihm kein Wort. Aber das war egal, sie hatte ihn nur geneckt, um sich von dem Gedanken abzulenken, dass sie noch einmal eine Infusion über sich ergehen lassen musste.

Es hatte Rachels Familie immer wieder aufs Neue verblüfft, dass sie als Ärztin arbeiten konnte und immer noch solch ein Angsthase war, wenn es ums Spritzen ging. Im Lauf der Jahre war es ein wenig besser geworden. Sie brach zum Beispiel nicht mehr wie ein Kind in Tränen aus, wenn es dazu kam, doch geriet sie jedes Mal in Panik. Sie war allerdings zu stolz, um Etienne diese Angst zu gestehen, also ertrug sie es schweigend, dass er ihr die Infusion anlegte, und schloss einfach die Augen, in der Hoffnung, er würde sie nur für müde und nicht ganz einfach für feige halten.

„Das war's dann also …"

Sie öffnete wieder die Augen und sah Etienne neugierig an. Er war fertig mit der Infusion, stand unsicher neben dem Bett und sah aus, als wüsste er nicht genau, was er als Nächstes tun sollte. Ihr fiel auf, wie er auf ihre Lippen starrte, und dachte flüchtig, dass er sie vielleicht küssen wollte. Doch dann schüttelte er sich ein wenig, ging auf die Tür zu und murmelte: „Ich bin in meinem Arbeitszimmer. Wecken Sie mich, wenn Sie etwas brauchen."

Rachel verzog das Gesicht angesichts der Idee, dass er in dieser kleinen dunklen Kiste für Tote schlafen würde, aber sie murmelte nur „Gute Nacht" und blickte ihm nach.

Sobald sie allein war, schloss sie wieder die Augen, um die Infusion nicht sehen zu müssen. Ihre Gedanken begannen abzuschweifen, und sofort erschienen Bilder und Gefühle von zuvor. Sie erinnerte sich in allen Einzelheiten an diese leidenschaftlichen Augenblicke mit Etienne hier in diesem Zimmer, an jede einzige Empfindung, jeden Atemzug. Aber als sie den Punkt erreichte, an dem Marguerite hereingekommen war, folgte ihr Geist rebellisch einem anderen Drehbuch. Sie wurden nicht unterbrochen, die Tür blieb zu, und Rachel fand, was ihre Hand gesucht hatte. In ihrem Tagtraum war Etienne tatsächlich so gut ausgestattet, wie er behauptet hatte. Er war auch so hart und glatt wie ein von der Zeit geschliffener Stein, und …

Etienne seufzte und drehte sich unruhig in seinem Sarg von der einen auf die andere Seite, den Kopf voller Bilder. Er war wieder in seinem Zimmer. Rachel lag auf ihm, der Ansatz ihrer Brüste vor seinem begehrlichen Blick, ihre Hand glitt in seine Hose, um sich warm und fest um seine Mitte zu schließen. Er stöhnte, als er sich bewegte, und sein Körper reagierte voll Lust. Als sie mit der Hand auf und ab fuhr, musste er sie aufhalten, um sich nicht zu vergessen.

Leise grollend entzog er sich Rachel und rollte sie schließlich auf den Rücken, dann legte er sich auf sie, um endlich derjenige zu sein, der die Situation beherrschte. Die plötzliche Veränderung ließ sie nach Luft schnappen und ihr Oberteil aufklaffen, woraufhin er noch mehr von ihren blassen Brüsten sah. Etienne senkte den Kopf, um mit der Zunge über die glatte, salzig-süße Haut zu fahren, wie er es zuvor schon hatte tun wollen.

Rachel biss sich auf die Lippen, unterdrückte ein Stöhnen und wand sich, um ihre Hände zu befreien, die er gepackt hatte. Er wusste, dass sie ihn ebenfalls berühren, ihn streicheln wollte, aber das konnte er nicht zulassen, er fürchtete, die Beherrschung zu verlieren – und er wollte, dass sie ebenso erregt und voller Begierde nach ihm war wie er nach ihr. Er nahm ihre beiden

Hände in eine Hand, dann griff er unter sich und versuchte, seinen Gürtel aus den Schlaufen zu ziehen.

„Lass mich das tun", bat Rachel und wand sich fiebrig unter ihm. Doch er lächelte nur kopfschüttelnd. Schließlich konnte er den Gürtel herausziehen, dann wickelte er ihn um ihre eingefangenen Hände, ließ das Ende durch die Schnalle gleiten und zog zu.

„Was machst du nur?", keuchte Rachel, als er den Gürtel an den Kopf des Bettes band. „Ich weiß nicht –"

Er beschwichtigte ihren Protest mit einem Kuss.

Rachel bog sich auf ihrem Bett, und ihre Gedanken überschlugen sich verwirrt. Irgendwie geriet ihre Fantasie außer Kontrolle. Es war alles gut und schön gewesen, bis Etienne die Situation umgekehrt und sie auf den Rücken gerollt hatte, aber jetzt nahm die Geschichte einen Verlauf, den sie nie erwartet hätte – und sie konnte ihn anscheinend nicht aufhalten. Selbstverständlich wusste sie auch nicht genau, ob sie das überhaupt wollte, aber allein die Tatsache, dass es geschah, verblüffte sie. Sie war sehr sicher, sich allein in diesem Bett zu befinden und zu träumen, aber sie konnte Etienne im Dunkeln auf sich spüren, konnte den Duft seines Rasierwassers riechen, konnte seine Essenz schmecken, als er mit der Zunge in ihren Mund eindrang. Sehr zu ihrem Erstaunen beschloss sie mitzumachen. Sie öffnete ihren Mund, und ihre Zunge begann mit der seinen zu spielen, und sie zog an dem Gürtel um ihre Handgelenke, in dem vergeblichen Versuch, sich zu befreien, damit sie ihn ebenfalls berühren konnte.

Sie keuchte, als sein Mund sie verließ, hechelte vor Aufregung, enttäuscht, dass er den Kuss abgebrochen hatte … bis sein Mund an ihrem Hals entlang zum Ansatz ihrer Brüste fuhr. Irgendwie hatte sich das Hemd, das sie trug, geöffnet und sie war nackt seinem Genuss ausgeliefert – nach dem es sie doch ebenso sehr verlangte wie ihm. Sie schrie auf und bog sich zurück, als er ihre Brüste streichelte und drängend mit den Lippen umfing. Als er sich weiter vortastete und mit dem Mund ihren Bauch liebkoste, stöhnte und schauderte Rachel und empfand mit fast schmerzhafter Deutlichkeit, wie seine Finger über ihre Hüfte fuhren, dann außen an einem Bein entlang und innen am Oberschenkel wieder nach oben.

Ihre Beine schienen nicht zu wissen, was sie unter seiner Berührung tun sollten. Erst drückte sie die Oberschenkel zusammen, dann öffnete sie sie leicht, dann bebten sie nur noch und zuckten unter Etiennes Fingern. Rachel war keine sonderlich gute Sängerin, aber sie kam wohl bis zum hohen C, als sein Streicheln ihre Mitte erreichte. Sie zog sich zusammen, stöhnte und warf den Kopf hin und her, als sein Mund an die Stelle seiner Finger trat.

Danach konnte sie nicht mehr zusammenhängend denken. Nur ein einziger Gedanke tauchte noch in ihr auf: dass Etienne ein großartiger Liebhaber sei – aber er hatte ja auch dreihundert Jahre lang üben können. Rachel hatte so etwas noch nie erlebt. Von Etienne wusste sie zwar, dass ihre Sinne noch nicht vollkommen entwickelt waren, aber ihr Empfindungsvermögen war unglaublich groß. Es mochte nicht zwanzigmal so heftig sein wie früher, aber mindestens zwei- oder dreimal. Es war beinahe beängstigend. Beinahe.

Das Klingeln des Telefons weckte Etienne. Er öffnete die Augen, Geist und Körper waren sofort hellwach. Obwohl sein Körper den Eindruck machte, schon länger wach gewesen zu sein, wenn seine aufgerichtete Mitte ein Indiz dafür war. Er zwang sich, nicht darüber nachzudenken, öffnete den Sargdeckel und setzte sich auf. Im nächsten Augenblick hatte er auch schon das Zimmer durchquert und nach dem Telefon gegriffen.

„Hallo?", bellte er, unfähig zu verbergen, wie verärgert er war.

Stille. Etienne lauschte einen Augenblick und kniff die Augen zornig zusammen, als sich die Stille dehnte. Dann sagte er: „Pudge?"

Ein Klicken, und die Leitung war tot. Besorgt legte Etienne den Hörer wieder auf. Pudge hatte nicht mehr angerufen, seit Etienne ihm klipp und klar zu verstehen gegeben hatte, er werde ihn nicht einstellen. Danach hatten die Mordversuche begonnen. Aber Etienne war sicher, dass der Anrufer gerade eben Pudge gewesen war. Er wusste nicht, wieso er angerufen hatte, vermutete aber, dass es nichts Gutes war.

Er warf einen verärgerten Blick auf seinen Sarg. Der Gedanke, dort wieder hineinzuklettern, war nicht sonderlich reizvoll. Sein Traum hatte ihn aufgeregt. Er war jetzt zu unruhig, um schlafen zu können – ganz zu schweigen davon, in dem dunklen, engen Sarg allein zu sein. Plötzlich war der Sarg für ihn kein gemütlicher Ort mehr, an dem er denken und planen konnte, sondern nur noch kalt und dunkel. Und sehr einsam.

Seufzend verließ Etienne das Arbeitszimmer und ging nach oben. Er würde nach Rachel sehen, ihren Blutbeutel wechseln und dann vielleicht eine Weile arbeiten, denn er wusste, dass er nicht so bald wieder würde einschlafen können.

Sein Gast schlief fest, als er sie erreichte. Sie hatte das Gesicht missbilligend verzogen, eine Miene, die er schon mehrmals bei ihr gesehen hatte, wenn sie wach war, aber er hätte nicht erwartet, dass sie es auch im Schlaf tat. Was mochte das wohl bedeuten? Er ging zum Bett statt zum Kühlschrank. Sie wirkte unzufrieden, dachte er. Vielleicht lag es daran, dass das Bett ein Durcheinander aus zerknäulten Laken und Decken war. Rachel war offenbar ebenso ruhelos wie er gewesen. Dann bemerkte er, dass ihre Hände über dem Kopf lagen – beinahe in derselben

Stellung, in der er sie in seinem Traum festgebunden hatte. In diesem Traum, der so real gewirkt hatte.

Er begriff. Sofort jedoch folgten Zweifel, und er beschloss, seine Hypothese zu überprüfen. Er kniff die Augen zu und dehnte seinen Geist aus … und zog seine Gedanken sofort wieder zurück, als er statt der leeren Wand, auf die er normalerweise bei Rachel stieß, ihre Gedanken fand. Offenbar lag ihr Geist, der ihm fest verschlossen blieb, solange sie wach war, weit offen, wenn sie schlief. Das bedeutete wahrscheinlich, dass sie den Traum oder die Fantasie, die er erlebt hatte, mit ihm geteilt hatte. Rachel hatte ihn entweder in ihre Träume gezogen, oder er hatte sie in die seinen geholt.

Es war gleich, wer damit angefangen hatte, dachte Etienne. Das Wichtigste war die Tatsache, dass Rachel sich trotz allem immer noch zu ihm hingezogen fühlte. Ihr leises Stöhnen und ihre Reaktion auf ihn waren unmissverständlich gewesen – zumindest im Traum – und ohne eine Spur von Abscheu oder Ablehnung. Gut so. Er fühlte sich sehr stark zu ihr hingezogen, was ihn mit Hoffnung erfüllte. Vielleicht würde er die Ewigkeit doch nicht ohne Lebensgefährtin verbringen müssen. Vielleicht würde zwischen ihnen ja tatsächlich etwas Gutes entstehen. Es würde einige Zeit dauern, das herauszufinden, und um so viel Zeit zu haben, musste er Rachel überzeugen, bei ihm zu bleiben.

Natürlich könnte er das übliche Sterblichenzeug tun: sie ausführen, mit ihr essen gehen, sie verführen. Aber dabei würden Probleme auftauchen. Eins davon war Pudge. Und dann war da die Notwendigkeit, dass sie wirklich lernen musste, anders zu leben. Ihre körperlichen Reaktionen zu beherrschen gehörte zu den wichtigeren der Dinge, die sie noch zu meistern hatte.

Etienne holte frisches Blut aus dem Kühlschrank, dann ersetzte er damit den leeren Beutel am Infusionsständer. Sobald er das getan hatte, betrachtete er Rachel und streckte unwillkürlich die Hand aus, um ihr eine rote Haarsträhne aus dem Gesicht zu streichen, und er lächelte, als sie im Schlaf seufzte und sich seiner Berührung zuwandte. Er würde eine Möglichkeit finden, damit sie bei ihm blieb. Er wollte sie beschützen, obwohl sie nicht zu den Frauen gehörte, die es sonderlich mochten, wenn man sie zu sehr einengte.

Nachdem er sie wieder richtig zugedeckt hatte, verließ er leise das Zimmer. Er musste seine Gedanken in Ordnung bringen und ein überzeugendes Argument finden, damit sie ein paar Wochen blieb. Und er musste sie davon überzeugen, den Vorschlag der Familie anzunehmen und in der Öffentlichkeit zu behaupten, dass Pudge sie entführt habe. Pudge stellte immer noch eine große Gefahr dar, und Rachel hatte noch viel zu lernen.

8

Es war schon dunkel, als Rachel aufwachte. Daran war sie bereits gewöhnt, jedenfalls im Spätherbst und Winter, wenn die Dämmerung früh einsetzte. Zu den Dingen, die sie an der Nachtschichtarbeit immer scheußlich gefunden hatte, gehörte auch, um sieben Uhr morgens nach Hause zu kommen und die wenigen hellen Tagesstunden verschlafen zu müssen. Seltsamerweise störte es sie diesmal nicht, so lange geschlafen zu haben. Sie erwachte erfrischt und bereit, den Tag zu beginnen – oder den Abend, um genau zu sein.

Da sie keine große Auswahl bei ihrer Kleidung hatte, zog sie wieder die engen Jeans und das T-Shirt an, die Marguerite aus ihrer Wohnung geholt hatte, und dann suchte sie in Etiennes Schrank nach einem langärmeligen Oberhemd. Sie streifte es über, band die losen Enden des offenen Hemds in der Taille zu einem Knoten und verbrachte einen Augenblick im Bad damit, sich die Zähne zu putzen und sich zu kämmen. Sie überlegte sich kurz, ob sie ein wenig Puder und Lippenstift auftragen sollte, die Marguerite ihr netterweise mitgebracht hatte, aber tatsächlich brauchte sie sie gar nicht. Ihre Haut strahlte vor Gesundheit, und ihre Lippen waren röter als sonst. Eine Vampirin zu sein hatte offenbar noch andere Vorteile – zum Beispiel würde sie ein Vermögen an Kosmetik sparen können.

Fröhlich vor sich hin summend, verließ Rachel das Schlafzimmer und sprang die Treppe hinab. Sie schaute in die Küche, sah Etienne dort aber nicht, also ging sie weiter, ins Souterrain hinunter. Das Arbeitszimmer war beinahe dunkel, nur die Bildschirmschoner leuchteten. Sie konnte sehen, dass das Zimmer leer war – bis auf den geschlossenen Sarg. Etienne war offenbar noch nicht wach.

Rachels Blick fiel auf den Schreibtisch und das Telefon. Es war das einzige, das sie bisher im Haus gesehen hatte, und ihr fiel ein, dass sie schnell ihre Familie anrufen könnte, nur um ihnen zu sagen, dass es ihr gut gehe. Sie wollte nicht, dass sie sich Sorgen um sie machten.

Sie hatte den Hörer schon fast in der Hand, als sie es sich wieder anders überlegte. Vielleicht würde der Anruf Etienne wecken, und wenn das geschah … Nun, sie war nicht sicher, wie er reagieren würde. Er würde sicher ohnehin bald aufwachen. Dann konnte sie ihn fragen, ob sie das Telefon benutzen durfte. Langsam und leise kehrte sie wieder in das Schlafzimmer zurück.

Sie überlegte, was sie als Nächstes tun sollte, und beschloss dann, sich das Haus anzusehen. Ziellos schlenderte sie von Zimmer zu Zimmer und bewunderte den ausgesucht modernen Einrichtungsstil, verweilte aber nirgendwo länger, bis sie die Bibliothek entdeckt hatte. Sie war immer schon ein Bücherwurm gewesen. Also betrat sie den Raum und sah sich die Bücher an, bis eines ihr besonderes Interesse fand. Sie ließ sich auf einem dick gepolsterten Sessel nieder, zog die Füße unter sich und fing an zu lesen. Und so fand Etienne sie schließlich.

„Ich war überzeugt davon, dass Sie noch schlafen", sagte Rachel, klappte das Buch zu und stellte es wieder ins Regal.

„Nein. Ich habe Ihnen noch etwas zum Anziehen geholt. Ich dachte, Sie hätten vielleicht gerne ein bisschen Abwechslung."

„Oh. Das ist nett von Ihnen." Sie sah, wie unbehaglich er dreinschaute, dann betrachtete sie die Tasche, die er dabeihatte, und schließlich kehrte ihr Blick wieder zu ihm zurück. „Wie kommt es, dass Sie und Ihre Mutter in meine Wohnung hineinkommen?

Können Vampire durch Gedankenübertragung Schlösser manipulieren?"

Etienne grinste. „Nein. Wir haben Ihren Schlüssel benutzt. Er war in Ihrer Handtasche."

„Aha", murmelte Rachel. „Meine Handtasche ist hier. Gut zu wissen." Sie würde sie brauchen, wenn sie zu dem Schluss kam, dass sie gehen wollte.

„Ich habe sie in Ihr Zimmer gestellt, bevor ich heute Nachmittag ausging."

„Sie meinen Ihr Zimmer", verbesserte Rachel ihn, dann legte sie fragend den Kopf schief. „Was mich an etwas anderes erinnert: Werde ich in einem Sarg schlafen müssen, wenn die Wandlung abgeschlossen ist?"

„Nein." Er schüttelte den Kopf. „Wir brauchen keine Särge mehr. In alten Zeiten waren die Häuser nicht dicht. Es war zugig und fast unmöglich, alles Licht auszuschließen. Und es gab auch Diener und dergleichen, auf die man Rücksicht nehmen musste. Heutzutage genügen dichte dunkle Jalousien und ein Alarmsystem."

„Da bin ich aber froh." Dann bat Rachel ihn um die Tasche, die er mitgebracht hatte. „Ich möchte zumindest ein anderes Top anziehen. Dann können Sie Ihr Hemd zurückhaben."

„Gut." Er wartete, bis sie im Flur war, dann fragte er: „Rachel?"

Sie drehte sich um. „Ja?"

„Kommen Sie wieder, wenn Sie fertig sind. Wir müssen miteinander reden."

Rachel zögerte einen Moment, dann nickte sie und stieg die Treppe hoch. Seine ernste Miene hatte sie nervös gemacht. Worüber wollte er mit ihr sprechen? Rachel nahm an, dass es um etwas gehen würde, was ihr nicht gefiel. Vielleicht hatte diese Sache Nachteile, die Etienne und seine Verwandten noch nicht erwähnt hatten.

Sie kam zu dem Schluss, dass sie es wahrscheinlich sowieso nicht erraten würde, also ging sie in ihr Zimmer und legte die Tasche auf das Bett. Als sie nachsah, was er mitgebracht hatte, fand sie einen Querschnitt ihrer eher eingeschränkten Garderobe. Stoffhosen und Blusen – Arbeitskleidung – waren am meisten vertreten. Mit einem so gut wie nicht existierenden Freundeskreis besaß sie darüber hinaus nicht viel mehr als einen Bademantel und flauschige Pantoffeln.

Rachel griff nach einer Bluse und zog sie über, ließ die Jeans aber an. Sie waren vom Tragen ein bisschen weiter geworden und fühlten sich langsam bequemer an, obwohl sie immer noch eng waren. Rachel vermutete inzwischen, dass sie ihr vor allem deshalb eng vorgekommen waren, weil sie sich im Lauf der Jahre an weite Stoffhosen gewöhnt hatte. Nach einem raschen Blick in den Badezimmerspiegel holte sie tief Luft, straffte die Schultern und ging nach unten.

Sie hätte sich gerne innerlich auf ein unangenehmes Gespräch mit Etienne vorbereitet, doch ohne einen einzigen Anhaltspunkt ging das schlecht.

Etienne ging in der Bibliothek auf und ab. Seine Gedanken überschlugen sich in dem Bemühen, eine kluge Argumentationskette aufzubauen. Er nahm an, wenn er Rachel erst überredet hatte zu bleiben, würde er Zeit genug haben, die Angelegenheit mit Pudge weiterzuverfolgen. Trotz ihres Widerstandes hoffte er, dass er sie davon überzeugen konnte, zu behaupten, dass der Mann sie entführt hatte – es wäre auch in ihrem eigenen Interesse.

Am besten wäre es wohl, sich mitleidig zu geben: Sie würde sicher befürchten, ihren Job zu verlieren; sie würde sich Gedanken machen wegen ihrer Familie, ihrer Freunde und der Sorgen, die sie ihretwegen hatten, und sie habe vielleicht irgendwo da draußen einen Freund, der sich Sorgen um sie machte.

Der Gedanke überraschte Etienne. Bis zu diesem Zeitpunkt hatte er nicht in Erwägung gezogen, dass es einen Rivalen geben könnte. Er war nicht gerade froh, dass es ihm überhaupt eingefallen war, aber es war zweifellos etwas, was er wissen musste.

Nachdem er erklärt hätte, dass er ihre Sorgen verstehe, würde er sie darauf hinweisen, dass das zwar alles wichtige Dinge waren, die Hauptsache aber sei, dass es Rachel gut gehe – ebenso wie seiner Familie. Er würde sie darauf hinweisen, dass es vielleicht schaden könnte, wenn sie sofort nach Hause und an ihre Arbeit zurückkehrte. Zunächst einmal war da Pudge. Der Mann würde wissen, dass sie eine der Ihren war, wenn sie gesund zurückkehrte, und das würde sie möglicherweise in den Mittelpunkt seiner mörderischen Pläne rücken. Und dann waren da ihre Unerfahrenheit und ihr Mangel an Beherrschung. Sollte sie ihre Zähne ausfahren oder der Hunger sie überwältigen, wenn sie arbeitete, würden andere erkennen, dass mit ihr etwas geschehen sei, was sowohl für sie selbst als auch für seine Familie gefährlich werden könnte. Und noch schlimmer – falls sie die Gedanken anderer noch nicht beherrschte, würde sie auch keine Möglichkeit haben, den Schaden zu beheben, den sie dadurch angerichtet habe. Und dann war da die Sache mit dem Blut: Sich nicht selbst ernähren zu können konnte zu einem unüberwindlichen Problem werden.

„Da bin ich."

Etienne wandte sich vom Fenster ab und sah Rachel an. Sie trug eine grüne Bluse, die ihre Augenfarbe hervorhob, und sah hinreißend aus. Atemberaubend. Alles, was Etienne sich eben noch sorgfältig zurechtgelegt hatte, schlug vergnügt Purzelbäume, und er wusste nicht mehr, was er hatte sagen wollen.

„Sie wollten mit mir sprechen?", fragte Rachel und trat näher, während er sie nur immerzu anstarrte.

„Ja. Sprechen", stimmte Etienne zu, aber das war alles, was er herausbringen konnte. Er fühlte sich wie vor den Kopf geschlagen.

Warum nur? Es war ja nicht so, als sähe er sie zum ersten Mal. Er war sich ihrer Schönheit von Anfang an bewusst gewesen. Vielleicht kam diese Anziehung von ihrem unsicheren Gesichtsausdruck und der leichten Nervosität, die sich in ihrem Blick spiegelte. Oder es lag daran, wie sie an der Oberlippe nagte. Es konnte selbstverständlich auch die Tatsache sein, dass sie nicht mehr das hochgeschlossene T-Shirt trug, sondern eine Bluse, deren oberste zwei oder drei Knöpfe offen standen. Dieses Dekolleté, das er in seinen Träumen mit den Lippen ertastet hatte – oder in ihrem gemeinsamen Traum.

„Wollten Sie nicht etwas mit mir besprechen?“

Etienne versetzte sich innerlich einen Ruck. „Ja. Ja, ich … Sie sind wahrscheinlich beunruhigt, dass sie sich nicht mit Ihrer Familie und Ihren Freunden und Ihrem … Haben Sie einen Freund?“, unterbrach er sich.

„Im Augenblick nicht“, sagte Rachel.

„Oh, gut.“ Er grinste.

Sie zog irritiert die Brauen hoch. „Wieso ist das gut?“

„Wieso?“ Etienne stutzte kurz, dann versuchte er es mit: „Nun, das ist einer weniger, um den Sie sich Gedanken machen müssen, oder?“

Sie nickte bedächtig und wirkte ein wenig verwirrt.

„Wie auch immer.“ Er räusperte sich. „Ich weiß, dass Sie das alles beunruhigt, aber –“

„Aber ich muss lernen, mich zu ernähren, bevor ich gehen kann“, unterbrach sie ihn.

„Tatsächlich?“, fragte er überrascht. Dann korrigierte er sich: „Ich meine, das ist Ihnen also klar?“

„Selbstverständlich. Es wäre wirklich nicht gut, wenn meine Zähne bei der Arbeit herauskommen oder wenn ich Familienmitglieder, einen Mitarbeiter oder einen Priester beißen würde."

„Nein. Nein, das wäre nicht gut", stimmte er erleichtert grinsend zu. Sie war wirklich sehr vernünftig.

„Wir sollten also vielleicht damit anfangen, dass Sie mir beibringen, wie man sich ernährt."

„Ja." Er nickte, aber er blieb einfach weiter stehen und starrte sie an, bis sie schließlich ungeduldig wurde.

„Wo sollen wir es machen? In der Küche?", fragte sie.

„Ja, sicher." Etienne zwang sich dazu, seine Blicke von ihr zu lösen, aber seine Gedanken überschlugen sich schon wieder. Sie schien entschlossen zu sein, mit diesem Problem fertig zu werden, was gut war, aber es wäre ihm lieber gewesen, wenn sie es nicht zu schnell bewältigte. Er wollte sie noch nicht so bald ziehen lassen.

Es gab natürlich Möglichkeiten, ihre Bereitwilligkeit, ihrem Körper Blut zuzuführen, zu beeinträchtigen. Aber um das in Erfahrung zu bringen, würde er ein kurzes Telefonat mit Bastien führen müssen. „Warum setzen Sie sich nicht hin und ruhen sich noch eine Weile aus?", schlug er vor und blieb in der Tür stehen. „Wir müssen sowieso warten, bis neue Blutvorräte geliefert werden."

„Ich dachte, Sie hätten Unmengen davon hier", sagte sie überrascht.

„Nein", log Etienne. „Wir haben letzte Nacht die letzten Beutel aus meinem Vorrat benutzt. Ich musste Ihre Beutel mehrere Male auswechseln."

„Ach." Rachel seufzte. „Also gut. Ich werde eine Weile lesen."

Lächelnd drehte Etienne sich um und eilte aus dem Zimmer.

„Oh Gott!" Rachel spuckte das Blut wieder in den Becher und schob ihn angewidert weg. „Wie können Sie dieses Zeug bloß trinken? Es ist widerwärtig! Ekelhaft! Es riecht nach Stinktier! Sind Sie sicher, dass es nicht schlecht geworden ist?"

Etienne versuchte, nicht schuldbewusst auszusehen. Das Blut war nicht schlecht geworden. Es war einfach schlechtes Blut. Es war überwiegend Abfallblut – eine Kombination aus dem dicken, klumpigen Blut von Zigarettenrauchern, den stinkigen Blutkörperchen von Marihuanarauchern und eine Spur des Bluts von Personen, die Valium schluckten. Es war immer noch nahrhaft und würde ihr nicht wehtun, aber es war widerlich zu trinken und hatte unangenehme Nebenwirkungen wie Schwindel und Übelkeit.

Rachel, die nicht wusste, was er ihr vorgesetzt hatte, führte ihre Reaktion natürlich auf ihre Abneigung gegen das Bluttrinken zurück. Etienne berichtigte sie nicht. Er bestand auch darauf, dass sie es aus einem Glas und nicht aus dem Beutel trank, und behauptete, sie müsse für alle Gelegenheiten vorbereitet sein, bevor sie bereit sei, wieder in die Welt hinauszugehen. In den vergangenen beiden Tagen, seit das schlechte Blut geliefert worden war, hatte Rachel dreimal am Tag versucht, diese widerwärtige Mischung zu trinken, sie aber immer wieder ausgespuckt. Nach jedem Versuch hatten sie entweder sein neuestes Spiel gespielt oder sich unterhalten oder einfach beide lesend in der Bibliothek gesessen.

Wenn man von den unangenehmen Episoden mit dem Blut einmal absah, waren es angenehme Tage gewesen. Leider war Etienne, damit sie nicht misstrauisch wurde, ebenfalls gezwungen, das schlechte Blut zu trinken. Er wusste selbst nicht, wie ihm das gelungen war, ohne zu würgen.

„Ich glaube, das war genug für heute", sagte er nun nachdrücklich. „Sie haben es wirklich versucht. Vielleicht morgen –"

„Morgen wird es genauso sein wie heute", prophezeite Rachel finster. „Ich werde mich nie an dieses Zeug gewöhnen."

Etienne zermarterte sich den Schädel nach Ideen, um sie

wieder aufzuheitern – und vielleicht so sehr abzulenken, dass er vermeiden konnte, den Becher auszutrinken, den er sich selbst eingegossen hatte –, als es an der Eingangstür klingelte.

Er war nicht überrascht, seine Mutter auf der Schwelle zu finden, aber es verstimmte ihn, dass die ersten Worte aus ihrem Mund keine Begrüßung waren.

„Wo ist Rachel?“, fragte sie.

„Hier.“

Etienne warf einen Blick über die Schulter und sah Rachel hinter sich stehen. „Stimmt etwas nicht?“, fragte die junge Frau nervös.

„Nein, nein. Ich dachte nur, Sie haben vielleicht genug davon, immer im Haus zu sitzen, und möchten mal raus“, sagte Marguerite leichthin. Sie ließ den Blick über Rachels Kleidung gleiten. „Das wird schon gehen, meine Liebe. Wie sieht es aus – möchten Sie mal etwas anderes sehen?“

„Ich glaube nicht –“, begann Etienne.

Rachel drängte sich vor an seine Seite und unterbrach ihn. „Was denn?“, fragte sie.

„Lissiannas Junggesellinnenparty. Nur Freunde und Mitglieder von unserer Seite der Familie. Es wird Ihnen Gelegenheit geben, einmal andere junge Frauen zu treffen.“

Etienne spürte, wie sich seine Hoffnungen auf den Abend in einen ziehenden Schmerz der Enttäuschung verwandelten.

„Und was ist das?“, fragte Rachel misstrauisch. Lissiannas Freundin Mirabeau präsentierte einen Teller mit etwas, das ganz wie ein Stück Kuchen aussah.

„Ein siebenschichtiger deutscher Schokoladenkuchen, meine Liebe“, antwortete Marguerite.

„Echter Kuchen?“, fragte Rachel. Sie nahm den Teller entgegen und bedankte sich bei Mirabeau.

„Selbstverständlich." Etiennes Mutter lachte leise. „Was hatten Sie erwartet?"

„Ich weiß nicht", gab Rachel mit ironischem Grinsen zu. „Schwarzwälder Bluttorte?"

Marguerite und die Frauen rings um sie her fingen laut an zu lachen. „Ist sie nicht entzückend?", fragte Etiennes Mutter, als das Lachen verklungen war. Rachel wurde rot, aber es herrschte allgemein Zustimmung.

Bisher hatte sie sich auf der Party überraschend wohlgefühlt. Marguerite hatte sie in ein Spezialgeschäft mitgenommen, um ein Geschenk für Lissianna zu kaufen, aber darauf bestanden, es zu bezahlen, als Rachel klar wurde, dass sie ihren Geldbeutel nicht dabeihatte. Tatsächlich hatte sie ihre Handtasche trotz Etiennes Behauptung, er habe sie in das Zimmer gelegt, das sie benutzte, immer noch nicht gesehen. Aber Rachel hatte auch nicht richtig nachgeschaut, sie hatte die Tasche nicht gebraucht, seit sie zur Vampirin gewandelt worden war. Sie beschloss, sich sofort darum zu kümmern, um Marguerite den ausgelegten Betrag zu ersetzen, da sie so hilfsbereit gewesen war.

„Welche Frau könnte überhaupt ohne Schokolade leben?"

Rachel warf der Frau, die das gesagt hatte, einen Blick zu – Jeanne Louise war auf ihre Weise ebenso schön wie Lissianna und Marguerite, sah aber ganz anders aus als diese. Sie hatte ein runderes Gesicht, dünnere Lippen, exotischere Augen und tiefschwarzes Haar. Sie war eine Cousine von Lissianna und Nichte von Marguerite, und obwohl Rachel alle drei Frauen mochte, konnte sie sich sehr gut vorstellen, dass sie und Jeanne Louise einmal wirklich gute Freundinnen sein würden. Sie arbeitete im Labor des Unternehmens der Argeneaus und hatte ihr schon von ihren Aufgaben dort erzählt. Erst sehr allgemein, dann, als sie erkannt hatte, dass es Rachel nicht schwerfiel, ihrem Fachjargon zu folgen, ja, dass sie sogar die experimentellen Techniken und die dazugehörigen Begriffe kannte, war sie mehr in die Tiefe gegangen und hatte Rachel mit Berichten über die Tests, die sie durchführte, vollkommen fasziniert. Argeneau Industries leistete offenbar Erstaunliches in der medizinischen Forschung.

Die beiden Frauen hatten erst aufgehört, sich miteinander zu unterhalten, als die Spiele begannen, die sehr zu Rachels Erstaunen den ganz gewöhnlichen Spielen auf ganz gewöhnlichen Brautpartys entsprachen. Sie hatten so alltäglich gewirkt, dass sie beinahe vergessen hätte, dass die geladenen Damen alle Vampirinnen waren. Sie hörte eine Weile nur schweigend zu und betrachtete die vielen Gesichter und Gestalten. Die Gäste unterschieden sich voneinander wie die einer ganz normalen Party: kleine Frauen, hoch gewachsene Frauen, schöne oder eher schlicht aussehende Frauen. Unter den Wichtigeren von ihnen gab es ein paar sehr arrogante, mit schleppenden, näselnden Stimmen; es gab freundliche und liebenswerte, einfache junge Frauen, ein paar kluge Frauen, die sich ein wenig unwohl zu fühlen schienen und sich leise mit ihren Vertrauten unterhielten, und sogar einen Vampir-Vamp in einem hautengen schwarzen Kleid, die Lissianna ununterbrochen wegen der bevorstehenden Hochzeitsnacht neckte. Es war also ganz das Übliche.

Rachel hatte vergessen, dass Marguerite ihre Gedanken lesen konnte, und war zusammengezuckt, als sie sich plötzlich zu ihr vorbeugte und murmelte: „Natürlich ist es das, meine Liebe. Wir sind ganz normale Leute, genau wie Sie."

„Nur, dass Sie alle mehrere hundert Jahre alt sind und noch erheblich älter werden können", wandte sie ein.

„Ebenso wie Sie", erinnerte Marguerite sie amüsiert. „Aber wir sind immer noch ganz normale Geschöpfe. Stellen Sie sich uns als Autos vor. Wir haben einen besonderen Rostschutz, mit dem wir länger halten, aber davon einmal abgesehen sind wir nur Autos – mit den gleichen Sorgen und Problemen wie Autos ohne

Rostschutz. Außerdem“, fügte sie hinzu, „gibt es hier auch ein paar junge Frauen, die nicht mal hundert Jahre alt sind. Jeanne-Louise ist erst zweiundneunzig.“

Rachel hatte sich umgedreht, die schöne Labortechnikerin angesehen und den Kopf geschüttelt. „Sie ist die attraktivste Zweiundneunzigjährige, die ich je gesehen habe.“

Jeanne Louise hatte die Bemerkung gehört und lachte.

„Übrigens klingt Schwarzwälder Bluttorte nicht besonders appetitanregend“, sagte sie dann.

Rachel fand sich wieder ins Gespräch gezogen und schnitt sich ein Stück Kuchen ab. „Nein, wirklich nicht. Ich weiß nicht, wie Sie es schaffen, Blut zu trinken, ohne es gleich wieder von sich zu geben. Etienne sagt, man kann es lernen, aber mir fällt es offenbar besonders schwer. Wenn ich mich nicht so schwach fühlen würde und Schmerzen hätte, wenn ich keins bekomme, würde ich es wieder aufgeben.“

Sie nahm einen Bissen Kuchen auf die Gabel und fing an zu kauen, dann hielt sie inne, als sie bemerkte, dass Jeanne Louise und Marguerite einen Blick wechselten. Rachel wusste nicht, ob ihre Instinkte besser geworden waren oder nicht, aber sie war sicher, dass die Frauen sich in Gedanken unterhielten. Über sie. Sie zog fragend die Brauen hoch und sagte: „Was ist?“

„Nichts, meine Liebe.“ Marguerite tätschelte ihren Arm und lächelte. „Genießen Sie Ihren Kuchen. Und trinken Sie ein Tässchen Tee dazu.“

Rachel nahm den Tee entgegen, aß und trank einen Augenblick schweigend und hörte den Gesprächen ringsum zu. Dann fragte sie Marguerite: „Wie lange haben Sie gebraucht, um sich an das Bluttrinken zu gewöhnen?“

Diesmal entging ihr der Blick nicht, den Jeanne Louise und Marguerite sich gegenseitig zuwarfen. Sie sprachen tatsächlich unhörbar über sie. Dann lächelte Etiennes Mutter und sagte:

„Bei mir ging es relativ schnell. Aber damals war es anders. Es gab keine Blutbanken. Wir mussten ‚al fresco' speisen, wie wir es nannten."

Rachel sah Etiennes Mutter fragend an. „Al fresco?"

„Na ja …" Marguerite zuckte die Achseln. „Sie bezeichnen verbrannte Leichen als ‚Rostbraten' und versuchen so, sich von der unangenehmen Tatsache zu distanzieren, dass diese Leute entsetzlich verbrannt und tot sind. Und wir hatten in früheren Jahren ebenfalls bestimmte Begriffe, um uns emotional davor zu schützen, dass wir liebe und nette Menschen für unsere Versorgung brauchten."

„Ich begreife." Rachel nickte. Dann aß sie schweigend weiter, beschäftigt mit dem Gedanken, dass Leute wie ihre Familie und Freunde jetzt ihre Hauptnahrungsquelle darstellten. Konnte es noch ekliger werden? Das gehörte eindeutig zu den Nachteilen des Deals. Sie war beinahe erleichtert, dass Beißen nicht mehr erlaubt war. Jemanden zu beißen mochte einfacher sein, aber zumindest erlaubten ihr die Blutbanken, so zu tun, als ernähre sie sich nicht von Menschen. Es war ähnlich, wie Fleisch im Supermarkt zu kaufen, statt seine eigene Kuh zu schlachten.

Nachdem alle mit essen fertig waren, packte Lissianna ihre Geschenke aus. Sie hatte ein paar sehr schöne Dinge bekommen und schien das beigefarbene Negligé, das Rachel für sie bestimmt hatte, wirklich schön zu finden.

Getränke wurden serviert – die Sorte von Getränken, die Rachel schon die ganze Zeit befürchtet hatte: langstielige Weingläser voller Blut. Rachel nahm ihr Glas entgegen, aber sie hielt es nur in der Hand, denn sie wollte sich vor den Gästen nicht übergeben oder anderweitig blamieren. Alle waren viel zu nett und freundlich, um eine Bemerkung darüber zu machen, dass ihre Zähne immer wieder herausschossen, wenn ihr der Geruch von Blut in die Nase stieg. Rachel selbst gefiel dieser metallische

Geruch ganz und gar nicht, aber ihre Zähne schienen ihn zu lieben. Offensichtlich musste sie an diesem Problem noch arbeiten. Etienne hatte behauptet, das Beherrschen der Zähne sei nicht so wichtig wie zu lernen, überhaupt Blut zu sich zu nehmen, aber Rachel fand es ziemlich unangenehm und nahm sich vor, mit ihm darüber zu sprechen, wenn sie am Abend nach Hause zurückkehrte.

Der Gedanke überraschte sie und ließ sie innehalten. Nach Hause? Sie hatte Etiennes Zuhause gemeint, das nicht ihr Zuhause war. Sie war mit diesem Haus viel zu vertraut geworden. Vielleicht auch zu vertraut mit Etienne selbst. Der Mann hatte ihr das Leben gerettet, aus Dankbarkeit, weil sie ihn ihrerseits gerettet hatte, aber das war, so wie sie es sah, die einzige Beziehung zwischen ihnen. Er hatte ihr gegenüber jedenfalls nie etwas anderes als Freundschaft und Freundlichkeit an den Tag gelegt.

Nun ja, in dieser ersten Nacht … aber schließlich war sie es gewesen, die sich auf ihn gestürzt hatte. Und sehr zu ihrer Enttäuschung hatte er sich seitdem nicht mehr an ihr interessiert gezeigt. Jedenfalls, solange sie wach war. In ihren Träumen kam er jede Nacht zu ihr und peinigte sie. Erotische Küsse und Berührungen waren alles, und dann blieb sie unbefriedigt zurück, weil sie immer kurz vorher aufhörten. Rachel war durchaus imstande, sich zu befriedigen. Es kam ihr nur so vor, als würde sie das mit den erotischen Träumen noch nicht ganz hinkriegen. Sie wusste, dass Sylvia nach den ihren nicht frustriert und sehnsüchtig zurückblieb, also machte sie offenbar etwas falsch. Aus irgendeinem Grund schreckte ihr Geist vor der Vollendung zurück.

„Es war schön, Sie kennenzulernen, Rachel. Ich hoffe, wir sehen uns bei der Hochzeit wieder. Gehen Sie auch hin?“, fragte Jeanne Louise.

Rachel riss sich von ihren Gedanken los und sah sich überrascht um. Alle suchten ihre Sachen zusammen und bereiteten sich darauf vor, sich zu verabschieden. Die Party war offenbar zu Ende.

„Sie ist natürlich dazu eingeladen!", versicherte Lissianna, die zu ihnen trat. „Und ich hoffe von Herzen, dass sie auch kommt."

„Das hängt davon ab, ob wir vorher diese andere Sache regeln können", sagte Marguerite. Mit nachdenklichem Blick fügte sie hinzu: „Obwohl wir ihr Aussehen auch einfach ein wenig verändern und sie statt Rachel R. J. nennen könnten, dann dürfte es für Gregs Verwandten fast unmöglich sein, sie aus den Fernsehnachrichten wiederzuerkennen." Sie nickte. „Ja, das ließe sich vielleicht machen."

„Gut", sagte Lissianna nachdrücklich. Sie umarmte Rachel. „Es würde mich wirklich freuen, wenn Sie kämen. Ich glaube, wir werden gute Freundinnen. Wie Schwestern."

Rachel lächelte, aber der Blickwechsel zwischen Marguerite und Lissianna entging ihr nicht. Sie musste Etienne wirklich dazu bringen, sie im Gedankenlesen zu unterrichten. Sie war sicher, dass die Gedankengespräche, die in den vergangenen Stunden geführt worden waren, viel wichtiger gewesen waren, als die von ihr gehörten.

„Verdammt!" Rachel ließ den Becher auf den Tisch krachen und starrte ihn wütend an. Sie konnte das Zeug einfach nicht runterkriegen! Sie hatte sich schließlich mit Gewalt dazu zwingen können, ein paar Schlucke zu trinken, aber der Geschmack war so widerlich und der Geruch so faulig, dass alles in ihr dagegen rebelliert hatte.

„Das war schon besser", versicherte Etienne. „Bald werden Sie es ohne Probleme schaffen."

Rachel starrte nun auch ihn wütend an, dann stand sie auf und ging zum Küchenfenster, um sich den Sternenhimmel anzusehen. Seit der Party hatte sie das Haus zwei Tage lang nicht mehr verlassen, und sie hatte das Gefühl, als seien es Wochen gewesen. Sie bekam langsam einen Gefängniskoller, Tag und Nacht eingeschlossen in diesem Haus, in dem sie nichts zu tun hatte, als zu lesen und zu versuchen, Blut zu trinken. Es reichte jetzt. Sie musste sich draußen an der frischen Luft Bewegung verschaffen. Zwar hatte sie immer noch diese erotischen Träume, aber sie blieben auch weiterhin unbefriedigend. Der Traum brach jedes Mal ab, bevor Rachel den Punkt erreichte, den sie anstrebte. Also war sie innerlich so angespannt wie eine aufgezogene Feder.

„Ich muss hier raus", verkündete sie und fuhr zu Etienne herum, um ihn wütend anzusehen, als sei ihre Anspannung seine Schuld. „Ich muss mich endlich wieder mal richtig bewegen und … Ach was, lassen Sie mich sofort gehen."

Etienne schwieg einen Augenblick. Zuerst schien er nicht damit einverstanden, doch schließlich nickte er. „Ich habe eine Idee. Warten Sie hier. Ich komme gleich wieder."

Rachel sah ihm skeptisch hinterher, als er das Zimmer verließ. Sie fürchtete, er würde einen netten Spaziergang im Mondlicht vorschlagen, etwas Ruhiges, Würdevolles. Sie wollte nichts Ruhiges und Würdevolles. Sie wollte jetzt schweißtreibende, sportliche Übungen, die ihr halfen, die sexuelle Spannung abzubauen, die ihren Körper so quälte. Vor ihrer Wandlung hätte Rachel nie geglaubt, dass ein Leben als Vampirin so verteufelt langweilig sein könnte.

9

„Wunderbar! Genau das, was ich brauche!"

Etienne lächelte über Rachels Aufregung, als er sie an einen Tisch führte und sie sich setzten. Seine Idee war einfach genial gewesen. Normalerweise ging er nicht in den Night Club – ein privater Club nur für Vampire, geöffnet von Sonnenuntergang bis Sonnenaufgang –, aber er hatte Rachels Situation verstanden. Ihm ging es schließlich ebenso. Nach mehreren Nächten gemeinsam erlebter Träume, die jedes Mal von demselben Telefonläuten unterbrochen wurden, stand er kurz davor, verrückt zu werden.

Etienne bezweifelte nicht, dass diese nächtlichen Anrufe von Pudge kamen, aber er wusste nicht, was er dagegen machen sollte. Er hatte sich schon überlegt, das Telefon einfach abzustellen, aber er wollte für seine Familie im Notfall erreichbar sein. Also hatte er den Gedanken verworfen, war schlafen gegangen und hatte sich Rachel in den erotischsten Träumen angeschlossen, die er je gehabt hatte – nur um jedes Mal wieder an der kritischen Stelle unterbrochen zu werden. Wenn Rachel ebenso frustriert war wie er, konnte nur ein Besuch im Night Club ein wenig helfen.

Zumindest hoffte er das, um ihrer beider selbst willen. Denn sonst würde er sich womöglich irgendwann auf Rachel stürzen – etwas, was er eigentlich nicht wollte, da er nicht wusste, was sie ihm gegenüber empfand. Beziehungen waren schwierig, wenn man die Gedanken der anderen nicht lesen konnte. Etienne hatte nie zu den Vampiren gehört, die eine Frau beherrschen wollten und zwingen, ihn zu mögen, aber wenn er eine Frau attraktiv fand und in ihren Gedanken las, dass sie ebenfalls Interesse hatte, war es einfacher, sich dieser Frau selbstsicher zu nähern. Bei Rachel kam er sich vor wie auf einem Minenfeld.

Selbstverständlich wusste er, dass sie ihn attraktiv fand, aber er war nicht sicher, wie groß der Anteil der Dankbarkeit war, weil er ihr das Leben gerettet hatte. Er wollte von Rachel mehr als Dankbarkeit. Er war zu dem Schluss gekommen, dass sie als Lebensgefährten gut zusammenpassen würden, und um Erfolg bei ihr zu haben, strengte er sich sehr an. Aber er befand sich auf ungewohntem Terrain und hatte das Gefühl, im Dunkeln herumzustochern. Etienne hatte sich noch nie so hilflos gefühlt. Und es hatte noch nie so viel für ihn auf dem Spiel gestanden. Das gefiel ihm überhaupt nicht.

„Wahnsinn! Ein toller Club!"

Etienne lächelte, als Rachel sich in den Sessel fallen ließ, sich begeistert umsah und ihr ganzer Körper von der Musik gepackt wurde. Es war offensichtlich, dass sie tanzen wollte – vielleicht sogar tanzen musste. In dem Augenblick, als er sie auffordern wollte, fiel sein Blick jedoch auf die Tanzenden, und er sah ihre wild zuckenden Bewegungen. Er war in seiner Jugend so etwas wie ein Dandy gewesen und hatte sich recht gut in den beliebtesten Tänzen jener Zeit ausgekannt. Doch dann fingen die zahllosen Frauen, mit denen er damals ausging und schlief, ihn schließlich an zu langweilen, und er hatte sein gesellschaftliches Leben aus Überdruss immer mehr eingeschränkt, bis er es schließlich ganz aufgegeben hatte. Jetzt hatte er nicht mehr die geringste Ahnung, was die Leute dort auf der Tanzfläche taten. Es sah aus, als hätte die Hälfte von ihnen epileptische Anfälle.

„He! Cousin!"

Bei diesem Ausruf sah sich Etienne um, und ein erfreutes Lächeln erhellte seine Züge, als er seinen Cousin Thomas entdeckte. Er erhob sich, umarmte den Jüngeren und klopfte ihm auf den Rücken.

„Ich fasse es einfach nicht, dass du hier bist, Mann!", sagte Thomas. „Ich bin wirklich schockiert! Wie lange ist es her? Ein Jahrhundert?"

„Nicht ganz", antwortete Etienne trocken.

„Aber beinahe." Thomas war beharrlich. Dann sah er Rachel interessiert an. „Sie müssen Rachel sein. Jeanne hat Sie erwähnt. Ich bin Jeannes Bruder Thomas. Sie können mich Tom nennen."

Rachel lächelte und ergriff seine Hand. „Sie sprechen wohl von Jeanne Louise. Es hat mir wirklich Spaß gemacht, mich mit ihr zu unterhalten. Und sie ist also Ihre Schwester!" Sie registrierte amüsiert Thomas' modisch geschnittenes Haar, sein enges schwarzes T-Shirt und die schwarzen Lederjeans. Jedenfalls hoffte Etienne, dass es Amüsiertheit war. „Lassen Sie mich raten – Sie sind ihr jüngerer Bruder? Achtundzwanzig oder neunundzwanzig zu ihren zweiundneunzig?"

„Falsch." Er grinste. „Ich bin der ältere. Zweihundertundsechs. Mom will noch ein Baby haben, aber das wird noch ungefähr zehn Jahre warten müssen."

„Ach ja." Rachel zog ein Gesicht. „Ich habe die Hundert-Jahr-Regel vergessen."

Thomas lachte leise, dann sah er Rachel so ziemlich auf dieselbe Weise an wie sie ihn – nur dass seine Aufmerksamkeit ausschließlich darauf gerichtet war, wie ihre Hände und Füße den Takt der Musik mitklopften. Es sah aus, als tanze sie im Sitzen. „Wenn niemand etwas dagegen unternimmt, werden Sie in einer Minute auf dem Tisch tanzen", neckte er sie. „Sie sehen aus wie jemand, der das Tanzbein schwingen möchte."

Rachel lachte. „Wie scharfsinnig von Ihnen, das zu bemerken."

„Was soll ich dazu sagen? Ich bin eben ein kluger Bursche." Dann nahm er sie bei der Hand und sagte: „Also los, ich werde ihr weißer Ritter in schwarzem Leder sein und sie auf die Tanzfläche führen."

Etienne sah höchst unzufrieden aus, als Rachel mit seinem Cousin davonging. Sie hatte ihn nicht einmal mehr angesehen. Er hätte nicht zögern dürfen, sondern sie gleich auf die Tanzfläche führen sollen. Genau das wäre für sie beide am besten gewesen.

„Das hast du verpennt, Cousin." Diese schadenfrohen Worte erinnerten Etienne daran, dass er sich in einer Gesellschaft befand, in der einige der mächtigeren Vampire seine Gedanken lesen konnten. Er war offensichtlich zu sehr daran gewöhnt, allein zu sein und seine Gedanken deshalb nicht verbergen zu müssen.

Verärgert über sich selbst, verschloss Etienne sein Innerstes fest vor den anderen, um sie davon abzuhalten, seinen Gedanken nachzuspüren. Dann lehnte er sich zurück und sah grollend zu, wie Thomas und Rachel auf der Tanzfläche mit ihren eigenen Zuckungen begannen.

„Und, wie kommen Sie mit Cousin Etienne zurecht?"

Rachel lächelte und zuckte die Achseln. „Gut. Er ist ein netter Kerl."

„Oh Mann!" Thomas fasste sich an die Brust, als hätte sie mit einem Messer zugestochen. „Nett? Das ist der Todeskuss!"

Rachel lachte über die theatralische Geste und noch mehr, als er mehrmals spöttisch die Augenbrauen hob und feststellte: „Das macht es überdeutlich, dass mein Cousin sich Ihnen nicht genähert hat. Ich glaube, er braucht einen Schubs. Kommen Sie, schubsen wir ihn."

Sehr zu Rachels Befremden bestand Thomas' Vorstellung davon, Etienne zu schubsen, darin, sie in seine Arme zu ziehen und langsam zu dem Hip-Hop-Beat zu tanzen.

„Äh … Thomas? Ist Ihnen aufgefallen, dass das hier schnelle Musik ist?“ Rachel musste schreien, damit sie sich überhaupt verständlich machen konnte.

Er ließ die Hände über ihren Rücken zu ihrem Po gleiten. „Ja. Etienne hat das auch bemerkt“, erwiderte er, zog sie noch fester an sich und lachte weiter. „Da kommt er! Der Schubs hat gewirkt! Sie können sich später bei mir bedanken, Dudette – ich bin gerne jederzeit wieder Ihr weißer Ritter in schwarzem Leder.“ Er versetzte ihr einen Klaps auf den Po und ließ sie dann los, als Etienne näher kam. Mit unschuldiger Miene rief er: „Abklatschen?“

Etiennes Antwort bestand in einem flammenden Blick, auf den Rachel sofort reagierte. War sie wirklich jemals unsicher gewesen, ob er Interesse an ihr hatte? Seine Eifersucht und sein Zorn waren jetzt jedenfalls ziemlich eindeutig.

Sie erhielt keine Gelegenheit mehr, weiter darüber nachzudenken. Etienne ignorierte den schnellen Rhythmus der Musik, genau wie Thomas es getan hatte, und zog sie eng an sich. Sie hätte es nicht für möglich gehalten, aber er drückte sich noch fester an sie als sein Cousin, und wenn Thomas’ Hände nur leicht auf ihrem Po geruht hatten, so packte Etienne fest zu, als er sie über die Tanzfläche führte. Rachel tanzte eng an ihn gedrückt und war sich jeder Einzelheit am Körper dieses Mannes auf eine Weise bewusst, die ihr den Atem raubte. Nach sehr kurzer Zeit fühlte sie sich erhitzt, atemlos und brauchte unbedingt etwas zu trinken.

Als sie es Etienne gestand, war er zu ihrer Erleichterung sofort damit einverstanden. Er führte sie zurück an ihren Tisch. Thomas hatte offenbar beschlossen, sich zu ihnen zu gesellen. Er saß bereits dort und grinste, als sie kamen.

Etienne warf seinem Cousin einen finsteren Blick zu, als er Rachel einen Stuhl heranzog – eine Geste, die sie nach ihrem Leben in modernen Beziehungen überhaupt nicht erwartet hätte. Dann sagte er zu ihm: „Benimm dich. Ich komme gleich wieder."

Rachel schaute ihm überrascht hinterher. Er verschwand durch eine Tür, an der das international gebräuchliche Zeichen für „Mann" angebracht war.

„Etwas zu trinken?"

Rachel schaute die lächelnde Kellnerin verzagt an. Dann wandte sie sich mit einem fragenden Ausdruck in den Augen an Thomas. „Ich bin nicht sicher, was die beiden Herren nehmen", sagte sie und wusste nicht weiter. Da es sich um eine Vampirbar handelte, wurde hier wohl Blut serviert. Aber hatten sie auch andere Getränke?

„Gestatten Sie", mischte sich Thomas ein. Rachel wäre erleichtert gewesen, wenn sie sein Grinsen nicht gesehen hätte. „Zwei Sweet Ecstasies und eine Virgin Mary."

„Was ist eine Virgin Mary?", fragte Rachel misstrauisch, nachdem die Kellnerin gegangen war. Sie befürchtete, die Sweet Ecstasies seien für die Männer bestimmt und die Virgin Mary für sie. Thomas' Antwort widerlegte ihre Annahme.

„Blut, Worcestershire- und Tabascosoße mit einem Spritzer Zitrone. Ich mag es heiß und scharf", sagte er grinsend.

„Oh", erwiderte Rachel kraftlos. Das klang widerwärtig. Sie hatte beinahe Angst zu fragen, was sich in einem Sweet Ecstasy befand.

„Manchmal ist es besser, nicht alles zu genau zu wissen." Thomas beugte sich vor, um nicht schreien zu müssen. Er hatte offenbar ihre Gedanken gelesen. Es war wirklich ärgerlich, nichts geheim halten zu können, wenn die Leute alle mithörten. Rachel fühlte sich viel wohler, wenn sie mit Etienne allein war, der behauptete, ihre Gedanken nicht lesen zu können. Falls er log und es doch konnte, war er zumindest höflich genug, keine Bemerkungen darüber zu machen.

„Das ist mir egal“, antwortete sie. „Ich hätte Sie darauf hinweisen sollen, dass ich kein Getränk bestelle, wenn sie hier nur Blut ausschenken. Ich habe die Technik, es zu trinken, noch nicht so recht erlernt.“ Sie schauderte schon bei dem Gedanken daran.

Thomas sah sie nachdenklich an. Rachel war überzeugt davon, dass er in ihrem Kopf nach der Ursache des Problems suchte, dann nickte er. „Keine Sorge. Meiner Schwägerin ist es ebenso ergangen. Wir haben schließlich eine Lösung gefunden. Ich werde sie Ihnen zeigen, wenn die Kellnerin die Getränke bringt.“

Rachel hoffte einen Augenblick, dass es tatsächlich eine Lösung gab, dann kehrten ihre Gedanken wieder zu der Frage zurück, was sich denn nun in den Sweet Ecstasies befand, die er bestellt hatte.

„Es gibt hier alle möglichen Arten von Getränken“, stellte Thomas fest, der offenbar wieder ihre Gedanken gelesen hatte. „Einige sind Mixgetränke wie die Virgin Mary, die auf Blut basieren, in das noch etwas hineingemixt wird, und andere sind Spezialblutsorten. Wie Süßmäulchen.“

„Süßmäulchen?“, fragte Rachel.

„Hmm.“ Er nickte. „Das Blut von Diabetikern. Tante Marguerite trinkt es furchtbar gerne“, fügte er hinzu, dann fuhr er fort: „Dann gibt es welche mit hohem Eisengehalt oder einem hohen Anteil von Kalium. Oh, und High Times. Das ist ein Getränk, das aus dem Blut von Potrauchern gemacht wird.“

„Stimmt das?“ Rachel starrte ihn staunend an.

„Klar. Bedröhnt, ohne die Lunge zu schädigen, wie Rauchen es tut.“ Er lachte leise, als er ihr Gesicht sah.

Rachel starrte ihn einen Moment ungläubig an, dann fragte sie: „Haben Sie auch ein Getränk mit hohem Alkoholgehalt?“

„Oh ja. Sie nennen es Hämo-Wein. Etiennes Vater mochte ihn gern. Ein bisschen zu gern."

So, wie er es sagte, musste Rachel einfach nachfragen. „Ein Alkoholiker?"

„Ja." Er nickte ernst. „Es gibt unter uns ebenso Alkoholiker und Drogenabhängige wie in der normalen Bevölkerung. Wir müssen diese Dinge nur durch Blut zu uns nehmen."

„Vampire, die Alkoholiker sind", murmelte Rachel völlig verblüfft.

„Ich verrate Ihnen ein Geheimnis." Thomas beugte sich wieder über den Tisch, sodass ihre Köpfe beinahe zusammenstießen. „Die Familie hat sich einige Zeit Sorgen gemacht, dass Lissi in die Fußstapfen ihres Vaters treten könnte."

„Nein!" Rachel lehnte sich schockiert zurück. „Etiennes Schwester?"

„Ja." Er nickte feierlich. „Sie konnte von Kindheit an kein Blut sehen."

„Ja. Das hat Etienne erwähnt. Sie hat also getrunken, um darüber hinwegzukommen, ja?"

„Nein. Sie hat nicht getrunken. Zumindest nicht so, wie Sie es meinen. Lissianna musste zu Hause wohnen und hat die ersten paar hundert Jahre Blut durch Infusionen bekommen. Es war so schlimm, dass sie sich nicht einmal selbst eine Infusion legen konnte. Marguerite musste ihren Geist bezwingen, damit sie einschlief, um es zu tun. Aber als Claude starb –"

„Claude?", unterbrach Rachel.

„Marguerites Mann. Er trank zu viel Hämo-Wein, schlief mit einer angezündeten Zigarette in der Hand ein und verbrannte."

„Feuer kann uns also umbringen?", fragte Rachel.

„Ja. Ganz recht. Oder wenn uns der Kopf abgeschnitten oder das Herz zum Stillstand gebracht wird", erläuterte er. Einen Augenblick später, als er sicher war, dass sie keine Fragen mehr hatte, kehrte er zu seiner Geschichte zurück. „Als Claude so plötzlich starb, war Lissianna schrecklich durcheinander. Sie wissen schon, wir sterben so selten, dass es alle zutiefst erschüttert, wenn es doch passiert. Jedenfalls kam sie zu dem Schluss, sie müsse unabhängiger sein. Sie müsse ‚ihr eigenes Leben führen', sagte sie. Also studierte sie Sozialarbeit, bekam eine Stelle in einem Obdachlosenheim und zog zu Hause aus."

„Wie hat sie sich denn ernährt, wenn sie –"

„Das war die große Schwierigkeit. Eigentlich dürfen wir niemanden beißen, aber in einigen Fällen – zum Beispiel in Notfällen – ist es erlaubt. Und aufgrund ihrer Hämophobie durfte Lissianna es ebenfalls tun." Er schaute aufmerksam auf die Tür der Herrentoilette, aber es gab kein Anzeichen von Etienne, also drehte er sich wieder um und fuhr fort. „Das Problem lag in der Wahl der Opfer. Sie bediente sich bei Leuten aus dem Obdachlosenheim. Sie waren in der Nähe und leicht zu überwältigen. Nur waren leider viele von ihnen Alkoholiker oder Drogenabhängige. Lissi versuchte, sie zu meiden, aber manchmal ..." Er zuckte mit den Achseln.

„Das hat ihrer Familie sicher große Sorgen bereitet", murmelte Rachel.

Thomas nickte. „Vor etwa einem Jahr kam Marguerite zu dem Schluss, dass damit aufgehört werden müsse, und sie hat einen menschlichen Psychologen entführt, um Lissis Hämophobie zu behandeln."

„Sie hat ihn entführt?", keuchte Rachel

Thomas lachte. „Schon gut. Lissianna hat ihn befreit ... jedenfalls am Ende. Der Psychologe war Gregory Hewitt."

„Ihr Verlobter?" Rachel schüttelte ungläubig den Kopf.

„Plauderst du Familiengeheimnisse aus, Thomas?"

Rachel und Thomas zuckten schuldbewusst zusammen, als sich Etienne wieder neben Rachel niederließ.

„Sie ist doch beinahe ein Familienmitglied, nicht wahr?", antwortete Thomas defensiv.

Rachel schaute von einem Mann zum anderen, als sie einander anstarrten. Es gab hier Unterströmungen, die sie nicht verstand, und sie hatte keine Ahnung, was Thomas damit meinte. Wurde sie als Familienmitglied betrachtet, weil sie nun eine Vampirin war? Die Argeneaus hatten sie offensichtlich unter ihre Fittiche genommen, um sie auszubilden und ihr bei der Wandlung zu helfen, aber hatte sie jetzt auch eine neue Familie? Eine, die ihre Herkunftsfamilie überleben würde?

„So, da bin ich!" Das Eintreffen der Kellnerin machte dem unbehaglichen Augenblick ein Ende. „Wer bekommt die Virgin Mary?"

„Ich." Thomas nahm das Getränk mit einem charmanten Lächeln entgegen.

„Dann sind die also für Sie." Die Kellnerin stellte die beiden übrigen Gläser vor Etienne und Rachel.

„Und was ist das?", fragte Etienne Thomas, sobald sie gegangen war.

„Moment mal." Thomas sprang auf und eilte hinter der Kellnerin her, dann kehrte er einen Augenblick später mit zwei Strohhalmen zurück. Er stellte sich neben Rachel und ließ die Halme in ihr Getränk gleiten, dann hob er das Glas und lächelte sie an. „Nun denn, öffnen Sie Ihren hübschen Mund."

Rachel zögerte, dann gehorchte sie ein wenig verlegen, weil ihre Zähne sofort ausfuhren.

„Es ist nichts, was Ihnen peinlich zu sein braucht", versicherte Thomas, als er die Strohhalme über die Enden ihrer oberen Eckzähne schob. „Das müsste funktionieren. Und jetzt entspannen sie sich. Ihre Zähne werden alle Arbeit erledigen."

Rachel regte sich nicht, selbst nachdem er die Hände von ihrem Mund genommen und sich wieder hingesetzt hatte. Zunächst glaubte sie nicht, dass irgendetwas geschah, bis Thomas lächelnd feststellte: „Es funktioniert."

„Tatsächlich", bemerkte Etienne, und etwas in seinem Tonfall zog Rachels Blick auf ihn. Er schien nicht sonderlich erfreut und kippte die Hälfte seines Getränks ungeduldig in wenigen Schlucken hinunter.

„Sehen Sie?", fragte Thomas grinsend. „Ich sagte Ihnen ja, es gibt einen Weg, es zu umgehen. Erstaunlich, wie viel Kraft diese Zähne haben, wie?"

Rachel wagte es, den Kopf ein wenig zu senken, um in ihr Glas zu schielen. Es gelang ihr, ohne dass sich die Halme lösten, und sie stellte erstaunt fest, dass es tatsächlich funktionierte: Ihr Glas war bereits halb leer. Ihre Zähne brauchten nur ein paar Minuten, um den Rest des Getränks aufzusaugen. Sobald sie fertig war, löste sie die Halme und beugte sich vor, um Thomas zu umarmen. „Danke, Tom! Ich habe ja versucht zu trinken, aber der Geschmack ist einfach scheußlich. Jetzt brauche ich mir keine Sorgen mehr zu machen." Sie lehnte sich zurück und lächelte Etienne an. „Jetzt können Sie damit anfangen mir beizubringen, wie ich meine Zähne beherrschen kann und solche Dinge."

„Hmm." Wieder wirkte Etienne nicht sonderlich erfreut, aber Rachel konnte sich nicht vorstellen, warum. Er leerte sein Glas, stellte es ab und stand auf. „Tanzen wir."

Es klang nicht wie eine Bitte. Er nahm ihre Hand und zog sie von ihrem Stuhl hoch. Rachel musste beinahe laufen, um mit ihm Schritt halten zu können, als er sie auf die Tanzfläche zerrte. Diesmal wurde ein langsames Stück gspielt. Etienne nahm sie in die Arme, zog sie an sich und begann sich zur Musik zu bewegen. Er fing mit einem beinahe respektablen Abstand an, aber bei jedem neuen Song drängte er sich enger und enger an sie, bis ihre Körper sich überall begegneten. Rachel machte nur zu gerne mit, ihr Körper schmolz in den seinen, und sie gab ein leises Seufzen von sich. Sie ließ den Kopf an seiner Schulter ruhen und murmelte etwas Erfreutes, als er die Hände über ihren Körper schweifen ließ, sie streichelte und gleichzeitig noch fester an sich zog.

Rachel fühlte sich unglaublich … unglaublich. Hinreißende kleine elektrische Schläge durchzuckten sie überall dort, wo Etienne sie berührte, gefolgt von erregten Schauern. Als er die Hand zu ihrem Haar hob, um sanft darüber zu fahren, legte sie den Kopf zurück und beobachtete, wie seine Lippen auf ihre zukamen. Was als träger Kuss begann, wurde bald zu einer aufregenden Suche nach mehr Wohlgefühl. Bevor sie es wusste, hatten sie aufgehört, nur so zu tun, als ob sie tanzten, und standen einfach auf der Tanzfläche und knutschten wie Teenager.

„Ich will dich", knurrte Etienne, der den Kuss abgebrochen hatte, um ihr mit den Lippen über den Hals zu fahren.

„Gott sei Dank", hauchte sie erleichtert. Sie war sicher, dass sie sterben würde, wenn er nicht bald mit ihr schlief.

„Sofort."

„Sofort?" Sie öffnete die Augen und sah, dass er sich verärgert umsah.

„Ja. Sofort. Aber nicht hier." Er legte den Arm um sie und führte sie rasch von der Tanzfläche. Rachel glaubte, er werde sie zu ihrem Tisch zurückbringen, zumindest lange genug, um sich von Thomas zu verabschieden, aber offenbar konnte er nicht einmal so lange warten. Stattdessen führte er sie direkt aus dem Club zu seinem geparkten Auto. Er öffnete die Beifahrertür, sodass sie sich hineinsetzen konnte, eilte zur Fahrerseite, stieg ein und ließ den Motor an. Weiter kam er nicht. Sobald das Auto zu schnurren begann, zog Etienne sie wieder in seine Arme.

Rachel reagierte sofort und kletterte beinahe auf seinen Schoß, mit einladend geöffnetem Mund, als er den Kopf senkte, um sie zu küssen. Sie hatte sich ihr ganzes Leben nicht so erregt gefühlt.

Jede Stelle, an der er sie berührte, jeder Zoll Haut, den sein Atem streifte, schienen plötzlich in Flammen aufzugehen. Leidenschaft packte sie schwer und nass zwischen ihren Beinen.

„Ich bin verrückt nach dir", keuchte Rachel, als er den Kuss abbrach.

Etiennes Antwort bestand in so etwas wie einem Grunzen. Er zog an ihrer Bluse, zog sie aus den Jeans. Sie war eindeutig nicht die Einzige mit Erfahrung beim Ausziehen anderer Leute – Rachels Bluse klaffte plötzlich auf, und er entblößte rasch ihre Brüste.

„Oh." Sie stöhnte, als er sie in beide Hände nahm. Sie gab ein weiteres kleines Seufzen von Entzücken und Schmerz von sich, als er ihre Brustwarzen abwechselnd streichelte und mit seinen Lippen umschloss. Als sie seine Hände an ihrer Taille spürte, wollte sie ihm helfen, aber sie waren zu nahe beieinander, der Raum war zu eng.

Fluchend setzte Etienne sie wieder auf den Beifahrersitz und legte einen Gang ein. „Nach Hause". Mehr musste nicht gesagt werden.

Rachel biss sich auf die Lippen und hielt sich am Armaturenbrett fest, als sie vom Parkplatz schossen. Nur kurz streifte sie der Gedanke, sich ordentlich anzuschnallen, aber Etienne fuhr so schnell, dass sie überzeugt war, sie würden zu Hause sein, bevor ihre zitternden Hände den Gurt angelegt haben würden.

Sie waren beide schon aus dem Auto, bevor der Motor noch ganz verstummt war. Etienne ergriff Rachel bei der Hand und lief mit ihr zusammen zur Haustür. Er schaffte es tatsächlich, die Tür aufzuschließen und zu öffnen, Rachel hereinzuzerren und die Tür wieder zuzuwerfen, bevor er sie erneut in seine Arme zog. Rachel wurde plötzlich fest gegen die Flurwand gedrückt. Etiennes Mund und Hände schienen überall gleichzeitig zu sein. Sie zerrten beide an der Kleidung des anderen.

„Ich kann nicht warten, bis wir oben sind", sagte er entschuldigend, als ihre Hose die Beine hinunterrutschte.

„Ja", bestätigte Rachel. Sie wollte ebenso wenig warten. Sie wollte ihn, musste ihn jetzt gleich haben.

Das war alle Zustimmung, die Etienne benötigte. Nachdem er sie von ihren letzten Hüllen befreit hatte, packte er sie bei den Oberschenkeln, hob sie hoch und ließ sie dann auf sich gleiten. Er drang in sie ein, und beide stöhnten, als er sie vollkommen erfüllte. Aufgrund ihrer erotischen Träume kam es ihnen so vor, als hätten sie seit Wochen auf diesen Augenblick gewartet.

Etienne hielt inne, dann machte er einen Schritt zur Seite. Rachel bekam plötzlich Angst, dass sie wieder träumte und der Traum nun ein Ende finden würde wie jedes Mal, und sie bohrte die Fingernägel in seine Schultern und stachelte ihn an.

„Weiter", flehte sie.

Etienne setzte sie auf irgendwas – sie nahm an, es war der Flurtisch – und fing an, sich in ihr zu bewegen. Er zog sich ein wenig zurück und stieß dann wieder zu, nur um sich erneut zurückzuziehen.

Rachel hatte nicht gewusst, dass sie so schreien konnte. Sie hatte es nie zuvor getan. Aber sie schrie nicht nur, als sie den Höhepunkt erreichte, sie schrie und dann schlug sie die Zähne in Etiennes Hals, nahm sein Blut in ihren Körper auf, während dieser Körper um seinen zuckte und pulsierte. Es war der beste Sex ihres Lebens.

„Hallo."

Rachel blinzelte schläfrig und blickte verwirrt zu dem Mann auf, der sich über sie beugte. Etienne. Sie erkannte ihn selbstverständlich, aber dass sie sich jetzt woanders befanden, verblüffte sie. Das Letzte, woran sie sich erinnern konnte, war, wie ihr Körper im gewaltigsten Orgasmus, den sie je erlebt hatte, explodierte und in tausend Stücke zersprang. Nun lag sie auf dem Rücken auf einer weichen Decke – im Schlafzimmer, erkannte sie verwirrt. Wie war sie hierhergekommen?

„Du bist ohnmächtig geworden", sagte Etienne leise. „Ich hoffe, ich war nicht zu grob."

„Grob? Nein", versicherte Rachel ihm, dann errötete sie, als sie begriff. „Deine Mutter hat mich schon gewarnt, dass so etwas passieren könnte."

Marguerite hatte auch behauptet, die Empfindungen würden nach der Wandlung zwanzigmal so intensiv sein, aber schon das hier war mindestens zehnmal stärker gewesen, als alles, was Rachel kannte, und dabei hatte sie sich noch nicht einmal vollkommen gewandelt.

„Du hast mich gebissen", murmelte Etienne mit dem Hauch einer Berührung an einer ihrer Brustwarzen.

„Tut mir leid", sagte Rachel. Ihre Stimme war heiser, und sie erschauderte in Erinnerung an seine Zärtlichkeit.

„Das braucht dir nicht leidzutun. Es hat mir gefallen." Er ließ seine Hand zu ihrem Bauch wandern. „Es hat mir gefallen, dass du so erregt warst. Mir gefällt einfach alles an dir."

„Oh, gut." Rachel stöhnte und schloss die Augen. Sie bog sich zurück, als seine Hand zwischen ihre Beine glitt. Sie biss sich auf die Oberlippe und wand sich wollüstig unter seiner Hand, dann sah sie ihn begehrlich an und griff nach ihm. „Ich glaube, ich will noch mal."

„Und ich weiß, dass ich dich noch mal haben muss", knurrte er zurück. Ihre Hand strich über seine Mitte. Etienne legte sich auf sie und schob ihre Beine auseinander, aber dann hörte er auf. Seine Miene wurde starr, als sei ihm plötzlich etwas eingefallen. Er kniff die Augen zusammen. „Was war in diesen Getränken?"

„Getränke?", fragte Rachel irritiert. Sie wollte nicht reden, wollte nichts anderes als –

„Ja. Die Getränke, die Thomas für uns bestellt hat", erklärte er.

„Oh." Sie seufzte und fragte sich, wieso das so wichtig war. „Süßmäulchen? Nein, das ist das Zeug, das Marguerite mag. Es war irgendwas mit Sweet … Sweet …"

„Sweet Ecstasies?"

„Ja, genau! Sweet Ecstasies." Rachel lächelte und hoffte, er würde jetzt weitermachen. Aber sehr zu ihrer Enttäuschung ächzte Etienne und ließ sich auf sie sinken. „Was? Was ist denn? Hat etwas nicht mit ihnen gestimmt?"

„Nicht gestimmt? Nicht unbedingt. Das Zeug ist nur wie Viagra für Vampire, oder wie die legendäre Spanische Fliege."

„Tatsächlich?", fragte Rachel neugierig. Der Gedanke beunruhigte sie nicht sonderlich. Sie hatte in den letzten Tagen schon so viel sexuelle Spannung ertragen müssen, ein wenig mehr war kein Grund, sich aufzuregen. Außerdem hatte es Etienne dazu gebracht, dieser Spannung endlich nachzugeben. Sie wünschte sich nur, er würde es noch ein wenig öfter tun.

Etienne war jedoch dreihundert Jahre alt, und offensichtlich verfügte er über erheblich mehr Selbstbeherrschung. Er schien jetzt eher in der Stimmung für ein Gespräch zu sein.

„Ja, wirklich", antwortete er. „Nur schlimmer. Diese Getränke waren voll mit Oxytocin, Dopamin, Noradrenalin, Phenylethylamin und was weiß ich noch."

Rachel war beeindruckt, dass er die Namen aussprechen konnte, ganz zu schweigen von seinem exzellenten Gedächtnis. Sie kannte die Drogen alle dem Namen nach. Die meisten waren Hormone, die mit sexueller Erregung zu tun hatten, obwohl man Oxytocin auch die Schmusechemikalie nannte; sie wurde von Müttern produziert, um ihre Bindung an Neugeborene zu unterstützen. Man vermutete, dass Oxytocin auch in den Körpern von Paaren entstand, aber das war noch nicht bewiesen. Dennoch,

Rachel war sehr beeindruckt. Sie wäre noch beeindruckter gewesen, wenn die Härte, die sich gegen ihr Bein drängte, sich in ihr befunden hätte. Aber trotzdem war sie beeindruckt.

„Wie lange hält die Wirkung an?", fragte sie ihn, denn sie machte sich Sorgen, ob sie bei ihm vielleicht schon nachließ.

„Stunden", stöhnte Etienne. „Es tut mir leid. Wenn ich Thomas das nächste Mal sehe, werde ich ihn grün und blau schlagen. Ich hätte nachfragen sollen, was für Getränke es waren, bevor wir tranken. Er hat anderen schon immer gerne Streiche gespielt, und –"

„Etienne", unterbrach Rachel ihn.

„Ja?" Er wirkte eher misstrauisch als besorgt, dass sie ihn wegen der Handlungen seines Cousins rügen würde.

Rachel nahm die Hand von seinem Rücken und streichelte ihm über die Wange. „Wenn du mich nicht begehrst, verstehe ich das. Es wird mich vielleicht umbringen, aber ich werde es verstehen. Ich –"

„Selbstverständlich begehre ich dich", unterbrach er sie schnell. „Das tue ich schon seit Tagen."

„Gut." Sie lächelte erleichtert. „Und ich ebenfalls – Chemie hin oder her. Warum hörst du also nicht auf, über Thomas zu reden, und –"

Weiter kam sie nicht. Etienne brachte sie mit einem Kuss zum Schweigen und drang wieder in sie ein. Rachel hätte vor Erleichterung fast geseufzt, aber im selben Moment begann sie erregt zu stöhnen. Sie brannte von einer Begierde, die nur er erfüllen konnte, und fast schon erfüllt hatte. Doch es war ihr nicht genug. Sie wollte … Ihre Gedanken erstarben, als er sich plötzlich setzte und sie so anhob, dass sie auf seinen Schoß rutschte. Ihre Beine schlangen sich wie von selbst um seine Hüften.

Ihre Körper glitten gegeneinander, und Rachel überliefen ekstatische Schauer. Sie berührten sich jetzt überall. Ihre Brüste streiften seine Brust, ihre Arme schlangen sich um seine Schultern, und sie vergrub das Gesicht an seinem Hals, küsste ihn dort und knabberte dann an der zarten Haut, als ihre Erregung wuchs. Rachel hatte in ihrer Lust früher nie gebissen, aber jetzt wollte sie die Zähne tief in seinen Hals schlagen.

Sie keuchte und schrie auf, als er schneller war und zubiss. Es war ein rascher Biss, ohne viel Blut, aber Rachel betrachtete ihn als Zeichen und senkte ihre eigenen Zähne tief in seinen Hals. Sie benutzte sie als Anker, als ihre Leidenschaft ihren Höhepunkt erreichte und explodierte. Rachel spürte, wie sie schwach wurde, spürte, wie die Welt um sie herum sich verdunkelte, aber sie ließ nicht von ihm ab und genoss den Rausch von Energie und Erregung. Es war wie eine Droge. Nein, es war tatsächlich eine Droge. Sie spürte, wie es immer intensiver wurde, dann zu viel, und ließ stöhnend seinen Hals los, während ihr Körper erschauernd und bebend um ihn geschlossen blieb.

Die Dunkelheit kam näher.

10

Etienne war nicht mehr da, als sie aufwachte. Rachel gähnte, streckte sich wohlig und lächelte glücklich. Sie fühlte sich wunderbar. Vielleicht ein wenig hungrig, aber ansonsten wunderbar. Sie war sicher, dass die letzte Nacht besser gewesen war als jeder erotische Traum. Sylvia musste wirklich ein bedauerliches Sexleben haben, wenn sie glaubte, irgendein Traum könne besser sein als die Wirklichkeit.

Etienne und sie hatten sich die ganze Nacht lang geliebt. Auch am Morgen hatten sie noch weitergemacht, und es war Mittag geworden, bevor sie beide zusammengebrochen waren, erschöpft und endlich befriedigt.

Rachel grinste die zerwühlten Laken an, dann setzte sie sich auf und schob sie beiseite. Dieser Mann war wie eine kraftvolle Maschine. Er hatte mehr Energie als jeder, dem sie je begegnet war, und dreihundert Jahre Übung und Erfahrung. Etienne hatte Dinge mit ihr getan, an die auch nur zu denken sie erröten und schaudern ließen. Und so errötend und schaudernd eilte sie ins Bad, direkt unter die Dusche.

Zu diesem Zeitpunkt hätte sie eine kalte Dusche recht gut brauchen können – nach diesem Marathon-Sex. Sie entschied sich dennoch für warmes Wasser, stand lange unter der Brause und genoss das Wasser, das über sie strömte, aus vollem Herzen. Ihr Körper zitterte immer noch und war höchst empfindlich. Rachel wusste nicht, ob es Nachwirkungen von ihrem Drink waren oder ob es sich um Erinnerungen an die Lust handelte, die Etienne ihr bereitet hatte. Jede Berührung des Waschlappens an ihrer nassen Haut ließ sie erneut erschauern, und sie sehnte sich wieder nach Etienne. Der Mann war wirklich wie eine Droge. Eine gute Droge.

Nach der Dusche trocknete Rachel sich ab, zog sich an und bürstete sich das Haar. Sie hielt einen Moment inne, schnitt ihrem Bild im Badezimmerspiegel eine Grimasse und machte sich dann auf die Suche nach Etienne. Sie musste ihn unbedingt sehen, musste ihm nahe sein. Vielleicht, um ein wenig mit ihm zu schmusen, vielleicht auch mehr.

Rachel lächelte bei dem Gedanken, als sie die Treppe hinunterstieg. Es überraschte sie nicht, das Haus leer zu finden, und sie ging direkt ins Souterrain, denn sie wusste, dass sie Etienne dort finden würde. Er arbeitete ganz bestimmt an seinem Computer.

Er war tatsächlich in seinem Arbeitszimmer, aber obwohl er am Schreibtisch saß, waren alle Computer abgeschaltet. Er telefonierte. Rachel stellte sich hinter ihn und legte ihm zögernd die Hände auf die Schultern, während er in den Hörer sprach. Als er die freie Hand ausstreckte und sie auf ihre legte, lächelte sie und erkannte erst in diesem Augenblick, dass sie nicht vollkommen sicher gewesen war, wie er sie empfangen würde. Etienne hatte behauptet, er habe sie schon seit Tagen begehrt, aber das hatte vielleicht nicht viel zu bedeuten. Er hatte das vielleicht einfach nur so gesagt. Er hätte auch das Interesse an ihr verlieren können, nachdem seine Leidenschaft befriedigt war. Aber das war offenbar nicht der Fall.

„Na wunderbar! Ich werde nach ihm Ausschau halten", sagte Etienne und legte auf. Sobald sich das Telefon wieder auf der Ladestation befand, stand er auf, um sie in seine Arme zu ziehen und zu küssen. Er knurrte: „Guten Morgen, meine Schöne. Wie geht es dir?"

Rachel errötete und küsste ihn auf die Nasenspitze. „Ich habe Hunger."

Etienne lachte. „Du bist unersättlich."

„Ja, das bin ich. Aber ich meinte, dass ich richtigen Hunger habe."

„Ah." Er seufzte leise und umarmte sie noch einmal, dann nahm er ihre Hand und führte sie aus seinem Arbeitszimmer. „Ja, ich auch. Leider haben wir kein Blut mehr. Ich habe gerade Bastien gebeten, uns welches zu schicken. Es müsste bald hier sein, aber inzwischen ..." Er hielt inne, als sie in die Küche kamen, und sein Blick fuhr zum Fenster der Hintertür hinüber, in die Dunkelheit hinaus.

„Was ist denn?", fragte Rachel neugierig. Sie trat neben ihn und spähte in den großen Garten hinter dem Haus. Sie hatte ihn sowohl tagsüber als auch nachts gesehen, und er war zu allen Zeiten sehr schön, mit einem großen Springbrunnen, einem Steingarten und vielen Bäumen.

„Ich dachte, ich hätte da draußen jemanden gesehen", murmelte er, dann drückte er kurz ihre Hand. „Warte hier, ich will mich nur schnell mal umschauen."

Er war draußen, bevor Rachel etwas sagen konnte. Sie hielt die Tür auf, sodass sie alles übersehen konnte, und schaute ihm nach, als er in den Garten ging. Sie hatte vorgehabt, sich ebenfalls umzusehen, aber ihr Blick blieb an seinem Po hängen und schien sich von ihm nicht mehr trennen zu können. Sie kämpfte gar nicht erst dagegen an. Etienne hatte ohnehin bessere Nachtsicht als sie. Und es war wirklich ein hübscher Anblick. Ein sehr hübscher Anblick. Rachel hatte nie zuvor begriffen, wie attraktiv der Po eines Mannes sein konnte. Sie wollte ihn am liebsten sofort packen und drücken und ...

„Muss eine Nachwirkung von diesem Getränk sein", murmelte sie und schüttelte den Kopf. Aber ihr Blick wurde unweigerlich wieder von seinem Po angezogen, sobald sie in seine Richtung schaute, und sie kam zu dem Schluss, dass es vielleicht das Beste wäre, zu ihm zu gehen, statt hier voll hemmungslosen Verlangens an der Tür herumzustehen. Sie zog die Tür hinter sich zu und folgte Etienne leise.

„Hast du etwas gesehen?", fragte sie flüsternd und ein wenig abgelenkt von dem Geruch seiner Haut. Er roch wirklich gut. Hmm. Rachel war aufgefallen, wie gut er roch, als sie ihr Gesicht an seinen Hals geschmiegt und seinen Duft eingeatmet hatte, aber jetzt konnte sie ihn beinahe so intensiv riechen, als stünde sie schon neben ihm. Ihre Sinne wurden offenbar stärker, stellte sie fest und freute sich darüber. Vielleicht würde sie auch bald imstande sein, ihre Zähne richtig zu benutzen. Und sogar Blut zu trinken. Der Trick mit den Strohhalmen, den Thomas ihr gezeigt hatte, funktionierte gut. Aber sie hätte es lieber direkt aus einem Glas getrunken, so wie alle anderen. Bis das der Fall wäre, würde sie sich fühlen wie ein verzärteltes Kind, dem man mit Milch verdünnten Tee vorsetzte.

„Nein. Ich habe mich vielleicht geirrt. Es war vielleicht nur ein Schatten."

„Hmm." Rachel schnupperte und trat näher an ihn heran. Sie betrachtete seinen Hals. Er roch wirklich köstlich. Gut genug, dass man ihn hätte verspeisen können. Aus irgendeinem Grund erinnerte er sie an ein großes Porterhouse Steak, gut und blutig.

Al fresco. Marguerites Formulierung fiel ihr wieder ein, und sie fuhr entsetzt zusammen.

„Was ist denn? Hast du etwas gesehen?", fragte Etienne, als sie plötzlich zurücktrat.

„Nein", antwortete Rachel voller Schuldgefühle. „Nein. Wir sollten jetzt reingehen, meinst du nicht? Es ist ziemlich kalt hier draußen." Es war tatsächlich kälter, als es für die Jahreszeit üblich war, und sie hatten beide keine Jacke an. Nicht dass ihr die Kälte aufgefallen wäre, bis sie ihr eine praktische Ausrede lieferte.

„Ist dir kalt?"

„Nein", gab sie zu, dann legte sie den Kopf schief. „Warum friere ich nicht? Ich müsste eigentlich frieren. Es ist wirklich kalt, Etienne."

„Dein Körper ist widerstandsfähiger als früher. Du brauchst dir keine Sorgen mehr wegen solcher Dinge wie Erkältungen oder Erfrierungen zu machen", erklärte er. „Dennoch sollten wir reingehen. Du wirst hier draußen mehr Blut brauchen, wenn du deine Temperatur halten willst, und schneller – und ich weiß, dass du bereits Hunger hast."

„Gewaltigen Hunger", stimmte Rachel zu. Ihr Blick hatte sich wieder auf seinen Hals zu bewegt, und sie wandte sich nervös ab.

„Der Lieferbursche müsste eigentlich bald mit dem Frühstück hier sein", versicherte er ihr. Dann ging er zur Tür zurück. „Es wird wahrscheinlich Thomas sein. Er übernimmt oft das Ausliefern."

„Oh. Das ist nett von ihm", stellte Rachel fest. Sie hielt inne, als Etienne den Türknauf packte und drehte und dann zurückdrehte. „Was ist denn?"

„Äh … Rachel, hast du die Tür entsichert oder einfach zufallen lassen?"

„Du hattest die Tür geöffnet. Ich habe sie einfach nur hinter mir zufallen lassen. Warum? Was ist denn?"

Etienne grinste leicht. „Die Tür schließt automatisch, wenn man diesen Hebel nicht umlegt. Wir haben uns ausgeschlossen."

„Was?" Sie trat neben ihn und drehte den Türknauf, aber zu ihrem Entsetzen blieb die Tür zu. „Wir können doch nicht ausgeschlossen sein, Etienne!"

„Ich fürchte schon." Er klang eher amüsiert als aufgeregt.

Rachel fand das gar nicht komisch. Sie war bereits so hungrig, dass Etienne anfing, wie eine appetitliche Zwischenmahlzeit auszusehen, und wenn die Kälte bewirkte, dass ihr Körper noch dringender Blut brauchte … Sie sah ihn streng an und befahl: „Klettere durch ein Fenster."

Er schüttelte den Kopf. „Tut mir leid. Hochentwickeltes Alarmsystem. Es würde losgehen, wenn ich so etwas versuchte."

„Kannst du es nicht deaktivieren oder so?"

„Sicher, aber warum mein System ruinieren, um mir ein paar Minuten in der Kälte zu ersparen? Wer immer das Blut liefert, wird ein Handy haben. Ich kann Bastien anrufen und mir von ihm meine Ersatzschlüssel bringen lassen. Wir werden nur ein paar Minuten hier draußen sein müssen, das verspreche ich. Und es ist eine schöne klare Nacht. Ich kann dir meinen Garten aus allernächster Nähe zeigen. Du hast ihn bis jetzt nur vom Haus aus gesehen. Ich habe ein paar hinreißende nachtblütige –"

„Etienne", begann Rachel gereizt, dann hielt sie den Mund. Es widerstrebte ihr plötzlich zuzugeben, dass er wie ein Frühstück aussah. Zuvor hatte sie schon der Gedanke, Leute zu beißen, angewidert, aber das hatte sich nach ihren Liebesbissen ziemlich geändert. Sie sollte vielleicht endlich herausfinden, wie gut sie sich beherrschen konnte. Sie wollte schließlich nicht riskieren, dass sie einen ihrer Mitarbeiter biss, wenn ihr nachts nach einem Imbiss sein sollte.

„Was ist denn?", fragte Etienne, als sie schwieg.

„Nichts", sagte sie schließlich und lenkte ab: „Zeig mir deinen Garten."

Lächelnd ergriff Etienne ihre Hand. Er führte sie wieder in den Hof und um den Springbrunnen herum zum Hauptgarten. Es war ein riesiges Areal. Rachel nahm an, dass sie sich in den Außenbezirken von Toronto befanden. Aber sie wusste es nicht mit Bestimmtheit, denn der Garten war von einem hohen Zaun umgeben, der es unmöglich machte, über ihn hinwegzuschauen. Sie nahm sich vor, Etienne später zu fragen, und folgte ihm, während er auf verschiedene Pflanzen zeigte und sie benannte.

Das Gelände war wirklich wunderschön und offenbar dazu angelegt, bei Nacht betrachtet zu werden. Das war ja auch nur vernünftig. Hier und da gab es Lampen, die vermutlich etwas Besonderes hervorheben sollten, aber sie waren alle nicht eingeschaltet. Ihr Weg wurde nur vom Licht des Mondes beleuchtet. Rachel konnte jedoch alles sehr gut erkennen. Sie nahm an, das bedeutete, dass ihr Augenlicht besser geworden war, wie Marguerite es angekündigt hatte. Sie wäre vielleicht aufgeregt über diese Feststellung gewesen, wenn sie nicht so großen Hunger gehabt hätte. Ihr Körper fing tatsächlich an, sich zu verkrampfen. Da Etienne dieses Problem offenbar nicht hatte, vermutete Rachel, dass sie wegen der Wandlung immer noch mehr Blut brauchte.

„Warum siehst du mich an, als wäre ich ein großes gebratenes Schwein mit einem Apfel im Maul?"

Rachel wandte den Blick von seinem hinreißenden Hals ab und zwang sich zu einem Lächeln. „Weil du so köstlich aussiehst", sagte sie leichthin. Ohne nachzudenken, ging sie auf ihn zu und fuhr ihm mit den Händen über die Brust, dann schlang sie die Arme um ihn, weil sie ihn veranlassen wollte, sie auf der Stelle zu küssen.

Etienne tat es auch sofort und presste seine Lippen mit Leidenschaft auf ihre. Rachel seufzte ihm erleichtert in den Mund, weil es so einfach gewesen war, dann unterbrach sie den Kuss und fuhr mit den Lippen über seine Wange bis zu seinem Ohr. Sie knabberte leicht daran und sagte: „Du riechst so gut, dass ich dich wirklich fressen könnte."

Etienne lachte leise über diese Worte, aber sein Lachen verschwand schnell, und er erstarrte in ihren Armen. Sie hatte begonnen, an seinem Hals zu knabbert. „Äh, Rachel, meine Liebe?

Ich glaube, du verwechselt vielleicht Blutlust und Begierde. Es ist keine gute Idee, wenn du – aaah!"

Seine Warnung löste sich in nichts auf, als sie ihn durch seine Jeans fand und zudrückte. Er fing sofort an, schneller zu atmen, und keuchte ihr beinahe ins Ohr. „Nun, vielleicht würde ja ein bisschen Knabbern nicht wehtun."

Rachel lachte heiser und fuhr mit der Zunge über seinen Hals. Sie hatte wirklich keine Ahnung, was sie tat, sondern folgte nur ihrem Instinkt – und instinktiv wollte sie seinen Hals liebkosen. Tatsächlich wollte sie ihn überall liebkosen. Etienne war wie ein großer Lutscher oder vielleicht wie Eiscreme. Aber sie wusste auch, dass sie zubeißen würde, sobald sie ihn mit ihren Lippen betastete.

Wieder fuhr sie mit der Zunge über seinen Hals, über die Schlagader, spürte sie mit einer Natürlichkeit, die sie verblüffte. Sie wollte ihn unbedingt beißen, sie hatte Hunger, ihr Magen zog sich vor Hunger zusammen. Vielleicht fühlte sich ein Drogenabgängiger so, wenn er nach einer Spritze gierte. Sie gierte genauso, aber es kam ihr unhöflich vor, ihn nur zu beißen, und letztlich konnte sie sich doch nicht so recht überwinden. In der vergangenen Nacht hatte sie ihn mehrere Male gebissen, immer auf dem Höhepunkt der Leidenschaft. Rachel hatte zwar sehr leidenschaftlich für ihn empfunden – aber nicht genug, um ihr Verhalten rechtfertigen zu können. Das sollte sie nicht vergessen.

Sie ließ ihn los, fuhr wieder mit den Händen über seine Brust, griff nach seinem Kragen und riss sein Hemd auf. Etienne grinste nur, als die Knöpfe absprangen. Rachel reagierte ein bisschen weniger gelassen. Das hatte sie nicht erwartet – unter Umständen, dass ein Knopf aufspringen und sie die anderen öffnen musste, aber offenbar verfügte sie jetzt bereits über einen Teil der Kraft, die sie einmal erlangen würde.

Die Überraschung ließ sie nur einen Augenblick stocken. Als sie plötzlich seine nackte Brust vor sich hatte, die im Mondlicht beinahe silbern glänzte, hörte sie, wie sie so etwas wie ein kehliges Schnurren von sich gab, und ließ die Hände weiter über Etiennes nackte Haut gleiten. Seine Haut war kühl, glatt und samtweich, und sie umschloss einen stählernen Körper. Rachel seufzte entzückt, beugte sich vor, um die Lippen auf die Haut über seinem Herzen zu drücken. Sein Herzschlag war deutlich wahrzunehmen. Etienne war lebendig und stark, und sie begehrte ihn.

Sie legte den Kopf zurück, fuhr mit der Hand durch sein Haar und zog sein Gesicht zu sich hinunter. Sie küsste ihn, rieb seine Lippen erst leicht mit ihren, dann öffnete sie den Mund, um an seiner Unterlippe zu knabbern. Sie zog daran, bis sie ihr mit einem kleinen Laut wegrutschte, was sie beide kichern ließ. Dann hatte Etienne offenbar genug gespielt. Er nahm sie in die Arme und küsste sie leidenschaftlich. Kein sanftes Reiben und kein neckender Kuss mehr. Er drückte seinen Mund auf den ihren, dann schob er die Zunge zwischen ihre Zähne. Rachel öffnete sich ihm, ohne zu zögern, bewegte ihre Zunge auf seine zu, und gab ein halb unterdrücktes Ächzen von sich, als ihre Zungen aufeinanderstießen.

Ein ähnliches Geräusch von Etienne ließ Rachel lächeln, was den Kuss ein wenig unterbrach. Sie folgte mit den Lippen der Linie seines Kinns und seiner Kehle, atmete seinen Geruch ein, hielt aber nicht inne, um sich von seiner vielversprechenden Halsschlagader verlocken zu lassen. Sie fuhr mit den Lippen über seine Brust und hielt erst an der einen Brustwarze inne, um zu knabbern und zu saugen und sie mit der Zunge zu umkreisen, dann widmete sie sich der anderen. Dabei fuhr sie mit den Nägeln fest über seinen Rücken, sodass er es richtig spüren konnte, aber kein Blut floss.

Als Etienne stöhnte, sich bog und ihre Arme packte, um sie wieder an sich zu ziehen – vielleicht um sie zu küssen –, lachte Rachel und ging in die Hocke. Sie legte den Kopf zurück, lächelte boshaft und griff nach dem Verschluss seines Hosenbundes. Etienne schnappte verblüfft nach Luft, als sie ihn öffnete, und schien dann den Atem anzuhalten, als sie den Reißverschluss herunterzog.

Rachels Lächeln wurde intensiver, als sie in die Jeans griff, um seine Mitte herauszuführen. Sie wusste, dass sie einen Fehler gemacht hatte, sobald sie sich vorbeugte, um ihn in sich aufzunehmen. Sein Geruch und Geschmack machten das Bedürfnis zu beißen beinahe unwiderstehlich. Rachel konnte tatsächlich das Blut spüren, das unter der zarten Haut seines harten Schafts pulsierte und rauschte.

Lieber Gott, es würde sein, als beiße sie in eine Wurst, dachte sie verschwommen. Die Säfte würden ihr dick und süß durch die Kehle rinnen und das Sehnen befriedigen, das ihren Körper so quälte. Dieser Gedanke war seltsam erotisch. Er war auch ziemlich entsetzlich. Rachel fiel es schwer zu glauben, dass sie vor einem Mann kniete und vorhatte, einen Bissen von seiner Männlichkeit zu nehmen, die ihr in der Nacht zuvor so viel Vergnügen geschenkt hatte. Lieber Gott, es war wirklich offensichtlich, dass sie noch nicht wieder zur Arbeit gehen konnte. Wenn sie solche Gedanken hatte, würde niemand vor ihrem Hunger sicher sein.

„Rachel?“

Sie hob den Blick und begegnete seinen flackernden Augen, und sie erkannte, dass sie sich mit ihm im Mund in Gedanken verloren hatte. Sie schüttelte sie ab, legte ihre Hand an die Wurzel seine Männlichkeit und ließ sie in ihrer warmen, feuchten Höhle vor und zurückgleiten. Sie konnte es schaffen. Sie konnte widerstehen. Das musste sie tun, sagte sie sich entschlossen. Sie musste sich beweisen, dass sie jeder Versuchung widerstehen konnte, dass sie keine Gefahr für ihre Arbeitskollegen darstellte, dass sie sich selbst, wenn die Versuchung so nahe war – bereits zwischen ihren Zähnen – zurückhalten konnte. Ein Stöhnen Etiennes ermutigte sie, und Rachel ließ ihn wieder über seine ganze Länge hinaus- und hineingleiten, wobei ihre Zunge ihn mit Eifer traktierte. Da war auf einmal diese pulsierende Ader, der sie folgte. Nur ein kleiner Biss, dachte sie. Wirklich nur ein leichtes Knabbern. Sie verbot sich diesen Gedanken sofort und hätte sich beinahe wieder von Etiennes Mitte gelöst. Langsam wurden seine Empfindungen auf sie übertragen. Rachel hatte das inzwischen schon mehrmals erlebt – diese Verbindung von ihrer und seiner Leidenschaft, die sie beide in überwältigende Wellen der Erregung und Begierde zog. Diesmal war es allerdings anders. Ihr Geist war so beschäftigt mit dem Bedürfnis, sich zu nähren, dass er nicht erregt war, und daher erlebte sie nun nur Etiennes Leidenschaft. Und diese überflutete Rachels Inneres, als seien es ihre eigenen Empfindungen, erfüllte auch noch den letzten Winkel mit Gefühlen von beinahe unerträglicher Leidenschaft.

Ihn in ihrer eigenen feuchten Wärme zu bewegen war ein Vergnügen, das sie als reine Sterbliche niemals erwartet hätte. Das leichte Reiben ihre Zähne über die Eichel ließ sie beide stöhnen, und Rachel presste die Oberschenkel zusammen, als sich zwischen ihnen ein Ziehen einstellte. Es war Ekstase vermischt mit Schmerz, und sie wiederholte das Pressen mehrmals, bis sie sicher war, dass weder er noch sie es noch einmal ertragen konnte, ohne zu bersten.

Da sie wusste, dass Etienne ihren Zustand ebenso nachvollziehen konnte wie sie den seinen, und um ihm nicht zu rasch ein Ende zu machen, veränderte Rachel den Rhythmus ihrer Zärtlichkeiten. Etiennes Enttäuschung war für sie so deutlich zu spüren wie sein Vergnügen, und sie musste lächeln. Sie fuhr mit der freien Hand über seine Oberschenkel, packte die Wurzel seiner Männlichkeit fester und ließ die Zunge über sie wirbeln.

„Rachel." Es war eine Bitte, ihn loszulassen, aber ihr war herzlos zumute. Sie hatte Hunger – sowohl nach Blut als auch nach sexueller Erfüllung. Sie wollte dies zu einer Erfahrung machen, die er nie vergessen würde, und da sie es gemeinsam mit ihm empfand, würde sie genau wissen, wie es sich anfühlte.

Jede Frau sollte solch eine Verschmelzung kennen, dachte sie vage. Dann würden die Frauen nie wieder daran zweifeln, ob sie einen Mann befriedigen oder in Erfahrung bringen konnten, was ihm gefiel oder missfiel. Sie würden es einfach wissen und demzufolge tun, was sich gut anfühlte. Und die Paare würden ihre Freude an dieser Erfahrung auf eine Weise teilen, die normalerweise unmöglich war.

„Himmel, Rachel."

Sie ignorierte sein Flehen. Sie spürte, was er spürte, und wusste, dass er beinahe so weit war. Ihr ging es ebenso, also änderte Rachel diesmal die Technik und den Rhythmus nicht. Diesmal würde ihr Hunger befriedigt werden.

Er schrie auf und explodierte in ihr, einen Herzschlag vor ihrem eigenen Höhepunkt. Rachels Denken war von seiner Ekstase und ihrer eigenen durchdrungen, dann übernahmen ihre neuen Instinkte die Führung – und sie senkte die Eckzähne in die Ader, mit der ihre Zunge gespielt hatte. Sie spürte Etiennes verblüffte Reaktion und dann, wie ihre eigene ihn traf, als Blut durch ihre Zähne floss. Die beiden Empfindungen verbanden sich miteinander, fluteten zwischen ihnen hin und her, offenbar um bei jedem dieser Wechsel stärker zu werden. Nichts auf der Welt war damit zu vergleichen.

Als Etienne zu schwanken begann, gestattete Rachel ihren Zähnen sich zurückzuziehen und gab ihn frei. Erschöpft ließ sie sich fallen, während er vor ihr auf die Knie sank. Sie fand es schwer, mit den leidenschaftlichen Empfindungen fertig zu werden, die über sie gekommen waren, und wunderte sich, als sie plötzlich eine große Schwäche spürte. Ihre eigene?

Etienne nahm sie in die Arme, aber die Umarmung war nur leicht und kaum zu spüren. Als er etwas sagte, sprach er schleppend und so leise, dass sie ihn nicht verstehen konnte. Dann sank er um. Rachel versuchte ihm zu helfen, aber dafür schien ihre Kraft nicht mehr auszureichen. Sie sank in diese warme flüssige Dunkelheit, die sie bisher nach jedem Höhepunkt mit ihm überwältigt hatte.

Diesmal jedoch war es anders. Zuvor war nur Rachel überwältigt worden, während Etienne – stärker und nach dreihundert Jahren an das Erlebnis gewöhnt – ihr als Anker diente. Diesmal schien er ebenfalls in die Dunkelheit zu treiben. Das bereitete ihr Angst. Rachel war nicht sicher, ob es ihre eigene Angst war oder die Etiennes, aber kurz bevor sie in die Bewusstlosigkeit stürzte, wurde ihr klar, dass etwas ganz und gar nicht stimmte.

Rachel erwachte nur zögernd und wusste nicht so recht, was sie aufgeschreckt hatte. Sie blieb einen Augenblick still liegen; ihre Wange ruhte auf etwas Glattem, Kühlem. Sie hatte die Augen geschlossen. Sie fühlte sich unglaublich schwach – vollkommen ausgelaugt – und verstand nicht, warum. Die Erinnerung daran, was im Garten geschehen war, kehrte zurück, und sie lächelte. Aber das Lächeln wich rasch einem Stirnrunzeln. Sie hätte nicht so schwach sein dürfen. Sie hatte von Etiennes Blut getrunken und hätte deshalb stärker sein müssen. Oder stimmte das etwa nicht?

„Etienne!“

Der von ferne erklingende Ruf weckte sie schließlich ganz, und sie öffnete die Augen und sah die Umrisse und Schatten des Gartens vor sich. Sie lag mit dem Kopf auf Etiennes Brust zwischen den nachtblütigen Pflanzen. Mit langsamen Bewegungen gelang es ihr, sich hoch genug aufzurichten, um über die Pflanzen hinweg zum Haus schauen zu können. Es gab nichts zu sehen; das Haus wirkte so still und leer wie die ganze Zeit über, seit sie sich ausgeschlossen hatten.

Mit einem Seufzen ließ sich Rachel wieder auf den kalten Boden sinken. Sie war erstaunt und ein bisschen verängstigt wegen ihrer Schwäche. Wenn sie den Kopf ein wenig drehte, konnte sie den blassen Etienne sehen. Er lag im taufeuchten Gras neben ihr, und seine Brust glänzte im Mondlicht. Rachel tätschelte leicht die glatte Haut, aber er reagierte nicht.

Angst stieg in ihr auf. „Etienne?" Sie schubste ihn ein wenig fester. „Etienne?"

„Etienne!" Die Männerstimme war ein Echo ihrer eigenen. Diesmal hörte es sich an, als sei der Mann ein wenig näher gekommen, klang aber immer noch gedämpft, als hörte sie sie durch Ohrenwärmer oder aus sehr großer Ferne. „Rachel? Verdammt, ihr beiden – antwortet gefälligst! Ich kann spüren, dass ihr da seid, aber das Gefühl ist zu schwach, um ihm zu folgen."

Trotz dieser Behauptung kam die Stimme näher. Rachel hatte kaum Gelegenheit, an sich hinunterzuschauen und dafür zu sorgen, dass sie ordentlich bekleidet war, als sie auch schon hörte, wie die Hintertür des Hauses aufgerissen wurde. Sie zwang sich, sich hinzusetzen, als Bastien zum Vorschein kam.

„Da seid ihr ja!" Er eilte auf sie zu. „Ich habe mir schreckliche Sorgen gemacht, als Tom sagte, die Tür sei abgeschlossen gewesen und es habe niemand geantwortet. Ich bin mit Etiennes Ersatzschlüsseln hierher gerast und – was ist denn mit euch los?", fragte er erschrocken, als er nahe genug war, um erkennen zu können, dass Etienne neben Rachel auf dem Boden lag. Dann sah er noch ein kleines Stück mehr vom Körper seines Bruders und zog die Brauen hoch. „Oh."

Rachel schaute Etienne an und wurde rot, als sie bemerkte, dass seine Hose immer noch offen war und sein Mannesstolz heraushing, schlaff und mit einer unübersehbaren Bisswunde.

„Oje. Sie haben ihn gebissen, wie?"

Ebenso erschöpft wie gedemütigt ließ sich Rachel mit einem Stöhnen zu Boden sinken. Sie bedeckte ihre Augen mit dem Arm.

„Thomas, bring das Blut!"

Rachel zog den Arm erschrocken zurück. Es war schlimm genug, dass Bastien Zeuge dieses Augenblicks geworden war, aber jetzt auch noch Thomas ... Ihre Panik ließ ein wenig nach, als sie bemerkte, dass Bastien sich neben seinen Bruder kniete und seine Kleider wieder in Ordnung brachte.

„Wie fühlen Sie sich? Ziemlich schlimm, wie?"

Überrascht von dieser besorgten Frage warf Rachel Bastien einen Blick zu. „Ja. Aber ich verstehe nicht, warum."

„Sie haben wahrscheinlich zu viel Blut getrunken", erklärte er. Er sah seinen bewusstlosen Bruder verärgert an. „Etienne hätte das nicht zulassen dürfen. Er weiß das doch ganz genau."

„Er war, äh, beschäftigt", gab Rachel mit neuem Erröten zu. Sie räusperte sich. „Warum hätte ich nicht –"

„Sie haben eine bestimmte Anzahl von Nanos in sich: die perfekte Anzahl für Ihren Körper. Wenn nötig, ersetzen diese Nanos andere, die sterben, oder töten überzählige. Ihr Körper braucht einige Zeit, um mit dem Zufluss überzähliger Nanos von einem anderen Vampir fertig zu werden. Inzwischen konsumieren diese Nanos Blut und zehren es in beschleunigtem Tempo auf. Selbst wenn man gut genährt und satt ist, ist das kein erquickliches Gefühl, aber Etienne sagte, Sie äßen zu wenig, weil Sie den Geschmack von Blut nicht ausstehen könnten. Und heute früh hatten Sie keines mehr zur Verfügung – weshalb Etienne Thomas hergerufen hat."

Wie auf ein Stichwort kam Etiennes Cousin in Sicht, eine Kühlbox für Medikamente in der Hand. Sein Blick fiel auf den bewusstlosen Etienne, dann nahm er Rachels aufgelösten und schwachen Zustand zur Kenntnis, lächelte aber nur. „He, Dudette. Sieht aus, als wäre ich gerade noch rechtzeitig gekommen."

Er öffnete die Kühlbox und holte zwei Beutel mit Blut heraus. Einen davon reichte er Bastien, dann nahm er sich die Zeit, zwei Strohhalme aus der Tasche zu nehmen und sie in den zweiten Beutel zu stecken. „Ich dachte, Etienne hat wahrscheinlich keine Strohhalme, und ich wusste, dass Sie welche haben wollten. Also habe ich auf dem Weg hierher im Laden an der Ecke welche mitgenommen", erklärte er, als er ihr den Beutel mit den Halmen reichte.

Rachel nahm den Blutbeutel mit dankbarem Lächeln entgegen und befestigte schnell die Strohhalme an ihren Zähnen. Die Flüssigkeit in dem Beutel wurde sofort weniger, und Rachel seufzte erleichtert, als ihre Schwäche und das Ziehen nach und nach aufhörten.

„Noch einen Beutel, Thomas." Bastien ersetzte den bereits leeren Beutel, den er Etienne zwischen die Lippen geschoben hatte. Er drängte seinen Bruder, noch einmal den Mund zu öffnen, und schob den zweiten Beutel nach. Dann schaute er besorgt von Etienne zu Rachel und fragte: „Wie viel haben Sie genommen?"

Rachel zuckte verlegen die Schultern. Sie hatte keine Ahnung.

„Haben ihn gebissen, wie?", fragte Thomas mitleidig. „Das passiert Neuen oft."

Bastien brummte etwas, das vielleicht Zustimmung zum Ausdruck bringen sollte, aber Rachel achtete nicht darauf; sie registrierte bedrückt, wie Thomas seinen Cousin anschaute. Stirnrunzelnd fragte er: „Wo haben Sie ihn denn gebissen? Ich sehe keine Bissspuren."

„Gib ihr noch einen Beutel mit Blut, Thomas“, befahl Bastien und tätschelte beruhigend Rachels Knie. Sie wurde rot und schauderte innerlich. Ihr Mund blieb jedoch fest geschlossen. Sie würde nicht zugeben, wo sie Etienne gebissen hatte. Nicht in diesem Leben.

„Na klar.“ Thomas nahm Rachel den leeren Beutel ab, zog die Strohhalme heraus, griff nach einem frischen Beutel und präparierte ihn so wie den ersten, dann reichte er ihn ihr mit einem kleinen Lächeln. Seine Frage hatte er offenbar vergessen. Rachel ließ sich jedoch nichts vormachen. Sie hatte den Blickwechsel zwischen den beiden Männern bemerkt und war sicher, dass sie sich durch Gedankenübertragung verständigt hatten. Sie hoffte, dass Bastien ihn angewiesen hatte, das Thema fallen zu lassen. In Thomas' Augen stand jedoch ein entschieden amüsiertes Blitzen.

Mit einem jämmerlichen Seufzen steckte Rachel die Strohhalme auf die Zähne und begann das Blut aufzusaugen, das sie so dringend brauchte.

Sehr zu ihrer Überraschung klopfte ihr Thomas auf die Schulter. „Keine Sorge, Kleines. Das ist alles mein Fehler, nicht Ihrer.“

Rachel erlebte einen Augenblick der Verlegenheit, als sie sich erinnerte, dass diese Männer nicht nur ohne Worte kommunizieren, sondern auch Gedanken lesen konnten. Bastien hatte wahrscheinlich gar nicht verraten müssen, wo sie zugebissen hatte; es war durchaus möglich, dass Thomas diese Information direkt von ihr selbst bezogen hatte. Dann begriff sie, was er gesagt hatte, und sah ihn neugierig an. Wie konnte er behaupten, es sei sein Fehler gewesen? Bevor sie die Strohhalme von den Zähnen nehmen und fragen konnte, lenkte ein Stöhnen Etiennes sie ab.

„Bleib ganz ruhig liegen“, befahl Bastien, als sein Bruder die Augen öffnete. Etienne versuchte trotzdem sich hinzusetzen.

„Du brauchst noch ein bisschen mehr Blut, bevor du irgendwas tun kannst."

Etienne ließ sich wieder zurücksinken, und seine Augen fuhren unruhig hin und her, bis sie Rachel gefunden hatten, dann hob er die Hand, um ihr beruhigend übers Knie zu streicheln. Sie nahm an oder hoffte zumindest, dass diese Geste bedeutete, dass er nicht böse auf sie war. Danach fühlte sie sich ein wenig besser.

„Das hier wird langsam lästig, Etienne."

Rachel und Etienne sahen Bastien fragend an, als er seinem Bruder einen weiteren Beutel an den Mund hielt.

„Das hier war wohl das ... das dritte Mal in den letzten Tagen, dass ich dich retten musste?"

Es gelang Etienne, um den Beutel in seinem Mund herum zu fluchen, was Rachel ziemlich beeindruckend fand. Sie glaubte nicht, dass ihr das auch gelungen wäre – aber Etienne hatte schließlich auch ein paar Hundert Jahre Zeit zum Üben gehabt. Sie fragte sich allerdings, ob es nicht auch unter Vampiren für unhöflich galt, mit vollem Mund zu sprechen. Sie war jedenfalls mit diesem Prinzip aufgewachsen. Als sie noch ein normaler Mensch war.

„Sie sind jetzt eine von uns, Rachel", stellte Bastien leise fest. Als sie nicht antwortete, wandte er sich wieder Etienne zu. „Du hast also gedacht, Pudge treibe sich hier draußen herum."

Diesmal nahm Etienne den Beutel aus dem Mund, bevor er sagte: „Hör auf, meine Gedanken zu lesen, Bastien. Das ist unhöflich."

„Der Gedanke lag direkt am Rand deines Geistes", sagte sein Bruder achselzuckend. „Und es kommt mir ziemlich dumm vor, dass du dich mit ... äh, etwas anderem beschäftigt hast, wenn du doch glaubtest, dass Pudge hier lauern könnte. Er hätte euch beide überfallen können, während du abgelenkt warst."

„Ich habe ihn mir wohl nur eingebildet“, murmelte Etienne verärgert. „Ich habe den Garten überprüft und keine Spur von ihm gefunden. Dann haben wir die Tür zufallen lassen und waren ausgeschlossen. Wir warteten darauf, dass Thomas kam, damit er dich anrufen konnte und du mir meine Ersatzschlüssel bringst.“

„Und ihr seid zu dem Schluss gekommen, ihr solltet während der Wartezeit Körperwärme und -flüssigkeiten teilen“, spekulierte Thomas. Er lachte, was ihm einen wütenden Blick von Etienne eintrug, zuckte die Achseln und warf Rachel einen entschuldigenden Blick zu. „Tut mir leid, Dudette. Konnte einfach nicht widerstehen.“

„Hast du jetzt genügend Blut zu dir genommen, um wieder ins Haus zu gehen und dich dort zu erholen?“, fragte Bastien.

„Ja, sicher.“ Etienne reichte ihm den leeren Beutel und setzte sich vorsichtig auf. Dann erhob er sich mit Bastiens Hilfe.

Rachel nahm die Hand, die Thomas ihr bot, und ließ sich von ihm hochziehen. Ihre Verlegenheit und ihr Unbehagen ließen etwas nach, als Etienne ihre Hand nahm und sie auch auf dem Rückweg zum Haus nicht losließ. Das hier war wieder eine neue Erfahrung für sie gewesen, wie so viele in der letzten Zeit. Ihr Leben hatte sich wirklich mächtig gewandelt.

„Und?“, fragte Bastien, als sie in die Küche kamen. „Hast du mit Rachel darüber gesprochen, ob –“

„Nein“, unterbrach Etienne ihn.

„Hast du denn –“

„Ich werde es tun“, unterbrach Etienne ihn abermals. „Bald.“

Bastien seufzte, kam aber offenbar zu dem Schluss, das Thema, was immer es sein mochte, fallen zu lassen. Er legte Etienne die Hand auf die Schulter, schob ihn auf die Tür zu und verkündete: „Du brauchst mehr Blut. Das hier wirst du wahrscheinlich schnell verbraucht haben, um den Schaden zu beheben, den ihr euch gegenseitig zugefügt habt. Ich werde Thomas bitten, noch mehr zu besorgen. Versucht euch in der Zwischenzeit nicht gegenseitig umzubringen."

Etiennes Antwort war nur ein missmutiges Brummen.

Seine beiden Verwandten verließen die Küche und gingen den Flur hinunter. Als die Haustür hinter ihnen zufiel, schien eine Last von Etiennes Schultern genommen zu sein, und er holte sich noch einen Beutel Blut aus der Kühlbox, die Thomas auf den Tisch gestellt hatte.

„So", sagte Rachel leise, als sie den Beutel entgegennahm. „Und über was solltest du mit mir reden?"

Etienne starrte Rachel an. Es war wahrscheinlich auch in ihrem Interesse, zu behaupten, Pudge habe sie entführt. Aber er wollte noch nicht mit ihr darüber sprechen und so vielleicht die Beziehung zerstören, die sich seit dem Night Club zwischen ihnen entwickelt hatte – diese Beziehung war noch so neu und zerbrechlich, dass Etienne fürchtete, sie mit einem Streit zu ruinieren. Rachel mit etwas abzulenken, was sie vielleicht noch näher zusammenbringen würde, schien eine bessere Idee zu sein.

„Du magst die Nacht nicht", stellte er fest, und er sah ihr an, dass diese Bemerkung sie verblüffte.

„Es geht nicht darum, die Nacht nicht zu mögen. Es ist nur …" Sie sah ein wenig bedrückt aus. Dann zuckte sie die Achseln. „Ich arbeite nicht gern bei Nacht, wenn alle schlafen. Ich würde lieber nachts schlafen und tagsüber arbeiten wie die meisten anderen auch."

„Warum?"

„Na ja …" Sie überlegte. „Es ist nicht so übel, nachts zu arbeiten", sagte sie schließlich. „Aber ich kann nicht die Nächte durcharbeiten und aufbleiben und dann an meinen freien Tagen einfach so umschalten. Also bin ich auch, wenn ich nicht arbeite, die ganze Nacht wach, und das ist so langweilig. Es bleibt mir nichts anderes übrig, als Däumchen zu drehen und ganz alleine Videospiele zu spielen. Von meinen Kollegen von der Nachtschicht einmal abgesehen, arbeiten alle anderen Leute, die ich kenne, tagsüber. Nachts ist einfach nichts los."

„Nichts los?" Er sah sie verblüfft an, dann schüttelte er den Kopf. „Ich sollte dich wirklich dringend eines Besseren belehren."

Rachel bezweifelte, dass Etienne imstande sein würde, sie vom Gegenteil zu überzeugen. Sie hatte jetzt drei Jahre Nachtschicht hinter sich und konnte sich nicht vorstellen, dass er ihr noch etwas Neues zu dem Thema beibringen konnte. Lange Zeit hatte sie verzweifelt nach Dingen gesucht, die sie an ihren freien Abenden tun konnte. Sicher, es gab Einkaufszentren mit langen Öffnungszeiten und Kinos mit Spätvorstellungen, aber es waren die späteren Stunden der Nacht – von 23:00 bis 7:00 Uhr –, die sie nicht so recht füllen konnte. Sie hatte zwar eine Bar entdeckt, die erst um zwei Uhr schloss, aber Rachel gehörte nicht zu den Leuten, die viel Zeit in Bars verbrachten, und davon abgesehen schien es nicht viel mehr zu geben, als einsam und gelangweilt in ihrer Wohnung herumzuwandern.

„Geh und zieh dich um", wies Etienne sie an. „Dunkle Sachen. Und eine Jacke – es ist kalt draußen, wie du weißt." Als Rachel ihn zur Antwort nur anstarrte, scheuchte er sie weg. „Mach schon. Zieh dich um."

Mit einem Schulterzucken warf sie ihren letzten Blutbeutel in den Abfalleimer und verließ die Küche. Umziehen, hatte er gesagt. Also würde sie sich umziehen. Aber sie glaubte keine Minute lang, dass er ihr etwas über die Nacht beibringen konnte, was sie nicht schon wusste.

11

„Ich war noch nie nachts am Strand", gab Rachel wohlig seufzend zu. Sie lehnte sich zurück in den Sand, und der warme Wind streichelte ihre Arme. Das hier war der zweite Abend, an dem Etienne sie ausgeführt hatte, um ihr die Nacht zu zeigen. Ihr erster Ausflug war eine Wanderung im Wald gewesen. Sie waren Hand in Hand gegangen, hatten den nächtlichen Lauten der Tiere zugehört und einige dieser Tiere sogar gesehen. Zu Rachels Überraschung war es ihr nicht schwergefallen, auf den unebenen Feldwegen und Wildpfaden vorwärtszukommen, ohne zu stolpern. Offenbar wurden ihre Sinne tatsächlich schärfer – sie hatte beinahe genauso gut sehen können wie am Tag.

Etiennes Augen leuchteten silbern in der Nacht, oder vielleicht reflektierten sie auch nur das Mondlicht, also fragte sie ihn, ob ihre eigenen Augen ebenso leuchteten. Etienne lächelte und nickte, und Rachel dachte darüber nach. Sie war jetzt ein Nachttier. Sie war eine Vampirin. Eine Jägerin.

Der Gedanke erschreckte sie nicht mehr, wie er es einmal getan hatte, sondern verlieh ihr eher ein größeres Selbstbewusstsein. Als nachts arbeitende Frau in der heutigen Welt war sie bisher daran gewöhnt gewesen, sich von allen möglichen Verrückten da draußen bedroht zu fühlen. Sie hatte sich immer bemüht, so schnell wie möglich von ihrem Auto zu ihrem Arbeitsplatz zu gelangen, und dabei ständig Angst vor Scherereien gehabt. Jetzt bekam sie einen ersten Vorgeschmack ihrer neuen Kräfte und Fähigkeiten.

Aber nicht nur ihr Sehvermögen war besser geworden. In der

vergangenen Nacht waren sie geklettert und hatten im Wald Versteck gespielt, und Rachel hatte gelernt, dass ihr Körper stärker und schneller geworden war. Viel stärker. Übermenschlich stark, obwohl sie keine Ahnung hatte, wie ihre Nanos das machten. Sie hatte auch nicht danach gefragt. Es gefiel ihr viel zu sehr, als dass es sie gekümmert hätte.

„Die Nacht ist warm und schön. Willst du schwimmen gehen?"

Rachel warf einen Blick auf den einsamen Strand und das Wasser, in dem sich der Mond spiegelte. Die Nacht war tatsächlich schön. Am Vortag war es viel zu kalt für die Jahreszeit gewesen, aber diese Nacht war so warm, wie eine Sommernacht es sein sollte, und Schwimmen im Mondlicht klang verlockend. Sie hatten allerdings keine Badeanzüge mitgebracht.

Sie lächelte in sich hinein und schaute noch einmal am Strand entlang. Sie würden ihn ganz für sich allein haben, was tagsüber undenkbar gewesen wäre. Und die wenigen Polizisten, die hier in der Nacht auf Streife waren, um nach minderjährigen Jugendlichen Ausschau zu halten, hatte Etienne wieder weggeschickt. Wirklich, dachte sie, ein Badeanzug war nicht notwenig. Etienne hatte sie schließlich bereits nackt gesehen. Mehrmals.

Statt seine Frage mit Worten zu beantworten, lächelte Rachel nur, packte den Saum ihres T-Shirts mit beiden Händen und zog ihn mit gestreckten Armen über den Kopf.

„Wunderschön", murmelte Etienne, als ihre Brüste nackt waren.

Seine plötzlich ernste Miene ließ Rachel lachen, und sie warf ihm ihr T-Shirt in den Schoß und stand auf. Ihre Brüste waren fest und aufrecht – auch dafür sorgten die Nanos.

Sie stellte sich vor ihn, öffnete die Jeans und schälte sich aus ihr heraus. Sie spürte, wie sie dabei rot wurde, aber schließlich hatte er sie wirklich schon nackt gesehen, und außerdem wusste sie, dass ihr Körper jetzt makellos war. Tatsächlich kam es ihr ziemlich befreiend vor. Nun ja, vorwiegend. Immerhin lag nun zumindest im Bereich des Denkbaren, dass sie sich eines Tages ausziehen konnte, ohne dabei rot zu werden.

Ein federleichtes Streicheln an ihrer Wade ließ sie nach unten schauen. Etienne sah sie mit begehrlichem Blick an und fuhr mit den Fingern leicht über die empfindliche Haut an der Innenseite ihres Beins. Rachel wusste, wenn sie ihm dazu Gelegenheit gäbe, würden sie innerhalb kürzester Zeit im Sand liegen und ausgehungert übereinander herfallen – aber er hatte schließlich vorgeschlagen, schwimmen zu gehen, und genau das wollte sie jetzt auch tun. Sie tänzelte aus seiner Reichweite, ließ ihn auf der Decke mit dem Picknickkorb allein zurück und eilte rasch zum Wasser.

Ihr erster Schritt hinein war ein ziemlicher Schock. Die Nacht mochte warm sein, aber das Wasser nicht. Es legte sich kalt um ihren Fuß, aber sie ließ sich nicht aufhalten. Entschlossen lief sie weiter, bis ihr das Wasser bis zur Taille reichte, dann hob sie die Arme und tauchte unter die Wellen. Sie schwamm unter Wasser – sie hatte gar nicht gewusst, dass sie das überhaupt konnte und vor allem so ausdauernd. Als sie schließlich wieder auftauchte, tat sie es nicht, weil sie keine Luft mehr bekam, sondern aus Neugier, um zu sehen, wie weit sie geschwommen war.

Sie nahm sich vor, Bastien noch viele weitere Fragen über die Wirkung der Nanos zu stellen und drehte sich zum Ufer um. Als sie sah, welche Entfernung sie geschafft hatte, hätte sie vor Erstaunen fast Wasser schluckt. Die Worte „schneller und stärker“ hätten ihren neuen Zustand nur sehr unzureichend beschrieben. Rachel hatte sich beim Schwimmen nicht besonders angestrengt, dafür aber eine unglaubliche Strecke zurückgelegt.

Etwas Dunkles brach neben ihr durch das Wasser, und Rachel

lächelte, als sie Etienne erkannte. Sein nasses Haar klebte ihm am Kopf, und seine Augen glitzerten im Mondlicht. Er schwamm näher auf sie zu.

„Du siehst wunderschön aus“, erklärte er feierlich.

Rachel schaute an sich hinunter. Ihre Brüste befanden sich halb über dem Wasserspiegel, und das silberne Mondlicht verlieh ihrer Haut so etwas wie Perlenglanz. Etienne kam näher, ergriff ihre Hand und zog sie zu sich. Als ihre Brüste seine Brust berührten, legte er sich auf den Rücken und zog sie mit sich, sodass sie halb auf seiner treibenden Brust lag. Er begann, mit den Füßen zu paddeln und sie an Land zu bringen.

Rachel schlang die Arme um seine Taille und ließ sich ziehen. Halbherzig half sie ihm manchmal. Schließlich hörte Etienne auf zu schwimmen und stellte sich hin. Das Wasser reichte Rachel gerade eben über die Brüste, als sie ebenfalls Grund unter den Füßen hatte, aber das bemerkte sie kaum, denn er zog sie gleich in die Arme. Willig hob sie den Kopf, damit er sie küssen konnte. Zunächst streifte sie seine Beine mit ihren, dann schlang sie sie um seine Hüfte und die Arme um seinen Hals. Sie drängte sich ihm entgegen, und ihr Körper bewegte sich mit zunehmendem Genuss. Sie hatte unterschiedliche Empfindungen: Die Nachtluft, die nun ein wenig kühl auf ihrer nassen Haut lag, das Wasser selbst, das sie jetzt nach dem Schwimmen warm und seidig umgab, Etiennes Körper, der überall, wo er ihren berührte, heiß war, und ihre fiebrige Leidenschaft, die stetig wuchs.

Sie hatten inzwischen mehrmals miteinander geschlafen, und jedes Mal war es stärker und intensiver als zuvor gewesen, sodass die Erregung, die Rachel nun überfiel, beinahe übermächtig war. Sie hatte sie schon zuvor empfunden – diesen Hunger, die Lust und das Begehren –, aber dies würde jetzt noch weit mehr sein. Sie öffneten sich einander in Gedanken, und seine Bedürfnisse vereinigten sich mit ihren. Der erste Ansturm war beinahe unerträglich, als er ihre Nerven umbrandete, und brachte Rachel bereits an den Rand einer Ohnmacht.

Sie hörte die Mischung aus Knurren und Schnurren, die aus Etiennes Kehle kam, als sie mit den Händen in sein Haar fuhr und die Nägel in seine Kopfhaut krallte. Sie reagierte mit einem ähnlichen Laut, als seine Empfindungen in ihr widerhallten. Das Gefühl war so angenehm, dass sie es noch einmal tat, und dann noch einmal, bis sie schließlich die Hände an seinem Hals entlanggleiten ließ und mit den Nägeln über seine Schultern und den oberen Rücken fuhr. Sie hätte nie geahnt, dass eine solch einfache Berührung so erotisch sein konnte, aber ihre Rückenmuskeln zuckten ebenso vor Begierde wie seine.

Etienne ließ die Hände über ihren Körper wandern – streichelte ihren Rücken, folgte dem Schwung ihrer Hüften, umfasste ihre Hinterbacken und drückte kurz zu, bevor er an ihren Beinen entlangstrich. Diese Mischung aus Zärtlichkeiten und Empfindungen ließ Rachel schon bald zittern. Etienne hatte seine Kleider ebenfalls am Strand zurückgelassen, und sie konnte nun sein Geschlecht spüren, hart und erregt und gefangen zwischen ihren Körpern. Sie schlang die Beine fester um ihn und rieb sich an ihm, dann wurde sie still und stöhnte tief und kehlig, als sein Drängen zum Höhepunkt ihren Geist überflutete.

Aus Furcht, auch dieses Mal bei ihrem Höhepunkt wieder ohnmächtig zu werden, wollte Rachel den Kuss beenden und mit ihm zurück zum Strand gehen – aber das konnte sie nicht, ebenso wenig wie den Kuss zu beenden. Es war, als brauchte sie diesen Kuss, um atmen zu können.

„Rachel." Der Name war nur ein Grollen in ihrem Kopf, denn Etienne küsste sie immer noch. Sie brauchte einen Moment um zu erkennen, dass er sich in Gedanken an sie gewandt hatte und ihr Geist so fiebrig und so weit geöffnet war, dass sie einander ohne Worte verständigen konnten. „Ich will dich."

Rachel seufzte und versuchte auf dieselbe Weise zu antworten, ihm zu sagen, dass sie ihn ebenfalls wollte, aber sie wusste nicht, ob er sie verstehen würde, wusste nicht, ob sie schon über diese Fähigkeit verfügte. Dennoch wiederholte sie den Gedanken nicht laut, als er den Kuss beendete und sie weiter zum Strand führte. Rachel war sich sicher, dass er sie zurückbringen würde, aber da blieb er wieder stehen und zog sie an den Beinen hoch, sodass sie mit angezogenen Knien auf dem Rücken lag. Sie erschrak, als er ihre Beine packte und sie plötzlich weit auseinanderzog.

Rachel wäre vor Überraschung beinahe untergegangen, und breitete die Arme aus, um sich paddelnd über Wasser halten zu können. Doch das war nicht nötig, denn sie spürte beinahe sofort Sand unter sich. Etienne hatte sie bis zum Strand gebracht, damit sie nicht untergehen konnte. Er bewegte sich zwischen ihren Beinen und hob den Kopf, um ihre heiße Haut mit der Zunge zu liebkosen.

Rachel zuckte zusammen, und ihre Füße schossen nach oben und versprühten überall Wasser, als er sich an die Arbeit eines Liebhabers machte. Im Geist erlebte sie eine Unzahl von Emotionen – Schock, Verlegenheit und das kurze, wahnsinnige Bedürfnis, sich den Köstlichkeiten, die er ihr bot, zu entziehen, aber übrig blieb nur reiner Genuss.

Stöhnend fing sie sich mit den Füßen an seinen Schultern und nutzte die Lage, um ihre Hüfte höher zu schieben. Sie spreizte die Beine weiter, um es ihm einfacher zu machen. Das hier war … Rachel hatte so etwas Intensives noch nie erlebt. Sie fürchtete beinahe, daran zu sterben – aber das wäre zumindest ein hinreißender Tod, dachte sie, als ihr erster Höhepunkt sie nach Luft schnappen ließ, Etienne ebenfalls von ihm erfasst wurde und dann noch intensiver von ihm in ihr gespiegelt wurde.

Ein leises Lachen holte sie zurück, und Etienne nahm Rachels Beine von seinen Schultern und kroch ihren Körper entlang. Er ließ sich auf ihr nieder. Offenbar hatte er sie aus dem Wasser auf den feuchten Sand gezogen. Und das war gut so. Denn wieder war sie ohnmächtig geworden, und selbst jetzt hatte sie nicht die Kraft, irgendeinen Teil ihres Körpers zu bewegen. Es war sogar anstrengend, die Augen zu öffnen, aber sie tat es und starrte ihn halb betäubt an.

„Wie machst du das? Wo hast du das alles gelernt?", fragte sie wirr.

Etienne grinste und schob ihr eine feuchte Haarsträhne aus der Stirn. „Erinnerst du dich an den Garten?"

Rachel war immer noch so durcheinander, dass sie tatsächlich einen Moment nachdenken musste. Dann begriff sie schließlich und erinnerte sich daran, gespürt zu haben, was er empfand, als sie ihn mit den Lippen umfangen, gestreichelt und geküsst hatte. Offenbar hatte er in dieser Nacht dasselbe empfunden wie sie jetzt und wusste nun, wie er sie in die größte Ekstase versetzen konnte. Und sich selbst wohl ebenfalls, erkannte Rachel, als ihr klar wurde, dass sie seine Empfindungen geteilt hatte.

„Oh", hauchte sie und merkte dann, dass sie töricht lächelte. Diese Art von Sex gehörte zweifellos zu den Pluspunkten eines Lebens als Vampir. Nach und nach entdeckte sie alle möglichen guten Seiten dieser Sache. Warum hatte sie sich vorher nur so angestellt? „Du bist gut."

Etienne grinste zurück. „Ja, das bin ich. Und du auch. Wir sind ein ziemlich gutes Paar."

„Ja." Sie seufzte glücklich und streckte sich unter ihm. So, wie sie sich durchbog, reckte sie die Brüste nach oben, bis sie nur noch ein paar Zentimeter von seinem Mund entfernt waren, und sie lächelte, als sie spürte, dass er wieder hart wurde. Sie wusste nun schon, dass Vampire über ein endloses Durchhaltevermögen verfügten. Eine weitere gute Seite. Langsam kam es ihr so vor, als gäbe es sie in unbegrenzter Anzahl.

Er schob die Hand unter ihren Rücken, während sie sich noch durchbog, dann kniete er sich in den Sand und ergriff sie mit dem anderen Arm unter den Knien. Er stand mit ihr auf den Armen auf. Rachel lachte heiser und legte den Arm um seinen Hals, als er sie zu ihrer Decke trug. Er brauchte einen Moment, um die Decke mit dem Fuß glatt zu streichen, dann sank er auf die Knie und legte Rachel darauf. Er wollte aufstehen, aber Rachel verhinderte das, indem sie ihn fester auf sich zuzog, um ihn küssen zu können.

Etienne ließ es zu, aber nur einen Moment. Dann murmelte er „Essen" und drehte sich um, um nach dem Picknickkorb zu greifen.

Rachel hatte Hunger, aber nicht nach Essen. Nicht einmal nach Blut – was sie recht überraschend fand, da es sie seit dem Beginn ihrer Wandlung beinahe ununterbrochen nach Blut verlangt hatte. Sie fragte sich einen Augenblick, ob das bedeuten konnte, dass sie die Wandlung so gut wie hinter sich hatte, aber dann wurde sie abgelenkt, als Etienne anfing, einige Sachen aus dem Korb auszupacken.

„Erdbeeren?", fragte sie überrascht. Er stellte eine Schale mit reifen roten Früchten neben sie.

„Ja, Erdbeeren in Schokolade", verkündete er mit stolzem Grinsen. „Eine Art Fondue oder so."

Rachel sah interessiert zu, wie er eine Plastikflasche mit Schokoladensirup aus dem Korb nahm und neben die Erdbeeren stellte. Während er den Korb wieder schloss und beiseiteschob, versuchte sie, ihre Heiterkeit zu verbergen. „Ich dachte immer, beim Fondue wird die Schokolade erwärmt, und man taucht die Erdbeeren dann hinein."

Etienne zuckte die Achseln. „Rachel, meine Liebe, ich bin ein Knabe. Ein dreihundert Jahre alter Knabe, aber immer noch ein Knabe. Das hier ist für mich Fondue."

Rachel lachte.

Etienne griff nach einer Erdbeere und träufelte ein wenig flüssige Schokolade darauf, dann stecke er sie sich in den Mund. Er drückte noch einmal auf die Plastikflasche, garnierte eine zweite Frucht, diesmal für Rachel. Sie lachte und öffnete den Mund, dann schüttelte sie den Kopf, während sie kaute und schluckte. „Ich glaube, ich habe bisher noch nie gesehen, dass du eine richtige Mahlzeit zu dir genommen hast."

Er zuckte die Achseln, dann grinste er. „Das tue ich auch nicht oft. Nur bei besonderen Anlässen. Aber ich dachte, ein Picknickkorb mit Blutbeuteln ist irgendwie nicht das Richtige."

Rachel verzog belustigt das Gesicht. „Nein. Vor allem nicht annähernd so romantisch."

Etienne lachte, dann schlug er vor: „Nun ja, vielleicht, wenn wir beide aus demselben Champagnerglas trinken."

Rachel blickte in tadelnd an, und sie grinsten einander an. Dann schüttelte Etienne den Kopf und sie sagten gleichzeitig: „Nein."

„Also gut. Es hat wahrscheinlich keinen Zweck, dich mit meinen romantischen Einfällen beeindrucken zu wollen", stellte er gutmütig fest. Er schob Erdbeeren und Flasche zur Seite und fügte hinzu: „Meine Fähigkeiten beim Sex werden wohl genügen müssen." Rachel fing an zu lachen.

Etienne ließ sich auf sie fallen und bedeckte ihren offenen Mund mit dem seinen. Ihr Lachen wurde bald zu einem Stöhnen. Dann schob sie sich unter ihm vor und schaffte es, ihn durch einen Überraschungsangriff auf den Rücken zu drehen. Schnell setzte sie sich auf ihn. Sie drückte die Hände auf seine Brust und musste über seine erstaunte Miene lachen. „Es macht dir doch nichts aus, dass ich oben bin, oder doch?"

Sein überraschter Gesichtsausdruck wich langsam dem der Erregung. Er schüttelte den Kopf. „Und was hast du vor, wenn du schon mal da oben bist?"

Rachel dachte nach, dann schlug sie vor: „Dich reiten wie ein Wildpferd?"

Etienne riss ungläubig die Augen auf. Lachend und johlend warf er sie auf den Rücken, nahm ihre Hände, hob sie über ihren Kopf und hielt sie mit einer Hand dort fest. Niederträchtig sah er sie an und drohte: „Ich hätte Handschellen mitbringen sollen."

„Handschellen?", quiekte Rachel. „Das klingt pervers."

„Hm." Etienne senkte den Kopf, um eine ihrer Brustwarzen in den Mund zu nehmen. Nach kurzer Zeit jedoch ließ er wieder von ihr ab, um ihr zu versichern: „Wenn wir in hundert Jahren oder so genug von normalem Sex haben, wirst du meine kleinen Perversitäten zu schätzen wissen."

Rachel schüttelte amüsiert den Kopf. Sie seufzte, als er sich wieder über ihre Brust beugte, und sah zu, wie er ihre Brustwarze mit der Zunge berührte und dann leicht daran knabberte. Sie bog den Rücken durch, stöhnte und wand sich, und plötzlich wurde ihr klar, was er gesagt hatte. *Wenn wir in hundert Jahren oder so genug von normalem Sex haben, wirst du meine kleinen Perversitäten zu schätzen wissen.*

Meinte er das ernst? Erwartete er, dass er auch in hundert Jahren noch zu ihrem Leben gehörte? War das hier mehr als eine Affäre? Sie waren noch nicht lange zusammen, und Rachel wusste, dass es zu früh war, ihn nach seinen Absichten zu fragen – wenn es überhaupt einen passenden Moment dafür gab –, aber der Gedanke ließ sie nicht mehr los. Was würde aus ihnen werden? Was bedeutete sie ihm, außer dass sie die Frau war, die ihm das Leben gerettet und die er im Gegenzug dafür gewandelt hatte, die Frau, die sein Cousin mit einem Trick dazu gebracht hatte, mit ihm zu schlafen?

„Mache ich irgendetwas falsch?"

Rachel schreckte aus ihren Gedanken auf und sah Etienne verwirrt an. „Wie bitte?"

„Deine Gedanken sind mir verschlossen", erklärte er leise. „Was bedeutet es, dass du nicht erregt bist? Ich mache etwas falsch. Was ist es?"

Rachel zwang sich zu einem Lächeln und schüttelte den Kopf. „Nichts. Ich habe nur nachgedacht."

Bevor er weiter in sie dringen konnte, hatte sie den Kopf gehoben und verschloss seine Lippen mit einem Kuss. Sie würde ihn nicht so schnell wissen lassen, was sie gedacht hatte. Wenn er auf eine gemeinsame Zukunft hoffte, wollte sie nicht, dass er sich gezwungen fühlte, darüber zu sprechen, bevor er dazu bereit war. Und wenn er keine Absichten dieser Art hatte, wollte sie sich lieber nicht alles verderben, indem sie es zu früh erfuhr. Es gab keine Garantien im Leben, nicht einmal für Vampire.

Bis weit nach Mitternacht liebten sie sich am Strand und genossen einander, dann beschlossen sie, nach Hause zurückzukehren und etwas zu essen. Nein, nicht nach Hause, sondern in Etiennes Haus, verbesserte Rachel sich, als sie die Decke ausschüttelte und zusammenlegte. Etienne spülte am Wasser die Schüssel und die beiden Champagnergläser aus. Sie hatten die Erdbeeren und selbst den letzten Tropfen Schokolade verzehrt und bei einigen Gelegenheiten den Körper des anderen als Teller benutzt. Dann hatte Etienne Champagner und zwei Gläser aus dem Korb geholt. Rachel war neugierig gewesen, wie der Alkohol auf sie wirken würde. Bis sie zur Vampirin wurde, hatte sie nicht viel vertragen; zwei Gläser hatten immer ausgereicht, um sie richtig betrunken zu machen. Aber nun erwies sich, dass der Sex am Strand sie durstig gemacht hatte, und sie hatte die Hälfte des Champagners, den Etienne mitgebracht hatte, ohne große Wirkung trinken können.

Etienne hatte inzwischen wieder alles in den Korb geräumt. Nun ergriff er ihn und streckte die Hand aus. „Lass mich das tragen."

Rachel gab ihm die Decke und sah zu, wie er sie über den Korb legte. Sie reichte ihm die Hand, als er sie mit einer kleinen Geste darum bat, und sie gingen den Strand entlang auf den Parkplatz zu.

Der Weg war schmal, und sie mussten hintereinandergehen. Da Etienne den Weg besser kannte, blieb Rachel hinter ihm und ließ sich von ihm leiten. Sie hatten schon ein paar Schritte auf dem mit Planken bedeckten Weg hinter sich, als er stehen blieb, mit dem Kinn auf etwas deutete und sagte: „Sieh nur."

Rachel trat neben ihn und spähte in die Richtung, in die er wies, dann holte sie tief Luft. Um sie herum tanzten unzählige hell leuchtende, winzige Lichter.

„Was ist das?"

„Glühwürmchen."

„Glühwürmchen?", fragte sie. Sie schüttelte ungläubig den Kopf. Diese Insekten sahen so ganz anders aus als die, die sie kannte, viel heller, wie kleine Sternchen. Es war schwer zu glauben, dass diese strahlenden Lichter wirklich von Insekten stammten. Etienne hatte offenbar ihre Skepsis bemerkt.

„Dein Sehvermögen hat sich verändert", erklärte er. „Sie kommen dir jetzt ein wenig anders vor als vor der Wandlung."

„Ach ja." Ihr Blick hing wie gebannt an den winzigen Lichtern, und sie bemerkte kaum, dass Etienne ihre Hand wieder nahm. Er zog sie leicht an sich, dann beobachteten sie stumm die Glühwürmchen. Schließlich seufzte Rachel und murmelte: „Sie sind wunderschön."

„Ja", stimmte Etienne zu. Er drückte ihre Hand und beugte sich vor, um sie auf die Stirn zu küssen.

Rachel blickte überrascht zu ihm hoch, aber er konzentrierte sich schon wieder auf die Glühwürmchen. Sie starrte ihn schweigend an und überlegte, was das wohl zu bedeuten haben mochte. Er hatte sie leidenschaftlich geküsst, auch mit ihr geschlafen, aber dieser Kuss war anders gewesen, liebevoll und zärtlich. Es konnte das erste Anzeichen dafür sein, dass er vielleicht mehr als Begierde für sie empfand, und das freute sie sehr. Ihre eigenen Empfindungen waren vielfältig und ein wenig durcheinander, aber sie wusste genau, dass sie über schiere Lust hinausgingen. Rachel mochte Etienne Argeneau. Sie respektierte ihn und lernte gerade, ihm ihr Vertrauen zu schenken. Sie fing an zu glauben, dass sich tatsächlich etwas Ernstes aus dieser Sache entwickeln könnte, zumindest was sie betraf. Aber sie war nicht sicher, wie er darüber dachte, und das machte sie nervös.

„Wir sollten jetzt gehen", murmelte Etienne. „Die Sonne wird bald aufgehen, und ich habe keinen Blutbeutel dabei."

Rachel nickte und folgte ihm. Sie gingen weiter über die hölzernen Planken. Diesmal versuchte sie nicht einmal, seinen Po nicht anzustarren. Der Mann hatte einen Po, von dem Münzen abprallen würden.

12

„Ich glaube, das ist genau die Richtige."

Rachel betrachtete sich verblüfft im Spiegel, als Marguerite die blonden Locken noch ein wenig zurechtzupfte, um sie tiefer in Rachels Gesicht fallen zu lassen. Rachel war überrascht, wie sehr eine Perücke jemanden verändern konnte. Wenn sie selbst schon Mühe hatte, sich zu erkennen, würde es anderen vermutlich überhaupt nicht gelingen.

„Wir sind gerettet", stellte Marguerite mit einem zufriedenen Seufzen fest. Sie lächelte Rachels Spiegelbild zu. „Jetzt können Sie zu Lissiannas Hochzeit gehen … und Etienne auch."

Es gelang Rachel, nicht zusammenzuzucken. Zu ihrer Bestürzung hatte sie an diesem Morgen erfahren, dass Etienne, der einer der Zeremonienmeister bei der Trauung sein sollte, die Generalprobe am Abend zuvor abgesagt hatte, weil er Rachel nicht „schutzlos und allein" zu Hause zurücklassen wollte. Erst durch Marguerite, die sie zum Einkaufen abholen wollte, hatte sie davon erfahren. Etiennes Mutter hatte noch hinzugefügt, dass sie dafür sorgen werde, dass Etienne, komme was wolle, zur Hochzeit seiner Schwester gehen würde, und wenn sie Rachel als Ziege verkleiden müsse, damit sie dabei sein konnte. Mit einem Blick auf Rachel hatte sie eilig hinzugefügt, dass sie überzeugt sei, dass das bestimmt nicht notwendig sei; sie habe das nur gesagt, um auf den Ernst der Situation hinzuweisen.

Rachel selbst war zu sehr damit beschäftigt gewesen, Etienne erbost anzusehen, um Marguerites tröstenden Worte folgen zu können. Jetzt sah sie sich im Spiegel an und verkündete erfreut, dass es wohl wirklich nicht nötig sein würde, als Ziege auf die Hochzeit zu gehen.

„Als Nächstes sind Make-up und Nägel dran, dann sind wir fertig." Erleichtert sah Marguerite die junge Frau an, die Rachel die Perücken vorgeführt hatte. „Wo ist Vicki?"

„Sie wartet oben auf Sie", antwortete diese. „Ich bringe Sie zu ihr."

„Gut, gut." Marguerite trat zur Seite, sodass Rachel an ihr vorbeikam.

Als sie der Angestellten folgte, war Rachel nicht sonderlich überrascht darüber, dass Etiennes Mutter sich ihnen ebenfalls anschloss. Marguerite würde das Auflegen von Make-up wahrscheinlich ebenso sorgfältig beaufsichtigen wie die Wahl der Perücke. Etiennes Mutter war eine dieser Frauen, die nichts dem Zufall überließen, dachte Rachel, als man sie in einen kleinen, in zarten Cremetönen gehaltenen Raum brachte.

Tatsächlich hatte Marguerite bereits die Führung übernommen, als sie Etiennes Haus verließen. Zuerst hatte sie Rachel in ihr bevorzugtes Geschäft für Damenkonfektion mitgenommen. Rachel hatte nicht lange gebraucht, um herauszufinden, wieso die Besitzerin Marguerite am Herzen lag. Sie behandelte Marguerite mit solch erlesener Höflichkeit, als gehöre sie dem Hochadel an. Und sie war eine Vampirin, wie Rachel richtig festgestellt hatte. Sie wusste nicht, wie, nur dass sie es gespürt hatte, und vermutete einen neuen Instinkt, auf den sie bislang noch niemand aufmerksam gemacht hatte. Eine sehr praktische Befähigung. Schließlich hatte sie bereits am eigenen Leib feststellen müssen, dass das Blut anderer Vampire ihr nicht sehr zuträglich war.

Rachel hatte schweigend ihre Zustimmung gegeben, als man sie in teure Kleider gesteckt hatte, und sie dann Marguerite vorgeführt. Etiennes Mutter hatte darauf bestanden, die Unkosten für dieses Unternehmen zu bestreiten, und behauptet, es sei ein reines Vergnügen für sie. Außerdem war sie sicher, dass Rachel niemals an einer langweiligen Hochzeit teilnehmen würde, wenn Etienne nicht dazu verpflichtet gewesen wäre.

Rachel hatte versucht zu widersprechen, bis ihr klar wurde, dass sie wohl kaum ihre Kreditkarte oder die Bankkarte benutzen konnte, denn das würde die Polizei direkt zu ihr führen – und sie beherrschte ihre Zähne immer noch nicht. Also durfte sie sich noch nicht so schnell wieder unter Normalsterbliche wagen. Sie nahm sich vor, ihre Schulden zurückzuzahlen, sobald ihr Leben wieder seinen normalen Gang ging, und gab sich geschlagen. Und da Marguerite alles – wenn auch nur für kurze Zeit – bezahlte, war Rachel der Ansicht, dass Etiennes Mutter auch entscheiden durfte, was sie trug.

Zum Glück entschied sich diese für das Kleid, das auch Rachel am besten gefiel. Es war aus dunkelblauer Spitze gearbeitet und wurde über einem langen Unterkleid aus Satin getragen, war schulterfrei, hatte ein eng anliegendes Oberteil und lange Spitzenärmel. Rachel fand sich wunderschön darin, obwohl der Rock eine Spur zu lang war. Aber es gab Schuhe aus dem gleichen Material dazu, deren Absätze gerade eben hoch genug waren, um dem Kleid die richtige Wirkung zu verleihen.

„Hier ist es." Das Perückenmädchen blieb vor einer Tür stehen, öffnete sie und ließ dann Rachel und Marguerite eintreten. Rachel betrat als Erste den Raum. Dort saß eine junge Frau an einem Tisch mit Kosmetika, die offensichtlich schon auf sie wartete. Bei ihrem Eintreten sprang sie auf und eilte ihnen entgegen. Dann bat sie ihre beiden Klientinnen an ihren Behandlungstisch. Nachdem sie sich davon überzeugt hatte, dass sie wirklich keine Erfrischungen wollten, erkundigte sie sich nach ihren Wünschen, und Marguerite versorgte sie mit allen ihr notwendig erscheinenden Informationen und Details über den festlichen Anlass und die Garderobe, die die Kosmetikerin für ihre Arbeit brauchte. Daraufhin hatte sich die junge Frau aufmerksam Rachel zugewandt, mit der Behandlung begonnen und dabei immer wieder ihr blühendes Aussehen bewundert.

Rachel hatte gar nicht richtig zugehört, denn sie war vollkommen damit beschäftigt, ihr eigenes Gesicht anzustarren. Sie hatte wohl bei flüchtigen Blicken in den Spiegel festgestellt, dass sie eigentlich kein Make-up mehr brauchte, aber so genau wie jetzt, durch den Vergrößerungsspiegel, hatte sie sich jedenfalls noch nicht angeschaut. Ihre Haut war so glatt und weich wie die eines Babys. Staunend sah sie zu, wie sich ihr Gesicht unter den Händen der Kosmetikerin verwandelte, beantwortete ihre Fragen eher zerstreut und stimmte den Vorschlägen der jungen Frau überwiegend zu.

Marguerite hatte angedeutet, dass ein Schönheitsfleck helfen könne, Rachel ein völlig anderes Aussehen zu geben, und schon saß er links über ihrer Oberlippe. Diese winzige Irritation sowie Vickys Kunstfertigkeit und die Perücke hatten sie zu einer ganz anderen Person gemacht. Zum Schluss fand Rachel sogar selbst, dass sie exotisch aussah. Sie konnte nicht aufhören sich anzustarren, als sie in einen anderen, mit großen Spiegeln ausgestatteten Raum überwechselten, in dem ihre und Marguerites Nägel gefeilt und lackiert wurden.

„Das hat Spaß gemacht", sagte Marguerite, als sie wieder ins Auto stiegen.

„Ja", stimmte Rachel zu. Sie fühlte sich verwöhnt und hübsch, aber sie hatte auch ein schlechtes Gewissen, weil sie für nichts davon selbst gezahlt hatte. „Danke."

„Sehr gern geschehen, meine Liebe. Und bitte hören Sie auf, deswegen ein schlechtes Gewissen zu haben. Es hat mich gefreut, das tun zu können."

Sie sagte diese Worte mit großem Nachdruck. Die Skrupel, die Rachel verspürt hatte, schmolzen dahin. Also hatte sie wieder einmal gemerkt, was in ihr vorging. Trotzdem beschloss sie, Marguerite es diesmal nicht übel zu nehmen, dass sie in ihren Kopf geschlüpft war, sondern sich stattdessen über das Geschenk zu freuen. Schuldgefühle machten wirklich keinen Spaß.

„Da sind wir."

Rachel blickte bei ihren Worten hoch. Die Limousine war vor einem großen Haus stehen geblieben. Einem riesigen Haus. Jedoch nicht Etiennes Haus.

„Wo sind wir?", fragte sie überrascht.

„Bei mir zu Hause", antwortete Marguerite. Der Fahrer stieg aus und ging um das Auto herum, um ihnen die Tür zu öffnen. „Etienne wird sich uns hier anschließen, und dann fahren wir gemeinsam zur Kirche. So haben wir noch ein wenig Zeit herauszufinden, welcher Schmuck Ihnen am besten steht."

„Ah, ja." Rachel folgte ihr aus dem Auto. Wie würde wohl der Schmuck einer Vampirin aussehen?

Etienne riss an seinem Binder herum, dann rückte er ihn noch einmal zurecht, nur um abermals gereizt an ihm herumzuzerren. Er schnürte ihm den Hals zu, und er hasste ihn, ebenso wie er den Smoking hasste. Warum hatte er nur zugestimmt, zu dieser Hochzeit zu gehen? Er war eher ein Jeans-und-T-Shirt-Typ, und nicht zuletzt deswegen schätzte er die Arbeit mit Computern auch so. Das war eine Arbeit, bei der man keine Anzüge zu tragen brauchte. Er musste sich nur für Besprechungen mit der Firma herausstaffieren, die seine Spiele herstellte und vertrieb.

Wieder schob Etienne den Krawattenknoten hin und her und seufzte, während er im Salon seiner Mutter auf und ab ging. Eigentlich waren die Krawatten heutzutage allemal erträglicher als die schwer zu bindenden Plastrons, die er in jüngeren Jahren hatte tragen müssen. Diese Mode war wirklich ungemein nervtötend gewesen. Die meiste Kleidung zu Beginn des achtzehnten Jahrhunderts war zum Herausputzen für Gecken gewesen, aber sie hatte wenigstens seine muskulösen Beine vorteilhaft zur Schau gestellt.

Er grinste über diesen leicht eitlen Gedanken, als Schritte im Flur laut wurden. Er schaute zur Tür. Wahrscheinlich seine Mutter. Marguerite war immer schnell gewesen, wenn es darum ging, sich für solche Anlässe herzurichten. Er war nicht sicher, ob es an den Hunderten von Jahren Übung lag oder einfach daran, dass ihre Schönheit keine großen Korrekturen brauchte – jedenfalls hatte es nie viel Zeit beansprucht.

Aber es war nicht seine Mutter. Es war die unglaublichste Blondine, die Etienne in seinem Leben gesehen hatte. Er brauchte einen Moment, um zu erkennen, dass es sich um Rachel handelte. Rachel, die eine Perücke trug. Sie schwebte ins Zimmer – eine Vision in blauer Spitze und Seide.

„Deine Mutter hat mich gebeten, dir zu sagen, dass Lissianna beinahe fertig ist. Sie meinte auch, dass es bereits spät sei, und du solltest zusammen mit Bastien Greg und Lucern abholen und sie zur Kirche bringen."

„Das ist eine gute Idee." Bastien kam hinter ihr herein. Rachel drehte sich um und lächelte ihn an. Er erwiderte ihr Lächeln mit einer Spur von Überraschung. „Sie sehen reizend aus, Rachel. Als Blondine ebenso schön wie als Rothaarige."

„Danke." Sie errötete ein wenig, dann ging sie um ihn herum und verließ das Zimmer wieder. Etienne starrte hinter ihr her. Weltgewandt, wie er war, hatte er kein Wort über ihr Aussehen verloren. Und er begriff, dass er trotz all seines jahrhundertealten Wissens ein Idiot erster Klasse gewesen war.

„Gut gemacht, Etienne", sagte Bastien grinsend. „Deine diplomatischen Fähigkeiten laufen wirklich auf Hochtouren."

Etienne ließ sich mit einem Stöhnen in einen Sessel fallen.

Bastien lachte nur noch lauter über die untröstliche Miene seines Bruders. Er klopfte Etienne auf die Schulter. „Komm schon. Lucern hat mit dem nervösen Greg wahrscheinlich alle Hände voll zu tun. Wir sollten gehen und ihm helfen, den Bräutigam ins Auto zu schaffen und in die Kirche zu bringen."

Etienne raffte sich auf. Er folgte seinem dunkelhaarigen Bruder zur Haustür und sah sich noch ein paarmal um, denn er hoffte, Rachel noch einmal zu sehen und das Kompliment machen zu können, das sie zweifellos von ihm erwartet hatte – aber natürlich konnte er sie nirgendwo entdecken. Er hatte seine Chance verpasst. Und wenn es eines gab, was Etienne in mehr als dreihundert Jahren gelernt hatte, dann, dass das Leben einem selten eine zweite Chance gab.

„Sie sind ein hübsches Paar, aber sie ist in Wirklichkeit nicht an ihm interessiert."

Etienne hörte auf, wütend auf die Tanzfläche zu starren, wo Bastien Rachel seiner Ansicht nach viel zu fest an sich drückte, dann warf er seinem Cousin einen mürrischen Blick zu. Thomas war neben ihm stehen geblieben und beobachtete ebenfalls das tanzende Paar. Etienne runzelte die Stirn, wandte seine Aufmerksamkeit wieder der Tanzfläche zu und bemühte sich sichtlich, die Eifersucht und Abneigung zu bekämpfen, die in ihm hochsteigen wollten.

Die Trauung war ohne Zwischenfälle über die Bühne gegangen. Das Essen war vorüber und der Empfang in vollem Gang, aber Etienne hatte keine Gelegenheit gefunden, mit Rachel auch nur ein einziges Wort zu wechseln. Er wollte seinen vorherigen Patzer wiedergutmachen und ihr sagen, wie schön sie aussah … unter anderem. Leider war er als Zeremonienmeister gezwungen, am gleichen Tisch zu sitzen wie die Hochzeitspartie. Rachel hatte man an den Tisch von Jeanne Louise und Thomas gesetzt. Etienne hatte das sehr bekümmert, aber ihr schien es zu gefallen – zumindest hatte sie jedes Mal, wenn er zu ihr hinüberschaute, über etwas gelacht, also nahm er an, dass sie sich wohlfühlte. Er hatte sich fast zu Tode gelangweilt und es kaum erwarten können, zu ihr zu gelangen. Leider war Bastien schneller gewesen und hatte sie als Erster um einen Tanz gebeten – was Etienne seinem Bruder wirklich übel nahm.

„Sie tanzen nur, Etienne", sagte Thomas. Er schien sich gewaltig zu amüsieren.

Etienne mochte es nicht, dass Thomas in seinem Kopf herumstocherte, aber er war ohnehin nicht gut auf seinen Cousin zu sprechen. Dass Thomas während des Essens Rachels Gesellschaft hatte genießen dürfen, war einer der Gründe dafür, aber er wusste, dass seine Eifersucht lächerlich war, also ignorierte er sie und sagte: „Ich habe mit dir noch etwas zu besprechen, liebster Cousin."

„Oho." Selbst jetzt konnte Thomas sein Grinsen nicht abschalten. Er hatte offenbar ein reines Gewissen. „Was habe ich denn jetzt schon wieder angestellt?"

„Sweet Ecstasies", half Etienne seiner Erinnerung auf die Sprünge. „Was sollte das denn bedeuten?"

„Nun, es war offensichtlich, was ihr brauchtet", sagte sein Cousin, den anscheinend nicht die Spur eines schlechten Gewissens plagte. „Und es hat funktioniert, oder etwa nicht?"

Als Etienne nichts darauf erwiderte, lachte Thomas und schlug ihm auf den Rücken. „Gern geschehen. Ich bin sicher, ihr hättet es auch sonst irgendwann geschafft. Du warst einfach ein bisschen eingerostet, also dachte ich, ich gebe dir einen kleinen Schubs."

„Und wenn sie nicht damit einverstanden gewesen wäre –"

„Vergiss es, Dude. Ich habe ihre Gedanken gelesen. Dudette war scharf auf dich." Er schüttelte den Kopf. „Selbst ich – obwohl ich solch ein unmoralischer Hund bin – wäre beinahe rot geworden."

„Tatsächlich?", fragte Etienne.

„Oh ja." Er grinste breit, dann fragte er leutselig. „Aber warum bist du immer noch sauer auf mich? Du hast nichts davon gesagt, als ich dir das Blut nach Hause brachte. Gibt es etwa schon Ärger im Paradies?"

„Nein." Etienne schaute zu Rachel hinüber, und er verschlang die Frau in dem blauen Kleid mit seinen Blicken. Dann sah er wieder seinen Cousin an und fügte hinzu: „Ich hätte dir schon an dem Tag, als du das Blut gebracht hast und wir ausgeschlossen waren, die Leviten gelesen, aber ich war nicht in der Verfassung dazu."

„Nein, das warst du wohl nicht", stimmte Thomas zu. „Du warst ziemlich ausgelaugt. In mehr als nur einer Beziehung." Er fing an zu lachen, dann ging er weiter und ließ den verärgert dreinschauenden Etienne zurück.

„Du solltest abklatschen."

Als Etienne sich umdrehte, sah er das sanft lächelnde Gesicht seiner Mutter. Er überging die Bemerkung und stellte fest: „Du siehst glücklich aus."

„Das bin ich auch", stimmte sie zu. „Das erste meiner Kinder heiratet. Endlich!"

Etienne lachte über den Triumph in ihrer Stimme. Er hatte gehört, dass Menschen sich darüber beschwerten, dass ihre Kinder eine Ewigkeit brauchten, bis sie endlich heirateten. Diese Leute hatten ja keine Ahnung!

„Und, wirst du jetzt endlich abklatschen oder nicht?", fragte Marguerite. „Sie will, dass du es tust."

„Tatsächlich?"

Marguerite konzentrierte sich einen Augenblick, dann verzog sie die Lippen zu einem Lächeln, nickte und sagte leise: „Oh ja, mein Lieber. Rachel hat das Essen gefallen, und sie fühlt sich hier wohl, aber sie wäre zweifellos lieber in deinen Armen und tanzte mit dir. Auch Bastien weiß das, und sein Ego leidet darunter. Du solltest ihn erlösen."

Etienne warf Rachel wieder einen Blick zu und nickte. „Danke." Ohne sich noch weiter aufzuhalten, überquerte er die Tanzfläche zu dem sich langsam drehenden Paar.

„Na, Bruder." Bastien grüßte Etienne ernst, als dieser bei ihnen war, dann gab er Rachel frei, verbeugte sich knapp und höflich vor ihr und ging.

„Hallo", sagte Rachel leise.

„Hallo." Etienne öffnete einladend die Arme und seufzte erleichtert, als sie ganz selbstverständlich in seine Umarmung trat. Hier gehörte sie hin. Das konnte er spüren. In dreihundert Jahren hatte sich keine andere Frau so gut angefühlt wie Rachel. Er hatte die richtige Wahl getroffen, als er sie wandelte. Sie war ihm vorbestimmt gewesen.

„Du siehst einfach atemberaubend aus", flüsterte er ihr ins Ohr. „Ich habe in meinem ganzen Leben keine schönere Frau gesehen."

Er bemerkte aus den Augenwinkeln, dass sie rot wurde, dann schmiegte sie sich fester an ihn und sagte: „Es fällt mir schwer, das zu glauben, Etienne. Du hast schon so viele Frauen gekannt."

„Aber keine von ihnen war wahrhaftig schön", versicherte er ihr feierlich. „Selbst die Blonden nicht."

Rachel hörte auf zu tanzen und sah ihm ins Gesicht, als zweifelte sie an seinen Worten. Dann lächelte sie sanft und sagte schlicht: „Danke." Lächelnd fügte sie hinzu: „Du bist auch nicht übel."

„Meinst du wirklich?", fragte Etienne.

„Oh ja", versicherte Rachel. „Du siehst sehr gut aus. Teuflisch sexy, wirklich. Du hast unglaubliche Augen, ein schelmisches Lächeln, und du bist sehr intelligent. Ich hatte immer schon eine Schwäche für intelligente Männer, Etienne."

„Ja?“ Er grinste. „Du magst Männer mit Verstand, wie?“

„Hmm.“ Sie nickte, und ein Lächeln umspielte ihre Lippen. „Intelligenz macht mich an.“

„So?“ Etienne zog die Brauen hoch und lächelte. „Onomatopöie.“

Rachel blinzelte überrascht.

„Endorphine.“

Rachels Lächeln verschwand. Was bezweckte Etienne damit? Aufgrund ihres medizinischen Hintergrunds wusste sie natürlich, was Endorphine waren. Aber sie hatte keine Ahnung, wieso er sie erwähnt hatte. Bevor sie fragen konnte, fügte er hinzu: „Oxymoron.“

„Äh … was soll denn das jetzt?“, fragte sie vorsichtig.

„Ich gebe große Worte von mir, um dich mit meiner Intelligenz zu beeindrucken.“ Grinsend fragte er: „Fühlst du dich schon angeturnt?“

Rachel war so verdutzt, dass sie laut lachte und die Aufmerksamkeit aller Tanzenden auf sich zog.

Etienne lächelte und nickte ihnen zu, dann sah er wieder Rachel an. Er seufzte und tat verärgert. „Du solltest nicht über einen Mann lachen, der um dich wirbt.“

„Das ist also der Zweck deines Tuns?“, fragte sie.

„Ja. Funktioniert es?“

Rachel kicherte und lehnte den Kopf an seine Schulter. „Ich bin nicht sicher. Vielleicht. Warum probierst du nicht noch ein paar große Worte?“

„Mehr, wie?“ Er zog sie fester an sich. „Hmm … sehen wir mal. Prunella modularis.“

„Was ist das denn?“ Rachel hob den Kopf, um zu fragen. Das war das erste Wort, das sie nicht gekannt hatte.

„Ein Heckenspatz.“

„Ah.“

„Soll ich weitermachen?“, fragte er.

„Bitte nicht.“

Sowohl Rachel als auch Etienne blickten überrascht auf, als sie Lucerns trockene Worte hörten. Etiennes ältester Bruder stand neben ihnen auf der Tanzfläche und sah ein wenig besorgt aus. „Man hat mich geschickt, um auszurichten, dass Onkel Lucian Rachel kennenlernen möchte.“

Rachel bemerkte, dass Etienne erstarrte, und sah ihn neugierig an. „Du hast einen Onkel?“

„Ja.“ Er seufzte resigniert. „Und er ist ein ausgesprochen unangenehmer alter Knabe.“

„Das mag sein, aber er ist auch das Oberhaupt des Clans“, stellte Lucern fest. „Und er will mit Rachel sprechen.“

„Und was er will, bekommt er, wie?“, spekulierte sie.

„Ich fürchte, ja“, sagte Etienne entschuldigend. Er legte schützend den Arm um sie.

Rachel lächelte, um ihn zu trösten. „Es wird schon gut gehen, Etienne. Ich kann gut mit Leuten umgehen.“

„Onkel Lucian ist nicht ‚Leute‘ “, erklärte er finster. Aber dann nahm er den Arm von ihren Schultern und führte sie über die Tanzfläche. Lucern trat sofort an die andere Seite.

Rachel lächelte über diese demonstrative Loyalität. Sie fühlte sich sehr sicher, als man sie zum Oberhaupt des Clans führte. Aber sie war überzeugt, dass sie keinen Schutz brauchte. Rachel hatte keine Witze gemacht, als sie sagte, sie könne gut mit Leuten umgehen. Sie war ziemlich sicher, dass sie auch mit diesem alten Knaben fertig werden würde … und dieser Gedanke stimmte sie heiter, bis sie an dem Tisch anlangten, an dem ein gut aussehender blonder Mann neben Etiennes Mutter saß.

Es war Marguerites angespanntes, nervöses Gesicht, das Rachels Selbstvertrauen schließlich ins Wanken brachte. Sie hatte sie nie zuvor so erlebt, und das beunruhigte sie. Rachel straffte die Schultern und zwang sich zu einem höflichen Lächeln für den Mann, der vermutlich Etiennes Onkel war.

Lucian Argeneau sah sehr gut aus. Tatsächlich war er mit Abstand der am besten aussehende Mann auf dem Hochzeitsfest. Mit seinem eisblonden Haar und den klaren, wie gemeißelten Zügen hätte er jedermanns Vorstellung von einem griechischen Gott entsprochen. Aber als er Rachel betrachtete, war seine Miene arktisch und ohne jede Spur von Freundlichkeit. Wenn dieser Mann jemals so etwas verspürt hatte wie Liebe oder Zuneigung, waren diese Gefühle schon vor vielen Jahren gestorben oder abgetötet worden. Der Blick, den er Rachel zuwandte, war so leer, als wären seine Augen schwarze Gruben.

Sie begegnete diesem Blick und wartete auf einen höflichen Gruß. Aber der blieb aus. Sie brauchte nur einen Moment, um zu verstehen, warum. Der Mann las ihre Gedanken. Das war eine höfliche Art, es auszudrücken. Tatsächlich wühlte er in ihrem Geist, durchsuchte jeden noch so kleinen Winkel mit einer Gnadenlosigkeit und einem Mangel an Rücksicht auf ihre Gefühle, dass es ihr den Atem verschlug. Sie konnte ihn tatsächlich in ihrem Kopf spüren, wie er beharrlich durchsiebte, was sie dachte. Mitleidlos.

„Du hast noch nicht mit ihr gesprochen.“ Lucian Argeneaus erste Worte waren an Etienne gerichtet, obwohl er weiterhin Rachel anstarrte.

„Nein“, gab Etienne ebenso kalt zu.

„Du wolltest sie nicht verärgern“, fuhr der Mann fort. „Du hast versucht, sie auf deine Seite zu bringen, in der Hoffnung, dass sie dann deinen Wünschen nachgeben würde.“

Rachel zuckte zusammen, aber als ihr Blick zu Etienne schoss, sah sie nur seine verschlossene Miene. Er stritt die Anschuldigung jedoch nicht ab, und sie spürte, wie alle Freude an diesem Abend aus ihr herausströmte wie Luft aus einem Ballon. Waren all ihr gemeinsames Lachen und die Leidenschaft nichts weiter gewesen als ein Mittel zum Zweck?

„Sie sind jetzt eine von uns."

Rachel richtete ihren Blick wieder auf Lucian. Diese Bemerkung war an sie gerichtet gewesen, und sie nickte grimmig. „Ja, das bin ich."

„Wenn Sie eine von uns bleiben wollen, werden Sie tun, was das Beste für den Clan ist", ließ das Clanoberhaupt sie wissen.

„Tatsächlich?", fragte Rachel spitz. „Und wenn nicht?"

„Bleibt nur der Tod als Erlöser."

„Soll das eine Drohung sein?", fragte sie.

„Ich stelle eine Tatsache fest", sagte er schlicht. „Man hat Ihnen ein Geschenk gemacht. Wenn Sie es zu schätzen wissen, verhalten Sie sich entsprechend."

„Ach ja?", fragte sie und kniff die Augen zusammen.

„Oder man wird Sie als Gefahr behandeln."

„Und entfernen?"

„Falls notwendig." Sein Tonfall ließ weder moralische Bedenken noch Zaudern erkennen. Als ob er festgestellt hatte, dass morgens die Sonne aufgehe. Was seine Worte nur noch beunruhigender machte.

„Aha", erwiderte Rachel bedächtig, dann fragte sie: „Und um was geht es hier?"

Marguerite legte Lucian plötzlich die Hand auf den Arm, und obwohl Rachel es nicht hören konnte, wusste sie, dass hier ein lautloses Gespräch stattfand. Was immer Etiennes Mutter sagte, musste überzeugend sein. Lucian Argeneau nickte, dann verkündete er: „Etienne wird es Ihnen sagen. Und falls Sie wissen wollen, was gut für Sie ist, werden Sie zuhören."

„Da seid ihr ja!"

Der fröhliche Ausruf ließ Rachel zusammenzucken. Den Worten folgte eine schlanke Blonde, die an Lucian Argeneaus Seite erschien und begann, ihm über Schulter und Arm zu streichen, als sei er eine Katze. Rachel entging nicht, dass die Frau zwar Lucian liebkoste, sie aber auch diejenige war, die schnurrte.

„Lissianna“, sagte die Blonde, „du hättest uns wirklich darauf vorbereiten können, dass du so gut aussehende Männer in der Familie hast. Deine Brüder sehen wirklich gut aus, und dein Cousin ist absolut hinreißend.“

Rachel war überrascht, dass jemand Lucian Argeneau als Cousin bezeichnete, bis sie sich wieder daran erinnerte, dass alle älteren Verwandten so bezeichnet wurden, um ihr Alter vor Gregs Seite der Familie zu verbergen. Es hätte zu viele Fragen gegeben, wenn Marguerite als Mutter und Lucian als Onkel vorgestellt worden wären. Was die Hewitts anging, bestand die Familie Argeneau nur aus der jüngeren Generation, und es gab keine überlebenden älteren Verwandten.

Rachel fand es nicht sonderlich überraschend, dass mehrere alleinstehende Frauen aus Gregs Familie von den Männern der Argeneaus begeistert waren, doch fand sie es auch ein wenig peinlich.

„Ich bin mit ihnen aufgewachsen, Deeanna. Mir fällt kaum mehr auf, wie sie aussehen. Ich bemerke sie nur, wenn sie sich verhalten wie kaltherzige Mistkerle.“

Rachel warf einen Blick über die Schulter und sah, dass sich Lissianna und ihr frisch gebackener Ehemann ebenso wie Bastien ihrer kleinen Gruppe angeschlossen hatten und hinter ihr standen. Sie hatte sie nicht gehört. Die Züge der Braut waren von kalter Wut erfüllt. Lissianna mochte ihren Onkel nicht, und es machte ihr nichts aus, das auch zu zeigen.

„Komm“, nutzte Etienne die Ablenkung. Er zog Rachel mit sich.

Sie folgte ihm schweigend, aber ihre Gedanken überschlugen sich. Etienne umwarb sie nur, um sie dazu zu bringen, etwas

Bestimmtes zu tun. Der Gedanke ging ihr selbst dann noch durch den Kopf, als die Empfangshalle schon hinter ihnen lag. Ausgenutzt zu werden gehörte zu den wenigen Dingen auf der Welt, die Rachel wirklich zuwider waren.

Sie stieg ins Auto, als Etienne ihr den Schlag offen hielt. Während er um das Auto herumging, um auf seiner Seite einzusteigen, legte sie den Sicherheitsgurt an. Dann saß sie schweigend und in Gedanken verloren da, während er den Motor anließ und losfuhr.

Sie fuhren selbstverständlich zu ihm nach Hause, um zu besprechen, was er von ihr wollte. Das wusste Rachel. Sie wusste auch, dass das Gespräch, das sie dort führen würden, sehr unerfreulich sein würde, wenn nicht gar schmerzhaft. Sie freute sich nicht gerade darauf, aber Lucian Argeneau hatte dafür gesorgt, dass sie es unmöglich umgehen konnte. Und da das so war, erwartete Rachel, aus diesem Gespräch bestenfalls ihren Stolz retten zu können. Sie bezweifelte sehr, dass ihr Herz es überleben würde.

Auf dem ganzen Heimweg schimpfte Etienne leise vor sich hin. Sein Onkel war immer schon gnadenlos gewesen. Der Rest der Familie hatte sich oft gefragt, ob er überhaupt ein Herz hatte, aber das hier war wirklich der Gipfel. Nach dieser Szene konnte Etienne sich kaum vorstellen, noch eine Chance bei Rachel zu haben. Lucian hatte sein Leben gerade eben schrecklich kompliziert gemacht.

Leider war es alles sein eigener Fehler, und das wusste Etienne auch. Wenn er mit Rachel über das Thema Pudge schon vor der Hochzeit gesprochen hätte, wäre dieses Problem gar nicht erst entstanden. Aber das hatte er nicht, und jetzt musste er nicht nur versuchen, sie zu überzeugen, dass es das Klügste wäre zu behaupten, dass Pudge sie entführt habe, sondern sich zunächst einmal mit ihrem Zorn auseinandersetzen. Und Rachel war im Augenblick sehr zornig. Sie war so erfüllt von dieser Wut, dass er sie deutlich wahrnehmen konnte. Was ihm in Augenblicken sexueller Leidenschaft nicht immer gelang, hier gelang es nur allzu gut: Er konnte ihre zornigen Gedanken deutlich lesen und hören.

Etienne parkte in der Einfahrt seines Hauses und stellte den Motor ab. Dann blieb er noch einen Augenblick sitzen, während Rachel den Sicherheitsgurt löste. Als er keine Astalten machte auszusteigen, blieb auch sie sitzen, ruhig und geduldig, wie es schien – wenn ihre Gedanken ihm nicht das Gegenteil verraten hätten.

„Ich habe nicht mit dir geschlafen, damit du schließlich tust, was unsere Familie will“, sagte er nach einem Augenblick, da dies die Angst war, die er am deutlichsten von ihr auffangen konnte.

„Und warum hast du dann mit mir geschlafen?“

Er wusste, dass ihre Ruhe nur gespielt war. Sie glaubte ihm nicht und war immer noch wütend. Etienne grübelte über die richtige Antwort nach. Tja, warum hatte er mit ihr geschlafen? Das war vermutlich eine der törichtsten Fragen, die eine Frau stellen konnte. Aber vielleicht empfand das ein Normalsterblicher anders. Er hätte vielleicht geantwortet: „Weil du es ebenfalls wolltest“ oder „Warum denn nicht?“ Aber Etienne war selbst von seinem Verhalten überrascht worden. Seit Langem war er über das Stadium hinaus, in dem er mit allen Frauen schlief, denen er begegnete. Im Lauf der Jahre war es ihm mit dem Sex ergangen wie mit dem Essen – am Anfang waren beide wegen ihrer Vielseitigkeit aufregend gewesen, aber dann eher eine Last als eine Freude geworden. Das jedenfalls war der Stand, bevor er Rachel kennengelernt hatte. Mit ihr war sein Appetit wieder belebt worden, und er war neugierig auf sie geworden. So sah es aus!

Schon die Erinnerung an die entflammten Augenblicke zwischen ihnen genügte, um ihn zu erregen. Verdammt, er wurde schon bei dem Gedanken daran wieder wild. Aber wie konnte er ihr das verständlich machen? Er blickte Hilfe suchend nach unten, dann sah er Rachel wieder an und abermals nach unten – und von einer plötzlichen Eingebung gepackt, ergriff er ihre Hand und legte sie entschlossen in seinen Schoß. „Weil du dies bei mir vermagst."

Rachel riss die Hand weg, als hätte sie sich verbrannt, und stieg aus dem Auto.

„Na ja, vielleicht war das nicht gerade das beste Argument", murmelte Etienne. Die Autotür wurde zugeworfen. Offensichtlich hatten seine über dreihundert Jahre ihn immer noch nicht genügend lehren können, wie man mit Frauen umging.

13

„Rachel!“ Etienne warf die Autotür zu und rannte über den Bürgersteig auf die Haustür zu.

„Sprich nicht mit mir“, fauchte sie.

Oh ja. Sie war ziemlich sauer. Etienne holte sie auf der Veranda ein und packte ihren Arm, um sie zu sich herumzuziehen. „Du hast mich nicht ausreden lassen.“

„Ausreden?“, wiederholte sie ungläubig. „Was gibt es da noch zu sagen? Ich habe dich schon verstanden. Ich habe dich erregt. Aber ihr Männer seid schließlich bei jeder gleich auf hundert. Ich habe gehört, wie sich meine Kollegen darüber unterhielten. ‚Mach einfach die Augen zu, und sie sehen alle aus wie Marilyn Monroe.‘“ Sie schlug mit der Faust gegen seine Haustür. „Mach das verdammte Ding auf.“

Etienne kam zu dem Schluss, dass es vielleicht besser wäre, das Gespräch im Haus fortzusetzen, holte den Schlüssel heraus und schloss die Tür auf. Sie stieß sie sofort auf.

„Rachel“, versuchte er es noch einmal, als sie durch die Diele gingen. „So bin ich nicht. Ich war es vielleicht einmal, aber das ist lange her. Ich – wo gehst du denn hin?“

Ohne ihm auch nur noch einen Blick zu gönnen, rannte sie die Treppe hoch und war im nächsten Moment hinter dem Treppenabsatz verschwunden. Etienne war ihr verärgert gefolgt und jagte durch den Flur bis zum Schlafzimmer hinter ihr her.

„Ich gebe ja zu, dass es eine Zeit gab, in der ich mit allem geschlafen habe, was nicht vor mir weglief“, sagte er. „Aber ich habe die letzten dreißig Jahre, bevor du in mein Leben tratest, ohne Frauen verbracht. Sex war für mich einfach nicht mehr aufregend. Dann kamst du und hast alles verändert."

„Wie schön, dass ich dir helfen konnte."

Etienne zuckte zusammen. Sie hatte wirklich eine scharfe Zunge, wenn sie wütend war. Doch das gefiel ihm. „Hör doch … Was machst du denn da?"

„Nach was sieht es denn aus?", fragte sie mit gekünstelter Liebenswürdigkeit. Sie war dabei, ihre Kleider in die Tasche zu packen, die seine Mutter benutzt hatte, um sie ihr zu bringen.

„Es sieht so aus, als würdest du packen."

„Volltreffer, und das schon beim ersten Versuch! Du bist ja so klug! Möchtest du mit noch ein paar großen Worten um dich werfen, um mich zu beeindrucken?"

Hatte er wirklich gerade gedacht, dass er ihre scharfe Zunge mochte? Etienne sah sie erbost an. „Du wirst nirgendwohin gehen. Wir müssen uns dringend um eine bestimmte Sache kümmern. Und wir müssen auch über Pudge reden."

„Aha." Kalt und mit großer Selbstzufriedenheit drehte sie sich zu ihm um. „Ich wusste doch, dass es nur darum ging. Pudge! Du willst, dass ich lüge und behaupte, er habe mich entführt."

„Das wäre der einfachste Weg, mit der Sache fertig zu werden", erwiderte er ernst.

Rachel schnaubte verächtlich. „Du meinst, es ist für dich und die Deinen am bequemsten. Aber er hat mich nicht entführt. Er hat nicht einmal versucht, mich umzubringen. Ich bin ihm nur in die Quere gekommen."

„Er ist gefährlich, Rachel."

„Also wirklich! Dein Onkel hat mir gerade gedroht, mich zu eliminieren. Er würde Pudge erledigen, ohne mit der Wimper zu zucken."

„Ja, das würde er tun", stimmte Etienne ihr zu. „Aber meine Familie zieht es vor, den Tod als letztes Mittel zu betrachten.

Und in diesem Fall würde es nicht notwendig sein, denn eine schlichte Lüge würde dafür sorgen, dass Pudge am Leben bliebe, aber hinter Schloss und Riegel und nicht mehr gefährlich. Oder würdest du ihn lieber tot sehen?"

Angesichts ihres schuldbewussten Blicks empfand er ein gewisses Maß an Befriedigung. Er hatte getroffen. Eins zu null für ihn.

„Ich kann nicht lügen, Etienne. Das meine ich wörtlich. Ich bin eine schrecklich schlechte Lügnerin. Ich fange immer an zu grinsen und nervös zu kichern."

„Du könntest es wenigstens versuchen. Du hältst das Leben eines Mannes in den Händen. Wenn du lügst, wird er überleben, wenn du dich weigerst, wirst du damit sein Todesurteil unterschreiben."

Rachel riss vor Verblüffung den Mund auf. „Ach, jetzt bin ich auf einmal für sein Leben verantwortlich! Als wäre es meine Schuld. Demnächst gibst du mir noch die Schuld an einem Weltuntergang."

„Wenn du lange genug lebst, könnte das vielleicht noch in Erfüllung gehen", fauchte er.

„Oh!" Sie drehte sich um und stopfte noch ein paar Sachen in die Tasche. „Du bist so charmant! Es ist wirklich ein Wunder, dass du mich nicht dazu bringen konntest zu tun, was du wolltest."

„Ich habe dich ganz bewusst nicht gebeten zu tun, was ich will", Etienne fuhr sich mürrisch mit der Hand durchs Haar, „und ich sage dir auch, warum. Ich wollte nicht verderben, was zwischen uns war."

Sie stockte mitten im Packen, weil sie ihren Ohren nicht traute. Sie drehte sich um und starrte ihn an. „Wie bitte?"

„Ich mag dich, Rachel. Und ich bin verrückt nach dir. Immer", fügte er trocken hinzu. „Ich habe nicht mit dir geschlafen, um dich dazu zu bringen, mir bei Pudge zu helfen. Tatsächlich ist unsere … Beziehung der Grund, wieso ich dich mit der Sache wegen Pudge bisher nicht belästigt habe. Meine Familie hat mich immer wieder dazu gedrängt. Bastien hat es sogar vor deiner Nase getan, an dem Tag, als wir uns ausgeschlossen hatten, aber ich konnte es nicht tun. Ich wollte einfach nicht. Ich habe es immer wieder hinausgezögert. Unglücklicherweise habe ich so lange gewartet, bis Onkel Lucian davon erfuhr, und nun ist es wirklich eine ernste Sache."

Rachel wurde langsam unruhig. Ihre Gedanken waren in Aufruhr. Sie erinnerte sich noch gut daran, dass Bastien Etienne einmal gefragt hatte, ob er mit ihr über … Er hatte den Satz nicht zu Ende gebracht, denn Etienne war seinem Bruder ins Wort gefallen und hatte ihm versichert, dass er es schon noch tun würde. Aber das hatte er nicht. Nicht an diesem Tag und nicht am nächsten. Vielleicht sagte er ja die Wahrheit. Sie wollte ihm von ganzem Herzen glauben, aber sie wusste nicht mehr, was sie von allem halten sollte. Sie musste wieder einmal einige Zeit ganz für sich allein sein. Seine Nähe hatte die unangenehme Eigenschaft, sie zu verwirren.

Etienne vermehrte diese Verwirrung noch, indem er ihr einen sanften Kuss auf die Lippen drückte. „Ich glaube nicht, dass ich dir jemals widerstehen könnte, Rachel. Du bringst mein Blut in Wallung, wie es in dreihundert Jahren keiner anderen Frau gelungen ist. Ich begehre dich. Du bist so schön."

Er zog sie in die Arme, und Rachel konnte ihm nicht widerstehen. Während sie den Kuss erwiderte, nahm sie sich vor, am nächsten Morgen über alles nachzudenken. Morgens war alles viel klarer.

Etienne war ein wunderschöner Mann. Das war Rachel stets bewusst gewesen, aber nun betrachtete sie ihn ganz genau in dem Licht, das aus dem Badezimmer fiel, während er im Bett lag und schlief.

Etienne hatte sie den größten Teil der Nacht geliebt. Wie immer war Rachel ohnmächtig geworden, aber da sich ihre Gedanken dermaßen in Aufruhr befanden, hatte sie nicht lange schlafen können. Jetzt war es zehn Uhr morgens, und sie war hellwach, und ihre Gedanken überschlugen sich, als sie ihren Geliebten ansah.

Er behauptete, dass er sie gern habe und sich sehr zu ihr hingezogen fühle. Rachel bezweifelte nicht, dass Ersteres stimmte – sie hielt sich durchaus für umgänglich. Aber ob er sich wirklich zu ihr hingezogen fühlte? Fand er sie wirklich schön und begehrenswert? Sie seufzte und drehte sich auf den Rücken, um den Schatten nachzublicken, die über die Zimmerdecke tanzten. Rachel konnte in den Spiegel sehen und erkannte, dass sie dank der Wandlung besser aussah als je, aber tief in ihrem Inneren war sie nicht davon überzeugt, begehrenswert zu sein.

In ihrer Schulzeit war sie immer zu groß gewesen, eine schlaksige Rothaarige, die eher geneckt als mit Komplimenten bedacht und eingeladen worden war. Ihr Verlobter Steven war ihr erster wirklicher Freund gewesen, doch da war sie schon an der Universität. Mit der Zeit hatte er ihr das Gefühl vermittelt, dass sie hübsch sei und begehrenswert … bis sie ihn im Bett mit ihrer Mitbewohnerin erwischte.

Seitdem hatte sie mit Männern nicht viel Glück gehabt. Das war sicher teilweise auf ihre Arbeitszeiten zurückzuführen, aber nicht nur. Nein, Rachel hielt sich wirklich nicht für attraktiv. Die letzten Wochen waren eine Art Traum gewesen – ein wirklich gut aussehender, attraktiver Mann wie Etienne hatte sie begehrt. Aber es war schwer, an Träume zu glauben, und viel leichter anzunehmen, dass er sie nur umworben hatte, um schließlich zum Ziel seiner Wünsche zu gelangen.

Etienne seufzte, bewegte sich im Schlaf und lenkte sofort ihre Aufmerksamkeit auf sich. Ihr Blick wanderte über seinen nackten Körper und blieb an dem Laken hängen, das sich um seine Hüfte gewickelt hatte. Selbst jetzt lenkte er sie noch ab. Sie brauchte Zeit für sich. Möglicherweise sogar eine Therapie.

Sie versuchte sich vorzustellen, wie diese wohl aussehen würde, dann ließ sie den Gedanken fallen und begann ihre Sachen zusammenzusuchen. Sie würde vielleicht einen kleinen Spaziergang im Garten machen. Das bedeutete zwar, dass sie später mehr Blut zu sich nehmen musste als sonst, aber das fiel ihr jetzt mit Hilfe der Strohhalme nicht mehr so schwer.

Sie wäre lieber nach Hause gegangen. Ihre Wohnung war ein Zufluchtsort, an den sie sich immer zurückgezogen hatte, wenn sie nachdenken musste. Sie würde dann auch endlich ihre Familie anrufen, damit sie sich keine Sorgen um sie machte – aber all das würde sie erst tun, wenn sie die Dinge hier geklärt hatte.

Rachel hatte ihre Kleider zusammengesucht, und es gelang ihr, ins Bad zu gehen, ohne Etienne zu wecken. Sie atmete auf und zog sich rasch an. Nachdem sie sich das Haar gebürstet und sich Wasser ins Gesicht gespritzt hatte, wandte sie sich ihrem Spiegelbild zu.

„Pudge hat mich entführt", sagte sie versuchsweise. Sofort verzog sich ihr Mund zu einem idiotischen Grinsen. Ein nervöses Kichern drang aus ihrer Kehle.

Rachel ließ den Kopf hängen. Sie war immer eine katastrophale Lügnerin gewesen. Manchmal war das unbequem, aber in den meisten Fällen machte es das Leben einfacher. Wenn man nicht log, wurde man auch nicht erwischt. Ehrlichkeit war die beste Politik. Diese Sätze hatte man ihr als Kind ununterbrochen eingebläut, und Rachel hatte sie immer geglaubt. Aber jetzt, da sie dem Fall Pudge gegenüberstand, war sie davon überzeugt, dass mit einer Lüge allen viel besser gedient wäre. Auch Pudge.

Sie wandte sich wieder vom Spiegel ab, ging zur Tür und öffnete sie vorsichtig. Ihr Blick fiel sofort auf das Bett. Etienne schien sich nicht bewegt zu haben. Lächelnd, weil er so hinreißend aussah mit seinem zerzausten Haar, der nackten Brust und dem zerknüllten Laken um die Hüfte, schaltete sie das Licht aus und ging auf Zehenspitzen durch das Zimmer zur Tür hinaus.

Sie kam sich vor wie eine Diebin, als sie durch das Treppenhaus schlich, aber sie ging auch die Treppe noch auf Zehenspitzen hinunter. Sie hatte gerade die Küchentür erreicht, als sie leise protestierende Laute von quietschendem Holz hörte. Also blieb sie stehen und sah sich um. Es dauerte einen Moment, bis sie die Bewegung am Fenster bemerkte, dann erstarrte sie wie ein Tier im nächtlichen Scheinwerferlicht. Das Fenster war hochgeschoben worden, und nun kletterte jemand herein. Dieser jemand hatte schon ein Bein in der Küche und zog gerade den Rest des Körpers nach.

Hitze kroch ihr über den Rücken und brachte ihren Nacken zum Prickeln, Adrenalin durchflutete sie, und sie folgte augenblicklich ihrem Instinkt – sie duckte sich in das erstbeste Versteck, das sie sah, den Flurschrank. Sie hatte die Tür bereits hinter sich zugezogen, bevor sie überhaupt begriffen hatte, was sie tat. Erst als sie sich relativ sicher fühlte, schien ihr Hirn in Gang zu kommen, und sie erkannte, dass sie, Rachel Garrett, eine Vampirin der Extraklasse, sich vor einem gemeinen Dieb versteckte.

Sie spürte, wie die Angst wieder aus ihr herauslief wie eine Flüssigkeit. Was um alles in der Welt machte sie hier? Sie war eine Vampirin. Sie konnte mit diesem Kretin doch leicht fertigwerden. Ha, sie würde ihm einen Schreck versetzen, den er nie wieder vergessen würde. Und sie würde ihm eine saftige Lektion erteilen, dachte sie amüsiert. Sie begann die Schranktür langsam wieder zu öffnen und hatte es gerade einen kleinen Spaltbreit geschafft, als der Einbrecher sich aufrichtete und sie sein Gesicht sah. Wieder hielt Rachel inne, denn sie kannte diesen Mann. Er war der Mann aus dem Sektionssaal, der Verrückte im Tarnanzug, der versucht hatte, Etienne den Kopf abzuschlagen. Pudge.

Das genügte, um die Tür schnell wieder zuzuziehen. Das hier war kein gewöhnlicher Einbrecher, das hier war ein Mann, der Etienne und seine Familie kannte und wusste, wie man Vampire tötete. Und ganz sicher war das auch der Grund, weshalb er gekommen war. Sofort wurde sie von Panik erfasst und überlegte fieberhaft, wie sie nun vorgehen sollte. Sie musste nach oben gehen und Etienne warnen, und zwar bevor Pudge ihn erreicht hatte.

Doch dafür war es schon zu spät. Sie sah, dass Pudge an ihrer Tür vorbeiging. Also würde sie ihm folgen und ihn überraschen müssen.

Rachel hörte das Knarren von Treppenstufen und wusste, dass sie nun unbesorgt aus ihrem Versteck herauskommen konnte. Die Treppe führte auf die andere Seite, sodass sie den Schrank verlassen konnte, ohne von Pudge gesehen zu werden. Als sie den Flur betrat, kam er ihr irgendwie dunkler vor als noch einen Augenblick zuvor. Die Sonne schien allerdings immer noch, und das helle Licht, das durch die Fenster hereinfiel, machte die Staubkörnchen sichtbar, die in der Luft tanzten. Sie würde dieses Licht auf jeden Fall meiden müssen.

Dann schob sie all diese Gedanken beiseite, um sich auf Pudges Verfolgung zu konzentrieren, doch verlor sie kostbare Minuten, weil sie noch einmal umkehrte, um im Schrank nach einer Waffe zu suchen. Das Beste, was sie fand, waren ein Mopp und ein Besen. Rachel überlegte, ob sie in die Küche gehen sollte, wo es sicher scharfe Messer gab, aber sie befürchtete, dass ihr die Zeit davonlief. Außerdem hatte sie genug von Pudge gesehen, um zu wissen, dass er bis an die Zähne bewaffnet war. Der Mann hatte ein Gewehr, eine Pistole im Holster, ein Messer, das lang genug war, um als Schwert durchzugehen, und verschiedene andere interessante Dinge dabeigehabt. Sie würde mindestens eine Panzerfaust brauchen, um dagegenhalten zu können.

Sie nahm den Mopp, weil er im Gegensatz zu dem Besen einen kräftigen altmodischen Holzstiel hatte. Rachel eilte durch den Flur und huschte, so schnell und leise sie konnte, die Treppe hinauf.

Der Gang, den sie nun betrat, war leer, was nichts Gutes verhieß. Wusste Pudge vielleicht, in welchem Zimmer Etienne schlief, oder durchsuchte er gerade die anderen Räume? Sie befürchtete, er könnte plötzlich hinter ihr auftauchen und sie überraschen. Und so blieb ihr nur zu hoffen, dass er sich in einem der übrigen Zimmer befand und nicht eher zurückkam, bis sie Etienne gewarnt hatte. Sie nahm ihren ganzen Mut zusammen und huschte über den Flur. An der Tür zu Etiennes Zimmer blieb sie stehen, um noch einen letzten Blick über den leeren Flur zu werfen, dann öffnete sie rasch die Tür. Sie kam gerade rechtzeitig, um zu sehen, dass Pudge mit beiden Armen einen Pflock hoch über seinen Kopf hielt. Also tat sie das Einzige, was ihr einfiel: Sie stieß den lautesten, längsten Schrei ihres Lebens aus und griff an.

Pudges Arme erstarrten, und er wandte sich verstört ihr und ihrem Mopp zu, dann fuhr er ebenso schnell wieder zu Etienne herum, der dabei war aufzuwachen, und rief: „Was? Was ist los?“

Zu Rachels Entsetzen stieß Pudge mit dem Pflock zu.

Der unmenschliche Laut, den Rachel nun von sich gab, war voller Wut und stammte aus ihrem tiefsten dunkelsten Inneren. In ihren Ohren klang er wie ein Urlaut, beinahe wie ein Röhren, als sie den Mopp auf den Kopf des Mannes niederfahren ließ.

Doch der hatte ihre Absicht durchschaut und konnte sich rechtzeitig ducken.

Rachel hatte so viel Schwung gehabt, dass sie das Gleichgewicht verlor, als der Mopp nicht traf. Als sie es wiedergefunden hatte und noch einmal zuschlagen wollte, warf Pudge sich wie ein Footballspieler auf sie. Sein Kopf traf sie am Bauch und ließ die Luft aus ihrer Lunge zischen. Sie stolperte rückwärts und stürzte, wobei die Wucht des Aufpralls ihr abermals den Atem nahm. Sie waren beide zu Boden gegangen.

Pudge erholte sich jedoch schneller als sie und hatte Rachel sein langes und sehr scharfes Messer an die Kehle gesetzt, bevor sie auch nur versuchen konnte, sich zu befreien. „Keine Spielchen, Lady, oder ich schneide Ihnen den Kopf ab", keuchte er.

Rachel gefror innerlich. Sie konnte fast alle Wunden überleben, aber ein abgeschnittener Kopf gehörte nicht dazu.

Sie blickten einander atemlos an, als eine Bewegung auf dem Bett ihre Aufmerksamkeit erregte. Etienne war verwundet, aber nicht tot. Bei all der Aufregung hatte Pudge schlecht gezielt. Etienne setzte sich bereits hin, obwohl der Pflock noch aus seiner Brust ragte, fast unmittelbar neben seinem Herzen. Rachel hätte beinahe vor Erleichterung geschluchzt, als er den Pflock herausriss.

Pudge war weniger beeindruckt. Er fluchte, dann rief er: „Rühr dich nicht von der Stelle, Argeneau!"

Etienne zögerte, dann ließ er sich mit einem Stirnrunzeln auf das Bett sinken. Es stand unentschieden.

„Mist", sagte Rachel, als sie erkannte, dass Pudge die Oberhand hatte. Sie war wirklich nicht der Ansicht, dass sie sich gut geschlagen hatte. Vermutlich brauchte sie mehr Übung.

„Was wirst du jetzt tun, Pudge?", fragte Etienne. Er fing an, ein wenig besser auszusehen, und Rachel nahm an, die Nanos arbeitete wie wild, um ihn wiederherzustellen. Er würde allerdings zusätzliches Blut brauchen, um sie bei ihrem Tun zu unterstützen. Dennoch sah er ziemlich unbeschwert aus für jemanden, dem man gerade einen Pflock in die Brust gerammt hatte und dessen Freundin enthauptet werden sollte. Wenn sie sich überhaupt seine Freundin nennen durfte. Oder betrachtete er sie nur als – Lass das, Mädchen, mahnte sie sich. Das hier ist wirklich nicht der richtige Zeitpunkt für Selbstquälereien.

„Wenn du ihr den Kopf abschneidest, verlierst du deinen Schutzschild“, fuhr Etienne fort.

Pudge schwieg, aber er drückte jetzt sein Messer etwas fester an Rachels Kehle. Verwirrung und Unsicherheit zeichneten sich auf seinen Zügen ab.

„Ich habe viel Geduld mit dir gehabt, Pudge – weil ich dein Getue bisher recht unterhaltsam fand. Aber jetzt gehst du mir auf die Nerven. Ich schlage vor, dass du jetzt einfach verschwindest und dich nie wieder blicken lässt, oder ich sehe mich gezwungen, mit unserem kleinen Spielchen Schluss zu machen. Und zwar für immer …“

Rachel fand es erstaunlich, dass ihr Geliebter mit einer klaffenden Brustwunde dasitzen und sich dennoch so bedrohlich anhören konnte. Sie warf einen Blick auf Pudge, um zu sehen, ob er ebenso beeindruckt war, und empfand so etwas wie Erleichterung, als sie bemerkte, dass ihm Schweiß auf die Stirn trat. Sie war nur nicht sicher, ob das zu einem guten oder schlechten Entschluss führen würde.

„Los, stehen Sie auf!“

Rachel kam auf die Beine und war sich dabei des langen Messers an ihrer Kehle sehr wohl bewusst. Sie überlegte ganz kurz, ob sie sich losreißen konnte, aber ihr gescheiterter Versuch, Etienne zu retten, hatte ihrem Selbstbewusstsein einen ordentlichen Stoß versetzt. Sie fürchtete, diesmal genauso zu versagen wie zuvor.

Sobald sie beide standen, trat Pudge hinter sie und benutzte sie als Schild, wie Etienne es befürchtet hatte.

„Bleib zurück", befahl Pudge. Seine eben noch feste Stimme verriet ein leichtes Beben, das zeigte, wie sehr er sich fürchtete. Schon vorher hatte Rachel die Angst gespürt, ja tatsächlich gerochen, die er verströmte. Sie wusste nicht, was sie diesen Geruch erkennen ließ, aber wahrscheinlich handelte es sich um eine weitere neue Fähigkeit. Die meisten wilden Tiere verfügten darüber, sogar Hunde konnten Angst spüren und Katzen ebenfalls. Sie nahm an, dass die Nanos die Fähigkeiten verstärkten, die ihren Wirten am nützlichsten waren, und diese war ziemlich nützlich für ein Raubtier.

„Lass sie los", befahl Etienne.

„Bleib dort." Pudge begann sich zurückzuziehen und nahm Rachel mit.

„Du wirst sie nicht mitnehmen."

„Bleib da, oder ich schneide ihr den Kopf ab", warnte Pudge.

„Tu ihr nicht weh! Es war deine Schuld, dass ich sie überhaupt wandeln musste. Sie wäre an dieser Axtwunde gestorben, die du ihr versetzt hat, wenn ich ihr nicht geholfen hätte."

Das ließ Pudge verblüfft aufhorchen. Rachel hielt den Atem an, als er sie ansah.

„Sie sind die Ärztin aus dem Krankenhaus!" Er klang überrascht. Sie nahm an, dass sie bei ihrer letzten Begegnung weniger gut ausgesehen hatte, vor allem, weil sie sich kurz zuvor mit einer üblen Grippe herumgeschlagen hatte. Sie war damals blass und kraftlos gewesen. Sie bemerkte, dass ihn Schuldgefühle überkamen, und spürte einen Funken Hoffnung aufkeimen. Und dann fügte er erklärend hinzu: „Das mit der Axt tut mir wirklich leid, aber Sie hätten sich nicht zwischen uns stellen sollen. Ich habe versucht, Ihnen zu erklären, wer er ist."

„Lass sie los", wiederholte Etienne.

Rachel spürte, dass das Hoffnungsfünkchen in ihr starb, als Pudge sich wieder gefasst hatte. Finster drückte er das Messer wieder fest an ihre Kehle. Offensichtlicht reichten seine Schuldgefühle nicht besonders weit. „Ich werde ihr nicht wehtun, wenn du bleibst, wo du bist." Er klang jetzt ein wenig beherrschter. Rachel hätte nicht sagen können, ob das bedeutete, dass seine Selbstsicherheit gewachsen war, oder ob Etiennes ständiges nutzloses Drohen ihm noch mehr das Gefühl gaben, dass er hier das Sagen hatte.

„Wenn du ihr wehtust, werde ich dich jagen und dich mit bloßen Händen töten."

Rachels Blick fiel auf Etienne. Er sah aus, als sei er tatsächlich dazu in der Lage. Verschwunden war die schöne Fassade des charmanten Computerfreaks. Etienne sah aus wie ein gefährliches Raubtier.

Dann schwiegen sie alle, während sie darauf warteten, dass Pudge sich für den nächsten Schritt entschied. Rachel hatte keine Ahnung, wozu er in der Lage war. Ihr Blick kehrte zurück zu Etienne. Die Blutung hatte aufgehört, aber er war etwas blass um die Nase. Ein großer Teil seines Blutes war zweifellos damit beschäftigt, die Wunde zu heilen. Nach dem, was sie über seinen jetzigen Zustand wusste, brauchte er dringend mehr Blut, um gegen die bald einsetzenden Krämpfe angehen zu können. Er würde schrecklich schwach und verwundbar sein.

Das einzig Gute unter diesen Umständen war, dass Pudge das wahrscheinlich nicht wusste.

„Sie sollten lieber schnell entscheiden, was Sie vorhaben. Sein Körper ist beinahe wiederhergestellt, und wer weiß, wie viel Kraft er dann haben wird." Sehr wenig, nahm Rachel an, aber wenn Pudge sich an den Vampirfilmen orientierte, die im Fernsehen oder Kino liefen, würde er wahrscheinlich darauf hereinfallen. Zumindest hoffte sie das. Daran, dass Pudges Hände sich fester um sie schlossen, konnte sie erkennen, dass sie recht hatte.

Rachel konnte das Gesicht des jungen Mannes nicht sehen, aber sie spürte seine Verwirrung. Er fragte misstrauisch: „Wollen Sie damit sagen, dass Sie mir helfen wollen?"

Rachel zwang sich, unbekümmert zu erscheinen, und es gelang ihr, die Achseln zu zucken, ohne sich selbst zu köpfen. „Glauben Sie, was Sie wollen. Ich wollte mich gerade aus dem Haus schleichen, als Sie einbrachen", antwortete sie wahrheitsgemäß. Sie hatte sich tatsächlich hinausschleichen wollen, wenn auch freilich nur zu einem Spaziergang im Garten, aber das sagte sie natürlich nicht. Etienne sah plötzlich tief erschüttert aus, und es tat ihr beinahe leid, dass sie das verschweigen musste. Sie erschreckte ihn wirklich nur ungern, aber sie zwang sich fortzufahren. „Man hat mich seit der Nacht im Sektionssaal gezwungen hierzublieben. Ich wollte meine Verwandten und Freunde wissen lassen, dass es mir gut geht, aber das durfte ich natürlich nicht." Was ebenfalls der Wahrheit entsprach, versicherte sie sich, als sie spürte, dass ein nervöses Kichern in ihrer Kehle aufstieg. Sie war tatsächlich gezwungen gewesen zu bleiben – zumindest, bis sie gelernt hatte, die Technik ihrer Zähne und alles andere zu beherrschen, und sie hatte wirklich niemanden anrufen können. Sie musste schließlich nicht erwähnen, dass sie mit allen Entscheidungen einverstanden gewesen war.

„Also habe ich mitgemacht und gewartet, bis Etienne schlief, und wollte gerade durch die Küche verschwinden, als ich Sie hereinkommen hörte", fuhr sie fort. „Sie haben meinen ganzen Plan ruiniert."

Etienne erregte mehr und mehr ihr Mitleid, aber Rachel ignorierte ihn. Sie wartete, bis Pudge ihre Worte verdaut hatte.

„Wieso sind Sie dann nicht gegangen?", fragte Pudge ungläubig. „Warum sind Sie geblieben und haben ihn gerettet?"

Rachel zuckte die Achseln. „Mein Gewissen hat es mir nicht erlaubt. Ich konnte nicht zulassen, dass Sie ihn im Schlaf umbringen; schließlich hat er mir das Leben gerettet. Nachdem Sie mich tödlich verwundet hatten." Sie betonte Pudges Anteil in der Hoffnung, die Schuldgefühle wiederzubeleben, die sich kurz zuvor in seinem Gesicht gespiegelt hatten. Als sie sah, dass es klappte, beschloss sie, die Schraube noch ein wenig fester zu ziehen. „Übrigens bin ich Ihnen wirklich dankbar dafür. Ein blutsaugender Dämon zu sein hatte nie einen Platz ganz oben auf meinem Wunschzettel von Träumen und Sehnsüchten, und ich kann Ihnen gar nicht sagen, wie sehr es mich freut, dass ich jetzt ewig in dieser Nachtschicht festsitzen werde."

Pudge zuckte zusammen. „Es tut mir leid", sagte er zerknirscht, dann warf er einen nachdenklichen Blick auf Etienne. „Was schlagen Sie vor, was wir mit ihm machen sollen, um hier rauszukommen?"

Rachel dachte einen Moment nach. Sie glaubte keine Sekunde daran, dass er annahm, sie stünden auf der gleichen Seite. Wahrscheinlich wollte er sie nur prüfen. Wenn sie eine Antwort gab, die ihm nicht gefiel, würde es Ärger geben – als wäre die Situation nicht schon verfahren genug. Er schien sich als moderne Version von Van Helsing zu betrachten und die Welt von dieser Pest von Vampiren retten zu wollen, und Rachel war sich sehr deutlich bewusst, dass sie damit ebenfalls auf seiner Liste stand. Ihre einzige Hoffnung bestand darin, ihn zu überzeugen, dass sie zu dumm war, um das zu erkennen, und dass sie nun davon ausging, sie verfolgten beide dieselben Ziele. Um das zu erreichen, war sie sehr vorsichtig mit ihrer Antwort. „Nun, ich will nicht Zeugin seines Todes werden – immerhin hat er mich gerettet. Wenn Sie ihn wirklich umbringen wollen, müssen Sie das entweder an einem Tag tun, an dem ich nicht hier bin, oder mich zuerst töten und dann ihr Glück bei ihm versuchen – was ich an Ihrer Stelle nicht tun würde. Wenn er erst seine übliche Kraft wiederfindet, ist er schneller, beweglicher und stärker als die meisten Männer. Im Augenblick ist er nicht so stark, aber ich schon. Wenn Sie gegen uns beide antreten müssen, haben Sie keine große Chance", fügte sie hinzu.

Pudge hörte ihr tatsächlich zu, und die Aufrichtigkeit, die aus ihren Worten herauszuhören war, schien ihn zu überzeugen. Rachel ließ ihm nur wenig Zeit, darüber nachzudenken, und fügte dann hinzu: „Dieses Haus hat übrigens eine Alarmanlage. Wahrscheinlich sind schon einige der Seinen auf dem Weg hierher. Also haben Sie nicht mehr viel Zeit."

Pudge glaubte ihr offenbar. Panik erfasste ihn.

„Wenn Sie ihn fesseln", fuhr sie fort, „wird er die Fesseln zerreißen und uns wahrscheinlich schon jagen, bevor wir das Haus ganz verlassen haben". Oder zumindest, dachte sie, würde er das tun, nachdem er ein wenig Blut zu sich genommen hatte.

„Es wäre wohl das Beste, ihn in seinem Arbeitszimmer einzuschließen. Er hat es gegen Rivalen aller Arten abgesichert", erklärte sie. Um den Vorschlag noch verlockender zu machen, fügte sie hinzu: „Sie würden auch Gelegenheit haben, seine letzte Arbeit zu zerstören."

„Ich hätte dich sterben lassen sollen." Etiennes kalte Worte bewirkten, dass sie ihn wieder ansah. Sie hätte ihm gerne in Gedanken zu seinen schauspielerischen Fähigkeiten gratuliert, aber sie war mit einem Mal nicht mehr ganz sicher, ob er sich wirklich verstellte. Sie hatte gerade zugegeben, dass sie sich nach draußen schleichen wollte, als er schlief. Und obwohl sie hoffte, dass er es ihr nicht glauben würde, konnte es durchaus sein, dass er es doch tat. Nein. Er wusste sehr wohl über Vampire Bescheid, und dass sie genau wusste, dass er jetzt nicht stärker wurde. Ihm war doch sicher klar, dass sie die Wahrheit nur ein wenig strapazierte, um ihn zu retten?

Andererseits, dachte Rachel plötzlich, hatte sein Zorn vielleicht auch einen anderen Grund. Was, wenn er seine Arbeit nicht auf Disketten gespeichert hatte, wenn sie nicht gesichert war? Dann würde er sie vielleicht wirklich aufgrund ihres Vorschlags verlieren. Aber am wichtigsten war für sie im Augenblick, dass er sich irgendwo aufhalten konnte, wo es frisches Blut für ihn gab.

Himmel, wenn er nicht vernünftig genug gewesen war, sein letztes Spiel zu sichern, wünschte Etienne ihr vielleicht wirklich den Tod. Aber lieber lebendig, mit Zorn im Leib, als tot mit einem Spiel, das nur noch andere spielen konnten.

Pudge wechselte das Messer an ihrer Kehle von einer Hand in die andere. Sie war nicht sicher, warum er es getan hatte, bis er das Gewehr von der Schulter nahm, um es auf Etienne zu richten.

„Ich weiß, dass dich das hier nicht lange aufhalten kann, aber ich wette, dass es immer noch wehtut. Und ich weiß, dass es dich aufhalten wird. Also tu, was ich dir sage, und ich muss nicht schießen. Wir gehen in dein Arbeitszimmer."

Etienne spürte eine Mischung aus Erleichterung und Entsetzen. Im Kühlschrank in seinem Arbeitszimmer waren Blutkonserven. Er würde dort auftanken können und seine Kräfte rasch wiedergewinnen. Dann würde er sich auf die Jagd nach Pudge machen. Sein Horror war, dass dieser Plan ihn zwar retten, Rachel aber noch mehr gefährden würde. Er hatte keine Ahnung, was Pudge mit ihr machen würde, wenn er erst mit ihr allein war, aber er nahm an, er würde sich etwas ziemlich Übles einfallen lassen. Rachel war zehnmal stärker als zuvor, aber nicht unverwundbar. Etienne fürchtete, sie würde etwas Riskantes versuchen, wenn er erst in der Sicherheit seines Zimmers war.

„Beweg dich!" Pudge unterstrich seinen Befehl, indem er eine Kugel auf ihn abschoss.

Etienne ächzte und schnellte hoch. Er landete rückwärts auf seinem Bett. Die Kugel hatte Muskeln und Knochen zerfetzt. Er sah, dass Rachel sich zur Wehr setzen wollte, nur um im selben Moment wieder damit aufzuhören. Er verstand, warum, als er den blutigen Strich an ihrer Kehle sah. Der Mistkerl hatte sie geschnitten – nicht tief genug, um sie ernsthaft zu verletzen, aber er hatte sie geschnitten!

Etienne wurde wütend genug, um trotz seiner Schmerzen aufzuspringen. Er wollte sich auf Pudge stürzen, aber weiter würde er vermutlich nicht kommen. Außerdem bestand die Möglichkeit, dass Pudge in Panik geriet und Rachel den Kopf abschnitt, um zumindest einen Feind aus dem Weg geräumt zu haben. Das konnte Etienne nicht zulassen.

Rachel biss die Zähne zusammen, aber sie zischte: „Ich habe Ihnen doch gesagt, ich würde Ihnen nicht gestatten ihn umzubringen. Wenn Sie ihn noch einmal anschießen, werde ich meinen Kopf riskieren, um Sie umzubringen."

„Halten Sie den Mund", fauchte Pudge, aber ein Teil seiner Selbstsicherheit war dahin. Er hatte das Gewehr immer noch auf Etienne gerichtet, als er rückwärts durch die Tür ging und Rachel mit sich zog. „Raus hier."

Etienne schleppte sich gehorsam auf die Tür zu und versuchte, nicht so schwach auszusehen, wie er sich fühlte. Die neue Wunde machte die Einnahme von Blut jetzt wirklich unumgänglich. Seine Gedanken wurden verschwommener, als sein Körper die rote Nahrung von überallher aus seinem Versorgungssystem zog. Er brauchte seine gesamte Konzentration, um einen Fuß vor den anderen zu setzen und bis zum Souterrain des Hauses zu kommen. Dabei versuchte er die ganze Zeit fieberhaft, einen Ausweg aus dieser Situation zu finden, aber ihm fiel einfach nichts ein – jedenfalls nichts, was Rachel nicht noch mehr gefährdet hätte.

„Unglaublich!" Pudge war offenbar stark beeindruckt von Etiennes Computeranlage. Etienne sah, wie die Augen seines Feindes aufleuchteten, als sie auf seine Ausrüstung fielen.

„Mann, wenn ich diese Geräte hätte, wäre ich auch bald der König der Spiele", sagte er großmäulig. Dann fiel sein Blick auf den Sarg, und etwas anderes malte sich auf seinem Gesicht. Etienne brauchte mehrere Minuten, um zu erkennen, dass es Neid war.

„Rein da", befahl Pudge.

Etienne zögerte, dann tat er, was man ihm sagte, als Pudge wieder den Gewehrlauf auf ihn richtete. Rachel setzte mit einem warnenden Grollen zu einer Bewegung an. Im selben Augenblick senkte Pudge das Gewehr und hielt sie davon ab, indem er ihren Hals mit einem weiteren zarten Band kleiner roter Perlen schmückte, nachdem das erste gerade erst verblasst war.

„Ich gehe ja schon", fauchte Etienne und schwor sich, seinen Gegner für diese Verletzungen teuer bezahlen zu lassen.

„Schließ den Deckel", herrschte Pudge ihn an, sobald Etienne in den Sarg gestiegen war.

Etienne legte sich hin und zog widerstrebend den Deckel zu. Dann zuckte er heftig zusammen, als er Gewehrfeuer hörte. Zuerst dachte er, der Idiot würde durch den Sarg auf ihn schießen, aber als explodierendes Holz und reißende Schmerzen ausblieben, kam er zu dem Schluss, dass Pudge offenbar den ganzen Raum zusammenschoss. Der laute Knall eines explodierenden Monitors oder Computers war ein sicheres Zeichen dafür, und Etienne verzog gequält das Gesicht, als er den Geruch von brennenden Leitungen und schmelzendem Plastik roch.

14

Rachel biss sich auf die Lippen, aber sie blieb ruhig stehen, als Etiennes Computerausrüstung rings um sie her explodierte. Pudge war ein passionierter Schütze, und er hatte das Messer immer noch zu fest an ihre Kehle gedrückt, als dass sie etwas hätte tun können. Sie war erleichtert, als er schließlich zu dem Schluss kam, dass er genug Schaden angerichtet hatte, und sie aus dem Raum herauszerrte.

In der Tür blieb er noch einmal stehen, um sich das Schloss genau anzusehen. Sie hatte gehofft, er würde die Tür einfach zufallen lassen, aber so dumm war er nicht. Er zog die Tür zu, dann zerschoss er die Schalttafel mit den Tastenkombinationen. Jede Hoffnung, dass Etienne in der Lage sein würde, die Anlage zu reparieren, erstarb, als Pudge die Schalttafel aus der Wand riss und einzelne Drähte herauszerrte. Etienne war tatsächlich eingeschlossen, dachte Rachel bedrückt und hoffte nur, dass keines von den zerstörten Geräten zu brennen anfing. Zu verbrennen wäre kein angenehmer Tod – auf diese Weise war auch schon Etiennes Vater umgekommen.

Aber er hatte Blutkonserven in diesem Raum, tröstete sie sich und war dankbar, dass Pudge sich nicht den Schreibtisch vorgenommen hatte. Und zweifellos würden später Bastien und Lucern vorbeikommen. Sie würden Etienne befreien und sich dann vielleicht auf die Suche nach ihr machen. Sie musste einfach nur lange genug am Leben bleiben. Was einfacher gewesen wäre, wenn Pudge nicht gewusst hätte, dass sie eine Vampirin war.

Ihren Kopf zu behalten wäre immerhin ein guter Anfang. Sie

hätte gerne noch mehr erreicht – zum Beispiel Pudge davon abzuhalten, sie noch einmal zu schneiden. Die dünnen Schnitte, die er bisher verursacht hatte, gefährdeten ihr Leben nicht im Geringsten, aber sie taten wahnsinnig weh. Offenbar bedeutete ihre Verwandlung nicht, dass sie weniger schmerzempfindlich war; tatsächlich hatte sie die Sensibilität erhöht. Immerhin war sie jetzt auch empfindsamer gegenüber dem Angenehmen. Warum also nicht Schmerz gegenüber?

„Verdammt."

Als Pudge fluchte, stellte Rachel ihre Überlegungen ein. Sie waren ins Erdgeschoss hochgestiegen und standen nun vor der Hintertür der Küche.

„Ich habe ganz vergessen, dass Sie kein Sonnenlicht vertragen", erklärte Pudge.

Rachel war erfreut. Sie konnte natürlich ein paar Minuten Sonne ertragen, ohne zu sterben, aber das würde sie ihm ganz bestimmt nicht sagen. „Nun, Sie könnten mich ja einfach hierlassen und –"

Die Worte erstarben auf ihren Lippen, als er sie zurück zum Küchentisch zerrte. Sie war nicht sicher, was er vorhatte, bis er das schwere rotbraune Tischtuch so energisch herunterriss, dass die Vase mit Blumen, die auf dem Tisch gestanden hatte, auf dem Boden zerbrach.

„Sie glauben doch nicht, dass Sie … Sie glauben es wirklich." Sie seufzte, als er ihr das Tuch über den Kopf warf. Jetzt hatte sie ein Messer an der Kehle und war blind. Es wurde immer besser. Das hier war sogar noch gefährlicher. Wenn sie stolperte, lief sie Gefahr, sich selbst zu köpfen. Rachel überlegte sich, ob es nicht bekömmlicher für sie wäre, Pudge doch zu verraten, dass sie mit ein wenig Sonnenlicht fertig werden konnte, aber vielleicht würde ihr seine Unkenntnis später noch helfen.

„Wir werden uns jetzt beeilen." Er drängte sie vorwärts, wahrscheinlich zur Tür. „Ich will jedenfalls nicht, dass Sie in Flammen aufgehen, also laufen Sie lieber schnell."

„Meinen Sie, Sie könnten das Messer ein bisschen weiter weg halten?", fragte sie, aber das ging im Quietschen und Einschnappen der Tür unter. Dann schob Pudge sie eilig vorwärts. Rachel wusste, dass jeder falsche Schritt sie das Leben kosten konnte, und ließ sich abführen. Sie hob die Füße besonders hoch, ging aber trotzdem so schnell, wie sie konnte. Trotz aller Bemühungen stolperte sie und knurrte leise, als das Messer wieder ihre Haut ritzte. Diesmal war der Schnitt tiefer. Doch da wurde die Waffe schon ein kleines Stück weggezogen. Sie hörte etwas, das wie eine Entschuldigung klang, doch drang es nur sehr gedämpft durch das Tuch. Dann hielt Pudge sie fest, sodass sie stehen bleiben musste.

„Steigen Sie ein."

Das Messer verschwand, und Rachel erhielt einen Stoß, der sie erst nach vorn stieß und dann auf einen Sitz fallen ließ. Irgendetwas drückte gegen ihre Schienbeine, und sie kippte mit dem Oberkörper vornüber. Dankbar, dass das Messer sie nicht mehr bedrohte, fing sie sofort an, das Tuch wegzuziehen. Das trug ihr einen Klaps ein.

„Nicht. Die Sonne", warnte Pudge. Dann spürte Rachel etwas Kaltes an ihrem Handgelenk und hörte ein Einrasten. Sie wollte die Hand heben, runzelte die Stirn, als sie diese nur ein Stück bewegen konnte, und fing an zu fluchen, als die Handschelle um das andere Handgelenk schnappte.

„Sie sind aus verzinktem Stahl", verkündete Pudge. „Zehn Zentimeter dick. Sie könnten sie wahrscheinlich zerbrechen, aber nicht ohne Krach zu machen. Wenn Sie das versuchen, werde ich Sie erschießen. Und zur Sicherheit nicht mit einem Gewehr, sondern – mit einem Pflock-Schussgerät direkt ins Herz."

„Ein Pflock-Schussgerät?", murmelte Rachel. Sie hörte, wie

eine Tür zugeschlagen wurde, dann war wieder Stille. Sie fragte sich gerade, ob es ungefährlich sein würde, das Tuch wegzuziehen und sich umzusehen, als sie hörte, dass wiederum eine Autotür geöffnet wurde. Diesmal schien das Geräusch von vorne rechts zu kommen. Vermutlich saß sie in einem Lieferwagen. Der Boden unter ihr bebte etwas, als Pudge sich hinter das Steuer setzte.

Rachel zwang sich, ruhig zu bleiben, und nahm sich gewaltig übel, dass sie nicht genauer aufgepasst hatte, als Etienne ihr bestimmte Dinge erklärt hatte. Sie hatte keine Ahnung, worin ihre speziellen Fähigkeiten als Vampirin bestanden, sie wusste nur, dass sie jetzt stärker war als eine normale Frau und selbst größte Verletzungen überstehen konnte. Nach allem, was sie behalten hatte, konnte sie nichts umbringen, es sei denn, man verbrannte oder köpfte sie. Obwohl ein geschickt gesetzter Pfahl oder Pflock die Herztätigkeit aufhalten könnte und die Nanos zur Untätigkeit zwingen würde, bis er wieder herausgezogen war.

Das zu wissen war sicher hilfreich, aber Rachel hatte keine Ahnung, wie stark sie wirklich war oder wie viel schneller als vorher. Sie wusste nicht, ob sie die Metallreifen um ihre Hände vielleicht zerbrechen konnte, und selbst wenn das der Fall war, ob sie dann auch schnell genug wäre, um aus dem Lieferwagen auszubrechen, bevor Pudge nach seinem Pflock-Schussgerät greifen konnte – was immer das sein mochte. Die Idee eines Fluchtversuchs war verführerisch, aber der Gedanke, angeschossen zu werden, obwohl er ihr Herz vermutlich verfehlen würde, ließ sie frösteln. Rachel verabscheute Schmerzen. Sie hielt schon eine ganz normale Gewehrkugel für schlimm genug. Wie würde sich da erst ein Pflock anfühlen? Sie konnte ausgesprochen wehleidig sein, wenn es um Schmerzen ging, eine schreckliche Zimperliese. Also beschloss sie, es lieber nicht zu wagen.

Die Fahrt dauerte nicht lange. Rachel verbrachte die Zeit damit, einen Fluchtplan zu entwickeln. Sie hatte keine Ahnung, wieso Pudge sie mitgenommen hatte. Er hatte einen Schutzschild gewollt, zumindest anfänglich, aber sobald Etienne eingeschlossen gewesen war, war das nicht mehr nötig gewesen. Rachel war überrascht, dass er sie nicht einfach getötet hatte.

Vielleicht lag es ja an seinen Schuldgefühlen ihr gegenüber, denn sein Angriff war immerhin ausschlaggebend für ihre Wandlung gewesen. Aber auch das führte nur wieder zu der Frage, was er mit ihr vorhatte. Dazu fiel ihr nichts Gutes ein. Flucht war wohl wirklich das Beste. Sie musste unbedingt eine Gelegenheit dafür finden.

Wahrscheinlich würde er sie irgendwo hinbringen und sie dann wieder mit seinem Messer bedrohen. Diesmal würde sie wohl das Risiko eingehen müssen, verletzt zu werden, auch wenn es wehtat. Darauf freute sie sich nicht gerade, aber sie würde vielleicht mehr leiden müssen, wenn sie die Dinge einfach weiterlaufen ließ.

Das Rumpeln des Wagens hatte aufgehört. Zeit zu fliehen. Sie spürte, wie sich ihr ganzer Leib anspannte, als sie an einem Ruckeln erkannte, dass Pudge ausstieg. Dann hörte sie, wie er die Fahrertür zuwarf. Sie zog probeweise an den Handschellen und war überrascht, das Kreischen von Metall zu hören. Sie wollte gerade ernsthaft daran zerren, als sie hörte, wie die hinteren Türen aufgerissen wurden.

Sie verfluchte ihr Zögern, wartete erstarrt und zuckte zusammen, als ihr plötzlich das Tuch vom Kopf gerissen wurde.

„Diese Garage hat keine Fenster. Sie sind vor der Sonne sicher", verkündete Pudge stolz. Als hätte er diese Garage und das Haus, das zweifellos daneben stand, eigens für ihren Schutz so gebaut.

Rachel fand das alles nicht sonderlich beeindruckend. Ihr Blick klebte an der Waffe in seiner Hand. Das Pflock-Schussgerät war offenbar eine Armbrust mit einem Holzpflock statt eines

Bolzens. Doch das war nicht so wichtig. Wichtig war, dass diese Waffe tatsächlich tödlich sein konnte. So viel also zum Thema Flucht. Jedenfalls in diesem Augenblick.

„Kommen Sie." Pudge trat zurück und hielt dabei die Waffe sorgfältig auf ihr Herz gerichtet. Mit der freien Hand bedeutete er ihr, aus dem Auto zu steigen.

Rachel zog bei diesem Befehl vorwurfsvoll die Brauen hoch und rasselte mit der kurzen Kette, die sie an das Auto fesselte.

„Oha." Pudge zögerte einen Moment, dann kam er offenbar zu dem Schluss, dass er ihr nicht zu nahe kommen sollte, um nicht überwältigt zu werden, und warf ihr einen Schlüsselbund zu.

Rachel konnte sie zwischen Arm und Oberkörper auffangen, dann machte sie sich ans Werk. Zum ersten Mal konnte sie einen Blick auf die Handschellen werfen, und was sie sah, erschreckte sie. Er hatte keine Witze gemacht, als er sagte, sie seien zehn Zentimeter stark, nur waren sie dafür verhältnismäßig leicht. Rachel nahm an, dass das ebenfalls mit ihrer neu erworbenen Kraft zu tun hatte. Sie hätte es wirklich versuchen und sich losreißen sollen, sagte sie sich, als sie die Handschellen aufschloss.

„Jetzt kommen Sie endlich", drängte Pudge. Sie erinnerte sich daran, dass er Etienne angeschossen hatte, weil dieser nicht schnell genug reagiert hatte, und sprang rasch aus dem Lieferwagen. Sie hielt Pudge den Schlüsselbund hin, aber er schüttelte den Kopf.

„Sie brauchen ihn, um die Tür zu öffnen." Er zeigte nach links.

Rachel drehte sich um, um in die angegebene Richtung zu schauen, und sah sofort die Tür, die ins Haus führte. Es war eine Garage für ein einziges Auto, und der Lieferwagen ließ kaum mehr als einen halben Meter Platz bis zur Wand. Rachel ging an der Beifahrerseite entlang und blieb stehen, als sie einen Knoblauchkranz mit einem Kreuz in der Mitte entdeckte, der an der Tür hing.

„Tut mir leid. Treten Sie ein Stück zurück." Pudge beeilte sich, Kranz und Kreuz zu entfernen.

Sie sagte ihm nicht, dass das alles sinnloses Zeug war. Stattdessen dachte sie darüber nach, wie paranoid er sein musste, um solche Dinge an die Tür zu hängen.

„Dann also." Er winkte Rachel zu sich. „Es ist der breite silberne Schlüssel."

Rachel ging die Schlüssel durch, bis sie den passenden gefunden hatte, und steckte ihn ins Schlüsselloch. Als er sich drehen ließ, sah sie Pudge fragend an.

„Weiter", befahl er und deutete mit der Armbrust auf die Tür. Rachel öffnete die Tür, betrat den Flur und ging weiter bis in die Küche. Dort blieb sie wie vom Donner gerührt stehen. Sie hatte noch nie einen solchen Schweinestall gesehen. Alles, buchstäblich alles starrte vor Dreck, und selbst der Boden war mit schmutzigem Geschirr und verschimmelten Essensresten bedeckt. Das Ganze war mit einer dicken Fettschicht überzogen, die verriet, dass hier sehr häufig frittiert wurde.

„Los, bewegen Sie sich." Ein unsanfter Stoß ließ Rachel schnell weitergehen und die Küche durchqueren, wobei sie es vermied, irgendetwas zu berühren. Es war schon ekelhaft genug, dass ihre Turnschuhe bei jedem Schritt am Linoleum des Küchenbodens kleben blieben. Es war alles so unsagbar widerlich. Dann betrat sie durch einen Türbogen das Esszimmer und sah, dass es dort genauso schlimm aussah.

„Setzen Sie sich."

„Lieber nicht." Rachel warf einen Blick auf den Tisch mit den Stapeln von schmutzigem Geschirr. Leider waren Essensreste nicht das Einzige auf den Tellern. Es gab auch Insekten, die fröhlich darauf herumkrabbelten und sich an monatealter Pizza und anderen undefinierbar gewordenen Dingen gütlich taten. Nur die Stühle waren lediglich mit hohen Haufen alter Zeitungen,

Flugblättern und Reklame bedeckt. „Wissen Sie, Pudge, eine Haushälterin wäre wirklich eine brillante Idee."

„Setzen!" Er fühlte sich jetzt, da sie in seinem Haus waren, offenbar ziemlich sicher. Er kam ihr nahe genug, um sie an der Schulter packen und auf den nächsten Stuhl zusteuern zu können. Rachel zuckte zusammen, als ein zerknülltes Flugblatt sie in den Po drückte, aber sie sagte nichts, als er sich auf der anderen Seite des Tisches hinsetzte und dabei die Armbrust so auf den Tisch legte, dass sie weiterhin auf sie zeigte.

Sie schwiegen eine Zeitlang und sahen einander abschätzend an. Aber als die Stille länger andauerte, begann Rachel sich noch unbehaglicher zu fühlen. Sie blickte ihn forschend an und fragte: „Und nun?"

„Nun?" Pudge sah sie ratlos an. „Was und nun?"

„Werden Sie mich jetzt umbringen oder was?", fragte Rachel.

„Nein." Allein der Gedanke schien ihn zu bestürzen. „Ganz bestimmt nicht. Es ist doch meine Schuld, dass Sie eine Vampirfrau geworden sind. Oder sagt man Vampirin?" Während er vor sich hin murmelte, versuchte Rachel herauszufinden, was sie aus seinem Verhalten schließen konnte. Wenn man nach seinem Tonfall ging, aus dem eindeutig Ehrfurcht herauszuhören war, schien es fast so, als ob Pudge sie als Vampirin für eine tolle Sache hielt, während Etienne als männliche Variante offensichtlich eliminiert werden musste. Aber sie war sich dessen noch nicht ganz sicher.

„Und ..."

Rachel warf Pudge einen aufmerksamen Blick zu, weil er beinahe aufgeregt wirkte. Aber nichts hätte sie auf seine nächste Frage vorbereiten können. „Haben Sie Hunger?"

Überrascht stellte sie fest, dass sie tatsächlich Hunger hatte. Sie nahm zwar nicht an, dass sie durch die leichten Verletzungen am Hals zu viel Blut verloren hatte, aber sie war in der Tat hungrig. Ihr Blick fiel auf den Kühlschrank in der Küche. Bewahrte er dort vielleicht Blut auf? Das kam ihr eher unwahrscheinlich vor, aber wenn das nicht der Fall war, warum hatte er dann gefragt? Andererseits, selbst wenn er Blut hatte, war sie nicht sicher, ob es gut wäre, in dieser Bakterienzuchtstation, die er sein Zuhause nannte, etwas zu sich zu nehmen. Sie war sich fast sicher, es lieber abzulehnen. Konnte irgendetwas an diesem Ort überhaupt so verlockend sein, dass sie seinen Verzehr auch nur erwägen würde?

„Sie könnten mich beißen", bot Pudge an, und sie sah ihn erstaunt an. Er wirkte tatsächlich recht aufgeregt angesichts dieser Möglichkeit. Rachel spürte, wie ihr Appetit sofort erlosch.

„Danke, aber –", begann sie höflich.

„Ach, kommen Sie! Sie müssen doch förmlich nach Blut gieren. Sie könnten mich vielleicht ebenfalls zu einem Vampir machen, wenn Sie wollten." Sein Blick heftete sich auf ihren Busen.

Rachel versuchte, nicht zu angewidert auszusehen. Der Gedanke, dass sie dann beide bis in alle Ewigkeit leben würden, war ihr schrecklich, beinahe so schrecklich wie der, ihn zu beißen. Sie bezweifelte, dass er viel sauberer war als sein Haus. Aber sie wollte es sich auch nicht mit ihm verderben. Sie wusste noch nicht, was er mit ihr vorhatte, aber so lange sie keine Chance hatte zu fliehen, würde es wohl besser sein, ihn freundlich zu behandeln.

„Nein, danke", lehnte sie sein Angebot höflich ab. Sie ließ den Blick über den Teil des Wohnzimmers schweifen, den sie sehen konnte, und bemerkte das Holz, mit dem die Balkontüren zugenagelt waren, und die Metallstangen dahinter. Das Haus war ziemlich düster. Sie betrachtete die anderen Fenster und musste feststellen, dass sie auf dieselbe Weise verbarrikadiert waren. Vielleicht hatte er nicht immer vorgehabt, Etienne zu töten.

„Sie sehen gar nicht übel aus."

Rachel wandte ihm rasch wieder ihre Aufmerksamkeit zu. Sie wusste nicht so recht, wie sie reagieren sollte. Von jedem anderen hätte sie das als Kompliment empfunden. So wie er es sagte, klang es, als wäre er eher enttäuscht. Sie verstand diese Enttäuschung besser, als er erklärte: „Na ja, Sie wissen schon. Sie sehen nicht schlecht aus, aber Sie sind nicht ganz das, was ich erwartet habe. In den Filmen sind die Vampirmädels immer …" Er hielt inne und suchte offenbar nach dem richtigen Wort. „Schärfer. Sie wissen schon. Bustiers aus schwarzem Vinyl und hochhackige Stiefel bis zu den Oberschenkeln." Er starrte weiterhin auf ihren Busen, als wolle er herausfinden, ob sie unter dem Sweatshirt vielleicht ein schwarzes Vinylbustier trug.

Rachel seufzte und kam zu dem Schluss, dass ihr ein sehr anstrengender Tag bevorstand.

Etienne versetzte der Tür seines Arbeitszimmers frustriert einen Tritt, dann wandte er sich wieder dem in seinem Schreibtisch eingebauten Kühlschrank zu. Er hatte bereits vier Blutbeutel geleert, als er den Schaden an der Tür untersucht hatte, nur um wie vermutet festzustellen, dass er ihn nicht reparieren konnte. Jedenfalls schien es völlig unmöglich. Pudge hatte wirklich ganze Arbeit geleistet; dies, und die Hightech-Alarmanlage, die Etienne installiert hatte, damit niemand in sein Arbeitszimmer einbrechen konnte, hatten sich jetzt gegen ihn verschworen. Er wünschte sich auch, er wäre klug genug gewesen, diese Anlage wieder einzuschalten, wie Rachel ihm geraten hatte. Leider war er am Vorabend zu sehr damit beschäftigt gewesen, Rachels Zorn zu beschwichtigen und dann mit ihr zu schlafen, sodass er es schlicht vergessen hatte.

Etienne verfluchte seine Dummheit jetzt. Er hatte sich zuvor nie Gedanken um sein Haus oder sein Eigentum oder gar um seine eigene Sicherheit gemacht. Seine Arbeit war das Einzige gewesen, das er für wertvoll und schützenswert gehalten hatte. Bis jetzt. Er hatte überhaupt nicht damit gerechnet, dass auch er einmal angegriffen werden könnte. Ein Durchschnittseinbrecher hätte eine unangenehme Überraschung erlebt, wenn er einzudringen versucht hätte, besonders, wenn er dreist genug gewesen wäre, Etienne selbst anzugreifen. Und die Zeiten, in denen es Vampirjäger gab, waren längst vorbei – oder sie waren es zumindest gewesen, bis Pudge aufgetaucht war. Aber Rachel war ihm sehr kostbar, viel kostbarer, als er ihr gegenüber zugegeben hatte. Und aufgrund seiner Nachlässigkeit war sie jetzt in Gefahr, und er konnte nichts dagegen unternehmen.

Etienne hatte sein Arbeitszimmer in eine Art Hochsicherheitstrakt verwandelt – menschen- und vampirsicher –, da alles, was mit Computern zu tun hatte, bei Vampiren überraschend beliebt war. Jetzt hatte Pudge diesen Raum in ein Gefängnis verwandelt. Da er das Schaltbrett herausgerissen hatte, würde man jetzt einen Schweißbrenner brauchen, der durch die fünfzehn Zentimeter starke Stahltür schnitt. Leider hatte Etienne nicht vorausgesehen, dass er in seinem Arbeitszimmer einmal einen Schweißbrenner brauchen würde. Er würde festsitzen, bis Bastien und Lucern einträfen. Ein paar Stunden mindestens. Stunden, in denen Rachel alles Mögliche zustoßen konnte.

Etienne warf einen wütenden Blick auf seine ruinierten Computer. Tausende von Dollar – einfach niedergemäht. Wenn er einen Teil davon wieder in Betrieb nehmen könnte, wäre er vielleicht imstande, sich früher mit jemandem in Verbindung zu setzen. Obwohl es ziemlich hoffnungslos aussah. Pudge war ausnehmend gründlich gewesen. Dennoch, sich damit zu beschäftigen, war immer noch besser, als einfach dazusitzen und sich all die schrecklichen Dinge vorzustellen, die Rachel zustoßen konnten.

Er nahm sich einen weiteren Blutbeutel aus dem Kühlschrank und stellte zerstreut fest, dass das Blut anfing, warm zu werden. Offenbar hatte Pudge auch die Stromversorgung des Kühlschranks getroffen. Doch das war vermutlich nicht so schlimm. Er hatte bereits genug zu sich genommen, und es störte ihn nicht, wenn es ein wenig warm war.

„Ich werde Muffin ganz bestimmt nicht beißen." Rachel starrte Pudge wütend an, als er den kleinen Terrier vor ihr baumeln ließ. Sie konnte es nicht fassen, dass er ihr so etwas auch nur vorschlug. Der Kerl war wirklich pervers. Er hatte ihr diplomatisches Schweigen offenbar als Ermutigung aufgefasst und noch einmal betont, wie gerne er ein Vampir sein würde. Er hielt es für „cool", ewig leben zu können und nachts mit aufreizenden Vampirinnen am Arm unterwegs zu sein. Und er schien sich bereits als Hauptdarsteller eines eigenen Films über Vampire zu sehen, in dem er nicht mehr ein dünner, ungepflegter junger Mann war, sondern ein eleganter Dämon der Nacht. Als würde die Wandlung auch sein Aussehen und seine Persönlichkeit vollkommen umkrempeln.

Als Rachel etwas zur Antwort gemurmelt hatte, von dem sie hoffte, er würde es eher als Ermunterung und nicht als Spott betrachten, der er war, war Pudge mit einem Mal sehr lebhaft geworden und hatte ihr von seinen vielen Fantasien erzählt, seit er erkannt hatte, dass Etienne ein Vampir war. Eine seiner Fantasien hatte darin bestanden, Etienne umzubringen und dann bei der Beisetzung dabei zu sein, um sich unter den „Vampi-Girls" einmal umzusehen – „Weil nämlich viele von denen zur Beisetzung kommen würden" – und dann die, die ihm am besten gefiel, in seine Wohnung mitzunehmen. Dann würde sie sich vor ihn knien und ihn wandeln, indem sie in seinen –

An dieser Stelle hatte Rachel ihm zu verstehen gegeben, wenn er auch nur im Traum daran dächte, dass sie ihn beißen würde oder er sie dazu zwingen könnte, hätte er sich sehr getäuscht. Er hatte den Kopf schief gelegt und geantwortet: „Aber ich habe den Pflock. Und ich habe die Macht. Sie müssen tun, was ich sage."

Da hatte Rachel die kleine Küchenschabe aus zusammengekniffenen Augen angesehen und ruhig und bestimmt gesagt: „Ja. Sie haben den Pflock und damit die Macht – im Augenblick. Aber wenn Sie mich zwingen sollten, Sie an jener Stelle zu beißen, zermalme ich ihn einfach. Wie Blutkaugummi." Dann zwang sie sich zu einem bösen und erbarmungslosen Lächeln und hoffte inständig, dass er ihr nicht ansah, wie übel ihr war.

Wenn Pudges Reaktion ein Zeichen seiner Angst war, war Rachels Warnung wohl deutlich genug gewesen, denn er erbleichte und presste die Beine zusammen. Auch wiederholte er seine Beiß- und Wandlungswünsche nicht mehr, doch hatte er sie aufgefordert, ihn ins Souterrain hinunterzubegleiten.

Rachel hatte anfangs befürchtet, sie sei zu weit gegangen und habe ihr eigenes Todesurteil unterzeichnet. Aber er hatte sie gar nicht umbringen wollen, er hatte sie lediglich an eine Wand gekettet. Er schien sich wirklich gut darauf vorbereitet zu haben, eines Tages ein „Vampi-Girl" in sein Haus bringen zu können, und hatte dabei offenbar nicht unbedingt erwartet, dass sie sofort kooperativ sein würde. Wahrscheinlich war er davon ausgegangen, sie nach einiger Zeit umstimmen zu können, oder er rechnete mit dem Stockholm-Syndrom oder irgendetwas anderem, das ihm dabei helfen würde.

Wie auch immer, er hatte Rachel befohlen, sich die an einer Wand befestigten Eisen um Fußgelenke, Oberschenkel, Taille und Hals zu legen. Nachdem sie damit fertig gewesen war, war er vorsichtig näher gekommen, hatte dabei weiterhin die Armbrust auf ihre Brust gerichtet und die Fesseln an ihren Schultern und Handgelenken selbst angelegt. Dann war er wieder ins Erdgeschoss hochgegangen. Rachel hatte sofort angefangen, ihre eisernen Fesseln zu bearbeiten, aber diese hier waren noch dicker und stärker als die im Lieferwagen, und Pudge hatte sie so an die Wand geschmiedet, dass ihre Arme und Beine gespreizt waren, was es ihr schwer machte, ihre ganze Kraft einzusetzen.

Sie hatte immer noch fluchend mit ihren Fesseln gekämpft, als die Tür oben wieder aufgegangen war. Er war nach unten gekommen, hatte einen kleinen flauschigen weißen Terrier an der Leine vor ihr hin und her baumeln lassen und „Abendessen" geflötet.

„Ich werde ihn auf keinen Fall beißen", wiederholte Rachel nun. Sie konnte kaum mit ansehen, wie das arme Tier zappelte und sich abquälte, riss immer wieder sinnlos an ihren Handschellen und fauchte: „Setzen Sie ihn gefälligst auf den Boden! Sie erwürgen ihn ja."

„Aber ich muss Ihnen doch etwas zu essen geben", beschwerte er sich, setzte das Tier jedoch auf den Boden und band die Leine am Treppengeländer fest. „Sonst halten Sie mich ja für unzuverlässig."

Rachel hörte interessiert zu, wie er vor sich hin murmelte. Der Mann verbrachte offensichtlich zu viel Zeit allein. Er war sichtlich daran gewöhnt, mit sich selbst zu sprechen, und jetzt murmelte er: „Es ist nur der Kläffer von nebenan. Er scheißt immer auf meinen Rasen, das kleine Mistvieh. Ich weiß nicht, wieso Sie das elende kleine Ding nicht einfach aussaugen können, damit ich es loswerde. Ich –"

„Ich werde nicht das Blut von jemandes plüschigem, kleinem Haustier trinken!" Rachel unterbrach abrupt sein Gemurmel.

Er sah sie lauernd an. „Wie wäre es dann mit einer Ratte? Ich lasse jede Woche eine für meine Schlange liefern, aber –"

Er hielt inne, als Rachel schaudernd den Kopf schüttelte. Dazu würde sie sich nicht einmal äußern. Eine Ratte als Nahrungsmittel? Lieber Gott.

„Sie sind wirklich wählerisch", sagte er gereizt. „Wenn ich

gewusst hätte, dass Sie mir so viel Arbeit machen –" Seine Worte erstarben, als ein Glockenspiel erklang.

Rachel sah sich suchend um, bis Pudge zu einem Fernsehgerät trat und einen Knopf drückte. Das Bild einer Haustür, wahrscheinlich der Tür seines Hauses, erschien. Pudge liebte seine Hightech-Geräte offenbar ebenso wie Etienne, dachte Rachel. Dann bemerkte sie einen Riesen mit gewaltigem Bauch und Bierreklame-T-Shirt, der sich mit einer Hand auf die Klingel stützte und mit der anderen gegen die Tür schlug.

„Mein Bruder." Pudge klang zunächst düster, aber dann hob sich seine Stimmung unerwartet schnell, und er sagte: „Sie könnten sich von ihm nähren. Ich kann ihn nicht besonders gut leiden. Er schikaniert mich sowieso immer nur."

„Ich werde auch Ihren Bruder nicht beißen", keuchte Rachel schockiert. Du liebe Zeit, was glaubte er denn, wer sie war? Seine ganz persönliche Meuchelmörderin, die alle Geschöpfe umbrachte, die ihn ärgerten? Sie hatte noch nie einen richtigen Menschen gebissen, und sie hatte auch nicht vor, jetzt damit anzufangen. Na ja, bei Etienne war das selbstverständlich etwas anderes gewesen, ein wenig mehr ... persönlicher Natur. Anders eben. Sie hatte nicht vor, vollkommen Fremde zu beißen.

„Sie müssen aber doch etwas essen." Wieder wirkte er verärgert.

Rachel wollte diesem Thema jetzt wirklich ein Ende machen. „Ich habe keinen Hunger. Ich beiße niemanden, weder Mensch noch Tier."

„Zum Teufel mit Ihnen!" Pudge war anscheinend zu dem Schluss gekommen, dass er momentan auf seinen Bruder keinen Wert legte, wenn sie ihn nicht beißen wollte, also wandte er sich von dem Bildschirm ab und ging auf und ab, während sein Bruder weiterklingelte und unentwegt an die Tür schlug. Gerade als Rachel dachte, der Krach würde sie in den Wahnsinn treiben, gab Pudges Bruder mit einem letzten Tritt gegen die Tür auf und verschwand aus dem Blickfeld der Kamera.

Pudges Angespanntheit schien ein wenig nachzulassen, als sein Besucher verschwunden war. Er hörte auf, hin- und herzugehen, und blieb vor einem Kasten stehen, der aussah wie ein großer Metallsarg. Dann setzte er sich auf dessen Deckel und starrte Rachel misslaunig an. Rachel bekam langsam das Gefühl, dass sie als Vampi-Mieze eine ziemliche Enttäuschung war. Zu schade, dass sie keinen rechten Ärger darüber empfinden konnte, dachte sie und sah sich ihre Umgebung ein bisschen genauer an. Auf dem Weg in ihr Verlies war sie nicht recht dazu gekommen, und anschließend war sie zu sehr damit beschäftigt gewesen, sich zu befreien. Jetzt erkannte sie, dass es hier von Vampirrequisiten der albernsten Sorte nur so wimmelte. Die Hälfte des Raums war mit Waffen gefüllt, wohl, um Vampire zu töten, die andere Hälfte voller Dinge, die Vampiren vermutlich von großem Nutzen sein konnten: der Sarg, das Cape, das an einem Haken hing. Auf einer Arbeitsplatte befanden sich aufsteckbare Vampirzähne und jedes Buch über Vampire, das jemals erschienen war. Rachel stellte sich Pudge mit Cape und falschen Eckzähnen vor, wie er so tat, als sei er ein Vampir. Sie schüttelte den Kopf. Der Kerl war wirklich durchgeknallt.

„Wann werden Sie denn Hunger bekommen? Und was wäre Ihnen denn recht, mäkelig wie Sie sind?“

Rachel warf Pudge einen Blick zu und beschloss, ehrlich zu sein, in der Hoffnung, dass er dann aufhören würde, ihr seine Verwandten und anderer Leute Haustiere anzubieten. „Ich habe jetzt schon ein bisschen Hunger, aber ich habe noch niemals jemanden gebissen. Ich glaube auch nicht, dass ich das kann.“

Das schien ihn zu überraschen. „Aber wie haben Sie sich dann ernährt? Sie müssen doch etwas gegessen haben, seit Etienne Sie gewandelt hat. Das ist schließlich mehr als zwei Wochen her. Sie –“

„Blut in Beuteln", unterbrach sie ihn.

„In Beuteln?" Er war offenbar schockiert. „Sie meinen, kaltes Blut in Beuteln, wie im Krankenhaus?" Als Rachel nickte, verzog er angewidert das Gesicht. „Igitt."

Sie verdrehte die Augen. Offenbar hielt er das Beißen von Leuten für eine schmackhaftere Lösung, als Blut wie Wein zu schlürfen. Oh, er würde einen wunderbaren Vampir abgeben. Einen dieser Abtrünnigen, die Etienne erwähnt hatte. Sie würde ihn ganz bestimmt niemals wandeln. Ihn auf die Menschheit loszulassen wäre wirklich eine schlechte Idee.

„Nun ja, das werden wir alles ändern. Sie –" Er unterbrach sich mitten im Satz, der, wie sie annahm, sowieso etwas enthalten haben würde, was sie nicht hören wollte, und warf einen Blick auf den Bildschirm, als das Glockenspiel erneut erklang. Rachel folgte seinem verärgerten Blick und sah eine kleine, rundliche grauhaarige Frau die Tür anschreien, während sie weiter auf die Klingel drückte und mit den Fäusten gegen das Holz schlug.

Diesmal schnappte sich Pudge die Fernbedienung und drehte den Ton höher, um zu hören, was die Frau rief. Ihre abgehackten Worte brachen voll empörter Wut in den Raum. „Norman Renberger, machen Sie sofort die Tür auf. Ich weiß, dass Sie da drin sind und meinen Muffin haben! Ich habe gesehen, wie Sie ihn entführt haben. Sie öffnen jetzt sofort die Tür, oder ich rufe die Polizei."

„Scheiße", murmelte Pudge, stand auf und trampelte die Treppe hoch zur Tür.

Ein wenig besorgt wandte Rachel ihre Aufmerksamkeit wieder dem Bildschirm zu, als Pudge zur Tür eilte. Er hatte den Hund nicht mitgenommen, und sie befürchtete, dass er nichts Gutes im Sinn hatte.

Sie sah, wie die Tür aufging und Pudge die wütende Frau mit einem öligen Lächeln übergoss.

„Hallo, Mrs. Craveshaw."

„Von wegen Hallo! Wo ist mein Muffin, Norman?"

Rachel zuckte zusammen, als Muffin die Stimme seiner Herrin hörte und anfing zu bellen. Pudge hatte die Tür zum Treppenhaus aufgelassen, und das Bellen trug anscheinend weit genug, denn im nächsten Augenblick rief Mrs. Craveshaw „Muffin!" und drängte sich an Pudge vorbei ins Haus. Sie war sofort aus dem Blickfeld der Kamera verschwunden.

„Wo ist er? Wo ist mein Baby? Muffin! Muffin!" Jetzt kam die Stimme nicht mehr aus dem Lautsprecher, sondern von dem Stock über ihr, als die Frau dem Bellen folgte. „Muffin!"

Die Stimme hatte das obere Ende der Treppe erreicht, und die Frau stand in der Tür. Ihre Augen leuchteten auf, als sie entdeckte, dass Muffin am Geländer angebunden war und wie verrückt bellte.

„Laufen Sie! Rufen Sie die Polizei!", rief Rachel, aber es war zu spät. Die Besucherin hatte nur Augen und Ohren für ihren Liebling. Sie rannte mit halsbrecherischer Geschwindigkeit die Treppe hinunter und verfluchte Pudge, der ihr dicht auf den Fersen war. Sie hatte gerade die unterste Stufe erreicht und versuchte, die Leine vom Geländer zu lösen, als Pudge ihr mit der Armbrust auf den Kopf schlug. Das löste den Schussmechanismus des Pflocks aus. Rachel versuchte, sich zur Seite zu werfen, als das Geschoss auf sie zuraste. Doch leider klappte das nicht. Ihre Fesseln ließen es nicht zu. Als der Pflock sie mitten ins Herz traf, fing sie vor Qualen an zu schreien.

15

„Willkommen daheim."

Rachel zuckte zusammen, als sie diese Worte hörte, und öffnete blinzelnd die Augen. Einen Augenblick lang wusste sie nicht, wo sie war, aber dann sah sie Pudges Gesicht deutlich vor sich, und es fiel ihr wieder ein. Sie folgte seinem Blick auf ihren Busen und zog eine Grimasse, als sie ihr Hemd aus der Hose hängen sah und erkannte, dass sie über und über mit Blut bespritzt war.

„Ich habe den Pflock rausgezogen", erklärte Pudge und ließ dabei fasziniert den Blick über ihre glatte Haut wandern. „Sie heilen wie verrückt. Erst haben Sie aufgehört zu bluten, dann hat sich das Loch geschlossen, und dann ist sogar die Narbe verschwunden. Mann, das war echt magisch!"

Rachel wandte müde den Blick von seinem vor Aufregung schwitzenden Gesicht. Magisch. Aber jetzt brauchte sie wirklich unbedingt etwas Blut. Sie konnte eine solche Wunde nicht heilen, ohne ausreichend mit Blut versorgt zu sein. Ihr Körper lechzte danach, verkrampfte sich und schrie nach der Leben spendenden Flüssigkeit. Sie konnte tatsächlich das Blut in dem Mann spüren, der vor ihr stand, und glaubte, es sogar durch seine Adern rauschen zu hören. Wenn er noch näher kam, würde Rachel keine Wahl mehr haben, so gut ihre Absichten auch sein mochten. Solange ihr Körper nach Blut verlangte, hatte sie eindeutig weniger Skrupel, einfach zuzubeißen.

Rachel schüttelte den Kopf und tadelte sich innerlich für diese Gedanken. Sie war kein seelenloser blutsaugender Dämon, der sich nicht beherrschen konnte. Etienne hatte ihr versichert, dass sie das nicht war. Sie konnte dagegen ankämpfen. Sie musste nur diesen inkompetenten pfählenden Computerfreak davon überzeugen, dass er eine Blutbank überfallen und ihr Nahrung bringen musste. Sie würde ihn nicht beißen.

Ein Stöhnen auf der anderen Seite des Raums bewirkte, dass Pudge sich von ihr abwandte und dem Laut nachging. Rachel war so erleichtert, den Geruch seines Blutes nicht mehr unmittelbar vor der Nase zu haben, dass sie die Augen schloss und nicht darauf achtete, was er tat, bis er wiederkam. Der Geruch kam ebenfalls wieder, viel stärker als zuvor.

„Hier. Ich hatte mir überlegt, sie einfach umzubringen, aber dann habe ich sie für Sie aufgehoben. Sie brauchen Blut. Beißen Sie sie. Geben Sie ihr den Vampirkuss."

Rachel stöhnte und wandte sich verzweifelt ab, als Pudge eine blasse und immer noch halb betäubte Mrs. Craveshaw auf sie zuschob, bis sie dicht vor ihr stand. Die Frau war offensichtlich zu ihrem Glück die ganze Zeit bewusstlos gewesen. Wenigstens war sie nicht Zeugin von Rachels „magischer" Heilung geworden. Doch würde dieses Glück vielleicht nicht lange halten, da sie eine Wunde oben auf dem Kopf hatte, wo Pudge sie mit der Armbrust getroffen hatte. Das Blut war ihr ins Haar gelaufen und lief nun immer noch in einem dünnen Rinnsal an ihrem Hals herab bis auf die Schulter. Der Geruch war berauschend, verlockend, verabscheuungswürdig. Rachel spürte, wie ihr die Kontrolle entglitt – dann sah sie das Gesicht der wimmernden Frau. Mrs. Craveshaw schaute nicht sie an, sondern Pudge. Und sie tat das auf eine Weise, die verriet, dass sie ihn für vollkommen verrückt hielt. Wer hätte ihr das auch übel nehmen können?, dachte Rachel müde. So etwas wie Vampire gab es schließlich nicht.

„Los, beißen Sie sie", winselte Pudge vor Ungeduld.

Rachel schoss nur die Augen, schüttelte den Kopf und drehte das Gesicht zur Seite in dem Versuch, so dem überwältigenden Geruch zu entgehen. Sie würde lieber sterben, bevor sie ein anderes Wesen tötete, und sie fürchtete sehr, dass sie diese Frau bis auf den letzten Blutstropfen aussaugen würde, wenn sie erst einmal die Zähne in ihren Hals gesenkt hatte. Deshalb würde sie es auf keinen Fall riskieren.

„Immer noch nicht hungrig genug?“ Pudge klang enttäuscht. „Na gut, ich behalte sie einfach hier, bis Sie so weit sind. – Ach du liebes bisschen!“

Dieser Ausruf bewirkte, dass sie ihm einen wachsamen Blick zuwarf. Sehr zu ihrer Erleichterung beförderte Pudge seine Nachbarin wieder in die andere Zimmerecke. Rachel konnte das Blut zwar immer noch riechen, aber es roch nicht mehr so intensiv und weniger verführerisch. Aber Pudges erfreute Miene, als er zu ihr zurückschaute, machte sie misstrauisch.

„Ich wette, Sie sind müde“, stellte Pudge fest, als er die Frau fesselte. „Daran hatte ich nicht gedacht, aber es ist immerhin Tag, und Sie haben wahrscheinlich diese Vampirmüdigkeit, sodass Sie kaum wach bleiben können und wirklich schwach sind und so weiter.“

Rachel gab sich nicht die Mühe, ihn aufzuklären. Sie fand, es sei besser für ihn, nicht mehr über Vampire zu erfahren, als er bereits wusste.

„Kommen Sie.“ Er kehrte zu ihr zurück und begann ihre Fesseln zu lösen. Als er sich bückte, um ihre Oberschenkel und Fußgelenke ebenfalls zu befreien, starrte Rachel auf seinen Kopf hinab und dachte betrübt, dass dies jetzt die richtige Gelegenheit zu einer Flucht gewesen wäre, wenn sie über mehr Kraft verfügt hätte. Aber ihr Körper wurde immer schwächer, und ihre Muskeln hatten sich in Gummi verwandelt. Sie war nicht einmal mehr sicher, ob sie sich länger als einen Augenblick auf den

Beinen würde halten können, ganz zu schweigen davon, diesen kleinen Mistkerl umzuwerfen und die Flucht zu ergreifen.

„Sie können in meinem Sarg schlafen", verkündete Pudge großmütig und richtete sich schnell auf, um ihre Handfesseln zu lösen. Er war sich offenbar ihrer Schwäche bewusst, sonst hätte er seine Armbrust nicht einfach weggelegt, aber anscheinend schrieb er ihre Schwäche der Tageszeit zu und nicht dem Blutverlust durch die Wunde. Schließlich hatte sie nicht sehr lange geblutet, und er wusste nicht, dass sie das meiste Blut verbraucht hatte, um die Wunde zu heilen.

„Ursprünglich hatte ich vor, Etienne zu entführen und ihn hier gefangen zu halten", erzählte er leutselig, als er sie zu dem großen Sarg geleitete, den sie schon beim Betreten des Raumes bemerkt hatte. „Ich dachte, so könnte ich ihn dazu bringen, mir all seine Computerideen zu überlassen, und vielleicht hätte ich auch die Leute zu ihm bringen können, die er für mich beißen sollte. Es gibt nämlich viele, die ich nicht leiden kann. Ich hätte ihn eine Weile hierbehalten können. Aber dann wurde mir klar, dass er mir haushoch überlegen ist, und da habe ich es nicht gewagt."

Er hob den Deckel von dem Metallsarg und öffnete ihn. Er war auf das Prächtigste mit rotem Satin ausgeschlagen. Rachel betrachtete verblüfft die großzügige Liegefläche. Es schien ihr, als würden zwei oder drei Personen hineinpassen.

„Das Ganze ist eine Sonderanfertigung", sagte Pudge. „Ich wollte, dass er groß genug ist für mich und meine Vampi-Girls – nach meiner Wandlung."

Rachel schüttelte hilflos den Kopf. Sie war zwar zu schwach, um konzentriert denken zu können, aber sie konnte trotzdem klar erkennen, dass diesem Mann nicht mehr zu helfen war.

„Rein mit Ihnen", wies Pudge sie an.

Rachel war erschöpft und wollte sich wirklich sehr gern hinlegen, aber sie würde auf keinen Fall freiwillig in diesen Sarg steigen. Sie würde lieber auf dem Betonboden schlafen. „Nein."

Das Wort kam so leise heraus, dass Pudge es gar nicht hörte. „Los, machen Sie schon."

„Ich werde nicht in diesem Sarg schlafen", brachte Rachel ein wenig fester heraus.

„Doch, genau das werden Sie tun", beharrte er. „Klettern Sie in den Sarg. Dort werden Sie besser schlafen."

Sie schaffte es, den Kopf zu schütteln und funkelte ihn trotzig an. Es überraschte sie nur wenig, dass sich Unentschlossenheit auf seinem Gesicht malte. Dann sagte er triumphierend: „In den Sarg, oder ich bringe die Crabbyshaw um."

Rachel ließ kleinmütig die Schultern hängen und gestand: „Ich glaube nicht, dass ich –"

Weiter kam sie nicht. Pudge hob sie hoch und ließ sie einfach in den Sarg fallen. Rachel wusste nicht genau, ob es an seinem Ärger lag oder ob er nur zu schwach war, sie länger halten zu können, jedenfalls prallte sie hart auf den Sargboden und keuchte vor Schmerzen. Während sie noch wehrlos dalag, ließ Pudge wieder ein Eisen um ihr Fußgelenk zuschnappen.

„Die Kette ist lang genug, damit Sie raus und sich an der alten Crabbyshaw gütlich tun können, wenn Sie Hunger haben", erklärte er. „Aber nicht lang genug, um abzuhauen. Schlafen Sie gut."

Der Deckel fiel zu.

Rachel war augenblicklich von undurchdringlicher Schwärze umgeben. Sie griff zögernd nach oben, und ihre Hand stieß gegen den Satin, mit dem auch die Innenseite des Sargdeckels bezogen war. Panik drohte sie zu erfassen. Sie war immer ein wenig klaustrophob gewesen, aber in diesem Moment kam sie fast nicht dagegen an. Rachel zwang sich, tief Luft zu holen, legte die Hand auf ihr Herz und versuchte sich zu beruhigen. Sie würde einfach eine Weile ruhen. Sie würde sich ausruhen und wieder fassen, und wenn er weg war, würde sie aus dem Sarg klettern und …

An dieser Stelle verloren sich ihre Gedanken ein wenig im Ungefähren. Rausklettern und was? Würde sie überhaupt rausklettern können? Ohne Blutnachschub würde sie ihre Kräfte wohl kaum wiedergewinnen. Stattdessen würde sie schwächer und schwächer werden und … Lieber Gott, wo blieb nur Etienne? Wieso kam er nicht endlich, um sie zu retten? Sie hatte ihn ja auch gerettet, indem sie dafür gesorgt hatte, dass er in seinem Arbeitszimmer landete, wo er immer Blut aufbewahrte; das Mindeste war doch wohl, ihr ebenfalls zu Hilfe zu kommen!

Es fiel ihr immer schwerer zu atmen. Die Luft im Sarg schien immer dünner zu werden. Offenbar hatte sie sie schon fast ganz verbraucht. Sie würde bald ersticken und sterben.

Rachel zwang sich zur Ruhe und redete sich ein, dass alles nur Einbildung sei. Sie würde nicht sterben. Niemand hatte Luftmangel jemals als eine der Todesursachen für Vampire genannt. Sie musste nur still liegen bleiben und abwarten. Etienne würde schon kommen.

Etienne starrte gespannt auf die Tür. Er war nicht ganz sicher, glaubte aber, etwas gehört zu haben. Er ließ das Durcheinander von durchgeschmorten Leitungen liegen, an denen er eine Weile herumgebastelt hatte – es war ihm wie Stunden vorgekommen –, stand auf und drückte sein Ohr an die Tür.

„Etienne." Sein Name drang sehr leise durch die Tür, kaum hörbar, aber unmissverständlich. Sie waren da. Endlich. Erleichterung erfasste ihn, bis er sich fragte, wieso sein Bruder nicht in Gedanken mit ihm sprach. Sobald er darüber nachsann, wurde er sich mehrerer unterschiedlicher Gedankenübertragungen bewusst, und erkannte, dass sie wahrscheinlich schon seit geraumer Zeit versucht hatten, ihn auf diese Art zu erreichen, aber er war so damit beschäftigt gewesen, seine Computer zu reparieren, dass er seinen Geist unbewusst abgeschlossen hatte.

Etienne? Geht es dir gut?

Was ist passiert?

Wir können die Tür nicht öffnen.

Die Worte drangen alle auf einmal auf ihn ein, und er stellte fest, dass sowohl Bastien als auch Lucern und seine Mutter sich auf der anderen Seite der Tür befanden.

Pudge hat die Tastatur mit den Zahlenkombinationen zerstört. Er schickte den Gedanken zurück. *Mir geht es gut, aber er hat Rachel mitgenommen. Ihr müsst die Tür von außen aufmachen.*

Wie denn? Der Gedanke war klar, aber begleitet von hässlichen Gedanken über Pudge und Sorge um Rachel. Etienne dachte kurz über die Frage nach. Wenn er selbst vor der Tür gestanden hätte und die Tastatur vor sich gehabt hätte, würde er sie wahrscheinlich reparieren und die Tür öffnen können, aber seine Familie hatte für Technik nicht viel übrig. Unter diesen Umständen wäre der schnellste Weg –

Ihr braucht einen Schweißbrenner. Ihr müsst durch den Stahl rings um die Tür schneiden. Er wartete, um sich davon zu überzeugen, dass sie ihn auch verstanden hatten und dass einer von ihnen sich auf die Suche nach dem rettenden Gerät machte, dann fragte er: *Wie spät ist es denn?*

Kurz nach sechs, kam die Antwort, und Etienne schloss die Augen. Er war nicht hundertprozentig sicher, aber er glaubte, dass Pudge gegen Mittag eingebrochen war. Das bedeutete, dass er Rachel schon länger als sechs Stunden in seiner Gewalt hatte. Etienne konnte nur hoffen, dass es ihr gut ging.

Rachel wurde durch laute Rockmusik geweckt. Sie öffnete die Augen und starrte in undurchdringliche Dunkelheit. Dann merkte sie, dass sie kaum Luft bekam. Wieder wurde sie von Panik erfasst. Diesmal half sie ihr, denn der mit ihr verbundene Adrenalinstoß erlaubte es ihr, den Sargdeckel zu öffnen. Rachel war so schwach, dass sie ihn nur ein winziges Stück anheben konnte, dann musste sie die Hand zwischen Deckel und Sarg schieben, damit er sich nicht wieder schloss. Sie zuckte vor Schmerz zusammen, als der Deckel auf ihre Hand drückte, aber die Luft zu atmen, die zu ihr hereindrang, war den Schmerz wert. Sie nahm all ihre Kraft zusammen, richtete sich auf und schob den Deckel des Sarges weit genug zur Seite, um den Raum überblicken zu können.

Als Erstes sah sie die gefesselt an der Wand lehnende Mrs. Craveshaw. Sie war wach und starrte erschrocken zum anderen Ende des Zimmers hinüber. Rachel versuchte die Ursache zu erkennen, aber sie konnte nur eine geöffnete Tür sehen. Von ihrem Sarg aus konnte sie nicht viel von dem anderen Raum erkennen. Sie konnte Pudge nirgendwo entdecken. Sie zog und schob sich hoch, und schließlich gelang es ihr, über den Rand des Sarges zu klettern. Plötzlich fiel ihr der erste Morgen in Etiennes Haus ein, als er sich in seinem Sarg aufgesetzt hatte und so geschickt hinausgesprungen war. Sie wünschte sich von Herzen, es ihm gleichtun zu können, aber es war schon ein Glück, dass sie überhaupt hinauskam. Sie nahm an, dass reine Willenskraft sie weitermachen ließ. Sie brauchte Blut. Sie musste hier raus.

Ein Seufzer der Erleichterung entfuhr ihr, als sie sich so weit über den Rand geschoben hatte, dass die Schwerkraft den Rest übernahm und sie auf den Boden fiel. Das Klappern und Scheppern der Kette an ihrem Fußgelenk schien trotz der Musik, die aus dem anderen Zimmer dröhnte, unglaublich laut gewesen zu sein. Rachel ließ sich einen Moment Zeit, um zu Atem zu kommen, erwartete aber jeden Augenblick, dass Pudge angetrampelt kam und ihre Flucht verdarb.

Rachel öffnete die Augen und schaute zu Mrs. Craveshaw hinüber. Diese ließ ihren erschrockenen Blick nun zwischen Rachel und dem anderen Ende des Zimmers hin- und herschweifen. Rachel wusste nicht, ob der Ausdruck in ihren Augen Angst vor ihr oder Angst um sie war, aber sie wusste, dass sie sich nicht aufhalten lassen durfte.

Da sie überzeugt davon war, nicht aufrecht gehen zu können, kroch sie auf allen vieren zu der alten Dame und zog dabei die Kette hinter sich her. „Geht es Ihnen so weit gut?"

Mrs. Craveshaw gelang ein zittriges Lächeln. „Ja, meine Liebe. Aber ich fürchte, Norman ist vollkommen verrückt geworden. Er scheint sich für einen Vampir zu halten."

Rachel folgte ihrem Blick zu der offenen Tür, um gerade noch Pudge vorbeigehen zu sehen. Das lange Cape, das bislang an einem Haken an der Wand gehangen hatte, umwallte ihn nun. Falsche weiße Eckzähne blitzten in seinem Mund.

„Vollkommen übergeschnappt", sagte Mrs. Craveshaw angewidert, als Pudge plötzlich stehen blieb und herumfuhr, wobei er einen Zipfel des Capes zum Kinn hochzog und einen lüsternen Blick in eine Zimmerecke warf, in der Rachel einen Spiegel vermutete.

„Ich werde dein Blut trinken, Baby", konnte sie ihn über die Musik hinweg sagen hören, in einer wirklich schlechten Dracula-Imitation.

„Ja", stimme Rachel zu. „Vollkommen übergeschnappt."

„Wir können die Polizei nicht anrufen. Was sollen wir ihnen denn sagen?"

„Hört mir gefälligst zu", unterbrach Etienne seine Brüder, die sich stritten, seit sie ihn – endlich! – aus dem Arbeitszimmer befreit hatten. Obwohl er erst seit einigen Augenblicken wieder draußen war, kam es ihm bereits wie eine Ewigkeit vor, und jede weitere Minute war reine Verschwendung. Er musste Rachel finden. „Ruft die Polizei oder nicht, ganz wie ihr wollt, aber ich fahre jetzt zu Pudges Haus. Er hat sie sicher dorthin gebracht."

„Ich lasse dich nicht alleine gehen", erklärte Marguerite entschlossen. „Wir gehen alle."

„Was ist mit der Polizei?", fragte Bastien beharrlich. „Das hier ist eine großartige Gelegenheit, Pudge loszuwerden. Er hat Rachel tatsächlich entführt. Sie werden ihn ins Gefängnis stecken."

„Mit Pudge werden wir schon fertig, so oder so", sagte Etienne mit fester Stimme und ging die Treppe hinauf.

„Da du dein Handy dabeihast, Bastien", schlug Lucern vor, „könntest du die Polizei unterwegs anrufen. Du kannst es ja anonym machen. Sag ihnen, du hättest einen Mann gesehen, der eine Frau mit Waffengewalt in ein Haus zwang."

„Gute Idee", stimmte Bastien zu und folgte ihnen in die Küche. „Wie lautet seine Adresse, Etienne?"

Etienne zögerte. Vor seinem geistigen Auge sah er immer wieder Rachel, die trotz ihrer Qualen versuchte, einen tapferen Eindruck zu machen, obwohl unter dem Messer an ihrer Kehle Blut hervorquoll. Zum ersten Mal, seit dieser Unsinn angefangen hatte, wollte er dieses erbärmliche Geschöpf, das alle Pudge nannten, wirklich umbringen.

„Etienne!" Die Stimme seiner Mutter hatte einen warnenden Unterton. Marguerite wusste offenbar, was er dachte. Er traute ihr durchaus zu, ihn von Lucern und Bastien so lange festhalten zu lassen, „Zu deinem eigenen Besten", bis er ihnen die Adresse gab, und er fluchte vor sich hin, weil es ihm nicht gelungen war, ohne fremde Hilfe aus seinem Zimmer zu entkommen. Wenn das der Fall gewesen wäre, wäre Pudge jetzt schon tot und Rachel in Sicherheit.

Pudge war zwar ein großes Problem, doch hatte er es bislang

für übertrieben gefunden, ihn deswegen zu töten. Pudge war ein jämmerlicher Kerl, der nur aus Eifersucht und Zorn bestand. Manchmal hatte ihm das kleine Frettchen sogar ein wenig leidgetan … bis heute. Jetzt jedoch wünschte er sich, er hätte ihn gleich zu Beginn getötet.

„Ich gebe euch die Adresse unterwegs. Ich will vor der Polizei dort sein, denn wenn sie dort auftaucht, könnte sie Rachel in Gefahr bringen. Ich will mich nur davon überzeugen, dass es ihr gut geht", sagte er und ging schon mal vor zur Garage.

Rachel kämpfte mit dem Strick, mit dem Mrs. Craveshaws Handgelenke gebunden waren, aber sie wurde die ganze Zeit von dem Idioten abgelenkt, der im Nebenraum herumstolzierte. Mit wehendem Cape rauschte er immer wieder an der Tür vorbei, posierte und tanzte zu einer Musik, von der sie annahm, dass es sich um den Soundtrack des Films *The Lost Boys* handele. Zum Glück hatte er zu viel damit zu tun, seine Eckzähne aufblitzen zu lassen und die wirklich scheußlichen Anmachsprüche für Vampire zu proben, um zu bemerken, dass sie den Sarg verlassen hatte und nun versuchte, seine Nachbarin zu befreien.

Versuchen war das richtige Wort. Rachel seufzte und wandte ihre Aufmerksamkeit wieder dem Strick zu. Pudge hatte sehr feste Knoten gemacht, und sie hatte keine Kraft in den Fingern. Sie lehnte sich neben die Gefangene an die Wand, während sie an den Knoten nestelte. So konnte sie sich ein wenig hinter Mrs. Craveshaws Leibesumfang verstecken und gleichzeitig vermeiden, dass sie vor Schwäche umkippte. Denn sie wurde jeden Augenblick schwächer, und es fiel ihr immer schwerer, sich zu konzentrieren. Ihr Versuch, Mrs. Craveshaw zu befreien, hatte sie leider auch in die verführerische Nähe ihrer Kehle gebracht, wo Schweißtropfen glitzerten wie Diamanten. Rachel konnte die Nervosität und die Angst von Muffins Frauchen spüren, aber noch überwältigender war der Geruch ihres Blutes. Rachel kämpfte gegen den Instinkt an, sie zu beißen, während sie weiter mit der Fessel kämpfte, und sie schien beide Kämpfe zu verlieren. Tränen traten ihr in die Augen, als sie den Hals der alten Frau so nah vor sich sah.

Nur ein kleiner Biss, ein Knabbern, versuchte ihr Geist sie zu verlocken, um stark genug zu sein, die Fesseln zu lösen.

„Nein", sagte sie sich selbst entschlossen.

„Nein was, meine Liebe?", fragte Mrs. Craveshaw.

Rachel schüttelte den Kopf, dann sah sie sich nervös um, als Muffin plötzlich anfing zu bellen. Sie fürchtete, dass das Tier Pudges Aufmerksamkeit erregen würde, und lockte halblaut: „Still, Muffin. Braves Hündchen."

Der kleine Hund setzte sich wieder hin, aber er hatte den Blick auf die Treppe gerichtet und wedelte hoffnungsvoll mit dem Schwanz. Rachel folgte seinen Blicken und spürte, wie ihr beim Anblick von Etienne das Herz bis zum Hals schlug. Er war gekommen!

„Gott sei Dank", stöhnte Rachel und ließ sich mit wackligen Knien an der Wand runterrutschen. Er war keinen Augenblick zu früh da. Noch eine Sekunde, und sie hätte vielleicht etwas getan, was sie sich nie hätte verzeihen können. Und sie bezweifelte, dass Mrs. Craveshaw ihr verziehen hätte.

„Rachel." Sie öffnete die Augen mit flatternden Lidern, als er ihr einen Kuss auf die Stirn drückte.

„Gott sei Dank, dass du da bist", flüsterte sie, dann schwieg sie, als er sie auf den Mund küsste. Es war ein süßer Kuss, beinahe ehrfürchtig.

„Natürlich bin ich da. Ich muss mich doch um dich kümmern, weil ich dich gern habe."

Rachel hatte die Augen geschlossen, als er sie küsste, aber jetzt riss sie sie wieder auf. Nicht gerade eine Liebeserklärung, aber immerhin. „Ja?"

Er lächelte über ihren Gesichtsausdruck und strich ihr das Haar aus den Augen. „Wie könnte ich dich nicht gern haben? Du bist wunderschön, tapfer, intelligent und höllisch widerspenstig." Er grinste, als er sah, wie sich ihre Lippen kräuselten, dann fügte er hinzu: „Und du magst meine Spiele. Das spricht von einem unglaublich guten Geschmack." Er küsste sie erneut.

„Ähem."

Rachel und Etienne lösten sich nur widerwillig voneinander, als das eher laute Räuspern von Mrs. Craveshaw zu hören war. Sie lächelte sie gequält an. „Junge Liebe ist etwas Schönes, aber alles hat seinen Ort und seine Zeit, und das hier ist wirklich nicht die Zeit oder ..." Sie sah sich um und zog die Nase kraus. „Oder der Ort, wirklich."

„Tut mir leid, Ma'am." Etienne lächelte sie charmant an.

„Ich habe ihre Fesseln nicht aufgekriegt", erklärte Rachel ihm.

„Sie ist schrecklich schwach, das arme Kind", teilte Mrs. Craveshaw Etienne mit, als er sich daran machte, die Stricke aufzuknoten. „Ich weiß nicht, wie lange er sie hier schon gefangen hält, aber er hat ihr offenbar nicht genug zu essen gegeben. Er bezeichnete sie sogar als Vampirin und versuchte sie dazu zu bringen, mein und Muffins Blut zu trinken. Norman hat eindeutig den Verstand verloren."

„Norman?", fragte Etienne überrascht. „Sprechen Sie von Pudge?"

„Pudge." Die Frau schnalzte angewidert mit der Zunge. „Er besteht noch immer darauf, dass die Leute ihn so nennen. Seine Mutter hasste diesen Spitznamen. Gott sei ihrer armen Seele gnädig! Sie war eine liebe Frau und eine gute Nachbarin. Es war eine dunkle Stunde für uns alle, als sie starb und Norman hier zurückließ. Norma – seine Mutter – hat sich um ihn gekümmert, solange sie lebte, aber ich wusste, sobald sie nicht mehr da war, würde er über die Stränge schlagen. Ich hatte gehofft, er würde wegziehen, aber nein, er musste ja unbedingt bleiben. Sein Bruder war auch alles andere als erfreut, und das kann ich ihm nicht übel nehmen. Das Haus hätte verkauft werden sollen, und dann hätten sie sich den Erlös teilen können. Aber Norman hat es in einen solch schrecklichen Zustand versetzt, dass es sich nicht verkaufen ließ. Ich bin überzeugt, das er es absichtlich getan hat, und sein Bruder glaubt das vermutlich auch. Er –"

„Äh – Ma'am?", unterbrach Etienne sie. „Sie sind jetzt frei. Vielleicht könnten Sie nach Hause gehen und die Polizei rufen, während ich Rachel von ihren Ketten befreie."

„Oh, ich fürchte, Sie werden Sie nie ohne den Schlüssel befreien können! Natürlich gehe ich jetzt und hole die Polizei."

Mrs. Craveshaw war so lange gefesselt gewesen, dass ihre Beine eingeschlafen waren und sie nicht alleine aufstehen konnte. Rachel sah zu, wie Etienne ihr aufhalf und sie zu ihrem Hund begleitete, den sie losband und mitnahm. Er blickte ihnen nach, als sie die Treppe hinaufstiegen, dann ging er schnell wieder zurück zu Rachel.

„Wie schlimm ist es denn?", fragte er, sobald er wieder an ihrer Seite war. „Ich sehe, dass du Schmerzen hast. Hat er dich wieder verwundet?"

Rachel nickte. „Ja, aber es war ein Unfall. Die Armbrust ging los, als er Mrs. Craveshaw damit auf den Kopf schlug, und der Pflock traf mich in die Brust."

Etienne stieß einen Fluch aus und holte einen Blutbeutel unter seinem Hemd hervor. „Es wird warm sein und nicht genug, aber es müsste die Schmerzen ein wenig lindern."

Es hätte sie nicht einmal gekümmert, wenn das Blut voller Bakterien gewesen wäre; sie hob den Beutel an die Lippen und stieß die Zähne hinein. Die Flüssigkeit verschwand so schnell, dass sich Rachel fragen musste, ob sie sie überhaupt zu sich genommen hatte. Doch fühlte sie sich sofort besser, wenn auch nur ein wenig, und das Ziehen hatte leicht nachgelassen. Vielleicht war sie sogar ein wenig stärker geworden. Zumindest fühlte sie sich nicht mehr, als würde sie ohnmächtig werden, wenn sie nicht sofort jemanden biss.

Rachel saugte den letzten Blutstropfen aus dem Beutel, dann faltete sie ihn zusammen und steckte ihn in die Tasche, während Etienne das Eisen um ihr Fußgelenk aufbrach. Das tat er so mühelos, als sei es aus Papier. Er hatte offenbar durch die Einnahme des Blutes aus seinem Kühlschrank wieder seine ganze Kraft zurückerlangt.

„Wie bist du aus dem Arbeitszimmer herausgekommen?", fragte sie, als er ihr auf die Beine half.

„Mutter, Lucern und Bastien", antwortete er. „Sie mussten mit einem Schweißbrenner ein Loch in die Tür schneiden. Sie warten übrigens draußen im Auto", fügte er hinzu. „Es war schwierig, sie zu überreden, dort zu warten, das kann ich dir sagen. Ich musste versprechen, ihn nicht umzubringen."

Etienne nahm sie in seine Arme, als sie schwankte. Er sah besorgt aus, aber trotzdem schimmerte sein Zorn auf Pudge durch, sodass Rachel es für eine gute Idee hielt, ihn aus dem Haus zu bringen, bevor Pudge bemerkte, dass sie hier waren, und es zu der unvermeidlichen Auseinandersetzung kam. Versprechen hin oder her, sie wollte sich jedenfalls nicht darauf verlassen, dass er Pudge nicht doch umbrachte – oder zusehen müssen, wie er bei dem Versuch selbst umgebracht wurde.

„In Bastiens Wagen ist noch mehr Blutvorrat. Ich bringe dich raus, dann komme ich zurück und kümmere mich um Pudge."

„Nein, überlass das der Polizei, Etienne", drängte sie ihn.

„Ich muss –"

„Verdammte Scheiße!"

Rachel und Etienne wandten sich beide der anderen Seite des

Raums zu. Pudge stand wie angewurzelt in der Tür und starrte Etienne und Rachel entsetzt an.

Etienne marschierte sofort auf ihn zu, aber Rachel klammerte sich verzweifelt an seinen Arm und konnte ihn auf diese Weise zurückhalten. Oder vielleicht erinnerte sie ihn damit auch einfach an ihre Gegenwart. Wie auch immer, Etienne blieb stehen und schaute auf Rachel hinab, dann schob er sie hinter sich und wandte sich Pudge zu. Aber es gab keinen Pudge mehr. Während Rachel Etienne abgelenkt hatte, war Pudge blitzartig verschwunden.

„Wo zum –", begann Etienne, dann unterbrach er sich und richtete sich erwartungsvoll auf. Als Pudge mit der Armbrust in der Hand auftauchte, hatte er Rachel bereits rückwärts zur Treppe geschoben und sich schützend vor sie gestellt.

Pudge hatte einen Pflock aufgelegt und zielte direkt auf Etiennes Herz.

16

„Er braucht schrecklich lange.“

Bastien rutschte unruhig auf dem Fahrersitz hin und her und schaute seine Mutter im Rückspiegel an. Ihre Miene drückte dieselbe Sorge aus, die in ihrer Stimme gelegen hatte, dieselbe, die auch er empfand. Bastien hatte Etienne nur sehr widerstrebend in Norman „Pudge“ Renbergers Haus gehen lassen. Etienne war so entschlossen und aufgebracht gewesen, dass Bastien befürchtete, er würde etwas ausgesprochen Unbedachtes tun. Aber damit würde sich Etienne auch allein auseinandersetzen müssen. Es waren seine Frau und sein Kampf, und am Ende war Bastien zu dem Schluss gekommen, ihn seinen Bruder selbst austragen zu lassen ... bis er nicht mehr konnte.

„Ach, nein, so lange nun auch wieder nicht“, warf Lucern ein, der neben Bastien auf dem Beifahrersitz saß. „Vergesst nicht, er musste – Was ist das denn?“

Bastien blickte gerade rechtzeitig hoch, um zu sehen, dass eine ältere Frau aus dem Haus stürzte. Sie war klein, grauhaarig und rundlich und trug ein kleines pelziges Bündel auf dem Arm. Die Argeneaus sahen schweigend zu, wie sie über den Hof und in das Haus nebenan eilte.

„Das sieht gar nicht gut aus.“ Marguerite sprach aus, was sie alle dachten. Sie hatten erwartet, dass Pudge Rachel hier gefangen hielt, waren aber gar nicht auf die Idee gekommen, dass noch jemand im Haus sein könnte. Sie waren völlig irritiert. Was hatte die Frau dort gemacht? Hatte sie Etienne gesehen? Oder Rachel? Sie war gerannt, als seien alle Höllengeister hinter ihr her.

„Vielleicht solltet ihr reingehen und nachsehen, ob Etienne Hilfe braucht." Marguerite klang nervös.

Bastien wechselte einen Blick mit Lucern und las in dessen Gedanken, dass auch sein Bruder unentschlossen war. Keiner von ihnen war sich sicher, ob es klug war, sich einzumischen. Solange er alles unter Kontrolle hatte, würde Etienne ihnen ihre Unterstützung nicht gerade danken. Ihr jüngerer Bruder hatte es nicht ausgesprochen, aber es war ihm offenbar wichtig gewesen, derjenige zu sein, der Rachel fand und sie rettete, und vor allem mit dem Mann fertig zu werden, der ihm das Leben unerträglich gemacht hatte.

„Warum lassen wir ihm nicht noch ein paar Minuten Zeit?", schlug Lucern schließlich vor, und Bastien nickte. Schweigend wandten sie ihre Aufmerksamkeit wieder dem Haus zu. Es war ein kurzes, angespanntes Warten. Alle drei saßen sprungbereit auf ihren Sitzen und wechselten skeptische Blicke, als sie plötzlich in der Ferne eine Polizeisirene aufheulen hörten. Sie blieben, wo sie waren, als die Sirene näher kam. Sie befanden sich immerhin in einer Großstadt, und der Wagen konnte ebenso gut von der Feuerwehr oder zu einem anderen Ziel unterwegs sein.

Bastien und Lucern tasteten allerdings sofort nach den Türgriffen, als ein Streifenwagen in die Straße einbog, in der sie warteten.

„Moment noch", befahl Marguerite. Die Brüder blieben sitzen, rollten jedoch die Fenster hinunter, als der Streifenwagen in die Einfahrt neben Pudges Haus einbog – diejenige, in der die Frau gerade verschwunden war. Im Auto befanden sich zwei Polizisten, einer klein und blond, der andere dunkelhaarig und hochgewachsen. Der dunkelhaarige Polizist war der alten Dame am nächsten und derjenige, zu dem sie rannte, als er ausgestiegen war und die Tür zuwarf.

„Er hat den Verstand verloren!“, kreischte sie. „Er hält sich für einen Vampir! Er wollte meinen Muffin essen!“

„Ich hoffe, ihr Muffin ist der Puschel, den sie unter dem Arm trägt“, sagte Lucien trocken. Bastien musste darüber lachen, und die Anspannung, unter der er stand, lockerte sich.

„Wer hat den Verstand verloren, Ma'am?“, hörten sie den blonden Polizisten fragen, als er das Auto umrundet hatte und zu ihnen trat.

„Norman. Mein Nachbar.“ Sie zeigte auf das Haus, in dem Etienne verschwunden war. „Er hat dort auch eine junge Frau angekettet. Ich glaube, es ist das Mädchen aus den Nachrichten, die, die im Krankenhaus arbeitete und seit ein paar Wochen vermisst wird. Sie ist blass und sieht überhaupt nicht gut aus. Offensichtlich hat er sie hungern lassen. Er hat versucht, sie zu zwingen, meinen Hund zu essen.“

„Ihren Hund?“, fragte der dunkelhaarige Polizist angewidert.

„Hier, meinen Muffin.“ Sie hob empört die Arme an, auf denen das zitternde Fellknäuel lag, um zu zeigen, wen sie meinte, und tätschelte Muffin beruhigend.

„War das, bevor oder nachdem er selbst versucht hatte, Ihren Muffin zu essen?“, fragte der Blonde mit einem leichten Ton von Heiterkeit, der Bastien die Stirn runzeln ließ. Offensichtlich hielt zumindest dieser Polizist die Frau für durchgedreht. Und das war nicht nur ihm aufgefallen. Sie sah den Polizisten aus zusammengekniffenen Augen an wie eine Lehrerin, die unter ihren Erstklässlern einen Unruhestifter entdeckt hat.

„Keine Spielchen, junger Mann. Ich bin noch nicht senil. In diesem Haus sind im Augenblick zwei Personen in Gefahr.“

„Zwei?“, fragte der zweite Mann.

„Ja. Diese hübsche Rothaarige aus den Nachrichten und ein gut aussehender junger Mann, der hereinkam, mich und Muffin frei ließ und mir sagte, ich sell Sie anrufen.“

Die Polizisten ließen ihren Blick zwischen dem Haus der Renberger und der alten Frau hin- und herwandern.

„Warum sind sie denn nicht mit Ihnen herausgekommen?“, fragte der Blonde.

„Ich war nur angebunden. Er konnte mich losbinden, aber das Mädchen ist an einen Sarg gekettet.“

„An einen Sarg?“

„Ich sagte Ihnen doch, er hält sich für einen Vampir“, erklärte sie entnervt. „Er hat den Verstand verloren! Und jetzt hören Sie gefälligst auf herumzutrödeln! Helfen Sie dem jungen Mann, das Mädchen zu retten. Das ist schließlich Ihr Job.“

Als die beiden Polizisten immer noch zögerten und offensichtlich nicht recht wussten, was sie mit den wilden Behauptungen der alten Dame anfangen sollten, wandte diese sich angewidert ab und verkündete mit lauter Stimme: „Ich verstehe. Dann werde ich also hineingehen und den jungen Mann bitten herauszukommen … falls er nicht schon von diesem widerlichen Norman getötet worden ist.“

Sie war schon unterwegs zu Normans Haus, als die Polizisten endlich erwachten und ihr folgten. Die kleine Dame konnte wirklich schnell sein, wenn es nötig war. Sie war schon auf der Veranda und im Haus, bevor sie sie eingeholt hatten.

„Wandle mich zum Vampir.“

Rachel beugte sich ein wenig zur Seite, um über Etiennes Schulter hinweg Pudge ansehen zu können. Nach dem spannungsgeladenen Schweigen, das sich nach seiner Rückkehr mit der Armbrust unter ihnen ausgebreitet hatte, waren das ganz sicher nicht die Worte, die sie erwartet hatte.

„Komm schon“, winselte Pudge, als sowohl Etienne als auch Rachel ihn ausdruckslos anstarrten. „Warum wollt ihr allen Spaß für euch haben? Wandle mich. Bitte!“

Etienne warf Rachel einen Blick zu, als wollte er sie fragen, ob Pudge es wirklich ernst meinte.

„Wenn du das tust, werde dich ruhen lassen“, versprach Pudge.

„Ruhen?“, fragte Etienne erstaunt.

„Vampire sehnen sich doch immer nach der ewigen Ruhe“, verkündete Norman feierlich, dann setzte er nachdenklich hinzu. „Na ja, überwiegend. Sobald sie einen Pflock im Herz haben, sehen sie in den Filmen immer sehr friedlich aus. Manchmal bedanken sie sich sogar bei dem, der sie gepfählt hat. Mit Ausnahme von Dracula. Ich glaube nicht, dass er den ewigen Frieden will, aber er ist ja auch schon seit ewig am Leben.“ Er sah Etienne neugierig an. „Bist du Freund Dracula je begegnet?“

„Pudge, du verstehst doch, dass es zwischen Fantasie und Wirklichkeit einen Unterschied gibt, nicht wahr?“, fragte Etienne.

„Klar tu ich das“, sagte er stirnrunzelnd. Dann bat er noch einmal, diesmal drängender: „Los, Mann, wandle mich endlich, und ich verschaffe dir deine ewige Ruhe.“

Etienne stieß ein kurzes Lachen aus. „Denkst du eigentlich auch manchmal über das nach, was du sagst? Du bittest mich darum, dir ewiges Leben zu schenken … und willst mir dafür meins nehmen? Bist du noch ganz bei Trost? Du willst ewiges Leben. Wie kommst du darauf, dass ich das nicht will?“

„Ach, komm schon, du musst inzwischen müde sein. Wie alt bist du? Fünf, sechshundert Jahre?“, spekulierte Pudge. „Du bist schon viel zu alt. Ich habe den Namen Argeneau nachgeschlagen, und es gibt diese Familie schon sehr lange. Sie wird bereits im Mittelalter erwähnt, in einer Anmerkung über einen Lucern Argeneau, das ist dein Bruder, stimmt's? Ich bin auch auf eine Lady Marguerite gestoßen, die mit einem Kerl namens Claude verheiratet war. Ich weiß, dass das deine Eltern sind.“

Rachel bemerkte Etiennes verblüfftes Gesicht. Offensichtlich war er nie auf die Idee gekommen, dass Pudge Nachforschungen anstellen würde. Es war offensichtlich, dass ihm das nicht gefiel, ebenso wenig wie die Tatsache, dass Pudge vermutlich nun auch seine Familie verfolgen würde. Sie schüttelte angewidert den Kopf. Es würde diesem Idioten nur schaden, Etiennes Familie mit hineinzuziehen. Etienne war meist wirklich ausgesprochen umgänglich, aber er hatte einen beschützerischen Instinkt, der nun geweckt worden war. Sein freundliches Gesicht war auf einen Schlag zu einer abweisenden, starren Maske geworden.

Etienne war so schnell, dass er den Raum durchquert und Pudge an der Kehle gepackt hatte, bevor dieser die Bewegung überhaupt wahrnahm. Er war viel zu schnell, um durch Pudges Armbrust aufgehalten werden zu können. Die Waffe ging los, als er sie losließ, aber der Pflock traf nur die Wand. Rachel sah Pudge in die Vordertasche seiner schwarzen Jeans greifen, verstand aber nicht, was das zu bedeuten hatte. Sie ahnte nicht, in welch großer Gefahr sie schwebten, bis er eine Fernbedienung herauszog und mehrere Knöpfe drückte. Licht explodierte, und ein seltsames Sirren ertönte.

Rachel starrte die Jupiterlampen an, die ihr grelles Theaterlicht auf sie warfen. Als das Sirren näher kam, fuhr ihr Kopf herum, und sie erkannte, dass das Geräusch von einem riesigen Kreuz verursacht wurde, das aus einer Nische in der Wand mit rasender Geschwindigkeit durch den Raum glitt und wie ein Pendel hin- und herschwang. Ihr Blick schoss zu Etienne, und sie sah, dass die plötzliche Explosion von Licht und Geräuschen ihn zumindest so erschreckt hatte, dass er verblüfft dastand. Aber er hatte nicht das beinahe zwei Meter hohe Kreuz gesehen, das auf ihn zukam.

Rachel stieß einen Warnschrei aus, aber er kam zu spät und bewirkte nur, dass er sich gerade rechtzeitig nach dem großen Gegenstand umdrehte, um frontal von ihm getroffen zu werden.

Wieder schrie sie auf, als das Kreuz ihn gegen die gegenüberliegende Wand schleuderte. Sie wollte zu ihm laufen, änderte dann aber die Richtung und stürzte sich stattdessen auf Pudge, als sie sah, was er als Nächstes vorhatte. Sobald Etienne umgestoßen worden war, hatte Pudge sich vorgebeugt, um seine Armbrust aufzuheben. Er holte einen neuen Pflock aus der Tasche.

Trotz Rachels Tempo hatte Pudge die Waffe bereits wieder geladen, als sie ihn erreichte. Er hatte ihr den Rücken zugewandt und sah sie deshalb nicht kommen, und das nutzte sie aus und sprang ihn von hinten an. Kreischend richtete er sich auf und versuche sie abzuwerfen, aber Rachel war von namenloser Wut gepackt und klammerte sich fest wie ein Affe. Einen Arm um seinen Arm und seine Brust geklammert, schlang sie den anderen Arm um seinen Hals und packte sein Kinn. Sie konnte nicht einmal klar denken, als sie seinen Kopf zur Seite riss. Es war reiner Instinkt, der sie das tun ließ, und sie drehte seinen Hals mit der klaren Absicht zur Seite, um das kleine Frettchen hemmungslos beißen und leer saugen zu können.

„Keine Bewegung!"

Rachel hörte den Befehl und ließ rasch von Pudges Hals ab, ohne ihn gebissen zu haben. Sie hob ruckartig den Kopf, als Pudge zur Treppe herumfuhr und wild mit der Armbrust fuchtelte. Erschrocken riss sie die Augen auf, als sie zwei uniformierte Polizisten am unteren Ende der Treppe sah, die ihre Waffen auf sie gerichtet hielten.

„Oh", hauchte Rachel, als die Polizisten versuchten, dem zischenden Geschoss mit einem großen Sprung aus dem Weg zu hechten. Ein Fluch erklang, gefolgt von einem Krachen, als der blonde Polizist getroffen wurde. Erst dachte sie, der Mann hätte den Pflock in den Arm bekommen, aber als er daran zerrte, erkannte sie, dass das Geschoss ihn verfehlt und nur den Ärmel getroffen hatte, der jetzt an der Wand festgenagelt war.

Rachel starrte immer noch den zappelnden Polizisten an, als Etienne sich plötzlich rührte. Er war an ihrer Seite, zog sie von Pudges Rücken herunter und schaffte sie aus der Feuerlinie, bevor sie auch nur an Flucht hatte denken können. Aber die Polizisten schossen nicht zurück. Der Dunkelhaarige richtete die Waffe weiterhin auf Pudge, aber sein Blick wanderte immer wieder zu dem Blonden, der sich anstrengte, um von der Wand loszukommen. Das verschaffte Pudge die Gelegenheit, einen weiteren Pflock aus der Tasche zu ziehen und seine Waffe noch einmal zu laden.

Er hatte das Geschoss gerade aufgelegt und wollte schon auf Rachel und Etienne zielen, als der gefangene Polizist seinen Ärmel endlich losreißen konnte. Die beiden Männer stellten sich in einigen Metern Entfernung voneinander auf und richteten ihre Waffe auf Pudge.

„Fallen lassen! Lass die Waffe fallen, Freundchen! Lass sie einfach fallen!", rief der Blonde. Er klang ziemlich verärgert. Vielleicht war „sauer" das bessere Wort, dachte Rachel, als Etienne sie hinter sich schob und wie eine eiserne Wand zwischen ihr und dem Pflock stand, mit dem Pudge auf sie zielte.

Sie wusste seine Fürsorge zu schätzen, aber es machte es auch ein bisschen schwierig, den Fortgang der Ereignisse zu beobachten. Rachel musste sich ducken und ein wenig drehen, um an ihm vorbeispähen zu können. Pudge tat ihr beinahe leid, als sie sah, wie er darauf reagierte, plötzlich im Mittelpunkt des Zorns der Polizisten zu stehen. Er starrte sie mit wachsendem Entsetzen an, mit großen Augen, den Mund weit aufgerissen. So etwas hatte er offenbar nicht erwartet.

„Komm schon, Freundchen. Wirf die Waffe weg", versuchte der dunkelhaarige Polizist ihn zu überreden. „Wir wollen wirklich nicht auf dich schießen … nur wenn uns nichts anderes übrig bleibt."

„Auf mich?“ Er starrte sie erstaunt an. „Mich erschießen? Ich bin hier der Gute! Ich bin wie Van Helsing! Das sind die, die ihr sucht! Sie sind die Vampire!“

Rachel bemerkte den Blick, den die beiden Polizisten wechselten, und wusste, dass alles gut ausgehen würde. Die Polizisten würden ihm diesen vermeintlichen Unsinn niemals glauben. Gleichwohl musste Rachel auch daran denken, dass die beiden Uniformierten die Szene wohl in einem ganz anderen Licht sehen würden, wenn sie einen kleinen Augenblick später hereingekommen wären – nachdem sie ihre Zähne in Pudges Hals gebohrt hätte.

Ein Blick in Etiennes Gesicht ließ sie vermuten, dass er etwas Ähnliches dachte.

„Glauben Sie mir.“ Pudge quiekte beinahe. „Sie sind Vampire! Beide!“

Unwillkürlich warfen die Polizisten Rachel und Etienne einen Blick zu. Dann wandten sich beide wieder ab, aber der, der vor Kurzem an die Wand genagelt gewesen war, hielt mitten in der Bewegung inne und schaute sie noch einmal aufmerksam an. Rachel sah, wie seine Miene erstarrte, als er sie erkannte.

„Dr. Garrett? Dr. Rachel Garrett?“, fragte der Polizist. „Sie sind es wirklich.“

Rachel nickte misstrauisch, erhielt aber keine Gelegenheit, etwas zu sagen. Pudge mischte sich mit aufgeregter Stimme ein: „Ja, das ist sie. Sie arbeitete in der Nacht im Krankenhaus, als ich in den Sektionssaal kam, um ihn umzubringen.“ Er fuchtelte mit der Armbrust wild in Etiennes Richtung, was Rachel zusammenzucken ließ. „Sie sprang dazwischen, als ich ihm den Kopf abhacken wollte, und ich habe sie aus Versehen mit der Axt getroffen. In die Brust. Sie müsste eigentlich tot sein, aber er hat sie in eine Vampirin gewandelt. Jetzt sind sie es beide“, schloss er, was alles noch verrückter klingen ließ. „Sie sind beide seelenlose Blutsauger, verdammt dazu, für immer in der Nacht zu wandeln.“

Rachel biss sich auf die Unterlippe, denn Pudge tat ihr beinahe leid. Selbstverständlich stimmte alles, was er gesagt hatte. Na ja, bis auf die Sache mit der Seelenlosigkeit. Aber wirklich, war er denn vollkommen verrückt geworden? Ihm musste doch klar sein, dass ihm niemand glauben würde. Sie war nicht sonderlich überrascht, als die Polizisten sich Pudge eher vorsichtig näherten.

„Schon gut, mein Freund“, sagte der Dunkelhaarige. „Wir haben es verstanden. Die da sind Vampire, und du bist einer von den Guten. Aber jetzt sind wir hier. Du bist in Sicherheit. Also lass die Waffe fallen und nimm die Hände hoch.“

Pudge sah ihn stirnrunzelnd an, und sein Blick zuckte zwischen seiner Waffe, den Polizisten und Rachel und Etienne hin und her. „Aber was ist mit denen da? Sie sollten Ihre Pistole auf die da richten“, stellte er schließlich fest.

„Na ja“, sagte der Blonde schleppend, „Schusswaffen funktionieren bei Vampiren doch ohnehin nicht. Das weiß doch jeder. Aber ich bin sicher, diese beiden werden ganz friedlich mitkommen.“ Er warf Rachel und Etienne einen Blick zu. „Oder nicht?“

Beide nickten.

„Siehst du?“, fragte der erste Polizist beruhigend. „Sie wissen, dass wir sie erwischt haben. Jetzt musst du uns nur deine Waffe überlassen, Kumpel.“

Als Pudge immer noch zögerte, fügte der zweite Polizist hinzu: „Wir waren auf einen solchen Einsatz nicht vorbereitet. Es gibt nicht sonderlich viele Vampire. Wir sind nicht angemessen bewaffnet. Warum gibst du uns nicht die Waffe, damit wir die beiden in Gewahrsam nehmen können?“

„Ach, ja. Ja.“ Pudge wirkte erleichtert. „Sie sollten wirklich richtig ausgerüstet sein." Er begann, sich seitwärts auf den ersten Polizisten zuzuschieben und achtete dabei darauf, dass die Armbrust weiterhin auf Rachel und Etienne gerichtet blieb. „Ich habe in dem hinteren Raum noch mehr Waffen. Ich habe Weihwasser, Kreuze und noch mehr Pflöcke. Ich hole sie, und Sie können so lange auf sie aufpassen."

„Gute Idee", stimmte der Blonde umgänglich zu, senkte seine Schusswaffe ein wenig und streckte die freie Hand aus, um die Armbrust entgegenzunehmen.

„Achten Sie darauf, sie immer auf die Vampire zu richten", bat Pudge, als er dem Mann seine Waffe überließ. „Sie sind nämlich superschnell. Und superstark. Ich – He, was soll das?"

Sobald die Armbrust ihren Besitzer gewechselt hatte, warf der Polizist sie auf den Boden und hob die Schusswaffe wieder, um auf Pudge zu zielen. Er ignorierte die gekränkte Miene des jungen Mannes und winkte gebieterisch mit der Pistole. „An die Wand. Los, an die Wand, Arme hoch und Beine spreizen."

„Aber –" Pudges Protest erstarb, als der zweite Polizist vorstürzte und ihn am Arm packte.

„Spreizen!", befahl der dunkelhaarige Mann, und jede Spur von Umgänglichkeit war verschwunden. Der Blonde richtete die Waffe weiterhin auf Pudge, während sein Partner dem Verrückten das Cape von den Schultern riss und ihn durchsuchte. Pudge hatte noch weitere Pflöcke in der hinteren Tasche seiner Jeans, die ihm der Polizist jetzt abnahm.

Rachel und Etienne sahen schweigend zu, wie der protestierende Pudge Handschellen angelegt bekam und zur Treppe geführt wurde. Dabei redete er in einem fort darüber, dass sie Vampire seien und er in diesem Stück die Rolle des Guten spielte und dass die Polizisten einen gewaltigen Fehler machten.

„Das ist erledigt", sagte der Polizist mit dem durchgeschossenen Ärmel, als sein Partner mit Pudge oben verschwand. Er schaute von Rachel zu Etienne, dann konzentrierte er sich auf Rachel. „Ich nehme an, er hat Sie vor einer Woche von der Arbeit direkt hierher verschleppt?“

Rachel warf Etienne einen Seitenblick zu, als sie spürte, dass er sich anspannte. Sie wusste, was er gerne hören würde. Er und seine ganze Familie wollten, dass sie behauptete, in dieser Nacht, vor über einer Woche, von Pudge hierher gebracht worden zu sein. Aber das stimmte nicht, und sie war eine zu schlechte Lügnerin. Sie zögerte einen Moment und dachte über mögliche Antworten nach. Der Mann hatte sie tatsächlich entführt. Sie war ganz bestimmt nicht freiwillig mitgekommen. Andererseits konnte sie nicht erklären, wo sie in der letzten Woche gewesen war, ohne damit Fragen aufzuwerfen, die nur schwer zu beantworten waren. Also beschloss sie, ehrlich, aber zurückhaltend zu sein.

„Pudge hat mich entführt, hierher gebracht und mich gegen meinen Willen festgehalten“, erklärte sie ernst, und sie spürte, wie Etienne sich wieder entspannte. Sie hätte sich ihm beinahe zugewandt, um ihn um Rat zu fragen; schließlich hatten sie es noch nicht hinter sich. Aber sie nahm sich zusammen, als der Polizist nickte.

„Wie hat er Sie hierher gebracht, Ma'am?“

Rachel zögerte, dann sagte sie: „Er kam in den Sektionssaal und trug einen Trenchcoat und einem Tarnanzug und rief etwas über Vampire und so ...“ Sie zögerte und warf Etienne noch einen Blick zu. Er schien den Atem anzuhalten. Sie schluckte, schaute wieder den Polizisten an und sagte: „Ich fürchte, meine Erinnerung an das, was danach geschah, ist ziemlich vage. Ich kann Ihnen nur sagen, dass ich heute hier erwachte und feststellte, dass man mich an die Wand gekettet hatte. Er schwafelte ungereimtes Zeug über Vampire und Computerfreaks und schien von Etiennes Spiel besessen zu sein.“

„Spiel?“ Der Polizist sah verwirrt von ihr zu Etienne.

„Etienne hat das Spiel ‚Blutlust‘ entwickelt“, erklärte Rachel. „Es ist ein Videospiel über Vampire.“

„Oh“, sagte der Mann, schien aber immer noch nicht recht zu wissen, worüber sie sprach. „Also gut, er war von Ihrem Spiel besessen“, sagte er zu Etienne, dann wandte er sich wieder an Rachel. „Aber wenn das der Fall ist, warum hat er dann Sie und nicht ihn entführt?“

„Weil wir zusammengehören“, sagte Etienne ruhig. „Sie ist meine Freundin.“

Rachel fügte hinzu: „Es war wirklich ziemlich verwirrend. Die meiste Zeit dachte er, ich sei ein Vampir und Etienne ebenfalls, dann dachte er, er sei selbst einer oder wollte einer sein. Der Kerl scheint wirklich verrückt zu sein.“

„Tja. Sieht so aus“, sagte der Blonde trocken und schüttelte den Kopf. Dann fügte er hinzu: „Alle Polizisten in der Stadt haben nach Ihnen gesucht, Ma'am. Und nach ihm.“ Er zeigte auf die Treppe, auf der Pudge nach oben verschwunden war. „Das Mädchen, das Ihren Assistenten vertreten sollte, kam gerade zur Arbeit, als dieser Kerl in den Sektionssaal des Krankenhauses stürmte. Sie machte sich auf die Suche nach den Sicherheitsleuten, aber die hatten gerade mit etwas anderem zu tun, deshalb dauerte es länger, bis sie endlich zu Ihren Räumen vordrangen. Aber da war niemand mehr, und deshalb haben wir angenommen, dass dieser Mann Sie mitgenommen hatte.“ Er schüttelte den Kopf. „Ihre Kollegin hat ihn ziemlich gut beschrieben. Nach ihren Vorgaben wurde eine Zeichnung angefertigt und in allen Nachrichtensendungen gezeigt. Ich weiß nicht, warum ihn keiner erkannt hat. Die Zeichnung ist verdammt ähnlich.“

Rachel nickte, sagte aber nichts dazu, denn sie wollte keine weiteren Fragen auslösen. Zu ihrer Erleichterung wandte sich der Polizist dann an Etienne und fragte: „Wie kommen Sie denn hierher, Sir? Die Nachbarin sagte, Sie wären hereingekommen und hätten sie befreit, aber sie schien Sie nicht zu kennen."

Etienne zögerte, dann sagte er: „Ich habe mir große Sorgen um Rachel gemacht, als sie plötzlich verschwunden war. Ich entdeckte diesen Kerl zufällig, als ich an einer roten Ampel stand. Er fuhr einen Lieferwagen, und ich erkannte ihn aufgrund der Zeichnung, die in den Nachrichten gezeigt worden war, und folgte ihm hierher", log er dreist.

Etienne konnte sehr gut lügen, bemerkte Rachel interessiert. Aber das war nicht weiter überraschend, denn er hatte schließlich über dreihundert Jahre Zeit gehabt, seine Technik zu verbessern.

„Sie hätten sofort die Polizei rufen sollen", sagte der Polizist missbilligend.

„Das hatte ich ja vor", versicherte ihm Etienne. „Aber ich wollte mir den Kerl erst mal aus der Nähe ansehen. Als ich das Auto abgestellt hatte, war er schon aus dem Lieferwagen ausgestiegen und ins Haus gegangen. Ich habe durch ein paar Fenster ins Innere gespäht, weil ich hoffte, noch einen längeren Blick auf ihn werfen zu können, aber er muss direkt nach unten gegangen sein. Auf der Rückseite des Hauses fand ich dann diese Fenster –"

Rachel folgte seiner Geste und bemerkte einigermaßen überrascht, dass es hier tatsächlich Fenster gab. Sie hatte sie zuvor nicht bemerkt, aber da waren sie auch verhängt gewesen, um das Sonnenlicht fernzuhalten. Wahrscheinlich hatte Pudges Knopfdruck auf die Fernbedienung dafür gesorgt, dass die Vorhänge weggezogen und die Jupiterlampen eingeschaltet wurden. Sie fragte sich, wie Pudge es verkraftet hatte, dass sie nicht in Flammen aufgegangen waren, sobald die Lampen und das Sonnenlicht sie trafen.

„Als ich dann Rachel hier angekettet sah, hatte ich nur noch einen Gedanken – ihr sofort zu helfen. Und dabei habe ich leider vergessen, Sie anzurufen. Ich konnte den Sarg und die alte Dame sehen. Und natürlich diesen Kerl, der in einem Cape und mit falschen Zähnen herumhüpfte." Etienne schüttelte den Kopf. „Er war ganz offensichtlich verrückt, und ich hatte Angst, die beiden Frauen mit ihm allein zu lassen. Als ich die Hintertür unverschlossen fand, schlich ich mich hinein und hierher, um sie zu befreien."

„Ich kann verstehen, dass Sie sich Sorgen gemacht haben, aber Sie hätten uns wirklich rufen sollen", grollte der Polizist. „Die alte Dame sagte, sie sei mit einem Strick gefesselt gewesen, aber Ms. Garrett habe in Ketten gelegen, und Sie hätten sie nicht befreien können. Wie –"

Die Frage erstarb mitten im Satz, und der Polizist wirkte einen Augenblick lang verwirrt. Als er wieder sprach, klang er beinahe roboterhaft. „Das war im Augenblick alles, glaube ich. Sie haben viel mitgemacht. Wir sollten Sie hier rausbringen."

Rachel sah Etienne aus hochgezogenen Augenbrauen an. Es war ziemlich praktisch, den Geist anderer Leute lenken zu können. Das musste sie unbedingt lernen.

„Nach dir." Etiennes Grinsen war ohne jede Scham, als er ihr mit einer Geste bedeutete voranzugehen. Offensichtlich machte es ihm nicht sehr viel aus, seine Fähigkeiten so ungeniert einzusetzen. Und wenn sie ehrlich war, konnte sie es ihm nicht einmal verübeln. Sie war erschöpft und hungrig. Die Theaterlampen und ihr noch immer ungestillter Hunger hatten bewirkt, dass ihr Körper sich verkrampfte. Zu Etiennes Haus zurückzukehren und Blut zu sich zu nehmen war im Augenblick das Einzige, woran sie denken konnte.

Es gelang ihr, die Treppenstufen aus eigener Kraft zu erklimmen, aber sie kam nur langsam vorwärts, und es ermüdete sie über die Maßen. Als sie aus dem Haus trat, schwankte sie leicht, und Etienne streckte die Hand aus, um sie zu stützen, als sie über den Rasen gingen.

„Wir müssen einen Krankenwagen rufen, der Sie ins Krankenhaus bringt, Ms. Garrett. Sie sehen aus, als wären Sie in einer ziemlich schlechten Verfassung“, sagte der Polizist, dem ihre Schwäche und Blässe nicht entgangen war. „Hat er Ihnen etwas zu essen gegeben, seit er Sie entführt hat?“

„Nein“, antwortete Rachel, dankbar, dass sie ehrlich sein konnte.

„Ich bringe sie ins Krankenhaus“, verkündete Etienne, und sein hypnotischer Tonfall sagte Rachel, dass er wieder im Kopf des Polizisten herumstocherte. Er legte ihm wahrscheinlich nahe, dass es besser wäre, wenn er sie selbst hinbrachte.

„Also gut, Sir“, stimmte der Polizist zu. „Mein Kollege hat bereits Verstärkung angefordert, die unseren Freund hier abholen wird.“ Er zeigte auf das Fahrzeug, an dem Pudge stand und immer noch mit großer Heftigkeit versuchte, den dunkelhaarigen Polizisten davon zu überzeugen, dass Etienne und Rachel die Bösen waren, während er nur versucht hatte, die Welt von diesen unseligen Geschöpfen zu befreien.

„Wir treffen uns am Krankenhaus. Wenn der Arzt Ihnen bescheinigt, dass Sie kräftig genug dafür sind, sollten Sie zum Revier kommen, wo wir Ihre offizielle Aussage protokollieren.“

„Geht in Ordnung“, stimmte Etienne zu, als habe er in dieser Sache irgendetwas zu sagen – vermutlich war das auch der Fall. Er hätte wahrscheinlich jede Erinnerung an ihre Gegenwart aus den Gedanken der Polizisten löschen können, wenn er das gewollt hätte. Stattdessen hatte er vor, die Situation für sich zu nutzen, sodass Pudge keine Gefahr mehr für ihn oder seinen Clan werden konnte.

Für sie selbst natürlich auch. Als Rachel das dachte, erkannte sie sofort, dass es nicht ihr eigener Gedanke gewesen war. Ihr Blick fiel auf den Minivan, der an der Straße parkte, als Etienne sein Gespräch mit dem Polizisten auch schon beendet hatte, ihren Arm nahm, um sie dorthin zu bringen. Sie konnte sehen, dass seine Brüder vorne saßen, aber sie war sicher, dass die Stimme in ihrem Kopf nicht von einem Mann stammte. Es war der Gedanke einer Frau gewesen. Sie war nicht sonderlich überrascht, als Etienne die Seitentür aufschob und sie Marguerite vor sich sah.

„Kommen Sie herein, meine Liebe. Sie sehen schrecklich dehydriert aus. Etienne, hol dem armen Mädchen ein wenig Blut von hinten", befahl die Matriarchin der Argeneaus. „Sie hat schreckliche Krämpfe."

Etienne half Rachel ins Auto, dann folgte er ihr und zog die Tür zu, bevor er in den hinteren Teil kletterte und mehrere Blutbeutel aus der Kühlbox nahm.

„Wie geht es Ihnen?", fragte Bastien besorgt, als Etienne sich neben sie setzte und sie zwischen sich und seiner Mutter einklemmte.

„Gut", murmelte Rachel und nahm den ersten Blutbeutel entgegen. Sie war hungrig genug, dass sie sich nicht die Mühe machte, Strohhalme zu verwenden, sondern nur den Mund öffnete und die Zähne in den Beutel schlug, wo sie ihre Arbeit taten.

„Sie müssen uns genau erzählen, was passiert ist. Lassen Sie keine Einzelheiten aus", sagte Lucern.

Rachel starrte ihn an, den Beutel immer noch an den Zähnen, als er einen kleinen Notizblock und einen Stift aus der Tasche nahm. Er hatte offenbar vor, sich Notizen zu machen, und sie erinnerte sich daran, dass er das auch bei den anderen Gelegenheiten getan hatte, als er in Etiennes Haus gewesen war. Als sie diesen gefragt hatte, warum sein Bruder das tat, hatte er etwas vor sich hin gemurmelt, Lucern sei eben ein Schreiberling, was immer er damit meinte.

„Später, Lucern", sagte Marguerite ruhig. „Das arme Mädchen muss sich erst ein wenig erholen, bevor du es mit Fragen bombardierst."

„Ich nehme an, wir sind auf dem Weg ins Krankenhaus?", fragte Bastien und drehte sich um, um das Auto anzulassen.

„Fahr langsam, Bastien. Rachel braucht viel Blut und Zeit, es richtig aufzunehmen", sagte Marguerite statt einer Antwort. „Du wirst mit Etienne gehen müssen, um im Krankenhaus mitzuhelfen. Das werden wir alle tun. Sie ist dort angestellt, war in den letzten Tagen oft in den Nachrichten, und deshalb wird sie wahrscheinlich im Mittelpunkt stehen."

„Bei was mithelfen?", fragte Rachel, als sie den nun leeren Beutel von den Zähnen zog und den nächsten aus Etiennes Händen entgegennahm.

„Sie werden dich gründlich untersuchen wollen", erklärte Etienne.

„Und genau das können wir nicht zulassen", stellte Marguerite kategorisch fest. „Bastien, Lucern und ich werden mitkommen, um dafür zu sorgen, dass die Ärzte und Schwestern überzeugt davon sind, sie hätten Sie untersucht und festgestellt, dass Sie dehydriert und unterernährt sind, wie man erwarten kann, wenn jemand entführt wurde. Wir werden alle dabei sein, um dafür zu sorgen, dass es möglichst glatt geht."

Rachel nickte zustimmend und erlaubte ihren Zähnen, das Blut aufzusaugen, das ihr Körper so dringend brauchte. Sie war erschöpft genug, um den Argeneaus alle Entscheidungen zu überlassen. Sie war inzwischen sogar davon überzeugt, dass sie in der Sache mit Pudge auf sie hätte hören und damit einverstanden sein sollen zu lügen, auch wenn sie eine noch so schlechte Lügnerin war. Etienne und seine Verwandten hatten alle schon schrecklich lange gelebt. Zweifellos hatten sie im Lauf von Jahrhunderten eine gewisse Weisheit erlangt. Und vielleicht gab es wirklich Zeiten, in denen Ehrlichkeit nicht das Beste war und eine kleine Lüge großes Leid verhindern konnte.

„Sie werden es schon noch lernen", sagte Marguerite leise,

denn sie hatte offenbar Rachels Gedanken gelesen. „Nicht die Zeit ist die beste Lehrmeisterin, sondern die Erfahrung. Ein alter Mensch kann noch so lange gelebt haben, aber wenn er nie sein Haus verlässt, um dieses Leben wirklich am eigenen Leib zu erfahren, stirbt er unwissend. Und ein kleines Kind, das gelitten und gelebt hat, kann der Weisere von beiden sein."

17

„Wenn ich Ihnen doch sage, dass die beiden Vampire sind!"

Pudges Stimme klang inzwischen eher weinerlich als beschwörend, dachte Rachel, als sie beobachtete, wie er sich durch das fettige Haar fuhr und an den Spitzen zerrte. Sie konnte es ihm gut nachfühlen. Er war jetzt schon stundenlang verhört worden. Sie hatten ihn offensichtlich direkt hierher aufs Revier gebracht, ihn in diesen kleinen Raum gesteckt und angefangen, ihn auszufragen.

Rachel und die Argeneaus hatten die ersten beiden Stunden des Verhörs verpasst. So lange hatte es gedauert, Rachel durch die Notaufnahme und wieder aus dem Krankenhaus zu bringen. Sie mochte zwar eine Angestellte des Krankenhauses sein – die aufgrund der Tatsache, dass sie von ihrem Arbeitsplatz „entführt" worden war, etwas wie eine Berühmtheit darstellte, aber sie hatten trotzdem eine ganze Weile warten müssen, bis ein Arzt für sie Zeit hatte. Als Rachel gefragt hatte, warum die Argeneaus nicht einfach geistigen Druck auf die Krankenschwestern ausübten, um sie an die Spitze der Warteschlange zu bringen, war Marguerite von der Idee sehr überrascht gewesen. Sie seien kein Notfall, sagte Etiennes Mutter, und daher konnten sie sich das Warten leisten.

Rachel hatte sich einen Moment lang geschämt, dass sie nicht selbst auf die Idee gekommen war, aber Marguerite hatte sofort in ihren Geist eingegriffen und bemerkt, sie werde „es schon lernen". Wenn Rachel ehrlich war, konnte sie es kaum erwarten. Sie hatte gestaunt, als die Familie sie unangefochten überall hin begleiten durfte. Es hatte eindeutig Vorteile, wenn man die Gedanken anderer beeinflussen konnte. Rachel war gar nicht untersucht worden, aber das Personal der Notaufnahme war dennoch geschlossen der Meinung, dass es geschehen sei. Und wie Marguerite versprochen hatte, lasen sich die Berichte alle wie erwartet: Rachel war dehydriert und hatte nicht genug zu essen bekommen. Es war verblüffend gewesen, die Argeneaus in Aktion zu beobachten, und Rachel war rasch klar geworden, welche Macht Etienne ihr geschenkt hatte.

„Sie sind Vampire, wie?“, fragte der blonde Polizist, der Carstairs hieß. Er stand neben dem Tisch, an dem sein Partner und Pudge sich gegenübersaßen. „Aber Sie sind derjenige mit dem Sarg und den Vampirzähnen, Norman. Und dennoch behaupten Sie, Ms. Garrett und Mr. Argeneau seien Vampire?“

„Es sind falsche Zähne, das habe ich Ihnen doch gesagt“, murmelte Pudge gequält. „Wenn Sie mir die Handschellen abnehmen, nehme ich die verdammten Dinger raus. Meine sind falsch, aber ihre sind echt.“

„Sicher, Norman“, stimmte der dunkelhaarige Polizist, Officer Trebech, ihm beschwichtigend zu.

„Hören Sie auf, mich so zu nennen!“, fauchte Pudge. „Norman! Wie ich diesen Namen hasse! Das ist ein Name für einen langweiligen Außenseiter.“ Er starrte die Polizisten wütend an, dann sagte er: „Ich habe es Ihnen doch schon mehrfach gesagt, Etienne Argeneau ist ein Vampir. Ebenso wie die Frau. Verdammt, sie hat mich sogar gebissen!“

Rachel zuckte zusammen. Sie hatte ihn nicht gebissen, aber sie war näher dran gewesen, als ihr lieb war, und Pudge hatte einen Kratzer, wo einer ihrer Zähne ihn erwischt hatte. Sie schwor sich, niemals wieder so weit zu gehen. Na ja, bei Etienne war das natürlich anders. Sie genoss ihre Liebesbisse, wenn sie – Liebesbisse? Rachel schüttelte den Kopf. Sexbisse vielleicht.

Keine Liebesbisse. Sie liebte Etienne nicht. Oder doch? Diese Frage ging ihr permanent im Kopf herum, gefolgt von einem Aufwallen verwirrender Gedanken und Gefühle. Gefühle, die sie manchmal überfielen und Herzklopfen verursachten, was sie ziemlich beunruhigte. Mein Gott, sie konnte ihn doch nicht plötzlich lieben!

Rachel bemerkte plötzlich, dass Lucern sie interessiert anstarrte. Dann fiel ihr wieder ein, dass die Personen, die sich mit ihr zusammen im Nebenraum des Verhörzimmers versammelt hatten, ihre Gedanken lesen konnten. Sie zwang sich, ihre sich überschlagenden Gedanken und Gefühle in eine dunkle Ecke ihres Gehirns zu verbannen, und wandte ihre Aufmerksamkeit wieder dem zu, was hinter der Spiegelscheibe geschah. Pudge starrte die Polizisten wütend an und hatte den Mund zugeklappt.

„Sie sagen also, sie habe Sie gebissen", stellte Carstairs fest. „Glauben Sie, dass Sie jetzt ebenfalls ein Vampir sind, Norman?"

„Nennen Sie mich nicht Norm –" Pudge hielt plötzlich inne und keuchte erregt. „Ja, sie hat mich gebissen! Glauben Sie, dass ich dadurch zum Vampir geworden bin?"

„Das weiß ich nicht, Norman. Sie sind der Experte. Warum sagen Sie es uns nicht?"

Pudge dachte eine Minute nach, dann räsonierte er: „Ich glaube, es ist möglich. Aber Renfield ist nicht schon nach einem Biss zum Vampir geworden. Er …" Plötzlich schaute er entsetzt drein. „Oh Mann! Renfield wurde Draculas Diener für sein ganzes Leben, und das nach einem einzigen Biss. Er war sein Sklave."

„Es macht Sie also zu Ms. Garretts Sklaven?", fragte Trebech.

Pudge hörte nicht zu. Er war zu sehr beschäftigt. „Oh Gott, und er hat Käfer und solche Dinge gegessen! Mann! Ich weiß nicht, ob ich Käfer essen kann."

Die Polizisten wechselten einen Blick, während Pudge verzweifelt den Kopf schüttelte.

„Ich denke, das reicht. Ich möchte jetzt gern mit ihm sprechen."

Rachel warf dem Mann, der das gesagt hatte, einen Blick zu: Dr. Smythe, ein Psychiater aus ihrem Krankenhaus. Man hatte ihn aufs Revier gebeten, um Pudges geistigen Zustand zu begutachten. Er hatte darum gebeten, Pudge zunächst einfach beobachten zu können, während er verhört wurde. Er behauptete, dass die meisten Menschen auf Vertreter der Psychiatrie anders reagierten als auf Laien ganz generell, selbst wenn diese Laien Polizisten seien. Jetzt wollte er offenbar selbst ein paar Fragen stellen.

Captain Rogers – Carstairs' und Trebechs Vorgesetzter – nickte und stand auf. „Selbstverständlich, Doktor. Kommen Sie mit."

Rachel sah ihnen nach, als sie das Zimmer verließen. Einen Augenblick später öffnete sich die Tür des Verhörraums, und Dr. Smythe und Captain Rogers traten ein. Der Captain winkte Carstairs und Trebech zu sich, sprach leise mit ihnen und ging dann wieder. Als er den Raum verlassen hatte, stellte Dr. Smythe sich vor und setzte sich auf den Stuhl, auf dem zuvor Trebech gesessen hatte. Er lächelte Pudge an und sagte: „Norman, kennen Sie den Unterschied zwischen Fantasie und Wirklichkeit?"

Rachel lächelte ein wenig über die Frage. Etwas ganz Ähnliches hatte auch Etienne gefragt, als sie noch in Pudges Haus gewesen waren. Ihr Blick streifte kurz die Tür des Raums, als Captain Rogers wieder hereinkam, aber dann wandte sie sich erneut Pudge zu, der den Arzt anstarrte, als sei er ein Außerirdischer. „Wie?"

„Kennen Sie den Unterschied zwischen Fantasie und Wirklichkeit?", wiederholte Dr. Smythe geduldig.

„Sicher." Pudge verzog gekränkt das Gesicht. „Ich bin ja nicht verrückt."

„Nein, selbstverständlich sind Sie das nicht", sagte Dr. Smythe beschwichtigend. „Können Sie mir den Unterschied zwischen Fantasie und Wirklichkeit erklären?"

„Sicher. Fantasie ist … na ja, es ist wie diese Videospiele mit Zauberern und Kriegern. Magie und so. Das ist nicht die Wirklichkeit."

„Ah. Ha." Dr. Smythe schürzte die Lippen und nickte. „Und können Sie mir ein Beispiel für Wirklichkeit nennen?"

„Blutlust", antwortete Pudge voller Überzeugung.

„Blutlust?", fragte Dr. Smythe verwirrt.

„Das ist das Spiel, das Mr. Argeneau entwickelt hat", erklärte Carstairs. „Vampire und so."

„Ah." Dr. Smythe wandte sich wieder Pudge zu. „Und das ist also Wirklichkeit?"

„Oh ja", versicherte Pudge. „Magie, na ja, das ist einfach nur Quatsch, aber Vampire gibt es wirklich. Die Mädchen sind scharf auf sie, und sie sind superstark und superschnell und leben ewig."

„Und was ist dabei das Wichtigste?", fragte Dr. Smythe.

Pudge brauchte nicht lange nachzudenken. „Ewiges Leben … und die Mädchen."

„Frauen und Unsterblichkeit sind am Wichtigsten, sagen Sie?" Dr. Smythe nickte, dann fügte er hinzu: „Mir kommt es so vor, als hätten Sie irgendwann erwähnt, dass Ihre Mutter vor Kurzem gestorben ist. Stimmt das, Norman?"

„Ja." Er nickte, dann wandte er seine Aufmerksamkeit plötzlich dem Tisch zu. Rachel zuckte zusammen, als er plötzlich den Arm hochriss, mit aller Kraft auf den Tisch schlug und damit offenbar ein Insekt zerquetschte. Sie war nicht die Einzige, die zusammenzuckte. Dem Arzt und den Polizisten ging es ebenso.

„Entschuldigen Sie mich einen Moment." Dr. Smythe stand auf und verließ den Raum. Es überraschte Rachel nicht sonderlich, dass er wieder in ihren Raum zurückkam. Zuerst sagte er nichts, sondern stellte sich nur neben den Captain, um Pudge durch die Spiegelscheibe zu beobachten. Alle sahen schweigend zu, wie Pudge den Käfer, den er erschlagen hatte, hochhob und fasziniert betrachtete. Rachel verzog angewidert das Gesicht, als er das tote Insekt in den Mund steckte und prüfend darauf herumkaute. Einen Augenblick später zuckte er die Achseln und murmelte: „Gar nicht so übel. Nussig."

„Wir haben es hier mit einem sehr verwirrten jungen Mann zu tun", sagte Dr. Smythe. „Ich habe bereits mit seinem Bruder gesprochen, und der sagt, Norman sei in der letzten Zeit sehr seltsam geworden. Er schlägt vor, ihn zu seinem eigenen Vorteil in einer geschlossenen Anstalt unterzubringen. Ich werde selbstverständlich noch ausführliche Tests durchführen müssen, aber Norman hat sich bereits als Gefahr nicht nur für sich selbst, sondern auch für die Öffentlichkeit erwiesen, besonders für jeden, den er seinerseits für eine Gefahr hält."

Der Blick des Psychiaters richtete sich vielsagend auf Rachel und Etienne, bevor er weitersprach. „Das genügt für eine Einweisung von zweiundsiebzig Stunden, um Untersuchungen durchzuführen."

„Danke, dass Sie gekommen sind, Doktor", sagte der Captain. „Wir müssen noch ein paar Papiere ausfüllen, aber ich vermute stark, dass wir Mr. Renberger schon sehr bald Ihrer Obhut übergeben werden."

„Ich werde dafür sorgen, dass ein Bett für ihn bereitsteht", versicherte Dr. Smythe. Er schüttelte dem Captain die Hand und ging. Dieser warf noch einen Blick in das Verhörzimmer und schüttelte den Kopf, als Pudge wieder mit der Hand auf den Tisch schlug und dann auflas, was immer er getötet hatte, um es sich genauer anzusehen.

„Vollkommen durchgeknallt", murmelte der Captain, als Pudge das Insekt in den Mund steckte und zu kauen begann. Er fuhr mit der Hand über sein schütterer werdendes Haar, schüttelte noch einmal den Kopf, seufzte und ging zur Tür, als es leise klopfte. Er sprach kurz mit jemandem, den Rachel nicht sehen konnte, dann wandte er sich ihnen wieder zu.

„Ihre Aussagen sind fertig, und Sie können Sie unterschreiben. Wenn Sie bitte Officer Janscom folgen würden; sie wird Sie führen."

„Gut. Danke." Etienne nahm Rachels Arm und führte sie mit leisem Druck aus dem Raum hinaus. Wortlos gehorchte sie, in der Gewissheit, dass die anderen Argeneaus ihr folgten.

Die Aussagen zu unterschreiben war zumindest für Rachel keine große Sache. Man hatte sie von den Argeneaus getrennt und in einen anderen Raum als Etienne und seine Familie gebracht, um die Papiere vor Zeugen zu unterzeichnen. Sie fühlte sich ein wenig verloren, als sie fertig war, wieder in den Flur hinaustrat und dort niemanden sah. Seit die Argeneaus sie aus Pudges Haus geholt hatten, waren sie immer um sie gewesen. Sie war ein wenig betrübt, jetzt plötzlich allein zu sein.

Rachel blieb im Flur stehen und überlegte, was sie tun sollte. Sollte sie warten? Sollte sie lieber gehen? Der Polizist hatte gesagt, sie könne gehen, nachdem ihre Aussage unterzeichnet war. Während sie noch hin und her überlegte, fiel ihr plötzlich ein, dass es möglicherweise gar niemanden gab, auf den sie warten musste. Etienne war vielleicht mit seiner Aussage schon fertig. Vielleicht hatte er das Revier bereits verlassen. Immerhin bestand jetzt nicht mehr die Notwendigkeit, auf sie aufzupassen. Sie wusste inzwischen, wie man sich ernährte, sie hatte gelernt, die Technik ihrer Zähne zu beherrschen, und da sie in einem Krankenhaus arbeitete, würde sie keine größeren Schwierigkeiten haben, sich Blut zu beschaffen. Es würde nicht einfach sein, aber machbar, und das war den Argeneaus wahrscheinlich ebenfalls klar. Vielleicht fühlten sie sich erleichtert, keine Verantwortung mehr für sie zu haben.

Der Gedanke war niederschmetternd. Rachel schluchzte beinahe, als sie die Tragweite dieser Erkenntnis begriff. Es tat überraschend weh.

„Rachel?"

Sie drehte sich um, als sie ihren Namen hörte. Und sie war ausgesprochen erleichtert, als sie Lissianna erkannte, die auf sie zukam, gefolgt von Gregory Hewitt.

„Ist bei Ihnen wieder alles im Lot?", fragte Lissianna besorgt. „Die Nachricht, die Mutter auf meinem Anrufbeantworter hinterlassen hat, war ein wenig wirr. Ich habe nur verstanden, dass Sie entführt wurden."

„Es geht mir gut." Rachel zwang sich zu einem Lächeln.

„Ausgezeichnet!" Lissianna lächelte, aber es war immer noch ein wenig Sorge in ihren Augen zu erkennen. „Wo sind denn die anderen? Ist Etienne ebenfalls unverletzt?"

„Ja. Aber ich bin nicht sicher, wo sie sind", gab Rachel zu. „Sie sind vielleicht schon mit dem Papierkram fertig und nach Hause gefahren."

Lissianna runzelte die Stirn, dann sah sie sich suchend um. „Ich werde jemanden fragen."

Dann eilte sie davon, um sich zu erkundigen.

„Ich bin sicher, Etienne würde nicht ohne Sie gehen", stellte Gregory ernst fest.

Rachel sah ihn an und schenkte ihm ein tapferes Lächeln. „Na ja, jetzt hat er eigentlich keinen Grund mehr dafür. Ich habe in der letzten Zeit viel gelernt und kann mich selbst durchbringen. Ich brauche keinen Babysitter mehr."

Gregory hörte ihr stirnrunzelnd zu und sah sie besorgt an. „Rachel, hat Ihnen denn niemand von der Lebensgefährten-Regel erzählt?"

Es dauerte etwas, bis Rachel seine Frage verstanden hatte. Sie schien so überhaupt nichts mit dem zu tun zu haben, was sie im

Augenblick beschäftigte. „Ich – Nein, es tut mir leid. Niemand hat diese Regel erwähnt."

Er nickte bedächtig. „Das dachte ich mir. Aber ich glaube, es ist wichtig, dass Sie sie kennen. Es wird ihnen helfen zu verstehen, woran Sie mit Etienne sind."

Rachel sah ihn fragend an. Es wäre tatsächlich eine Erleichterung zu wissen, woran sie war. Ihr wurde langsam klar, dass ihre Gefühle für Etienne sehr tief gingen und Enttäuschungen ziemlich schmerzhaft werden konnten.

„Da wir uns von der Bevölkerung nähren", begann er, „ist es selbstverständlich wichtig, dass es nicht zu viele von uns gibt, damit wir nicht mehr werden als unsere potenzielle Nahrungsquelle."

Rachel nickte. Bis dahin konnte sie folgen.

„Also gibt es bestimmte Regeln. Zum Beispiel darf jedes Paar nur alle hundert Jahre ein Kind bekommen."

„Das hat Marguerite erwähnt." Rachel nickte.

„Das überrascht mich nicht. Aber sie hat vielleicht nicht erwähnt, dass jedem Vampir nur eine einzige Wandlung gestattet ist."

Rachel schüttelte den Kopf. „Wie bitte? Man gestattet ihnen nur einen Gemahl?"

„Oh nein. Es kommt durchaus zu Scheidungen. Wir sprechen hier von sehr langen Leben, also gibt es auch Scheidungen, obwohl ich gehört habe, dass es sehr viel seltener dazu kommt als bei der Mehrheit der Bevölkerung", erklärte er. „Ich meine, sie dürfen in ihrem ganzen Leben nur einmal einen Menschen in einen Vampir wandeln. Dieser ist dann zwar auch für gewöhnlich der Lebensgefährte, aber es kann auch jemand ganz anderes sein. Und wenn er erst später einen Lebensgefährten findet, darf er ihn nicht mehr wandeln."

„Aber Etienne hat mich gewandelt", sagte Rachel.

„Ja." Greg nickte feierlich.

„Rachel!"

Diesmal drehte sich Rachel langsamer um, als sie jemanden ihren Namen rufen hörte. Sie war so durcheinander, dass sie einen Moment brauchte, um die Dame zu erkennen, die auf sie zueilte. Erst der Anblick des grauhaarigen Herrn, der ihr folgte, machte ihr klar, dass es ihre Eltern waren. Dann geriet sie in eine Wolke von Poison, als sich die duftenden Arme ihrer Mutter um sie schlossen.

„Gott sei Dank, Kleines! Ich habe mir solche Sorgen gemacht! Ich konnte es kaum glauben, als Officer Janscom anrief, um uns zu sagen, dass man dich gefunden hat und du in Sicherheit bist. Wir hatten solche Angst, dich nie im Leben wiederzusehen. Gott sei Dank, dass jetzt alles vorbei ist!" Sie umfasste Rachels Gesicht mit beiden Händen und drückte ihr einen Kuss auf jede Wange. Dann betrachtete sie sie forschend und sagte stirnrunzelnd. „Du siehst verändert aus. Und du bist schrecklich blass. Du brauchst etwas Gutes zu essen und ein sehr langes Schläfchen."

„Ja, wir bringen dich jetzt nach Hause", fügte ihr Vater mit vor Erleichterung rauer Stimme hinzu und legte den Arm in einer angedeuteten Umarmung um sie. Dann führte er seine beiden Damen zum Ausgang des Krankenhauses.

Rachel sagte nichts, als sie ihren Eltern folgte. Sie hätte nicht mehr blass sein dürfen, denn sie hatte auf dem Weg ins Krankenhaus im Auto mehr als genug Blut zu sich genommen. Ihr Erbleichen hatte wahrscheinlich mit der Mitteilung von Greg zu tun und mit den Folgerungen, die sich daraus für sie ergaben. Als Etienne sie rettete, hatte er damit seine einzige Chance vertan, sich eine Lebensgefährtin seiner Art zu erschaffen, dachte sie schwächlich. Lieber Gott, er hatte sie gewandelt und sie mit so viel Mühe alle wichtigen Fertigkeiten gelehrt, aber er würde nie eine wahre Gefährtin haben können. Er hatte für sie jede Chance auf eine Lebensgefährtin aufgegeben.

Sie konnte nur daran denken, wie sehr er sie verabscheuen musste. Und wenn er es nicht tat, hatte er sicher nur noch nicht begriffen, was für ein Opfer er gebracht hatte. Sobald ihm klar würde, was er alles aufgegeben hatte, würde er sie ganz bestimmt hassen. Ein ganzes Leben ohne jemanden, der ihn liebte – tatsächlich sogar mehrere normale Menschenleben. Er hatte Hunderte von Jahren gelebt und noch viele Hunderte vor sich – ohne Liebe. Oder er würde diese Liebe finden und gezwungen sein zuzusehen, wie sie alterte und starb, während er für immer jung blieb.

Etienne unterzeichnete die letzte Kopie der Aussage, die ihm vorgelegt worden war, und schob sie ungeduldig über den Tisch, damit sie offiziell beglaubigt werden konnte. Er wollte das hier so schnell wie möglich hinter sich bringen. Niemand hatte Rachel begleitet. Es war alles so schnell gegangen, dass die Argeneaus dazu keine Gelegenheit gehabt hatten. Sie waren alle in diesen Raum geführt worden, dann hatte Officer Janscom Rachel gebeten, ihr zu folgen, und sie weggeführt. Ihm gefiel der Gedanke nicht, dass sie allein war. Es ging nicht darum, dass er Angst hatte, ihr könne etwas zustoßen – Pudge war keine Gefahr mehr für sie, also war sie in Sicherheit. Aber was, wenn jemand ihr eine unbequeme Frage stellte und niemand da war, um den Geist des Fragenden zu beeinflussen? Rachel war wirklich eine erbärmlich schlechte Lügnerin. Außerdem konnte er die Furcht nicht loswerden, dass sie einfach verschwinden könnte. Sie konnte sich jetzt selbst ernähren. Sie hatte im Auto sogar direkt aus dem Beutel getrunken. Und nachdem Pudge hinter Schloss und Riegel saß, war seine letzte Ausrede dafür, sie in seinem Haus zu behalten, nichtig geworden. Und wenn sie beschloss, ihren Weg alleine fortzusetzen oder sich weigerte, mit ihm in sein Haus zurückzukehren? Er wollte nicht, dass sie ihn verließ. Etienne hatte sich viel zu sehr an ihre Gegenwart gewöhnt und schätzte sie. Er wollte sein ganzes Leben –

„Das war's, Sir", sagte Officer Janscom, als sie die Kopien der Aussage wieder zu einem ordentlichen kleinen Stapel zusammenschob. „Das ist alles. Sie können jetzt gehen. Wenn wir Sie noch einmal brauchen, wird sich jemand mit Ihnen in Verbindung setzen."

Etienne war schon fast draußen, bevor sie den Satz ganz zu Ende gesprochen hatte. Er musste Rachel finden. Es gab so vieles zu bereden. Er wollte wissen, was sie für ihn empfand. Ob sie glaubte, ihn eines Tages so lieben zu können, wie er sie seit Kurzem liebte.

„Etienne!"

Er fuhr herum, als er auf dem Korridor eine weibliche Stimme hörte. Aber es war nur seine Schwester. Etienne nickte ihr zu, dann sah er sich erwartungsvoll um. Leider gab es nirgendwo eine Spur von Rachel.

„Hast du Rachel gesehen?", fragte er seine Schwester, als sie ihn erreichte und umarmte.

„Ja. Sie und Gregory waren hier, als ich losging, um mich nach euch zu erkundigen." Lissianna ließ ihn los und warf ihrem Mann, der sich ihnen langsam näherte, einen fragenden Blick zu. „Wo ist sie denn hingegangen, mein Lieber?"

„Ihre Eltern sind gekommen. Und sie haben sie mitgenommen", erklärte er, aber sein Gesichtsausdruck machte Etienne misstrauisch.

„Was ist denn los?", fragte er.

Gregory zögerte einen Moment, dann sagte er entschuldigend: „Ich habe vielleicht einen Fehler gemacht."

„Was für einen Fehler?", fragte Lissianna und ergriff fürsorglich seine Hand.

„Ich habe ihr die Regel erklärt, dass man in seinem Leben nur eine einzige Person wandeln darf, und dass es sich dabei üblicherweise um einen Lebensgefährten handelt", gab er zu.

„Du hast ihr klargemacht, was für ein Opfer Etienne um ihretwillen gebracht hat, und sie ist dennoch gegangen, ohne dich auch nur zu bitten, ihm etwas auszurichten?", fragte Lissianna ungläubig. „Sie hat das gewusst und hat sich nicht einmal die Zeit genommen, sich zu verabschieden? Oder sich auch nur zu bedanken?"

Etienne hörte Lissiannas Worte, aber tatsächlich konnte er sie nicht begreifen. Das würde er später tun. Im Augenblick stand er nur da und fühlte sich einsam und verloren. Rachel hatte genau das getan, was er am meisten befürchtete. Sie hatte ihn verlassen.

Nun redete seine Mutter auf ihn ein, aber Etienne konnte sie nicht richtig verstehen. Es war, als habe er Watte in den Ohren. Tatsächlich schien sein ganzes Hirn mit Watte verstopft zu sein. Hin und wieder nickte er zerstreut, als sie das Polizeirevier verließen. Er bezweifelte, damit jemanden täuschen zu können – wahrscheinlich lasen sie alle seine Gedanken, obwohl sie völlig chaotisch waren. Aber er hatte offenbar an den richtigen Stellen genickt, denn keiner merkte etwas. Auf dem Weg zu Bastiens Auto setzten sie ihre Unterhaltung fort. Dann machten sie sich auf den Heimweg.

Jemand bot an, ihn zu begleiten, als sie sein Haus erreichten, aber Etienne murmelte etwas von Arbeit, sprang schnell aus dem Auto und warf die Tür hinter sich zu. Im Augenblick wollte er niemanden sehen, mit niemandem reden oder auch nur nachdenken müssen. Er wollte sich einfach nur in einer Höhle verkriechen, vor dem Leben fliehen, für eine kurze Zeit jedenfalls. Und das würde ihm am ehesten gelingen, wenn er arbeitete.

Etienne betrat sein Haus und merkte plötzlich, wie groß und

leer es war. Zu groß für eine einzelne Person, eigentlich. Er konnte es vielleicht verkaufen und sich eine Wohnung zulegen. Er brauchte nicht viel Platz, ein Arbeitszimmer, ein Schlafzimmer, einen Kühlschrank … es war ja nicht so, dass er oft Besuch gehabt hätte.

Er verzog das Gesicht vor Qual, als Erinnerungen an Rachel ihn plötzlich überfluteten: wie sie Videospiele spielten, still am Feuer in der Bibliothek saßen und lasen, lachten, wie sie versuchte, das Abfall-Blut zu trinken, mit dem er sie traktierte, das Picknick im Mondschein … Er schloss die Tür zu diesen Erinnerungen, als ihnen nur noch Angst und Traurigkeit folgen wollten. Aber bevor es ihm gelang, hielten noch die Fragen Einzug: Hatte er sie für immer verloren? Empfand sie irgendetwas für ihn? Oder war er für sie nur ein angenehmer Zeitvertreib gewesen?

Er machte sich nicht die Mühe, hinter sich abzuschließen, sondern ging direkt durch den Flur in die Küche und dann in sein Arbeitszimmer hinunter. Das Durcheinander, das bei seiner Befreiung entstanden war, sprang ihn an, als er das untere Ende der Treppe erreicht hatte. Er ignorierte es und stieg einfach über den Schutt hinweg. Er würde dafür sorgen müssen, dass die Tür ersetzt wurde. Und er hatte einen Abgabetermin für die Arbeiten an „Blutlust II“, den er unbedingt einhalten wollte. Das Leben war ihm in letzter Zeit so durcheinandergeraten, mit all dem Ärger durch Pudge und dem Auftauchen von Rachel, dass Etienne mit dem Projekt gewaltig im Verzug war. Jetzt würde er sich nur noch darauf konzentrieren. Arbeit war immer seine Zuflucht gewesen, und sie würde es jetzt wieder sein.

Er setzte sich an seinen Arbeitstisch und starrte die Verwüstung an, die unter seinen Computern angerichtet worden war. Pudge hatte sie vollkommen ruiniert; sie waren von einem Kugelhagel durchsiebt worden. Zum Glück besaß Etienne von seiner Computerarbeit Sicherheitskopien. Diese war also gerettet, aber die Apparate waren so vollständig zerstört, dass er trotzdem nicht weitermachen konnte.

Sein Blick wanderte zum Telefon, aber er wusste, dass auch das nicht mehr funktionierte. Dann wandte er sich von dem Durcheinander ab, ging wieder aus dem Zimmer und dann aus dem Haus und setzte sich ins Auto. Er würde jetzt erst einmal neue Computer kaufen – vier, wenn er alle ersetzten wollte – und dann wie ein Verrückter arbeiten, um rechtzeitig fertig zu werden. Sobald das geschehen war, würde er darüber nachdenken, was er wegen Rachel tun sollte. Wenn es überhaupt etwas gab, das er tun konnte.

„Was wirst du wegen Rachel unternehmen?"

Etienne reagierte auf die Frage seiner Mutter mit einem Stirnrunzeln. Er hatte sich das selbst oft genug gefragt, seit Rachel vor anderthalb Wochen das Polizeirevier und sein Leben verlassen hatte. Und er hatte immer noch keine Antwort gefunden. Rachel wollte ihn offenbar nicht haben. Sie war gegangen, ohne sich auch nur einmal umzuwenden, und hatte seitdem nicht versucht, sich mit ihm in Verbindung zu setzen.

„Hast du denn versucht, dich mit ihr in Verbindung zu setzen?", fragte Marguerite.

Etienne machte sich nicht die Mühe, sich wegen ihres Eindringens in seinen Kopf aufzuregen. Was half das schon? Außerdem schien er in letzter Zeit nicht viel Energie zu haben. Und ganz bestimmt nicht genug, um einen Kampf auszufechten, den er sein Leben lang immer wieder verloren hatte. Seine Mutter hatte entgegen unzähligen Protesten immer wieder seine Gedanken gelesen, und das würde sie zweifellos auch weiterhin so lange tun, bis einer von ihnen starb.

„Natürlich hast du keine Energie; du hast dich nicht richtig ernährt. Im Augenblick bist du dehydriert", schimpfte Marguerite.

„Schau dich doch nur an: Du hast dich nicht einmal gewaschen oder die Kleidung gewechselt, seit du vom Polizeirevier zurück bist. Du solltest dankbar sein, dass Rachel nicht versucht hat, sich mit dir in Verbindung zu setzen. Ein einziger Blick auf deinen traurigen Zustand und sie wäre wieder verschwunden, froh und erleichtert, noch mal davongekommen zu sein."

„Ich hatte viel zu tun", erwiderte Etienne erbost. Er war normalerweise nicht sonderlich aufbrausend – das gehörte mehr zu Lucerns und Bastiens Eigenschaften. Sie waren die Mürrischen in der Familie. Aber in letzter Zeit war er oft unbeherrscht gewesen.

„Hmm." Marguerite starrte ihn an, und zu Anfang war er sicher, dass sie das Thema fallen lassen würde. Dann bemerkte er, wie sie seine Gedanken durchging. Er versuchte, sich ihr zu verwehren, aber das hatte er noch nie gekonnt. Außerdem hatte sie bereits gefunden, wonach sie suchte. „Du hast ihr nie gesagt, dass du sie liebst."

Etienne spürte den Vorwurf, der in der Frage steckte, und zuckte zusammen, dann sagte er kleinlaut. „Ich wusste nicht, dass ich sie liebte. Aber ich wusste, dass ich sie gern hatte, und wollte sie bei mir behalten, und das hat sie ganz bestimmt gemerkt. Offenbar wollte sie aber nicht."

„Wie soll sie es denn gemerkt haben?", fragte sie trocken. „Hast du es ihr gesagt?"

„Nein."

„Wie kommt es nur, dass ich so dumme Kinder habe!", rief Marguerite aufgebracht.

„Wir konnten die Gedanken des anderen lesen, wenn wir … miteinander intim waren. Sie wusste, dass ich sie gern hatte und mit ihr zusammenbleiben wollte."

„Wie bitte?" Marguerites Miene legte nahe, dass sie Etienne für einen Idioten hielt. Er fühlte sich unbehaglich. „Wie konnte sie deine Gedanken lesen? Sie kannte sich damit doch noch überhaupt nicht aus. Lieber Himmel, das arme Mädchen konnte bis zum letzten Tag, als sie hier war, nicht einmal ihre Zähne richtig einsetzen. Gedankenlesen ist eine sehr komplizierte Fähigkeit, die zu erlernen man Jahre benötigt." Sie sah ihn stirnrunzelnd an. „Hast du ihre Gedanken gelesen, wenn ihr miteinander intim wart und ihr Geist deinem offen stand?"

„Nein. Selbstverständlich nicht. Ich wollte nicht aufdringlich sein."

„Aber du bildest dir ein, dass sie irgendwie dazu fähig und willig war, das bei dir zu tun?" Sie schnaubte spöttisch. „Selbstverständlich hat sie das nicht getan. Du wirst deinen Mut zusammennehmen und es ihr sagen müssen, mein Lieber."

Etienne schwieg, aber Marguerite konnte die Bestürzung in seinem Kopf und in seinem Herzen wahrnehmen. Er wollte mit Rachel sprechen, aber er fürchtete, abgewiesen zu werden. Marguerite kannte ihren Sohn und wusste, dass er schließlich doch zu Rachel gehen würde, aber sie befürchtete, dass es dann zu spät sein könnte. Nein, sie hatte nicht vor, einfach zuzusehen, wie er die Chance zu seinem Glück vertat. Und das bedeutete wohl, dass sie etwas unternehmen musste.

Lieber Himmel, dachte sie verärgert. Der Junge war über dreihundert Jahre alt. Die Arbeit einer Mutter fand wirklich nie ein Ende.

18

Rachel lehnte sich zurück und verschloss das Nagellackfläschchen, dann streckte sie die Füße aus und betrachtete das Ergebnis ihrer Arbeit. Sie hatte jetzt zehn dunkelrote Zehennägel. Das hier war eine neue Erfahrung, aber sie hatte schließlich eine Menge neuer Erfahrungen gemacht, seit Etienne Argeneau zum ersten Mal im Sektionssaal aufgetaucht war.

Stirnrunzelnd zwang sie sich, an etwas anderes zu denken. Es war nicht gut, Erinnerungen an Etienne heraufzubeschwören. Das machte sie nur missmutig und deprimiert. Er fehlte ihr so sehr! Sie hatte nur kurze Zeit in seinem Haus gelebt, doch war es ihr gleichermaßen wie eine Ewigkeit und wie eine einzige Sekunde erschienen. Es war, als hätte sie ihn schon immer gekannt und schon ein langes Leben mit ihm verbracht. Er war ihr so vertraut gewesen, und sie vermisste ihn schrecklich.

Wenn sie nicht in Trübsal versinken wollte, musste sie sich ablenken. Das hatte sie allzu schnell gelernt, als sie ihr eigenes Leben wieder aufgenommen hatte. Sehnsucht und Herzweh ließen sie lächerliche Dinge essen wie Eis, das ihr Körper nicht brauchte und das ihr eigentlich überhaupt nicht mehr schmeckte. Sie stand auf und ging in die Küche. Erst im letzten Augenblick wurde ihr klar, dass sie direkt zum Kühlschrank gegangen war und ihn geöffnet hatte, um nachzusehen, was drinnen war. Mit einem angewiderten Seufzer warf sie die Kühlschranktür wieder zu. Dann stützte sie die Hände auf die Hüften und drehte sich um, um die Küche zu bewundern. Sie war makellos. Rachel hatte sie vor einer Stunde ebenso gründlich wie die übrige Wohnung geputzt, weil sie die Zeit totschlagen wollte. Als sie in ihr gewohntes Leben zurückgekehrt war, hatte sie feststellen müssen, dass ihre Stelle bei der Tagschicht inzwischen anderweitig vergeben worden war. Ihr Boss hatte sich umständlich und wortreich bei ihr entschuldigt. Sie hätten das Schlimmste angenommen, als sie verschwunden war. Die Stelle hatte sofort besetzt werden müssen, also hatten sie sie Tony gegeben, der sich ebenfalls darauf beworben hatte. Rachel hatte ihm versichert, dass sie das verstand, und das stimmte auch. Tatsächlich hatte es sie zu ihrer eigenen Überraschung kaum gestört. Ihre Erfahrungen in dieser kurzen Zeit mit Etienne hatten sie sehr schnell zu einem Nachtmenschen gemacht. Jetzt liebte sie die Nächte und arbeitete gerne nachts. Es war seltsam, aber ihre lauten Nachbarn störten ihren Schlaf nicht mehr. Sie konnte sie irgendwie überhören und schlief wie eine Tote.

Das einzig Schlimme an der Nacht war, dass sie sie so sehr an ihre Zeit mit Etienne erinnerte, was gleichzeitig wunderbar und traurig war. Wie sehr er ihr fehlte!

Ein Klopfen an der Tür rettete sie davor, weiter an Etienne zu denken und wieder in Kummer zu versinken. Sie setzte ein Lächeln auf, verließ die Küche und ging zur Wohnungstür, wobei sie sich fragte, welcher von ihren Nachbarn wohl um diese Zeit noch vorbeikommen würde. Es war schon nach Mitternacht, aber niemand hatte geklingelt, also war sie sicher, dass es ein Nachbar sein musste.

Rachel schaute nicht durch das Guckloch, bevor sie die Tür öffnete. Ihre Kraft und Schnelligkeit waren in den Wochen seit ihrer Wandlung gewachsen, und sie hatte vor niemandem mehr richtige Angst. Es war eine neue und sehr ermutigende Art zu leben. Sie machte die Tür weit auf und spähte nach draußen, dann trat sie in den Flur und blickte sich verwundert um. Sie war sicher, ein Klopfen gehört zu haben, aber es war niemand zu sehen.

„Wahrscheinlich verliere ich langsam den Verstand", murmelte sie, ging wieder in die Wohnung zurück und legte automatisch die Kette vor. Sie hatte sich gerade umgedreht und war schon ein paar Schritte von der Wohnungstür entfernt, als es wieder klopfte. Sie blieb stehen, drehte sich aber nicht wieder nach der Tür um. Das Klopfen war nicht von dort gekommen. Es kam vom anderen Ende des Flurs, aus der Nähe des Wohnzimmers. Mehr neugierig und verwirrt als ängstlich oder ungehalten ging sie weiter den Flur entlang bis in den großen, gemütlichen Raum und starrte dort die Polstermöbel an, bevor ein weiteres Klopfen ihren Blick auf die Balkontür lenkte.

Mit weit aufgerissenen Augen starrte sie den Mann an, der auf der anderen Seite der Glastür stand. Dann eilte sie auf ihn zu, als er grinste und winkte.

„Thomas!", grüßte sie ihn, als sie die Tür aufschob und ihn hereinließ. „Wie sind Sie denn hier heraufgekommen?"

„Ich bin selbstverständlich geklettert", antwortete er achselzuckend.

Rachel sah ihn zweifelnd an, dann ging sie auf den Balkon hinaus und spähte an dem Gebäude und den sechs Balkonen unter ihr hinunter. Ungläubig drehte sie sich wieder um. „Da sind Sie hochgeklettert?"

„Klar." Er zuckte amüsiert die Achseln. „Ich klettere gerne."

Rachel sah sich noch einmal das Gebäude an. Es war wohl tatsächlich nicht unmöglich, hier hinaufzuklettern, überlegte sie, wenn man stark und sportlich war und keine Angst hatte, dabei den Tod zu finden. Und all das traf mit einiger Sicherheit auf einen zweihundertjährigen Vampir zu. Ha, in ein paar hundert Jahren würde sie so etwas vielleicht auch können!

Sie lachte leise und ging an Thomas vorbei ins Wohnzimmer. „Warum haben Sie nicht einfach geklingelt? Ich hätte Sie hereingelassen."

Wieder zuckte Thomas die Achseln, als sie die Balkontür hinter ihnen schloss. „Ich wollte Sie überraschen."

„Das ist Ihnen gelungen", stellte sie trocken fest, dann lächelte sie. „Welchem Umstand verdanke ich denn die Ehre dieses Besuchs?"

„Ich wollte Ihnen einen schönen Valentinstag wünschen und Sie in den Night Club ausführen", sagte er leichthin – aber das brachte Rachel noch mehr durcheinander.

„Äh … Thomas, Valentinstag ist im Februar. Wir haben September", sagte sie.

Er lachte über ihre misstrauische Miene. „Wir folgen nicht immer dem regulären Kalender. Nach ein paar hundert Jahren wird einem klar, dass Valentinstag ist, wann immer man will, und Amor auftaucht, wann immer er gebraucht wird."

„Oh", murmelte Rachel unsicher. Sie hatte nicht die leiseste Ahnung, wovon er sprach, aber sie war so froh, in ihrer freien Nacht Gesellschaft und die Gelegenheit zu haben, etwas zu unternehmen, dass sie keine Lust auf weitere Fragen hatte.

Sie war schon ein paarmal auf die Idee gekommen, allein in den Night Club zu gehen, hatte aber nicht den Mut dazu gefunden, denn sie wollte es vermeiden, Etienne zu begegnen. Rachel fürchtete sich davor, sich ihm an den Hals zu werfen oder etwas ähnlich Peinliches zu tun. Oder dass er sich einfach von ihr abwenden würde. War ihm inzwischen klar, was er aufgegeben hatte, um sie zu retten? Hasste er sie? Die Tatsache, dass er sie nicht einmal angerufen hatte, schien ihr ein deutliches Indiz dafür zu sein.

„Dann also los." Thomas klatschte in die Hände und riss sie damit aus ihren Gedanken. „Ziehen Sie sich um, Dudette, und dann geht's los. Heute Abend ist der Club genau der richtige Ort."

Rachel versuchte nicht einmal darüber nachzudenken, sondern nickte nur mit einem dankbaren Lächeln und eilte in ihr

Schlafzimmer. Sie trug die engen Jeans, die Marguerite aus ihrer Wohnung geholt hatte, als Rachel bei Etienne gewesen war. An ihren freien Tagen zog sie diese Jeans nun oft an, denn jetzt passten sie ihr wieder, waren irgendwie tröstlich und erinnerten sie an eine schöne Zeit.

Jetzt zog sie sie aus und einen kurzen, engen Lederrock an, den sie vor Kurzem in einem schwachen Moment erworben hatte, als sie noch hoffte, dass Etienne sich mit ihr in Verbindung setzen würde. Rachel hatte den Rock bei einer Verabredung tragen wollen, um Etienne um den Verstand zu bringen. Aber er hatte sie niemals angerufen, und sie hatte diesen Traum mit vielen anderen Träumen abgetan. Sie hatte auch nicht vor, Thomas damit zu bezirzen. Aber es bestand immerhin eine winzige Möglichkeit, Etienne zu begegnen. Und wenn das geschah, wollte sie unbedingt so gut wie möglich aussehen. Dann zog sie das weite T-Shirt aus, das sie trug, und tauschte es gegen eine weiße Stoffbluse ein, die sie in den Rock steckte. Dazu wählte sie Sandaletten, die ihre frisch lackierten Zehennägel hübsch zur Geltung brachten, und schminkte sich. Nachdem sie sich mit den Fingern durchs Haar gefahren war, um es zu diesem aufregenden neuen Look zu zerzausen, besprühte sie sich noch mit ein wenig Parfum und war rasch wieder bei Thomas.

„Das ging aber schnell! Und Sie sehen wirklich gut aus", stellte Thomas bewundernd fest. „Gehen wir, Dudette. Die Nacht erwartet uns."

Sehr zu ihrer Erleichterung ging er nicht zur Balkon –, sondern zur Wohnungstür. Rachel nahm jedenfalls nicht an, dass sie schon fit genug war, Gebäude zu erklimmen. Sie schnappte sich ihre Handtasche und folgte ihm beschwingten Schrittes. Plötzlich hatte sie wieder gute Laune. Sie mochte Thomas gut leiden – zwar nicht auf dieselbe Weise wie Etienne, aber er war ein netter Kerl, und sie hatte sich immer gut mit ihm unterhalten, und sie wusste, dass es ein schöner Abend werden würde. Ihn im Night Club zu verbringen würde erheblich mehr Spaß machen, als in ihrer Wohnung zu sitzen und Dingen nachzutrauern, die vielleicht hätten sein können.

Außerdem würde sie Thomas eventuell ein paar Informationen über Etienne entlocken können. Er würde wissen, wie es seinem Vetter ging. Rachel gierte förmlich danach, das zu erfahren.

Etienne steckte die Disketten für „Blutlust II" in den Umschlag, beschriftete ihn und legte ihn mit einem Seufzer aus der Hand. Er war fertig. Die Arbeit war endlich erledigt. Einen Moment starrte er den Umschlag ausdruckslos an, dann stand er auf und verließ das Arbeitszimmer. Er hatte ununterbrochen an dem Spiel gearbeitet und nicht zugelassen, dass Gedanken an Rachel zu ihm durchdrangen und ihn ablenkten, außer in den Nächten, in denen seine Mutter gekommen war, um ihn zu stören. Jetzt, da er fertig war, galt sein erster Gedanke Rachel. Als er aus dem Arbeitszimmer nach oben ging, fragte er sich, was sie wohl gerade machte.

Arbeitete sie? Nein, dachte er. Sie hatte an dem Tag, als er sie zur Vampirin gewandelt hatte, erfahren, dass man sie zur Tagschicht versetzt hatte. Und jetzt war es schon nach Mitternacht. Zweifellos schlief sie gerade, bequem zugedeckt in einem warmen Bett, und er spürte, wie Sehnsucht in ihm aufstieg. Wie gerne wäre er bei ihr in diesem Bett gewesen! Selbstverständlich würde sie nicht viel Schlaf bekommen, wenn er dort wäre. Er würde nicht widerstehen können und sie berühren und streicheln müssen –

An dieser Stelle verbat er sich alle weiteren Gedanken zu diesem Thema. Über Sex mit Rachel zu fantasieren, gehörte nicht gerade zu den ergiebigsten Dingen der Welt. Außerdem hatte er Wichtigeres zu tun, zum Beispiel eine Möglichkeit zu finden, sich ihr zu nähern. Er war zu dem Schluss gekommen, dass seine Mutter recht hatte. Er musste Rachel seine Gefühle gestehen und herausfinden, was sie für ihn empfand. Die einzige Frage war, wie er am geschicktesten vorgehen sollte.

Etienne stand mitten in der Küche, als das Telefon klingelte. Automatisch wandte er sich der Tür zum Souterrain zu, aber dann erinnerte er sich noch rechtzeitig daran, dass er im ganzen Haus Telefone hatte anbringen lassen, als der Monteur gekommen war, um das Gerät im Arbeitszimmer zu reparieren. Also ging er zu dem Telefon neben der Anrichte und nahm den Hörer ab. „Hallo?", knurrte er unfreundlich.

„Heh, Dude!", grüßte Thomas aufgedreht. „Rate mal, wo ich bin."

Etienne zog eine kleine Grimasse. Der Lärm lauter Musik und Gespräche übertönte Thomas' Stimme beinahe. Man brauchte kein Genie zu sein, um herauszufinden, wo sein Vetter sich befand. „Im Night Club."

„Beim ersten Versuch, Dude!" Thomas lachte. „Ja, ich bin hier, mit dieser hinreißenden Frau. Du kennst sie vielleicht. Rachel."

„Wie bitte?" Etienne erstarrte, und er umklammerte auf einmal den Hörer.

„Ja." Thomas klang sehr selbstzufrieden. „Sie hatte nichts vor, ich hatte nichts vor …"

„Thomas", knurrte Etienne. Kalte Wut stieg bei dem suggestiven Schweigen seines Cousins in ihm auf.

„Sie ist jetzt auf der Toilette und weiß nicht, dass ich dich anrufe. Wenn du sie haben willst, solltest du lieber herkommen", sagte sein Vetter amüsiert. Dann fügte er in einem ernsthafteren Ton hinzu: „Und diesmal solltest du es lieber richtig machen, Dude. Ich spiele nicht noch einmal Amor für euch beide. Wenn du es wieder verdirbst, nehme ich sie mir selbst. Einen schönen Valentinstag."

Auf das Klicken des Telefons folgte das Freizeichen. Etienne hörte es sich eine volle Minute lang an, während seine Gedanken sich überschlugen. Thomas spielte Amor. Er mischte sich schon wieder ein. Gesegnet soll er sein, dachte er und warf den Hörer auf die Gabel. Dann überlegte er einen Augenblick nervös, was er als Erstes tun sollte. Er brauchte eine Dusche und musste sich umziehen. Und rasieren. Lieber Gott, er hatte einen richtigen Bart. So lange hatte er sich nicht mehr rasiert. Vielleicht sollte er ihr etwas mitbringen. Vielleicht Blumen. Wo zum Teufel fand man um diese Zeit Blumen? Warum schloss alles über Nacht? Wollte denn niemand da draußen Geld verdienen?, dachte er gereizt, als er mit großen Schritten die Küche verließ.

„Sie sind ein tolles Mädchen, Dudette!"

Rachel lachte über Thomas' Kompliment, während sie weiter zu dem Rocksong tanzte, der über die Tanzfläche dröhnte. Ihr gefiel dieser Abend. Wirklich. Sie amüsierte sich ordentlich. Und sie hatte in den beiden Stunden, die sie hier waren, höchstens zweitausendmal an Etienne gedacht. Das war seltener als sonst.

„Ich bin vollkommen geschafft, Dudette. Setzen wir uns." Thomas wartete nicht auf ihre Zustimmung, sondern nahm sie bei der Hand und zog sie mit sich. Rachel folgte, ohne zu protestieren. Tanzen machte Spaß, aber sie konnte ebenfalls eine Pause brauchen.

„Wie gut, die Getränke sind da", sagte Rachel erfreut, als sie sich auf den Stuhl sinken ließ. Sie hatte beschlossen, tapfer zu sein und Thomas wieder für sie bestellen zu lassen, doch gleichzeitig darum gebeten, dass er keinen Sweet Ecstasy bestellte. Er bestellte einen Marathon. Das hatte nicht so gefährlich geklungen. Dennoch hatte sie gefragt, was sich darin befand, und er hatte gesagt, sie würde schon sehen. Rachel nippte neugierig und war überrascht, dass es nicht übel schmeckte. Ganz und gar nicht übel. Und sie brauchte keinen Strohhalm mehr, um das Blut zu trinken.

„Sehen Sie mal, wer da ist."

Rachel blickte auf und erstarrte, als sie Etienne sah, der sich einen Weg durch die Menge bahnte. Einen Augenblick strahlte sie, aber dann begannen die Bedenken. Er sah nicht aus, als freute er sich, sie zu sehen. Tatsächlich erschien er ihr eher verärgert, als sie beobachtete, wie er die letzten paar Schritte zu ihrem Tisch zurücklegte und einen Augenblick stehen blieb, um sie anzustarren. Sie war gerade zu dem Schluss gekommen, dass ihm inzwischen wohl klar sein musste, was er aufgegeben hatte, und dass er sie deswegen hasste, als er plötzlich die Hand hinter seinem Rücken vorzog und ihr einen schlaffen Blumenstrauß überreichte. Rachel starrte das trostlose Bouquet einen Moment an, dann streckte sie unsicher die Hand aus, um es entgegenzunehmen. Offenbar hatte sie zu lange gezögert, denn Etienne begann sofort, sich für den Zustand der Blumen zu entschuldigen.

„Ich wollte dir Blumen mitbringen, aber um diese Zeit sind die Blumenläden nicht offen. Ich habe sechs Gemischtwarenläden abgeklappert, die rund um die Uhr offen sind, bevor ich etwas fand, und das waren noch die besten –"

„Sie sind reizend", unterbracht Rachel ihn, als sie den Strauß ergriff. So schlaff und traurig er auch aussehen mochte, er kam ihr wunderschön vor. Und er ließ sie wieder hoffen. Rachel hob die Blumen mit einem schüchternen Lächeln an die Nase und schnupperte den zarten Duft von – „Salami?"

„Sie hatten sie im Kühlschrank", murmelte er verlegen.

Rachel biss sich auf die Lippen, um nicht laut loszulachen, dann lächelte sie ihn strahlend an. „Wie ist es dir denn ergangen?"

„Schrecklich", antwortete er schlicht. „Und dir?"

„Genauso." Sie mussten beide lächeln, und beiden war gleich wohler.

„Sieht aus, als wäre meine Arbeit für heute erledigt", verkündete Thomas, stand auf und erklärte Rachel dann: „Es war wirklich nett mit Ihnen, Dudette, aber ich bin nur der Bote. Tante Marguerite hat mich gebeten, Amor zu spielen, und ich mag Sie, also habe ich zugestimmt."

„Amor, wie?", fragte Etienne amüsiert.

„Ja, du kannst ruhig lachen", sagte Thomas gutmütig. „Genieße es, so lange du kannst. Aber verdirb nicht wieder alles. Ich trete nur einmal alle hundert Jahre als Amor auf."

Dann trat er an Rachels Seite, beugte sich vor, um sie zu umarmen und murmelte: „Willkommen in der Familie."

Rachel wollte fragen, was er damit sagen wollte, aber Thomas ging zu schnell davon, sodass sie keine Chance hatte. Sie sah, wie er in der Menge verschwand, dann wandte sie sich zu Etienne um, der sich gerade auf dem Stuhl niederließ, den sein Vetter kurz zuvor für ihn frei gemacht hatte.

„Du hast mir gefehlt", verkündete er, sobald ihr Blick den seinen traf.

Rachels Augenbrauen schnellten erstaunt nach oben. „Das sah aus meiner Sicht ganz anders aus", ging ihr durch den Kopf, und Etienne lächelte leise.

„Das habe ich gehört", sagte er heiter.

„Ich dachte, du könntest meine Gedanken nicht lesen", sagte Rachel misstrauisch.

„Das kann ich auch nicht", versicherte er. „Nur, wenn wir miteinander intim sind. Dann öffnet sich mir dein Geist."

„Wie hast du dann –"

„Du hast diesen Gedanken eben genau auf mich projiziert."

„Tatsächlich?", fragte sie.

„Ja. Es war wahrscheinlich ein Zufall, aber mit einiger Übung wirst du es auch willentlich tun können."

„Tatsächlich? Kannst du mir beibringen, wie?"

Er schwieg einen Moment, dann sagte er: „Ich habe eine bessere Idee. Ich werde einen Gedanken auf dich projizieren, und du versuchst, ihn zu empfangen."

„Einverstanden", stimmte sie zu, dann sah sie ihn zweifelnd an. „Und wie soll das funktionieren?"

„Öffne mir einfach nur deinen Geist, und ich übernehme den Rest", sagte er. Dann schwieg er und kniff die Augen fest zusammen. Nur ein Moment verging, bevor Rachel seine Gedanken hörte, so klar, als spräche er dicht an ihrem Ohr.

Du fehlst mir. Ich sehne mich so sehr nach dir. Wenn du nicht bei mir bist, fühle ich mich verloren. Ich will dich wieder bei mir haben, in meinem Zuhause und meinem Bett. Ich möchte jeden Abend neben dir aufwachen. Ich liebe dich, Rachel.

Rachel starrte ihn an und mochte ihren Ohren kaum glauben. „Warum hast du dann nicht angerufen? Wenn Thomas mich heute Nacht nicht hierher gebracht hätte – "

„Hätte ich einen anderen Ort und eine andere Möglichkeit gefunden, dich zu treffen", versicherte er ihr ernst. „Ich wollte nur erst den Abgabetermin für das Spiel hinter mich bringen, damit ich mich ausschließlich auf dich konzentrieren konnte."

Rachel fand, dass sich das ziemlich lahm anhörte. Er hatte erst die Arbeit beenden wollen. Sie kam also nach der Arbeit, nach seinem Videospiel? Wie schmeichelhaft.

„Du musst wirklich sauer sein", sagte er trocken. „Du sendest deine Gedanken so klar und deutlich wie Glockenschläge."

Als sie nicht lächelte und auch nicht mit der kleinsten Geste zu einem Einlenken bereit schien, seufzte er und sagte: „Vielleicht sollten wir irgendwo hingehen, wo es ruhiger ist."

Rachel nickte, trank ihr Glas aus und erhob sich. Schweigend verließen sie den Night Club und gingen zu seinem Wagen. Sie fragte nicht, wohin sie fuhren. Doch sie war auch nicht besonders überrascht, als er vor seinem Haus anhielt. Dort hatten sie den größten Teil ihrer gemeinsamen Zeit verbracht. Es schien nur folgerichtig, ihre Beziehung an diesem Ort zu klären.

Rachel folgte ihm ins Haus und in die Bibliothek. Sie spürte, wie sie ruhiger wurde, als sie den Raum betrat. Sie hatten zusammen sehr angenehme, stille Abende in diesem Raum verbracht.

„Also schön", sagte Etienne, als sie sich auf das kleine Sofa setzten und er den Arm um sie legte und sie an sich zog. „Es war nicht die Arbeit. Das war eine Ausrede."

Das überraschte sie nun nicht besonders, deshalb schwieg sie weiter, bis er mutig hinzufügte: „Ich hatte Angst."

Das hingegen überraschte sie sehr, und sie richtete sich aufmerksam auf und blickte ihn forschend an. „Angst wovor?"

„Davor, dass du mir wehtust, Rachel", sagte er leise. „Ich habe mich nie für einen Feigling gehalten, aber das hier war eine vollkommen neue Erfahrung für mich. Mir war noch nie zuvor eine Frau begegnet, zu der ich mich hingezogen fühlte, deren Gedanken ich nicht lesen konnte. Ich fand das ziemlich beunruhigend. Ich war unsicher und verwirrt, nehme ich an. Du darfst nicht vergessen, dass ich dreihundert Jahre gelebt habe, ohne mich zu verlieben. Die Gefühle, die du in mir geweckt hast, haben mich maßlos überrascht."

„Ich war ebenfalls ziemlich überrascht", gab Rachel leise zu und lehnte sich wieder an seine Schulter. „Und ich fürchtete mich auch davor, deine Liebe zu verlieren. Ich hatte Angst, du würdest erkennen, was du aufgegeben hast, um mich zu retten, und mich deshalb hassen, was –"

„Aber nein", unterbrach er sie heftig und drückte sie an sich. „Ich wusste von Anfang an, was ich tat. Ich habe mich sofort zu dir hingezogen gefühlt, selbst als du krank und schwach warst und aussahst, als würdest du gleich gekielholt." Als sie zu ihm hochblickte, lächelte er, um seinen Worten ein wenig das Drastische zu nehmen. Dann fasste er sie unterm Kinn, um ihren Kopf ein wenig anzuheben und sagte ernst: „Ich kann mir ein Leben ohne dich nicht mehr vorstellen, Rachel. Mein Herz gehört dir, und mir ist klar, dass ich dich vielleicht zu sehr bedränge und du mehr Zeit brauchst, um darüber nachzudenken, aber –"

„Ich brauche nicht mehr Zeit, Etienne", unterbrach sie ihn leise. „Ich weiß, es ist alles sehr schnell gegangen, aber du bist der Mann, den ich mir immer gewünscht habe, von dem ich immer geträumt habe. Ich liebe dich", sagte sie schlicht und lächelte, als er mit einem tiefen Seufzer reagierte.

„Dann heirate mich", sagte er schließlich.

„Ja", erwiderte Rachel, aber er schüttelte den Kopf.

„Du solltest dir Zeit für einen solchen schwerwiegenden Entschluss nehmen, Rachel. Es geht nicht nur um jämmerliche fünfundzwanzig oder fünfzig Jahre. Eine Ehe unter unsresgleichen – jedenfalls bei den Mitgliedern meiner Familie – dauert das ganze Leben. Und unser Leben kann sehr lang sein."

„Ich hoffe, es ist eine Ewigkeit", sagte sie feierlich. „Ich will die Ewigkeit mit dir verbringen und schenke dir mein ganzes Herz."

Ein Lächeln huschte über sein Gesicht. „Ich danke dir. Ich werde mein Leben lang gut auf dein Herz aufpassen." Die Worte waren nur ein Flüstern, dann beugte er sich zu ihr hinunter und küsste sie.

Rachel seufzte in seinen Mund, als sie die Lippen öffnete. Sein Kuss fühlte sich an, als sei sie endlich nach Hause gekommen, nachdem sie viel zu lange weg gewesen war. Sie begegnete seiner Zunge mit der ihren und fuhr ihm tastend mit den Händen über die Brust. Dann strich sie über sein Haar, um die seidigen Strähnen zu berühren. Wie von selbst wanderten ihre Finger hinunter zu seiner Brust. Sie packte sein Hemd, um ihn näher zu sich zu ziehen. Ihr Körper bog sich ihm unwillkürlich entgegen, und maßloses Begehren erfüllte sie mit einem Mal und machte sie schamlos und verwegen. Rachel wollte ihn überall gleichzeitig spüren. Sie wollte eins mit ihm sein und von seinem Körper ganz erfüllt. Sie wollte ihn halten und für immer von ihm gehalten werden.

Und so soll es sein. Als diese Worte durch ihren Kopf huschten, eine Botschaft, die Etienne ihr sandte, löste sich tief unten aus ihrer Kehle ein Glucksen Aber es verwandelte sich in ein Stöhnen, als er durch ihre Bluse ihren Busen berührte. Plötzlich war alles kein Spiel mehr.

Rachel ließ sich auf dem Sofa nach hinten fallen und zog ihn mit sich, bis er nachgab und sich neben ihr fallen ließ. Mit einer leichten Drehung lag er plötzlich auf ihr und seine Lippen und Hände wurden kühner und fordernder. In kürzester Zeit war Rachels weiße Bluse offen. Sie schauderte erwartungsvoll und wand sich unter ihm, als er ihre nackten Brüste aus ihrer seidigen Hülle befreite. Als er den Kopf senkte, um eine Brustwarze in den Mund zu nehmen, zog sie ihn mit beiden Händen an seinem Kopf zu sich, dann ließ sie ihn plötzlich los und schob ihn von sich weg.

Seine verblüffte Miene war köstlich, aber Rachel war zu sehr damit beschäftigt, seine Hemdknöpfe zu öffnen, um darauf zu achten. Sie öffnete sie in fieberhafter Eile, und als er sich wieder über sie beugte, fuhr sie mit beiden Händen über seine breite Brust. Rachel liebte diese Brust, ihre Festigkeit, ihre Kraft. Sie hielt inne, als ihre Handflächen seine Brustwarzen spürten, und nahm sie zwischen Daumen und Zeigefinger, um sie erregt zu liebkosen.

Etienne gab ein leises Grollen von sich, dann senkte er sich auf sie, um sie noch einmal zu küssen. In diesem Moment brach die Leidenschaft wie Feuer zwischen ihnen aus, heiß und unaufhaltsam, und die Zeit der Erkundungen war vorüber. Es war so, als wären sie einander eine Ewigkeit fern gewesen und als ließe sich die Begierde kaum besänftigen. Es war wie ein loderndes Savannenfeuer, das sich immer weiter ausbreitete. Ihre Küsse wurden beinahe grob, und Rachel zog die Nägel über Etiennes Rücken, als seine Hände über ihren Körper strichen, dann grub sie sie in seine Arme und bog sich unter ihm, als er mit der Hand zwischen ihre Beine fuhr, um gegen das Leder ihres Rocks zu drücken.

„Ich will dich“, keuchte sie. Das war eine Forderung, keine Bitte, und Rachel schob gleichzeitig die Hand zwischen sie beide, um ihn durch seine Jeans zu berühren.

Etiennes Reaktion erfolgte sofort. Er richtete sich kurz auf, um sich zwischen ihre Beine zu knien, schob ihren Rock ein Stück weiter hoch und zerriss ungeduldig die dünne Seide ihres Slips. Er öffnete die Jeans, als er sich wieder auf sie niederließ, und glitt in sie hinein, während sie die Beine um seine Hüften schlang.

Rachel schluchzte vor Erleichterung, als er in sie eindrang. Ihr Körper nahm ihn gierig auf und hielt ihn fest, während er in ihr Ohr stöhnte. Dann fing er an sich zu bewegen, und beide ertranken im selben Augenblick und kämpften fast um Erlösung. Und Etienne führte sie, erfüllt von beider gnadenlosem Begehren, dem Höhepunkt entgegen. Aber als sie aufschrie vor Lust und ihn umklammerte, als es sie packte, stieß auch er einen tiefen Schrei der Befreiung aus. Dann brach er auf ihr zusammen, und sie lagen beide erschöpft da.

Es war Etienne, der sich als Erster wieder rührte. Er lachte kurz, er war ein wenig atemlos und änderte ihre Lage, sodass er flach auf dem Rücken lag und sie auf ihm, schlaff wie eine Lumpenpuppe.

„Das war …“ Seine Stimme war heiser, und er ließ die Worte in der Stille der Erschöpfung verklingen.

„Hmm …“, murmelte Rachel, dann hob sie den Kopf und lächelte ihn lüstern an. „Noch mal?“

Leise lachend schlang er die Arme um sie und zog sie an sich. „Gern. Jetzt gleich?“

„Oh ja, ich –“ Sie hielt abrupt inne und hob den Kopf wieder, die Augen vor Erstaunen ganz groß.

„Was ist denn?“, fragte er besorgt.

„Ich bin nicht ohnmächtig geworden“, sagte sie erstaunt. „Das war das erste Mal, dass ich nicht ohnmächtig geworden bin.“

„Dann habe ich bestimmt etwas falsch gemacht“, folgerte Etienne, setzte sich aufrecht hin und zog sie mit sich.

„Oh, aber ich … ich habe es ebenso genossen wie sonst“, stellte Rachel fest. Sie wurde rot, aber sie konnte jetzt nicht aufhören. „Vielleicht sogar noch mehr. Es war ziemlich aufregend.“

„Ja, nicht wahr?“ Er grinste ziemlich selbstzufrieden, als er sie hochhob und aufstand, um sie durch die Bibliothek zu tragen.

Rachel schüttelte den Kopf über so viel männliche Eitelkeit und lehnte sich an seine Brust, als er sie über den Flur trug. Sie hatten die Treppe zum ersten Stock schon halb hinter sich, als Etienne plötzlich fragte: „Was hast du denn im Club getrunken?“

„Einen Marathon“, murmelte Rachel und spielte mit dem Haar in seinem Nacken.

„Aha.“ Etienne nickte.

„Aha was?“, fragte Rachel und hob neugierig den Kopf.

„Du wirst heute Nacht nicht ohnmächtig werden“, informierte er sie amüsiert.

„Ach ja?“

„Hmm.“ Er lachte leise. „Tatsächlich hat Thomas dafür gesorgt, dass ich mich ordentlich austoben kann.“

„Tatsächlich?“, fragte sie interessiert, als er sie ins Schlafzimmer trug. „Ich glaube, ich mag deinen Vetter.“

„Im Augenblick mag ich ihn auch“, sagte er lachend. Dann gab er der Schlafzimmertür hinter ihnen einen sanften Tritt.

EPILOG

Marguerite lächelte Bastiens Sekretärin strahlend an, als sie an ihrem Schreibtisch vorbei in das Büro ihres Sohnes rauschte, ohne dass diese auch nur versucht hätte, sie aufzuhalten. „Ich habe eine Karte von Etienne und Rachel bekommen. Sie verleben wunderbare Flitterwochen auf Hawaii."

Ihr gewissenhafter Sohn blickte von dem Bericht, den er gerade las, resigniert zu ihr auf, als sie durch den großen Raum auf ihn zukam. „Tatsächlich?"

„Ja." Sie beugte sich vor, um ihm einen liebevollen Kuss auf die Stirn zu drücken und reichte ihm die Ansichtskarte. Während er las, ging Marguerite wieder um seinen Schreibtisch herum und setzte sich in den Sessel davor.

„Ich weiß nicht, wieso sie sich ausgerechnet für Hawaii entschieden haben", bemerkte Bastien mit einem kleinen Lächeln. Er stand auf, beugte sich über den großen Schreibtisch und gab seiner Mutter die Karte zurück.

„Warme Brisen und Strände im Mondlicht." Marguerite nahm sie entgegen und steckte sie wieder in die Handtasche. „Außerdem hatte Rachel diese Reise schon geplant, bevor sie gewandelt wurde. Sie war noch nie dort."

„Und Etienne wollte es ihr natürlich recht machen", schloss Bastien, als er sich wieder hinsetzte. „Sie werden sicher sehr glücklich sein."

Marguerite hörte den sehnsüchtigen Unterton in Bastiens Stimme und sah ihn nachdenklich an. Mit seinen über vierhundert Jahren war Bastien ihr zweitältester Sohn. Er war auch der ernsthafteste. Manchmal zu ernsthaft. Selbst als Kind war er der Verantwortungsvollste von vier Geschwistern gewesen. Es hatte sie nicht überrascht, dass er nach Claudes Tod das Familienunternehmen übernahm. Lucern hätte die Arbeit zwar auch tun können, aber sie hätte ihm überhaupt keine Freude gemacht. Bastien hingegen liebte Herausforderungen, und es gefiel ihm, knifflige Probleme zu lösen und anderen zu helfen. Er war ein guter Mann. Er brauchte eine gute Frau.

„Warum siehst du mich so an?"

Seine besorgt klingende Frage führte dazu, dass Marguerite mit unbekümmerter Stimme erklärte: „Ich dachte nur, es ist vielleicht ansteckend. Lissianna und Etienne sind jetzt beide verheiratet. Ich habe große Hoffnungen für Lucern und seine kleine Kate … wenn sie einander auf dieser Konferenz, zu der sie ihn geschleppt hat, nicht umbringen. Vielleicht wirst du ebenfalls bald jemanden finden."

Bastien schwieg, als er an Lucern und Kate dachte. Sein ältester Bruder hatte sich verleiten lassen, mit seiner Lektorin an einer Konferenz zum Thema Liebesromane teilzunehmen. Zuerst hatte er nicht gehen wollen, aber Kate konnte sehr überzeugend sein, und sobald sie sich mit Marguerite zusammengetan hatte, hatte Lucern keine Chance mehr gehabt.

Andererseits fragte sich Bastien, ob sein Bruder überhaupt jemals eine Chance gegen Kate gehabt hatte, ob sie nun von seiner Mutter unterstützt wurde oder nicht. Er hatte die beiden bei Etiennes und Rachels Hochzeit gesehen und war überzeugt davon, dass Marguerites Hoffnungen, bald noch einen Sohn verheiratet zu sehen, nicht unberechtigt waren. Lucern war verliebt. Ob er es wusste oder nicht, er hatte seine Lebensgefährtin gefunden. Bastien hoffte um seines Bruders willen, dass er es nicht verpfuschte.

Sein Blick wanderte wieder zurück zu seiner Mutter, die ihn mit wachem Interesse ansah. Er wusste, dass sie seine Gedanken lesen konnte, also gab er sich gar nicht erst die Mühe, sein Bedürfnis nach einer eigenen Lebensgefährtin abzustreiten. Bei all den Prüfungen, die das Leben mit sich gebracht hatte, hätte er nur zu gerne jemanden an seiner Seite gehabt. Aber er lebte jetzt schon vierhundert Jahre, und ihm war nur eine einzige Frau begegnet, in die er verliebt gewesen war. Leider hatte sie nicht besonders nett reagiert, als sie erfuhr, wer er war, und sich rigoros geweigert, sich mit ihm zu verbinden. Dennoch hatte Bastien nie aufgehört, sie zu lieben, und aus der Ferne über ihr kurzes Leben gewacht. Er musste zusehen, wie sie älter wurde, sich in einen anderen verliebte, Kinder und Enkel hatte, und schließlich hatte er hilflos danebenstehen müssen, als sie starb.

Das waren die schmerzhaftesten Jahre seines Lebens gewesen. Sie hatten ihn gelehrt, dass er immer das Kind sein würde, das allein auf einer Seite des Zauns stand und zusah, wie die Kinder auf der anderen Seite des Zauns zusammen lachten und miteinander spielten.

Er war sich bewusst, dass seine Mutter ihn immer noch beobachtete, straffte die Schultern und wandte sich wieder seinem Bericht zu. Dann sagte er schlicht: „Einigen Leuten ist es einfach nicht bestimmt, Liebe zu erringen und sie auch zu bewahren."

„Hmm." Sie schwieg einen Augenblick, dann entschied sie sich, das Thema zu wechseln. „Übrigens, Bastien, Dr. Bobby möchte mit jemandem aus unserer Familie sprechen, und da Etienne und Rachel in den Flitterwochen sind, Lissianna und Gregory in Europa Ferien machen und Lucern auf dieser Autorenkonferenz ist, bist du der Einzige, der übrig ist. Kann ich sagen, dass du kommen wirst?"

„Hmm? Was?" Er blickte erstaunt auf. „Wer ist Dr. Bobby?"

„Mein Therapeut, mein Lieber."

„Therapeut", wiederholte er entsetzt. Dann sagte er aufs Höchste alarmiert:„Du machst eine Therapie?"

„Ja, mein Lieber. Es ist jetzt wirklich der letzte Schrei. Außerdem hat Gregory bei Lissiannas Phobie so gut helfen können. Also dachte ich, eine Therapie könnte mir ebenfalls guttun."

„Warum? Du hast doch gar keine Phobie."

„Nein. Aber ich habe ein paar Probleme – eines ganz besonders, über das ich mit ihm sprechen wollte."

Sie wich seinem Blick aus. Bastien musste einfach erfahren, um was es ging. „Und jetzt will Dr. Bobby also mit jemandem aus der Familie sprechen? Warum?"

Marguerite zuckte die Schultern. „Ich weiß es nicht. Dr. Bobby hat nur diese Bitte geäußert. Du kommst doch, nicht wahr?"

Bastien runzelte die Stirn, aber schließlich nickte er zustimmend. Es wäre vielleicht gut herauszufinden, mit welchem Problem seine Mutter sich herumschlug und wie viel von ihrem Leben – und ihren Besonderheiten – sie in der Therapie bereits enthüllt hatte.

„Gut. Dann lasse ich dich jetzt in Ruhe arbeiten." Marguerite strahlte ihn an und stand auf, um zu gehen.

Bastien wiegte sich schon fast in Sicherheit, als ihn ein letzter Zusatz erstarren ließ: „Mach dir keine Sorgen, mein Sohn. Irgendwo da draußen gibt es eine Frau, die zu dir passt. Und ich werde dir helfen, sie zu finden."

Erschrocken starrte er die Tür an, hinter der sie verschwunden war. War das etwa eine Drohung gewesen?

Ein Vampir zum Vernaschen

Roman

Ins Deutsche übertragen von
Regina Winter

LYX EGMONT

PROLOG

30. Januar

Sehr geehrter Mr. Argeneau,

ich hoffe, dieses Schreiben wird Sie erreichen. Außerdem hoffe ich, dass Sie bei guter Gesundheit sind und schöne Feiertage hatten. Das hier ist der zweite Brief, den ich an Sie schicke. Der erste wurde direkt vor Weihnachten abgesendet. Da ich annahm, er sei in dem Feiertagsdurcheinander verloren gegangen, versuchte ich, sie telefonisch zu erreichen, musste aber feststellen, dass wir Ihre Telefonnummer nicht haben und Sie offenbar auch nicht im Telefonbuch stehen.

Um zum Grund meiner Kommunikationsversuche zu kommen: Es freut mich, Ihnen mitteilen zu können, dass die Vampir-Serie, die Sie unter dem Namen Luke Amirault verfasst haben, bei den Lesern recht beliebt ist – tatsächlich beliebter, als wir erwartet hätten. Es gibt sogar ein beachtliches Interesse an einer Lesereise. So viele Buchhandlungen haben inzwischen deswegen bei uns angefragt, dass ich dachte, ich sollte mich mit Ihnen in Verbindung setzen und in Erfahrung bringen, ob und wann Sie daran interessiert wären, eine solche Tour zu unternehmen.

Bitte teilen Sie meinem Büro Ihre Telefonnummer und Ihre Antwort mit. Ich freue mich schon darauf, von Ihnen zu hören.

Mit freundlichen Grüßen

Kate C. Leever

Lektorin

Roundhouse Publishing Co., Inc.

New York, NY

1. April
Sehr geehrte Ms. Leever!
Nein.
Hochachtungsvoll
Lucern Argeneau
Toronto, Ontario

11. April
Sehr geehrter Mr. Argeneau,
heute Morgen erhielt ich Ihren Brief, dem ich entnehme, dass Sie kein Interesse an einer Lesereise haben. Ich möchte jedoch noch einmal ausdrücklich betonen, wie groß das öffentliche Interesse an Ihren Büchern ist. Dementsprechend groß ist Ihre Popularität. Zahlreiche Zeitschriftenredaktionen haben sich mit der Bitte um ein Interview mit Ihnen an uns gewandt. Ich muss wohl nicht eigens erklären, wie positiv sich solche Publicity auf zukünftige Verkäufe auswirkt.

Was die Lesereise angeht, hatten wir nicht nur Anrufe, die um eine Reihe solcher Veranstaltungen baten, sondern eine sehr erfolgreiche Buchhandelskette mit Filialen sowohl in Kanada als auch in den Vereinigten Staaten hat angeboten, sämtliche anfallenden Kosten zu übernehmen, wenn Sie sich zu einem Besuch der größeren Filialen bereit erklären. Sie würden Ihre Flüge und Hotelzimmer buchen und einen Wagen mit Fahrer zur Verfügung stellen, der Sie vom Flughafen zum Hotel und dann zu den jeweiligen Veranstaltungen in den Buchhandlungen und wieder zurück bringt. Das ist nicht gerade ein bescheidenes Angebot, und ich möchte Sie daher bitten, Ihre Ablehnung noch einmal genau zu überdenken.

Da Post von hier nach Toronto offenbar recht lange braucht – obwohl ihre Antwortbriefe die üblichen zehn Tage unterwegs

sind –, schicke ich diesen Brief per Express. Für eine schnelle Antwort wäre ich Ihnen sehr verbunden – und bitte denken Sie diesmal daran, Ihre Telefonnummer anzugeben.
Mit freundlichen Grüßen
Kate C. Leever
Lektorin
Roundhouse Publishing Co., Inc.
New York, NY

15. Juni
Sehr geehrte Ms. Leever!
Nein.
Hochachtungsvoll
Lucern Argeneau
Toronto, Ontario

26. Juni
Sehr geehrter Mr. Argeneau,
wieder haben Sie vergessen, Ihre Telefonnummer mitzuteilen. Daher möchte ich Sie zunächst bitten, umgehend das Büro anzurufen und entweder mit mir selbst oder – falls ich zum Zeitpunkt Ihres Anrufs nicht zu erreichen bin – mit meiner Assistentin Ashley zu sprechen, wofür wir selbstverständlich gern die Kosten übernehmen. Es würde mich allerdings freuen, selbst mit Ihnen sprechen zu können, denn ich habe das Gefühl, dass Ihnen nicht bewusst ist, wie beliebt Sie inzwischen sind oder wie wichtig und notwendig der Kontakt mit den Lesern sein kann.

Ich weiß nicht, ob es Ihnen bekannt ist, aber im Internet wimmelt es von Fanseiten, und wir erhalten täglich körbeweise Post für Sie, die wir Ihnen mit getrennter Post zuschicken werden. Ich habe bereits in früheren Briefen die Anfragen bezüglich einer Lesereise erwähnt, möchte aber in diesem Zusammenhang noch einmal darauf hinweisen, dass diese Anfragen inzwischen Dimensionen angenommen haben, die wir kaum noch bewältigen können. Offenbar möchte so ziemlich jede Buchhandlung auf der Welt Sie um einen Besuch bitten und ist überzeugt, dass eine Signierveranstaltung großen Erfolg haben wird. Auch wenn Sie selbstverständlich nicht jede Buchhandlung aufsuchen können, sind wir der Ansicht, dass jeweils eine Filiale einer der größeren Ketten in den Großstädten sicher machbar wäre.

Ich möchte Ihnen auch nahelegen, ein oder zwei Interviews zu geben, und lege die Briefe bei, die wir von diversen Zeitschriften zu diesem Thema erhalten haben. Sie werden bemerken, dass diese Bitten fast ausschließlich von Verlagen stammen, die sich mit Liebesromanen beschäftigen. Ihre Popularität ist inzwischen etabliert, was sich auch in der Tatsache spiegelt, dass diverse Tageszeitungen und Literaturmagazine ebenfalls um Interviews bitten. Wir hatten sogar Anfragen von einigen der morgendlichen Nachrichtensendungen. Bei den Nachrichtensendungen würden Sie persönlich anwesend sein müssen, was für die Zeitschriften- und Zeitungsinterviews nicht unbedingt nötig wäre; das könnte entweder per Telefon oder sogar über das Internet erledigt werden, falls Sie über einen entsprechenden Zugang verfügen. Haben Sie eine E-Mail-Adresse? Wenn das der Fall ist, bitte ich um Mitteilung derselben und möchte Ihnen gleichzeitig empfehlen, sich Windows Messenger oder ein ähnliches Programm zuzulegen, damit wir auf diese Weise miteinander in Kontakt treten können. Mehrere meiner Autoren machen Gebrauch von dieser Möglichkeit, und es erweist sich als recht praktisch, auf diese Weise zu kommunizieren, und zwar viel schneller als auf dem herkömmlichen Postweg.

Es gibt noch viel mehr, was ich gerne mit Ihnen besprechen möchte. Bitte denken Sie daran, so bald wie möglich mein Büro anzurufen, gerne auch auf unsere Kosten. Ich weise noch einmal darauf hin, dass ich diesen Brief per Eilzustellung schicke.
Mit freundlichen Grüßen
Kate C. Leever
Lektorin
Roundhouse Publishing Co., Inc.
New York, NY

1. August
Sehr geehrte Ms. Leever!
Nein.
Hochachtungsvoll
Lucern Argeneau
Toronto, Ontario

1

Donnerstag, 11. September.

„Rachel schwört, dass sie in ihrem ganzen Leben keinen Sarg mehr sehen will."

Auf diese Bemerkung seiner Mutter antwortete Lucern nur mit einem Knurren, während er und sein jüngerer Bruder Bastien den Sarg auf den Kellerboden stellten. Er wusste alles über die Aversion seiner künftigen Schwägerin: Etienne hatte ausführlich darüber berichtet. Deshalb brachte er das Ding auch bei Lucern unter. Etienne hatte nichts dagegen, den Sarg aus seinem Haus zu schaffen, damit seine Verlobte sich nicht mehr darüber aufregte, aber aus sentimentalen Gründen konnte er sich nicht dazu durchringen, sich endgültig von ihm zu trennen. Etienne schwor, er hätte seine besten Ideen gehabt, wenn er im stillen Dunkel dieses Sargs lag. Er war eben ein wenig exzentrisch. Er war die einzige Person, an die Lucern sich erinnern konnte, die je einen Sarg zur Generalprobe ihrer eigenen Hochzeit mitgebracht hatte. Der Geistliche war entsetzt gewesen, als er zufällig Zeuge wurde, wie die drei Brüder ihn von Etiennes Pick-up in Bastiens Van luden.

„Danke, dass du ihn hierher gefahren hast, Bastien", sagte Lucern, als er sich wieder aufrichtete.

Bastien zuckte die Achseln. „Er hätte wohl kaum in deinen BMW gepasst. Außerdem", fügte er hinzu, als sie die Treppe hinaufgingen, „ist es mir lieber, ihn zu transportieren, als ihn aufbewahren zu müssen. Meine Haushälterin würde Zustände kriegen."

Lucern lächelte nur. Er hatte keine Haushälterin mehr, um die er sich Gedanken machen musste, und die Reinigungsfirma, die er engagiert hatte, um einmal in der Woche vorbeizukommen, säuberte nur das Erdgeschoss. Er brauchte also nicht zu befürchten, dass sie den Sarg entdecken würden.

„Geht alles klar mit der Hochzeitsplanung?“, fragte er, als er seiner Mutter und Bastien in die Küche folgte. Er knipste das Licht im Keller aus und schloss die Tür hinter sich, schaltete aber keine anderen Lampen ein. Die schwache Beleuchtung durch das Nachtlicht am Herd genügte, dass alle sicher zur Haustür gelangten.

„Ja. Endlich.“ Marguerite Argeneau klang erleichtert. „Und trotz Mrs. Garretts Bedenken, dass die Hochzeit übereilt stattfindet und Rachels Verwandte nicht genug Zeit hatten, ihre Teilnahme zu organisieren, werden sie alle kommen.“

„Wie groß ist denn die Familie?“ Lucern hoffte ehrlich, dass es nicht so viele Garretts gab, wie Hewitts auf Lissiannas Hochzeit erschienen waren. Die Vermählung seiner Schwester mit Gregory Hewitt war ein Albtraum gewesen. Der Mann hatte eine riesige Familie, und die Mehrheit seiner Verwandten schien aus Frauen zu bestehen – alleinstehenden Frauen, die Lucern, Etienne und Bastien betrachtet hatten, als wären sie der Hauptgang der Mahlzeit. Lucern konnte aggressive Frauen nicht ausstehen. Er war zu einer Zeit aufgewachsen, als ausschließlich Männer die Aggressoren gewesen waren und Frauen nur gelächelt und geschmachtet und ihren Platz gekannt hatten. An die Veränderungen der letzten Jahrzehnte hatte er sich noch nicht so recht gewöhnt und sehnte sich daher nicht gerade nach einem weiteren Debakel wie Lissiannas Hochzeit, wo er den größten Teil der Veranstaltung damit verbracht hatte, den weiblichen Gästen aus dem Weg zu gehen.

Zum Glück konnte Marguerite einige dieser Befürchtungen

zerstreuen, indem sie zu berichten wusste: „Ziemlich klein, verglichen mit Gregs Familie, und nach der Gästeliste zu schließen überwiegend Männer."

„Gott sei Dank", murmelte Bastien und wechselte einen Blick mit seinem Bruder.

Lucern nickte zustimmend. „Ist Etienne nervös?"

„Überraschenderweise nicht." Bastien grinste schief. „Es macht ihm einen Riesenspaß, alles zu arrangieren. Er schwört, dass er die Hochzeit kaum erwarten kann. Rachel scheint ihn wirklich glücklich zu machen." Darüber wirkte er eher verwundert.

Lucern teilte die Ansicht seines Bruders. Er konnte sich ebenfalls nicht vorstellen, seine Freiheit für eine Ehefrau aufzugeben. An der Haustür blieb er stehen, drehte sich um und sah, wie seine Mutter die Post auf dem Flurtisch untersuchte.

„Luc, du hast hier Wochen alte, ungeöffnete Post! Liest du sie denn nicht?"

„Warum so überrascht, Mutter? Er geht doch auch nie ans Telefon. Wir können schon von Glück sagen, dass er sich manchmal dazu herablässt, die Tür zu öffnen."

Bastien sagte das durchaus gutmütig, aber der Blickwechsel zwischen ihm und ihrer Mutter entging Lucern nicht. Sie machten sich Sorgen um ihn. Er war schon immer ein Einzelgänger gewesen, aber in der letzten Zeit hatte das geradezu extreme Formen angenommen, und alle schienen sich Gedanken zu machen. Sie wussten, dass er das Leben inzwischen gefährlich langweilig fand.

„Was ist in diesem Karton?"

„Keine Ahnung", gab Lucern zu, als seine Mutter einen großen Karton vom Tisch nahm und ihn schüttelte, als wäre er federleicht.

„Denkst du nicht, es könnte vielleicht eine gute Idee sein, es herauszufinden?", fragte sie ungeduldig.

Lucern verdrehte die Augen. Ganz gleich, wie alt er inzwischen sein mochte – seine Mutter mischte sich ein und nörgelte. Er hatte schon lange resigniert, was das anging. „Ich komme schon noch dazu", murmelte er. „Es ist überwiegend lästiges Zeug von Leuten, die etwas von mir wollen."

„Was ist mit diesem Brief von deinem Verlag? Der ist vielleicht wichtig. Sie würden ihn wohl kaum per Kurier schicken, wenn er nicht wichtig wäre."

Lucern schaute verärgert drein, als seine Mutter nach dem FedEx-Umschlag griff und ihn neugierig hin und her drehte. „Nein, der Brief ist unwichtig. Sie gehen mir nur auf die Nerven. Der Verlag will, dass ich eine Lesereise unternehme."

„Edwin will, dass du auf eine Lesereise gehst?" Marguerite verzog das Gesicht. „Ich dachte, du hättest ihm von Anfang an klargemacht, dass Publicity dich nicht interessiert."

„Nicht Edwin. Nein." Es überraschte Lucern nicht, dass seine Mutter sich an den Namen seines alten Lektors erinnerte; sie hatte ein hervorragendes Gedächtnis, und er hatte Edwin in den zehn Jahren, in denen er für Roundhouse Publishing schrieb, mehrmals erwähnt. Lucerns erste Werke waren als historische Fachbücher veröffentlicht und überwiegend an Universitäten gelesen worden. Diese Bücher wurden immer noch benutzt und waren vor allem deshalb beliebt, weil sie geschrieben waren, als hätte der Autor jedes Zeitalter, mit dem er sich beschäftigte, tatsächlich selbst erlebt. Was in Lucerns Fall selbstverständlich auch zutraf. Aber davon wusste die Öffentlichkeit nichts.

Lucerns letzte drei Bücher jedoch waren autobiografischer Natur gewesen. Eines von ihnen erzählte die Geschichte, wie seine Mutter und sein Vater sich kennengelernt hatten, eines berichtete, wie seine Schwester Lissianna ihrem Therapeuten-Ehemann Gregory begegnet war und sich in ihn verliebt hatte, und in einem anderen, das erst vor ein paar Wochen veröffentlicht worden war, ging es um seinen Bruder Etienne und Rachel Garrett. Lucern hatte die Bücher eigentlich nicht schreiben wollen, sie waren einfach irgendwie aus ihm herausgeflossen. Aber sobald er die Manuskripte vollendet hatte, war er zu dem Schluss gekommen, sie sollten für die Zukunft erhalten bleiben. Er hatte die Erlaubnis seiner Familie eingeholt und sie zu Edwin geschickt, der sie für brillante Romane hielt und als solche veröffentlichte. Und nicht nur als Romane, sondern als „paranormale Liebesromane". Lucern war plötzlich Autor von Liebesromanen geworden. Das alles fand er eher peinlich, also tat er im Allgemeinen sein Bestes, nicht daran zu denken.

„Edwin ist nicht mehr mein Lektor", erklärte er. „Er hatte Ende letzten Jahres einen Herzinfarkt und ist gestorben. Sie haben den Posten seiner Assistentin gegeben, und die geht mir seitdem gewaltig auf die Nerven." Wieder verzog er unwillig das Gesicht. „Diese Frau will mich benutzen, um Lorbeeren für sich selbst und den Verlag einzuheimsen. Sie ist der festen Überzeugung, dass ich bei ein paar Publicity-Ereignissen für die Romane anwesend sein soll."

Bastien sah aus, als wollte er etwas sagen, hielt dann aber inne und drehte sich um, als ein Auto in die Einfahrt bog. Lucern öffnete die Haustür, und die beiden Männer sahen – einer überraschter als der andere –, wie ein Taxi neben Bastiens Van anhielt.

„Falsche Adresse?", fragte Bastien, denn er wusste, dass sein Bruder nicht gerade gastfreundlich war.

„Muss wohl so sein", bemerkte Lucern. Er kniff die Augen zusammen, als der Fahrer ausstieg und die hintere Tür für eine junge Frau öffnete.

„Wer ist denn das?", fragte Bastien. Er klang sogar noch überraschter, als Lucern sich fühlte.

„Keine Ahnung", antwortete Lucern. Der Taxifahrer holte

einen kleinen Koffer und eine Reisetasche aus dem Kofferraum.

„Ich glaube, das ist deine Lektorin", verkündete Marguerite.

Sowohl Lucern als auch Bastien fuhren herum, um ihre Mutter entgeistert anzustarren. Sie sahen, dass Marguerite den nun geöffneten FedEx-Brief las.

„Meine Lektorin? Was redest du denn da?" Lucern stapfte zu ihr und riss ihr den Brief aus der Hand.

Seine Mutter ignorierte seine Unhöflichkeit und spähte neugierig nach draußen. „Da die Post so langsam ist und weil das Interesse an Ihren Büchern immer mehr zunimmt, hat Ms. Kate C. Leever beschlossen, persönlich mit dir zu sprechen. Was", fügte Marguerite spitz hinzu, „dir schon lange bekannt wäre, wenn du dich dazu herablassen könntest, deine Post zu lesen."

Lucern zerknüllte den Brief. Er beinhaltete tatsächlich all das, was seine Mutter gerade in Worte gefasst hatte. Und die Tatsache, dass Kate C. Leever mit der Abendmaschine um acht aus New York eintreffen würde. Nun war es halb neun. Die Maschine musste pünktlich gewesen sein.

„Sie ist hübsch, nicht wahr?" Diese Bemerkung und der spekulative Tonfall seiner Mutter genügten, um Lucern in Alarmzustand zu versetzen. Marguerite klang wie eine Mutter, die sich auf den Ehestiftungspfad begeben hatte – ein Pfad, auf dem sie sich nur zu gut auskannte. Sie war schließlich auch als Erste auf die Idee gekommen, Etienne und Rachel zu verkuppeln, und wie das ausgegangen war, wusste man ja: Etienne steckte bis zum Hals in Hochzeitsvorbereitungen.

„Sie denkt schon wieder ans Ehestiften, Bastien. Bring sie nach Hause. Sofort", befahl Lucern. Sein Bruder brach in Gelächter aus, was Lucern zu der Bemerkung veranlasste: „Vergiss nicht, wenn sie mit mir fertig ist, wird sie sich ganz darauf konzentrieren können, *dir* eine Frau zu finden."

Bastien hörte sofort auf zu lachen und nahm seine Mutter am Arm. „Komm, Mutter. Das hier geht uns nichts an."

„Natürlich geht es mich etwas an." Marguerite schüttelte seine Hand ab. „Ihr seid meine Söhne. Euer Glück und eure Zukunft gehen mich sehr wohl etwas an."

Bastien versuchte zu widersprechen. „Ich verstehe nicht, wieso das jetzt wichtig ist. Wir sind beide gut über vierhundert Jahre alt. Warum hast du dir jetzt nach all dieser Zeit in den Kopf gesetzt, uns verheiraten zu wollen?"

Marguerite dachte einen Moment nach. „Na ja, seit dem Tod eures Vaters habe ich darüber nachgedacht ..."

„Guter Gott!", unterbrach Lucern und schüttelte ablehnend den Kopf.

„Was habe ich denn gesagt?", fragte seine Mutter.

„Genau das hat auch dazu geführt, dass Lissianna im Obdachlosenheim arbeitete und Greg begegnete. Dad ist gestorben, und sie hat angefangen zu denken."

Bastien nickte feierlich. „Das sollten Frauen nicht tun."

„Bastien!", wies Marguerite ihn zurecht.

„Schon gut, schon gut. Du weißt doch, dass ich dich nur necke", versuchte er seine Mutter zu beschwichtigen und nahm wieder ihren Arm. Diesmal schaffte er es, sie durch die Tür zu bugsieren.

„Ich allerdings nicht", rief Lucern, der ihnen nachschaute, als sie die Verandatreppe zum Bürgersteig hinuntergingen. Seine Mutter redete dabei ununterbrochen tadelnd auf Bastien ein, und Lucern grinste angesichts der gequälten Miene seines Bruders. Bastien würde es den ganzen Heimweg lang abkriegen, das wusste er, und er tat ihm beinahe leid. Aber auch nur beinahe.

Sein Lachen erstarb jedoch, als er den Blick wieder der blonden Frau zuwandte, die offenbar seine Lektorin war. Seine Mutter unterbrach ihre Nörgeleien einen Moment, um die Frau zu begrüßen. Lucern fühlte sich beinahe versucht zu hören, was sie sagte, kam aber zu dem Schluss, es lieber zu unterlassen. Er bezweifelte ohnehin, dass er es wirklich hören wollte.

Er sah, wie die Frau nickte und seine Mutter anlächelte, dann nahm sie ihr Gepäck und kam den gepflasterten Weg zum Haus hinauf. Guter Gott, hatte sie etwa vor, bei ihm zu wohnen? In ihrem Brief hatte sie nicht erwähnt, wo sie zu übernachten gedachte. Sie hatte doch wohl vor, in einem Hotel abzusteigen, oder? Sie konnte schließlich kaum annehmen, dass er sie aufnehmen würde. Die Frau war wahrscheinlich einfach noch nicht an ihrem Hotel vorbeigefahren, beruhigte er sich und sah sie sich genauer an.

Kate C. Leever war etwa so groß wie seine Mutter, also relativ groß für eine Frau. Sie war schlank, hatte eine gute Figur und langes blondes Haar. Aus der Ferne wirkte sie recht hübsch. Tatsächlich erinnerte ihn Kate C. Leever in ihrem hellblauen Hosenanzug an ein kühles Glas Eiswasser. Das Bild war an diesem noch sommerlich warmen Septemberabend irgendwie angenehm.

Aber es zerplatzte jäh, als die Frau ihr Gepäck die Verandatreppe hinaufzerrte, vor ihm stehen blieb und ihn mit einem strahlenden, fröhlichen Lächeln bedachte, das ihre Lippen in die Breite zog und in ihren Augen glitzerte, und schließlich sagte: „Hallo! Ich bin Kate Leever. Ich hoffe, Sie haben meinen Brief bekommen. Die Post war immer so langsam, und Sie haben immer wieder vergessen, mir Ihre Telefonnummer zu schicken, also dachte ich, ich komme persönlich vorbei und bespreche mit Ihnen die Publicity-Möglichkeiten, die sich uns eröffnen. Ich weiß, dass Sie eigentlich nicht daran interessiert sind, an solchen Veranstaltungen teilzunehmen, aber ich bin sicher, dass Sie es sich noch einmal überlegen werden, sobald ich Ihnen mehr über den Sinn und Zweck erzählt habe."

Lucern starrte einen Augenblick wie gebannt auf ihren üppigen, lächelnden Mund, dann riss er sich zusammen. Noch einmal überlegen? War es das, was sie wollte? Das war nicht schwer. Er überlegte noch einmal. Schnell.

„Nein", sagte er und schloss die Haustür.

Kate starrte auf die Tür, an die Stelle, wo sich kurz zuvor Lucern Argeneaus Gesicht befunden hatte, und musste sich zusammenreißen, um nicht vor Wut zu schreien. Dieser Mann war der schwierigste, ärgerlichste, unhöflichste, unausstehlichste – sie schlug mit den Fäusten gegen die Tür –, störrischste, ignoranteste …

Die Tür wurde aufgerissen, und Kate setzte rasch ein unverkennbar falsches, aber strahlendes Lächeln auf – schon allein für die Anstrengung hätte sie die Bestnote erhalten sollen. Das Lächeln wäre ihr allerdings beinahe wieder aus dem Gesicht gerutscht, als sie ihr Gegenüber ansah. Zuvor hatte sie diese Gelegenheit nicht wirklich wahrgenommen. Noch vor einer Sekunde war sie so damit beschäftigt gewesen, sich an die Ansprache zu erinnern, die sie sich auf dem Flug ausgedacht und auswendig gelernt hatte; jetzt waren ihr all diese Worte völlig entfallen – tatsächlich hatte sie keine Ahnung mehr, was sie sagen sollte –, und so sah sie Lucern Argeneau das erste Mal wirklich an. Der Mann war erheblich jünger, als sie erwartet hatte. Kate wusste, dass er gut zehn Jahre für Edwin geschrieben hatte, bevor sie die Zusammenarbeit mit ihm begonnen hatte, aber er sah nicht älter aus als zwei- oder dreiunddreißig. Das bedeutete, dass er schon mit Anfang zwanzig mit dem Schreiben begonnen hatte.

Außerdem sah er schockierend gut aus. Sein Haar war schwarz wie die Nacht, seine Augen silbrig blau, als würde sich das Licht der Veranda in ihnen spiegeln, seine Züge ausgeprägt und gleichmäßig. Er war hochgewachsen und für einen Mann, der einer sitzenden Tätigkeit nachging, erstaunlich muskulös. Seine

Schultern sprachen eher von körperlicher Arbeit als von intellektuellen Anstrengungen. Kate war gegen ihren Willen beeindruckt. Selbst seine mürrische Miene lenkte sie nicht von seinem guten Aussehen ab.

Ohne dass es einer Anstrengung bedurfte, wurde Kates Lächeln echter, und sie sagte: „Ich schon wieder. Ich habe noch nicht gegessen, und ich dachte, wir könnten uns vielleicht bei einem Essen zusammensetzen – selbstverständlich auf Verlagskosten – und darüber sprechen …"

„Nein. Bitte entfernen Sie sich von meiner Schwelle." Lucern Argeneau schloss die Tür ein weiteres Mal.

„Na gut, das war schon mehr als nur ‚Nein'", murmelte Kate. „Tatsächlich war es sogar ein vollständiger Satz." Optimistisch wie immer beschloss sie, das als Fortschritt zu betrachten.

Sie hob die Hand und hämmerte erneut gegen die Tür. Ihr Lächeln war ein wenig mitgenommen, aber immer noch an seinem Platz, als die Tür zum dritten Mal aufging. Mr. Argeneau wirkte weniger erfreut denn je, sie immer noch auf seiner Schwelle zu finden. Diesmal sagte er nichts, sondern zog nur fragend eine Braue in die Höhe.

Kate nahm an, wenn es als Fortschritt zu betrachten war, dass er einen ganzen Satz gesprochen hatte, stellte sein Schweigen nun das Gegenteil dar – aber sie war entschlossen, sich dadurch nicht entmutigen zu lassen. Sie versuchte, ihrem Lächeln eine liebenswertere Nuance zu verpassen, räusperte sich und sagte: „Wenn Sie nicht gerne außer Haus essen, könnte ich vielleicht etwas bestellen und …"

„Nein." Er war im Begriff, die Tür erneut zu schließen, doch Kate hatte nicht fünf Jahre in New York gelebt, ohne einen oder zwei Tricks zu lernen. Schnell streckte sie einen Fuß nach vorn und schaffte es, nicht das Gesicht zu verziehen, als die Tür dagegenkrachte und wieder zurückprallte.

Bevor Mr. Argeneau ihre Guerillataktik kritisieren konnte, sagte sie: „Wenn Sie kein bestelltes Essen mögen, könnte ich vielleicht ein paar Sachen einkaufen und etwas kochen, das Sie mögen.“ Als Zugabe fügte sie hinzu: „So könnten wir über ihre Bedenken reden, und ich könnte diese vielleicht ausräumen.“

Er erstarrte bei ihren Worten vor Überraschung. „Ich habe keine Bedenken“, verkündete er.

„Aha.“ Kate gestatte sich eine gesunde Dosis Zweifel, und sie war nur allzu bereit, auch Manipulation anzuwenden, falls sich das als notwendig erweisen sollte. Dann wartete sie, den Fuß immer noch an Ort und Stelle, und hoffte, dass man ihr ihre Verzweiflung nicht ansah. Aber sie wusste, dass ihre glatte Fassade im Begriff war zu zerbröckeln.

Der Mann schürzte die Lippen und ließ sich Zeit, über eine Antwort nachzudenken. Seine Miene ließ Kate befürchten, dass er im Geist Maß für einen Sarg nahm, als plante er, sie um die Ecke zu bringen und in seinem Garten zu verscharren, nur um sie loszuwerden. Sie versuchte, nicht allzu viel Gedanken an diese Möglichkeit zu verschwenden. Sie hatte als Edwins Assistentin zwar jahrelang mit Lucern Argeneau in Kontakt gestanden und war beinahe seit einem Jahr seine Lektorin, aber sie kannte diesen Mann nicht sonderlich gut. In ihren weniger wohlmeinenden Augenblicken hatte sie schon darüber nachgedacht, was für eine Art von Mann er wohl sein mochte. Die meisten ihrer Liebesroman-Autoren waren Frauen. Tatsächlich waren *alle* anderen Autoren, die sie betreute, Frauen. Lucern Argeneau, der als Luke Amirault schrieb, war der einzige Mann. Was für ein Mann würde Liebesromane schreiben? Und auch noch Vampir-Liebesromane? Sie war zu dem Schluss gekommen, dass er wahrscheinlich schwul war … oder ein Sonderling. Seine Miene in diesem Augenblick ließ sie zu „Sonderling“ neigen. Ein Sonderling, wie auch Serienkiller Sonderlinge waren.

„Sie haben ganz offensichtlich nicht die Absicht, sich zu entfernen“, stellte er schließlich fest.

Kate dachte über die Frage nach. Ein festes „Nein“ würde sie wahrscheinlich ins Haus bringen. Aber wollte sie das wirklich? Würde der Mann sie umbringen? Würde sie, wenn sie durch diese Tür ging, morgen eine Schlagzeile in den Nachrichten sein?

Sie brach diese unproduktiven und sogar beängstigenden Gedanken ab, reckte die Schultern und verkündete entschlossen: „Mr. Argeneau, ich bin von New York hierher geflogen. Diese Sache ist wichtig für mich. Ich bin entschlossen, mit Ihnen zu sprechen. Ich bin Ihre *Lektorin.*“ Das letzte Wort betonte sie, für den Fall, dass ihm die Bedeutung dieser Tatsache entgangen sein sollte. Für gewöhnlich hatte es eine gewisse Wirkung auf Autoren, obwohl Argeneau bisher keine Anzeichen an den Tag gelegt hatte, davon beeindruckt zu sein.

Sie wusste nicht, was sie noch sagen sollte, also blieb sie einfach stehen und wartete auf eine Antwort, die nicht kam. Argeneau drehte sich mit einem tiefen Seufzer einfach um und ging den dunklen Flur hinab.

Kate starrte auf seinen Rücken. Diesmal hatte er die Tür nicht zugeknallt. Das war doch ein gutes Zeichen, oder? War es eine Einladung, hereinzukommen? Sie nahm es als solche, griff nach ihrem kleinen Koffer und der Reisetasche und betrat das Haus. Es war ein Spätsommerabend, kühler als tagsüber, aber immer noch warm. Im Vergleich dazu wirkte das Haus wie ein Kühlschrank. Kate schloss automatisch die Tür hinter sich, damit die kühle Luft nicht entweichen konnte, dann blieb sie stehen, damit ihre Augen sich an die Dunkelheit gewöhnen konnten.

Und es war tatsächlich dunkel im Haus. Lucern Argeneau hatte sich nicht die Mühe gemacht, Licht anzuschalten. Kate konnte nicht viel sehen außer einem Rechteck trüben Lichts, offenbar die Umrisse einer Tür am Ende des langen Flurs, in dem sie stand. Sie war nicht sicher, woher das Licht kam, es war zu grau und trüb, um von einer Deckenlampe zu stammen. Kate war nicht einmal sicher, dass es sie zu Lucern Argeneau bringen würde, wenn sie auf dieses Licht zuging, aber es war die einzige Quelle von Helligkeit, die sie entdecken konnte, und sie war ziemlich sicher, dass er in diese Richtung gegangen war.

Sie stellte ihr Gepäck an der Haustür ab und bewegte sich vorsichtig auf dieses Rechteck aus Licht zu, das plötzlich so weit entfernt wirkte. Sie hatte keine Ahnung, ob der Weg frei war oder nicht – sie hatte sich nicht wirklich umgesehen, bevor sie die Tür geschlossen hatte –, aber sie hoffte, dass es unterwegs nichts gab, worüber sie stolpern konnte. Wenn doch, würde sie es schon merken.

Lucern blieb mitten in seiner Küche stehen und sah sich im trüben Schein des Nachtlichts um. Er war nicht ganz sicher, was er tun sollte. Er hatte nie Gäste, oder jedenfalls hatte er seit Hunderten von Jahren keine mehr gehabt. Was genau machte man mit ihnen? Nach kurzer Überlegung ging er zum Herd, griff nach dem Teekessel, der auf der Platte stand, und brachte ihn zur Spüle, um ihn mit Wasser zu füllen. Nachdem er ihn wieder auf die Platte gestellt und diese eingeschaltet hatte, holte er die Teekanne, ein paar Teebeutel und eine volle Zuckerschale. Das alles stellte er ziemlich planlos auf ein Tablett.

Er würde Kate C. Leever eine Tasse Tee anbieten. Sobald sie damit fertig war, würde er auch mit ihr fertig sein.

Hunger trieb ihn zum Kühlschrank. Als er die Tür öffnete, fiel Licht in den Raum und ließ ihn aufgrund der schlechten Beleuchtungsverhältnisse zuvor blinzeln. Sobald sich seine Augen der neuen Helligkeit angepasst hatten, beugte er sich vor, um einen der beiden Beutel mit Blut aus dem mittleren Fach zu nehmen. Außer diesen Beuteln gab es rein gar nichts im Kühlschrank. Der große weiße Kasten war vollkommen leer. Lucern hatte nicht viel fürs Kochen übrig. Sein Kühlschrank war schon seit dem Tod seiner letzten Haushälterin so leer gewesen.

Er verschwendete keine Zeit an ein Glas. Stattdessen hob er, immer noch in den Kühlschrank gebeugt, den Blutbeutel an den Mund und stieß die Zähne hinein. Das kühle Lebenselixier ergoss sich sofort in sein System und nahm seiner schlechten Stimmung die Schärfe. Lucern war immer so schlecht gelaunt, wenn es ihm an Nahrung fehlte.

„Mr. Argeneau?“

Er zuckte überrascht zusammen, als er hinter sich eine Stimme hörte. Dabei riss er den Beutel auf, den er immer noch an seinem Mund hielt, sodass die dunkelrote Flüssigkeit nur so über ihn spritzte. Das Blut lief wie eine kalte Dusche über sein Gesicht und in sein Haar, während er sich gleichzeitig instinktiv aufrichtete und sich den Kopf an der Unterseite des verschlossenen Gefrierfachs stieß. Fluchend ließ Lucern den ruinierten Beutel wieder in den Kühlschrank fallen und griff sich mit einer Hand an den Kopf, während er mit der anderen die Kühlschranktür zuwarf.

Kate Leever eilte an seine Seite. „Ach du lieber Himmel! Oh! Es tut mir so leid. *Oh!*“, quiekte sie, als sie das Blut auf seinem Gesicht und in seinem Haar sah. „Oh Gott! Sie haben sich am Kopf verletzt. *Schlimm* verletzt.“

Eine solch erschrockene Miene hatte Lucern seit der guten alten Zeit nicht mehr gesehen, als Mittagessen noch bedeutete, in einen angenehm warmen Hals zu beißen und nicht in einen widerwärtigen kalten Beutel.

Dann fasste Kate Leever sich offenbar ein wenig, packte ihn am Arm und drängte ihn auf den Küchentisch zu. „Hier. Sie sollten sich lieber hinsetzten. Sie bluten sehr stark.“

„Es geht mir gut“, murmelte Lucern, als sie ihn auf einen Stuhl drückte. Er fand ihre Sorge eher lästig. Wenn sie zu nett zu ihm war, würde er sich vielleicht so schuldig fühlen, dass er ebenfalls mit Freundlichkeit reagierte.

„Wo ist Ihr Telefon?“ Sie drehte sich auf dem Absatz um und sah sich in der Küche nach dem fraglichen Gegenstand um.

„Warum wollen Sie ein Telefon?“, fragte er hoffnungsvoll. Vielleicht würde sie ihn jetzt ja allein lassen, dachte er kurz, aber ihre Antwort machte diese Hoffnung zunichte.

„Um einen Krankenwagen zu rufen. Sie haben sich ernsthaft verletzt.“

Seine Sorge wuchs, als sie ihn wieder ansah, und er schaute an sich hinunter. Tatsächlich war sein Hemd ziemlich blutig, und er konnte spüren, wie die Flüssigkeit ihm übers Gesicht lief. Er konnte es auch riechen – scharf und würzig und eine Spur metallisch. Ohne nachzudenken, streckte er die Zunge heraus, um sich die Lippen zu lecken. Dann erst begriff er, was sie gesagt hatte, und er richtete sich abrupt auf. Es war zwar praktisch, dass sie glaubte, das Blut stamme von einer Wunde, aber er würde sich auf keinen Fall in ein Krankenhaus bringen lassen.

„Es geht mir gut. Ich brauche keine medizinische Hilfe“, erklärte er entschlossen.

„Was?“ Sie starrte ihn ungläubig an. „Sie haben überall Blut! Sie müssen sich wirklich wehgetan haben.“

„Kopfwunden bluten immer so heftig.“ Er machte eine abfällige Geste, dann stand er auf und ging zum Spülbecken, um sich das Gesicht zu waschen. Wenn er das nicht schnellstens tat, würde er die Frau nur noch mehr schockieren, indem er sich das Blut von den Händen und Unterarmen leckte, bis hinauf zu den Ellbogen. Das Wenige, das er hatte trinken können, bevor sie ihn erschreckt hatte, hatte seinen Hunger kaum gestillt.

„Kopfwunden bluten vielleicht stark, aber das hier ist …“

Lucern zuckte zusammen, als Kate plötzlich an seine Seite trat und an seinen Kopf fasste. Tatsächlich war er so überrascht, dass er sich pflichtschuldigst vorbeugte, als sie ihn mit einer Geste dazu aufforderte … bis sie sagte: „Ich kann nicht sehen …"

Er richtete sich sofort auf, als ihm klar wurde, was sie tat, dann beugte er sich rasch wieder über die Spüle und hielt den Kopf unter den Wasserhahn, sodass sie ihn nicht weiter untersuchen und sehen konnte, dass es gar keine Wunde gab.

„Es geht mir gut. Mein Blut gerinnt schnell", sagte er, während kaltes Wasser über seinen Kopf und sein Gesicht lief.

Darauf hatte Kate Leever keine Antwort, aber Lucern konnte spüren, dass sie ihn von hinten anstarrte. Dann kam sie an seine Seite, und er fühlte, wie sie ihren warmen Körper gegen ihn drückte, als sie sich vorbeugte, um seinen Kopf noch einmal zu untersuchen.

Einen Augenblick lang war Lucern wie erstarrt. Er war sich ihrer körperlichen Nähe sehr bewusst, der Hitze, die von ihr ausging, ihres angenehmen Geruchs. Das irritierte ihn. Es war nicht der Geruch des Bluts in ihren Adern, der ihm in die Nase drang, sondern ein Hauch von Gewürz und Blüten und ihr eigener Duft, der seinen Kopf füllte, seine Gedanken umwölkte. Dann wurde er sich ihrer Hände bewusst, die unter dem Wasserhahn durch sein Haar fuhren und nach einer Wunde suchten, die sie nicht finden würden, und er riss den Kopf hoch, um ihr auszuweichen. Dieser Versuch wurde sofort aufgehalten von dem Wasserhahn, gegen den sein Schädel krachte. Schmerz durchzuckte ihn, und Wasser spritzte nach allen Seiten, was Kate mit einem leisen Aufschrei zurückspringen ließ.

Fluchend zog Lucern den Kopf unter dem Wasserhahn hervor und griff nach dem erstbesten Gegenstand, den er finden konnte – einem Geschirrtuch. Er wickelte es um seinen nassen Kopf, richtete sich auf und zeigte dann auf die Tür. „Raus aus meiner Küche! Sofort!"

Kate C. Leever blinzelte überrascht über diese Rückkehr

seiner schlechten Laune, dann schien sie einen Zoll größer zu werden, als sie ihre eigene Widerspenstigkeit mobilisierte. Ihre Stimme war fest, als sie verkündete: „Sie brauchen einen Arzt."

„Nein."

Sie kniff die Augen zusammen. „Ist das das einzige Wort, das Sie kennen?"

„Nein."

Frustriert riss sie die Hände hoch, um sie dann wieder sinken zu lassen – eine scheinbare Entspannung der Situation, die Lucerns Misstrauen auf den Plan rief.

Kate C. Leever lächelte und machte sich daran, den Tee zu kochen, den er vorbereitet hatte. „Dann geht es wirklich nicht anders", sagte sie.

„Was geht nicht anders?", fragte Lucern und beobachtete argwöhnisch, wie sie die beiden Teebeutel in die Teekanne warf und heißes Wasser darübergoss.

Kate zuckte schwach die Achseln und stellte den Kessel zurück. „Ich hatte die Absicht, mit Ihnen zu reden und mir dann später am Abend ein Hotelzimmer zu nehmen. Jetzt jedoch, da Sie sich verletzt haben und sich weigern, ins Krankenhaus zu gehen …" Sie wandte sich von dem ziehenden Tee ab und zog eine Braue hoch. „Sie wollen es sich nicht noch einmal anders überlegen?"

„Nein."

Sie nickte und drehte sich wieder um, um den Deckel auf die Teekanne zu setzen. Das leise Klirren hatte etwas seltsam Endgültiges an sich, als sie erklärte: „Ich kann Sie mit einer solchen Verletzung nicht allein lassen. Kopfwunden sind nicht ungefährlich. Ich denke, ich werde hierbleiben müssen."

Lucern setzte dazu an, sie wissen zu lassen, dass sie ganz bestimmt nicht hierbleiben würde, als sie auf den Kühlschrank zuging und fragte: „Nehmen Sie Milch?"

Er erinnerte sich an den aufgerissenen Blutbeutel im Kühlschrank, stürzte an ihr vorbei und warf sich wild vor sie. „Nein!"

Sie starrte ihn mit offenem Mund an, bevor ihm klar wurde, dass er in panischer Pose mit weit ausgebreiteten Armen vor der Kühlschranktür stand. Sofort verlagerte er das Gewicht und lehnte sich gegen die weiße Tür, Arme und Fußknöchel auf eine Weise verschränkt, von der er hoffte, dass sie natürlicher wirkte. Zusätzlich bedachte er sie noch mit einem wütenden Blick. Mit dem Resultat, dass sie tatsächlich kurz den Mund schloss und einen Moment später unsicher sagte: „Oh. Ich schon. Wenn Sie welche haben."

„Nein."

Sie nickte bedächtig, wirkte aber immer noch besorgt und hob eine Hand, um sie weich und warm an seine Stirn zu legen, als wolle sie prüfen, ob er Fieber hatte. Lucern atmete ihren Duft ein und spürte, dass er sich ein wenig entspannte.

„Sind Sie sicher, dass Sie nicht ins Krankenhaus fahren wollen?", fragte sie noch einmal. „Sie benehmen sich ein bisschen seltsam, und mit Kopfwunden ist nicht zu spaßen."

„Nein."

Lucern war erschrocken, als er hörte, wie tief seine Stimme nun klang. Er war noch besorgter, als Kate Leever lächelte und ihn neckend fragte: „Warum überrascht mich diese Antwort nicht?"

Sehr zu seinem Unbehagen hätte er beinahe zurückgelächelt. Aber er konnte sich gerade noch bremsen, starrte sie stattdessen noch verärgerter an und tadelte sich für seine kurzfristige Schwäche. Kate C. Leever, Lektorin, war vielleicht im Augenblick nett zu ihm, aber das lag nur daran, dass sie etwas von ihm wollte. Und es wäre besser für ihn, das nicht zu vergessen.

„Also gut, dann kommen Sie mit."

Lucern schreckte aus seinen Gedanken auf und bemerkte, dass seine Lektorin das Teetablett aufgehoben hatte und auf die Küchentür zuging.

„Wir sollten ins Wohnzimmer gehen, wo Sie sich ein wenig hinsetzen können. Sie haben wirklich einen ziemlichen Schlag abbekommen“, fügte sie hinzu, als sie die Schwingtür mit der Hüfte aufschob.

Lucern machte einen Schritt auf sie zu, dann hielt er inne und schaute zum Kühlschrank zurück, weil ihm der andere volle Blutbeutel darin einfiel. Es war sein letzter, bis morgen Abend die nächste Lieferung kommen würde. Er hatte schrecklichen Hunger; ihm war ganz elend davon. Was zweifellos der Grund seiner Nachgiebigkeit gegenüber Kate C. Leevers radikaler Vorgehensweise war. Vielleicht würde nur ein einziger Schluck ihm Kraft genug für das bevorstehende Gespräch geben.

„Lucern?“

Er erstarrte, als er seinen Namen hörte. Wann hatte sie aufgehört, ihn mit Mr. Argeneau anzusprechen? Und warum klang sein Name aus ihrem Mund so aufregend? Er musste wirklich etwas essen. Er öffnete die Kühlschranktür und griff nach dem Beutel.

„Lucern?“ Diesmal lag Sorge in ihrer Stimme, und sie schien näher gekommen zu sein. Zweifellos fürchtete sie, dass er von der Verletzung ohnmächtig geworden sein könnte.

Er stieß ein frustriertes Knurren aus und schloss den Kühlschrank wieder. Das Letzte, was er brauchte, war ein weiteres Debakel, bei dem er Blut über sich verschüttete. Das hatte ihm bereits endlose Probleme eingebracht, wie die Tatsache, dass diese Frau nun vorhatte, bei ihm zu übernachten. Er hatte vorgehabt, die Idee kategorisch abzulehnen, aber dann war er abgelenkt worden, als Ms. Leever wieder auf den Kühlschrank zukam. *Verdammt!*

Also gut, er würde ihr schon Bescheid sagen. Er wollte verdammt sein, wenn er zuließe, dass sie blieb und wegen dieser Publicity-Veranstaltungen nervte. Es reichte jetzt. Er würde unbeugsam sein. Grausam, falls notwendig. Sie würde auf keinen Fall hierbleiben.

Lucern versuchte mit aller Macht, sie loszuwerden. Aber Kate C. Leever war wie eine Bulldogge, wenn sie sich erst einmal zu etwas entschlossen hatte. Nein, das mit der Bulldogge war das falsche Bild. Sie war eher wie ein Terrier. Ja, dieser Vergleich passte besser. Ein niedlicher, blonder Terrier, der an Lucerns Arm hing, die Zähne entschlossen in seine Manschette versenkt, und sich weigerte, sie loszulassen. Wenn er sie nicht ein paar Mal gegen die Wand schleudern wollte, wusste er beim besten Willen nicht, wie er ihr zuschnappendes Maul wieder loswerden konnte.

Das Hauptproblem bei dem Ganzen war die ungewohnte Situation. Lucern war zwar mehrere hundert Jahre alt, aber so etwas war ihm noch nie passiert. Seiner Erfahrung nach waren Leute einfach nur lästig und brachten Chaos mit sich. Besonders Frauen. Er war immer schon auf den Typ verfolgte Unschuld hereingefallen. Er konnte sich kaum mehr erinnern, wie oft er über eine Frau gestolpert war, die Ärger hatte, und plötzlich war sein ganzes Leben in Aufruhr geraten, ob er nun ein Duell, eine Schlacht oder einen ganzen Krieg für sie ausfechten musste. Selbstverständlich hatte er immer gesiegt. Dennoch, irgendwie hatte er die Frau nie bekommen. Am Ende hatte er nach all der Aufregung in seinem Leben immer zusehen müssen, wie seine Auserkorene mit einem anderen in den Sonnenuntergang schlenderte.

Aber das war hier nicht der Fall. Kate C. Leever, Lektorin, war keine Frau, die seine Hilfe brauchte. Tatsächlich betrachtete sie offenbar *ihn* als den Hilfsbedürftigen. Sie blieb „zu seinem eigenen Besten" im Haus. In ihren Augen war sie seine Retterin und sie hatte vor, ihn jede Stunde aufzuwecken, für den Fall, dass er einschlafen sollte, um sich zu vergewissern, dass es ihm gut ging. Sie machte diese Ankündigung, sobald sie in seinem Wohnzimmer saßen, dann fischte sie in aller Ruhe die Teebeutel aus der Kanne und goss ihm eine Tasse ein, während Lucern sie fassungslos anstarrte.

Er brauchte ihre Hilfe nicht. Er hatte sich den Kopf wirklich nicht so fest angeschlagen, und selbst wenn, hätte sein Körper sich schnell regeneriert. Aber das war nichts, was er ihr verraten konnte. Am Ende sagte er einfach so streng und entschlossen wie er konnte: „Ich brauche Ihre Hilfe nicht, Ms. Leever. Ich kann auf mich selbst aufpassen."

Sie nickte ruhig, trank einen Schluck Tee, lächelte freundlich und sagte dann: „Diese Bemerkung würde ich ernst nehmen, wenn Sie nicht gerade ein hübsches, aber blutbeflecktes geblümtes Geschirrtuch auf dem Kopf tragen würden."

Lucern griff erschrocken an seinen Kopf und spürte das Geschirrtuch, das er vollkommen vergessen hatte. Als er anfing, es abzuwickeln, fügte Kate hinzu: „Nehmen Sie es bitte nicht wegen mir ab. Es steht Ihnen sogar ziemlich gut und lässt Sie erheblich weniger einschüchternd wirken."

Lucern knurrte und riss das geblümte Geschirrtuch endgültig vom Kopf.

„Was war das denn?", fragte seine Lektorin und riss die Augen auf. „Sie haben geknurrt!"

„Hab ich nicht!"

„Doch." Sie grinste breit und wirkte sehr erfreut. „Männer können so niedlich sein!"

In diesem Augenblick wusste Lucern, dass er diesen Kampf verloren hatte. Kein Argument der Welt würde sie dazu bewegen, das Haus zu verlassen.

Vielleicht, wenn er ihren Geist beherrschte …

Das war eine Fähigkeit, die er normalerweise aus Prinzip nicht anwendete und de facto seit geraumer Zeit nicht mehr eingesetzt hatte. Das war für gewöhnlich auch nicht mehr nötig, seit seine Familie Blutbanken benutzte, um sich zu ernähren, und nicht mehr jagte. Aber diese Gelegenheit schrie schier danach.

Während er beobachtete, wie Kate ihren Tee trank, versuchte er, in ihre Gedanken einzudringen, sodass er sie beherrschen konnte. Er war mehr als schockiert, als er auf eine feste Wand stieß. Kate C. Leevers Geist war ihm so unzugänglich, als wäre eine Tür geschlossen und dann verriegelt worden. Dennoch, er versuchte es eine Weile und fand seinen Mangel an Erfolg schließlich erschreckender, als er erwartet hätte.

Er gab nicht auf, ehe sie das Schweigen brach und den Grund ansprach, der sie hergebracht hatte. „Vielleicht sollten wir jetzt über diese Lesereise sprechen."

Lucern reagierte, als hätte sie ihn mit einem glühenden Schürhaken geschubst. Er gab den Versuch auf, ihren Geist zu beherrschen und sie zum Gehen zu veranlassen und sprang auf. „Es gibt drei Gästezimmer. Sie befinden sich alle im oberen Stockwerk links. Mein Zimmer und das Arbeitszimmer liegen auf der rechten Seite. Halten Sie sich von diesen Räumen fern. Benutzen Sie das Gästezimmer Ihrer Wahl."

Dann zog er sich eilig vom Schlachtfeld zurück und eilte wieder in die Küche.

Eine Nacht lang würde er sie wohl im Haus ertragen können, sagte er sich. Sobald die Nacht vorüber war und sie überzeugt sein konnte, dass es ihm gut ging, würde sie gehen. Dafür würde er schon sorgen.

Er versuchte, nicht daran zu denken, dass er zuvor ebenso entschlossen und sicher gewesen war, sie loswerden zu können, wenn sie erst ihren Tee getrunken hatte, und griff nach einem

Glas und seinem letzten Blutbeutel im Kühlschrank. Dann ging er zur Spüle, um sich sein Abendessen einzugießen. Er würde wohl Zeit genug haben, ein Glas Blut zu kippen, während Ms. Kate C. Leever ihr Schlafzimmer auswählte.

Falsch gedacht. Lucern hatte gerade angefangen, das Blut aus dem Beutel ins Glas zu gießen, als die Küchentür hinter ihm aufging.

„Gibt es in dieser Stadt einen rund um die Uhr geöffneten Lebensmittelladen?"

Lucern ließ Glas und Beutel fallen, fuhr zu ihr herum und zuckte zusammen, als das Glas in der Spüle zerbrach.

„Tut mir leid, ich wollte Sie nicht erschrecken …" Sie hielt inne, als er die Hand hob, um zu verhindern, dass sie noch näher kam.

„Äh …", begann er, dann fuhr er erschöpft fort: „Was wollten Sie wissen?"

Er konnte ihre Antwort nicht wirklich hören. Der süße, metallische Geruch nach Blut hing schwer in der Luft, obwohl er bezweifelte, dass Kate es von der anderen Seite der Küche aus riechen konnte. Ihn jedoch lenkte es gewaltig ab, und noch ablenkender war das Gluckern, mit dem das Blut aus dem Beutel in die Spüle lief. Sein Abendessen. Sein letzter Beutel.

Im Geist schrie er laut NEIN! Sein Körper verkrampfte sich protestierend. Aus diesem Grund hörten sich Kate C. Leevers Worte nur an wie „bla bla bla", als sie auf seinen leeren Kühlschrank zuging und hineinspähte. Diesmal versuchte Lucern nicht, sie aufzuhalten. Inzwischen war der Kühlschrank schließlich vollkommen leer. Er strengte sich ja durchaus an, sich auf das, was sie sagte, zu konzentrieren, in der Hoffnung, sein Abendessen doch noch retten zu können, wenn er schneller auf ihre Frage antwortete. Aber was er auch versuchte, er konnte nur hier und da ein Wort verstehen.

„Bla bla bla … nicht mehr seit dem Frühstück. Bla bla bla … haben wirklich nichts hier. Bla bla bla … einkaufen?“

Die letzte Reihe Blas endete auf einem hohen Ton, was Lucern annehmen ließ, dass es sich um eine Frage gehandelt hatte. Er war nicht sicher, was sie gefragt hatte, konnte aber spüren, dass eine Verneinung zu einem weiteren Streit führen würde.

„Ja“, rief er und hoffte, diese störrische Frau damit loszuwerden. Sehr zu seiner Erleichterung reagierte sie erfreut auf seine Antwort und ging wieder zur Flurtür.

„Bla bla bla … Zimmer aussuchen.“

Er konnte das Blut beinahe schmecken, so schwer hing der Geruch in der Luft.

„Bla bla bla … Bequemeres anziehen.“

Er hatte so schrecklichen Hunger!

„Bla bla zurück und wir können gehen.“

Die Tür schloss sich hinter ihr, und Lucern fuhr herum zur Spüle. Er stöhnte. Der Beutel war beinahe vollkommen leer. Er war platt. Oder zumindest so gut wie. Verzweifelt hob Lucern ihn hoch, hielt ihn über seinen Mund und versuchte, die letzten Tropfen herauszuquetschen. Es kamen genau drei, bevor er aufgab und den Beutel angewidert in den Müll warf. Falls es vorher noch fraglich gewesen war, bestand jetzt kein Zweifel mehr: Kate C. Leever würde sein Leben zur Hölle machen, bis sie wieder daraus verschwand. Das wusste er einfach.

Und welchem Ansinnen hatte er da gerade zugestimmt?

2

„Einkaufen!“

Kate lachte über Lucerns angewidertes Murmeln, als sie den rund um die Uhr geöffneten Supermarkt betraten. Er hatte das alle paar Minuten getan, seit sie das Haus verlassen hatten. Erst hatte er das Wort ausgesprochen, als könnte er nicht glauben, dass er wirklich zugestimmt hatte, so etwas zu tun. Dann, als er sie in seinem BWM zum Supermarkt fuhr, hatte sich diese Erschütterung in Abscheu verwandelt. Man sollte glauben, der Mann hätte niemals zuvor Lebensmittel eingekauft! Und seinen leeren Schränken nach zu schließen hätte sie ihm das auch beinahe abgenommen. Als sie eine Bemerkung über den Mangel an Vorräten in seinem Haus gemacht hatte, hatte er etwas darüber gemurmelt, noch keine neue Haushälterin gefunden zu haben. Kate nahm an, das bedeutete, dass er außer Haus aß, zumindest die meiste Zeit.

Sie hatte nicht weiter nachgefragt, was aus seiner Haushälterin geworden war. Seine Persönlichkeit war Antwort genug. Die arme Frau hatte wahrscheinlich gekündigt. Kate hätte das auf jeden Fall getan, da war sie sich sicher.

Sie führte ihn zu den Reihen leerer Einkaufswagen. Als sie gerade einen davon herausziehen wollte, knurrte Lucern etwas, das vielleicht „Gestatten Sie“ war, aber er hätte ebenso gut „Aus dem Weg, verdammt noch mal“ sagen können. Damit übernahm er den Wagen.

Nach Kates Erfahrung fuhren Männer immer am liebsten selbst – egal, ob es um ein Auto, einen Golfwagen oder einen

Einkaufswagen ging. Wahrscheinlich hatte das etwas mit dem Bedürfnis nach Kontrolle zu tun, aber wie auch immer, es war praktisch; es bedeutete, dass es ihr überlassen blieb, den Wagen zu füllen.

Sie fing an, im Geist eine Liste der Dinge aufzustellen, die sie brauchte, als sie durch den Bereich mit den Molkereiprodukten voranging. Sie hatte sich vorgenommen, viel Obst und Gemüse für Lucern einzukaufen. Er war groß und muskulös, aber viel zu blass. Sie war sicher, dass er unbedingt grünes Blattgemüse brauchte.

Vielleicht würde das auch seine Laune verbessern.

Lucern brauchte Blut, das war der einzige Gedanke in seinem Kopf, als er Kate C. Leever zuerst durch die Abteilungen für Milchprodukte und tiefgekühlte Lebensmittel und nun den Kaffeegang hinunter folgte. Der Wagen füllte sich rasch. Kate hatte bereits diverse Joghurts, Käse, Eier und eine Tonne gefrorener Ein-Personen-Mahlzeiten hineingeworfen. Nun blieb sie vor dem Kaffee stehen und betrachtete die Päckchen, bevor sie sich ihm zuwandte und fragte: „Welche Marke mögen Sie denn?“

Er starrte sie verständnislos an. „Marke?“

„Kaffee? Was trinken Sie normalerweise?“

Lucern zuckte die Achseln. „Ich trinke keinen Kaffee.“

„Oh. Dann also Tee.“

„Ich trinke keinen Tee.“

„Aber Sie …“ Sie kniff die Augen zusammen. „Heiße Schokolade? Espresso? Cappuccino?“ Als er jedes Mal den Kopf schüttelte, fragte sie gereizt: „Was trinken Sie denn nun? Limonade?“

Ein amüsiertes Kichern lenkte Lucerns Aufmerksamkeit auf eine rundliche junge Frau, die ihren Wagen auf sie zuschob. Sie war die erste Einkäuferin, der sie begegneten, seit sie den Laden betreten hatten. Nach den Katastrophen mit den Blutbeuteln, dem Tee im Wohnzimmer und der kurzen Zeit, die Kate gebraucht hatte, um sich umzuziehen, war es jetzt beinahe Mitternacht. Der Supermarkt war um diese Zeit nicht sonderlich voll.

Nun, da ihr Kichern Lucerns Aufmerksamkeit erregt hatte, klimperte die Kundin mit den Wimpern, und Lucern lächelte unwillkürlich zurück, den Blick auf den Pulsschlag an ihrer Kehle gerichtet. Er stellte sich vor, wie er seine Zähne in ihren Hals senkte und das warme, süße Blut trank. Sie gehörte zu den Spendern, die er bevorzugte. Rundliche, rosige Frauen hatten immer das beste, gehaltvollste Blut. Dick und berauschend und …

„Mr. Argeneau? Erde an Lucern!"

Lucerns angenehme Tagträume wurden abrupt beendet. Widerstrebend wandte er sich wieder seiner Lektorin zu. „Ja?"

„Was trinken Sie denn nun?", wiederholte sie.

Er schaute wieder die Kundin an. „Äh … Kaffee ist in Ordnung."

„Sie sagten doch, dass Sie keinen Kaff… Also gut. Welche Marke?"

Lucern überflog die Möglichkeiten. Sein Blick blieb an einer dunkelroten Dose mit dem Namen Tim Hortons hängen. Er hatte immer angenommen, das wäre ein Donut-Laden. Dennoch, es war der einzige Name, den er kannte, also zeigte er darauf.

„Der teuerste, selbstverständlich", murmelte Kate. Sie nahm eine Dose des fein gemahlenen Kaffees.

Lucern hatte nicht auf den Preis geachtet. „Hören Sie auf, sich zu beschweren. Ich werde den Einkauf bezahlen."

„Nein, ich erwähnte bereits, dass ich zahlen werde, und dabei bleibt es auch."

Hatte sie tatsächlich gesagt, sie würde zahlen, als sie vom Einkaufen gesprochen hatte?, fragte er sich. Er konnte sich nicht erinnern; er hatte zu diesem Zeitpunkt nicht besonders auf sie geachtet. Seine Gedanken waren mit anderen Dingen beschäftigt gewesen. Wie mit dem Blut, das in die Spüle floss und nicht in seinen ausgetrockneten Mund.

Sein Blick glitt zurück zu der rundlichen Kundin mit der pulsierenden Ader, die weiter den Gang entlangging. Er stellte sich vor, dass er aussah wie ein Hungernder, an dem ein Buffet vorbeigefahren wurde. Er musste sich anstrengen, sich nicht auf die Frau zu stürzen. Warmes, frisches Blut … viel angenehmer als das kalte Zeug in Beuteln, auf das er und seine Familie umgestiegen waren. Ihm war nicht klar gewesen, wie sehr ihm die altmodische Ernährungsweise fehlte.

„Lucern?" Eine Spur von Gereiztheit lag in Kate Leevers Stimme, und das ließ ihn verärgert dreinschauen, als er sich wieder umdrehte. Sie war nicht mehr da, wo sie zuvor gestanden hatte, sondern weitergegangen und wartete nun auf ihn. Sie sah missbilligend aus, was ihn ebenfalls aufbrachte. Welchen Grund hatte sie schon, gereizt zu sein? Sie war schließlich nicht diejenige, die Hunger hatte.

Dann kam ihm eine vage Erinnerung an ihre Bemerkung, seit dem Frühstück nichts mehr gegessen zu haben. Also musste er widerstrebend zugeben, dass sie wohl ebenfalls Hunger hatte und daher ebenso viel Recht zu schlechter Laune wie er.

„Ich zahle", verkündete er entschlossen, als er den Wagen weiterschob. „Sie sind Gast in meinem Haus. Ich werde Sie ernähren." Aber ich werde mich nicht von ihr ernähren, dachte er, obwohl er das am liebsten getan hätte. Nein, nicht am liebsten. Er hätte sich lieber von der rundlichen, kleinen Brünetten hinter ihnen genährt. Er hatte das Blut von schlanken, blonden Geschöpfen wie Kate C. Leever immer dünn und fad gefunden. Dicke-Mädchen-Blut schmeckte besser, einfach würziger.

Selbstverständlich konnte er jetzt niemanden beißen. Es war heutzutage zu gefährlich, und selbst wenn er persönlich das

Risiko eingegangen wäre, hätte er nie die Sicherheit seiner Familie für ein paar Momente kulinarischen Vergnügens aufs Spiel gesetzt.

Das bedeutete jedoch nicht, dass er nicht davon träumen durfte, also verbrachte Lucern die nächsten Augenblicke damit, Kate an den Regalen mit Dosengemüse und den Nudeln vorbei zu folgen. Er stimmte zerstreut allem zu, was sie sagte, und erinnerte sich sehnsuchtsvoll an Mahlzeiten, die er in der Vergangenheit gehabt hatte.

„Mögen Sie mexikanisches Essen?", fragte Kate.

„Oh ja", murmelte er, denn die Frage brachte sofort das Bild einer temperamentvollen jungen Mexikanerin vor sein geistiges Auge, an der er sich in Tampico gelabt hatte. Sie war wirklich ein Leckerbissen gewesen. Warm und süß in seinen Armen, und sie hatte kleine erfreuliche Geräusche von sich gegeben, als er sowohl seinen Körper als auch seine Zähne in sie stieß … Oh ja. Sich zu ernähren konnte ein Ganzkörper-Erlebnis sein.

„Oder Italienisch?"

„Das ist ebenfalls köstlich", sagte er freundlich und musste sofort an eine erfreuliche kleine Landarbeiterin an der Amalfi-Küste denken. Das war das erste Mal gewesen, dass er sich ganz unabhängig ernährt hatte. Ein Mann erinnerte sich immer an sein erstes Mal. Und schon der Gedanke an seine süße kleine Maria ließ ihm wärmer zumute werden. Solch tiefdunkle Augen und langes, lockiges, mitternachtsschwarzes Haar! Er erinnerte sich, mit seinen Händen durch ihr Haar gefahren zu sein, und wie ihr tiefes, ekstatisches Stöhnen, das sie ihm ins Ohr gehaucht hatte, als er ihr seine Jungfräulichkeit gegeben und gleichzeitig ihr Blut genommen hatte, ihn erregt hatte. Ja, das war wirklich ein wunderschönes und erinnerungswürdiges Erlebnis.

„Mögen Sie Steak?"

Wieder wurde Lucern aus seinen Erinnerungen gerissen,

diesmal von einem Päckchen mit rohem Fleisch, das Kate ihm plötzlich vor die Nase hielt. Es war Steak, schön und blutig, und obwohl er normalerweise Menschenblut dem von Rindern vorzog – selbst kaltes Blut in Beuteln –, roch dieses blutdurchtränkte Steak in diesem Moment sehr gut. Er atmete tief ein und mit einem Seufzen wieder aus.

Das Päckchen wurde wieder weggerissen. „Oder ziehen Sie weißes Fleisch vor?"

„Oh, nein. Rotes Fleisch ist besser." Er ging näher zu der Fleischtheke hin, zu der sie ihn geführt hatte, und sah sich um – zum ersten Mal, seit sie den Supermarkt betreten hatten, mit echtem Interesse. Er war immer ein Freund von Fleisch und Kartoffeln gewesen. Von englisch gebratenem Fleisch selbstverständlich.

„Also ein Fleischfresser", stellte Kate trocken fest, als er nach einem besonders blutigen Päckchen mit Steaks griff. Das Blut floss heraus, und er hätte sich beinahe die Lippen geleckt. Dann legte er das Fleisch wieder zurück, denn er befürchtete, in seinem derzeitigen Zustand etwas zu tun, was sie verstören würde, wie zum Beispiel das Päckchen abzulecken. Er griff wieder nach dem Einkaufswagen und schob ihn weiter, in der Hoffnung, zu einem Bereich mit weniger Versuchungen zu gelangen.

„Warten Sie", rief Kate, aber Lucern ging immer weiter und stöhnte beinahe, als sie mit mehreren Päckchen Steak angerannt kam und sie in den Wagen fallen ließ.

Na wunderbar, jetzt würde die Versuchung ihm folgen. Er musste wirklich essen. Er musste Bastien oder Etienne anrufen und sich von ihnen etwas Blut borgen. Vielleicht könnte er auf dem Weg nach Hause kurz bei Bastien haltmachen. Er könnte die nicht abzuschüttelnde Kate Leever mit den Einkäufen im Wagen lassen, hineinrennen, ein bisschen Blut hinunterkippen und …

Guter Gott! Er dachte wie ein Junkie!

„Obst und Gemüse als Nächstes, denke ich“, sagte Kate neben ihm. „Sie brauchen offenbar unbedingt Vitamine. Haben Sie schon einmal daran gedacht, in ein Sonnenstudio zu gehen?“

„Ich kann nicht. Ich habe ein … äh, ein Hautproblem. Ich bin allergisch gegen Sonne.“

„Das muss das Leben manchmal schwierig machen“, stellte sie fest. Sie sah ihn aus großen Augen an und fragte: „Ist das der Grund, wieso Sie so schwierig sind, was Lesereisen und andere Promoaktionen angeht?“

Er zuckte die Achseln. Als sie begann, alles mögliche Grünzeug in den Wagen zu laden, verzog er das Gesicht. In einer Gegenreaktion packte er einen Zwanzig-Pfund-Beutel Kartoffeln in den Wagen, aber auch der war bald von Grünzeug bedeckt: kleine, runde grüne Dinge, große, runde grüne Dinge, lange grüne Strünke. Guter Gott, die Frau hatte einen Grün-Fetisch!

Lucern schob den Wagen ein wenig schneller weiter und zwang Kate, sich zu beeilen, als sie mit den anderen Farben anfing. Orangefarbenes, rotes und gelbes Gemüse flog in den Wagen, und darauf folgte orangefarbenes, rotes und dunkelrotes Obst, bis es Lucern schließlich gelang, sie zur Kasse zu zwingen.

Sobald er den Wagen anhielt, begann Kate, die Einkäufe auf das Förderband zu legen. Er beobachtete sie zerstreut, als die rundliche Kundin ihren Wagen vorbeischob. Wieder lächelte sie und klimperte mit den Wimpern, dann winkte sie ihm kurz zu. Lucern lächelte zurück, den Blick erneut auf den Puls an ihrem Hals gerichtet. Er konnte ihr Herz praktisch schlagen hören, das Rauschen ihres Bluts, das …

„Lucern? Mr. Argeneau. Wo gehen Sie denn hin?“

Lucern blieb stehen, blinzelte und erkannte erst durch Kates Frage, dass er begonnen hatte, der rundlichen Kundin zu folgen, wie ein Pferd hinter einer Möhre hertrabte, die man ihm vor die Nase hielt. Sein potenzielles Abendessen blickte zurück und lächelte noch einmal, bevor es in dem Gang mit der Tiefkühlkost verschwand. Lucern starrte hinter ihr her. „Wir haben die Eiscreme vergessen."

„Eis?" Er hörte Kate an, wie verwirrt sie war, aber er hätte nicht mehr stehen bleiben können, um ihr zu antworten, selbst wenn er es gewollt hätte. Er eilte in den Gang mit den Gefrierschränken, aber dort befand sich neben der drallen Schönen auch noch eine andere Käuferin. Sie hatten bisher außer der Rundlichen keine anderen Kunden gesehen, aber jetzt war hier eine Frau und verhinderte, dass er sich einen raschen Biss nahm. Innerlich seufzend, ging er zu den Schränken mit dem Eis und sah sich zerstreut die Auswahlmöglichkeiten an. Schokolade, Kirsch, Vanille mit Schokostückchen.

Er warf seiner rundlichen Schönen einen Blick zu. Sie beobachtete ihn und lächelte kokett. Sie sah aus wie ein großes, lächelndes Steak auf Beinen. Verdammt! Es ist nicht nett, jemanden so zu verlocken, dachte er unglücklich und öffnete den Tiefkühlschrank weiter, während er sie immer noch anstarrte.

Sie kam näher und lächelte strahlend, als er eine Eiscremepackung aus dem Gefrierschrank nahm. Sie sagte kein Wort, sondern grinste nur recht ungezogen, als sie an ihm vorbeiging und ihn wie zufällig mit dem Arm streifte.

Lucern holte tief Luft, beinahe schwindlig von ihrem Duft. Oh ja, ihr Blut war süß! Oder war das die Eiscreme, die er hielt? Er griff nach einem weiteren Karton und sah seufzend, wie sie um die Ecke verschwand. Er wollte ihr folgen. Er konnte Hirnkontrolle anwenden, um sie für einen kurzen Biss hinten in den Laden zu locken. Aber wenn man ihn erwischte …

Seufzend gab er diesen Gedanken auf und griff nach Vanilleeis mit Schokosplittern. Er würde es noch eine kleine Weile aushalten können. Nur ein wenig länger, und er würde frei sein, um zu Bastien oder Etienne zu fliehen. Kate C. Leever war doch sicher nach ihrem Arbeitstag und dem Flug erschöpft und wollte schlafen gehen.

„Sie scheinen Eiscreme ja wirklich zu mögen", stellte Kate fest, als er zu ihr zurückkehrte.

Lucern warf einen Blick auf die vier Packungen in seinen Händen und ließ sie mit einem Achselzucken auf das Band fallen. Er hatte keine Ahnung, welche Sorten er ausgewählt hatte, und er war so abgelenkt gewesen, dass er nicht einmal bemerkt hatte, wie viele Päckchen es waren, aber das spielte keine Rolle. Sie würden irgendwann schon gegessen werden.

Kate protestierte dagegen, dass er zahlte, aber Lucern setzte sich durch. Das war Männersache. Sein Stolz erlaubte nicht, dass eine Frau für Lebensmittel zahlte, die sie in seinem Haus verzehren würden. Kate öffnete auf dem Rückweg eine Packung Reis-Cracker, um daran zu knabbern. Sie bot ihm welche an, aber er verzog nur höhnisch den Mund und schüttelte den Kopf. Reis-Cracker. Guter Gott.

Es gelang ihm, nicht zu einem seiner Brüder zu fahren. Er war ziemlich stolz auf seine Selbstbeherrschung. Er und Kate trugen die Einkäufe in sein Haus, dann bestand er darauf, dass er die Sachen wegräumen würde, während sie mit dem Kochen begann. Das ließ ihn hilfreich und nützlich wirken, während er doch in Wahrheit nur wollte, dass sie ihre verdammte Mahlzeit kochte, aß und dann ins Bett ging, sodass er sich auf die Suche nach dem machen konnte, was er wirklich brauchte. Nicht, dass er anderes Essen nicht ebenfalls genießen konnte. Ein wenig davon würde ihn nicht stören. Aber normales Essen würde gegen seinen Hunger nicht helfen. Leute wie er konnten ohne normale Lebensmittel überleben, aber nicht ohne Blut.

Zum Glück war Kate C. Leever offenbar vollkommen ausgehungert, denn sie kochte eine schnelle Mahlzeit, grillte ein paar Steaks und stellte eine Schale mit dem grünen Zeug und einer

Art Soße dazu zusammen. Lucern hatte nie verstanden, wieso jemand Salat mochte. Kaninchen aßen Grünzeug. Menschen aßen Fleisch, und Lucern aß Fleisch und Blut. Er war schließlich kein Kaninchen. Aber er behielt seine Ansicht für sich und war mit dem Auspacken beinahe zur gleichen Zeit fertig, als Kate zu Ende gekocht hatte. Dann setzten sie sich zum Essen hin.

Lucern stürzte sich begeistert auf das Steak und ignorierte die Schüssel mit dem Kaninchenfutter. Er hatte ihr mitgeteilt, dass er sein Fleisch blutig haben wollte, und er nahm an, dass es für die meisten Leute tatsächlich blutig gewesen wäre – aber er meinte *wirklich blutig*. Dennoch, es war zart und saftig, und er aß es schnell.

Er sah zu, wie Kate fertig aß, aber er schüttelte den Kopf, als sie ihm Salat anbot. „Sie sollten wirklich welchen essen", dozierte sie mit einem Stirnrunzeln. „Salat ist voller Vitamine und Nährstoffe, und Sie sind immer noch schrecklich blass."

Er nahm an, sie fürchtete, seine Blässe könne etwas mit seiner angeblichen Kopfverletzung zu tun haben. Tatsächlich kam sie jedoch von seinem Mangel an Blut, was Lucern daran erinnerte, dass er sich erkundigen sollte, ob Bastien zu Hause war. Er entschuldigte sich, verließ das Zimmer und ging in sein Büro.

Sehr zu seiner Enttäuschung antwortete niemand, als er seinen Bruder anrief. Bastien war entweder ausgegangen oder zu Argeneau Industries zurückgekehrt. Wie Lucern zog auch Bastien es vor, nachts zu arbeiten, wenn alle anderen schliefen. Mit den Gewohnheiten von ein paar Hundert Jahren ließ sich nicht so leicht brechen.

Er kehrte in die Küche zurück, wo Kate inzwischen bereits die meisten Teller abgespült und in die Spülmaschine geräumt hatte.

„Ich mache das", sagte er sofort. „Sie müssen erschöpft und reif fürs Bett sein."

Kate sah Lucern überrascht an. Sie konnte kaum glauben, dass das derselbe Mann sein sollte, der all ihre Briefe mit einem kurzen „Nein“ beantwortet hatte und bei ihrer Ankunft so unhöflich gewesen war. Seine Hilfe beim Verstauen der Einkäufe und seine auffällige Rücksichtnahme jetzt machten sie misstrauisch, und sein hoffnungsvoller Gesichtsausdruck trug ebenfalls nicht viel dazu bei, sie zu beruhigen. Aber sie war wirklich erschöpft. Es war ein langer Tag gewesen, also gab sie widerstrebend zu: „Ich bin tatsächlich müde.“

Im nächsten Augenblick spürte sie einen festen Griff an ihrem Arm, der sie aus der Küche führte.

„Also ins Bett mit Ihnen!“ Argeneau klang erfreut von dieser Aussicht, und er scheuchte sie den Flur entlang und dann die Treppe hinauf. „Schlafen Sie so lange, wie Sie wollen. Ich werde wahrscheinlich wie immer die ganze Nacht arbeiten und den größten Teil des Tages verschlafen. Falls Sie vor mir aufstehen, essen Sie, was Sie wollen, trinken Sie, was Sie wollen, aber schnüffeln Sie nicht herum.“ Das Letzte kam in einem Tonfall heraus, der schon eher zu dem unhöflichen Mann gehörte, den sie kennengelernt hatte.

„Das werde ich bestimmt nicht tun“, sagte sie rasch und einigermaßen verärgert. „Ich habe ein Manuskript mitgebracht, das ich bearbeiten muss. Und das werde ich tun, bis Sie aufstehen, versprochen.“

„In Ordnung. Schlafen Sie gut.“ Er schob sie in das gelbe Gästezimmer, das sie sich ausgesucht hatte, und zog die Tür fest hinter ihr zu.

Kate drehte sich langsam zu der Tür um und erwartete beinahe zu hören, wie das Schloss einschnappte. Sie war erleichtert, als das nicht geschah. Kopfschüttelnd über ihr eigenes Misstrauen holte sie das Nachthemd aus dem Koffer und ging dann zum Badezimmer, um sich zu duschen. Sie war gerade dabei, sich hinzulegen, als ihr die Ausrede wieder einfiel, die sie benutzt hatte, um hier bleiben zu können. Sie hielt inne und sah sich um.

Als sie die kleine Digitaluhr auf dem Nachttisch bemerkte, stellte sie diese so ein, dass sie in einer Stunde geweckt wurde. Sie hatte vor, sich zu überzeugen, dass Lucern nicht eingeschlafen war – und wenn doch, dass er wieder aufwachen würde.

Sie stellte den Wecker zurück auf den Nachttisch, kroch unter die Decke und dachte an diese kleinen Schreckensmomente in der Küche. Sie holte tief Luft und erinnerte sich daran, wie Lucern Argeneau mit blutüberströmtem Gesicht vor ihr gestanden hatte. Guter Gott, sie hatte noch nie zuvor eine Kopfverletzung gesehen! Sie hatte selbstverständlich gehört, dass sie blutig sein konnten und oft schlimmer aussahen, als sie tatsächlich waren, aber er hatte so stark geblutet!

Sie schauderte und schluckte gegen den Kloß in ihrem Hals an. Kate kannte den Mann kaum, und er war seit ihrer Ankunft nichts als unhöflich zu ihr gewesen, aber obwohl es ihm nach diesem Verhalten nur recht geschehen würde, wollte sie auf keinen Fall, dass er starb. Wie sollte sie dann ihre Chefin beeindrucken? Sie konnte es geradezu vor sich sehen. Nein, Allison, ich konnte ihn nicht überreden, die Zeitungsinterviews zu geben. Nein, in den Fernsehsendungen wollte er auch nicht auftreten. Äh … nein, er wird auch keine Bücher signieren. Ich hätte ihn vielleicht überreden können, aber stattdessen habe ich ihn umgebracht. Es war ein Unfall, Allison. Ich weiß, er war unser neuester Goldesel, und ich hatte wirklich nicht vor, ihn zu töten, obwohl er ein unhöflicher Sturkopf war … nein, wirklich, es war ein Unfall. Ja, mir ist klar, dass ich gefeuert bin. Nein, ich nehme es Ihnen nicht übel, wenn Sie mir kein Zeugnis geben. Wenn Sie mich jetzt entschuldigen würden, ich mache mich auf den Weg, um mich bei McDonald's zu bewerben, denn meine Karriere im Verlagswesen ist ruiniert.

Seufzend schüttelte sie den Kopf und schloss die Augen. Gott sei Dank schien Argeneau gesund zu sein – wenn man von dieser Blässe einmal absah. Sie setzte sich wieder hin, und die Sorge begann erneut an ihr zu nagen. Er war wirklich schrecklich bleich gewesen.

„Und wie auch nicht?“, fragte sie sich. Es hatte ausgesehen, als hätte er einen Liter Blut verloren. Oder mindestens einen halben. Vielleicht sollte sie jetzt gleich nach ihm sehen. Kate dachte noch einen Moment darüber nach. Ein Teil von ihr wollte nach ihm sehen, ein Teil befürchtete, dass er sie anschreien würde, weil sie ihn unterbrach, bei was immer er tat. Er würde sie sicher anknurren, wenn sie jede Stunde nach ihm sah. Aber er war so furchtbar blass gewesen, nachdem er sich den Kopf angeschlagen hatte.

Andererseits war ihr schon auf der Veranda, bevor er sich den Kopf verletzt hatte, aufgefallen, wie blass er war. Oder hatte das am Licht gelegen? Es war immerhin schon Abend gewesen, und das Licht auf der Veranda kam von einer dieser Neonröhren. Das hatte ihn vielleicht so bleich aussehen lassen.

Kurz dachte sie noch einmal über diese Sache nach und schwang dann die Beine aus dem Bett, um nach ihm zu sehen, bevor sie sich schlafen legte, hielt dann aber inne, als sie eine zufallende Tür hörte. Kate erstarrte und hörte leise Schritte im Flur, dann zwang sie sich, sich zu entspannen und wieder hinzulegen. Die Schritte waren leise gewesen, aber ansonsten normal. Lucern schien nicht zu taumeln oder sich ungewöhnlich langsam zu bewegen. Es ging ihm gut. Sie würde sich an ihren Plan halten und in einer Stunde nach ihm sehen.

Also lehnte sie sich beruhigt zurück und schloss die Augen. Sie würde in dieser Nacht nicht viel Schlaf bekommen, aber das nahm sie in Kauf. Sie wäre lieber in einem Hotel gewesen und hätte dort tief und fest geschlafen. Und das hätte sie auch getan – Kopfwunde hin oder her –, wenn sie nicht hätte befürchten müssen, dass Lucern Argeneau sie, sobald er sie einmal aus dem Haus geschafft hatte, so schnell nicht wieder hereinlassen würde. Das konnte Kate sich nicht erlauben, sie *musste* ihn einfach zu einer Publicity-Veranstaltung überreden. Ganz gleich zu welcher. Sie hatte die große Befürchtung, dass ihre neue Stellung als Lektorin davon abhing.

„Soll das ein Witz sein? Sie dachte tatsächlich, all das Blut käme von einem kleinen Stoß gegen den Kopf?" Etienne lachte ungläubig.

„Nun, sie wird wohl kaum annehmen, dass es aus einem Beutel in seinem Kühlschrank kam", warf Bastien ein, aber er lachte ebenfalls.

Lucern ignorierte die Heiterkeitsausbrüche seiner Brüder und stieß die Zähne in den zweiten Blutbeutel, den Rachel ihm brachte. Den ersten hatte er bereits geleert. Er hatte darauf bestanden, noch bevor er erklärte, wieso er in Etiennes Haus aufgetaucht war und darum gebettelt hatte, dass man ihm etwas zu essen gab. Der erste Beutel hatte es ihm ermöglicht, über die Überraschung hinwegzukommen, dass auch Bastien hier war. Es hatte seinen Brüdern auch Zeit gegeben zu erläutern, dass Bastien vorbeigekommen war, um ein paar Probleme zu besprechen, die sich in letzter Minute bei der Hochzeitsplanung ergeben hatten. Was erklärte, wieso Lucern ihn nicht hatte erreichen können.

„Ich verstehe nicht", sagte Bastien, als Lucern den zweiten Beutel leerte und die Zähne wieder einzog, „warum du nicht einfach in ihren Kopf eingedrungen bist und ihr nahegelegt hast, sie solle gehen."

„Das habe ich ja versucht", gab Lucern müde zu. Er legte beide leeren Beutel in Rachels wartende Hände, dann sah er ihr hinterher, wie sie nach draußen ging, um die Beutel in den Müll zu werfen. „Aber ich konnte nicht in ihren Kopf eindringen."

Die Stille, die dieser Erklärung folgte, war so wirkungsvoll, wie bei anderen Personen ein demonstratives Nach-Luft-Schnappen gewesen wäre. Etienne und Bastien starrten ihn verdutzt an.

„Du machst Witze", sagte Bastien schließlich.

Als Lucern den Kopf schüttelte, ließ sich Etienne auf den Sessel ihm gegenüber sinken und sagte: „Erzähl das lieber nicht Mutter, wenn du nicht willst, dass sie euch beide zusammenbringt. Sobald sie hörte, dass ich Rachels Gedanken nicht lesen konnte, kam sie zu dem Schluss, dass wir ein gutes Paar abgeben würden." Er hielt nachdenklich inne. „Selbstverständlich hatte sie damit recht."

Lucern grunzte angewidert. „Ms. Kate C. Leever ist ganz bestimmt nicht die Richtige für mich. Diese Frau ist so nervtötend wie eine Schnake, die um deinen Kopf herumschwirrt. Störrisch wie ein Maultier und ausgesprochen penetrant. Sie hat mir keinen verdammten Moment Ruhe gelassen, seit sie sich über meine Schwelle gedrängt hat."

„Stimmt nicht", widersprach Bastien amüsiert. „Du bist ihr lange genug entkommen, um hierher fliehen zu können."

„Nur, weil sie müde war und ins Bett gegangen ist. Sie ..." Er hielt plötzlich inne und erstarrte, als ihm ihr Versprechen einfiel, jede Stunde nach ihm zu schauen, um sich zu überzeugen, dass seine Kopfverletzung nicht doch schlimmer gewesen war, als er glaubte. Würde sie das wirklich tun? Er warf seinen Brüdern einen scharfen Blick zu. „Wie lange bin ich schon hier?"

Bastien zog neugierig die Brauen hoch, doch dann schaute er auf die Uhr und sagte: „Ich bin nicht sicher, aber ich denke, etwa eine Dreiviertelstunde."

„Verdammt." Lucern war sofort auf den Beinen und eilte auf die Tür zu. „Ich muss gehen. Danke für das Blut, Rachel", rief er laut in den anderen Raum.

„Warte. Was ..."

Bastien und Etienne standen auf, um ihm zu folgen, und stellten dabei weitere Fragen, aber Lucern blieb nicht stehen, um zu antworten. Er hatte die Tür seines Arbeitszimmers abgeschlossen, bevor er das Haus verlassen hatte, und Kate nahm vielleicht an, dass er da drin war, aber wenn sie wirklich stündlich nach ihm sah und keine Antwort erhielt, wenn sie an die Tür klopfte, würde diese verdammte Frau noch annehmen, dass er tot umgefallen wäre oder so etwas und die Polizei oder einen Krankenwagen rufen. Vielleicht würde sie sogar eigenhändig seine Tür aufbrechen. Man konnte beim besten Willen nicht wissen, wozu sie imstande war.

Auf der eiligen Heimfahrt fielen ihm noch mehr schreckliche Szenarien ein.

Zum Glück hatte sie nichts von alldem getan, als er zurückkehrte. Sie war allerdings tatsächlich aufgestanden und versuchte ihn zu wecken – so viel war klar, als er die Haustür öffnete. Er konnte bis nach unten hören, wie sie rief und an seine Arbeitszimmertür trommelte. Er verdrehte die Augen über den Lärm, den sie machte, und die Panik in ihrer Stimme, als sie seinen Namen rief. Lucern steckte den Hausschlüssel in die Tasche und eilte nach oben. Am Ende der Treppe blieb er abrupt stehen.

Guter Gott, die Frau aß nicht nur Kaninchenfutter, sie trug auch Kaninchenpantoffeln!

Lucern starrte die Schlappohren an den flauschigen Häschenpantoffeln an, die sie trug, dann glitt sein Blick aufwärts zu ihrem schweren, ebenfalls rosafarbenen und flauschigen Morgenmantel. Wenn er nicht gewusst hätte, dass sie eine gute Figur hatte, hätte er es nach diesem Anblick glatt abgestritten. Dann fiel sein Blick auf ihr Haar, und er zuckte zusammen. Sie war offenbar mit nassem Haar ins Bett gegangen und hatte unruhig geschlafen; es stand in alle Richtungen ab.

Positiv war zu vermerken, dass sie offensichtlich nicht vorhatte, ihn zu verführen, damit er an einer dieser Publicity-Veranstaltungen teilnahm, zu denen sie ihn so unbedingt überreden wollte. Seltsamerweise fand Lucern das allerdings auch ein wenig bedauerlich. Er verstand nicht, warum. Er mochte diese Frau nicht mal. Dennoch, gegen ein bisschen Verführung hätte er nichts gehabt.

„Guten Abend", sagte er, als sie aufhörte zu rufen, um Luft zu holen. Als Kate C. Leever herumfuhr, starrte er sie noch verdutzter an.

„Sie! Ich dachte …" Sie wandte sich der verschlossenen Arbeitszimmertür zu, dann sah sie wieder zu ihm hin. „Diese Tür ist abgeschlossen. Ich dachte, Sie wären da drin, und als Sie nicht antworteten …" Sie brach ab, als sie seine Miene sah. Plötzlich verlegen, zog sie den ein wenig mitgenommenen alten Morgenmantel zusammen, um zu verhindern, dass er auch noch einen Blick auf das Flanellnachthemd werfen konnte, das im Ausschnitt sichtbar wurde. „Stimmt etwas nicht?"

Lucern konnte einfach nicht anders. Er wusste, dass es unhöflich war, aber er konnte sich nicht bremsen: „Guter Gott! Was ist denn das für ein Schlabber auf Ihrem Gesicht?"

Kate ließ sofort den Morgenmantel los, drückte beide Hände aufs Gesicht und riss den Mund zu einem erschrockenen „Oh" auf, als sie sich an die grüne Maske erinnerte, die sie aufgelegt hatte.

Offensichtlich irgendeine Art Schönheitsmittel, dachte Lucern, aber Kate schien sich dazu nicht äußern zu wollen. Sie drehte sich auf dem Absatz um, floh wieder ins Gästezimmer und schloss die Tür hinter sich. Kurz darauf rief sie angespannt: „Ich bin froh, dass es Ihnen gut geht. Jedenfalls einigermaßen. Ich habe mir schon Sorgen gemacht, als Sie auf mein Klopfen nicht geantwortet haben. Ich sehe in einer Stunde wieder nach Ihnen."

Dann war es still im Flur.

Lucern wartete einen Moment, als er jedoch nicht hörte, dass Ihre Schritte sich von der Tür entfernten, ging er davon aus, dass sie auf eine Antwort wartete. „Nein", war das Erste, das ihm einfiel. Er wollte nicht, dass sie nach ihm schaute. Er wollte nicht einmal, dass sie hier war. Aber das konnte er ihr jetzt nicht sagen. Sie war so verlegen gewesen, weil er sie in diesem Zustand gesehen hatte, und das konnte er ihr nicht einmal verdenken. Sie hatte auf eine putzig kaninchenhafte Art schrecklich ausgesehen.

Er lächelte bei der Erinnerung in sich hinein, wie sie da in seinem Flur gestanden und furchtbar ausgesehen hatte – aber auf eine so entzückende Art, dass er sie am liebsten umarmt hätte … bis er die brüchige grüne Maske auf ihrem Gesicht sah.

Lucern wollte sie mit dem „Nein", das sie zweifellos bereits erwartete, nicht weiter quälen, und rief stattdessen mit mürrischer Stimme: „Gute Nacht." Als er zu der Tür seines Arbeitszimmers kam und sie aufschloss, hörte er einen kleinen Seufzer von der anderen Seite ihrer Tür und dann ein sehr leises „Gute Nacht" zur Antwort. Ihre gedämpften Schritte entfernten sich. Sie ging ins Bett, nahm er an.

Dann kam ein Knacken, und Licht fiel unter der Tür des Gästezimmers hindurch. Lucern blieb stehen. Warum war jetzt das Licht an? Stellte sie den Wecker neu, damit er sie in einer Stunde erneut weckte? Hatte diese alberne Person tatsächlich vor, jede Stunde nach ihm zu sehen?

Kopfschüttelnd ging er in sein Arbeitszimmer und schaltete die Lampe an. Er gab ihr eine Viertelstunde, um einzuschlafen, dann würde er hineingehen und den Wecker abschalten. Er würde es einfach nicht verkraften, wenn sie ihm die ganze Nacht auf die Nerven ging. Obwohl sie andererseits, wenn sie in der Nacht nicht viel schlief, am Morgen wahrscheinlich länger im Bett bleiben und somit weniger Zeit haben würde, überall herumzuschnüffeln, während er schlief.

Nein, dachte er. Sie hatte gesagt, sie würde nicht herumschnüffeln, und er glaubte ihr.

Größtenteils.

3

Kate schnüffelte herum.

Sie wollte es eigentlich nicht. Tatsächlich hatte sie bereits Pläne für diesen Tag, und die sahen Herumschnüffeln eindeutig nicht vor – aber nun ja, so war das halt mit den guten Vorsätzen. Oft wurden sie wieder fallen gelassen.

Kate war um zehn aufgewacht. Ihr erster Gedanke war die Frage, wo sie war. Ihr zweiter Gedanke – sobald sie sich erinnerte – lautete: „Oh, verdammt, der Wecker hat nicht funktioniert.“ Sie setzte sich auf und griff nach dem Wecker, um ihn in Augenschein zu nehmen. Er war abgeschaltet. Stirnrunzelnd betrachtete sie das Ding, denn sie war sich ziemlich sicher, dass sie ihn wieder eingeschaltet hatte, nachdem sie das erste Mal nach Lucern gesehen hatte. Ja, sie erinnerte sich genau, dass sie ihn neu eingestellt und eingeschaltet hatte. Aber nun war er aus. Sie stellte ihn zurück auf den Nachttisch und verzog das Gesicht. War sie beim zweiten Weckgeräusch nur kurz aufgewacht, um es abzuschalten? Das war es wahrscheinlich, dachte sie und zog eine Grimasse.

„Glückwunsch, Leever. Die einzige Ausrede, die du hattest, um hierzubleiben, die einzige Gelegenheit, dich bei ihm einzuschmeicheln, und du hast es versaut.“ Sie war davon ausgegangen, dass er sie nicht rauswerfen konnte, nachdem sie sich die Mühe gemacht hatte, jede Stunde aufzustehen, um nachzusehen, ob es ihm gut ging. Aber nachdem sie mit diesem Vorhaben gescheitert war, würde er sie spätestens am Mittag rauswerfen – wenn er nicht die ganze Nacht geschrieben hatte, wie er es angeblich vorhatte. Wenn das der Fall war, würde er vielleicht erst um zwei oder drei Uhr aufwachen. Was bedeutete, dass er sie um drei oder vier rauswerfen würde.

„Gut gemacht, Katie." Sie schob das Laken weg und stieg aus dem Bett. Nun musste sie eine weitere Ausrede finden, um bleiben zu können, bis sie Lucern Argeneau bearbeitet hatte, ein wenig kooperativer zu werden.

Sie dachte über das Problem nach, während sie duschte, während sie sich abtrocknete, während sie sich anzog, während sie sich die Zähne putzte, während sie an ihrem Haar herumnestelte und während sie einen Hauch Rouge auflegte. Schließlich gab sie das Unterfangen als verlorene Liebesmüh auf, zumindest bis sie etwas gegessen hatte. Mit vollem Magen konnte sie immer besser denken.

Sie verließ das Gästezimmer, blieb im Flur stehen und starrte die Tür an, die der ihren gegenüberlag. Vielleicht sollte sie nach ihrem Gastgeber sehen. Immerhin hatte sie es während der Nacht versäumt. Der Mann lag vielleicht auf dem Boden seines Arbeitszimmers im Koma.

Sie schürzte nachdenklich die Lippen, dann schüttelte sie den Kopf. Nein. Keine gute Idee. Sie hatte ihre Pflicht, nach ihm zu sehen, in der vergangenen Nacht vernachlässigt. Und sie wollte ihn jetzt auf keinen Fall wecken, bevor ihr etwas eingefallen war, was sie in seinen Augen besser dastehen ließ.

Sie drehte sich um und ging, so leise sie konnte, zur Treppe und dann nach unten. Zunächst schlich sie in die Küche. Sie setzte Kaffee auf, dann schaute sie in den Kühlschrank. Obwohl sie jeden einzelnen Gegenstand darin kannte, machte es Spaß, sich all diese guten Sachen anzuschauen und sich auszumalen, dass sie etwas Fettiges, Ungesundes essen könnte wie Eier mit Schinkenspeck. Was sie selbstverständlich nicht tat. Sie entschied sich für etwas weniger Befriedigendes, aber Gesünderes: Grapefruit und

Cornflakes. Dann goss sie sich eine Tasse Kaffee ein und trank sie, während sie aus dem Fenster in Lucerns Garten schaute: ein großer, gepflegter Rasen umgeben von Bäumen, der offenbar von Profis in Ordnung gehalten wurde. Ebenso wie das Haus.

Lucerns Heim kündete von Wohlstand und Klasse, sowohl innen als auch außen. Es war groß und mit Antiquitäten ausgestattet, aber von außen war es noch schöner. Es stand auf einem großen Grundstück, umgeben von Bäumen und Wiesen, die alle gut gepflegt waren und beinahe vergessen ließen, dass es sich am Rand einer Großstadt befand. Es war stattlich und ruhevoll, und Kate genoss die Aussicht, während sie ihren Kaffee trank.

Sie goss sich noch eine Tasse ein und schlenderte aus der Küche und den Flur entlang, wobei sie über eine Möglichkeit nachdachte, wie sie noch mindestens einen Tag hierbleiben könnte. Sie musste Lucern unbedingt überreden, wenigstens ein Interview zu geben. Wahrscheinlich würde er niemals einer Lesereise zustimmen, und sie hatte diese Idee bereits fallen gelassen, aber sie würden ihn doch sicher dazu bringen können, ein paar Interviews zu geben. Vielleicht am Telefon oder übers Internet? Einige ihrer Autorinnen hatten bereits Interviews per E-Mail gegeben. Der Interviewer hatte eine E-Mail mit den Fragen geschickt, die Autorin hatte per E-Mail geantwortet. Und es gab Kurierdienste. Sie hatte gehört, dass Autoren auch auf diesem Weg kommunizierten. Himmel, es konnte doch nicht eine so große Sache sein! Lucern würde nicht einmal sein Haus verlassen müssen.

Sie stand kurz davor, mit ihrer Kaffeetasse ins Wohnzimmer zu gehen, als sie den Karton auf dem Flurtisch entdeckte. Sie erkannte ihn sofort. Schließlich hatte sie das verdammte Ding selbst mit Fanpost vollgepackt und es ihm geschickt. Sie wechselte also die Richtung und ging weiter den Flur entlang zu dem Tisch und betrachtete den Karton verärgert. Sie hatte ihn vor drei Monaten geschickt! Vor drei Monaten! Und er hatte sich nicht einmal dazu herabgelassen, das verdammte Ding zu öffnen, geschweige denn einen der Briefe darin zu beantworten.

„So ein Mistkerl", murmelte sie. „Undankbarer, blöder … *wunderbarer* Kerl." Das Letzte sagte sie mit wachsendem Lächeln, als ihr klar wurde, worin ihre Ausrede bestehen würde, noch eine Nacht bleiben zu müssen. „Oh", flüsterte sie. „Meinen Glückwunsch zu deiner Dummheit und Unhöflichkeit."

Salsa-Musik. Das war das Erste, was Lucern hörte, als er erwachte. Er erkannte das Lied; es war ein aktueller Hit. Vor seinem geistigen Auge erschien kurz ein Bild von einem schlanken, gut aussehenden Latino, der in dunkler Kleidung über eine Bühne tanzte.

Die Musik machte es ihm leichter, Kate zu finden. Er folgte einfach dem Klang bis zu seinem Wohnzimmer, wo er in der Tür stehen blieb, um sich anzusehen, wie sie den Raum durcheinandergebracht hatte, während er geschlafen hatte. Das Wohnzimmer war sauber und ordentlich gewesen, als er ins Bett gegangen war, aber nun wimmelte es überall von Papier. Auf jeder waagerechten Fläche lagen geöffnete Briefe und Umschläge. Kate C. Leever wühlte mitten in diesem Chaos in einem Karton herum, zog noch mehr Briefe hervor, um sie zu öffnen und dann auf den einen oder anderen Stapel zu legen, bevor sie wieder zum Karton tänzelte.

„Sie haben rumgeschnüffelt!", brüllte er.

Kate, die gerade rhythmisch mit der Hüfte nach dem halb leeren Karton stieß – eine ziemlich attraktive Bewegung, um ehrlich zu sein –, gab ein erschrockenes Quieken von sich. Sie fuhr zur Tür herum, kippte dabei den Karton um und ließ den Inhalt auf den Boden fallen.

„Sehen Sie, was Sie angerichtet haben!", rief sie und errötete verlegen. Sie beugte sich vor, um den Karton und seinen Inhalt aufzuheben.

„Sie haben rumgeschnüffelt!“, wiederholte Lucern. Er ging auf sie zu und baute sich vor ihr auf, während sie die herausgefallenen Umschläge auflas.

„Ich …“ Sie blickte schuldbewusst zu ihm auf, dann verzog sie verärgert das Gesicht. Sie stand auf und erwiderte seinen wütenden Blick. „Ich brauchte nicht herumzuschnüffeln. Der Karton stand direkt auf dem Flurtisch. Er ist mir aufgefallen, als ich daran vorbeikam.“

„Ich bin nicht sicher, aber ich glaube, es ist illegal, die Post eines anderen zu öffnen. Ist das nicht ein Vergehen?“

„Ich bin ziemlich überzeugt, dass das nicht zutrifft, wenn es sich um Post handelt, die man selbst abgeschickt hat – und ich *habe* dieses Paket geschickt.“ Dann fügte sie grimmig hinzu: „Vor drei Monaten!“

„Aber Sie haben mir die Briefe nicht geschrieben, die da drin sind.“

Kate verzog verärgert das Gesicht, dann machte sie sich wieder daran, die ungeöffneten Umschläge in den Karton zurückzuwerfen. „Ich sah, dass Sie sie noch nicht einmal geöffnet hatten, und dachte, ich könnte vielleicht helfen. Es war offensichtlich, dass die Anzahl der Briefe Sie überwältigt hat.“

„Ha! Ich hatte keine Ahnung, dass es sich beim Inhalt des Kartons um Briefe handelt, und um eine solche Menge schon gar nicht. Ich habe ihn einfach nicht geöffnet, das ist alles.“

„Nein, das haben Sie nicht“, stellte sie fest. Dann fragte sie: „Was haben Sie denn gegen Post? Ich habe noch nie jemanden kennengelernt, der seine Post monatelang liegen lässt. Kein Wunder, dass es so lange gedauert hat, bis Sie meine Briefe beantwortet haben.“

Bevor er etwas sagen konnte, drehte sie sich um und fügte

hinzu: „Wie konnten sie diese Briefe einfach so ignorieren?" Sie deutete auf die kleinen Stapel, die sie überall im Raum aufgeschichtet hatte. „Das da sind Ihre Leserinnen, Ihre Fans! Ohne sie sind Sie nichts! Diese Frauen zahlen gutes Geld für Ihre Bücher und noch mehr Geld, um Ihnen mitzuteilen, dass sie ihnen gefallen haben. Ihre Bücher würden ohne diese Leser gar nicht erst veröffentlicht werden. Wie können Sie sie einfach ignorieren? Diese Leute haben sich die Zeit genommen und die Mühe gemacht, Ihnen zu schreiben. Sie sagen wunderbare Dinge über Sie, Ihre Bücher, Ihren Stil. Haben Sie denn nie die Arbeit eines anderen so bewundert, dass Sie demjenigen Ihre Bewunderung mitteilen wollten? Sie sollten dankbar sein, dass ihre Fans sich solche Mühe machen!"

Lucern starrte sie überrascht an. Sie war nun wirklich verärgert, ihr Kopf war rot angelaufen, und ihre Brust hob und senkte sich merklich. Und was für eine nette Brust das war, stellte er fest. Sie hatte wirklich eine gute Figur, auch in der bequemen Jeans und dem T-Shirt, für die sie sich heute entschieden hatte.

All diese Feststellungen waren zwar interessant, aber im Augenblick nicht sehr hilfreich. Er nahm sich zusammen und ließ sich einen Augenblick Zeit, bevor er einen erneuten Versuch unternahm, etwas zu sagen. Das Problem bestand darin, dass er sich nicht erinnern konnte, was sie gesagt hatte, und daher nicht wusste, wie er reagieren sollte.

„Ha!" Triumph stand auf ihren Zügen. „Dazu fällt Ihnen wohl nichts mehr ein? Weil es nämlich wahr ist! Sie waren mit Ihrer Fanpost schrecklich nachlässig, und weil ich es gut mit Ihnen meine, habe ich beschlossen, Ihnen zu helfen. Sie brauchen sich nicht zu bedanken", fügte sie selbstgerecht hinzu. Dann griff sie nach einem weiteren Brief und öffnete ihn.

Lucern stellte fest, dass ein Grinsen seine Mundwinkel umspielte, als er sie beobachtete. Er brauchte ihre Gedanken nicht lesen zu können, um zu wissen, dass sie es nicht für ihn tat, sondern lange genug in seinem Heim bleiben wollte, um ihn zu einer dieser Publicity-Veranstaltungen zu überreden. Er kam zu dem Schluss – weil *er* so großzügig war –, sie so lange bleiben zu lassen, bis sie ihm mit den Briefen geholfen hatte. Er hatte tatsächlich nie vorgehabt, diese Post zu beantworten. Er kannte keinen von diesen Leuten und es war eine lästige Arbeit, aber jetzt … Kates Tirade war tatsächlich zu ihm durchgedrungen. Jedenfalls bis zu einem gewissen Grad.

„Also gut. Sie können mir mit diesen Kommunikationen behilflich sein", verkündete er.

Kate schüttelte über Lucern Argeneaus Großherzigkeit den Kopf. „Wie freundlich von Ihnen, mir zu gestatten …" Sie hielt inne. Ihr Sarkasmus war vergebene Liebesmüh; Lucern hatte das Zimmer schon wieder verlassen … Und was hatte es überhaupt mit seiner Art zu reden auf sich? Der Mann hatte mitunter eine so altmodische Art, sich auszudrücken, und einen Akzent, den sie nicht recht einordnen konnte. Beides fing an sie zu ärgern.

Sie hatte sich gerade wieder dem Karton zugewandt, um die Briefe weiter nach Kategorien zu sortieren, als es laut klingelte. Sie nahm an, es sei die Türklingel, zögerte, dann legte sie die Briefe hin und ging zur Haustür. Als sie öffnete, stand ein uniformierter Mann vor ihr, eine Kühlbox mit der Aufschrift „A. B." in der Hand.

„Hi." Er hörte gerade lange genug auf, sein Kaugummi zu kauen, um sie anzugrinsen, und zeigte dabei schöne weiße Zähne. „Sie müssen Lucs Lektorin sein."

Kate zog die Brauen hoch. „Äh, ja. Kate. Kate C. Leever."

Der Mann nahm ihre Hand und drückte sie fest. „Tante Maggie hatte recht. Sie sind wirklich niedlich."

„Tante Maggie?", fragte Kate verwirrt.

„Lucs Mutter und meine Tante. Marguerite", fügte er hinzu,

als sie weiterhin verwirrt dreinschaute, aber diese Erklärung half Kate auch nicht sonderlich weiter. Sie war seit ihrer Ankunft nur diesem Paar begegnet, das gerade aufgebrochen war, als sie aus dem Taxi stieg, und die Frau war doch sicher nicht alt genug, um Lucs – äh, Lucerns – Mutter zu sein. Kate zuckte die Achseln, als sie begriff, was er damit ebenfalls gesagt hatte. „Sie sind Lucs Vetter?"

„Ja, Ma'am. Unsere Väter sind Brüder." Er grinste, und das machte es nicht eben leichter, eine Ähnlichkeit zu erkennen. Ja, dieser Mann war ebenfalls hochgewachsen und hatte dunkles Haar wie Lucern, aber Luc war muffig und knurrig, und dieser junge Mann hatte nicht aufgehört zu lächeln, seit sie die Tür geöffnet hatte. Es war schwer zu glauben, dass die beiden verwandt sein sollten. „Ich bin allerdings erheblich jünger."

„Tatsächlich?", fragte sie zweifelnd. Sie hätte die beiden Männer für etwa gleichaltrig gehalten.

„Oh ja." Er grinste. „Ich bin Jahrhunderte jünger als Lucern."

„Thomas."

Kate warf einen Blick über die Schulter. Lucern kam den Flur entlang und schaute verärgert von ihr zu seinem Vetter. Sie seufzte innerlich über sein offensichtliches Missfallen. Augenscheinlich gefiel ihm nicht, dass sie seine Haustür geöffnet hatte. Dieser Kerl war wirklich eine Plage. Warum konnte nicht Thomas hier die Vampirromane geschrieben haben? Mit ihm hätte sie viel einfacher umgehen können, da war sie sich sicher.

„Da bist du ja, Vetter." Thomas schien über Lucerns schlechte Laune weder überrascht zu sein noch sich von ihr verunsichern zu lassen. Er hielt ihm die Kühlbox hin. „Bastien sagte, ich sollte dir das hier so schnell wie möglich bringen. Weil du keins mehr hast und unbedingt Neues brauchst", fügte er mit einem Grinsen und einem Zwinkern hinzu.

„Danke."

Lucern lächelte seinen Vetter tatsächlich an, bemerkte Kate überrascht. Und sein Gesicht schien nicht einmal Schaden dabei zu nehmen.

„Ich komme gleich wieder", fügte Lucern hinzu. Als er auf die Treppe zuging, warnte er: „Versuche meinen Gast nicht zu beißen. Sie kann … provozierend sein."

Kate sah ihrem Gastgeber einen Moment stirnrunzelnd hinterher, dann lächelte sie widerstrebend, als Thomas leise lachte. Mit einem schiefen Grinsen drehte sie sich um und fragte: „Ist er immer so reizbar, oder liegt es an mir?"

„An Ihnen", sagte Thomas. Als sie nach diesen Worten vollkommen geknickt dreinschaute, fing er an zu lachen. Dann bekam er Mitleid und sagte ihr die Wahrheit. „Nö, es liegt nicht an Ihnen", versicherte er Kate. „Lucern ist nur ein bisschen muffig. Er ist schon seit Jahrhunderten so. Aber heute scheint er gute Laune zu haben. Sie haben anscheinend einen positiven Einfluss auf ihn."

„Das bezeichnen Sie als gute Laune?", fragte Kate ungläubig. Thomas lachte einfach wieder.

„Also gut", rief Lucern. Er kam die Treppe heruntergeeilt und reichte seinem Vetter dessen Kühlbox zurück. „Sag Bastien, dass ich ihm sehr dankbar bin."

„Wird gemacht." Dann nickte Thomas, zwinkerte Kate noch einmal zu und wandte sich zum Gehen.

Kate warf einen Blick auf die Einfahrt und den Lieferwagen, der dort stand. „A. B. Lieferdienst" stand auf der Seite, ebenso wie auf der Kühlbox. Lucern manövrierte sie aus dem Weg und schloss die Tür.

„Was …", begann sie neugierig, aber Lucern rettete sie davor zu beweisen, wie unhöflich und neugierig sie sein konnte. Er wandte sich ab und ging wieder in den Flur, bevor sie die Fragen stellen konnte, die ihr schon auf der Zunge lagen.

„Ich dachte, da es so viele Briefe gibt – zu viele, um sie individuell zu beantworten –, sollten wir sie nach Kategorien aufteilen und eine Art Formbrief für jede Kategorie entwerfen. Dann müssten Sie zu jeder Antwort nur eine Zeile hinzufügen, um es persönlicher zu machen."

Lucern grunzte und trank noch einen Schluck von dem Kaffee, den Kate gekocht hatte, als sie das Mittagessen zubereitete. Nun, für sie war es Mittagessen gewesen, für ihn Frühstück. Obwohl, wenn er den Beutel Blut als Frühstück betrachtete, den er schnell ausgesaugt hatte, als er Thomas' Lieferung in den kleinen Kühlschrank in seinem Arbeitszimmer packte, konnte man diese Mahlzeit wohl auch als sein Mittagessen bezeichnen. Seitdem waren sie wieder ins Wohnzimmer zurückgekehrt, und er saß auf der Couch, während sie ihre Pläne für seine Briefe erklärte.

„Ich nehme an, Sie wollen damit sagen, dass mein Plan brillant ist und dass Sie sich bereit erklären mitzuarbeiten", antwortete Kate auf sein Grunzen. Weil es sie offenbar ärgerte und weil er es mochte, wie sie dann rot anlief, grunzte Lucern noch einmal.

Wie erwartet, wurden ihre Wangen rosiger und ihre Augen blitzten vor Zorn, und Lucern kam zu dem Schluss, dass Kate C. Leever wirklich ein hübsches kleines Ding war, wenn sie etwas ärgerte. Er genoss es, sie anzusehen.

Und obwohl sie so gar nicht glücklich mit ihm war, ließ ihr Zorn offenbar plötzlich nach, und sie stellte fest: „Sie haben heute mehr Farbe. Ich denke, die Kopfwunde hatte tatsächlich keine Nachwirkungen."

„Ich habe Ihnen doch gesagt, dass es mir gut geht", sagte Luc.

„Ja, das haben Sie", stimmte sie zu. Dann sah sie ihn ein wenig unbehaglich an und murmelte: „Es tut mir leid, dass ich nach diesem ersten Mal nicht mehr nach Ihnen gesehen habe. Ich hatte es vor, aber der Wecker hat nicht funktioniert. Ich muss ihn im Schlaf ausgeschaltet haben oder so."

Lucern machte eine wegwerfende Geste. Er hatte den Wecker selbst abgestellt, also brauchte sie sich für nichts zu entschuldigen. Und er nahm nicht an, sie würde es zu schätzen wissen, wenn er ihr verriet, dass er in ihr Zimmer geschlichen war, als sie schlief. Auf keinen Fall würde sie wissen wollen, dass er nach dem Abschalten des Weckers noch neben ihrem Bett stehen geblieben war, um sie eine Weile im Schlaf zu beobachten, fasziniert von ihrem unschuldigen Gesichtsausdruck, wenn sie schlief, und dem Heben und Senken der Häschen auf ihrem Flanellnachthemd, wenn sie atmete. Wie gerne hätte er den Halsausschnitt dieses so sittsamen Nachthemds von ihrer Kehle weggezogen, um ihren Pulsschlag dort zu sehen. Nein, das würde sie ganz bestimmt nicht wissen wollen, also behielt er es für sich und trank noch einen Schluck Kaffee.

Das Getränk war bitter, aber seltsam wohlschmeckend. Lucern konnte sich nicht mehr erinnern, wieso er es all die Jahre gemieden hatte. Sicher, man hatte ihn gewarnt, dass er auf Koffein doppelt so heftig reagieren würde wie ein normaler Mensch, aber er hatte bis jetzt noch keine Wirkung bemerkt. Selbstverständlich hatte er bisher auch nur wenige Schlucke getrunken. Vielleicht sollte er ein paar mehr wagen. Er stellte die Tasse vorsichtig ab.

„Also gut, was machen wir?", fragte er abrupt, um Kate von dem Thema abzulenken, dass sie letzte Nacht nicht mehr nach ihm gesehen hatte.

„Ich habe die Briefe nach drei verschiedenen Kategorien sortiert. Viele haben ähnliche Themen oder Fragen, zum Beispiel, ob Sie als Nächstes die Geschichte von Bastien schreiben werden", erklärte sie. „Also habe ich alle, die diese Frage stellen, auf einen Stapel gelegt. So können Sie einen Formbrief für jeden

Stapel schreiben und brauchen nur etwa zwanzig zu verfassen und nicht Hunderte und Aberhunderte.

Es wäre natürlich nett, wenn Sie jeden Brief lesen und ein oder zwei Zeilen dazuschreiben würden, um der Antwort einen persönlichen Anstrich zu geben“, fügte sie zögernd hinzu.

Lucern nahm an, dass sie glaubte, der Gedanke an so viel Arbeit würde ihn verärgern. Das tat er auch. Er konnte nicht anders als zu knurren: „Solche Schwierigkeiten hatte ich mit meinen anderen Büchern nicht.“

„Andere Bücher?“ Sie blinzelte verwirrt, dann sagte sie: „Oh. Sie sprechen von Ihren historischen Texten. Nun, das war etwas anderes. Das waren Sachbücher. Viele davon werden an Universitäten oder ähnlichen Einrichtungen genutzt. Studenten schreiben selten Fanpost.“

Lucern verzog das Gesicht und schluckte noch einen Mundvoll Kaffee hinunter. Es würde wohl nicht helfen, ihr zu sagen, dass auch seine angeblichen Romane nicht fiktiver Natur waren und nur als Vampir-Liebesromane verhökert wurden, weil man sie falsch verstanden hatte.

„Wie auch immer, ich denke, wir haben genug Kategorien, um anzufangen. Ich kann Ihnen sagen, um was es bei jeder Kategorie geht, und Sie können eine Art allgemeine Antwort dazu verfassen, während ich die restlichen Briefe sortiere.“

Lucern nickte zustimmend, verschränkte die Arme und wartete.

„Möchten Sie nicht einen Stift und Papier oder so etwas holen?“, fragte sie nach einem Augenblick. „Damit sie keine der Kategorien vergessen? Es sind mindestens zwanzig verschiedene und …“

„Ich habe ein hervorragendes Gedächtnis“, verkündete Lucern. „Fahren Sie fort.“

Kate drehte sich langsam im Kreis und versuchte zu entscheiden, wo sie anfangen sollte. „Guter Gott, er klingt wie dieser kahlköpfige Bursche in *Der König und ich*", hörte er sie murmeln.

Lucern wusste, dass dies nicht für seine Ohren bestimmt war, aber sein Gehör war nun einmal spektakulär. Es gefiel im recht gut, dass sie so gereizt war, also warf er lässig ein: „Sie sprechen von Yul Brynner."

Sie fuhr zu ihm herum und starrte ihn erschrocken an.

„Er spielte den König von Siam, und zwar ganz hervorragend."

Kate zögerte, dann kam sie offenbar zu dem Schluss, dass er nicht verärgert war, entspannte sich ein wenig, und es gelang ihr sogar zu lächeln. „Das ist einer meiner Lieblingsfilme."

„Oh, ist es auch verfilmt worden?", fragte er interessiert. „Ich habe die Bühnenpremiere gesehen."

Als sie ihn zweifelnd ansah, wurde ihm klar, dass er gerade zugegeben hatte, die Rodgers-and-Hammerstein-Broadway-Aufführung gesehen zu haben – wenn er sich recht erinnerte, hatte die Premiere 1951 stattgefunden –, was einen Hinweis auf sein Alter gab. Da er aussah wie Mitte dreißig, war es kein Wunder, dass sie verblüfft wirkte. Er räusperte sich und fügte hinzu: „Selbstverständlich die Wiederaufnahme. Das war 1977, glaube ich."

Sie zog die Brauen hoch. „Sie können nicht älter als … was? Sieben, acht gewesen sein?"

Lucern wollte nicht lügen und grunzte nur. Dann wiederholte er: „Ich habe ein hervorragendes Gedächtnis."

„Ja. Selbstverständlich haben sie das." Kate seufzte und griff nach einem Brief. Sie las laut vor: „„Lieber Mr. Argeneau, ich habe *Verliebt in einen Vampir* gelesen, und es hat mir wunderbar gefallen. Ich muss Ihnen gestehen, es gehört zu meinen absoluten Lieblingsbüchern. Und Sie sind wirklich außerordentlich begabt. Die mittelalterliche Atmosphäre war so fassbar und realistisch, dass man beinahe glauben könnte, Sie wären selbst dabei gewesen.'" Kate hielt inne und blickte auf. „Alle Briefe in diesem Stapel verfolgen eine ähnliche Linie, loben Sie für ihren realistischen Stil und die Tatsache, dass Ihre Bücher sich lesen, als wären Sie dabei gewesen."

Als Lucern nur nickte, runzelte sie die Stirn. „Nun?"

„Nun was?", fragte er überrascht. „Die Leserin hat recht."

„Die Leserin hat recht?" Sie sah ihn mit aufgerissenen Augen an. „Das werden Sie schreiben? ‚Liebe Leserin, Sie haben recht?'"

Lucern zuckte die Achseln und fragte sich, wieso sie sich so aufregte. Die Leserin hatte tatsächlich recht. Seine Bücher lasen sich, als wäre er im Mittelalter dabei gewesen. Und zwar, weil genau das der Fall war. Nicht zu der Zeit, als seine Eltern sich kennenlernten, aber nicht allzu lange danach – und in jenen Tagen hatten sich die Dinge so langsam verändert, dass das kaum einen Unterschied machte.

Er sah, wie seine Lektorin den Brief wieder auf den Stapel warf und sich einem anderen zuwandte. Die ganze Zeit murmelte sie vor sich hin, was für ein arroganter Mistkerl er sei, und fügte noch weitere, nicht sonderlich schmeichelhafte Attribute hinzu. „Unsensibel" und „absolut unausstehlich" waren nur zwei davon. Lucern wusste, dass er das alles selbstverständlich nicht hören sollte.

Er war nicht beleidigt. Er war sechshundert Jahre alt. Über einen so langen Zeitraum gewann ein Mann ein gewisses Selbstvertrauen. Lucern nahm an, dass sein Verhalten den meisten Leuten tatsächlich arrogant vorkommen musste, vielleicht vergleichbar dem eines Mistkerls. Unsensibel war er ohne Zweifel, und er wusste, dass er im Umgang mit Menschen ein wenig eingerostet war. Etienne und Bastien hatten sich mit diesen Dingen immer besser zurechtgefunden. Wie auch immer, nach

Jahren eines Lebens als Einsiedler und Autor hatte er eindeutig Mängel, und das wusste er.

Er sah allerdings keinen triftigen Grund, daran etwas zu ändern. Er befand sich in einem Stadium des Lebens, in dem es ihm nur noch lästig vorkam, jemanden beeindrucken zu müssen.

Er hatte einmal eine Serviererin zum Abendessen ausgeführt, die recht zutreffend beschrieben hatte, wie er sich selbst fühlte. Sie hatte gesagt: „Du kommst mit den Leuten zurecht, arbeitest deine Schicht und alles ist in Ordnung. Die meisten Kunden sind okay, obwohl es hin und wieder einen gibt, der dich wirklich nervt. Aber dann gibt es solche Abende, an denen du einen wirklich unangenehmen Kunden hast, vielleicht sogar zwei oder drei hintereinander, und du fühlst dich deprimiert, müde und elend, und es kommt dir so vor, als ob die ganze Menschheit nur noch widerwärtig wäre. Dann brabbelt vielleicht ein Baby und lächelt dich an oder ein anderer Kunde sagt ‚Schwieriger Abend, wie?' und lächelt mitfühlend. Und schon bessert sich deine Laune, und dir wird klar, dass die Leute vielleicht doch nicht so übel sind."

Lucern hatte ein paar schlechte Jahrzehnte hinter sich, und nun war er müde und deprimiert und fand, dass die Menschheit einfach widerwärtig war. Er hatte weder die Energie noch den Wunsch, sich mit den Leuten abzugeben. Er wollte einfach nur seine Ruhe haben. Deshalb hatte er angefangen zu schreiben – eine Tätigkeit, der er zurückgezogen nachgehen konnte, die ihn beschäftigte und ihn in viel erfreulichere Welten führte.

Aber er wusste nun, dass es nur jemanden gebraucht hatte, der ihn anlächelte und sagte „Schwieriges Jahrzehnt, wie?", um das zu ändern. Jemanden wie Kate. So sehr es ihm zunächst widerstrebt hatte, sich mit ihr abgeben zu müssen, er hatte tatsächlich begonnen, ihre Gegenwart zu genießen. Sie hatte ihn sogar manchmal zum Lächeln gebracht.

Er erkannte, welchen Weg seine Gedanken nahmen und dass sie freundlicher waren, als er seinem unerwünschten Gast zeigen wollte, also riss er sich zusammen und setzte ein verärgertes Gesicht auf. Guter Gott, was hatte er sich gedacht? Kate C. Leever war eine störrische, nervtötende Frau, die bisher nur Chaos in sein geordnetes Leben gebracht hatte. Er …

„‚Lieber Mr. Argeneau'", las sie grimmig vor und riss Lucern abrupt aus seinen Gedanken. „‚Ich habe Ihre Vampirromane gelesen und sie ungemein genossen. Vampirismus hat mich immer schon fasziniert, und ich habe begeistert alles über dieses Thema gelesen. Ich weiß einfach, dass es Vampire wirklich gibt, und ich habe die starke Vermutung, dass Sie selbst einer sind. Ich wäre liebend gern ebenfalls einer. Würden Sie mich bitte verändern, sodass auch ich ein Vampir sein kann?'" Kate verdrehte die Augen und hörte auf zu lesen, dann sah sie ihn an. „Was würden Sie dieser Leserin antworten?"

„Nichts", erklärte er mit fester Stimme.

Kate warf den Brief mit einem Schnauben wieder zurück. „Warum überrascht mich diese Antwort nicht? Aber ich muss zugeben, es wäre wirklich lächerlich, einer solchen Person zu erklären, dass Sie nicht wirklich ein Vampir sind, dass es keine Vampire gibt und Sie sie daher auch unmöglich ‚verändern' können." Sie lachte und wandte sich dem nächsten Stapel zu. Mit einem Blick auf die ersten beiden Briefe fügte sie hinzu: „Es wäre freundlicher, ihr zu sagen, sie solle zum Psychologen gehen und sehen, ob er ihr vielleicht mit ihrem Realitätsproblem helfen kann."

Lucern spürte, wie seine Lippen zuckten, aber er sagte nichts und wartete nur, bis Kate sich den nächsten Brief nahm.

„‚Lieber Mr. Argeneau'", begann sie. „‚Ich habe soeben Ihren Roman *Verliebt in einen Vampir* voller Vergnügen gelesen und fand ihn einfach wundervoll. Etienne war so liebenswert, humorvoll und attraktiv, dass ich mich regelrecht in ihn verliebt habe, ebenso wie es Rachel tat. Er ist mein Traummann.'" Kate hielt inne und blickte erwartungsvoll auf. „Wie würden Sie solche Briefe beantworten?"

Das war nicht schwer. „Etienne ist bereits vergeben", lautete Lucerns knappe Antwort.

Seine Lektorin machte eine hilflos-verzweifelte Geste. „Das ist kein Witz! Sie können nicht einfach ..." Sie hielt inne, als es an der Tür klingelte, dann wandte sie sich seufzend ab, während Lucern widerstrebend aufstand, um zu öffnen. Er wusste bereits, wer es sein würde. Thomas hatte das Blut abgeliefert, womit nur noch wenige potenzielle Besucher blieben: seine anderen Verwandten. Und da Etienne und Rachel mit den Hochzeitsvorbereitungen beschäftigt waren und Bastien, Lissianna und Gregory um diese Tageszeit arbeiteten, blieb nur noch eine.

„Mutter." Seine Begrüßung klang nicht sonderlich begeistert. Er hatte wirklich kein Verlangen, seine Mutter und Kate Leever im gleichen Raum zu haben, das würde die ältere Frau nur auf Ideen bringen. Und da er bereits befürchtete, dass sie einen Hang zu gewissen Ideen hatte, glaubte er nicht, dass es gut wäre, sie auch noch zu ermutigen. Aber was konnte er tun? Sie war seine Mutter.

„Luc, mein Schatz." Marguerite küsste ihn auf beide Wangen, dann drängte sie sich an ihm vorbei ins Haus. „Bist du allein? Ich dachte, ich komme auf einen Tee vorbei." Sie wartete seine Antwort nicht ab, sondern folgte ihren mütterlichen Instinkten zur Tür des Wohnzimmers und lächelte strahlend, als sie Kate entdeckte. „Nun, es sieht so aus, als käme ich gerade zur richtigen Zeit. Ihr beiden könnt sicher auch eine Pause brauchen."

Resigniert schloss Lucern die Haustür, und seine Mutter segelte furchtlos in das Wohnzimmer mit den überall herumliegenden Briefen. Sie kam nie einfach nur zum Tee vorbei. Sie hatte immer ein Anliegen. Und Luc fürchtete, dass ihm das Anliegen, mit dem sie heute vorbeigekommen war, nicht gefallen würde. Er konnte nur hoffen, dass sie bei ihm und Kate nichts von diesem Ehestifter-Unsinn versuchte.

4

„Ja, Sie können Lucs Begleiterin sein!"

„Äh ..." Kate warf bei dieser Spekulation seiner Mutter einen erschrockenen Blick in Lucerns Richtung, aber er saß mit geschlossenen Augen da, einen gequälten Ausdruck im Gesicht. Sie nahm an, er flehte innerlich, dass sich die Erde auftun und ihn verschlingen möge, ganz oder sogar in Einzelteilen, solange sie ihn nur verschlang. Dieser Anblick bewirkte beinahe, dass Kate sich besser fühlte. Es war schön zu wissen, dass sie nicht die Einzige mit Eltern war, die einen bei jeder Gelegenheit blamierten.

Dennoch, Marguerite war etwas anderes. Kate hatte den größten Teil der halben Stunde seit Eintreffen der Frau damit verbracht, sie verblüfft anzustarren. Dieses exotische und wunderschöne Geschöpf sollte Lucerns Mutter sein? Ja, sicher, die Ähnlichkeit war deutlich genug, aber Marguerite Argeneau wirkte keinen Tag älter als dreißig. Wie konnte sie die Mutter von Lucern sein – oder von Luc, wie ihn offenbar alle nannten?

„Gute Gene, meine Liebe", hatte die Frau auf eine diesbezügliche Bemerkung von Kate geantwortet.

Kate hatte jämmerlich geseufzt und sich gefragt, wieso es nicht auch in ihrer Familie solche Gene geben konnte. Danach hatte sie die Frau einfach nur angestarrt, zerstreut bei allem genickt, was sie sagte, und versucht, bei ihr Anzeichen einer Gesichtsoperation zu erkennen. Sie hätte offensichtlich mehr darauf achten sollen, was Marguerite da plapperte. Bisher war die Hochzeit von Lucerns Bruder ihr Hauptthema gewesen. Kate war nicht ganz sicher, wie das zu dem letzten Kommentar geführt hatte, den sie gehört hatte.

„Begleiterin?", wiederholte sie ausdruckslos.

„Ja, meine Liebe. Bei der Hochzeit."

„Mutter." Lucerns Stimme war ein warnendes Knurren, und als Kate ihn nun ansah, waren seine Augen geöffnet und er schaute seine Mutter ärgerlich an.

„Aber Luc, mein Schatz, du kannst das arme Mädchen morgen Abend ja wohl kaum hier sitzen lassen, wenn du zur Hochzeit gehst." Marguerite lachte und war sich der Verfassung ihres Sohnes offensichtlich nicht bewusst.

„Kate muss nach New York zurückkehren", erklärte Lucern mit fester Stimme. „Sie wird morgen nicht …"

„Das klingt, als ob es Spaß machen würde!", warf Kate ein. Lucern schwieg und richtete seinen erbosten Blick nun auf sie, aber Kate ignorierte ihn. Sie würde auf keinen Fall gehen, ohne seine Zustimmung zu wenigstens *einem* Termin mit einer der Zeitschriften zu erhalten, die unbedingt ein Interview mit ihm wollten. Und sich Marguerites Vorschlag anzuschließen bedeutete, dass er sie nicht nur nicht zwingen konnte, heute noch nach New York zurückzufliegen, sondern dass es nach der Hochzeit ebenfalls zu spät für sie sein würde, nach Hause zurückzukehren. Was ihr Zeit bis Sonntag gab, um an ihm zu arbeiten. Dieser Gedanke ließ sie vor Glück strahlen, und sie dankte Lucerns Mutter lautlos.

Das Einzige, was sie beunruhigte, war Marguerite Argeneaus erfreute Reaktion. Kate hatte plötzlich das unangenehme Gefühl, in eine Falle gegangen zu sein. Sie konnte nur hoffen, dass die Frau keine Absichten sie und Lucern betreffend verfolgte. Selbst Marguerite musste doch erkennen, was für ein mürrischer Rüpel ihr Sohn war, und dass er überhaupt nicht zu Kate passte.

„Wunderbar!", sagte die Frau. Sie ignorierte die Verärgerung ihres Sohnes und lächelte wie eine Katze, die die Sahne aufgeleckt hat, dann fragte sie: „Haben Sie für die Hochzeit etwas anzuziehen?"

„Oh." Kates Lächeln verschwand. Sie hatte für jede mögliche Gelegenheit etwas eingepackt, außer für eine Hochzeit. So etwas hatte sie unmöglich ahnen können, und Kate nahm nicht an, dass das verführerische schwarze Kleid, das sie für den Fall mitgebracht hatte, dass sie zusammen ausgehen würden, das Richtige für diesen Anlass sein könnte.

„Ah-ha!" Nun war es an Lucern zu triumphieren. „Sie hat nichts anzuziehen, Mutter. Sie kann nicht …"

„Ich denke, wir werden einen Ausflug zu meiner Modistin machen", schnitt Marguerite ihm das Wort ab. Dann sagte sie zu Kate gewandt: „Sie hat immer etwas für den Notfall. Danach kann meine Hairstylistin ihre magischen Fähigkeiten an Ihrem Haar unter Beweis stellen, und schon sind wir bereit."

Kate spürte, wie sie sich entspannte, sie hätte Lucs Mutter umarmen können. Marguerite war wunderbar. Viel zu gut, um einen Sohn wie Lucern zu haben. Diese Frau war gewandt, charmant und angenehm im Umgang. Ganz anders als ein gewisser sauertöpfischer Autor. Kates Blick glitt zu Lucern, und sie hätte beinahe über sein so deutlich zur Schau getragenes Elend gegrinst. Wahrscheinlich hätte sie Schuldgefühle haben sollen, weil sie sich in sein Heim gedrängt hatte und dort blieb, aber die hatte sie nicht. Er brauchte unbedingt Hilfe. Er konnte überhaupt nicht mit anderen Menschen umgehen und verbrachte offenbar viel zu viel Zeit allein. Sie war gut für ihn – davon war sie jetzt überzeugt.

„Also gut. Nachdem alles vereinbart ist, werde ich lieber wieder gehen." Marguerite stand rasch auf und eilte aus dem Zimmer – so schnell, dass Kate beinahe ein Schleudertrauma bekommen hätte, als sie sich umdrehte und ihr hinterherschaute.

Sie stand auf und folgte Lucerns Mutter. „Vielen, vielen Dank, Mrs. Argeneau", rief sie, als sie hinter ihr her durch den Flur joggte.

Marguerite sah nicht nur jung aus, sie war auch so agil und gesund, wie man es sich bei der Mutter eines mindestens Fünfunddreißigjährigen kaum vorstellen konnte. Wie alt mochte sie sein? fragte sich Kate. Sie musste mindestens dreiundfünfzig sein. Unmöglich, dachte sie, behielt den Gedanken aber für sich und fügte nur hinzu: „Ich weiß Ihr großzügiges Angebot, mir zu helfen, wirklich zu schätzen und ..."

„Unsinn. Ich bin dankbar, dass Sie hier sind und Luc begleiten werden." Marguerite hielt inne und gestattete Kate, sie einzuholen. „Sie hätten diesen armen Mann bei der Hochzeit seiner Schwester sehen sollen. Ich habe noch nie erlebt, dass sich Luc so viel versteckt hat. Es sind die Damen, wissen sie. Sie neigen dazu, hinter ihm herzujagen."

Kate zog vollkommen ungläubig die Brauen hoch. „Schwer zu glauben bei seiner mürrischen Art, wie?", fragte Marguerite. „Aber ich glaube, es ist die Jagd selbst, die diese Frauen interessiert. Er zeigt ganz offen, dass er kein Interesse hat, und darauf reagieren sie wie ein Rudel Hunde, das einen Fuchs wittert. Wenn Sie ihn begleiten werden, wird er sich diesmal entspannen und die Feier genießen können. Und sobald ihm das klar wird, wird er dankbar für ihre Anwesenheit sein."

Kate gab sich keine Mühe, ihre Zweifel daran zu verbergen, dass Lucern Argeneau jemals für irgendetwas dankbar sein könnte. Der Mann war ihrer Ansicht nach mehr als nur mürrisch.

„Er wirkt vielleicht ein wenig vertrocknet, meine Liebe", sagte Marguerite ernst, weil sie offenbar ihre Gedanken gelesen hatte. „Aber er ist eigentlich wie ein gerösteter Marshmallow, außen hart und innen ganz weich. Das ist allerdings eine Seite, die nur wenige je zu sehen bekommen." Mit dieser Bemerkung ging die ältere Frau weiter zur Tür und öffnete sie. „Ich hole sie nach dem Mittagessen ab. Ein Uhr. Passt Ihnen das?"

„Ja. Aber werden wir dann genug Zeit haben, alles zu erledigen?", fragte Kate besorgt. Nach ihrer Erfahrung fanden Hochzeiten normalerweise um zwei oder drei Uhr nachmittags statt.

Marguerite Argeneau war kein bisschen beunruhigt. „Oh ja, massenhaft Zeit. Die Zeremonie findet erst um sieben Uhr statt."

„Ist das nicht etwas spät?", fragte Kate überrascht.

„Späte Hochzeiten sind jetzt sehr in Mode. Ich höre, dass Julia Roberts ihren Kameramann nach Mitternacht geheiratet hat."

„Tatsächlich? Das wusste ich noch gar nicht", antwortete Kate.

„Oh ja. Und damit hat sie einen Trend gesetzt. Also bis morgen", schloss Marguerite vergnügt. Dann schloss sie die Tür, und Kate blieb im Flur stehen und fühlte sich irgendwie, als hätte sie gerade einen Tornado überlebt.

Sie stand noch mehrere Minuten reglos da und starrte die Tür an, und ihre Gedanken überschlugen sich, als sie versuchte, noch einmal durchzugehen, was sie für diese Hochzeit brauchen würde, bevor die Küchentür aufging und Lucern herausgestapft kam.

„Ich bin im Arbeitszimmer." Seine Stimme war barsch, seine Miene abschreckend, als er auf dem Weg zur Treppe an ihr vorbeiging.

Kate – immer klug, wenn es um Fragen der Selbsterhaltung ging – hielt den Mund und sah ihm hinterher, als er die Treppe hinaufging. Er war selbstverständlich verärgert. Das war zu erwarten, aber sie hoffte, es würde wieder vergehen.

Eine Tür wurde zugeworfen. Mit Nachdruck.

Also gut, vielleicht würde er an diesem Abend nicht darüber hinwegkommen, aber sicher bis zum Morgen. Das hoffte sie jedenfalls. Vielleicht brauchte er ein wenig Hilfe. Sie würde es kaum mehr schaffen, ihn dazu zu bewegen, noch an diesem Abend an den Briefen weiterzuarbeiten. Was vielleicht auch ganz gut war. Sie fürchtete langsam, dass die Briefe, die er schreiben würde, die Leserinnen mehr gegen ihn aufbringen und erschrecken könnten, als ihnen Freude zu machen. Sie würde ihm einen großen Gefallen tun, wenn sie die Formbriefe selbst entwarf und es ihm nur überließ, sie zu signieren.

Kate verzog bei dem Gedanken das Gesicht. Das bedeutete viel Arbeit für sie, und die Leserinnen würden wohl kaum besonders glücklich sein. Aber sie wären mit Kates Einmischung vermutlich besser dran, als einen Brief zu erhalten, der folgendermaßen lautete:

Sehr geehrte Leserin!
Nein.
Hochachtungsvoll
Lucern Argeneau

Kate musste bei dieser Idee unwillkürlich kichern. Er war auf gewisse Weise wirklich amüsant, dieser Autor. Das Problem war, dass er es gar nicht sein wollte.

Seufzend ging sie zurück ins Wohnzimmer, um mit der Arbeit fortzufahren.

Lucern nahm einen Beutel mit Blut aus dem kleinen Kühlschrank im Arbeitszimmer, wo er die Blutbeutel zuvor aufgestapelt hatte, dann fing er an, auf und ab zu tigern. Er musste dies länger als eine Stunde tun, bevor er genügend Energie verbraucht hatte, um sich ein wenig zu entspannen. Er wusste nicht, ob es sein Zorn oder das Koffein war, was ihn so aufgeregt hatte. Aber das war ihm auch egal.

Ächzend lehnte er sich auf seinem Schreibtischstuhl zurück und rieb sich das Gesicht. Seine Mutter hatte ihn gerade zu zwei weiteren Nächten mit Kate Leevers Anwesenheit verurteilt. Und Kate hatte mit ihrer raschen Zustimmung nicht gerade geholfen. Die Frau war wie eine Klette. Wie Schlamm, den man nicht mehr von den Schuhsohlen wegbekam. Sie war wie – nun, kein Vergleich, der ihm einfiel, war sonderlich nett, und so nervtötend Kate Leever sein konnte, sie war auch attraktiv, also gab Lucern das mit den Analogien auf. Er versuchte, in solchen Dingen möglichst gerecht zu sein.

Er ließ die Hände wieder sinken und betrachtete nachdenklich den Computer auf seinem Schreibtisch. Es wäre wohl das Beste, Kate ein wenig aus dem Weg zu gehen. Er war immer noch mürrisch genug, um sie vielleicht zu verletzen, wenn er in ihrer Nähe war, und das wollte er nicht …

„Zum Teufel! Jetzt machst du dir schon Gedanken, dass du sie kränken könntest!", sagte er zu sich selbst. Das war wirklich nicht gut. Er versuchte, streng mit seinen aufrührerischen Gefühlen zu sein, und ermahnte sich: „Diese Frau ist deine Lektorin. Sie wird dich manipulieren, schlaue Tricks anwenden und jede notwendige Waffe einsetzen, um von dir zu bekommen, was sie will. Du willst sie hier nicht haben. Du willst in Ruhe gelassen werden und in Frieden arbeiten."

Das Problem war, er hatte eigentlich nichts, woran er arbeiten konnte. Seit er Etiennes und Rachels Geschichte beendet hatte – die vor etwa einem Monat erschienen war –, hatte er noch nichts Neues in Angriff genommen. Und er hatte keine Ahnung, womit er als Nächstes beginnen sollte. Er wusste, dass Kate und der Verlag eine weitere Vampir-Liebesgeschichte wollten, aber Bastien legte keine Anzeichen an den Tag, seinem Bruder den Gefallen zu tun, sich irgendwann in naher Zukunft zu verlieben.

Na ja, dachte Lucern achselzuckend, es war schließlich nicht so, als bräuchte er das Geld. Seine Investitionen im Lauf der Jahre hatten sich ausgezahlt. Wenn er wollte, konnte er sich einfach entspannen. Der Verlag würde eben warten müssen, bis ihm etwas Neues einfiel.

Sein Blick fiel auf das Videospiel in der Ecke seines Schreibtischs – *Blutlust II*. Das Spiel war Etiennes neueste Kreation. Teil I war mehre Male ausverkauft gewesen und hatte zahllose Preise gewonnen. Dieser Erfolg hatte Lucern nicht sonderlich überrascht – das Spiel machte Spaß und war voller Action, grafisch hervorragend gestaltet, es gab viele Schurken, die man töten konnte, Unmengen Rätsel zu lösen und einen tollen Plot. Lucern war nicht der Einzige in der Familie, der schreiben konnte. *Blutlust II* würde wahrscheinlich sogar noch besser abschneiden als *Blutlust I*, wenn es veröffentlicht wurde.

Grinsend öffnete er das Päckchen und holte die Spiel-CD heraus. Er hatte die ersten paar Level des Prototyps schon gespielt, bevor das Spiel fertig gewesen war, und er und Bastien hatten direkt nach der Herstellung die beiden ersten vollständigen Kopien erhalten. Es zahlte sich aus, ein Bruder des Entwicklers zu sein.

Lucern schob die CD in den Computer und nahm sich vor, sich zu amüsieren. Er würde etwas von seinem Ärger loswerden, indem er die Bösen tötete. Und er würde Kate eine Weile meiden. Das war die perfekte Lösung.

Er hatte mehrere Stunden gespielt und war tief in *Blutlust II* versunken, als er ein Klopfen an der Tür hörte. Auf sein zerstreutes „Was?“ hin öffnete sich die Tür und Kate kam mit einem Tablett herein.

„Ich dachte, Sie hätten vielleicht Hunger.“

Ihre zögernden Worte, zusammen mit dem Geruch nach Essen, lenkten Lucerns Aufmerksamkeit von dem Spiel ab. Er schnupperte interessiert und dachte, er könnte jetzt wirklich etwas essen. Wie der Rest seiner Familie nahm er nicht nur Blut zu sich, sondern auch normale Nahrung. Wenn sie das nicht täten, wären sie alle kleinwüchsig und abgemagert.

„Was ist es denn?“, fragte er neugierig.

„Ich wusste, dass Sie beschäftigt sein würden – ich habe an den Briefen gearbeitet“, informierte sie ihn. „Also habe ich, nachdem Ihre Mutter weg und Sie nach oben gegangen waren, den Braten, den wir gekauft haben, zusammen mit ein paar Kartoffeln in den Ofen geschoben. So konnte er gar werden, während ich arbeitete. Sie sagten, sie mögen alles blutig. Ich hoffe, das schließt auch Braten ein, denn der hier ist nicht einmal annähernd durch.“

„Perfekt.“ Lucern nahm das Tablett und stellte es auf seinen Schreibtisch, wobei ihm auffiel, dass zwei Teller mit Essen und zwei Gläser mit etwas, das nach Wein aussah, darauf standen, ebenso wie zwei Gläser mit Wasser. Sie hatte für alles gesorgt.

Er entspannte sich gerade ein wenig, als sie einen Stuhl um den Schreibtisch zog, um sich zu ihm zu setzen, und sagte: „Ich dachte, wir könnten darüber sprechen …“

Sie wollte wieder über dieses Publicity-Zeug reden. Lucern spürte, dass er sofort verkrampfte, aber dann schweifte Kates Blick zum Computerschirm.

„Das sieht aus wie *Blutlust*.“

„*Blutlust II*“, verbesserte er.

„Soll das ein Witz sein? Es soll doch erst am Montag rauskommen. Ich habe es vorbestellt.“

„Ich kenne den Entwickler“, gab Lucern widerstrebend zu. „Ich habe eine Vorveröffentlichung bekommen.“

„Wahnsinn! Sie Glückspilz! Ist es so gut wie das erste Spiel?“

„Besser.“ Lucern begann sich wieder zu entspannen, als sie weiterhin gierig den erstarrten Bildschirm ansah. Er erkannte sie sofort als Gamer. Jeder Gedanke an Publicity war für den Rest des Abends verschwunden.

Er warf einen Blick auf den Monitor und sah, dass sein Charakter gestorben war, während er abgelenkt gewesen war. Das Spiel wartete darauf, dass er entschied, was als Nächstes geschehen sollte. Er hatte die Möglichkeit, noch einmal von vorn anzufangen oder das Spiel zu beenden. Er dachte einen Moment darüber nach, dann fragte er: „Wollen Sie spielen? Man kann auch zu zweit spielen."

„Tatsächlich?", fragte sie eifrig. „Ja, bitte! Ich liebe *Blutlust*, und ich habe schon eine Ewigkeit darauf gewartet, dass endlich Nummer zwei rauskommt." Sie zog ihren Stuhl noch näher. „Das ist ja großartig!"

Lucern lächelte in sich hinein und begann das Spiel noch einmal von vorn. Eins musste er ihr lassen: Kate C. Leever hatte einen guten Geschmack. Sie mochte seine Bücher, und sie mochte Etiennes Spiel.

Sie erwies sich auch als hervorragende Spielerin. Das Essen, das sie zubereitet hatte, stand vergessen auf dem Schreibtisch, während sie sich durch die Level arbeiteten, die er bereits hinter sich gebracht hatte, und dann mit den nächsten weitermachten und zusammenarbeiteten, um die Schurken zu besiegen und das Opfer aus seiner Bedrängnis zu retten. Jedes Mal, wenn es ihnen gelang, einen weiteren Level zu erreichen, war Kate so aufgeregt wie ein Kind, und sie feierten ihren Erfolg mit einer High-Five-Geste oder veranstalteten einen kleinen Siegestanz am Schreibtisch, während sie warteten, dass der nächste Level geladen wurde.

Sie spielten stundenlang, bis das Essen auf den Tellern vollkommen ungenießbar war, ihnen Hals und Hände wehtaten und Kate auf ihrem Stuhl einnickte. Als Lucern widerstrebend vorschlug, es wäre wohl das Beste, schlafen zu gehen, stimmte sie mit ebensolchem Widerstreben zu und sagte, ohne ein wenig Schlaf würde sie wohl nicht imstande sein, rechtzeitig für die Einkaufstour mit seiner Mutter aufzustehen.

Es war seltsam, aber sie fehlte Lucern, sobald sie aus dem Zimmer war. Er machte noch bis zum nächsten Level des Spiels weiter, aber es war nicht mehr dasselbe, wenn sie nicht da war, um seine Freude am Erfolg zu teilen. Es gab keine High Fives und keine kleinen Siegestänze mehr. Und noch beunruhigender fand er die Tatsache, dass er sich zum ersten Mal seit Jahren einsam fühlte.

Obwohl sie spät ins Bett gegangen war, war Kate um ein Uhr bereit. Sie stand erwartungsvoll an der Haustür und hielt Ausschau nach Mrs. Argeneau. Als eine Limousine in die Einfahrt fuhr, eilte sie nach draußen und die ersten Verandastufen hinunter, dann hielt sie noch einmal inne und drehte sich unsicher zur Tür um. Sie hatte sie aufgeschlossen, um zu gehen, und keine Ahnung, was sie tun sollte, um sie von außen wieder zu verschließen. Konnte sie es wagen, sie unverschlossen zu lassen? Oder sollte sie Lucern aufwecken und es ihm überlassen?

„Schon gut, Kate. Keine Sorge wegen der Tür." Marguerite rollte das hintere Fenster hinunter. „Kommen Sie, wir haben viel zu tun."

Ein wenig widerstrebend drehte sich Kate um und ging zur Limousine. Der Fahrer war ausgestiegen und hielt die Tür für sie auf, bis sie den Wagen erreicht hatte, und Kate murmelte ihren Dank, als sie einstieg. Kaum hatte sie Platz genommen, starrte sie Lucerns Mutter verblüfft an. Die Frau war eingepackt, als befänden sie sich mitten in einem Schneesturm. Sie trug eine langärmelige Bluse, Handschuhe, eine lange Hose und ein Tuch um den Kopf, das auch die untere Hälfte ihres Gesichts bedeckte. Eine übergroße Sonnebrille sorgte für den Rest. Der einzige

Hautfleck, der auf diese Weise unbedeckt blieb, war ihre Nase, und die war von einer weißen Creme überzogen, die Kate für einen Sonnenblocker hielt.

„Sagen Sie nichts – Sie sind genauso allergisch gegen Sonne wie Lucern!"

Marguerite verzog amüsiert den Mund. „Was glauben Sie, von wem er das hat?"

Kate lachte und lehnte sich wieder zurück, vorbereitet auf einen Tag hektischen Einkaufens und Gehätscheltwerdens. Und genau das erhielt sie auch: eine eilige Suche nach dem perfekten Kleid, das auf ihre Größe umgeändert wurde, dann ein paar Stunden köstlichen Verwöhntwerdens, als Marguerite Argeneaus Hairstylistin an ihr arbeitete. Sie genoss beides ungemein.

Luc schlief nicht gut. Er war nicht lange, nachdem Kate sich für die Nacht verabschiedet hatte, aus reiner Langeweile ins Bett gegangen, aber er konnte keine Ruhe finden. Diese Frau war nicht nur in sein Heim eingedrungen, nun erschien sie auch noch in seinen Träumen. Das allein genügte, dass er mit schrecklich schlechter Laune erwachte, und es war ein ausgesprochen übel gelaunter Lucern, der am Samstagnachmittag nach unten stolperte. Er wurde noch mürrischer, als eine rasche Suche nach Kate zeigte, dass diese noch nicht vom Einkaufen zurückgekehrt war.

Leise vor sich hinmurrend ging er in die Küche und öffnete – reine Gewohnheit – die Kühlschranktür auf der Suche nach Blut. Erst nachdem er das getan hatte, erinnerte er sich daran, seine Vorräte in dem kleinen Kühlschrank im Arbeitszimmer verstaut zu haben, damit Kate sie nicht sah. Er dachte daran, wieder nach oben zu gehen und einen Beutel zu holen, aber ihm war nicht wirklich danach. Er fühlte sich auch nicht nach normalem Essen, obwohl Kate und er am Abend zuvor ihr Essen über dem

Spiel vollkommen vergessen hatten. Und er wusste, es würde auf der Hochzeit viele leckere Gerichte geben, also war es besser, vorläufig hungrig zu bleiben.

Er nahm sich vor, später, bevor er zu der Hochzeit ging, einen Beutel Blut zu sich zu nehmen. Dann schlenderte er ziellos aus der Küche ins Wohnzimmer hinüber. Sofort verzog er das Gesicht. Kate hatte inzwischen alle Briefe nach Kategorien sortiert, und es gab mehrere Formbriefe, die auf seine Unterschrift warteten.

Neugierig ließ sich Lucern auf dem Sofa nieder und fing an, sie durchzulesen. Es waren alles sehr nette, schwatzhafte Briefe, die liebenswert und charmant klangen und so überhaupt nicht nach ihm. Kate konnte gut schreiben. Sie hatte wunderbare Arbeit geleistet, und Lucern nahm an, er würde sich bei ihr bedanken müssen. Kurz überlegte er, ob er einen Assistenten einstellen sollte, der ihm in Zukunft solche Aufgaben abnahm. Leider wusste er jedoch, dass er das niemals tun würde. Die Vorstellung, einen Fremden in seiner Wohnung zu haben, der seine Sachen durchwühlte, ging ihm gegen den Strich. Genau aus diesem Grund hatte er auch Mrs. Johnson, seine Haushälterin, noch nicht ersetzt. Die Frau war 1995 im Schlaf gestorben. Vor acht Jahren, stellte er überrascht fest.

Seitdem hatte Lucern einen Reinigungsdienst beauftragt, einmal in der Woche das Erdgeschoss seines Hauses zu säubern, und, was das Essen anbelangte, so aß er gewöhnlich außer Haus oder bestellte sich etwas aus einem Gourmet-Restaurant ein paar Häuser weiter. Er hatte eigentlich vorgehabt, das nur so lange zu tun, bis er Ersatz für die verschiedene Mrs. Johnson gefunden hatte, war aber nie dazu gekommen, auch nur danach zu suchen. Manchmal dachte er wieder daran, aber auch an all die Mühe, die es machen würde, und so entschied er sich jedes Mal dagegen. Warum all die Zeit und Mühe verschwenden, nur damit, wer immer die Stelle einnahm, ebenfalls nach zehn oder zwanzig Jahren sterben würde, wie es Mrs. Johnson und Edwin getan hatten?

Er murmelte leise vor sich hin. Menschen waren so unzuverlässig, was das anging. Immer starben sie, wenn man sie gerade erst ausgebildet hatte.

Er dachte gerade über diese ärgerliche kleine Gewohnheit der Menschheit nach, als die Haustür zufiel. Kate war von ihrem kleinen Einkaufsbummel zurück. Er fuhr sich mit den Händen durchs Haar, streifte nicht vorhandene Krümel vom T-Shirt und versuchte, präsentabel auszusehen. Er straffte sich und spähte erwartungsvoll zur Wohnzimmertür … gerade noch rechtzeitig, um zu sehen, wie Kate nach oben eilte. Jedenfalls ging er davon aus, dass es sich um Kate handelte. Eigentlich hatte er nur einen verdammt großen Haufen Einkaufstüten mit diversen Designernamen darauf gesehen. Und Füße.

Oh ja. Sie war einkaufen gewesen. Angewidert ließ er sich wieder auf das Sofa zurücksacken. Sie hatte ihn nicht einmal bemerkt. Frauen!

Eine Kakophonie folgte von oben – die Gästezimmertür wurde zugeworfen, dann gab es alle möglichen Knall- und Rumpelgeräusche. Es klang, als spränge jemand dort herum und würde dabei mit Gegenständen um sich werfen.

Das Ganze dauerte lange genug, dass Lucern anfing sich Sorgen zu machen. Dann wurde es plötzlich vollkommen still. Er stand auf, ging in den Flur und spähte nervös die Treppe hinauf. Eine Tür wurde geöffnet und wieder geschlossen, dann hörte er das Klacken hoher Absätze auf dem Dielenboden des Flurs, und Kate erschien oben auf der Treppe.

Was für ein Anblick. Ein Traum! Ihr goldenes Haar war aufgesteckt, während einzelne Löckchen ihr hübsches, rosiges Gesicht einrahmten. Ihr Kleid war dunkelgrün. Es hatte einen langen

Rock, einen weiten Halsausschnitt und bestand aus einem weich aussehenden, leicht schimmernden Material, das sich anmutig an die Rundungen ihres Körpers schmiegte. Sie war hinreißend. Ein Engel. Die schönste Frau, die Lucern je in seinem langen Leben gesehen hatte, und das wollte was heißen! Er brachte vor Staunen und Verblüffung kein Wort heraus, sondern sah einfach voller Ehrfurcht zu, wie sie die Treppe hinunterkam.

Sie hatte erst die Hälfte der Stufen hinter sich gebracht, als sie ihn entdeckte. Augenblicklich blieb sie stehen, blinzelte und sah ihn dann verärgert an. „Sie sind noch nicht fertig?"

Nun war es an Lucern zu blinzeln. Sein Engel meckerte ihn an. Sie wirkte jetzt ausgesprochen hektisch. Die gelassene, heitere Frau seines Traumbilds war verschwunden.

„Lucern!" Sie starrte ihn ungläubig und wütend an. „Die Hochzeit ist um sieben! Jetzt ist es Viertel nach sechs. Wir müssen gehen, und Sie haben noch nicht mal geduscht! Was haben Sie denn die ganze Zeit gemacht?" Entsetzt schlug sie die Hände vor den Mund. „Wir werden zu spät kommen! Ich hasse es, zu Hochzeiten zu spät zu kommen. Alle anderen sitzen schon auf den Kirchenbänken und drehen sich um und starren einen an und …"

„Schon gut!" Lucern hob beschwichtigend die Hände und eilte dann die Treppe hinauf. „Schon gut! Ich bin schnell. Ich werde gleich fertig sein. Geben Sie mir zehn Minuten. Wir werden nicht zu spät kommen", versicherte er, als sie ihn mit einem misstrauischen Blick bedachte. „Wirklich, das verspreche ich Ihnen."

Kate schaute ihm nervös nach, als er an ihr vorbei die Treppe hinauf verschwand. Sobald er nicht mehr zu sehen war, ließ sie unglücklich die Schultern sinken. Nach all ihren Anstrengungen hatte er nicht einmal eine einzige Bemerkung über ihr Aussehen gemacht.

Enttäuscht ging sie weiter nach unten und ins Wohnzimmer,

um zu warten. Sie fürchtete schon, mit dem Fuß vor Ungeduld ein Loch in den Teppichboden zu bohren. Aber so weit sollte es nicht kommen. Zehn Minuten, nachdem er sie auf der Treppe hatte stehen lassen, kam Lucern wieder herunter und war tatsächlich ausgehbereit. Sein Haar war, immer noch feucht von der Dusche, zurückgekämmt, und er trug einen maßgeschneiderten Designeranzug, der seine breiten Schultern betonte.

Zehn Minuten, dachte Kate beinahe empört. Zehn Minuten, und er sah fantastisch aus! Sie hatte den ganzen Tag gebraucht, um sich aufzubrezeln, und ihm hatten zehn Minuten genügt! Sie starrte ihn wütend an, als sie zu ihm in den Flur trat.

„Sehen Sie? Ich habe Ihnen doch gesagt, ich werde schnell sein", sagte Lucern beschwichtigend, als er die Haustür öffnete. „Wir werden nicht zu spät kommen, sondern genau rechtzeitig."

Immer noch darüber verärgert, dass er tatsächlich so schnell gewesen war, verzog Kate nur das Gesicht und ging voraus nach draußen.

Lucern öffnete die Beifahrertür seines BMW auf eine sehr höfliche Weise, was ihr gut gefiel, dann sagte er: „Sie sehen reizend aus." Er schloss die Tür, bevor sie reagieren konnte, aber sie lächelte strahlend, während sie beobachtete, wie er ums Auto herum zur Fahrerseite ging. Ihre Stimmung hatte sich wesentlich gebessert. Kate mochte Hochzeiten normalerweise nicht und war nicht angetan gewesen von der Aussicht, als „Lucs Begleiterin" auf einer zu erscheinen, aber vielleicht würde dieser Abend ja gar nicht so schlecht werden.

5

Es war schrecklich. Na ja, nicht in jeder Hinsicht, wie Lucern zugeben musste. Die Hochzeitszeremonie selbst war wunderschön. Und sehr zu seiner Überraschung hatte seine störrische, lästige Lektorin Tränen in den Augen, als Etienne und Rachel sich das Jawort gaben. Als er ihr das Taschentuch reichte, das er mit solcher Sorgfalt in die Brusttasche seines Anzugs gesteckt hatte, erklärte sie: „Die beiden sehen so glücklich aus! Sie sind offensichtlich vollkommen ineinander verliebt."

Lucern knurrte nur und hoffte, dass die Zeremonie nicht so lange dauern würde wie letztes Jahr bei Lissianna. Er hatte nur ein einziges Taschentuch.

Zum Glück war Rachels Geistlicher weniger langatmig, als es der Familiengeistliche der Hewitts gewesen war. Dennoch, Lucern zerrte Kate praktisch aus der Kirche, sobald alles zu Ende war. Oder er versuchte es jedenfalls. Ihre Flucht wurde durch den Engpass verlangsamt, der sich am Ausgang bildete, als jeder einzelne Gast stehen blieb und Etienne und Rachel gratulieren wollte. Das Paar hatte die Kirche als Erste verlassen, wie es dem Brauch entsprach, und nun standen sie oben auf der Kirchentreppe und sprachen mit allen, die herauskamen.

Selbstverständlich bestand auch Kate darauf, ihnen zu gratulieren und alles Gute zu wünschen, was Lucern lächerlich fand. Sie kannte sie schließlich nicht mal! Aber Kate ignorierte seine Versuche, sie die Treppe hinunterzudrängen, und blieb stehen, um dem Paar Glück zu wünschen.

Rachel und Etienne waren von Kates Anwesenheit selbstverständlich nicht überrascht. Die Gerüchteküche innerhalb der Familie brodelte so heftig wie immer. Und sehr zu Lucerns Verdruss gehörte Rachel zu diesen Leuten, die jeden mochten und sich gerne unterhielten. Etienne war von der gleichen Krankheit befallen, also konnten sie auch nicht einfach nur Danke sagen und Kate gehen lassen. Nein. Sie mussten tatsächlich mit ihr *sprechen* und sie fragen, ob es ihr in Toronto gefiele.

Lucern spürte, wie er sich anspannte, als er auf ihre Antwort wartete. Er war überrascht, als sie lachte und sagte „Oh ja."

Etienne schien ebenso überrascht zu sein. Er fragte: „Wollen Sie damit sagen, dass sie meinen Bruder tatsächlich unterhaltsam finden?" Als wäre Lucern ein Barbar und unfähig, ein guter Gastgeber zu sein.

„Ja." Kate nickte vergnügt. „Und Ihre Mutter ebenfalls. Marguerite hat mich heute zum Einkaufen und zur Hairstylistin mitgenommen. Und letzte Nacht haben Lucern und ich *Blutlust II* gespielt, bis zum Morgen."

„Oh!", rief Rachel. „Ist das nicht ein wunderbares Spiel? Etienne ist so begabt! Obwohl ich dachte, er würde mich in den Wahnsinn treiben, als er die letzte Sequenz entwarf. Er hatte große Schwierigkeiten dabei."

„Etienne?" Kate warf einen unsicheren Blick von Rachel zu Etienne.

„Ja. Es ist sein Spiel", erklärte Rachel. Dann sah sie ihren Schwager überrascht an. „Hast du ihr nicht gesagt, dass es Etiennes Spiel ist?"

„Doch. Ich bin sicher, dass ich erwähnt habe …"

„Nein, das haben Sie nicht!", rief Kate und versetzte ihm einen leichten Klaps auf den Arm. „Oh, mein Gott! Warum haben Sie mir das nicht gesagt?"

Lucern verzog das Gesicht. Seiner Lektorin fiel das nicht auf, sie hatte sich bereits wieder seinem Bruder zugewandt.

„Das kann ich wirklich nicht glauben! Ich *liebe Blutlust*, sowohl Eins als auch Zwei. Die Spiele sind einfach fantastisch!"

Sie schwafelte weiter und überschüttete Etienne auf eine Weise mit Lob, die Lucern ärgerlich fand, dann brach sie plötzlich mitten im Satz ab und sagte: „Oh! Mir fällt jetzt erst auf, dass die Hauptpersonen in Lucs letztem Buch ebenfalls Rachel und Etienne hießen. Und Etienne war Entwickler von Computerspielen. Oh, wow!" Sie lachte auf und grinste Rachel an. „Als Nächstes werden Sie mir sagen, dass sie tatsächlich Leichenbeschauerin sind wie die Frau in dem Buch."

Lucern, Etienne und Rachel wechselten Blicke und verlagerten unbehaglich das Gewicht von einem Bein auf das andere.

Kate riss angesichts ihres Schweigens die Augen auf. „Das sind Sie tatsächlich, nicht wahr?"

„Ich stütze meine Geschichten auf so viel Realität wie möglich", sagte Lucern, um das Schweigen zu brechen.

„Aber Sie schreiben Vampirromane." Kate klang immer noch perplex.

„Na ja, so viel Realität, wie eben geht", verbesserte er sich, dann nahm er fest ihren Arm. „Kommen Sie. Wir halten die Schlange auf."

Lucern brachte Kate schnell zu seinem Wagen, half ihr hinein, stieg selbst ein und schaltete sofort das Radio an. Er drehte die Lautstärke auf, um jegliches Gespräch zu vermeiden, und fuhr zu dem Saal, wo das Essen stattfinden sollte. In seiner Eile, dorthin zu gelangen, wo Kate hoffentlich abgelenkt sein und den seltsamen Zufall vergessen würde, dass die Charaktere in seinem Buch zu seiner wirklichen Familie passten, fuhr Lucern ein wenig zu schnell. Mit dem Ergebnis, dass sie als Erste eintrafen.

Sehr zu seiner Erleichterung erwähnte Kate das Thema nicht mehr. Sie und Lucern wurden zu einem Tisch geführt, und seine Mutter, seine Schwester Lissianna und ihr Mann Greg gesellten sich bald zu ihnen. Bastien saß mit dem Rest der Hochzeitsgesellschaft am Haupttisch, also befanden sich nur fünf Personen an dem Sechs-Personen-Tisch, der dem Haupttisch am nächsten stand.

Lucern verbrachte die ersten paar Minuten damit, an dem Glas mit Wein zu nippen, das man vor ihn hingestellt hatte, und sein Blick schoss immer wieder nervös zu Kate, die sich mit Marguerite und Lissianna unterhielt. Die drei Frauen machten ihn schrecklich nervös. Sie hatten die Köpfe zusammengesteckt und es gab jede Menge zu kichern und zu lachen bei ihrem ansonsten leisen Gespräch. Er wollte unbedingt wissen, über was sie da redeten, aber er hätte es nicht sagen können, selbst wenn er es wirklich versucht hätte, nicht bei all der Unruhe rings umher und den Unterbrechungen, als immer mehr Leute eintrafen und einander begrüßten.

„Lissianna!"

Lucern erstarrte bei dem Ausruf seiner Lektorin; dann wandte sich Kate ihm zu. „Der Name Ihrer Schwester ist Lissianna? Das ist der Name des weiblichen Vampirs in Ihrem zweiten Buch!"

„Äh … ja." Er warf seiner Mutter und seiner Schwester einen Blick zu. Versuchten sie bewusst, ihm das Leben schwer zu machen?

„Etienne und Rachel in dem letzten Buch, Lissianna und Greg im zweiten. Und Marguerite!" Sie drehte sich zu Lucerns Mutter um. „Ihr Mann hieß Claude, nicht war?"

„Es wird wie ‚o' ausgesprochen, meine Liebe, wie in ‚hohl' und nicht ‚au' wie ‚Traube'", korrigierte Marguerite sie freundlich. Dann nickte sie. „Aber ja, mein Mann und der Vater meiner Kinder hieß Claude."

„Oh." Kate schwieg einen Augenblick. Sie dachte ganz offensichtlich nach und suchte nach weiteren Ähnlichkeiten. „Und Ihr Familienname lautet ebenfalls Argeneau. Nein, warten Sie", unterbrach sie sich. „In den Romanen ist es Argentus, nach dem lateinischen ‚argentum' für Silber, weil der Patriarch silbrig blaue Augen hatte. Wie Sie!" Sie drehte sich plötzlich zu Lucern, um ihm in die Augen zu sehen.

„Ja." Lucern rutschte unruhig auf seinem Stuhl hin und her, denn er fühlte sich schrecklich unbehaglich und wusste nicht, wie er das alles erklären sollte. Aber seine Sorge stellte sich als unnötig heraus.

„Ich finde es wirklich süß von Ihnen, Ihre Romanfiguren nach Ihren Verwandten zu benennen", sagte Kate.

Lucern starrte sie überrascht an. Süß? Er war nicht süß. Was zum …

„Es ist offensichtlich, dass Sie sie alle sehr gern haben."

„Äh …" Lucern hatte das Gefühl, vollkommen in der Falle zu sitzen, als jemand ihm auf die Schulter tippte. Er wandte den Kopf und fand sich Bastien und Etienne gegenüber. Aus Erleichterung über diese Ablenkung ließ er sich zu einem strahlenden Lächeln hinreißen, was seine Brüder eher überraschte.

„Wir brauchen eure Hilfe", sagte Bastien zu Lucern und Greg.

„Oh. Oh, selbstverständlich." Luc wandte sich Kate zu, als Greg aufstand. „Sie brauchen uns. Wir müssen gehen", erklärte er.

Kate nickte ernst. „Eine Männersache, wie?"

„Äh … ja." Luc stand auf und warf seiner Mutter und seiner Schwester einen warnenden Blick zu, damit sie nichts mehr sagten, was Kate auf verrückte Ideen brachte. Dann ging er seinen Brüdern hinterher.

Zu viert durchquerten sie den Saal, verließen ihn durch eine Tür, die halb hinter einem dekorierten Stützbalken verborgen war, gingen einen langen, schmalen Gang entlang und kamen dann durch eine andere Tür auf den Parkplatz hinaus. Bastien ging an den geparkten Fahrzeugen entlang zu seinem Van. Lucern hatte keine Ahnung, um was es ging, bis sein Bruder die hinteren Türen öffnete und eine medizinische Kühlbox zu sich heranzog.

„Ich weiß nicht, wie es euch geht, aber bei all diesem Durcheinander hatte ich keine Gelegenheit, vor der Hochzeit etwas zu mir zu nehmen. Und da ich annahm, ich wäre vielleicht nicht der Einzige mit diesem Problem, habe ich uns ein Picknick eingepackt." Bastien öffnete die Kühlbox.

Lucern grinste, als er die Blutbeutel im Eis sah. Guter alter Bastien! Erfindungsreich und immer auf alles gefasst. Als Kind wäre er sicher Pfadfinder gewesen, wenn es zu diesen Zeiten schon welche gegeben hätte.

„Gott sei Dank!" Etienne nahm den ersten Beutel, dann gab Bastien auch Lucern und Greg welche. „Wenn wir zurückkehren, bringe ich die Damen raus. Ich dachte nur, es wäre nicht gut, wenn wir in Massen aufbrechen. Die Argeneau-Seite würde das verstehen, aber die Garretts würde es nur verwirren."

„Nur zu wahr, mein Freund", sagte Greg kopfschüttelnd. „Ich habe mich immer noch nicht so recht an das alles gewöhnt." Er zeigte auf den Beutel in seiner Hand, dann hob er ihn in die Höhe und stieß seine verlängerten Zähne hinein.

Lucern lächelte, als er dem Beispiel seines Schwagers folgte. Für jemanden, der das von sich sagte, gelang es Greg ziemlich gut, so zu tun, als ob er sich in seiner neuen Rolle ausgesprochen wohlfühlte. Nun gut, das wäre vielleicht anders gewesen, wenn der Therapeut wie in den alten Tagen Leute hätte beißen müssen, um sich zu ernähren.

Schweigend leerten die vier Männer ihre ersten Blutbeutel. Dann holte Bastien Plastikbecher aus der Kühlbox und teilte zwei weitere Beutel auf vier Becher auf, und die Männer standen trinkend da und unterhielten sich. Es dauerte nicht lange, bis sich das Gespräch Lucerns unwillkommenem Gast zuwandte. Genauer gesagt war es Etienne, der das Thema aufbrachte und bemerkte, dass Lucerns Lektorin einen netten Eindruck machte.

Lucern schnaubte. „Lass dich nicht von ihr täuschen. Diese Frau ist so störrisch wie ein Maulesel. Sie ist wie eine verdammte Zecke, sie bohrt sich unter deine Haut und krallt sich dann dort fest. Sie hat sich in mein Heim gebohrt, und jetzt will sie einfach nicht mehr gehen."

Die anderen lachten alle und Greg schlug vor: „Warum machst du nicht dieses Gedankenkontrolle-Zeug, das Lissianna mir beizubringen versucht – dring einfach in ihren Kopf ein und pflanze ihr die Idee ein zu gehen."

„Luc kann nicht in ihren Kopf eindringen", verkündete Etienne mit einem Grinsen.

„Du hast es schon versucht?", fragte Greg Lucern überrascht.

„Selbstverständlich habe ich das. Schon am ersten Abend." Luc zog eine Grimasse und schüttelte den Kopf. „Aber sie ist offenbar resistent gegen diese Dinge. Ich kann nicht einmal ihre Gedanken lesen. Der Geist dieser Frau ist für mich wie eine Wand aus Stahl." Er seufzte. „Es ist so verdammt frustrierend."

„Ja. Und denk daran, es auf keinen Fall Mutter zu sagen", erinnerte Etienne ihn.

„Warum denn nicht?", wollte Greg wissen.

Bastien erklärte: „Mutter behauptet, Paare sollten nicht in der Lage sein, die Gedanken des Partners zu lesen. Wenn du also jemandem begegnest, der willensstark genug ist, dich zu blockieren – was, wie sie sagt, sehr selten ist –, solltest du dir diese Person genau ansehen, denn sie könnte eine gute Lebenspartnerin abgeben."

Etienne nickte. „Wenn sie also Wind von dieser Sache bekommt ..."

„… wird sie alles daransetzen, uns zusammenzubringen", beendete Lucern den Satz für ihn. Irgendwie verwirrte ihn das Ganze. Das Letzte, was er gebrauchen konnte, war, dass seine Mutter Ehestifterin spielte und ihn und seine störrische Lektorin zusammenbrachte. Aber andererseits war Kate tatsächlich eine fantastische Gamerin. Und sie war attraktiv und wurde irgendwie weniger nervtötend, je länger er sie kannte. Offenbar gewöhnte er sich daran, sie in seinem Heim zu haben. Wenn er wirklich gezwungen wäre zu heiraten …

„Also werde ich es ihr gegenüber lieber nicht erwähnen", sagte Etienne gerade.

„Ich muss Bastien und Etienne in dieser Sache zustimmen", schloss sich Gregory an und warf Lucern einen Blick zu. „So sehr ich eure Mutter auch mag, sie kann eine Spur zu beharrlich sein, sobald sie sich etwas in den Kopf gesetzt hat. Wenn du nicht willst, dass sie sich einmischt und versucht, dich und Kate zusammenzubringen, würde ich tatsächlich nicht erwähnen, dass du Kates Gedanken nicht lesen kannst."

„Zu spät."

Alle vier Männer zuckten schuldbewusst zusammen, als sie die liebenswerte Stimme vernahmen. Sie fuhren herum und fanden sich Marguerite gegenüber. Lucern stöhnte angesichts ihrer beutegierigen Miene. Sie hatte offenbar alles gehört und nach ihrem Gesichtsaudruck zu schließen bereits begonnen, Pläne zu schmieden.

Zumindest dachte er das. Umso mehr überraschte es ihn, als sie den Blutbeutel nahm, den Bastien ihr anbot, und sich umdrehte, um ihren ältesten Sohn anzulächeln. „Luc, mein Schatz, wenn du das Mädchen unbedingt loswerden willst, warum stimmst du nicht einfach einer dieser Publicity-Veranstaltungen zu, von denen sie dauernd redet? Spätestens dann wird sie wieder verschwinden."

„Weil ich das nicht will“, antwortete er und zuckte beinahe zusammen, als er hörte, wie kindisch er klang.

„Und ich will dich nicht jammern hören. Manchmal gibt es eben Dinge im Leben, die man ertragen muss.“ Ihre Worte brachten alle zum Schweigen; dann bohrte Marguerite die Zähne in ihren Blutbeutel und leerte ihn. Als sie fertig war, wandte sie sich Lucern zu und sagte: „Kate will ebenso wenig hier sein und dir lästig fallen, wie du sie hier haben willst. Aber ihr Job hängt davon ab, dass sie dich überreden kann, an einem dieser Publicity-Events teilzunehmen. Sie mag ihre neue Stellung. Sie möchte sie behalten. Sie wird nicht gehen, ohne dass du zumindest einer dieser Veranstaltungen zustimmst.“

Als sie die entsetzte Reaktion ihres Sohnes sah, tätschelte Marguerite liebevoll Lucs Wange. „Ich schlage vor, du machst R. T. Nach dem, was sie mir heute im Schönheitssalon erzählt hat, wäre das wahrscheinlich das Beste für euch beide.“

„Was ist R. T.?“, fragte Lucern misstrauisch.

„*Romantic Times*. Eine Zeitschrift, die sich mit Liebesromanen befasst“, erklärte seine Mutter. „Sag ihr einfach, du wirst es tun.“ Dann drehte sich Marguerite Argeneau um und ging wieder an den parkenden Autos vorbei auf das Gebäude zu.

„Hm. Ich frage mich, wie sie herausgefunden hat, dass Kates Job davon abhängt, dich zu einer dieser Publicity-Veranstaltungen zu überreden“, murmelte Bastien, als sie ihrer Mutter hinterherschauten.

Greg zuckte die Achseln. „Sie schafft es immer wieder, die Leute dazu zu bringen, ihr Dinge zu sagen, die sie niemals verraten wollten. Sie hätte eine gute Therapeutin abgegeben.“

Lucern schwieg, und alle reichten Bastien die leeren Becher zurück. Er wusste nicht, wie seine Mutter in Erfahrung gebracht hatte, was sie wusste, aber er zweifelte keinen Augenblick daran, dass es stimmte. Was bewirkte, dass er sich vollkommen elend fühlte, denn nun wusste er sicher, dass er niemals Ruhe vor dieser Frau haben würde. Sie war verzweifelt, und verzweifelte Menschen waren gnadenlos und unberechenbar.

„Hier sind Sie alle!"

Die vier Männer fuhren erneut herum und sahen sich diesmal Kate C. Leever gegenüber. Sie grinste hämisch, als sie ihre schuldbewussten Mienen sah und ihre krampfhaften Versuche, etwas hinter ihrem Rücken zu verbergen.

„Rachel sucht nach Ihnen. Ich sagte, ich hätte Sie nach draußen gehen sehen und wollte für sie nachsehen", erklärte Kate und betrachtete sie immer noch amüsiert. „Sie hat versucht, mich aufzuhalten, und wollte selbst gehen, aber das hier ist schließlich *ihre* Hochzeit – ich konnte doch nicht zulassen, dass sie ihre Gäste sitzen lässt, um hinter ihren lasterhaften neuen Verwandten herzujagen."

Lucern wechselte einen Blick mit den anderen. Sie wussten alle verdammt genau, dass Rachel vielleicht gehofft hatte, ebenfalls für einen raschen Schluck nach draußen schlüpfen zu können, wie ihre Mutter es gerade getan hatte. Kate hatte das mit ihrer Hilfsbereitschaft zunichte gemacht.

„Warum bezeichnen Sie uns als lasterhaft?", fragte Greg.

Kate machte eine wegwerfende Handbewegung und lachte. „Darum geht es doch bei dem, was sie hier draußen machen."

Die vier Männer wechselten einen Blick und rückten ein wenig enger zusammen, um sicherzustellen, dass die offene Rückseite des Van und die Kühlbox mit dem Blut verborgen blieben. Dann fragte auch Lucern: „Was haben wir denn getan?"

„Ach, als wäre das nicht vollkommen offensichtlich", schnaubte sie. „Schleichen sich hier raus und drängen sich um den Van." Sie schüttelte den Kopf und sah sie herablassend an. „Ich mag in Nebraska aufgewachsen sein, aber ich habe lange genug in New York gelebt, um mich mit Künstlertypen wie Ihnen auszukennen."

Die Mienen der Männer waren nun mehr als verblüfft. Künstlertypen? Lucern war Schriftsteller, Etienne Programmentwickler, Bastien Geschäftsmann und Greg Therapeut. Künstlertypen? Und was glaubte sie, das Künstlertypen taten? Die einzige Möglichkeit, das herauszufinden, bestand darin zu fragen. „Was genau dachten Sie denn, was wir hier machen?"

Sie seufzte resigniert. „Sie haben einen Joint geraucht."

Die Männer starrten sie nur an, dann stieß Etienne ein ungläubiges Lachen aus. „Was?"

Kate schnalzte gereizt mit der Zunge. „Gras. Marihuana. Sie haben sich für einen Debbie hier rausgeschlichen."

„Äh … ich glaube, man nennt es Doobie", warf Greg ein.

„Von mir aus. Das haben Sie doch getan, oder?"

„Äh …", begann Lucern. Dann grinsten er, Bastien, Etienne und Greg sich gegenseitig an.

„Na gut. Sie haben uns erwischt. Wir haben einen Debbie geraucht", stimmte Etienne zu.

„Doobie", korrigierte Greg.

„Ja." Bastien nickte. „Wir würden Ihnen ja etwas davon anbieten, aber wir … äh …"

„… haben alles aufgeraucht", schloss Etienne.

Die beiden Männer klangen für Lucerns Geschmack widerwärtig schuldbewusst. Guter Gott.

„Schon in Ordnung, ich rauche nicht." Sie grinste schief, dann fügte sie hinzu: „Außerdem wird das Essen gleich serviert. Ich glaube, deshalb hat Rachel nach Ihnen gesucht."

„Dann sollten wir lieber reingehen." Lucern trat vor, nahm Kates Arm und schob sie auf das Gebäude zu. Sie hatten kaum zwei Schritte getan, als er hörte, wie die Hecktür des Van zugeworfen wurde und die anderen Männer ihnen folgten. *Debbies rauchen. Guter Gott.*

Lucern war während des Essens mit den Gedanken ganz woanders und stocherte nur in seiner Mahlzeit herum. Wenn man Kates Komplimenten glauben durfte, war wohl alles sehr schmackhaft, aber er hatte wirklich keinen Appetit. Seine Gedanken kreisten immer wieder um die Behauptung seiner Mutter, Kates Job hinge davon ab, ihn zur Kooperation zu überreden. Lucern wusste nicht warum, aber das beunruhigte ihn gewaltig.

„... tanzen, Luc."

Lucern sah sich verwirrt um. Er hatte nur das Ende des Satzes verstanden, den seine Mutter gesagt hatte, so tief war er in Gedanken versunken gewesen. Er sah sie fragend an. „Was?"

„Ich sagte, du solltest mit Kate tanzen. Um Etienne und Rachel zu unterstützen. Irgendwer muss mit dem Tanzen anfangen."

Er warf einen Blick auf die Tanzfläche, überrascht, dort die Braut und den Bräutigam zu sehen. Das Essen war vorüber, und der erste Tanz hatte begonnen. Er, als das Oberhaupt seiner Seite der Familie, würde nach Ansicht aller anderen als Nächster tanzen müssen. Eigentlich sollte er seine Mutter, die Matriarchin, auf die Tanzfläche führen, aber ein Blick auf Marguerite sagte ihm, dass sie nun ernsthaft mit der Kuppelei angefangen hatte. Sie würde nicht mit ihm tanzen.

Seufzend schob er den Stuhl zurück und streckte die Hand nach Kate aus. Seine Lektorin sah schrecklich unsicher aus, als sie ihre Hand in seine legte und aufstand – eine Tatsache, die ihn zutiefst verärgerte, aus Gründen, die ihm absolut nicht klar waren und die er ganz bestimmt nicht zu ausführlich analysieren wollte. Er sagte sich, dass es schließlich nur ein Tanz war und seine Mutter ihn danach nicht noch einmal zwingen konnte, mit Kate zu tanzen. So führte er seine Lektorin auf die Tanzfläche und nahm sie in die Arme.

Das war ein Fehler. Kate C. Leever passte in seine Arme, als wäre sie geradezu dafür geschaffen. Ihr Kopf reichte gerade bis zu Lucerns Kinn, ihre Hand lag klein und weich in seiner, und der Duft ihres Parfums stieg quälend und seltsam aufregend zu ihm auf. Ohne es zu bemerken, zog er sie fester an sich, sodass sein Körper mit dem ihren bei jedem Schritt gleichsam verschmolz.

Lucern war an Hunger gewöhnt; den verspürte er jeden Morgen, wenn er aufwachte. Während er schlief, verarbeitete sein Körper das Blut, das er getrunken hatte, reparierte, was immer er ihm tagsüber an Schaden zugefügt hatte, danach war er dehydriert und brauchte unbedingt mehr Blut. An manchen Tagen war dieser Hunger schlimmer als an anderen. Und an manchen Tagen wiederum war er nicht ganz so heftig, sodass Lucern, wie an diesem Morgen, durch andere Dinge abgelenkt werden konnte. Aber ja, er wusste, was Hunger war. Er lebte täglich mit einem Sehnen, das ihm bis in die Knochen drang und das so intensiv werden konnte, dass sich sein Körper davon verkrampfte. Und dennoch …

Er senkte den Kopf und atmete den Geruch von Kates Shampoo ein, vermischt mit dem Duft nach Gewürz und der Süße ihres Parfums. Sie roch leicht nach Vanille, wie ein üppiges Dessert oder eine Portion Eiscreme, und er hatte das plötzliche, wahnwitzige Bedürfnis, ihren Nacken zu lecken und …

Lucern richtete sich abrupt auf, als ihm seine Gedanken bewusst wurden. Ihren Nacken lecken? Eher beißen. Guter Gott, er brauchte mehr Blut. Er war die letzten Tage nachlässig gewesen, was seinen Blutkonsum anging. Wegen Kates Präsenz hatte er nicht seine üblichen vier Halben bekommen. Die meiste Zeit waren es nur zwei gewesen – was erklärte, wieso er jetzt so seltsam hungrig war. Ja, das musste es sein: Er verwechselte das Bedürfnis nach Kates Blut mit einem Bedürfnis nach ihr.

Maßlos erleichtert über diese Erkenntnis, lächelte er zu ihr hinab, als sie seinen Namen murmelte. Diese Reaktion schien sie zu überraschen, denn sie fragte unsicher: „Stimmt etwas nicht? Sie haben aufgehört zu tanzen."

Lucern sah sich um und stellte überrascht fest, dass seine Gedanken ihn tatsächlich veranlasst hatten, sich nicht mehr zu bewegen. Er stand einfach mitten auf der Tanzfläche und drückte Kate an sich. Und zwar sehr fest. Ihre Brüste waren an seine Brust gedrückt, sodass er sie fast aus dem Kleid presste, und es waren sehr hübsche Brüste, rund und mit rosiger Haut, die von gesundem Blut kündete. Lucern hätte nur zu gerne über diese Wölbungen geleckt und …

„Ich muss mit Bastien sprechen", keuchte er. „Sofort."

Er ließ sie aus seiner festen Umarmung los und ging auf den ebenfalls tanzenden Bastien zu. Erst dann wurde ihm plötzlich bewusst, was er tat. Er eilte zurück zu der verdutzten Kate, die wie ein verlassenes Kind in der Mitte der Tanzfläche stand, nahm sie am Arm und führte sie zurück zu ihrem Tisch. Dann ging er um die Tanzfläche herum und war erleichtert, als die Musik gerade in dem Moment verklang, als er seinen Bruder erreichte.

„Bastien, wenn du deine Tanzpartnerin an den Tisch geführt hast, muss ich dich draußen sprechen. Am Wagen", fügte er bedeutungsvoll hinzu.

„Sicher", erwiderte sein jüngerer Bruder. „Ich komme sofort raus."

Lucern nickte, und Bastien brachte Rachels Schwester, die die Brautjungfer war, zurück zum Haupttisch.

„Habe ich gehört, dass ihr raus zum Van geht?"

Lucern drehte sich um und sah Lissianna hinter sich stehen. Sie und Gregory hatten gleich nach Lucern und Kate ebenfalls zu tanzen begonnen. Das Paar hatte in der Nähe gestanden und gewartet, dass die Musik wieder anfing. Es überraschte ihn nicht, dass sie gehört hatten, was er sagte.

Er nickte zur Antwort auf ihre Frage und hielt es für angebracht zu erklären: „Seit Kate eingetroffen ist, habe ich nicht genug zu Essen bekommen."

Lissianna nickte verständnisvoll. „Rachel und ich werden zu euch stoßen. Sie sagte schon vorhin, dass sie bei den ganzen Vorbereitungen für die Hochzeit und allem ..."

„Schon gut", unterbrach Lucern sie. Er brauchte keine Erklärung. Er hatte kein Problem damit, dass die Frauen sich ihnen anschlossen. „Dann hol sie her. Bastien wird ... Oh. Er hat sie schon mitgebracht."

Bastien führte ihre neue Schwägerin über die Tanzfläche.

„Ich behalte Kate im Auge, damit sie nicht wieder rauskommt und euch mit den Debbies in der Hand erwischt", witzelte Greg, als Bastien und die Braut zu ihnen traten. Er ging auf Kate zu, um die Lektorin zum Tanz aufzufordern.

„Gut, gut." Lucern lächelte nicht einmal. Er nickte nur dankbar und drängte die anderen drei aus dem Saal.

In Gregs Armen entspannte Kate sich ein wenig, sobald sie mit dem Tanzen begannen – etwas, was sie in Lucerns Umarmung nicht hatte tun können. Sie hatte gesehen, wie der Autor mit seiner Schwester, Rachel und Bastien nach draußen schlüpfte und nahm an, sie würden dort wieder rauchen. Nach ihrer Ansicht konnte der Mann es brauchen. Es würde ihm sicher helfen, ein wenig lockerer zu werden. Während des Essens war er reichlich angespannt gewesen, und ... Nun, sie nahm an, er war nur zerstreut gewesen – nicht, dass sie das gestört hätte. Sie war ohnehin damit beschäftigt gewesen, mit seiner Mutter und seiner Schwester zu sprechen und sich die amüsanten Geschichten anzuhören, die sie über Lucerns Jugend erzählten.

Wenn man Mutter und Schwester glauben durfte, war Lucern eigentlich ein sehr empfindsamer Mann, der sich nur eine harte, mürrische Schale zugelegt hatte. Kate, die seine Romane kannte, hielt das durchaus für möglich. In der Art, wie er über die Paare in seinen Büchern schrieb, lag ein gewisses Sehnen, ein Hunger, der über die Blutgier der Vampire und selbst über sexuelle Begierde hinausging. Seine Charaktere waren einsam und sehnten sich nach einem Seelenverwandten, der ihr langes Leben mit ihnen teilte. Kate fragte sich jetzt, ob das nicht eine Spiegelung von Lucerns eigenen Gefühlen war, ob er sich nicht auch nach Liebe sehnte.

Greg wirbelte sie auf der Tanzfläche herum, und sie lächelte ihn an. Lissiannas Mann war ein erheblich lockerer Tänzer als Lucern. Luc hatte vor Anspannung praktisch vibriert, als sie sich über die Tanzfläche bewegten, und das hatte sich auf Kate übertragen und sie mit einer schwachen Anspannung erfüllt, die sie ziemlich beunruhigend fand. Aber trotz dieser Anspannung hatte sie gespürt, wie sie sich in seine Umarmung ergab, ihren Kopf an seine Schulter legte und die Hand näher an seinen Nacken schob, um das Haar dort zu berühren. Sie war erleichtert, wenn auch ein bisschen verdutzt gewesen, als er so abrupt aufgehört hatte zu tanzen und einfach weggegangen war.

Also gut, sie war mehr verdutzt als erleichtert gewesen. Sie hatte dagestanden, ihm hinterhergestarrt und kaum glauben können, dass er hier mitten auf der Tanzfläche, wo es alle sehen konnten, zu seiner typischen Unhöflichkeit zurückkehrte. Wenn er sich nicht plötzlich umgedreht und sie zu ihrem Tisch zurückgebracht hätte, wäre sie ihm vielleicht gefolgt und hätte ihm einen Tritt in den Allerwertesten verpasst. Ja, es war eindeutig gut, dass er draußen war und rauchte. Das würde ihn sicher ein wenig entspannen.

„Ich denke, du solltest einfach nachgeben und etwas für sie tun", meinte Bastien. Selbstverständlich hatte sich das Gespräch gleich wieder um Kate gedreht, sobald sie den Van erreichten. Und sehr zu Lucerns Verdruss wollten ihm offenbar alle gute Ratschläge geben.

„Warum sagst du ihr nicht, du würdest eines dieser Interviews machen? Zum Beispiel mit diesem R. T.-Blatt, das Mom vorgeschlagen hat“, fuhr Bastien fort. „Oder sag ihr, du gehst zu einer der Publicity-Veranstaltungen, aber nur zu einer einzigen und nicht auf Lesereise. Lass sie sich eine aussuchen, die ihren Job am wahrscheinlichsten retten wird. Dann wird sie zufrieden sein und bald wieder verschwinden.“

„Ich soll *sie* etwas aussuchen lassen?“ Lucern war entsetzt über die Idee, Kate so viel Einfluss zu geben. „Aber was, wenn sie sich für ein Fernsehinterview entscheidet?“

Lissianna schnalzte ungeduldig mit der Zunge. „Es wird dich nicht umbringen, eine halbe Stunde vor einer Kamera zu verbringen, Luc.“

„Aber …“

„Sieh es doch einfach mal so“, fügte seine Schwester hinzu. „Eine halbe Stunde Interview vor einer Kamera oder Kate Leever, die auf deiner Veranda campiert.“

Bastien lachte. „Falls es dir gelingt, sie aus dem Haus zu schaffen.“

Lucern sah ihn wütend an, aber sein Bruder zuckte nur die Achseln. „Du bist offenbar weich geworden, Luc“, fuhr er fort. „Vor hundert Jahren hättest du keine Schwierigkeiten gehabt, sie in ihr herzförmiges kleines Hinterteil zu treten.“

„Du hast ihren Po angestarrt?“, fragte Lucern empört.

„Sicher, warum denn nicht? Sie ist alleinstehend, und ich bin es auch.“ Er zuckte die Achseln. „Ist das ein Problem?“

Lucern verzog das Gesicht. Es sollte kein Problem geben, und das wusste er auch. Aber aus irgendeinem Grund mochte er es nicht, dass Bastien Kate so genau in Augenschein nahm.

„Armer Luc“, murmelte Lissianna. Er sah sie fragend an, also tätschelte sie seinen Arm, als müsste er beruhigt werden. „Sechshundert Jahre alt, und du weißt immer noch nicht, wie du mit den Gefühlen umgehen sollst, die Kate in dir hervorruft. Du solltest doch eigentlich in all den Jahren ein wenig Weisheit entwickelt haben.“

„Sieht aus, als blieben Männer emotional unterbelichtet, ganz gleich, wie lange sie leben“, stellte Rachel trocken fest.

Lucern schwieg weiter, aber seine Gedanken waren in Aufruhr. Lissianna deutete an, dass er nicht einmal merkte, wie er dabei war, sich in seine Lektorin zu verlieben. Das stimmte nicht. Er war sich dessen durchaus bewusst. Aber deshalb musste er die ganze Situation noch lange nicht mögen – oder seinen Gefühlen nachgeben. Was den Hunger anging, den er in Kates Gegenwart empfand, musste er nun zugeben, dass es keine Blutgier gewesen war, die er auf der Tanzfläche empfunden hatte, sondern sexuelle Begierde. Er wollte Kate C. Leever haben. Und das war eine Komplikation, auf die er wirklich verzichten konnte. Wenn ihr Geist ihm nicht verschlossen gewesen wäre, hätte er sich vielleicht gehen lassen und ihren Körper genossen. Er hatte schließlich diese sechshundert Jahre nicht wie ein Mönch verbracht. Aber ihr Geist war ihm nun einmal verschlossen und das machte das Ganze gefährlich.

Kopfschüttelnd ließ er die anderen am Van stehen und kehrte wieder in den Saal zurück. Er war nur in sie verschossen und fühlte sich zu ihr hingezogen, weil er gezwungen war, so eng mit ihr zusammen zu sein. Sobald Kate C. Leever abreiste, würde er schnell darüber hinwegkommen. Er musste einfach nur dafür sorgen, dass sie wieder ging.

6

Marguerite war die Einzige am Tisch, als Lucern zurückkam und sich wieder hinsetzte. Ein rascher Blick zur Tanzfläche zeigte, dass Kate und Greg tanzten. Sie schienen schrecklich vertraut miteinander zu sein. Kate lag lächelnd und entspannt in Gregory Hewitts Armen – so hatte sie sich beim Tanz mit Lucern nicht verhalten! –, und beide bewegten sich in perfektem Gleichmaß, als hätten sie schon jahrelang miteinander getanzt.

Lucern hatte seinen Schwager nie für einen Casanova gehalten, aber im Augenblick gab er eine wirklich gute Figur ab. Sicher, Lucern wusste, dass Greg Lissianna liebte und keine wirkliche Konkurrenz darstellte. Außerdem rief er sich schnell in Erinnerung, dass er nicht einmal an einer Beziehung mit der Lektorin interessiert war. Aber sein Körper schien nicht auf diese Logik zu reagieren. Ein Teil von ihm, ein ziemlich urtümlicher Teil, gab einen Dreck für seine Logik. Und als er weiterhin Greg beobachtete, wie er Kate über die Tanzfläche wirbelte, konnte er spüren, wie sich seine Muskeln anspannten und zu zucken begannen. Ein tiefes Knurren erwachte in seiner Brust zum Leben, als er zusah, wie sein Schwager Kate schwungvoll zurückbog und wieder hochzog.

„Du solltest abklatschen.“

Lucern erstarrte bei den Worten seiner Mutter. Er warf ihr einen Blick zu und sah, dass sie ihn mitleidig anschaute. Er drehte sich ruckartig um, rang kurz mit sich selbst und sprang dann auf, um auf die Tanzfläche zu gehen. Lucern hasste es, bemitleidet zu werden. Jetzt war er wütend.

Greg bemerkte, dass sein Schwager näher kam, warf einen Blick auf seine Miene, nickte ernst und verließ die Tanzfläche.

Kate drehte sich verwirrt um, als Greg sie plötzlich losließ und davonging. Sie war nicht sonderlich überrascht, Lucern zu sehen. Sein Gesichtsausdruck verwirrte sie jedoch. Lucerns normalerweise kalte, mürrische Fassade war der Intensität eines Beute belauernden Raubtiers gewichen. Er sah streng und wütend aus, aber nicht kalt. Alles andere als kalt. Seine Augen waren nur noch silbern und nicht mehr blau. Jetzt verstand sie Beschreibung, die er in seinem ersten Buch von Claude gegeben hatte: „Augen wie aus Stein, die von Höllenfeuern kündeten und seine Feinde beben ließen." Sie hatte sich nicht vorstellen können, dass silbrig-blaue Augen so wild aussehen konnten. Sie sah in ihnen unzählige lodernde Feuer, deren Funken aus diesen Augen nahezu herauszusprühen schienen.

Kate hatte jedoch keine Angst. Aus irgendeinem Grund musste sie sogar lächeln, und es war ihr unmöglich, ihre nächsten Worte zurückzuhalten. „Sieht so aus, als hätten selbst die Debbies Sie nicht sonderlich entspannt."

Lucern reagierte, als wäre er gegen eine unsichtbare Wand gerannt. Seine wilde Entschlossenheit brach in sich zusammen, und er starrte sie mit einer Ausdruckslosigkeit an, die das Feuer von zuvor auf der Stelle löschte. Dann tat er etwas vollkommen Verblüffendes. Lucern Argeneau, dieser störrische, dumme, ignorante Mann, begann tatsächlich, lauthals zu lachen. Kate hatte das schlichtweg für unmöglich gehalten. Der Mann war so ein …

Ihre Gedanken erstarben, als er sie in seine Arme zog und sie zu tanzen begannen. Er lachte immer noch leise, und das ließ seine Brust gegen ihre vibrieren. Er zog sie näher an sich. Als Kate den Kopf hob, um ihm schüchtern ins Gesicht zu blicken, lächelte er und sagte: „Sie sind eine schreckliche Person, Kate C. Leever."

Sie erwiderte sein Lächeln. Sie war von Anfang an der Meinung gewesen, dass er sehr gut aussah, aber nun, mit Lachen in den Augen und nach oben gerichteten Mundwinkeln, war er so viel mehr. Er war atemberaubend. Im wahrsten Sinne des Wortes. Kate fiel es tatsächlich schwer zu atmen, wenn sie seinem Blick begegnete. Hitze strahlte überall dort aus, wo ihre Körper sich berührten. Sie wollte den Kopf an seine Schulter legen und mit ihm verschmelzen. Sie wollte seine Hände auf ihrer Haut spüren. Sie wollte …

… nach Hause gehen. Ja, genau, Kate wollte nach Hause. Oder genauer gesagt, irgendwohin, wo sie weit weg von ihm sein würde. Sie wollte nicht so empfinden, sie wollte ihn nicht haben. Zum Geier, sie mochte den Kerl nicht mal!

Also gut, gab sie mit schonungsloser Ehrlichkeit zu: Es hatte Spaß gemacht, *Blutlust II* mit ihm zu spielen, und er konnte tatsächlich nett sein, wenn er sich anstrengte. Da war sie sicher. Und immerhin hatte er es wirklich versucht. Aber wahrscheinlich konnte jeder nett sein, wenn er sich ein bisschen anstrengte. Ja, versicherte sie sich. Und ohne Zweifel war er jetzt gerade nett zu ihr. Irgendwie.

Kate seufzte innerlich. Es fühlte sich eindeutig nett an, mit ihm zu tanzen. Und wenn Lucern sie so hielt, vergaß sie, wie unhöflich und stur er sein konnte. Aber – und das war ein großes Aber – sie hatte wirklich nicht vor, eine Beziehung mit einem ihrer Autoren anzufangen. Sie war Geschäftsfrau. Ein Profi. Und sie würde sich professionell verhalten, selbst wenn das nur Theater war und sie ihm eigentlich am liebsten seinen Designeranzug vom Leib gerissen und sich an seinen nackten Körper geschmiegt hätte.

Ohhh. Das war nicht gut.

Lucern hörte plötzlich auf zu tanzen und verkündete: „Ich bin müde." Als sie nicht reagierte, fügte er hinzu: „Möchten Sie gehen?"

„Ja." Sie schoss die Antwort ab wie eine Kugel. Sie war mehr als glücklich, der Aussicht zu entkommen, noch mehr von dieser Nähe ertragen zu müssen.

Lucern war offenbar der gleichen Ansicht. Er griff sofort nach ihrem Arm, führte sie von der Tanzfläche und durch den Saal. Nur am Haupttisch blieb er noch einmal kurz stehen, um seinem Bruder und seiner neuen Schwägerin zu sagen, dass sie jetzt gingen.

Kate bemerkte, dass Marguerite Argeneau sie von ihrem Tisch aus stirnrunzelnd betrachtete, und sie wusste, dass Lucerns Mutter nicht froh war, sie schon so früh gehen zu sehen. Das tat ihr leid, aber es war wirklich nicht ihr Problem. Marguerite war Lucerns Sache. Kates Problem bestand darin, eine geschäftsmäßige Beziehung zu Lucern aufrechtzuerhalten und ihn dazu zu bringen, zu einer Publicity-Veranstaltung zu gehen. Und dazu blieb ihr nur noch ein Tag.

Auf dem Weg nach Hause schwieg Lucern. Er war immer noch ein wenig durcheinander. Was hatte er eigentlich im Sinn gehabt, als er vorschlug, so früh aufzubrechen?

Ach, wem versuchte er hier denn etwas vorzumachen? Er hatte daran gedacht, Kate allein nach Hause zu bringen und sie dann auszuziehen. Die Frau ging ihm unter die Haut, und seine Familie hatte ihn auch noch dazu gebracht, das zuzugeben. Bastien hatte ihm mit seiner Bemerkung über ihren Po einen Schubs verpasst, und mit seinem wissenden Lächeln, als er fragte, ob es ein Problem sei, wenn ihm das auffiele, und Lissianna mit ihrem „armer Luc" hatte es nur noch schlimmer gemacht. Schon der Anblick von Kate in Gregs Armen hatte das Tier in ihm geweckt. Aber am schlimmsten war das mitleidige Gesicht seiner Mutter gewesen. Lucern wurde klar, dass er vielleicht versuchen konnte, sich selbst etwas vorzumachen, damit aber niemanden sonst täuschen würde. Und verdammt, er konnte nicht einmal mehr sich selbst etwas vormachen.

Er mochte sie. Trotz der Tatsache, dass sie eine moderne Frau war, penetrant und forsch, die einfach nicht wusste, wo ihr Platz war – er mochte sie. Trotz der Tatsache, dass sie offenbar keine gefährlichen Drachen hatte, die er töten konnte, außer vielleicht sich selbst und seinen Mangel an Kooperation, mochte er sie. Und guter Gott, er wollte sie wirklich haben!

Lucern war ein gesunder Mann von sechshundertzwölf Jahren. Die Anzahl der Frauen, mit denen er in dieser Zeit zusammen gewesen war … er konnte über diese Anzahl nicht einmal mehr spekulieren. Dennoch, jede einzelne war vollkommen aus seinem Gedächtnis verschwunden, als er Kate in den Armen hielt.

Aber nun hielt er sie nicht in den Armen; sie saß auf dem Beifahrersitz, die Arme trotzig verschränkt, und starrte blicklos in die Nacht. Sie ignorierte ihn bewusst, distanzierte sich von ihm. Das half Luc ein wenig, sich zu beruhigen. Kate war seine Lektorin. Er musste mit ihr arbeiten. Mit ihr zu schlafen verbot sich von selbst. Er fühlte sich unaussprechlich müde, als er in seine Einfahrt einbog.

Sowohl er als auch Kate schwiegen, als sie ausstiegen. Kate war die Erste, die schließlich etwas sagte. Sie blickte auf zum glitzernden Sternenhimmel, als sie die Einfahrt entlanggingen, und murmelte: „Was für eine wunderschöne Nacht."

Lucerns Schritte wurden bei ihrem sehnsuchtsvollen Tonfall zögerlich. Es klang, als bedauerte sie, dass diese Nacht enden würde, und er wollte es ebenso wenig. Lucern wusste, dass er seiner Begierde nach ihr nicht nachgeben konnte, aber er konnte auch den Gedanken, sich jetzt von ihr zu trennen, nicht ertragen.

„Es ist wirklich schön", stimmte er zu. „Möchten Sie auf der Veranda sitzen und ein Glas Wein trinken?"

Er hielt den Atem an, als sie zögerte.

„Können wir stattdessen Kaffee haben?", fragte sie. „Ich hatte heute Abend schon mehr als meine übliche Menge Alkohol."

Lucern atmete erleichtert aus. „Sicher. Setzen Sie sich, und ich …"

„Ich helfe Ihnen." Sie lächelte zum ersten Mal, seit sie die Hochzeitsfeier verlassen hatten. „Nichts für ungut, aber ich glaube nicht, dass sie oft Kaffee kochen."

Lucern war nicht beleidigt. Er freute sich nur, dass der Abend noch nicht zu Ende sein sollte und dass Kate C. Leever lächelte.

In der Küche arbeiteten sie in einträchtigem Schweigen zusammen, Kate machte den Kaffee und er holte Schalen aus dem Schrank und löffelte ein wenig Eiscreme hinein. Dann brachten sie alles hinaus auf die Veranda.

Kate blickte zu den Sternen auf. Es war eine so friedliche Nacht, so schön, und sie genoss Lucerns Gegenwart. Ja, sie genoss es, mit ihm hier zusammenzusitzen. Seine übliche mürrische und angespannte Haltung war verschwunden. Sie wusste nicht, ob es der Alkohol oder die Debbies waren, die er geraucht hatte, aber zum ersten Mal wirkte er in ihrer Gegenwart ruhig und abgeklärt. Oh, er war auch am Abend zuvor nett gewesen, als sie zusammen das Spiel gespielt hatten, aber das hier war anders. Gestern hatte er sich vor allem darauf konzentriert, die Schurken im Videospiel zu erledigen. Jetzt wirkte er vollkommen entspannt, eine Person, mit der man gerne zusammen war. Sie saßen eine Weile dort, tranken Kaffee, aßen ihr Eis und unterhielten sich über die Hochzeit, vermieden es aber einander anzusehen. Zumindest vermied Kate, ihn anzuschauen. Sie konnte nicht anders – jedes Mal, wenn sie das Lächeln sah, das seine Lippen umspielte, wollte sie diese Lippen küssen.

Du bist eine dumme Kuh, schalt sie sich. Es war gefährlich, sich zu Lucern Argeneau hingezogen zu fühlen, und sie sollte es nicht unnötig herausfordern, indem sie sich ihm aussetzte, wenn er sich von seiner netten und sogar liebenswerten Seite zeigte. Er war *einer ihrer Autoren*. Normalerweise empfand sie für ihre Autoren wie eine Glucke für ihre Küken. Aber ihre Gefühle für Lucern waren im Moment alles andere als mütterlich. Und je länger dieses angenehme Intermezzo weiterging, desto schwerer wurde es, nicht näher zu rücken, ihn zu berühren, wenn sie etwas sagte, sich zu ihm zu beugen, ihn zu küssen …

An dieser Stelle brach sie ihre Überlegungen erschrocken ab, richtete sich auf und suchte nach etwas, um sich abzulenken, etwas, das diesem Zwischenspiel ein Ende machen würde. Der eigentliche Grund für ihre Anwesenheit hier war die einfachste Lösung. Kate holte tief Luft, dann sagte sie: „Luc, ich weiß, dass Sie nicht darüber reden wollen, aber ich wünschte wirklich, Sie würden eine Lesereise in Erwägung ziehen."

Der Autor erstarrte schlagartig, und seine Miene wurde wieder verschlossen. „Nein. Ich mache keine Lesereisen."

„Das weiß ich, Luc. Aber … Ihre Bücher sind so beliebt, und …"

„Dann brauche ich ja wohl kaum eine Tour, oder?"

„Aber die Leserinnen wollen Sie kennenlernen, sie –"

„Nein", wiederholte er fest.

„Luc, bitte", flehte Kate heiser.

Lucern starrte sie schweigend an und wünschte sich von ganzem Herzen, sie würde um etwas vollkommen anderes bitten. *Luc, bitte küss mich, Luc, bitte geh mit mir ins Bett. Luc, bitte …* Aber das war es nicht, worum sie flehte. Hier ging es ums Geschäft. Ihr Bedürfnis bestand darin, dass er Werbung für seine Bücher machte, damit ihr Verlag dadurch mehr Umsatz machte. Sie wollte, dass er sein gewohntes Leben unterbrach, sich dem Tag mit seinem schädlichen Sonnenlicht aussetzte und eine Leserereise unternahm. Hätte er doch nie diese verdammten Romane geschrieben!

Er stand abrupt auf, goss den Rest seines Kaffees auf den Rasen und ging zur Tür. „Ich habe zu tun. Gute Nacht."

„Nein, warten Sie, Lucern!" Sie sprang sofort auf und folgte ihm. „Wir müssen darüber sprechen. Ich bin seit drei Tagen hier und habe noch nichts erreichen können."

Lucern ignorierte sie. Er ging einfach ins Haus und nach oben.

„Luc, bitte! Kein Autor signiert gerne, aber diese Veranstaltungen sind halt wichtig für die Publicity, und Leser wollen den Kontakt zum Autor. Sie wollen einfach den Verfasser der Geschichten kennenlernen, die ihnen so gut gefallen. Eine kurze Tour würde schon genügen", flüsterte sie, als er immer noch nicht antwortete. „Ein halbes Dutzend Termine vielleicht. Ich könnte mit Ihnen kommen, um dafür zu sorgen, dass alles so ist, wie Sie es gern hätten. Wenn Sie nur …"

Lucern hatte die Tür seines Arbeitszimmers erreicht. Er ging hinein und zog sie hinter sich zu, mit einem Geräusch, das nur minimal lauter war als das darauf folgende Klicken des Schlosses.

Kate starrte die Tür an. Zugeworfene Türen schienen in ihrer Beziehung immer wieder eine Rolle zu spielen. So langsam hasste sie Türen.

Mit hängenden Schultern lehnte sie sich gegen die Tür und schloss die Augen. Sie war normalerweise ein positiver Mensch und hatte immer gedacht, man könnte alles erreichen, wenn man nur schwer genug daran arbeitete, aber das war, bevor sie auf ein vollkommen unbewegliches Objekt gestoßen war: Lucern. Der Mann war so störrisch wie … na ja, genau so störrisch wie sie selbst. Vielleicht sogar noch störrischer.

Kate dachte daran, aufzugeben, ihre Sachen zu packen und mit eingezogenem Schwanz wieder nach New York zurückzukehren, aber das entsprach nicht ihrem Wesen. Sie hasste es, so aufdringlich zu sein, und wünschte, sie könnte ihn einfach wieder seinem Einsiedlerleben überlassen, aber nach Ansicht des Verlags war es nicht zu viel verlangt, dass Lucern Argeneau ein wenig Werbung machte. Sie gaben viel Geld dafür aus, Reklame für seine Bücher zu machen; da war es das Mindeste, dass er selbst ebenfalls ein wenig Engagement zeigte. Dieser Ansicht war auch Kate. Sie musste ihn nur überreden. Zum Teufel, zum jetzigen Zeitpunkt würde sie es schon für einen großen Sieg halten, wenn er sich zu ein paar Telefoninterviews herabließ.

Kate richtete sich langsam auf. Das könnte funktionieren. Sie hatte sich auf die Lesereise konzentriert, aber vielleicht würde sie mit Interviews mehr Glück haben.

„Luc?", rief sie. Er antwortete mit Schweigen, doch Kate ließ sich nicht entmutigen. „Ich weiß, dass Sie keine Lesereise machen wollen, und das ist in Ordnung. Aber überlegen Sie doch bitte, ob Sie nicht wenigstens ein paar Interviews geben können!"

Sie wartete in der Stille, die darauf folgte, und fügte dann hinzu: „Denken Sie einfach noch einmal darüber nach, ja?"

Sie kam zu dem Schluss, dass das für diesen Abend genug war, und wandte sich der Gästezimmertür zu. Sie musste sich ein Argument einfallen lassen, einen Plan, um ihn zu überreden. Dann würde sie es am nächsten Tag noch einmal versuchen.

Lucern wusste genau, wann Kate aufgab und davonging. Er spürte ihre Abwesenheit ebenso gut, wie er das Öffnen und Schließen der Gästezimmertür hörte. Lange Zeit saß er an seinem Schreibtisch und horchte, wie sie sich fürs Bett fertig machte, und dann lauschte er den Geräuschen der Nacht, als sie damit aufhörte.

Er dachte daran, *Blutlust II* zu spielen, aber ohne sie war es nicht dasselbe. Also saß er da in der stillen Dunkelheit und lauschte in die Nacht hinaus. Die Rufe von Nachtvögeln, das Geräusch der Grillen, das Flüstern des Windes, das Seufzen von ... Kate, erkannte er. Dieses verschlafene, ein wenig heisere Geräusch war von ihr gekommen. Lucern konnte es so gerade eben hören, wenn er sich anstrengte. Er konnte sie auch riechen. Ihr Duft schien an ihm zu hängen. Er erinnerte sich, wie sie sich beim Tanzen an ihn gelehnt hatte, senkte den Kopf und schnupperte an seiner Jacke. Der Duft war dort stärker. Verstörend.

Lucern stand auf, zog die Jacke aus und warf sie über die Stuhllehne, doch der Duft schien an ihm zu kleben. Oder vielleicht hing er einfach in der Luft, vielleicht durchdrang er sein gesamtes Haus, wie sie selbst in dieses Haus eingedrungen war. Er gab auf und versuchte nicht länger, diesen Duft loszuwerden, sondern schloss die Tür seines Arbeitszimmers auf und öffnete sie. Dann stand er dort und machte die Augen zu. Wenn er wirklich angestrengt lauschte, verklangen die anderen Nachtgeräusche, und er konnte sich auf die Laute konzentrieren, die aus dem Gästezimmer kamen – das Rascheln des Bettzeugs, wenn sie sich bewegte, leise kleine Seufzer, während sie träumte, hin und wieder ein Murmeln, aber überwiegend ihr Atmen, leise und beruhigend, ein, aus, wieder und wieder.

Er konnte diesen Atem beinahe auf seiner Haut spüren, ein warmer, feuchter Hauch. Dann wurde ihm klar, dass er es tatsächlich spürte, weich und warm an seiner Hand. Er stand neben dem Bett, seine Beine hatten ihn einfach dorthin getragen, wo sein Körper sein wollte – und alles, ohne dass das Hirn etwas davon bemerkt hätte.

Lucern schaute in dem trüben Mondlicht auf sie hinab und lächelte über die kindhafte Weise, wie sie schlief. Kate hatte sich auf der Seite in der Fötusstellung zusammengerollt, die Hand unter dem Kinn. Dann bewegte sich sein Blick weg von ihrem Gesicht und an ihrem Körper entlang. Es war eine warme Nacht, und die Klimaanlage schien die oberen Räume nicht so gut zu erreichen wie das Erdgeschoss. Kate hatte die Decke weggetreten und lag in einem dünnen weißen Baumwollnachthemd da, das sich um ihre Oberschenkel gewickelt hatte. Er ließ den Blick über ihre schlanken Beine schweifen, die sie angezogen hatte. Kate hatte schöne Beine, lang und wohlgeformt. Es gelang Luc, der Versuchung zu widerstehen, mit den Fingern leicht über die perlweiße Haut zu fahren, aber er stellte sich vor, wie es sich anfühlen musste, und er wusste, dass sie warm und weich sein würde.

Ein federleichtes Seufzen kam von ihren Lippen, und sie drehte sich im Schlaf auf den Rücken. Eine Hand bewegte sich kurz über ihre Brüste, bevor sie auf das Bett sank. Lucern folgte der Bewegung ihrer Hand, dann wandte er den Blick der anderen Hand zu, die am Ausschnitt ihres Nachthemds lag. Das Nachthemd hatte Knöpfe bis zur Taille. Die obersten beiden standen offen, und der dritte sah aus, als könnte er jeden Augenblick aus dem Knopfloch rutschen. Und damit viel von ihrer Brust entblößen. Luc heftete den Blick auf ihren milchweißen Brustansatz und beobachtete, wie er sich bei jedem Atemzug hob und senkte. Hob und senkte. Er stellte sich vor, diesen dritten Knopf zu befreien, um mehr Haut zu entblößen, dann noch einen und noch einen, bis ihr Brüste vollkommen nackt waren.

Er stellte sich vor, wie rund und voll sie im Mondlicht aussehen würden. Wie köstlich! Er wusste, er würde nicht widerstehen können, sie zu berühren, sie zu streicheln, eine steifer werdende Brustwarze in den Mund zu nehmen und sich an ihrer Süße zu laben.

Kate bog sich im Bett und stöhnte kehlig. Lucern hätte beinahe mit ihr gestöhnt. Ihr Parfum umnebelte ihn; es mischte sich mit den Düften ihres Shampoos, ihrer Seife und mit ihrem ganz eigenen Geruch. Die Mischung war berauschend. Er konnte sie auf den Lippen spüren. Er mochte sie vielleicht nicht berühren können, aber in seiner Vorstellung sah er nur zu genau, was er tun würde: Er saugte und knabberte sich einen Weg über ihre Haut, von einer Brust zur anderen.

Lucern schloss die Augen, um sich das besser ausmalen zu können, und konnte beinahe ihre warme Haut unter seinen Lippen spüren. In seiner Vorstellung fuhr er mit den Händen über ihr Nachthemd, glitt darunter und dann über die Außenseiten ihrer Oberschenkel. Er konnte förmlich fühlen, wie sie unter dieser federleichten Bewegung erschauerte und die Beine ruhelos bewegte, während ein weiteres Stöhnen über ihre Lippen kam. Sie bog sich ihm einladend entgegen, denn sie wollte ihn ebenfalls – flehte ihn an, sie zu füllen und mit ihr eins zu werden, das Feuer zu löschen, das er entfacht hatte.

Lucern gab dem nur zu gerne nach. Er gestattete seinen imaginären Händen über ihre Beine zu streichen, die dünne Baumwolle des Nachthemds nach oben zu schieben und dann ihre weichen Oberschenkel zu spreizen, sodass er die Ader dort lecken konnte. Er stellte sich vor, sie zu berühren, zu streicheln, ihre glitzernde Haut zu lecken, dann schob er sich in ihren heißen, ihm entgegenstrebenden Körper. Er konnte beinahe spüren, wie sie sich um ihn schloss, hörte sie in sein Ohr keuchen und wimmern, ihr Atem weich auf seiner Haut, während ihre Nägel über seine Schultern und den Rücken kratzten.

Kate würde vor Ekstase stöhnen, wenn er wieder und wieder in sie eindrang, bis sie anfing zu zittern und zu schaudern und ihre inneren Muskeln sich zusammenzogen und wieder lösten.

„Lucern."

Sein Name von ihren Lippen bewirkte, dass er die Augen öffnete, und als er nach unten schaute, sah er, dass Kates schlafendes Gesicht der Inbegriff von Ekstase war. Sie hechelte, schwitzte und wand sich auf den Laken, die Hände zu beiden Seiten ihres Kopfs, und zerrte an den Kissen, als sie sich hingerissen zusammenzog. Erst jetzt erkannte Lucern, dass ihr Geist ihm zwar verschlossen sein mochte, wenn sie wach war, ihm im Schlafzustand jedoch weit offen lag. Sie hatte gerade alles erlebt, was er sich vorgestellt hatte, hatte es aus seinem Geist übernommen, als wäre es wirklich geschehen.

Das zu wissen tat beinahe weh. Er könnte sie haben, wenn er wollte. Sie würde das willkommen heißen. Luc atmete schwer vor Begierde, pulsierte vor Sehnsucht, sehnte sich quälend danach, in sie einzudringen. Gleichzeitig wollte er unbedingt seine Zähne in ihren Hals schlagen, ihr Blut und ihren Körper gleichzeitig genießen. Er wusste, das würde das unglaublichste Erlebnis seines Lebens sein. Aber er konnte es nicht. Wenn er sie jetzt nahm, würde Kate das nur akzeptieren, weil er sich wünschte, dass sie ihn haben wollte.

Er schüttelte den Kopf, um die erotischen Bilder zu vertreiben, wich stolpernd von Kates Bett zurück und dann aus ihrem Zimmer; er blieb nicht stehen, sondern taumelte wie betrunken den Flur entlang zur Treppe. Sein Kopf war voll von ihr. Er musste das Haus verlassen. Das Bedürfnis, sie zu nehmen, war überwältigend.

Die Tür hinter sich zuwerfend, rannte er aus dem Haus und zu seinem Auto. Er hatte keine Pläne, als er den Motor anließ, außer dem, vor Kate und der Versuchung zu fliehen, die sie darstellte. Am Ende war er etwa eine Stunde umhergefahren, bis er sich schließlich in Bastiens Einfahrt fand. Das Haus seines Bruders war dunkel und still, und er konnte spüren, dass sich niemand darin aufhielt. Er wollte die Einfahrt gerade wieder verlassen, als Bastiens Van neben ihm einbog.

Erleichtert stieg Lucern aus, ging auf seinen Bruder zu und

platzte damit heraus, welche Probleme er mit Kate hatte. Es dauerte lange. Er erzählte seinem jüngeren Bruder alles.

Als er fertig war, fragte Bastien nur: „Was wirst du tun?"

Lucern schwieg einen Moment. Darüber zu reden hatte ihm nicht geholfen, sich Klarheit zu verschaffen. Er war immer noch verwirrt. Und Verwirrung konnte er nicht ausstehen. Er konnte Störungen in seinem Leben absolut nicht leiden. Die Antwort schien einfach zu sein: Er musste die Ursache dieser Verwirrung loswerden.

„Ich werde tun, was immer ich tun muss, damit sie morgen zurückfliegt", verkündete er.

Da. Mit seinem Bruder zu reden hatte also doch geholfen.

Kate gähnte und streckte sich im Bett. Ein Lächeln umspielte ihre Lippen. Sie hatte schon seit Jahren nicht mehr so gut geschlafen. Und noch nie hatte sie sich beim Aufwachen so wunderbar gefühlt. Sie war so gelöst, so zufrieden! Mit überraschtem Blinzeln erkannte sie, dass das tatsächlich zutraf. Sie fühlte sich befriedigt. Ihr Körper war ein glücklicher Körper, warm und bereit zu tun, was immer sie wollte.

Sie stand auf und ging in die Dusche. Erst als sie sich summend wusch und mit der Seife über ihren Körper fuhr, fiel ihr der Traum wieder ein. Ihre Hände wurden langsamer, und sie riss die Augen auf, als die Erinnerungen deutlicher wurden: Lucern, der sie streichelte, an ihren Brüsten saugte, seinen Körper in ihren stieß …

Ein Kribbeln zog ihre Aufmerksamkeit auf ihre Brüste, und sie ließ verlegen die Hände sinken, als sie erkannte, dass sie sie unbewusst gestreichelt hatte. Ihre Nippel waren hart und aufrecht. Noch schlimmer, sie konnte die Feuchtigkeit zwischen ihren Beinen spüren, und das hatte nichts mit dem Duschen zu tun. Sie drehte sich in das laufende Wasser, stützte sich mit den

Händen gegen die Wand unterhalb des Duschkopfs und ließ das Wasser über ihren Körper laufen. Aber der Traum verblasste nicht – es war der lebhafteste, den sie je gehabt hatte.

Eine Minute befürchtete Kate sogar, es wäre mehr als ein Traum gewesen, dass es tatsächlich geschehen war und ihr nun nur wegen ihrer Verschlafenheit wie ein Traum vorkam. Aber dann schüttelte sie den Kopf über diesen albernen Gedanken. Wenn es wirklich geschehen wäre, hätte sie Küsse gewollt, und er hatte sie nicht ein einziges Mal geküsst. Sie hätte ihn an den Haaren gepackt und seinen Mund zu ihrem gezogen, wenn das notwendig gewesen wäre, aber sie hätte ihre Küsse bekommen. Sie mochte Küsse.

Nein, es war nicht geschehen, dachte sie und lachte leise über ihre eigene Erleichterung. Es war nur ein erstaunlich aufregender Traum gewesen. Ein *feuchter* Traum.

Über sich selbst lachend, beendete sie die Dusche und trat heraus, um sich abzutrocknen. Traum oder nicht, sie fühlte sich großartig. Sie war auch gegenüber ihrem Gastgeber recht wohlwollend gestimmt, weil ihr der Traum solches Vergnügen bereitet hatte. Es zählte nicht, dass er nichts damit zu tun gehabt hatte; er war der Star dieses Traums gewesen, und in diesem Traum hatte er sie in Ekstase versetzt. Ja. Er war ein toller Mann.

Mit strahlendem Lächeln zog Kate sich an, bürstete sich das Haar, verließ dann ihr Zimmer und eilte in die Küche. Sie würde Lucern Frühstück machen. Ein großes Frühstück. Und sie würde ihm ganz freundlich sagen, dass sie aufgegeben hatte, ihn zu einer Lesereise überreden zu wollen. Vielleicht würde er dann so erleichtert sein, dass er sich zu einem oder zwei Interviews bereit erklären konnte.

Also ging sie an die Arbeit: ein Steak, das immer noch blutete, Spiegeleier, Bratkartoffeln, Toast und Kaffee. Dann hatte sie ein Problem: Was tun? Alles war fertig, aber sie hatte immer noch keine Spur von Lucern bemerkt. Sollte sie an seine Schlafzimmertür klopfen und riskieren, ihn zu verärgern? Das würde ihr sicher nichts nutzen. Sollte sie das Frühstück auf einem Tablett nach oben bringen und zu seinem Bett tragen? Auch das schien keine gute Idee zu sein. Nach ihrem Traum von letzter Nacht hielt sie es für das Beste, sich von Lucern und von Betten fernzuhalten – sonst würde sie den armen Mann noch anspringen, in der Hoffnung, er wäre in Wirklichkeit so gut wie im Traum.

Seufzend betrachtete Kate den Tisch, den sie gedeckt hatte, dann warf sie einen Blick auf den Backofen, in den sie das Essen gestellt hatte, um es warm zu halten. Es würde sich dort wohl noch eine kleine Weile halten, aber nicht allzu lange. Sie beschloss, einfach die Unordnung zu beseitigen, die sie in seiner Küche angerichtet hatte, und wenn er dann immer noch nicht aufgestanden war, würde sie eben seine schlechte Laune riskieren und ihn aufwecken.

Sie entdeckte ein Radio auf der Küchentheke, schaltete es ein und fing an zu arbeiten, wobei sie sich zur Musik eines Classic-Rock-Senders bewegte.

Es war der kreischende Todesschrei eines Tieres, der Lucern weckte. Zumindest glaubte er das. Sofort setzte er sich auf, spitzte die Ohren und lauschte auf die Geräusche in seinem Heim.

Jemand klapperte in der Küche herum, und darüber hinaus konnte er den blechernen Klang von Musik hören. Aber das Kreischen, das ihn geweckt hatte, war keins dieser Geräusche gewesen. Hatte Kate vor Schmerzen geschrien?, fragte er sich und spürte, wie er sofort verkrampfte. Wurde sie gerade von einem Verrückten angegriffen, der seine Küche in Stücke zerlegte?

„Rahck-sanne!“

Lucern riss entsetzt die Augen auf, als die kreischende Stimme noch einmal erklang und über seine Nerven schabte wie Nägel über eine Tafel. Guter Gott, das war Kate, die versuchte zu singen!

Mit einem angewiderten Grunzen fiel er zurück, und die Erschöpfung überwältigte ihn. Er war erst im Morgengrauen eingeschlafen. Er war noch nicht bereit, schon wieder aufzuwachen.

„Roxanne!", kreischte es beharrlich.

Kate war offenbar der Ansicht, er sollte jetzt aufstehen.

Unwillig vor sich hinmurmelnd, verließ Lucern schließlich das Bett und taumelte ins Bad. Dort versuchte er, wach zu werden und seine schlechte Laune wegzuduschen. Er sagte sich, dass er Kate heute schließlich loswürde, danach würde er schlafen können. Das half nicht sonderlich. Er war unglaublich schlecht gelaunt, als er die Treppe hinunterstolperte.

Kate hörte Lucern auf der Treppe und stellte das Singen ein. Sie wirbelte zum Herd, griff nach den Topflappen, riss die Backofentür auf und holte in Windeseile das Frühstück heraus. Sie stellte gerade den Teller mit den Bratkartoffeln auf den Tisch, als Lucern in die Küche kam.

„Guten Morgen!", rief sie vergnügt.

Lucern zuckte zusammen und stöhnte, dann fiel sein Blick auf den Tisch, und seine Laune besserte sich ein wenig. Nun sah er eher überrascht aus. „Haben Sie das alles gemacht?"

„Ja", hauchte Kate. Sie seufzte erleichtert. Er schien offenbar nicht allzu verärgert zu sein, dass sie ihn geweckt hatte. Nur ein *wenig*. „Setzen Sie sich und essen Sie, bevor es kalt wird."

Er setzte sich hin und begutachtete, was es gab, dann langte er zu. Kate goss ihnen beiden Kaffee ein und schloss sich ihm an. Sie gestattete Lucern, in Frieden zu essen, und nahm sich vor, das Gespräch erst dann auf das Interview zu bringen, wenn er satt und zufrieden war.

Zu ihrem großen Erstaunen war das gar nicht notwendig.

Als Lucern fertig gegessen hatte und seinen Teller wegschob, stand Kate auf und griff nach der Kaffeekanne, um ihnen beiden nachzugießen. Als sie die Kanne zurückstellte, hatte sie sich schließlich zurechtgelegt, was sie zu ihm sagen würde, doch Lucern verkündete vollkommen unerwartet: „Eine einzige Veranstaltung."

Kate drehte sich verwirrt zu ihm um. „Eine einzige Veranstaltung?"

Lucern nickte. „Wenn das die einzige Möglichkeit ist, Sie loszuwerden, Kate C. Leever, werde ich eins von diesen Publicity-Dingern über mich ergehen lassen."

„Tatsächlich?" Sie versuchte, die Hoffnung zu dämpfen, die in ihr erwachte. Sie wartete auf den Haken.

„Ja. Aber der Deal beruht auf Gegenseitigkeit. Ich mache eine Veranstaltung mit. Eine einzige. Danach müssen Sie mich in Ruhe lassen."

„Okay", stimmte sie zu.

Lucern sah sie misstrauisch an. „Sie werden nicht anrufen und mich weiter nerven? Keine Expressbriefe mehr? Kein Campieren vor meiner Haustür?"

„Nein, das verspreche ich", sagte Kate feierlich.

„Sehr gut." Er seufzte. „Eine Veranstaltung – vielleicht dieses R. T.-Ding, das meine Mutter erwähnte."

Kate fielen beinahe die Augen aus dem Kopf. „Das R. T.-Ding?"

„Ja. Würde das ihre Bosse glücklich machen?"

„Oh ja", hauchte Kate und konnte ihr Glück kaum fassen. Sie hatte die Konferenz auf der Hochzeit Marguerite gegenüber erwähnt und zugegeben, das sie Lucern liebend gern überreden würde, daran teilzunehmen, hätte aber niemals zu hoffen gewagt, dass er zustimmen würde. Seine Mutter hatte sich offenbar der Sache angenommen. Kate kam zu dem Schluss, dass sie Marguerite Argeneau liebte. Marguerite war eine wunderbare Frau!

„Also gut. Dann arrangieren Sie es. Ich gebe das R. T.-Interview. Und dann werden Sie mich in Frieden lassen."

Kate warf einen Blick auf die Küchenuhr. Es war beinahe Mittag. Sie hatte zuvor angerufen und herausgefunden, dass es einen Flug um eins gab, einen um drei und einen um fünf. Sie hatte angenommen, sie würde einen der späteren nehmen müssen, und das konnte sie immer noch, wenn sie mehr Zeit mit ihm verbringen wollte. Aber dann begriff sie, was er gesagt hatte. *„Also gut. Ich gebe das R. T.-Interview."* R. T. hatte noch um kein Interview gebeten. Die einzige R. T.-Veranstaltung war die Konferenz. Hatte Lucerns Mutter ihn etwa getäuscht? *Bewusst* getäuscht?

„Äh … Luc, was genau hat Ihnen Ihre Mutter über diese R.-T.-Sache gesagt?"

Ihr Autor zuckte die Achseln. „Sie sagte: ‚Ich schlage vor, du sagst ihr, du machst dieses R. T.-Ding.' Sie glaubte, das sei wahrscheinlich das Beste für uns beide."

„Und mehr hat sie nicht gesagt?", fragte Kate vorsichtig.

Lucern nickte, dann fügte er hinzu: „Oh, und sie erwähnte, dass es eine Zeitschrift sei."

Kate musste nachdenken. Marguerite hatte ihren Sohn tatsächlich bewusst in die Irre geführt, und der einzige Grund dafür, den sie sich vorstellen konnte, bestand darin, dass Lucerns Mutter ihr helfen wollte. Kate fühlte sich irgendwie schuldig.

Einen Augenblick später ließ dieses Gefühl sie wieder los. Marguerite würde nichts tun, was ihrem Sohn schaden könnte. Und sie glaubte offenbar, dass er tatsächlich gehen würde. Und dass es gut für ihn sei. Kate würde ihr nicht widersprechen. Er hatte gesagt, er werde das R. T.-„Ding" machen. Dabei würde sie es belassen.

Und sie würde so schnell wie möglich hier verschwinden, bevor ihm klar wurde, dass es sich um eine Konferenz handelte und nicht nur um ein einzelnes Interview, und bevor er versuchen würde, sein Angebot zurückzunehmen.

„Oh! Mir war nicht klar, dass es schon so spät ist", keuchte sie und warf einen gespielt überraschten Blick auf ihre Armbanduhr. Dann lächelte sie Lucern liebenswert an. „Sie fragten, wann ich Sie in Frieden lassen werde. Nun, es gibt einen Flug um eins, den ich erwischen könnte, wenn ich mich ein bisschen beeile."

Und damit wirbelte sie aus der Küche.

Lucern starrte ihr nach. Er hatte gewollt, dass sie ging, aber ihr Eifer, ihm den Gefallen zu tun, war ein wenig verunsichernd. Er legte den Kopf schief und schaute zur Decke, als es über ihm anfing zu krachen und zu rumpeln. Offensichtlich beeilte sie sich wie verrückt. Es sah aus, als könnte sie sein Heim nicht schnell genug verlassen. Es schien auch, als wären schon beinahe all ihre Sachen gepackt gewesen, denn es dauerte nicht lange, bis er sie durch den oberen Flur eilen hörte.

Er verließ die Küche und sah, wie sie die Treppe herunterrannte. In dem Augenblick, als sie die unterste Stufe erreicht hatte, hupte draußen ein Auto.

„Oh!" Kate wandte sich in Richtung Küche, dann hielt sie inne. Sie lächelte erleichtert, als sie Lucern sah. „Da sind Sie ja! Gut! Mein Taxi ist hier, und ich wollte nicht gehen, ohne mich zu verabschieden."

„Taxi?", wiederholte Lucern ungläubig.

„Ja. Ich habe von meinem Zimmer aus angerufen, während ich packte. Mann, die sind wirklich schnell hier, was?"

Während Lucern sie einfach nur ausdruckslos anstarrte, wusste Kate einen Moment lang nicht, wie sie reagieren sollte. Schließlich griff sie wieder nach ihrem Koffer und sagte: „Also gut. Danke für alles. Ich weiß, dass ich ein unerwünschter Gast war, aber dafür haben Sie ganz gut mitgespielt, wenn man es recht bedenkt. Und ich bin Ihnen dankbar – oh, verdammt!", murmelte sie, als das Taxi wieder hupte.

„Warten Sie!", rief Lucern, als seine Lektorin sich umdrehte und die Haustür öffnete. Sie zögerte, winkte dem Taxi zu, damit der Fahrer wusste, dass sie auf dem Weg war, dann drehte sie sich wieder um. Lucern hatte nicht wirklich etwas zu sagen; es widerstrebte ihm nur, sie gehen zu sehen. Nachdem er lange nach etwas – irgendetwas – gesucht hatte, was er sagen sollte, fragte er schließlich: „Was ist mit dem Interview? Wann werden Sie das arrangieren? Und Sie sollten meine Telefonnummer haben, damit Sie anrufen und mich wissen lassen können, wann es stattfindet. Und auch meine E-Mail-Adresse", fügte er noch eilig hinzu.

„Äh …" Sie verzog das Gesicht, dann gab sie zu: „Ihre Mutter hat mir sowohl Ihre Nummer als auch die E-Mail-Adresse bereits gegeben."

„Tatsächlich?" Er war verblüfft, obwohl er wusste, dass er das nicht sein sollte. Nicht bei einer Mutter, die sich in alles einmischte.

„Ja." Kate bewegte sich ein Stück weiter aus dem Haus und sah einfach bezaubernd aus. Sie wirkte hin und her gerissen, als wollte sie ihm etwas sagen, wüsste aber nicht so recht, wie. Lucern war absolut hingerissen von ihr, als sie einen weiteren Schritt zur Seite tat und dann herausplatzte: „R. T. will kein Interview."

„Nein?"

„Nein. Das R. T.-Ding, von dem Ihre Mutter sprach, ist eine *Konferenz.*" So etwas wie Schmerz zeichnete sich auf ihrem Gesicht ab, dann, während Lucern noch versuchte zu begreifen, fügte sie hinzu: „Aber machen Sie sich keine Gedanken. Sie werden es nicht bereuen. Ich werde bei Ihnen sein und die ganze Zeit auf Sie aufpassen." Sie bewegte sich immer noch zur Seite und hatte es beinahe durch die Tür geschafft, als sie hinzufügte:

„Ich schicke Ihnen sämtliche Informationen und die Tickets und hole Sie vom Flughafen ab und alles. Also, machen Sie sich keine Gedanken!"

Das Taxi hupte erneut.

„Ich muss gehen!", rief Kate und zog die Tür ins Schloss. Das Geräusch hallte durchs Haus, gefolgt von ihren raschen Schritten auf der Verandatreppe. Dann wurde es still.

Lucern war wie erstarrt. Es war, als hätte ihm jemand einen Schlag vor den Kopf verpasst. Konferenz? Seine Mutter hatte nichts von einer Konferenz gesagt. Sie hatte gesagt, *Romantic Times* sei eine Zeitschrift. Ein Buchclub. Jemand, der ein Interview haben wollte. Kate war wohl durcheinander. Guter Gott, das wollte er nur für sie hoffen!

Er eilte zur Tür und starrte durch das Buntglas, als das Taxi losfuhr. Dann schaute er dem Auto hinterher.

Er blieb einen Moment stehen. Er würde diese Zeitschrift im Internet nachsehen, nur um sich zu überzeugen, dass sie wirklich verwirrt gewesen war.

Keine drei Minuten später hallte sein Brüllen durchs Haus.

7

„Ich werde es *nicht* tun“, verkündete Lucern, und in dieser ruhigen Erklärung schwang gewaltiger Zorn mit.

„Oh doch.“ Marguerite fügte ein weiteres Wort in ihr tägliches Kreuzworträtsels ein. Sie hatte an dem verdammten Ding gearbeitet, seit er eingetroffen war.

Marguerite konnte den Geruch und den Lärm der Stadt nicht ausstehen. Lucerns Vater Claude hatte das auch nicht gemocht. Außerdem bedeutete Leben in der Stadt für sie, alle zehn Jahre umziehen zu müssen, um keine unerwünschte Aufmerksamkeit auf sich zu ziehen, weil sie scheinbar nicht älter wurden. Lucerns Eltern hatten schließlich all das gemieden, indem sie eine Autostunde von Toronto entfernt mehrere Grundstücke gekauft und ihr Heim dort gebaut hatten. Daher hatten sie keine Nachbarn, die nahe genug waren, dass man sich Sorgen machen musste, und sie brauchten nicht mehr umzuziehen, wenn sie das nicht wollten. Zumindest hatten sie in den dreißig Jahren, seit sie ihr Haus gebaut hatten, nicht mehr umziehen müssen.

In diesem Herrenhaus der Familie saß Lucern nun also und sah zu, wie seine Mutter ein weiteres Wort eintrug. Er hatte keine Ahnung, warum sie ihre Zeit mit verdammten Kreuzworträtseln verschwendete; ein jahrhundertelanges Leben kombiniert mit einem eidetischen Gedächtnis hatten zur Folge, dass so etwas keine wirkliche Herausforderung sein konnte. Er zuckte die Achseln, sah sie erbost an und wiederholte: „Ich tue es nicht.“

„Doch.“

„Nein.“

„Doch."

„Nein."

„Doch."

„Also gut, Ihr beiden, hört auf", unterbrach Bastien sie. Er war zum Familiensitz gefahren, nachdem Lucern ihn angerufen und unverständliches Zeug darüber geredet hatte, dass man ihn getäuscht und gedroht hatte, er werde ihrer kostbaren Mutter den Hals umdrehen. Bastien hatte nicht wirklich geglaubt, dass sein Bruder das in die Tat umsetzen würde, aber Neugier hatte ihn dazu gebracht, zum Familiensitz zu kommen, um zu sehen, was passieren würde. Er war kurz nach Lucern eingetroffen und wusste immer noch nicht, worüber Lucern sich so aufregte.

Aber er wollte es nur zu gern wissen. Es passierte nicht oft, dass Lucern solches Feuer in den Augen hatte. Mürrisch, säuerlich, reizbar? Ja, all das war Lucern. Aber wild vor Zorn? Nein. Kate C. Leever hatte ein Feuer in ihm entfacht, wie es Bastien in all seinen fünfhundert Jahren noch nicht gesehen hatte. Und Bastien war sicher, dass auch dieser Ausbruch etwas mit der unschätzbaren Lektorin zu tun hatte. Luc hatte ihren Namen mehrmals wie einen Fluch ausgestoßen, als er am Telefon tobte. Tatsächlich hatte das zu den wenigen Worten gehört, die Bastien verstanden hatte.

Er wandte sich seinem Bruder zu. „Was ist denn nun los, Luc? Ich dachte, du hättest dich bereit erklärt, dieser *Romantic Weekly* ein Interview zu geben, um Kate loszuwerden. Was ist denn passiert, dass du deine Meinung auf einmal geändert hast?"

„*Romantic Times*", verbesserte Luc automatisch. „Und es ist kein verdammtes Interview – *das* hat sich verändert! Es ist eine verdammte Konferenz."

„Eine Konferenz?" Bastien warf seiner Mutter einen misstrauischen Blick zu. „Wusstest du das?"

Marguerite Argeneau zuckte milde die Schultern – näher

würde sie einem Geständnis nicht kommen. „Ich sehe nicht, was daran so problematisch sein soll. Nur ein paar Tage in einem Hotel mit ein paar Lesern."

„Fünf Tage, Mutter", fauchte Lucern. „Fünf Tage in einem Hotel mit etwa fünftausend Fans. Und dann sind da die Bälle, Signiertermine und ..."

„Ein Signiertermin", unterbrach ihn seine Mutter. „Ein einziger, und es sind noch ein paar Hundert andere Autoren dort. Du wirst nicht im Mittelpunkt stehen. Tatsächlich wirst du von Glück reden können, wenn sich überhaupt jemand für dich interessiert."

Lucern ließ sich nicht beruhigen. „Und was ist mit den Bällen und Preisverleihungen und –"

„All diese Veranstaltungen finden im Hotel statt. Du wirst nicht riskieren müssen, in die Sonne zu gehen. Und –"

„Ich werde nicht riskieren müssen, in die Sonne zu gehen, weil ich es nicht machen werde", brüllte Lucern. „Ich kann nicht gehen."

„Doch, das kannst du", begann Marguerite mit fester Stimme, aber Bastien unterbrach sie. „Warum kannst du nicht gehen?", fragte er Lucern.

„Es ist in den Staaten, Bastien", sagte sein Bruder finster. „Ich komme doch bestimmt nicht durch den Zoll! Und ich kann keine fünf Tage ohne Blut sein." Streng genommen würde er das zur Not schaffen können, aber es würde nicht sehr angenehm sein. Krämpfe würden ihn peinigen, und sein Körper würde anfangen, sich selbst zu verschlingen.

Bastien runzelte die Stirn. „Ich könnte dir Blut zuschicken, sobald du dort bist. So etwas tun wir oft."

„Da. Siehst du?", sagte Marguerite triumphierend. „Du gehst also."

„Danke, Bruder." Lucern sah den jüngeren Mann erbost an,

dann warf er seiner Mutter einen wütenden Blick zu. „Ich gehe *nicht!*", beharrte er eigensinnig.

„Du hast dein Wort gegeben."

„Man hat mich betrogen, sonst hätte ich das nie getan. Du hast mich glauben lassen, es ginge um ein Interview."

„Ich habe nie gesagt, es wäre ein Interview", widersprach Marguerite. Dann betonte sie: „Du hast dein Wort gegeben, dass du gehen würdest, und du wirst gehen."

„Ich habe vielleicht mein Wort gegeben, aber keinen Vertrag oder so etwas unterschrieben. Ich gehe nicht."

Marguerite setzte sich ruckartig auf, als hätte er sie geschlagen. Nun sprach sie mit kalter, schneidender Stimme. „Früher einmal war das Wort eines Mannes verbindlich."

Lucern verzog das Gesicht. „Ja, früher einmal", knurrte er. „Die Zeiten haben sich aber geändert. Heutzutage braucht ein Mann nichts zu tun, solange er sich nicht schriftlich dazu verpflichtet hat."

„In diesen modernen Zeiten, ja", gab sie zu und sah ihn aus zusammengekniffenen Augen an. „Aber so bist du nicht erzogen worden, Lucern Argeneau. Bist du kein Mann mehr, der sein Wort hält?"

Luc biss die Zähne zusammen, und seine Wut und seine Hilflosigkeit taten sich Unheil verkündend zusammen. Seine Mutter fuhr die großen Geschütze auf, stellte seine Ehre in Frage und nannte ihn bei seinem vollen Namen, um zu zeigen, wie sehr sie sich schämte, dass er auch nur in Erwägung zog, sein Wort nicht zu halten. Würde er es wirklich fertigbringen, sie zu enttäuschen?

Kate kaute an ihrem Daumennagel, während sie am Arrivals Gate auf und ab ging. Ihr Flugzeug war früh gelandet, und Lucern Argeneaus Maschine hatte Verspätung, was bedeutete, dass sie schon beinahe zwei Stunden wartete. Und sie war nicht einmal sicher, ob Lucern überhaupt an Bord war.

Sie hatte ihm die Tickets und alle Informationen über die *Romantic-Times*-Konferenz am Tag nach ihrem Abflug aus Toronto geschickt. Immerhin hatte sie darauf keine Antwort erhalten, die verkündete, Lucern werde *nicht* kommen, aber auch keine Nachricht, die das Gegenteil besagte. Nach allem, was Kate wusste, hatte er ihren verdammten Brief vermutlich nicht einmal gelesen. Wie üblich. Sie hätte anrufen können – sie hatte jetzt schließlich die Nummer –, musste aber plötzlich feststellen, dass sie zur Feigheit neigte. Sie hatte nicht angerufen, aus Angst, dass er ihr sagen würde, wo sie sich ihre Tickets hinstecken sollte.

Seufzend drehte sie sich um und ging wieder den Weg zurück, den sie gekommen war. Seit sie Toronto verlassen hatte, waren vier Wochen und drei Tage vergangen. Bei Roundhouse Publishing hatte man ihr zu ihrem Erfolg gratuliert. Allison war verblüfft gewesen, dass Kate etwas erreicht hatte, wo Edwin nichts hatte ausrichten können – eine Information, die sie bisher nie preisgegeben hatte. Es sah aus, als sei Kates Job doch nicht gefährdet gewesen, aber dass sie Lucern überzeugt hatte, an der Konferenz teilzunehmen, hatte ihr Ansehen deutlich erhöht. Allison war nun sicher, dass Kate „es schaffen" würde. Ihre Stellung war sicher.

Wenn sie nicht irgendwelche größeren Fehler machte, dachte Kate bei sich. Das schloss sicher auch ein, dass Lucern einfach nicht erschien, nachdem der Verlag so viel Geld investiert hatte, ihn anzumelden, seine Erste-Klasse-Flugtickets zu kaufen und die vierräumige Suite zu buchen, auf der sie bestanden hatte. Kate hatte Allison gesagt, sie habe Lucern diese Dinge versprochen. Und in gewisser Weise hatte sie das auch getan; sie hatte ihm auf dem Weg aus der Tür versprochen, dass er es nicht bedauern würde zu kommen und dass sie die ganze Zeit bei ihm sein würde, um dafür zu sorgen, dass alles gut ging.

Sie hatte während des Heimflugs nach New York darüber nachgedacht, wie sie ihn am ehesten glücklich machen könnte, aber befürchtet, wenn sie am Montag ins Büro käme, eine Nachricht von Lucern vorzufinden, dass er sich weigerte, an der Konferenz teilzunehmen. Also hatte sie all diese Vorkehrungen getroffen, um ihn überzeugen zu können. Offenbar waren ihre Befürchtungen umsonst gewesen, aber sie hatte dennoch wie geplant für all diese Dinge gesorgt.

Sie würde beinahe vierundzwanzig Stunden am Tag an Lucerns Seite sein, und wenn sie nicht dort sein konnte – zum Beispiel, wenn er die Herrentoilette benutzte oder wenn sie davonschlüpfen musste, um aufs Damenklo zu gehen –, würde sonst jemand da sein. Sie hatte Chris Keyes, einen der Lektoren bei Roundhouse, gebeten, ihr bei diesem Unternehmen zu helfen.

Sie war bereit gewesen, zu betteln, zu bestechen und sogar Erpressung anzuwenden, um die Cheflektorin dazu zu veranlassen, ihn freizustellen, damit er ihr helfen konnte, aber am Ende war nichts davon notwendig gewesen. Trotz der Tatsache, dass Chris eine Herde eigener Autorinnen hatte, um die er sich auf der Konferenz kümmern musste, hatte er sofort zugestimmt, ihr behilflich zu sein.

Kate nahm an, die Aussicht, sein eigenes Zimmer in einer Drei-Schlafzimmer-Suite zu erhalten statt ein normales Zweibettzimmer mit Tom, dem stellvertretenden Werbeleiter, teilen zu müssen, hatte dabei eine entscheidende Rolle gespielt. Aber C. K., wie sie ihn manchmal nannte, war auch ein großer Fan von Lucerns Vampirserie. Chris hatte Kate nach ihrer Rückkehr aus Toronto mit Fragen über den Mann nur so gelöchert, aber sie hatte nur geantwortet: „Du wirst ihn bald kennenlernen. Du wirst schon sehen." Auf keinen Fall wollte sie ihn im Vorhinein damit verschrecken, dass sie ihm mitteilte, wie mürrisch Lucern war.

Ein Anwachsen des Lärms ringsum lenkte ihre Aufmerksamkeit auf eine Menschenmenge, die den Gang entlangkam. Das Flugzeug war gelandet, und sie würde bald herausfinden, ob Lucern tatsächlich gekommen war. Sie betete, dass seine Mutter ihn dazu angetrieben hatte, aber sie hatte Zweifel, ob selbst eine so beeindruckende Frau wie Marguerite dazu in der Lage sein würde.

Angespannt ließ Kate den Blick über die Menge von Gesichtern schweifen. Offiziell begann die Konferenz am Mittwoch, aber sie hatte für Lucern einen Dienstagabendflug gebucht, um zu verhindern, dass er seine Sonnenallergie als Ausrede benutzen konnte, nicht zu erscheinen. Sie und Chris waren ebenfalls früher geflogen, um ihn zu treffen. Sie waren nur eine Stunde vor seinem offiziellen Landetermin eingetroffen. Wegen der knappen Zeit hatte Kate vorher nicht zum Hotel fahren und einchecken können, sodass Chris netterweise ihr Gepäck mitgenommen hatte und zum Hotel gefahren war, während Kate auf Lucerns Flug wartete.

Nun, da Lucerns Flug so viel Verspätung hatte, hätte sie auch mit Chris gehen und ein Glas oder drei trinken können, bevor sie zum Flughafen zurückkehrte. Sie war so nervös wegen dieser Konferenz, dass sie anfing, Magenprobleme zu entwickeln. Vielleicht war es sogar ein Magengeschwür – sie hatte gehört, dass Lektoren häufig unter dieser Art Beschwerden litten.

Kates Gedanken brachen abrupt ab, als sie einen Mann entdeckte, der zuvor irgendwo im hinteren Teil der Menge gewesen war. Diesen muskulösen Körper und die herrische Art den Kopf zu halten, hätte sie überall erkannt. *Lucern*. Er kam auf sie zu, und seine langen Beine trugen ihn schnell in den vorderen Bereich der Menge neu eingetroffener Passagiere.

„Danke, Marguerite", flüsterte sie, und es machte ihr nicht einmal etwas aus, dass Lucern so missmutig aussah wie immer. Sie hätte nichts anderes erwartet. Er war hier, und nichts anderes zählte. Sie lächelte erleichtert und ging ihm entgegen.

„Sie sind tatsächlich gekommen." Sie hatte nicht vorgehabt, das laut zu sagen oder ihre Erleichterung zu zeigen, aber nun war es heraus.

Lucern verzog das Gesicht. „Ich sagte doch, dass ich kommen würde. Ich halte mein Wort."

Kate schenkte ihm ein strahlendes Lächeln, dann warf sie einen Blick auf seinen Koffer, die Reisetasche, Aktentasche und den Laptop. „Lassen Sie mich Ihnen etwas abnehmen."

Sie nahm die Aktentasche und den Laptop, bevor er sie daran hindern konnte. Er schien über diese Hilfe nicht erfreut zu sein.

„Ich kann meine Sachen selbst tragen, vielen Dank", verkündete er steif und versuchte, ihr das Gepäck wieder abzunehmen. Kate ignorierte das einfach, drehte sich um und ging ihm voran, wobei sie mit entschlossener Fröhlichkeit weiterplapperte: „Chris ist schon zum Hotel vorgefahren, um uns einzuchecken, also brauchen wir nur hinzufahren und auf die Zimmer zu gehen. Ich habe Ihren Flug für heute Abend bestellt, weil ich mich erinnerte, dass Sie allergisch gegen Sonne sind. Also hielt ich es für das Beste, einen Flug für den späten Nachmittag zu buchen, sodass Sie am frühen Abend eintreffen würden, was ich für besser hielt, als am Tag aufzubrechen und anzukommen. Außerdem verschafft uns das einen freien Abend, um uns ein wenig zu entspannen, bevor morgen die anderen auftauchen."

Lucern hatte Kates Rücken angestarrt – oder genauer gesagt, ihren herzförmigen Po –, aber bei diesen Worten schoss sein Blick ruckartig in die Höhe und er verzog das Gesicht. Er hatte sich schon gewundert, wieso sein Flug für den Vorabend der

Konferenz gebucht worden war, aber einfach angenommen, dass das so üblich sei. Jetzt wusste er, dass sie es um seinetwillen getan hatte. Oder genauer gesagt, weil sie befürchtete, er könnte sich weigern, wegen seiner „Allergie" am Tag zu fliegen. Wie ärgerlich, jetzt musste er auch noch dankbar sein!

„Hier sind wir."

Lucern hatte überlegt, ob er eine Bemerkung darüber machen sollte, dass es aufmerksam von ihr gewesen war, einen Abendflug zu buchen, hatte es aber wieder aufgegeben, als er das Auto sah, neben dem sie stehen blieb. Es war eine schwarze, kleine Limousine. Sie reichte dem Fahrer den Laptop und die Aktentasche, dann drehte sie sich um und versuchte, Lucerns Reisetasche zu nehmen, während sie wartete, dass der Fahrer die Gegenstände in den Kofferraum lud. Lucern verzog missbilligend das Gesicht und gab sein Gepäck nicht aus der Hand. Er ging zum Kofferraum und stellte die Sachen selbst hinein. Diese alberne Frau versuchte sicher nur zu helfen, aber Lucern war daran gewöhnt, dass es andersherum war. In dem Zeitalter, in dem er aufgewachsen war und die meisten seiner Ansichten sich herausgebildet hatten, wäre man davon ausgegangen, dass *er* ihre Sachen trug – und nicht umgekehrt.

Der Fahrer schloss den Kofferraum und führte Lucern zur hinteren Fahrgasttür, wo Kate bereits stand. Offenbar gefiel es ihr nicht, dass Lucern so höflich gewesen war, ihre Hilfe abzulehnen. Lucern fand das wirklich ärgerlich. Jemand sollte dieser albernen Person einmal beibringen, dass Männer schließlich die körperliche Kraft hatten, die Lasten des Lebens zu tragen. Frauen verfügten über Schönheit, um die Männer zu erfreuen. Er kam zu dem Schluss, sie am besten zu ignorieren, und folgte ihr auf den Rücksitz, als der Fahrer die Tür öffnete, dann setzte er sein würdevollstes Für-mich-existierst-du-überhaupt-nicht-Gesicht auf und starrte geradeaus.

Sobald die Tür geschlossen wurde, war er von einer Wolke ihres quälend verlockenden Parfums umhüllt. Er wusste nicht, um welche Marke es sich handelte, aber es sollte nur mit einer Warnung verkauft werden: „Diese Substanz ist berauschend und könnte bei denen, die sie einatmen, Verwirrung hervorrufen." Er selbst litt jedenfalls darunter

Das Ganze verärgerte ihn ungemein. Er hatte sich vier Wochen lang betrogen gefühlt, seit sie aus seinem Haus gestürmt war, und seinen Zorn gehätschelt. Aber jetzt, als der Duft ihres Parfums ihn umgab, wurde sein Ärger von einer vollkommen anderen, nicht weniger leidenschaftlichen Reaktion beiseitegeschoben.

Männer haben ein schreckliches Handicap, dachte er angewidert, als er feststellte, dass sein Zorn von Begierde verdrängt wurde. Das Verblüffende war, dass er beinahe sechshundert Jahre gebraucht hatte, um das zu begreifen.

„Ich habe mein Bestes getan, um dafür zu sorgen, dass hier alles so bequem wie möglich für Sie ist", sagte Kate nun und riss ihn damit aus seinen Gedanken. „Und ich würde Ihnen gern kurz einen Überblick über das geben, was ich arrangiert habe. Wenn Sie dann irgendwelche Vorschläge haben, könnte ich mich vielleicht heute Abend noch darum kümmern, sodass alles bereit ist, wenn die anderen eintreffen. Okay?"

Lucern brummte zustimmend und bereute es im selben Augenblick, als sie aus ihrer geräumigen Tasche einen Ordner zog und zu ihm rutschte, damit er hineinschauen konnte. Er wollte wirklich nicht, dass sie noch näher bei ihm saß. Ihr Duft brachte ihn schon genug durcheinander; sie auch noch zu spüren, würde …

Lucern holte tief Luft und seufzte, als sie den Ordner öffnete und dabei unbeabsichtigt seinen Arm streifte. Dann fiel sein Blick auf die obersten Tagesordnungspunkte. Er runzelte die

Stirn. „Wenn man diesem Plan glauben kann, beginnt die Konferenz am Sonntag."

„Nein", sagte Kate. Dann verbesserte sie sich. „Also gut, ja. Sie haben einige Veranstaltungen für Leute, die früher kommen wollen, aber der offizielle Beginn ist morgen."

„Hm." Lucern beschloss, den Mund zu halten. Er sollte dankbar sein, dass sie ihn nicht gezwungen hatte, auch noch den ganzen Vor-Konferenz-Mist mitzumachen.

„So", sagte seine Lektorin mit demonstrativer Fröhlichkeit. „Morgen geht es mit dem Morgenspaziergang mit den Cover-Models los. Dann ein Brunch …"

„Was zum Geier ist ein Morgenspaziergang mit Cover-Models?", unterbrach Lucern. Er hatte die Tagesordnung selbstverständlich schon gesehen – sowohl im Internet als auch in den Unterlagen, die sie ihm geschickt hatte. Aber die aufgelisteten Veranstaltungen waren dort nicht näher beschrieben worden.

„Äh … das weiß ich auch nicht so genau", gab sie zu. Sie räusperte sich, und ihr Lächeln wirkte nun ein wenig angestrengt. „Aber das macht nichts – Sie brauchen nicht teilzunehmen."

„Nein?" Er sah sie misstrauisch an. Etwas, von dem sie nicht wollte, dass er daran teilnahm? Das kam ihm seltsam vor. Er war sicher gewesen, dass sie ihn zu jeder einzelnen Veranstaltung zerren würde.

„Nein. Ihre ersten offiziellen Veranstaltungen werden der Willkommensbrunch und die R. T.-Preisverleihung sein."

Lucern nickte. Das klang nicht so schlecht. Essen konnte er. Obwohl die Preisverleihungen wahrscheinlich langweilig sein würden.

„Dann gibt es den Leser-und-Autorentreff mit Diskussionsmöglichkeit", fuhr sie fort. „Allison und Chuck möchten, dass Sie dort erscheinen."

„Wer sind Allison und Chuck?"

„Allison ist die Cheflektorin, meine Chefin", erklärte Kate. „Und Chuck ist der Verleger. Sie erwarten, dass Sie am Leser-und-Autorentreff teilnehmen."

Lucern verzog das Gesicht. „Was ist das?"

„Es ist ..." Einen Augenblick schien sie nicht zu wissen, was sie sagen sollte. „Nun, die Verlage – zumindest die meisten – mieten einen Empfangsraum im Hotel, und Autoren und Lektoren sprechen mit den Lesern, die vorbeikommen."

„Sie wollen, dass ich mit Leuten rede?", fragte er entsetzt. Lieber Gott, er hätte die Lesereise machen sollen! Das wäre weniger lästig gewesen; er hätte nur seinen Namen schreiben müssen.

„Selbstverständlich will ich, dass Sie mit Leuten sprechen", sagte Kate gereizt. „Das können Sie doch. Ich habe Sie schon sprechen sehen." Dann schwieg sie und sah ihn an, und ihre Miene wurde immer alarmierter. Sie biss sich auf die Lippe. „Oder vielleicht sollten wir das auslassen. Nein, Allison und Chuck würden Zustände bekommen. Sie müssen gehen." Sie seufzte schwer. „Verdammt! Das ist nicht gut."

„Nein, das ist es nicht", stimmte Lucern nickend zu. Dann fuhr er überrascht herum, als die Tür neben ihm aufgerissen wurde. Sie waren offenbar am Ziel angekommen. Ohne dass er es bemerkt hatte, hatte der Wagen angehalten, und der Fahrer wartete nun, um ihm beim Aussteigen behilflich zu sein. Lucern nickte ihm zu, stieg aus und nahm dann Kates Hand, als sie ihm folgte.

„Wir werden heute Abend an Ihnen arbeiten müssen", schloss sie, als sie sich neben ihm aufrichtete.

Lucern erstarrte und ließ ihre Hand fallen. „An mir arbeiten?"

„Ja. An Ihnen arbeiten", erwiderte Kate. Sie folgten Lucerns Gepäck ins Hotel. Es stand auf einem Trolley und wurde von einem uniformierten Pagen gezogen. Offenbar hatte der Fahrer es schon ausgeladen, bevor er ihnen die Tür geöffnet hatte.

„An mir muss niemand ‚arbeiten'", verkündete Lucern gereizt, als sie am Fahrstuhl stehen blieben.

„Doch, Lucern, und zwar dringend." Kate lächelte dem Pagen freundlich zu, als sich die Türen öffneten und er ihnen bedeutete einzutreten.

„Nein", beharrte Lucern, folgte ihr und drückte sich gegen sie, um Raum für den Gepäcktrolley zu lassen.

„Können wir das später besprechen?"

Kate nickte ungeduldig zu dem Pagen hin und drückte den Knopf für ihr Stockwerk. Zumindest nahm Lucern an, dass es sich um ihr Stockwerk handelte. Er hatte keine Ahnung, aber sie hatte erwähnt, jemand namens Chris habe sie bereits eingecheckt. Er nahm an, Chris sei eine weitere Lektorin. Er fragte sich, ob sie genauso nervtötend sein würde wie Kate.

Er warf einen Blick zu dem Pagen hinüber, denn es verwirrte ihn, dass Kate die Diskussion verschieben wollte. Der Mann war ein Diener und kaum ihrer Aufmerksamkeit wert. Aber er wollte nicht streiten. „Nein. Es gibt nichts zu diskutieren. Sie brauchen nicht an mir zu arbeiten."

„Doch", verkündete Kate. „Und jetzt will ich nicht mehr darüber reden."

„Es gibt nichts, worüber wir reden müssen."

„Doch", fauchte sie.

Der Page lachte leise, und Lucern starrte ihn wütend an. Es hatte einmal Zeiten gegeben, in denen Diener ihren Platz kannten und sich bei solchen Diskussionen taub und stumm gestellt hätten. Aber das war wohl aus der Mode gekommen. Er vergaß immer wieder, wie unhöflich die Welt geworden war.

Die Türen gingen wieder auf, und der Page schob den Trolley hinaus, dann führte er sie einen endlos langen Flur entlang. Am

Ende desselben blieb er stehen, holte einen Kartenschlüssel heraus, öffnete die Tür und schob dann den Trolley hinein.

„In welchen Raum soll ich diese hier bringen, Ma'am?", fragte er in der Mitte eines großen Wohnzimmers.

Seine Frage entrang Lucern ein weiteres Stirnrunzeln. *Er* war der Mann; der Bursche hätte *ihm* diese Frage stellen sollen.

„Ich bin nicht sicher. Stellen Sie es einfach hier ab. Wir kommen schon zurecht. Danke." Kate nahm den Kartenschlüssel entgegen und reichte dem Kerl ein Trinkgeld, was Lucern erneut das Gesicht verziehen ließ. *Er* war der Mann, er hätte dem Pagen Trinkgeld geben sollen. Er hätte aufmerksamer sein müssen. Seine einzige Entschuldigung bestand darin, dass er einen langen Tag hinter sich hatte. Sein Flug war um drei Uhr nachmittags gestartet, aber er hatte gegen eins schon zum Flughafen fahren müssen, um genug Zeit für die Sicherheitsprozeduren zu haben. Er hatte einen Anzug, einen Hut und eine Sonnenbrille getragen und eine dicke Schicht Sonnenschutz aufgetragen, aber natürlich war dennoch einiges an Sonnenlicht durchgedrungen. Sein Körper hatte Schaden genommen, den sein Blut bereits behob. Er fühlte sich ausgelaugt und musste unbedingt etwas essen – ein Zustand, den er inzwischen mit Kate Leever zu assoziieren begann.

Das Klicken einer Tür, die sich schloss, ließ ihn wieder aufblicken, und er griff ihren Streit sofort wieder auf. „Sie brauchen nicht an mir zu arbeiten."

„Lucern", begann seine Lektorin müde. Plötzlich verlor sie die Geduld und sagte grimmig: „Also gut. Sie tragen den Namen einer Molkerei, sehen aus wie ein Möchtegern-Angel und reden wie eine schlechte Imitation von Bela Lugosi. Natürlich muss man an ihnen arbeiten!"

„Wow, Kate!"

Lucern drehte sich um und sah einen hochgewachsenen,

schlanken blonden Mann hereinkommen, der langsam in die Hände klatschte und sich ein Grinsen nicht verkneifen konnte. „Du musst mir wirklich beibringen, wie man mit Autoren umgeht. Diese Methode ist mir vollkommen neu."

„Ach, Chris", Kate seufzte unglücklich.

„Das ist Chris?", fragte Lucern erschrocken.

Seine Lektorin versteifte sich wieder, aber sie sagte einfach: „Ja."

„Sie haben nie erwähnt, dass es sich um einen Mann handelt. Schicken Sie ihn weg."

Kate kniff die zornig blitzenden Augen zusammen. „Hören Sie mal, Lucern …"

„Nein", warf Chris ein. Er hob die Hände in einer versöhnlichen Geste. „Kate, er klingt überhaupt nicht wie Bela Lugosi. Der unangenehme Akzent fehlt."

Kates Zorn richtete sich nun gegen ihren Mitarbeiter. „Ich meinte, dass er altmodische Begriffe verwendet."

Chris zog nur eine Braue hoch. Einen Augenblick später fügte er hinzu: „Und sein Haar ist zu dunkel für einen Möchtegern-Angel."

„Sei still und halte dich da raus."

Der Lektor lachte und war offenbar nicht gekränkt. „Und Allison und Chuck machten sich schon Sorgen, du würdest mit diesem Kerl nicht zurechtkommen."

„Wer *ist* dieser Herr?", fragte Lucern Kate steif. Wenn sie jetzt sagen würde, er sei ihr Mann, Freund oder Geliebter, könnte es durchaus zu Gewalttätigkeiten kommen.

„Chris Keyes", verkündete Kate. „Er ist ebenfalls Lektor bei Roundhouse. Chris, darf ich dir Lucern Argeneau alias Luke Amirault vorstellen, den Vampirschriftsteller?"

„Es ist mir ein Vergnügen, Mr. Argeneau." Der schlaksige Lektor kam auf Lucern zu und streckte die Hand aus.

Lucern schüttelte sie automatisch, aber er fragte: „Sie sind ebenfalls Lektor?“

Keyes nickte.

„Was lektorieren Sie denn?“

„Liebesromane, genau wie Kate.“

Lucern nickte bedächtig, dann fragte er hoffnungsvoll: „Sind Sie homosexuell?“

Chris Keyes riss schockiert die Augen auf.

„Lucern!“

Lucern sah Kate verärgert an. Sie klang genau wie seine Mutter, wenn sie ihn so anbellte. Er bemerkte, dass seine Lektorin abwechselnd errötete und blass wurde und ließ die Ähnlichkeit mit seiner Mutter lieber unerwähnt.

Ein plötzlicher Lachanfall lenkte seine Aufmerksamkeit zu Chris zurück. Die verblüffte Miene des jungen Mannes hatte einem tief aus dem Bauch kommenden Lachen Platz gemacht. Lucern wartete geduldig darauf, dass er sich wieder beruhigte.

Als Chris' Heiterkeit zu einem leisen Lachen verklungen war, fragte er: „Wie kommen Sie denn auf eine solche Frage?“

„Sie sind Lektor für Liebesromane. Das ist ein Frauenberuf.“

„Ah.“ Chris grinste. „Aber Sie schreiben welche. Sind Sie schwul?“

Lucern starrte ihn einen Moment an, dann grinste er betroffen. „Touché.“

Kate fand das gar nicht komisch. Sie trat zwischen die beiden und schaute zu Lucern auf. „Chris war so freundlich, sich an diesem Wochenende ebenfalls um Sie zu kümmern. Seien Sie gefälligst nicht so unhöflich zu ihm.“ Sie verzog das Gesicht und fügte hinzu: „Jedenfalls nicht unhöflicher, als Sie es ohnehin schon sind.“

Lucern erwiderte ihren verärgerten Blick. „Ich brauche niemanden, der sich um mich kümmert.“

„Sie …“

„Kate“, unterbrach Chris. „Es wird spät. Wenn du immer noch zu Bobbis Eröffnungsparty gehen willst, solltest du vielleicht …“

„Oh, verdammt!“ Kate warf einen Blick auf die Uhr. Sie schien Lucern vollkommen zu vergessen und fragte ihren Kollegen: „Wo hast du mein Zeug hingeräumt? Es ist eine Western-Party. Ich muss mich umziehen.“

„Ich hab deine Sachen in dieses Zimmer dort gebracht.“ Chris zeigte auf eine Tür rechts. „Wenn es dir nicht gefällt, können wir später immer noch tauschen.“

Kate nickte nur. Sie eilte in das Zimmer und warf die Tür hinter sich zu. Chris schüttelte nur den Kopf.

Lucern schaute ihr verärgert hinterher. Falls sie erwarten sollte, dass er zu dieser Party ging, stand ihr eine Überraschung bevor. Er hatte nicht vor, direkt nach seiner Ankunft zu einer Party mit Westernmotto zu gehen.

„Damit bleiben nur noch wir beide übrig, Luc“, sagte Chris vergnügt. Lucern überlegte sich die Sache mit der Party noch einmal. Kate würde dort sein. Dieser Kerl nicht.

„Warum sind Sie hier?“, fragte er den Lektor.

Chris grinste. „Ich soll auf Sie aufpassen. Wenn Kate nicht bei Ihnen sein kann. Wie heute Abend.“

„Auf mich aufpassen?“, wiederholte Lucern. „Wieso das denn?“

Chris schürzte die Lippen und dachte nach. Dann grinste er. „Sie waren noch nie auf einer *Romantic-Times*-Konferenz, oder, Luc?“

Lucern schüttelte den Kopf. Er zuckte überrascht zusammen, als Chris ihm auf die Schulter schlug und ihn auf eine Bar in der Ecke zusteuerte. „Lassen Sie uns einen Schluck trinken, ich erkläre es Ihnen. Sie werden einen Drink brauchen.“

Lucern sah nervös zu, wie Chris den Scotch eingoss, um den er gebeten hatte. So langsam glaubte er, dass diese Konferenz noch unerträglicher sein würde, als er befürchtet hatte.

„Da." Chris reichte ihm sein Glas und deutete auf die Couch, die vor dem riesigen Fenster stand.

Lucern ging darauf zu und musste plötzlich daran denken, wie hungrig er war. „Ist ein Päckchen für mich abgegeben worden?"

„Nicht dass ich wüsste. Ich bin sicher, dass sie es am Empfang erwähnt hätten, als ich eingecheckt habe", antwortete Chris. Er setzte sich in den einzigen Sessel im Raum und überließ Lucern die Couch. „Aber ich weiß auch nicht, ob Ihr Name für diesen Raum registriert ist."

Lucern erstarrte. Sein Name nicht registriert? Wie sollte das Päckchen ihn dann erreichen können?

Die Schlafzimmertür, hinter der Kate verschwunden war, öffnete sich und die Lektorin kam eilig heraus. Lucern stand automatisch auf, als sie hereinkam, und vergaß die erhoffte Blutlieferung. Er starrte sie verdutzt an. Sie trug die engsten Hüftjeans, die er in seinem ganzen langen Leben gesehen hatte. Sie wurden ergänzt von kniehohen Cowboystiefeln, einem karierten Hemd, einer Wildlederjacke mit Fransen und einem Cowboyhut, der so aussah, als hätte er schlechte Zeiten hinter sich. Sie sah unglaublich sexy aus.

„Katie", rief Chris. „Hast du Lucerns Namen für diesen Raum eingetragen?"

Kate sah ihn überrascht an. „Natürlich nicht. Ich fürchtete, jemand könnte die Namen Lucern Argeneau und Luke Amirault miteinander in Zusammenhang bringen und herausfinden, dass das hier sein Zimmer ist. Der Hauptgrund, diese Suite anzumieten, war doch, dass seine Fans ihn nicht ausfindig machen sollen. Warum?"

„Luc erwartet ein Päckchen. Ich nehme an, sie haben es zurückgehen lassen, weil sie nicht wussten, dass er hier absteigt."

Kate warf Lucern einen entschuldigenden Blick zu. „Tut mir leid! Lassen Sie es einfach zu meinen Händen liefern. Okay?"

Lucern nickte langsam und ließ dabei den Blick nicht von ihr weichen. Sie errötete, dann sagte sie: „Ich werde nicht lange bleiben. Chris wird sich um Sie kümmern, bis ich zurückkomme. Wenn Sie etwas brauchen, ist er der richtige Mann, um sich darum zu kümmern, okay?"

Wieder nickte Lucern. Die Zunge klebte ihm am Gaumen.

„Chris." Sie wandte sich ihrem Mitarbeiter zu. „Lass ihn ein bisschen fernsehen. Vielleicht kann er seine Art zu reden dadurch modernisieren."

Der andere Lektor lachte. „Kate, meine Liebe, wenn Fernsehen seine Art zu reden bisher nicht verändert hat, wird ein einziger Abend kaum etwas nützen."

„Er hat keinen Fernseher", sagte sie trocken. „Zumindest habe ich keinen gesehen." Sie warf Lucern einen neugierigen Blick zu. „Oder haben Sie einen?"

Er schüttelte den Kopf. Nach seiner Ansicht ließ Fernsehen das Hirn verrotten.

„Das dachte ich mir", stellte sie zufrieden fest. Sie wies ihren Freund an: „Bring ihn dazu, sich etwas anzusehen. Wir sehen uns später."

Beide Männer schwiegen, bis sich die Tür hinter Kate schloss. Dann ließ Lucern sich wieder auf die Couch sinken.

„Warum sind Sie aufgestanden?", fragte Chris neugierig.

„Eine Dame hatte den Raum betreten", antwortete Lucern zerstreut. Vor seinem geistigen Auge sah er immer noch Kate, das Cowgirl. Normalerweise zog er Frauen in femininerer Kleidung vor, aber Kate hatte in diesem Outfit nichts Maskulines an sich gehabt.

„Das war ein Witz mit dem Fernsehen, oder?“, fragte Chris. „Haben Sie wirklich keinen?“

„Nein. Hab nie einen gehabt.“

„Mann!“ Chris griff nach der Fernbedienung. Lucern erkannte das Gerät: Er hatte eine Fernbedienung für seine Stereoanlage zu Hause. Diese hier gehörte offenbar zum Fernseher. Der Lektor drückte einen Knopf und grinste. „Dann steht ihnen eine angenehme Überraschung bevor. Sie werden Fernsehen lieben.“

Lucern verzog das Gesicht. Das bezweifelte er sehr. Er war eher der Theatertyp. Alte Gewohnheiten waren hartnäckig.

8

Lucern liebte Fernsehen. Er verstand selbst nicht, wie seine Vorurteile ihn hatten daran hindern können, es auch nur zu probieren. Fernsehen war eine wunderbare Erfindung. Es war wie eine Mini-Bühne mit kleinen Schauspielern. Und was für Schauspieler! In den letzten drei Stunden hatte er sich einen Film von einem Kerl namens Monty Python angesehen … oder war das die Rolle gewesen?

Wie auch immer, das hatten sie sich als Erstes angesehen. Danach hatte Chris nach einer Fernsehzeitung gegriffen und gerufen: „Ja! Ein Blackadder-Marathon!" Und seitdem hatten sie sich das angesehen. Es war eine tolle Serie. Wirklich wunderbar, und so komisch! Lucern hatte seit Jahren nicht mehr so gelacht.

„Die Geschichte war zwar vollkommen durcheinander, aber es ist wirklich witzig", sagte er und griff nach einem frischen Bier aus dem Sixpack auf dem Tisch vor ihm.

Chris fing an zu lachen, dann hörte er abrupt auf und warf Lucern einen entsetzten Blick zu. „Oh, verdammt! Kate wird mich umbringen!"

Lucern zog die Brauen hoch. „Warum?"

„Weil ich Ihnen modernes amerikanisches Fernsehen vorführen sollte, um Ihren Sprachstil zu verbessern." Er dachte einen Moment nach, dann zuckte er die Achseln. „Was soll's. Es ist sowieso ein bisschen spät, um daran noch etwas zu ändern."

Lucern nickte zerstreut. Dass Chris Kate erwähnte, erinnerte ihn an ihren Vorwurf, er habe eine altmodische Art zu sprechen. Er nahm an, dass dies tatsächlich der Fall war; es war nicht einfach, Sprachmuster zu ändern. Er war 1390 in der Schweiz zur Welt gekommen. Seine Eltern waren zu der damaligen Zeit oft umgezogen, aber in diesem Jahr war er gezeugt und geboren worden. Danach waren sie nach England gezogen, und er hatte das dortige offizielle Englisch sprechen gelernt. Trotz aller Länder, in denen er seitdem gelebt hatte, und aller Sprachen, die er gelernt und gesprochen hatte, hatte er immer noch einen leichten Akzent, den er wahrscheinlich niemals loswerden würde, und neigte dazu, so zu sprechen, wie man es ihm beigebracht hatte.

Was hatte sie sonst noch gesagt? Er erinnerte sich an etwas über jemanden namens Angel. Dass er aussähe wie ein Möchtegern-Angel? Was hatte das nun wieder zu bedeuten? Es hatte zu boshaft geklungen, als dass es sich um ein Kompliment handeln konnte. Er sah Chris an. „Wer oder was ist ein Möchtegern-Angel?"

Chris sah ihn verständnislos an. „Häh?"

„Kate sagte, ich sähe aus wie ein Möchtegern-Angel", erinnerte Lucern ihn. Nun verstand der junge Lektor. „Ach ja. Na ja, Sie wissen schon, Angel. Buffy und Angel? Jägerin und Vampir? Ach so, stimmt ja. Sie sehen nicht fern, also können Sie das nicht wissen", sagte er schließlich. „Nun, Angel ist dieser Vampir. Und er ist – oder war – der Freund von Buffy, der Vampirjägerin. Aber jetzt hat er seine eigene Sendung."

„Vampirjäger?", fragte Lucern entsetzt. Gab es die denn immer noch? Guter Gott, er hatte gedacht, dieser Wahnsinn sei vor etwa einem Jahrhundert abgeschafft worden. Das Leben war eine Zeit lang ein wenig unruhig gewesen. Er und seine Familie hatten schrecklich vorsichtig sein müssen – sogar noch mehr als ohnehin schon. Sie hatten immer schon aufpassen müssen. Was sie waren, hatte sie im Lauf der Jahrhunderte oft zum Ziel von Verfolgungen gemacht. Viele waren während der Inquisition verbrannt worden, und nachdem Stoker dieses verdammte Buch geschrieben hatte, waren überall Vampirjäger aus dem Boden geschossen. Das war verdammt lästig gewesen! Und beängstigend. Seine Familie hatte sich erst wieder entspannen können, als die Blutbanken ihre Tätigkeit begannen, was sowohl die Vampirjagden verringert als auch den Vampiren selbst das Jagen erspart hatte. Nun sah es plötzlich so aus, als hätten sie sich in falscher Sicherheit gewiegt. Da draußen gab es also immer noch Vampirjäger.

Nun, dagegen konnte er im Augenblick kaum etwas tun, obwohl er selbstverständlich seine Familie warnen musste. Er würde es Bastien gegenüber erwähnen, wenn sein Bruder zurückrief.

Lucern wandte sich der anderen Beschuldigung zu, die Kate von sich gegeben hatte. „Was meinte Kate damit, ich trüge den Namen einer Molkerei?"

„Oh." Chris verzog das Gesicht. „Lucern ist hier in den Staaten eine Großmolkerei."

„Eine Großmolkerei?"

„Ja, Sie wissen schon – Milch, Hüttenkäse, Eiscreme", erklärte Chris leicht genervt.

„Ich weiß, was Milchprodukte sind", erwiderte Lucern verärgert. „Aber ich wurde nicht nach einer Molkerei benannt."

„Wonach denn sonst?"

„Nach dem See in der Schweiz, an dem ich gezeugt wurde."

Chris nickte. „Ich glaube, von diesem See habe ich schon gehört. Aber schreibt der sich nicht mit einem E am Ende?"

„Ja, nun … ich denke, meine Mutter glaubte, das E würde den Namen weiblich machen. Also hat sie es weggelassen."

„Ah." Chris nickte wieder. „Ich finde, es ist ein cooler Name. Stören Sie sich nicht an dem, was Kate sagt. Sie ist in letzter Zeit ein bisschen explosiv. Arbeitet zu viel oder so." Er deutete auf den Pizzakarton auf dem Tisch. „Ist noch was da?"

Lucern beugte sich vor und sah, dass immer noch zwei Stücke von der Super-Fleisch-Pizza übrig waren, die sie bestellt hatten. Er nahm sich eines, dann reichte er Chris die Schachtel.

Neben Fernsehen gehörte auch Pizza zu den Dingen, die er nie versucht hatte. Pizza wurde in den Gourmet-Restaurants, in die er ging, nicht serviert. Lucern fing an zu glauben, dass ihm wegen seines Snobismus offenbar viele Dinge entgangen waren, die er genossen hätte. Bier hatte ihn nie sonderlich begeistert, aber zu Pizza schmeckte es gut. Und sogar noch besser zu den Erdnüssen, die Chris gekauft hatte. Ja, es hatte wirklich Spaß gemacht, die Erdnüsse zu knacken und die Schalen einfach auf den Boden fallen zu lassen.

Lucern betrachtete interessiert den Tisch. Er war voller leerer Bierdosen, Erdnussschalen, gebrauchter Pappteller und Servietten. Zuerst hatte er versucht aufzuräumen, weil die Unordnung ihm gegen den Strich ging, aber Chris hatte ihn gebeten, damit aufzuhören, weil er den Blick auf den Fernseher verstellte. Nun fühlte sich Lucern inmitten dieses Durcheinanders eigentlich ganz wohl.

Sein Blick glitt beiläufig zu seinem Begleiter. Kates Lektoren-Freund war ein interessanter Bursche, überwiegend nett und freundlich, aber mit einem boshaften Scharfsinn, der irgendwie nicht zu seiner Jugend passen wollte. Lucern hatte erfahren, dass der Mann Ende zwanzig war – ein Baby für einen bejahrten Mann wie ihn, obwohl der Lektor wahrscheinlich etwas dagegen hätte, als solches betrachtet zu werden. Dennoch genoss Lucern seine Gesellschaft.

Er hatte jedoch in der letzten Stunde oft zum Hals des jungen Mannes hinübergeschaut. Jetzt, nachdem er normales Essen gegessen und seinen natürlicheren Hunger gestillt hatte, begannen die Auswirkungen der gescheiterten Blutlieferung an Lucern zu nagen. Er hatte Bastien zweimal von seinem Schlafzimmer aus angerufen, aber beide Male keine Antwort erhalten. Sein Bruder war nicht zu Hause. Aber das war nun einmal Bastiens Art.

Sein jüngerer Bruder arbeitete schwer, aber er genoss auch seine Freizeit. Manchmal war er mutig genug, am Tag zu arbeiten, manchmal schuftete er nachts im Familienunternehmen. Bastien war der Sohn, der die Zügel von Argent Inc. nach dem Tod ihres Vaters in die Hand genommen hatte. Lucern hatte daran nie Interesse gehabt, sondern immer die Kunst vorgezogen und sich in den letzten paar Hundert Jahren abwechselnd dem Malen oder dem Schreiben gewidmet.

Im Gegensatz dazu hatte Bastien das Hin und Her des Geschäftslebens immer schon genossen. Der Junge hatte den größten Teil seines Erwachsenenlebens im Familienunternehmen verbracht, und er kannte sich aus. Bastien war derjenige, der ihren Vater überredet hatte, von Agrarwirtschaft und Frachtunternehmen im achtzehnten Jahrhundert zu moderner Produktion überzugehen. Er war auch derjenige gewesen, der vorgeschlagen hatte, ihre Nahrung zukünftig von Blutbanken zu beziehen. Bastien war ein innovativer Denker.

Aber er war auch verdammt schwer aufzutreiben. Seine Tätigkeit führte ihn oft zu unerwarteten Geschäftsreisen in fremde Länder, und das durchaus auch für längere Zeit. Lucern hatte manchmal keine Ahnung, wo sich sein jüngerer Bruder gerade befand und wann er zurückkehren würde. Bastien war vielleicht einfach nur zum Essen weg gewesen, als er angerufen hatte, aber er konnte sich genauso gut auf dem Weg nach Europa befinden, um sich eines Problems in einer der dortigen Filialen anzunehmen. Wie auch immer, früher oder später würde er Lucerns Nachricht erhalten. Lucern hatte jedoch *jetzt* Hunger.

Sein Blick wanderte wieder zu Chris' Kehle. Der Lektor hatte einen kräftigen, gesunden Pulsschlag. Lucern würde ihm sicher einen halben Liter abnehmen können, ohne dem Burschen zu schaden. Es würde allerdings Blut mit einem gewissen Alkoholgehalt sein und er war jetzt schon nicht mehr ganz nüchtern. Missmutig verzog er das Gesicht, doch sein Blick blieb auf den Hals des anderen Mannes gerichtet. Chris lachte über etwas, was in der letzten Blackadder-Folge passiert war. Lucern sah nicht mehr auf den Bildschirm, er hatte Hunger.

Die Gier nach Blut war nicht wie Hunger auf normale Lebensmittel. Sie ließ sich eher mit Durst vergleichen, äußerte sich aber nicht nur in einem trockenen Mund. Man spürte sie im ganzen Körper. Lucerns Haut schien zu schrumpfen und vor lauter Bedürfnis nach Nahrung zu schmerzen.

Er wusste, es wäre nicht so schlimm geworden, wenn er nicht so viel Sonne abbekommen hätte. Die kurze Strecke vom Auto zum Flughafen war verglast gewesen, und im Flugzeug hatte er einen Gangsitz gehabt. Also hatte er das Fenster nicht verdunkeln können. Die Sonne hatte durch Fenster geleuchtet und ihn voll getroffen. Sonne war für solche von seiner Art gefährlich. Sie richtete selbstverständlich bei allen Leuten Schaden an, auch bei ganz normalen Menschen. Aber sein Körper, sein Blut, reparierten das ununterbrochen, und auch andere Schäden. Die Strahlen der Sonne konnten viel anrichten, was seine Reserven rapide verbrauchte, ihn gefährlich dehydrierte und einen Durst verursachte, den kein Wasser je stillen würde. Nur Blut.

„Was machen Sie denn?“

Chris’ Frage machte Lucern bewusst, dass er aufgestanden war und sich hinter den anderen Mann gestellt hatte. Der Lektor hatte sich auf dem Sessel umgedreht und sah ihn neugierig an.

Nichts. Ich sitze auf der Couch und sehe mir die Sendung an, suggerierte Lucern. Er konnte ohne große Anstrengung in den Geist des Mannes schlüpfen und die Kontrolle übernehmen.

„... sehen sich die Sendung an“, wiederholte der Lektor und drehte sich wieder nach vorn.

Lucern lächelte. Er hatte die Fähigkeit, in den Geist eines anderen einzudringen und die Herrschaft zu übernehmen, also nicht verloren. Sein Versagen bei Kate hatte ihn schon befürchten lassen, dass er vollkommen vergessen hatte, wie man geistige Kontrolle ausübte. Offensichtlich war das nicht der Fall gewesen. Was bedeutete, dass Kate zu den Individuen mit starkem Geist und einem ebensolchen Willen gehörte, von denen seine Mutter schwor …

Lucern schob den Gedanken von sich. In diesem Augenblick an Kate zu denken bewirkte nur, dass er sich schuldig fühlte. Er dachte immerhin daran, sich an ihrem Arbeitskollegen gütlich zu tun, und wusste, dass sie das nicht gutheißen würde.

Er konzentrierte den Blick auf den Mann, der vor ihm saß, und ging rasch die Gedanken des Lektors durch, in der Hoffnung, etwas über Kate zu finden. Erleichtert stellte er fest, dass sich außer Freundschaft für sie dort nichts fand. Chris und Kate hatten keine Beziehung und auch nie eine gehabt. Das war gut. Lucern mochte den jungen Mann. Er hätte ihn nicht annähernd so gern gehabt, wenn er ein Verhältnis mit Kate gehabt hätte.

Er schob weiterhin Chris' Gedanken weg und zwang ihn, sich auf die Blackadder-Episode zu konzentrieren. Der junge Mann würde nicht bemerken, wie Lucern seinen Kopf berührte und ihn zur Seite kippte, damit er besseren Zugang zur Halsschlagader hatte.

Lucern beugte sich vor. Er würde nur ein paar Schlückchen trinken, gerade genug, um seinen schlimmsten Durst zu stillen. Nur ein wenig.

Kate trat aus dem Fahrstuhl und ging erleichtert den Flur entlang. Sie hatte die letzten Stunden mit Fachgesprächen verbracht und ihre diversen Autorinnen auf der Party je nach Bedarf ermutigt, getröstet und gelobt. Es waren alles wunderbare Frauen, aber sie hatten wenig persönlichen Kontakt zu Kate, also waren sie ziemlich versessen auf ihre Gesellschaft, wenn sich die Gelegenheit dazu ergab. Es war angenehm gewesen, aber geistig und emotional erschöpfend, und Kate konnte es kaum erwarten, wieder in die Suite zurückkommen und sich entspannen zu können.

Sie dachte an Lucern. Sie nahm den Hut ab und fuhr sich unglücklich mit den Händen durchs Haar. Sie war vorhin wirklich unnötig gemein zu ihm gewesen. Ihre einzige Entschuldigung dafür waren Frust und Erschöpfung. Sie war frustriert, weil sie es zwar geschafft hatte, den Mann hierher zur Konferenz zu bringen, sie sich jetzt aber Sorgen machte, ob der Schaden größer sein würde als der Nutzen. Und sie hatte im vergangenen Monat lange Überstunden gemacht, um eine Woche Abwesenheit wegen der Konferenz auszugleichen. Außerdem war sie die ganze Zeit nervös gewesen und hatte sich Sorgen gemacht, ob Lucern überhaupt kommen würde oder nicht.

Sie seufzte und suchte in der Tasche nach ihrem Zimmerschlüssel. Sie würde besonders nett zu ihm sein, um ihn für ihre Gereiztheit von vorhin zu entschädigen. Immerhin war es nicht seine Schuld, dass er nach einer Molkerei benannt und die halbe Zeit so blass wie der Tod war oder auf diese altmodische Weise redete. Man hatte ihn mit Tricks dazu überlistet, sein Wort zu geben, dass er kommen würde, und er hatte es gehalten. Er war wirklich kein schlechter Kerl. Er war …

Schwul! Das war jedenfalls Kates erster Gedanke, als sie die Tür zu der Drei-Schlafzimmer-Suite öffnete. Sie traute ihren Augen kaum. Im ersten Moment war sie nicht einmal sicher, was sie da vor sich hatte. Chris saß im Sessel, und Kate hätte beinahe geglaubt, dass er fernsah, nur dass Lucern sich über ihn gebeugt hatte, einen Arm um seine Schulter gelegt und einen an seiner Brust, während er sein Gesicht am Hals des Lektors vergrub.

Kate schnappte entsetzt nach Luft. Lucern Argeneau war tatsächlich schwul. Und nun machte er ihren Arbeitskollegen an!

„Was zum Teufel tun Sie da?"

Lucern richtete sich abrupt auf und fuhr zur Tür herum, wo Kate stand, den Mund immer noch weit aufgerissen. Sein erster Gedanke war *oh-oh*. Der zweite war, dass es ein verdammtes Pech war, dass er *sie* geistig nicht kontrollieren konnte, denn sonst hätte er das auf der Stelle getan. Dann klingelte das Telefon.

Lucern ließ sich einen Moment Zeit, seine Kontrolle über Chris zu verstärken, sodass der Lektor nicht sehen oder hören würde, was vorging. Es war besser, seinen Geist nicht freizulassen, bis Lucern wusste, wie er das hier erklären sollte. Und da Kate sich offenbar im Augenblick nicht von der Stelle rühren konnte, ließ er sie an der Tür stehen und ging in sein Schlafzimmer, um dort das Telefon abzunehmen. Er hoffte, es würde Bastien sein.

Er war es tatsächlich. Nur das Timing war miserabel. Wenn Bastien eine halbe Stunde vorher angerufen hätte, wäre Lucern vielleicht imstande gewesen, seine Blutgier zu beherrschen. Was zum Geier sollte er Kate sagen?

„Lucern? *Lucern?*"

Er gab auf und wandte die Aufmerksamkeit Bastien zu. „Wo bist du?", fragte er.

„In Europa. Ich habe deine Nachricht bekommen, aber du hast nicht gesagt, um was es geht. Was ist los?"

„Legen Sie das Telefon auf." Plötzlich war Kate an seiner Seite. Er hätte die Tür abschließen sollen. Es sah aus, als hätte sie sich von ihrem Schock erholt, und nach ihrer Miene zu schließen war sie alles andere als glücklich.

„Eine Minute, Kate." Lucern sah sie stirnrunzelnd an. „Gehen Sie, warten Sie nebenan."

„Nein. Ich will jetzt mit Ihnen reden. Sofort.“ Sie griff nach dem Hörer, aber Lucern wandte sich ab und entfernte das Telefon aus ihrer Reichweite.

„Sieh mal, Bastien, ich …“ Er hielt inne und starrte den Hörer in seiner Hand an, nachdem er ein Klicken gehört hatte.

„Was haben Sie mit Chris gemacht?“

Lucern drehte sich um. „Sie haben die Verbindung unterbrochen!“ Er starrte Kate verdutzt an.

„Da haben Sie verdammt recht“, zischte sie. Sie warf einen Blick zur Tür, die nach nebenan ging. Das Lachen von der Blackadder-Folge war bis hierher zu hören. Sie sah ihn wieder an und bezichtigte ihn in scharfem Flüsterton: „Ich lasse Sie nur ein paar Stunden allein, und wenn ich zurückkomme, finde ich Sie, wie Sie meinen Freund anbaggern! Nur zu Ihrer Information: Er ist nicht schwul, Sie verschwenden also Ihre Zeit. Ich kann nicht glauben, dass Sie das wirklich getan haben, aber Sie werden es jetzt auf der Stelle erklären!“

Lucern wich zurück, als hätte sie ihn geschlagen. „Ich habe Ihren Freund nicht angebaggert. Für was für eine Art Mann halten Sie mich denn?“

„Für was für eine Art Mann *soll* ich Sie denn halten? Sie haben nie auch nur das geringste Interesse an mir gezeigt, und ich komme zurück und sehe, wie Sie Chris praktisch anspringen.“

Lucern starrte sie einen Moment an, dann warf er das tote Telefon auf die Gabel. Er packte sie am Handgelenk und zog sie in die Arme. Sie konnte gerade noch ein überraschtes Keuchen von sich geben, bevor sein Mund sich über ihrem schloss.

Es war kein liebevoller, zögernder Kuss. Lucern hatte etwas zu beweisen. Außerdem hatte er sie schon so lange gewollt, dass er nicht hätte sanft sein können, selbst wenn er es gewollt hätte. Der Kuss war besitzergreifend – er nahm ihren Mund ganz und gar in Anspruch, zwang ihre Lippen auf und stieß seine Zunge hinein, und sein ganzer Körper klammerte sich an ihren Geschmack. Sie war genauso heiß und süß, wie er es sich vorgestellt hatte.

Und sie wollte ihn ebenfalls. Oh, nicht gleich. Im ersten Augenblick war Kate steif und starr in seinen Armen, aber dann gab sie ein Stöhnen der Niederlage von sich und schmolz gegen ihn; ihr Körper schmiegte sich an seinen wie ein weicher Pullover. Ihre Brüste schubsten seine Brust, als sie den freien Arm um seinen Hals schlang und den Kopf leicht schief legte, damit es nicht ganz so schwierig war, seinen Kuss zu erwidern.

Das ließ Lucerns Begierde nur heftiger aufflackern. Er vergaß seine ursprüngliche Absicht, nur zu beweisen, dass er nicht schwul war, ließ ihr Handgelenk los und schlang die Arme um sie. Er ließ die Hände über ihren Rücken zu ihrem herzförmigen Po gleiten, packte diese Rundungen und zog Kate zu sich, bis es nicht mehr dichter ging; dann rieb er die Hüfte an ihr, um ihr noch näher zu kommen. Kate war warmes Sonnenlicht in seinen Händen, bog sich und schmiegte sich stöhnend an ihn. Sie öffnete den Mund und saugte beinahe hektisch an seinem.

„Lucern." Sie keuchte protestierend seinen Namen, als er einen Moment innehielt, um sich umzusehen. Aber Lucern hörte nicht auf. Er hatte nicht die Absicht aufzuhören, er wollte nur wissen, wo zum Geier das Bett stand. Er wollte mehr von ihr berühren. Er wollte sie sich nehmen. Und das würde er nicht können, solange sie mitten im Zimmer standen.

Als er das Bett direkt hinter Kate entdeckte, drängte er sie rückwärts darauf zu. Er folgte ihr nach unten, drückte seinen Körper gegen ihren und küsste sie erneut. Kate entspannte sich sofort und fuhr mit den Händen über seinen Rücken, die Seiten und die Arme. Lucern spürte, wie sie an seinem Hemd zupfte und bewusst oder unbewusst versuchte, es aus seiner Hose zu ziehen, und war plötzlich dankbar dafür, dass er seine Jacke und die Krawatte zuvor schon ausgezogen hatte.

Kate trug selbstverständlich viel zu viel. Er beschloss, ihr bei diesem Problem zu helfen, aber als er den Kuss unterbrechen wollte, protestierte sie mit einem lauten Grollen, schlug ihre Krallen in seinen Rücken und versuchte, ihn an Ort und Stelle zu halten.

Lucern lachte atemlos in ihren Mund, erfreut über ihre Leidenschaft. Er küsste sie noch einmal und füllte ihren Mund mit seiner Zunge. Dann brach er den Kuss ab und knabberte sich seinen Weg bis zu ihrem Kinn und an ihrer Kehle entlang, während er begann, an den Knöpfen ihres Hemds zu arbeiten. Er zögerte, als seine Lippen die pulsierende Schlagader an ihrem Hals fanden. Er konnte die Erregung in ihrem Blut spüren, konnte sie beinahe schmecken. Er wollte sie beißen. Wollte sich nähren. Aber er würde warten. Er würde ihr Blut nehmen, wenn er ihren Körper nahm. So würden sie beide den Höhepunkt der Ekstase erleben, was nach all der Zeit des Wartens umso rauschhafter sein würde.

Lucern bewegte den Mund weiter über Kates Körper, küsste ihre zarte Haut, bis er die Stelle erreichte, wo sich der Ansatz ihrer Brüste aus dem BH schob. Seine Hände waren damit beschäftigt gewesen, ihr Hemd bis zu der Stelle aufzuknöpfen, wo es in die Jeans gesteckt war. Lucern stand auf, platzierte seine Knie zu beiden Seiten ihrer Hüfte, zog das Hemd heraus und öffnete es nun vollständig, sodass der Stoff zu ihren beiden Seiten ausgebreitet lag. Dadurch war ihr Oberkörper nackt bis auf einen weißen Baumwoll-BH.

Lucern hatte schon viele Frauen in allen erdenklichen Stadien der Entkleidung gesehen. Er hatte Frauen in Korsagen gesehen, die ihm den Atem geraubt hatten, und in seidigen französischen Negligés, die man nicht einmal wirklich als Kleidung bezeichnen konnte – aber er war überzeugt, nie so etwas Aufregendes vor sich gehabt zu haben wie Kate in ihrem Baumwoll-BH. Der

Cowboyhut war heruntergefallen und lag neben ihr, ihre rosigen Wangen umgeben von wirrem Haar, und ihre Augen schläfrig vor Begierde. Er wollte sie aufessen. Wollte sie in seinen Körper aufnehmen und bis in alle Ewigkeit dort behalten. Er wollte *Kate*.

Sie bewegte sich ruhelos unter ihm, ihre Hände berührten zart seinen Bauch durch das Hemd, und Lucern gab widerstrebend auf, sie anzusehen. Er beugte sich vor, packte sie bei den Armen und zog sie in eine sitzende Position; dann küsste er sie, während er auf ihrem Rücken den BH-Verschluss öffnete. Er hätte den BH einfach abgerissen, aber es wäre eine Schande gewesen, ihn nie wieder an ihr zu sehen.

Kate war derweil nicht passiv. Sie zog sein Hemd aus der Anzughose und fuhr mit den Händen darunter, strich über seinen festen Rücken und dann wieder nach vorn, um seine Brust zu erforschen.

Lucern lächelte, seinen Mund an ihrem. Er öffnete den letzten Haken des BH-Verschlusses und spürte, wie der Stoff wegrutschte. Rasch schob er das Hemd von ihren Schultern, drückte sie wieder aufs Bett und zupfte an dem frustrierenden Baumwollstreifen, damit er sie richtig sehen konnte.

„Perfekt.“ Das Wort kam ihm beinahe automatisch über die Lippen, als er ihre Brüste umfasste. Kate stöhnte und bog ihren Rücken durch, drückte sich nach oben in seine Berührung. Mehr Ermutigung brauchte er nicht; er rutschte tiefer an ihr herunter, sodass er sich vorbeugen und einen perfekten, hart gewordenen Nippel in den Mund nehmen konnte. Entzückt schloss er die Augen, als er daran saugte und spürte, wie die Brustwarze vor Erregung noch steifer wurde. Kate erlaubte ihm, sich eine Weile ihren Brüsten zu widmen, dann packte sie sein Haar und zog seinen Kopf fordernd nach oben.

Lucern ergab sich dieser Geste. Er rutschte höher, um sie zu küssen, und schob ein Bein zwischen ihre Schenkel. Er drückte sie nach oben, schob seinen Oberschenkel gegen ihr Geschlecht, während er sie erneut küsste. Kate reagierte voller Leidenschaft, rieb sich an ihm und zerrte heftig an seinem Hemd. Mehrere Knöpfe rissen auf. Lucern stellte plötzlich fest, dass sein Hemd offen war, und er drängte sich näher, sodass ihre Körper sich Haut an Haut begegneten. Kates Nippel streiften das Haar auf seiner Brust, dann seine Haut, und Wellen der Erregung gingen von dieser Berührung aus. Er spürte, wie ihre Hand über seinen Bauch und zwischen seine Beine glitt.

Lucern wurde ein bisschen wild. Er stieß gegen sie, drängte sich noch näher, ihre Hand zwischen ihnen gefangen. Das Telefon klingelte. Lucern hörte es zwar, aber es war ein so weit entferntes Geräusch, wie aus einer anderen Welt, dass er sich nicht darauf einlassen konnte. Kate erfüllte sein ganzes Denken und Fühlen. Sie war alles, was er sah oder hörte – ihr Keuchen und ihre leisen Seufzer, ihr Duft, ihre Berührung. Sie überflutete ihn. Von ihm aus hätte die ganze Welt zum Teufel gehen können. Kate war bei ihm, und er wollte, dass sie immer bei ihm blieb. Länger als immer.

Er hob seinen Mund von ihrem, bewegte sich zu ihrem Hals, fand ihren Puls und senkte die Zähne in ihre Haut. Sie schrie auf, bog den Hals, Lucern schloss die Augen und rieb seinen Unterleib gegen sie. Ihr Blut füllte seinen Mund. Es schmeckte trotz ihres schlanken Körpers süß. Lucern hatte immer rundlichere Frauen bevorzugt, weil er ihr Blut dick und üppig und erfüllend fand. Aber obwohl Kates Blut anders war, berauschte es ihn noch viel mehr. Er spürte diesen Rausch, als es ihn füllte.

„Heh, Lucern! Ein Kerl namens Bastien … Oh! Oh, tut mir leid."

Lucern richtete sich abrupt auf. Als er herumfuhr, sah er Chris, der sich schnell von der offenen Tür entfernte. Er starrte diese Tür verblüfft an und konnte nicht glauben, dass er sich so hatte mitreißen lassen, dass er nicht einmal die Tür abgeschlossen hatte, und war noch verblüffter, dass ihm die Beherrschung in einem solchen Maß entglitten war, dass er, ohne es zu bemerken, den Geist des Lektors losgelassen hatte. Am schlimmsten war jedoch, dass er Chris gestattet hatte, ihn und Kate zusammen zu erwischen. Er befürchtete nicht, dass der Lektor wusste, dass er ihr Blut getrunken hatte, aber Chris' andere Spekulationen würden ebenso schlimm sein. Kate würde sicher nicht erfreut sein. Und Lucern wollte ihr keine Schwierigkeiten mit ihren Arbeitskollegen einbringen.

Dann dämmerte ihm, was der andere Mann gesagt hatte, und er erinnerte sich an das klingelnde Telefon. Bastien rief zurück! Lucern sprang auf und eilte gerade noch rechtzeitig zur Tür, um zu sehen, wie Chris auflegte.

„Oh“, sagte der Lektor, als er ihn in der Tür sah. „Ich habe ihm gesagt, Sie wären beschäftigt.“

Lucern fluchte leise. Er öffnete den Mund, um den jüngeren Mann anzufauchen, dann hielt er inne, als ihm klar wurde, dass Chris es vermied, ihn anzusehen. Keyes war dunkelrot angelaufen. Lucern schaute an sich herab und verzog das Gesicht, als er sah, dass Kate nicht nur sein Hemd geöffnet hatte, es war ihr auch gelungen, mit seiner Hose zu beginnen. Der Gürtel war ebenso offen wie der Knopf, und die Hose war ihm halbwegs auf die Oberschenkel gerutscht.

Aber er bezweifelte, dass das allein Chris so aufbrachte. Der junge Lektor war zweifellos nervös, weil er Kate in flagranti mit einem ihrer Autoren erwischt hatte.

Lucern versuchte gerade zu entscheiden, was er tun sollte, als er plötzlich von hinten weggestoßen wurde. Er trat zur Seite und drehte sich halb um, um zu sehen, wie Kate an ihm vorbei aus dem Raum rauschte. Ihr Hemd war zugeknöpft, der Hut befand sich wieder auf ihrem Kopf. Und der kurze Blick, den er auf ihr Gesicht werfen konnte, zeigte, dass es vor Verlegenheit kirschrot war.

Lucern versuchte sie an der Hand zu packen, aber sie war bereits außer Reichweite. Sie rief einen Satz, der bis auf das Wort „Bett“ unverständlich war, dann verschwand sie in ihrem Zimmer. Die Tür schloss mit einem Schnappen, gefolgt vom Klacken der Verriegelung. Sie wollte eindeutig allein sein.

Lucern seufzte unglücklich und fuhr sich mit der Hand durchs Haar. Er hatte alles verdorben.

„Nun, ich denke, ich … äh … ich gehe ebenfalls ins Bett“, verkündete Chris. Dann verschwand er.

Lucern schüttelte den Kopf und ging zur Bar. Er goss sich einen hochprozentigen Drink ein, dann trug er ihn zurück in sein Zimmer und schloss die Tür hinter sich.

„Nicht dass das was ändern würde“, murmelte er, als er zum Bett ging. Er hatte alles verdorben und wusste es.

Was konnte er jetzt tun? Er hatte keine Ahnung, was Kate dachte. War sie sich bewusst, dass er sie gebissen hatte? Normalerweise war das nicht der Fall, aber normalerweise beherrschte er beim Beißen auch den Geist der Frauen und leitete das Vergnügen, das sie ihm bereiteten, in sie zurück, während er sich nährte. Es war für gewöhnlich ein sehr erotisches Erlebnis. Zumindest für die Frauen. Bei Männern ging er anders vor; er entleerte ihren Geist einfach nur jeglicher Aktivität, sodass sie sich nicht erinnern konnten, was geschehen war. Sie hatten danach einfach zwei winzige Löcher am Hals und keine Ahnung, wo die herkamen. Lucern hatte Kate seinen Geist geöffnet, als er sie gebissen hatte, aber er war nicht sicher, ob sie sein Entzücken als ihr eigenes wahrgenommen hatte. Hatte sie seinen Biss wahrgenommen? War es schmerzhaft gewesen? Oder hatte sie die Ekstase, dieses intensive Entzücken gespürt?

Wenn sie den Schmerz des Bisses gespürt hatte, würde Kate

ihn wahrscheinlich für einen Freak halten. Sie würde denken, dass er über Vampire schrieb, weil er sich fälschlicherweise selbst für einen hielt. Sie würde sich fragen, mit welcher Verschrobenheit sie es jetzt schon wieder zu tun hatte. Oder noch schlimmer, sie würde die Wahrheit erkennen. Aber Lucern befürchtete, es würde auf die Freak-Version hinauslaufen. Eine vernünftige, moderne Frau wie Kate würde einfach nicht an Vampire glauben.

9

Als Kate aufwachte, fühlte sie sich schrecklich. Zuerst wusste sie nicht warum, aber dann trafen die Erinnerungen sie wie ein Vorschlaghammer. Sie war zurückgekommen und hatte gesehen, wie sich Lucern über Chris beugte, als wollte er ihn küssen. Dann war Lucern ins Schlafzimmer gerannt, weil das Telefon klingelte. Sie war ihm kochend vor Wut gefolgt. *Wie konnte er es wagen, schwul zu sein?*, hatte sie gedacht. Wie konnte er es wagen? Sie hatte es nicht fassen können. Schließlich fühlte sie sich zu ihm hingezogen! Hatte erotische Träume von ihm. Er konnte einfach nicht schwul sein!

Und offenbar war er das auch nicht. Sie konnte immer noch seine Lippen auf ihrem Mund spüren.

Ihre erste Reaktion auf seinen sinnlichen Überfall war Schock gewesen, der einem Zorn der Erleichterung gewichen und danach schnell in Begierde übergegangen war.

Der Mann konnte küssen. Sie erinnerte sich an seinen Kuss, als sie die Bettdecke beiseiteschob und aufstand. Der Mann konnte küssen wie sonst keiner. Seine Küsse reichten bis tief in ihre Seele und förderten jeden Wunsch, jedes Bedürfnis, all ihre Begierde zutage. Sie hatte ihn haben wollen. Das wollte sie immer noch. Ihre Brustwarzen wurden schon bei der Erinnerung an ihn steif. Und er war eindeutig ebenfalls erregt gewesen. Es hatte sich angefühlt, als hätte er eine große stählerne Stange in der Hose, als sie ihn dort berührt hatte.

Alles gut und schön, wenn man einmal davon absah, dass sie seine Lektorin war und es sie nichts angehen sollte, wie groß seine Stange war, und dass ihr Arbeitskollege sie dabei erwischt hatte!

Ächzend ging sie ins Bad, ließ kaltes Wasser in der Dusche laufen und trat unter das kühlende Nass. Sie hatte keine Ahnung, wie sie einem der beiden Männer jemals wieder gegenübertreten sollte. Aber daran führte wohl kein Weg vorbei. Sollte sie so tun, als wäre nichts passiert? Sollte sie mit Chris darüber sprechen? Sollte sie mit beiden darüber sprechen? Und wenn ja, was konnte sie sagen? Sie wusste, was sie zu Lucern sagen *sollte.* Sie sollte sagen, es sei ein einmaliger Ausrutscher gewesen und würde nie wieder passieren. Aber das war nicht, was sie wirklich dachte. Und was Chris anging, hatte sie keine Ahnung. Da gab es eigentlich nichts zu sagen.

Seufzend stellte Kate das Wasser ab und nahm sich ein Handtuch. Sie wickelte es wie einen Turban um ihr nasses Haar, dann nahm sie sich ein zweites, um sich abzutrocknen. Als Nächstes griff sie nach dem Frottee-Bademantel, der zum Zimmer gehörte, wickelte sich hinein, ging zum Spiegel und zog eine Grimasse. Sie musste ihr Haar trocknen, Make-up auflegen, sich anziehen und dann aus ihrem Zimmer gehen und Chris und Lucern gegenübertreten. Wie unangenehm.

Kate griff nach dem Handtuch um ihren Kopf und wollte den größten Teil des Wassers aus den Haaren herauswringen, bevor sie den Fön benutzte, als sie etwas an ihrem Hals bemerkte. Sie hielt inne und starrte die kleinen Wunden einen Moment an. Dann beugte sie sich näher zum Spiegel, drehte den Kopf zur Seite und spähte aus den Augenwinkeln zu ihrem Hals hinab.

Lange Zeit starrte sie die beiden kleinen Löcher nur an, und alle möglichen Gedanken gingen ihr durch den Kopf. Lucerns Bücher mit den Personen, die alle die gleichen Namen hatten wie seine Verwandten. Die Hochzeit am Abend. Lucern und seine Mutter, die allergisch gegen die Sonne waren. Die Kopfwunde, die angeblich so heftig geblutet hatte, die sie aber nicht finden konnte und die Lucern nichts auszumachen schien, nachdem er das Blut weggewaschen hatte. Lucern, der sich über Chris beugte, als sie zurückgekehrt war, den Mund am Hals ihres Freundes. Die Tatsache, dass Chris sich seiner Gegenwart offenbar nicht einmal bewusst gewesen war und überhaupt nicht auf Kates Rückkehr reagiert hatte.

Aber sie erinnerte sich nicht, dass Lucern sie letzte Nacht gebissen hatte. Oder doch?

Oh. Plötzlich sah sie ein Bild von sich selbst, wie sie halbnackt in Lucerns Armen lag. Ihre Brüste streiften seine feste Brust, als er sich gegen ihre Hand drückte und an ihrem Hals knabberte. Sie hatte angenommen, dass er ihr einen Knutschfleck verpasste, aber das war ihr gleich gewesen – es hatte sich so gut angefühlt. „Guter Gott", hatte sie gestöhnt. Und „Hör nicht auf." Sie hatte sogar den Kopf gedreht, um ihm besseren Zugang zu verschaffen.

Sie ließ die Hände sinken. Er hatte sie gebissen. Lucern Argeneau war nicht nur ein Vampir, er hatte auch noch die Unverschämtheit besessen, *sie* zu beißen!

Sie drehte sich auf dem Absatz um und eilte aus dem Bad.

„Du hast mich gebissen!"

Lucern riss die Augen auf, setzte sich im Bett auf und starrte die Frau an, die im Türrahmen stand. Seine Augen waren vor Erschöpfung ganz verquollen. Er hatte weder gut noch lange geschlafen. Ein Körper konnte nicht sechshundert Jahre lang am Tag schlafen und dann einfach zu einem anderen Rhythmus wechseln. Er hatte den größten Teil der Nacht wach im Bett gelegen und sich gefragt, ob Kate wohl sehr sauer auf ihn war und wann er sie wieder in seinen Armen halten würde. Nach ihrem momentanen Gesichtsausdruck zu schließen nicht in absehbarer Zeit.

Er seufzte und ließ sich mit einem Stöhnen wieder aufs Bett sinken. Im Augenblick hatte er nicht die Energie, sich mit Kate abzugeben. Er hatte kaum ein paar Schluck von Chris' Blut getrunken, bevor sie hereingekommen war, und dann kaum ein paar mehr von Kate. Er hatte *Hunger*, verdammt noch mal.

„Wage es nicht, mich zu ignorieren, Lucern Argeneau!", fauchte Kate und stürmte auf ihn zu. „Du hast mich *gebissen*!"

Ihre Worte drangen in seinen schlaftrunkenen Kopf, und wieder öffnete er die Augen. Verdammt. Sie hatte es bemerkt. Er sah zu, wie sie näher kam, und bemerkte dann, dass Chris besorgt vor der Tür wartete.

„Mach die verdammte Tür zu", fauchte er.

Überrascht wandte sich Kate der Tür zu. Als sie Chris dort stehen sah, warf sie einen Blick auf seinen Hals. Auch dort befanden sich Bissspuren.

Chris zog angesichts ihrer zornigen Miene die Brauen hoch. Er griff nach dem Türknauf und fing an, die Tür zuzuziehen. „Ich mache sie zu."

„Einen Moment. Lass mich mal deinen Hals sehen", verlangte Kate. Sie war sofort neben ihm und riss seinen Kopf zur Seite. Einen Moment lang starrte sie seinen Hals an. Dann fuhr sie wütend zu Lucern herum. „Du Mistkerl!"

„Lieber Himmel, Kate! Nimm eine Beruhigungspille! Es ist nicht Lucerns Schuld. Ich habe mich beim Rasieren geschnitten."

Schockiert drehte sie sich zu Chris zurück. Er schloss bereits die Tür hinter sich.

Einen Augenblick war es dunkel im Zimmer, dann schaltete Lucern die Nachttischlampe ein. Kate eilte auf ihn zu. „Was hast du mit ihm gemacht? Wie hast du ihn dazu gebracht zu glauben, dass er sich beim Rasieren geschnitten hat?"

Sie war unvorsichtig gewesen. Sie war zu nahe ans Bett gekommen, denn nun richtete sich Lucern auf, packte sie an den Armen und zog sie auf sich zu, bis sie auf die Matratze fiel. Im nächsten Augenblick rollte er sich auf sie.

„Runter von mir!" Sie hatte das als Befehl gemeint. Stattdessen kam ihre Stimme schwach und atemlos hervor. Kate verzog wütend das Gesicht, um ihren Worten wenigstens auf diese Weise Nachdruck zu verleihen. Sie hatte nicht unbedingt Angst, aber in ihrer Stimme lag ein Beben. Lucerns Augen hatten diese silbrige Farbe angenommen, aber das hatte nichts mit Zorn zu tun. Er sah aus wie ein Raubtier, und Kate war ziemlich sicher, dass sie die Beute darstellte. Sie wusste allerdings nicht genau, ob sie das sein wollte oder nicht. Ihr Körper reagierte jedoch bereits darauf, dass er auf ihr lag.

Lucern zögerte, dann schloss er die Augen. Er sah aus wie ein schläfriger Löwe. Das war wirklich nicht viel besser.

„Es tut mir ausgesprochen leid", sagte er in seinem präzisen Englisch. Wieder ein Hinweis auf sein Vampirdasein, dachte Kate unglücklich. Er war vermutlich sehr alt.

„Was denn?", fragte sie nach einem Moment des Schweigens.

„Dass ich dich gebissen habe", antwortete er unumwunden, dann fügte er hinzu: „Ohne dich vorher zu fragen."

Kate runzelte die Stirn. „Und was war mit Chris?"

„Nur ein paar Schluck", sagte er achselzuckend. „Du hast schließlich gesagt, ich sollte mich an ihn wenden, wenn ich irgendetwas brauche."

„Damit meinte ich nicht, dass du ihn beißen sollst!", rief Kate.

Lucern besaß die Unverschämtheit zu grinsen. „Und was hätte ich tun sollen?"

„Du hättest …"

Als sie verwirrt schwieg, fragte er: „Was? Hätte ich sagen sollen, ‚Oh, Chris, bringen Sie doch bitte einen Kübel Blut mit, wenn sie die Erdnüsse holen, ich habe ein bisschen Durst?'" Er verzog das Gesicht. „Du hast meinen Namen nicht beim Empfang angegeben, also wurde das Blut, das mir geliefert werden sollte, wieder zurückgeschickt. Ich hatte Hunger", erklärte er schlicht.

Kate starrte ihn an. Ihr Mund war trocken geworden. Er war tatsächlich ein Vampir. Bisher hatte sie es zwar vermutet, aber noch nicht so recht glauben können. Jetzt tat sie es. Jedenfalls so ziemlich. Sie bewegte sich unter ihm und verlangte: „Zeig mir deine Zähne."

Er fletschte sie. Sie kamen ihr vollkommen normal vor. Seine Eckzähne waren vielleicht ein bisschen spitz, aber nicht übermäßig lang, und sie murmelte: „Keine spitzen Eckzähne …"

„Oh, *diese* Zähne meinst du." Wieder öffnete Lucern den Mund. Zu ihrem Entsetzen fuhr er seine Eckzähne aus wie die Krallen einer Katze.

„Oh Gott", wimmerte Kate.

Sofort zog er die Zähne wieder ein. „Es ist alles in Ordnung, Kate; ich würde dir nie wehtun."

„Du hast mich gebissen!", rief sie, und ließ diesem Vorwurf eine weitere Reihe von „Oh Gott, oh Gott, oh Gott", folgen – sie konnte gar nicht mehr damit aufhören.

„Aber es hat nicht wehgetan", stellte er fest. „Oder?"

„Oh Gott! Geh runter von mir, runter von mir, runter von mir!" Sie fing an sich zu wehren, aber das war sinnlos. Er war viel größer als sie. Und stärker. Sie hielt inne, versuchte sich zu beruhigen und sagte dann: „Bitte."

Lucern sah sie einen Moment misstrauisch an, dann schüttelte er den Kopf. „Das kann ich nicht. Nicht, ehe du versprichst, dass du niemandem davon erzählen wirst."

Sie öffnete den Mund, aber er kam ihr zuvor, indem er hinzufügte: „Es ist zu deinem eigenen Besten, Kate. Die Leute würden nur denken, dass du den Verstand verloren hast."

Wahrscheinlich hatte er recht, dachte sie. Sie würden alle glauben, dass sie zu viel gearbeitet und angefangen hatte zu spinnen. Eine Bewegung weiter unten richtete ihre Aufmerksamkeit auf die Tatsache, dass sich dort etwas regte, und es war nicht Lucern, oder besser gesagt, nur ein Teil von ihm. Guter Gott, er wurde steif! Sie konnte spüren, wie seine Erektion stärker wurde und sich gegen sie drückte. Kate räusperte sich. „Äh ... Lucern?"

„Nenn mich Luc", schlug er vor und grinste sie unverschämt an. „Lucern klingt so förmlich, und wir sind uns schließlich ein bisschen nähergekommen."

Kate lächelte nicht. Sie räusperte sich abermals. „Luc. Wenn du tot bist, wie kannst du dann ..." Sie blickte nach unten. Er verstand, was sie meinte, ohne dass sie es weiter erklären musste, und bewegte sich ein wenig zur Seite, sodass er sich nicht mehr gegen sie drückte.

„Tut mir leid, aber ich finde dich ziemlich attraktiv", verkündete er feierlich.

„Ach ja?", fragte sie.

„Ja."

„Oh." Sie war nicht sicher, ob sie das freuen sollte oder nicht, deshalb kehrte sie zu ihrer Frage zurück. „Aber wenn du nicht tot bist ..."

„Ich bin nicht tot", informierte Lucern sie und verdrehte die Augen.

„Nein?", fragte sie. Er schüttelte feierlich den Kopf, also fuhr sie fort: „Dann bist du also auch nicht seelenlos?"

„Nein." Er verzog die Lippen zu einem kleinen Lächeln.

„Und der Rest deiner Familie ..."

Wieder schüttelte er ernst den Kopf.

Kate versuchte das zu verarbeiten, und sie dachte daran, dass er vor seinen Vampir-Liebesromanen historische Sachbücher geschrieben hatte. Sie dachte daran, dass in einem seiner Vampirromane Personen vorkamen, die die Namen seiner Eltern trugen, und in einem anderen war es um Lissianna und Gregory gegangen – eine Sozialarbeiterin und ein Therapeut, genau wie die wirkliche Lissianna und der wirkliche Gregory –, und einer handelte von Rachel und Etienne, einer Leichenbeschauerin und einem Spieleentwickler. Ihr wurde nun klar, dass er immer noch über Tatsachen schrieb. „Wie alt bist du?"

„Sechshundertzwölf", antwortete er ruhig. Als wäre das ein vollkommen normales Alter. Guter Gott, dachte Kate erschrocken. Sie hatte tatsächlich den Verstand verloren. Sie wimmerte erneut.

„Schon gut, Kate." Luc strich ihr das Haar aus dem Gesicht. „Ich weiß, es ist ziemlich viel auf einmal, aber alles wird gut."

„Und wie, bitte schön? Du bist ein Vampir. Und du hast mich gebissen." Sie konnte immer noch nicht glauben, dass er das getan hatte. Und warum hatte es sich so gut angefühlt?

„Ich habe nur ein wenig geknabbert", korrigierte er sie. Als sie ihn erbost anstarrte, unternahm er einen erneuten Erklärungsversuch. „Es tut mir leid, dass ich dich gebissen habe, aber ich hatte Hunger … und du riechst so köstlich." Sein Blick sank bei diesen Worten sehnsüchtig zu ihrem Hals hinab. Sie erschrak und bedeckte ihren Hals mit beiden Händen.

Zu ihrer Empörung fing er leise an zu lachen. Seine Brust bebte an ihrer.

„Das ist nicht komisch", fauchte sie. „Wie würde es dir denn gefallen, dich wie ein Stück Kalbfleisch zu fühlen?"

„Meine liebe Kate, du bist alles andere als ein Stück Kalbfleisch", sagte er. Er zwang sich zu einer ernsten Miene und fügte hinzu: „Du bist mindestens ein Steak."

Sie riss entsetzt den Mund auf. Lucern nutzte die Gelegenheit und drückte seinen Mund auf den ihren. Sehr zu Kates Verdruss flackerte die Leidenschaft, die er am Abend zuvor in ihr erweckt hatte, wieder auf. Offensichtlich war es ihrem Körper egal, dass er ein blutsaugender Dämon war. Er mochte ihn dennoch. Mehr als das. Und nun musste Kate sowohl gegen Luc als auch gegen sich selbst ankämpfen. Sie konnte nur verlieren. Und so war kaum ein Augenblick vergangen, als sie mit einem herzzerreißenden Stöhnen aufgab und die Arme um seinen Hals schlang.

Das war offenbar alles, worauf Lucern gewartet hatte, denn schon im nächsten Moment stellte sie fest, dass das Laken, das sich bisher zwischen ihnen befunden hatte, verschwunden war und ihr Bademantel weit aufklaffte. Wodurch sie nicht nur nackt unter ihm lag, sondern auch darauf aufmerksam wurde, dass Lucern Argeneau unbekleidet schlief.

Sie riss die Augen auf. Er schlief nackt und in einem Bett. Als er den Kuss abbrach, um an ihrem Ohr zu knabbern, keuchte Kate: „Was ist mit deinem Sarg?"

„Den hab ich zu Hause gelassen." Seine Stimme war ein samtenes Knurren, durchzogen von Lachen.

Kate war nicht sicher, ob das ein Witz sein sollte oder nicht, aber sie hörte auf der Stelle auf, sich Gedanken zu machen, als er die Hand zärtlich um eine ihrer Brüste schloss und sanft drückte. Stöhnend bog sie sich ihm entgegen, dann riss sie die Augen auf. „Warum bist du nicht kalt? Ich dachte, Vampire wären kalt."

„Ich habe dir doch gesagt, dass ich nicht tot bin", erinnerte Lucern sie.

„Oh, ja", murmelte Kate. Dann küsste Luc sie erneut. Er rutschte ein wenig nach unten und nahm eine Brust in seinen warmen, feuchten Mund. Er saugte an ihr wie ein hungriges Baby und züngelte über ihre Brustwarze. Kate hatte plötzlich nichts mehr dagegen, Abendessen zu sein. Das führte sie zu einem weiteren Gedanken. „Was ist mit Knoblauch?"

„Ich liebe Knoblauch", sagte er und nahm sich die andere

Brust vor. „Eines Tages werde ich dich vollkommen damit einreiben und es dann ablecken, als Beweis."

Kate wand sich bei diesem erotischen Bild, dann wurde ihr klar, dass es durchaus dem ähnelte, was sie gerade auslebten. Sie war nackt, und er leckte sie. *Guter Gott!* Sie verlor den Faden ihrer Gedanken, als seine Hand zwischen ihre Beine glitt.

„Luc", hauchte sie. Zu ihrem Erstaunen hielt er inne, seufzte heftig und drehte sich, um sich neben sie zu setzen.

„Also gut. Bringen wir es hinter uns. Wir kommen offensichtlich nirgendwo hin, solange das nicht geklärt ist", sagte er gereizt.

Sie erkannte, dass er annahm, sie wolle eine weitere Frage stellen, und öffnete den Mund, um das richtigzustellen, aber dann entschied sie sich dagegen. Sie wollte schließlich verstehen, was es mit dieser ganzen Vampir-Geschichte auf sich hatte.

„Mein Ururgroßvater stammte von dem Erdteil, den deine Leute Atlantis nennen."

Kate war verdutzt. Das war so ziemlich das Letzte, was sie erwartet hatte. Jetzt klang er wie einer von diesen Spinnern.

Lucern ignorierte ihre Reaktion. „Wie häufig vermutet wird, war Atlantis wissenschaftlich sehr fortgeschritten. Mein Urgroßvater war Wissenschaftler. Kurz vor dem Fall der Stadt entwickelte er, was heute Nanos genannt wird – winzige kleine computerisierte Maschinen. Ich werde nicht alle Einzelheiten erläutern, aber es sollte genügen, wenn ich sage, dass er Nanowissenschaft mit Mikrobiologie kombiniert hat, um mikroskopisch kleine Nanos zu schaffen – eine Art Virus, der, wenn er sich einmal im Blutkreislauf befand, dort lebte und sich vervielfältigte. Diese Viren sind parasitär", erklärte er. „Sie leben von ihrem Wirt, aber im Gegenzug reparieren und regenerieren sie ihn auch. Was den Wirt und damit auch sie selbst für unbestimmte Zeit jung und vital hält."

„Ein Virus?“, fragte Kate angewidert.

„Er kann nicht durch Berührung übertragen werden, nicht einmal durch Küssen.“

„Was ist mit Beißen?“, fragte sie und hob die Hand unwillkürlich an ihren Hals.

„Nein. Auch nicht durch Beißen. Die Nanos müssen entweder intravenös direkt ins Blut geleitet oder konsumiert werden.“

„Wie wenn Dracula sich selbst schneidet und sein Handgelenk an Minas Mund drückt?“

„Dracula!“ Lucern seufzte tief. „Brams Romanfigur basierte auf einem grausamen, prahlerischen, barbarischen Mistkerl. Und wenn er die Klappe hätte halten können, wenn er getrunken hatte, hätte Bram Stoker das verdammte Buch nie geschrieben – das überwiegend schon deshalb nicht der Wahrheit entsprach, da sein Informant verschleppt wurde, bevor er zu viel sagen konnte.“

Kate starrte ihn aus großen Augen an, unsicher, ob sie Luc glauben sollte oder nicht. Vielleicht hatten sie beide den Verstand verloren.

„Ich bin am Leben und nicht tot. Ich habe eine Seele. Ich kann Knoblauch riechen, essen und berühren. Kreuze haben keine Wirkung auf mich, und ich kann Kirchen betreten, wie du sehr gut weißt, da du auf der Hochzeit meines Bruders warst.“

„Aber du kannst nicht in die Sonne gehen“, stellte Kate fest.

„Das kann ich schon“, verbesserte er. „Nur, dass die Sonne die Haut stark schädigt, was bedeutet, dass die Nanos mehr Blut brauchen, um sie reparieren zu können. Sich zu bräunen ist wirklich nicht gesund. Davon altert die Haut. Unsere Körper werden nicht braun, und die Nanos versuchen, die gealterte Haut zu ersetzen. Das verbraucht eine Menge Blut. Je mehr Haut der Sonne ausgesetzt ist und je länger, desto mehr Blut wird gebraucht. In alten Zeiten gab es keine Blutbanken, was bedeutete, dass wir das

Blut direkt von den Menschen nehmen mussten und damit ein erheblich größeres Risiko eingingen aufzufallen. Da war es leichter, die Sonne zu meiden und damit unser Bedürfnis nach Blut einzuschränken. Es war auch einfacher, bei Nacht zu jagen."

„Ihr habt *Menschen* gejagt!"

Er nickte.

„Du bist also kein Mensch?"

„Doch. Nun ja." Er verzog das Gesicht. „Ich bin Atlantide. Gleiche Spezies, anderes Volk."

„Oh." Sie seufzte leise, dann saß sie einfach da und verarbeitete das alles, bis ihr Blick auf Lucerns Bein fiel. Ein sehr blasses Bein. Wahrscheinlich war ein Besuch im Sonnenstudio wirklich keine gute Idee. Dann erinnerte sie sich, dass er manchmal schrecklich blass und dann wieder rosig aussah. „Also wenn du wirklich blass bist, liegt das daran …"

„… dass ich Nahrung brauche", beendete er ihren Satz. „Ich bin dehydriert, und das Blut hat sich zu meinen inneren Organen zurückgezogen, um sie in Gang zu halten. Wenn ich rosiger aussehe, habe ich gegessen."

„Dehydriert." Sie nickte. „Warum kannst du nicht einfach viel Wasser trinken? Warum muss es Blut sein?"

„Die Nanos benutzen Blut, um mich zu reparieren und sich selbst zu reproduzieren. Mein Körper allein kann dieses Blut nicht schnell genug herstellen. Die Nanos bewirken Hunger nach Blut, wenn sie mehr brauchen, indem sie eine chemische Reaktion im Körper erzeugen."

„Und die Zähne?"

„Die erzeugen sie zuerst. Sie folgen einem bestimmten genetischen Code." Er seufzte müde. „Kate, ich habe dir mein Leben und das Leben meiner Familie anvertraut, indem ich dir das erzählte. Wenn du es jemandem verrätst … na ja, die meisten Leute werden dich für verrückt halten. Aber es ist auch möglich, dass dir jemand glaubt, und eine einzige Person genügt, um all meine Leute in Gefahr zu bringen."

„Wie viele von euch gibt es denn?"

„Nicht ganz fünfhundert."

Sie war überrascht. „So wenige?"

„Ja. Es wäre gefährlich, wenn es zu viele gäbe. Jeder von uns darf nur ein Kind pro Jahrhundert haben, damit die Population gering bleibt."

„Aber dann müsste es trotzdem mehr von euch geben. Wenn es jetzt fünfhundert gibt und sie alle Kinder haben ..."

„Die fünfhundert schließen bereits Männer, Frauen und Kinder ein. Vielleicht hundert von ihnen sind Paare. Und dann haben wir auch in jedem Jahrhundert eine gewisse Anzahl von Todesfällen."

Wieder war Kate überrascht. „Ich dachte, ihr könntet nicht sterben."

„Wir altern nicht. Aber wir können sterben", erklärte er geduldig. „Krankheiten und Viren können nichts gegen uns ausrichten – darum kümmern sich die Nanos –, und wir altern nicht. Aber es gibt auch andere Arten zu sterben. Viele von uns sind zum Beispiel während der Inquisition verbrannt worden."

„Was ist mit Pfählen?"

Lucern nickte.

„Eine Kugel ins Herz?", fragte sie weiter.

Er schüttelte den Kopf. „Die Nanos würden den Schaden schnell reparieren."

„Wie kann ein Pflock euch dann töten?"

„Wenn er lange genug drin bleibt. Die Nanos reparieren den Schaden rings umher, aber sie können den Pflock nicht herauszwingen. Das Herz schlägt nicht mehr, es werden kein frisches Blut und keine frischen Nanos transportiert, was dann zum Tod führt."

„Oh. Ich verstehe." Kate senkte den Blick, der dadurch auf seinen schlaffen Penis fiel. Seine Erklärungen hatten die Stimmung ein wenig verdorben – eine verdammte Schande. Sie räusperte sich und sah ihm wieder ins Gesicht. „Bastien hat dir also Blut geschickt, aber weil ich dich nicht am Empfang angemeldet habe, wurde das Päckchen zurückgeschickt, und jetzt bist du …" Sie zögerte. Er war so blass wie der Tod. Sie hätte furchtbar ausgesehen, wenn sie so blass gewesen wäre wie er. Ihm gelang es immer noch, stark und attraktiv zu wirken. Das war wirklich ungerecht. „Was passiert, wenn du kein Blut bekommst?"

„Die Nanos fangen an, Gewebe zu fressen, um die Nährstoffe zu bekommen, die sie brauchen", gab er widerstrebend zu.

Kate riss entsetzt die Augen auf. „Das klingt, als würde es furchtbar wehtun."

„Es ist nicht angenehm", stellte er schlicht fest.

„Würde es dich umbringen?"

„Nach einiger Zeit, aber ich würde erst große Schmerzen haben."

„Und ich habe aufgelegt, als Bastien letzte Nacht am Telefon war!", stellte sie entsetzt fest. „Hast du ihm sagen können, er solle mehr Blut schicken, bevor …"

„Nein." Lucern klang plötzlich ein wenig gereizt.

„Hast du ihn zurückgerufen?"

„Ich weiß nicht, wo er ist. Er hatte nur gesagt, dass er sich in Europa befindet, dann hast du die Verbindung unterbrochen."

„Oje", murmelte sie leise. „Wann wird es anfangen wehzutun?"

„Vier Uhr heute früh."

Kate schloss die Augen. *Na wunderbar.* Das bedeutete, dass die Nanos ihn bereits verzehrten. Sie hatte es mit einem hungrigen Vampir zu tun. Einem, der so hungrig war, dass es wehtat. Und sie waren in einem Hotel, in dem über zweitausend

Liebesroman-Fans darauf warteten, sich auf ihn zu stürzen. Kate seufzte tief. Das war zweifellos alles ihre Schuld. Sie sollte besser versuchen, die Sache in Ordnung zu bringen.

„Also gut. Wie viel Blut brauchst du, bis wir einen Weg gefunden haben, um dir mehr zu verschaffen?“

Er sah sie überrascht an. „Ein halber Liter würde genügen, um mich über den Tag zu bringen. Wahrscheinlich. Aber ich brauche …“

„Ein halber Liter!“, kreischte Kate. *Guter Gott!* „Ein halber Liter? Das ist ein Milchbeutel voll.“

„Grob geschätzt, ja.“

Kate dachte ernsthaft über diese Sache nach. Es hatte nicht wehgetan, als er sie letzte Nacht gebissen hatte. Tatsächlich hatte es sich verdammt gut angefühlt. Aber ein halber Liter?

„So viel verliert man, wenn man Blut spendet“, erklärte er.

„Ja?“ Sie hatte noch nie Blut gespendet. Aber sie hatte Berichte darüber in den Nachrichten gesehen, wenn aus irgendwelchen Gründen zu Spenden aufgerufen wurde. Sie nahm an, dass er die Wahrheit sagte.

„Ja“, versicherte er ihr. „Tatsächlich brauche ich erheblich mehr, aber mehr kann man ohne Nebenwirkungen nicht nehmen. Und ein halber Liter würde mir einige Zeit weiterhelfen.“

Seufzend streckte Kate den Arm aus, das Handgelenk auf seinen Mund gerichtet. „Also los.“

Lucern blinzelte und seine Nase bebte ein wenig. Sie fragte sich, ob er ihr Blut riechen konnte. Der Gedanke, für ihn wie Essen zu riechen, war eher unangenehm.

„Also los?“, wiederholte er unsicher.

„Beiß mich“, forderte sie ungeduldig. Sie wandte den Kopf ab und kniff die Augen zu, falls es diesmal wehtun würde. Es war immerhin ihr Handgelenk und nicht ihr Hals. Vielleicht sollte sie ihm ihren Hals geben.

Sie erstarrte, als er ihre Hände in seine nahm. Sie hielt den Atem an und wartete auf den Biss. Ihr Herz wäre beinahe stehen geblieben, und sie hätte fast die Hand weggerissen, als sie spürte, wie seine Lippen die empfindliche Haut ihres Handgelenks berührten. Aber es gab keinen scharfen Schmerz, es war eher, als knabberte er an ihrer Haut.

Nun, dachte sie, als das knabbernde Gefühl langsam an ihrem Handgelenk entlang zog, das war gar nicht so schlimm. Angenehmer, als in einer Blutbank Blut zu spenden, das war mal sicher. Viel angenehmer. Sogar aufregend. Sie wand sich ein bisschen, als das Knabbern die empfindsame Biegung ihres Ellbogens erreichte. Offensichtlich hatte er noch nicht gebissen. Oder doch? Sie öffnete blinzelnd ein Auge und sah ihn an. Aber sie konnte nur seinen Kopf sehen, der über ihren Arm gebeugt war. Er hatte hübsches Haar, dicht und dunkel und –

„Oh“, hauchte sie, als er ein wenig Haut zwischen die Zähne nahm. Es tat nicht weh, sie hatte sich nur auf eine erregende Art erschrocken. Aber Kate glaubte nicht, dass er die Haut durchdrungen hatte. Er bewegte sich bereits weiter ihren Arm hinauf. Die Ader dort musste gut sein, dachte sie vage und beobachtete, wie sein Kopf höher und höher kam. Als er die Innenseite ihres Oberarmes erreichte, wandte er sich plötzlich zur Seite, zu ihrer Brust, und begann an ihrer Brustwarze zu saugen. Sie zuckte überrascht zusammen. Beinahe hätte sie protestiert, aber als er an ihrer empfindlichen Haut zupfte, kam sie zu dem Schluss, dass es sowieso besser wäre, wenn er sie dort bisse. Man würde es nicht sehen. Er leckte und saugte, dann nahm er die Brust weit in den Mund, und Kate dachte, wenn er sie so beißen würde, könnte er es jederzeit tun.

Seine Hand fuhr an ihrem Bauch entlang und fand dann die andere Brust. Kate ließ sich langsam wieder aufs Bett sinken, gab vor, einem Schwächegefühl vorzubeugen, nachdem er ihr Blut genommen hatte, aber in Wahrheit zitterte sie am ganzen Leib, und ihre Muskeln bebten vor Erwartung. Sie glaubte nicht, unter diesem sinnlichen Angriff aufrecht sitzen bleiben zu können, nicht einmal, wenn sie es gewollt hätte.

Lucern sank zu ihr hinab und stützte sich auf einen Ellbogen, während er sie weiter erfreute. Kate schloss die Augen und fuhr mit den Händen durch sein Haar, wobei ihre Finger es zerwühlten und zerzausten, als würden sie einem eigenen Willen folgen. Sie wollte seine Mahlzeit nicht unterbrechen, aber sie verspürte plötzlich selbst so etwas wie Hunger – sie wollte unbedingt, dass er sie küsste. Als er den Mund von ihrer Brust hob, sah Kate, dass die Haut immer noch unverletzt war. Er hatte immer noch nicht zugebissen. Diese Art, sich zu ernähren, schien ihr reichlich kompliziert zu sein. Sie hätte es wissen sollen. Lucern war eben nicht der Mann für Fast Food.

Er drückte seinen Mund auf den ihren, wie sie es gewollt hatte, und Kate seufzte tief. Sie erlaubte ihren Händen, über seinen Rücken zu streichen und seinen Po zu finden, und sie drückte ihn fest an sich und bog sich ihm entgegen. Er bewegte sich an ihr, ohne in sie einzudringen, aber es schien ihn ebenso zu erregen wie sie, denn sein Kuss wurde intensiver, sein Mund verlangender.

Kate stöhnte, als er sich von ihrem Mund losriss und auf ihren Hals konzentrierte. Irgendwie wusste sie, dass die Zeit zum Beißen gekommen war, und spürte, wie sie sich anspannte und darauf gefasst machte. Dann lenkte sie die Art, wie er sich auf ihr bewegte und ihre Beine auseinanderdrängte, wieder ab. Er ließ sich in der Wiege ihrer Oberschenkel nieder, seine Erektion drückte sich gegen sie.

„Ich will dich haben", flüsterte er ihr ins Ohr, dann knabberte er an ihrem Ohrläppchen, und ein scharfer Zahn fuhr leicht über ihre Haut.

Kate hatte plötzlich die verrückte Idee, wenn ihre Ohren nicht ohnehin durchstochen gewesen wären, hätte er das für sie tun können.

„Kate?“

Sie zwang sich, sich zu konzentrieren. Er bat sie um Erlaubnis. Sie war nicht sicher, um was genau es ihm ging. Bat er sie um die Genehmigung, sie zu beißen, oder darum, seinen Körper in ihren zu versenken? Vielleicht beides. Kate öffnete den Mund, um ihm zu sagen, er solle weitermachen, als es an der Tür klopfte.

„Hallo? Heh, ihr beiden?“, rief Chris durch die Tür. „Ich störe euch ja nur ungern, aber der Willkommensbrunch und die Preisverleihungen fangen in etwa einer Viertelstunde an. Seid ihr fertig?“

10

„Ist Lucern in Ordnung? Er sieht furchtbar blass aus."

Auf Allisons Bemerkung hin warf Kate einen besorgten Blick auf ihren Autor. Luc war tatsächlich blass. Das hatte sie schon in seinem Zimmer gedacht, aber unter den Lampen hier im großen Empfangsbereich für den Willkommensbrunch schien er noch bleicher auszusehen. Sie hätte darauf bestehen sollen, dass er sie biss.

Das hatte sie selbstverständlich auch versucht. Sie hatte ihm gesagt, er solle es einfach tun, aber Chris hatte immer wieder an die Tür geklopft, und Lucern hatte sich geweigert. Er fürchtete, sie würde sich danach zu schwach fühlen, und er wollte nicht, dass ihr schwindlig wurde, wenn sie sich für den Brunch zurechtmachte, und sie womöglich noch hinfiel. Außerdem hatten sie nicht genug Zeit, hatte er gesagt. Er würde es später tun.

Als sie jetzt sah, wie blass er war, hätte sie sich treten können, nicht mehr Druck ausgeübt zu haben.

„Kate?"

Sie drehte sich um und zwang sich, ihre Chefin anzulächeln. „Ein bisschen Jetlag. Er ist okay."

Allison akzeptierte die Lüge, konzentrierte sich wieder auf ihr Essen und überließ es Kate, sich Sorgen um Lucern zu machen. Sie würde ihn zwingen, sie zu beißen, sobald sie den Brunch verlassen hatten; sie konnten für einen Quickie nach oben eilen, bevor sie zu der Veranstaltung mit den Lesern gingen. Und dann würde sie eine Möglichkeit finden, Blut für ihn zu ergattern. Selbst wenn es ihnen gelingen sollte, Bastien heute zu erreichen, würde es mit Sicherheit bis morgen dauern, bevor er eine weitere Lieferung arrangieren konnte.

Kate runzelte die Stirn, als ihr klar wurde, dass Bastien vielleicht gerade in diesem Moment anrief und niemand da war, um den Anruf entgegenzunehmen. Und so würde es den ganzen Tag gehen. Und am Abend würde es nicht anders sein, falls sie zu der Veranstaltung mit den Cover-Models gingen. Vielleicht konnten sie das streichen. Lucern wurde dort nicht wirklich gebraucht. Die Fans würden sich alle nur für die männlichen Cover-Models interessieren und die Abwesenheit von Lucern vielleicht gar nicht bemerken. Allison und Chuck hingegen schon. Kate betrachtete missmutig ihren Teller. Allison würde sich nicht daran stören, wohl aber Chuck. Was ihn anging, hatte die Firma für Lucerns Anwesenheit auf der Konferenz bezahlt, und er wollte etwas für sein Geld haben.

„Kann er sprechen?"

Bei dieser ätzenden Frage von Chuck blickte Kate wütend auf. Sie hatte dafür gesorgt, dass Chris auf Lucerns Seite saß und sie auf der anderen, und Chuck saß neben Allison, aber der Verleger beugte sich an der Cheflektorin vorbei, sodass sein Kinn praktisch auf ihrer Brust ruhte, als er Lucern ansprach. Allison war sauer, und das konnte Kate ihr nicht verübeln. Chuck konnte so ein Schwein sein; er machte alle Frauen im Büro an und versuchte ihnen in den Ausschnitt zu gaffen. Er war nicht sonderlich beliebt bei den Angestellten, und sie konnten es kaum erwarten, dass sein Posten mit jemand anderem besetzt wurde. Bei Roundhouse geschah das fast jährlich. Kate hoffte nur, dass Chuck Morgan da keine Ausnahme darstellte. Niemand bei Roundhouse war glücklich gewesen, als er an George Sassoons Stelle getreten war. George war ein hervorragender Mann gewesen, der von Radio und Fernsehen ins Verlagswesen gewechselt war und all seine Erfahrung mit eingebracht hatte. Er hatte

Großartiges für Roundhouse geleistet, und es hatte niemanden überrascht, dass eine größere Firma ihn wegschnappte. Chuck Morgan war ein jämmerlicher Ersatz.

Ihr Blick ging an Chucks höhnischem Gesicht vorbei zu Jodi Hampton, der Schriftstellerin, die neben ihm saß. Jodi warf neugierige Blicke zu Lucern hinüber. Das überraschte Kate nicht. Er war nicht nur ein attraktiver Mann, sondern es wurde ihm auch ein hohes Maß an VIP-Behandlung zuteil. Die Lektoren und das restliche Personal von Roundhouse sollten sich an den Tischen verteilen, sodass all ihre Schriftsteller sich eingebunden fühlten. Chris und Kate jedoch würden die ganze Woche nicht von Lucerns Seite weichen, und Allison und Chuck hatten den geheimnisvollen Mr. Argeneau unbedingt kennenlernen wollen, sodass sie nun alle um ihn herumsaßen. Blieben nur Deeana Stancyk und Tom Duchamp, der VP der Werbeabteilung, um sich unter die restlichen dreißig Roundhouse-Autoren zu mischen.

„Ich sagte, kann er sprechen?"

Kates Blick fiel wieder auf Chuck. Er war einer der wenigen Männer, deren Aussehen sein unangenehmes Wesen spiegelten: ein rotes Gesicht voller Aknenarben, ein hängender grauer Schnurrbart und ein kahl werdender Kopf mit Sommersprossen.

Kate dachte über die Frage nach. Lucern war leider selbst zu den besten Zeiten eher schweigsam. Im Augenblick sagte er kein Wort. Sie öffnete den Mund, um eine Ausrede für sein Schweigen zu liefern, dann änderte sie ihre Meinung plötzlich. Der Verlag hatte ihn hierhaben wollen, und sie hatte das erreicht. Wenn sie mit seinem Verhalten nicht zufrieden waren, würden sie sie in der Zukunft vielleicht nicht mehr nötigen, Lucern zu belästigen. Sie zuckte nur die Achseln und sagte: „Nicht viel."

Chuck war nicht gerade erfreut. Das war Kate egal. Es entsprach nur der Wahrheit, und man konnte sie nicht für Lucerns

Wesen verantwortlich machen. Wieder glitt ihr Blick zu dem Autor hinüber. Chris sagte gerade etwas, und Lucern nickte matt. Er hatte Spannungsfalten um die Augen, die sie beunruhigten. Sie fragte sich, ob er wohl große Schmerzen hatte. Sie fing sofort wieder an, darüber nachzudenken, wie sie ihm Blut beschaffen konnte, und zwar mehr als den halben Liter, den sie ihm ungefährdet abtreten konnte. Im Geiste stellte sie bereits eine ganze Liste von Opfern zusammen, die er beißen könnte, aber so sehr sie den Gedanken auch genoss, Chuck dabei ganz nach oben zu setzen, wollte sie eigentlich nicht, dass Lucern jemand anderen biss als sie.

Sie dachte immer noch über dieses Problem nach, als die Teller weggeräumt wurden und die Preisverleihungen begannen. Sie lauschte halbherzig, als die Nominierungen für jede Kategorie vorgetragen wurden, gefolgt von der Nennung des Siegers. Kate klatschte, wenn es die anderen taten, ansonsten war sie mehr oder weniger in Gedanken versunken.

„Und als letztes Buch in dieser Kategorie ist nominiert: Luke Amiraults *Verliebt in einen Vampir.*"

Kate setzte sich ruckartig auf, als Lucs Pseudonym erklang. Sie war kein bisschen überrascht, dass Lucern neben ihr das Gleiche tat. Sie hatte vergessen ihm zu sagen, dass sein Buch in drei unterschiedlichen Kategorien nominiert war. Als er sich zu ihr hindrehte und ihr einen anklagenden Blick zuwarf, verzog sie das Gesicht.

„Du bist nominiert. Das bedeutet nicht, dass du gewinnen wirst", sagte sie beschwichtigend.

„Und der Sieger ist … Luke Amirault mit *Verliebt in einen Vampir!*"

„*Merde*", murmelte Lucern.

„Scheiße", echote Kate auf Englisch. Sie zögerte einen Moment, aber als Lucern nicht aussah, als wollte er aufstehen, beugte sie sich zu ihm, um zu erklären: „Du musst aufstehen und deinen Preis abholen."

„Ich will aber nicht."

Kate spürte, wie sich bei dieser kindischen Beschwerde ihr Herz zusammenzog. Sechshundert Jahre alt, und er klang immer noch wie ein Baby. Männer waren einander so ähnlich, ganz gleich, welcher Spezies sie angehörten … oder sollte sie lieber sagen, welchem Volk? Wie auch immer. Sie nahm seinen Ellbogen, stand auf und zwang ihn, es ihr gleichzutun. „Ich auch nicht. Also machen wir es zusammen."

Zu ihrer großen Erleichterung erhob er sich widerstandslos und ließ sich von ihr auf die Bühne am anderen Ende des Raumes führen. Die Anwesenden klatschten und äußerten Beifallsbekundungen. Lucern schien das alles nicht zu bemerken. Seine Gesichtshaut war angespannt, seine Miene beinahe gequält, als er störrisch nach vorn stapfte. Kate hätte nicht sagen können, ob seine ablehnende Haltung mit seinem Hunger zusammenhing oder damit, im Mittelpunkt der Aufmerksamkeit zu stehen. Sie wusste, dass er solche Dinge hasste. In Toronto hatte sie einen Eindruck davon erhalten, wie zurückgezogen er lebte. Und wenn sie das nach drei Tagen in seiner Gesellschaft nicht begriffen hätte, dann hätte das Gespräch mit seiner Mutter und seiner Schwester auf der Hochzeit viel über ihn verraten.

Kathryn Falk, Lady Barrow – die Frau, die hinter der *Romantic-Times*-Buchclub-Zeitschrift, der Konferenz und diversen anderen Unternehmen stand –, wartete auf der Bühne, um den Preis persönlich zu überreichen. Sie lächelte strahlend, als Kate und Lucern die Stufen zum Podium hinaufstiegen, dann flackerte Sorge in ihrem Blick auf, als sie das seltsame Verhalten der beiden bemerkte. Kate versuchte ebenfalls, ein strahlendes Lächeln zustande zu bringen, um die Frau zu beruhigen, aber sie hätte selbst ein wenig Trost brauchen können. Lucern war nicht gerade ein Redner, und zweifellos wurde eine Art von Ansprache erwartet.

„Meinen Glückwunsch, Mr. Amirault", sagte Lady Barrow, als sie den Preis überreichte. „Ich habe Ihre Vampirreihe mit großem Vergnügen gelesen."

Lucern brummte, nahm den Preis und wollte wieder von der Bühne steigen. Kate starrte ihm hinterher, dann murmelte sie etwas und beeilte sich, ihn am Arm zu packen.

„Du musst dich bedanken", zischte sie und drängte ihn wieder zu Lady Barrow und dem Podium.

„Ich will aber nicht."

Kate runzelte angesichts der Schwäche in seiner Stimme die Stirn. Sie zog sein übliches „Nein" beinahe vor und stellte sich die Frage, wie sehr sich der Mangel an Blut negativ auf seinen Geist auswirken konnte. Wenn sie nicht bald Blut für ihn fand, würde er dann durchdrehen und vollkommen den Verstand verlieren? Sie wand sich innerlich bei dem Gedanken.

„Sag einfach danke", befahl sie ihm grimmig und steuerte ihn aufs Podium zu.

„Geht es ihm gut?", fragte Lady Barrow flüsternd, als Lucern vor dem Mikrofon stehen blieb. Er starrte ausdruckslos auf das Meer von Gesichtern hinab. Kate fragte sich, ob die Menge wie ein Festessen von Steaks für ihn aussah. Dann nickte sie.

„Jetlag", log sie.

„Sind Sie sicher, dass das alles ist?" Kathryn schien ihre Zweifel zu haben, also fügte Kate hinzu: „Und ein bisschen Darmgrippe, fürchte ich." Dann gab sie auf und gestand: „Es geht ihm überhaupt nicht gut."

„Oje", murmelte Lady Barrow.

„Aber wir hoffen, dass es schnell wieder vorbeigeht", versicherte sie der Frau. „Wir werden vielleicht die Cover-Models auslassen, um zum Arzt zu gehen."

„Zum Arzt? Am Abend?“

„Das war der früheste Termin, den wir bekommen konnten“, log Kate.

„Oh.“ Lady Barrow schüttelte den Kopf, dann schien sie zu bemerken, dass Lucern nun schon einige Zeit schweigend am Mikrofon stand. Der Raum schwieg erwartungsvoll.

Kate trat an Lucerns Seite und schubste ihn. „Sag danke.“

„Danke“, verkündete oder besser gesagt knurrte er pflichtbewusst und trat sofort wieder vom Mikrofon zurück. Kate zuckte zusammen, aber Lady Barrow rettete die Situation, indem sie zwischen die beiden trat und seinen Arm packte. Sie drängte ihn wieder nach vorn, dann übernahm sie das Mikrofon und sagte: „Meine Damen ... und Herren.“ Letzteres sagte sie mit einem Grinsen zu einem Tisch mit männlichen Models, die außer einer Handvoll männlichen Verlagspersonals und vereinzelten Ehemännern von Autorinnen die einzigen anwesenden Männer waren. „Wie Sie an seiner Blässe erkennen können, geht es Mr. Amirault nicht gut, aber er hat darauf bestanden, an dieser Zeremonie teilzunehmen, um Ihnen allen für Ihre Unterstützung zu danken.“ Sie ließ einen Augenblick verstreichen, damit das Publikum das verdauen konnte, dann fuhr sie fort: „Ich jedenfalls bin dankbar, dass er den Weg hierher gefunden hat. Lassen Sie uns applaudieren und ihm für seine wunderbaren Geschichten danken. Ich jedenfalls danke Ihnen, Luke.“

Kathryn Falk wandte sich ihm zu, um ihn zu umarmen, und die Menge brach in Applaus aus.

Kate war unendlich erleichtert. Lady Barrow hatte sie gerettet! Dann bemerkte sie, dass Lucerns Nasenlöcher bebten und er das Gesicht zum Hals der Frau senkte. Noch beunruhigender war der silbrige Schimmer, der in seine Augen getreten war. Er bewegte die Lippen auf der Suche nach einer Ader dicht an Lady Barrows Haut heran.

Kate riss entsetzt die Augen auf. Er stand kurz davor, Lady Barrow mitten auf der verdammten Bühne zu beißen!

„Nein!" Der Schrei kam von Kates Lippen, als sie Lucerns ausgefahrene Zähne sah. Es war ein lauter Schrei. Der ganze Raum schwieg verdutzt. Aber das war Kate gleich, denn Lady Barrow riss sich aus Lucerns Armen und fuhr erstaunt herum. Lucern sah sie verärgert an, weil sie seine Vorbereitungen unterbrochen hatte.

„Äh …", sagte Kate in die ohrenbetäubende Stille. Sie bewegte sich zum Mikrofon und fügte hinzu: „Nein. Es ist … äh … nicht notwendig, ihm zu danken. Lucern ist … er ist einfach nur froh, dass er diese Möglichkeit hatte, Ihnen allen gegenüber seinen Dank auszusprechen. Äh … danke!"

Die Menge begann wieder zu klatschen, doch Kate nahm das kaum wahr. Lucern bewegte sich erneut auf die nichts ahnende Lady Barrow zu, immer noch mit diesem hungrigen Blick in den Augen. Kate zwang sich zu einem Lächeln, packte seinen Arm und führte ihn weg.

„Du hättest sie beinahe gebissen", zischte sie ihn an.

„Ich wollte nur ein paar Tropfen." Er klang mürrisch.

„Nur ein paar Tropfen?", rief sie. „Direkt auf der Bühne, wo es alle sehen können?"

„Sie hätten es für einen Publicity-Gag gehalten", verteidigte er sich. Dann seufzte er und gab jämmerlich zu: „Ich konnte einfach nicht anders. Sie hat starkes, süßes Blut."

Kate starrte ihn an. „Du hast doch nicht …"

„Nein, du hast mich rechtzeitig aufgehalten. Aber ich kann es am Geruch feststellen."

Kate verzog das Gesicht, dann bemerkte sie, dass die Falten um seine Augen tiefer geworden waren und er nun auch welche um den Mund hatte. „Wie schlimm ist der Hunger jetzt?" Dumme Frage. Der Mann hätte Lady Barrow beinahe auf offener

Bühne gebissen! Der Hunger war schlimm. Was sie wirklich wissen wollte, war: „Ich meine, hast du Schmerzen?"

Er nickte finster.

„Das bisschen Sonnenlicht gestern hat so viel Ärger verursacht?", fragte sie. Wenn das der Fall war, fand sie, dass Vampire in mancher Hinsicht schwächer als Menschen waren. Zumindest dieser Aspekt ließ sie regelrecht anfällig erscheinen.

„Dieses kleine bisschen Sonnenlicht gestern, der Kerl mit der Erkältung, der neben mir ihm Flugzeug saß und immer wieder in meine Richtung gehustet hat, der ..."

„Von kranken Leuten umgeben zu sein verbraucht ebenfalls mehr Blut?", fragte Kate erschrocken. Sie befanden sich in einem Hotel mit ein paar Tausend Personen – es wimmelte hier wahrscheinlich nur so von Bakterien. Kein Wunder, dass er so zurückgezogen lebte.

„Ja." Lucern nickte. „Die Nanos umzingeln diese Bakterien offenbar und töten sie, aber das verbraucht mehr ..."

„... Blut", schloss Kate unglücklich.

„Ja. Und dann das Sonnenlicht hier."

Kate sah sich überrascht in dem hellen Raum um. Die Wände hatten keine Fenster, aber es gab Oberlichter. Sie bestanden aus Milchglas, und Kate hatte nicht geglaubt, dass sie ein Problem sein würden. Aber sie hätte daran denken sollen. Ihr Blick ging zu dem Tisch, an dem sie saßen, und sie hätte beinahe gestöhnt, als ihr klar wurde, dass sie einen Tisch direkt unter einem Oberlicht gewählt hatte. „Der Alkohol letzten Abend war auch nicht hilfreich", fuhr Lucern fort. „Er dehydriert den Körper ebenfalls."

Kate runzelte die Stirn. Sie hatte die zerdrückten Bierdosen, den leeren Pizzakarton und Haufen von Erdnussschalen um den Couchtisch herum bemerkt. Es sah aus, als hätten sich Chris und Lucern einen zünftigen Männerabend gegönnt. Jetzt musste Luc teuer dafür bezahlen. Offenbar war sein Zustand das Ergebnis vieler unterschiedlicher Ursachen. Aber die letzte war eindeutig ihre Schuld.

Sie hatten ihren Tisch beinahe erreicht, doch Kate führte Lucern an ihm vorbei auf einen der Ausgänge zu. „Komm mit."

„Wo gehen wir hin?" Er klang verwirrt.

„Wir suchen dir etwas zum Essen." Sie ging auf die Empfangshalle zu und sah sich um. Es blieb wirklich keine Zeit mehr, zu ihrer Suite zu gehen. Sie brauchten einen näher gelegenen Platz. Sie zerrte ihn zur Herrentoilette.

„Geh rein und sieh nach, ob niemand da ist", schlug sie vor. „Wenn nicht, bring die Leute dazu zu gehen. Das kannst du doch, oder? Du weißt schon, ihren Geist beherrschen und so was alles ..."

„Ja. Aber ..."

„Tu es einfach", verlangte Kate.

Lucern schüttelte den Kopf, betrat aber dennoch den Waschraum. Kurze Zeit später ging die Tür auf und ein Mann kam heraus. Kate erkannte ihn als eines der Models. Sie lächelte ihn nervös an, doch er erwiderte das Lächeln nicht – er schien sie nicht einmal zu bemerken. Seine Augen waren glasig, seine Miene ausdruckslos.

Sie sah ihm hinterher, als er davonging, dann huschte sie in den Waschraum, erleichtert, Lucern allein vorzufinden.

„Also gut." Sie ging entschlossen auf ihn zu. „Fangen wir an."

Lucern schüttelte den Kopf, als sie ihr Handgelenk ausstreckte. „Ich kann nicht."

„Wie meinst du das, du kannst nicht?", fauchte sie gereizt. „Du hast Chris und auch mich schon einmal gebissen, also kannst du es selbstverständlich. Fahr einfach deine Zähne aus."

„Kate, ich kann nicht. Es würde dir wehtun."

„Letzte Nacht hat es nicht wehgetan", wandte sie ein.

„Das lag daran, dass du von sexueller Begierde überwältigt warst."

Kate errötete, aber es hatte keinen Sinn, es abzustreiten. Sie war ziemlich scharf auf ihn gewesen. „Was hat das damit zu tun?" Sie kniff die Augen zusammen. „Chris war nicht …"

„Selbstverständlich nicht." Er fing an ungeduldig zu klingen. „Aber *seinen* Geist kann ich beherrschen."

„Dann tu dasselbe mit meinem."

„Das kann ich nicht, Kate. Dein Geist ist zu stark."

„Tatsächlich?" Eine gewisse Freude über diese Tatsache erfasste sie. Gut zu wissen! Sie hatte einen starken Geist. Oh, wurde ihr plötzlich klar, sie hatte sogar einen stärkeren Geist als Chris, denn nach allem, was sie gesehen hatte, als sie gestern Abend in die Suite zurückgekehrt war, war es Lucern nicht schwergefallen, ihn zu beherrschen. Sie hätte gerne damit angegeben, aber Lucern redete immer noch.

„Ich kann nur in deinen Kopf eindringen, wenn du schläfst oder wenn du von Leidenschaft erfüllt bist. Zumindest nehme ich an, dass ich es kann. Du hast doch keine Schmerzen verspürt, als ich dich letzte Nacht gebissen habe, oder?"

Kate schüttelte den Kopf. „Nein. Überhaupt nicht."

Er nickte. „Dann muss sich dein Geist genug geöffnet haben, dass ich ihn mit Begierde durchdringen konnte."

„Hm." Kate versuchte, das zu verdauen. „Und woher weißt du, dass du in meinen Kopf gelangen kannst, wenn ich schlafe?"

Lucern schaute plötzlich schuldbewusst drein, und Kate musste an den erotischen Traum denken, den sie in seinem Haus gehabt hatte. „Du hast doch nicht …", begann sie.

Er zuckte schuldbewusst zusammen, dann hob er beschwichtigend die Hände. „Ich habe nur … nur nach dir gesehen. Und du hast so süß und hinreißend ausgesehen, dass ich mir vorgestellt habe, was ich gerne mit dir machen würde, aber mir war nicht klar, dass du meine Gedanken aufnehmen konntest, bis du … äh …" Er zuckte unbehaglich die Schultern. „Ich habe sofort aufgehört."

Kate starrte ihn wütend an; sie fühlte sich verwundbar und bloßgestellt. Der Traum, den sie in seinem Haus gehabt hatte, war überhaupt kein Traum gewesen, sondern ein Produkt seiner Fantasie. Oder war es doch ein Traum gewesen? Ein Wachtraum? Jedenfalls nicht ihrer.

Die Waschraumtür ging auf, und sowohl sie als auch Lucern fuhren zu einem Mann in mittlerem Alter herum, der hereinkommen wollte. Lucern sah ihn verärgert an, seine Augen sprühten silbriges Feuer. *Gehen Sie.*

Sobald sie wieder allein waren, packte Kate Lucerns Hand und zog ihn in eine der Kabinen – sie konnte ihn schlecht alle Leute beeinflussen lassen, die die Herrentoilette betraten. Die Kabine war eng, aber zum Beißen würde sie wohl genügen. „Tu es einfach, Luc. Du brauchst das Blut. Du siehst aus wie eine wandelnde Leiche."

„Ich will dir nicht wehtun."

Sie seufzte gereizt, aber insgeheim freute es sie, dass es ihm so widerstrebte, ihr Schmerzen zuzufügen. Vor allem, da er so offensichtlich unter etwas litt, wobei sie helfen konnte. Die Schmerzen würden nicht schlimmer sein als eine Spritze. Jedenfalls ging sie davon aus, dass es nicht unangenehmer sein würde.

„Warte mal! Was, wenn ich dir meinen Geist öffne?", schlug sie vor, obwohl sie keine Ahnung hatte, wie sie das bewerkstelligen sollte. Sie nahm an, sie müsste einfach offene Gedanken denken. „Lass uns das versuchen! Ich werde meinen Geist öffnen und …"

„Kate", begann Lucern, und sie wusste, dass er sich weigern würde. Sie stand hier in einem verdammten Herrenklo – und auch noch in einer Kabine! – und bot diesem dummen Kerl ihr

Blut an, als wäre sie eine weibliche Version von Renfield. Und er stand einfach da und war höflich und altmodisch. Demnach musste er wirklich alt sein. Nach ihrer Erfahrung nahmen sich die Männer heutzutage, was ihnen angeboten wurde, ob es zum Wohl der Frau war oder nicht. Zum Teufel, manchmal nahmen sie sogar, was ihnen nicht angeboten wurde.

„Verdammt, Luc", unterbrach sie ihn ungeduldig. Sie packte den Ausschnitt ihres Kleids und drehte den Rand nach außen, um die Sicherheitsnadel sehen zu können, mit der sie den BH-Träger am Stoff des Kleids befestigt hatte.

„Was machst du denn da?" Wieder sah er sie missbilligend an.

Guter Gott, dachte sie gereizt. Sie war inzwischen selbst ziemlich verärgert. Sie hatte angenommen, nur Babys müssten teelöffelweise gefüttert werden. Sie öffnete die Sicherheitsnadel, zog sie aus dem BH, stach sich rasch in eine Fingerspitze und drückte sie dann fest, bis ein schöner dicker Tropfen herauskam. Entschlossen hielt sie ihn ihm vor die Nase.

„Hast du Hunger?", fragte sie. Sie folgte ihm, als er gegen die Kabinenwand zurückwich, um ihrem Finger auszuweichen, dann fuchtelte sie ihm damit vor der Nase herum. Triumphierend bemerkte sie, dass seine Nasenlöcher zuckten. „Komm schon. Du hast Hunger. Probier einen Tropfen. Leck ein bisschen. Wenn du es nicht magst, finden wir jemand anders. Wenn du es magst, wirst du dich besser fühlen, nachdem du an meinem Hals geknabbert hast. Komm schon, Lucern, ein Löffelchen Kate zum Frühstück und …" Die Worte brachen in einem erstaunten Keuchen ab, als er das Blut von ihrer Fingerspitze leckte. Er war so schnell mit der Zunge über ihren Finger gefahren, dass sie es kaum spürte, aber sehr zu ihrer Zufriedenheit leuchteten seine Augen silbrig auf. Sie hatte ihn.

Kate legte den Kopf schief und kniff die Augen in Vorbereitung auf das, was kommen würde, zusammen, dann erinnerte sie sich an diese Sache mit dem offenen Geist. Sie dachte: *Mein Geist ist offen. Lucern kann hereinkommen. Mein Geist ist offen. Lucern kann hereinkommen.*

Offenbar war das Öffnen des Geistes nicht so einfach. Sie spürte seine Hände auf ihren Armen, dann seine Lippen an ihrem Hals, dann einen quälenden Schmerz, als er seine Zähne hineinsenkte.

„Au, au, au!" Gegen ihren Willen fing Kate an, sich zu wehren. Lucern wich sofort zurück. Aber er hielt sie immer noch an den Armen gepackt, und er atmete schwer. Das silbrige Feuer in seinen Augen war eine Feuersbrunst, als er versuchte, seinen Durst zu beherrschen.

Kate biss sich unglücklich auf die Lippe, beschämt, als sie erkannte, was für ein Weichei sie war. Aber es hatte so wehgetan! Keine Spritze war je so schlimm gewesen. Spritzen waren allerdings auch nicht annähernd so groß wie Lucerns Zähne. Sie drückte eine Hand an die Kehle. „Wahrscheinlich weiß ich doch nicht, wie ich meinen Geist öffnen soll."

Lucern zog die Hände weg. „Du solltest lieber gehen. Ich glaube nicht, dass ich mich noch viel länger beherrschen kann."

Kate zögerte, dann trat sie vor und schlang die Arme um seinen Hals.

„Was machst du denn?", fragte er harsch.

„Nun, ich muss sexuell erregt sein, um dich in meinen Kopf zu lassen, damit es nicht wehtut, also solltest du dich lieber beeilen und mich erregen."

„Kate, wir sind in einer Toilette! Das hier ist wohl kaum der Ort, an dem …"

„Du bist wohl nicht besonders abenteuerlich, wie?", fragte sie. „Vergiss, wo wir sind, und mach schon, Junge. Das hier ist ein öffentlicher Waschraum – jeden Augenblick könnten mehr Leute reinkommen“, stellte sie fest. Sie reckte sich hoch und küsste ihn. Mehr brauchte sie nicht zu tun. Lucern begann sofort, ihren Kuss zu erwidern. Sie schlang die Arme wie stählerne Bänder um seinen Hals.

Kate nahm an, dass das, was nun folgte, die Vampirversion eines Quickies war. Es war ganz anders als die leidenschaftlichen Momente, die sie in ihrer Suite geteilt hatten. Sie konnte es nicht erklären, aber hinter allem, was er tat, war die Absicht zu spüren, als wäre er nicht vollkommen bei der Sache, sondern vollzöge bestimmte Dinge, um sie zu erregen, als notwendiges Vorspiel, um sie beißen zu können. Er schien irgendwie distanziert zu sein. Nicht wirklich engagiert. Seine Küsse waren geübt und immer noch aufregend, aber selbst während sie stöhnte und sich ihm öffnete, war sie sich bewusst, dass er nicht vollkommen da war. Zumindest war sie sich dessen anfangs bewusst. Als seine Zunge in ihren Mund drängte, war sie ein wenig zu beschäftigt, als dass es sie noch gekümmert hätte.

Lucern öffnete die Knöpfe vorn an ihrem Kleid und steckte die Hand hinein, schob sie unter ihren BH, um eine Brust in seine kühle Hand zu nehmen. Kate stöhnte und schauderte, als seine Zunge die Spitze ihrer Brustwarze berührte.

Als Nächstes glitt sein Bein zwischen ihre Beine und schob ihr Kleid nach oben, bis sein Oberschenkel gegen ihre Mitte rieb. Kate keuchte, dann küsste sie ihn ekstatisch. Als Lucern sich von ihr löste, stöhnte sie, den Kopf zurückgelehnt, als sie sich nach hinten bog und gegen sein Bein drückte, weil sie mehr wollte. Sie spürte seine Lippen in ihrem Nacken, aber alles fühlte sich so gut an, dass sie nur erfreut murmelte und den Kopf schief legte, um ihm einen besseren Zugang zu ermöglichen. Dann spürte sie, dass er an ihrem Hals saugte. Diesmal verwechselte sie es nicht mit einem Knutschfleck, aber sie empfand keinen Schmerz … bis ihr umnebeltes Hirn ihr sagte, was er da tat und dass es wehtun sollte. Die Erregung ließ nach.

Gerade, als Kate die ersten schwachen Schmerzen spürte, schien Lucern zu erkennen, was geschah, und lenkte sie ab. Er schob die Hand unter ihren Rock, seine Finger berührten leicht die Innenseite ihres Oberschenkels und schoben ihre Beine ein wenig mehr auseinander. Dann schob er den dünnen Stoff ihres Höschens beiseite und streichelte sie. Kate vergaß alles, was an ihrem Hals geschah. Sie keuchte und murmelte ekstatisch, wand sich unter seiner Zärtlichkeit, dann schrie sie auf, als er einen Finger in sie schob.

„Oh, Luc!“ Sie keuchte, fuhr ihm mit den Fingern durchs Haar und drückte seinen Kopf an sich, als hinge ihr Leben davon ab. Sie stöhnte, während sie seine Hand ritt, ihr Körper summte vor Erregung, so stark, dass ihre Knie schwach wurden. Kate öffnete die Augen und versuchte ihn zu warnen, dass ihre Beine nachgaben, aber sie wurde abgelenkt von der Tatsache, dass sie alles nur noch verschwommen sah. Auch das wollte sie Lucern sagen, aber es schien zu anstrengend zu sein. Eine seltsame Schlaffheit überfiel sie.

Die Kabinenwand an ihrem Rücken vibrierte, als die Tür der nächsten Kabine geöffnet wurde. Offenbar war noch jemand in die Herrentoilette gekommen. Es störte sie nicht allzu sehr, aber dann hob Lucern den Kopf und sah Kate stirnrunzelnd und besorgt an.

Vorsichtig weitersaugend, passte er seinen Griff an und drehte Kate, sodass sie auf der Toilette zu sitzen kam. Er sagte nichts, aber seine Miene war finster, als er schließlich ihre Kleidung ordnete und die Knöpfe ihres Kleides schloss. Sobald er sie wieder bekleidet hatte, öffnete er die Kabinentür und spähte hinaus, dann zog er sie auf die Beine, legte sich ihren Arm über die Schulter und trug sie halb aus der Toilette. Kate sah niemanden, aber die Kabinentür neben der, die sie benutzt hatten, war geschlossen, und sie konnte Füße darunter sehen. Jemand war tatsächlich hereingekommen, bemerkte sie mit vagem Interesse.

„Da seid ihr ja! Ich habe überall nach euch beiden gesucht."

Kate sah sich um und entdeckte Chris, der auf sie zukam. Er wirkte angespannt, seine Stimme war eindringlich. „Chuck platzt vor Wut. Lucern hat auch die beiden anderen Kategorien gewonnen, für die er nominiert war, und war nicht da, um die ... lieber Himmel, Kate, geht es dir gut? Du siehst furchtbar aus."

„Es geht ihr nicht gut", erklärte Lucern, der sich innerlich einen Tritt verpasste. Das war alles seine Schuld. Er hatte zu viel Blut genommen – er hatte sich nicht beherrschen können. Sobald die süße, warme Flüssigkeit seine ausgetrocknete Zunge berührt hatte, war er verloren gewesen. Wenn nicht jemand hereingekommen wäre, hätte er für nichts garantieren können. Sein besorgter Blick ging zu Kates blassem Gesicht, und wieder tadelte er sich. Zum Glück hatte er nicht so viel genommen, dass es eine ernste Gefahr darstellen würde, aber Kate würde sich schwach fühlen und –

„Ich dachte, Sie wären derjenige, der sich nicht wohlfühlt", sagte Chris verwirrt.

„Es ist offenbar ansteckend", murmelte Lucern. Er steuerte sie auf die Fahrstühle zu.

„Na wunderbar", sagte Chris. „Dann kriege ich es bestimmt als Nächster." Dann hellte sich seine Miene auf. „Aber Sie scheinen darüber hinweg zu sein. Sie haben wieder ein bisschen Farbe im Gesicht. Zumindest geht es offenbar schnell vorbei."

Lucern verzog schuldbewusst das Gesicht. Seinen rosigen Teint verdankte er Kates Blut. Und das war auch der Grund, wieso sie jetzt so schwach war, während er sich tatsächlich ein bisschen besser fühlte. Ein bisschen. Er nahm an, wenn er noch ein paar Liter Blut bekommen könnte, würde er wieder er selbst sein.

„Wo gehen wir hin?", fragte Chris, als sie auf den Fahrstuhl warteten.

„Ich bringe sie nach oben, damit sie sich hinlegen kann."

„Nein." Kate zwang sich, sich aufzurichten, wobei sie bedenklich schwankte. „Wir sollten zum Leser-und-Autorentreff gehen."

„Du bist nicht in der Verfassung, zu einem dummen Treff zu gehen", widersprach Lucern. „Du brauchst etwas Süßes und Ruhe, um den …" Er hielt inne, denn er wollte vor Chris nicht mehr sagen.

„Ich muss einfach nur dasitzen. Sie bieten sogar Erfrischungen an", erklärte Kate beharrlich. Sie wandte sich Chris zu. „Ist die Preisverleihung zu Ende?"

„Noch eine halbe Stunde, denke ich." Der Lektor warf einen Seitenblick zu Lucern, als die Fahrstuhltür aufging. Sie halfen Kate hinein. „Beim Leser-und-Autorentreff sollte Kate okay sein. Wir können sie im Auge behalten. Chuck wird Zustände kriegen, wenn sie nicht auftaucht."

Lucern schwieg, als Chris auf den Fahrstuhlknopf drückte. Er war nicht froh über diese Entscheidung, aber er wollte Kates Job auch nicht aufs Spiel setzen. Und er würde sie im Auge behalten.

11

Kate kippte die Plastiktüten aus und ließ alles, was sie gekauft hatte, aufs Bett fallen. Dann fing sie an, ein Teil nach dem anderen durchzugehen. Sie griff nach dem schwarzen Pulli und der schwarzen Wollmütze, dann eilte sie zum Schrank und holte ihre schwarze Hose heraus. Sie zog sie schnell an, dann den Pulli, steckte die Mütze aber fürs Este in eine Tasche. Dann eilte sie zurück zum Bett, um die Sachen schnell in ihren neuen schwarzen Rucksack zu packen. Sobald sie fertig war, schaute sie auf die Uhr.

Sie hatte den größten Teil des Nachmittags damit verbracht, beim Leser-und-Autorentreff des Verlags neben Lucern zu sitzen, alles gegessen, was man ihr vorsetzte, und pflichtbewusst den Orangesaft getrunken, den er von Chris hatte holen lassen. Es war ihr unendlich lang vorgekommen. Nachdem sie den Orangensaft getrunken und etwas gegessen hatte, hatte sie sich schnell besser gefühlt, jedenfalls körperlich. Lucern war jedoch die ganze Zeit besorgt gewesen. Er hatte sich benommen wie eine nervöse Glucke.

Er hatte auch geradezu nach Schuldgefühlen gestunken, wofür Kate ihn am liebsten getreten hätte. Es gab nichts, wofür er sich schuldig fühlen musste – sie hatte ihn ja praktisch gezwungen, ihr Blut zu nehmen. Zugegeben, es hatte sie kurzfristig geschwächt, aber am Ende hatte es ihr nicht geschadet. Dennoch, sie hatte nicht den Ehrgeiz, auf einer Speisekarte zu stehen. Selbst wenn es überwiegend angenehm gewesen war, würde sie es dennoch lieber vermeiden, sich noch einmal als Mahlzeit anzubieten. Also hatte sie den ganzen Nachmittag darüber nachgedacht, wie sie ihn füttern sollte.

Kate war schon auf mehreren Konferenzen gewesen, hatte aber den Leser-und-Autorentreff von Roundhouse noch nie so gut besucht erlebt. Die Fans waren in Scharen gekommen, hatten den Raum bis zum Bersten gefüllt, und der Überhang hatte sich bis in den Flur erstreckt. Chuck war sichtlich erfreut gewesen. Allison, Tom und Deeana hatten alle Hände voll zu tun gehabt, Fragen zu beantworten und kleine Schlüsselanhänger mit Miniaturbuchumschlägen an die Leser auszugeben. Chris war mehrmals gezwungen gewesen, Lucern und Kate zu verlassen, um mit einigen seiner eigenen Autorinnen zu sprechen. Mit Lucern waren die Fans erfreulicherweise sanft umgegangen. Vielleicht lag das an Lady Barrows Ankündigung, dass es ihm nicht gut ginge, oder vielleicht daran, dass er zwar nicht mehr wie eine lebendige Leiche aussah, aber dennoch blass und zerbrechlich wirkte. Was auch immer der Grund war, die Fans, von denen Kate befürchtet hatte, dass sie ihn überwältigen würden, waren alle rücksichtsvoll und freundlich gewesen. Sie hatten größtenteils auch das Reden übernommen und Lucern erzählt, wie sehr ihnen seine Bücher gefielen, und schienen nicht zu bemerken, dass er nur wenig darauf sagte.

Es war bei dieser Veranstaltung gewesen, dass Kate ihren Plan entwickelt hatte. Es war riskant und gefährlich und vollkommener Wahnsinn, aber auch das Einzige, das ihr eingefallen war. Sie wusste, dass Lucern es ablehnen würde, also behielt sie den Plan für sich, hatte Chris gebeten, ihn zum Dinner mit den Cover-Models zu führen, und sich davongemacht um einzukaufen, was sie brauchen würde. Nun sah sie noch einmal nach, um sich zu überzeugen, dass sie auch alles hatte, und schaute auf ihre Armbanduhr.

Sie hatte Chris angewiesen, den Rest des Abends zu streichen und Lucern direkt nach dem Essen zur Suite zu bringen. Das sollte bald der Fall sein. Ihr Blick ging zum Fenster. Die Sonne war untergegangen, während sie sich umgezogen und gepackt hatte; nun war es dunkel draußen. Das war gut. Sie würden Dunkelheit brauchen.

Lachen aus dem Salon sagte ihr, dass die Männer zurückgekehrt waren. Neugierig, was sie so erheiterte, schlüpfte sie in den Wohnbereich. Erstaunt nahm sie Lucerns gequälte Miene und Chris' Heiterkeit wahr.

„Habt ihr Spaß gehabt?", fragte sie leichthin. Ihre Neugier wuchs, als Chris erneut in Lachen ausbrach.

„Das würdest du nicht glauben, Kate", rief ihr Freund. „So etwas habe ich noch nie gesehen. Ich meine, du weißt ja, wie die Frauen sein können, sie sammeln sich um die wenigen anwesenden Männer wie Bienen um eine Blüte, aber das war Wahnsinn! Ich schwöre, eine Frau hat sich buchstäblich auf Lucs Schoß gepflanzt und sich ihm für alle vernehmbar angeboten. Ich dachte, er würde aufspringen und davonrennen." Er lachte wieder. „Er sah vollkommen entsetzt aus."

Lucern grinste, als Chris bis in alle Einzelheiten beschrieb, wie er weitere Avancen hatte abwehren müssen. Es war tatsächlich Wahnsinn gewesen. Lucern lehnte diese modernen Frauen und ihr aggressives Verhalten ab – selbstverständlich mit Ausnahme von Kate, die nur auf die netteste Weise aggressiv war. Aber die Frauen, denen er und Chris gerade entkommen waren … guter Gott! Lucern war nicht mehr so besorgt gewesen seit seiner Zeit als kleiner Junge, als die Dorfleute die Burg angegriffen hatten, bewaffnet mit Fackeln und Mistgabeln.

Er schauderte, als Chris von der Frau erzählte, die hinter ihnen in den Fahrstuhl gesprungen war. Sie hatte Lucern tatsächlich angefleht, mit ihr ein Kind zu zeugen, denn sie behauptete, unbedingt einen so begabten Sohn haben zu wollen, wie er einer war. Trotz ihrer rundlichen Figur und ihren ausladenden Brüsten war es Lucern nicht schwer gefallen, das großzügige Angebot abzulehnen. Er hatte allerdings Schwierigkeiten gehabt, sich seinem Drang nach einer kleinen Probe ihres Bluts zu widersetzen. Wenn Chris nicht dabei gewesen wäre, hätte er es vielleicht riskiert. Die Erleichterung, die Kates Spende ihm zuvor verschafft hatte, hatte nicht lange angehalten. Das Bedürfnis seines Körpers nach frischem Blut war einfach zu groß. Wieder musste er unbedingt etwas zu sich nehmen. Es war so schlimm gewesen, dass er beschlossen hatte, sich in sein Zimmer zurückzuziehen, durch die Tür, die direkt in den Flur führte, wieder nach draußen zu schleichen und sich eine Zwischenmahlzeit zu suchen. Mehrere Zwischenmahlzeiten. Obwohl er daran denken musste, nicht zu viel zu trinken, wie er es bei Kate gemacht hatte. Seine Mutter und sein Vater hatten ihm vor langer Zeit beigebracht, dass man die Kühe, die die Milch produzierten, nicht schlachtete.

„Ich gehe wieder zurück."

Lucern wandte seine Aufmerksamkeit seiner Umgebung zu. Chris ging zur Tür.

„Willst du dich diesen Frauen noch einmal stellen?", neckte Kate.

Ihr Kollege grinste. „Ich muss mit ein paar von meinen Autorinnen reden. Außerdem haben sie ja nicht mich verfolgt. Nicht, solange Lucern da war. Vielleicht werden sie es ja tun, wenn er nicht da ist", fügte er mit einem Zwinkern hinzu. Aber als er die Tür öffnete, wurde er beinahe über den Haufen gerannt.

Lucern keuchte entsetzt, als er sich plötzlich von einem Rudel aufgeregter, schnatternder Frauen umgeben fand. Alle schoben und drängten sie und griffen nach ihm. Lucern wich zurück, bis er gegen die Wand gedrängt worden war, aber sie bewegten sich immer noch vorwärts, drückten sich gegen ihn, und der süße

Geruch ihres Blutes war das Einzige, worauf er sich wirklich konzentrieren konnte. Er fing hier und da Worte und Satzfetzen auf, aber nichts davon schien einen Sinn zu ergeben.

„… liebe Ihre Bücher …"

„… konnte an der Konferenz nicht teilnehmen, aber ich wohne hier …"

„… habe in der Lobby gewartet …"

„… habe Sie von ihrem Bild auf dem Buchumschlag erkannt …"

„… zu Ihrem Zimmer verfolgt …!"

„… liebe Sie!"

„… beißen Sie mich. Machen Sie mich zum Vampir …"

„… Autogramm auf meine Brüste?"

„Raus!"

Lucern hörte Kates Schrei sehr deutlich und verstand ihn auch. Er hörte auch ihre nächsten lauten Worte. „Ein wenig von deiner *besonderen* Hilfe würde hier nichts schaden, Luc!"

Lucern lächelte. Er liebte es, wenn sie ihn Luc nannte. Dann begriff er. Sie wollte, dass er seine Fähigkeit zur Geisteskontrolle benutzte, um die Frauen zum Gehen zu bringen. Er tat sein Bestes, seinen Hunger zu unterdrücken, und versuchte sich zu konzentrieren. Er sandte die Botschaft zu den Frauen, dass sie jetzt gehen wollten.

Kate und Chris halfen beide, indem sie jeweils zwei Frauen am Arm packten und auf die Tür zuschoben. Lucern schickte die anderen per Geisteskontrolle hinterher und ließ sie wieder los, sobald die Tür hinter ihnen geschlossen war.

„Lieber Himmel", murmelte Chris, als er die Tür verschloss. „‚Beiß mich! Mach mich zum Vampir!' Diese Frauen müssen den Unterschied zwischen Wirklichkeit und Fiktion begreifen."

Lucern und Kate wechselten einen Blick, sagten jedoch nichts, als Chris zur Tür seines Schlafzimmers ging.

„Ich denke, ich werde mich aus der Tür von meinem Raum zum Flur davonschleichen. Hoffentlich haben die Frauen die nicht im Visier. Dann gehe ich als Erstes zum Empfang und lasse Sicherheitsleute raufschicken, um die Frauen aus dem Flur zu entfernen."

„Danke." Kate winkte ihm nach. Sowohl sie als auch Lucern warteten schweigend auf das Geräusch seiner Zimmertür, wie sie sich öffnete und schloss.

Kate seufzte, als die Tür zu war. Sie wandte sich Lucern mit einer Entschlossenheit zu, die er selbst in seinem erschöpften Zustand als nichts Gutes erkannte. Und ihre Worte beruhigten ihn kein bisschen.

„Ich habe einen Plan."

„Was hast du in dem Rucksack?", fragte Lucern verwirrt, als sie das Hotel verließen.

„Zeug", antwortete Kate ein wenig kurz angebunden. Sie war im Moment nicht sonderlich gut auf ihn zu sprechen, weil er nicht sofort begeistert auf ihren Plan reagiert hatte. Er hatte ihr mit einem ungläubigen Ausdruck im Gesicht zugehört und dann versucht, es ihr auszureden. Er hatte sein Bestes getan, sie davon zu überzeugen, dass er lieber einfach ein paar Konferenzteilnehmer beißen sollte, denn das hielt er für einen viel vernünftigeren Plan, aber sie schien beleidigt zu sein, dass er den ihren nicht mal in Erwägung ziehen wollte.

Er hatte sich kurz gefragt, ob sie wohl so verärgert war, weil sie den Gedanken nicht mochte, dass er mit einer anderen Frau die Freuden teilte, die er mit ihr geteilt hatte, aber den Gedanken verwarf er schnell wieder. Da sie hereingekommen war, als er versucht hatte, Chris zu beißen, wusste sie bereits, dass er solche Methoden normalerweise nicht anzuwenden brauchte. Wahrscheinlich war sie nur allgemein verärgert, im Interesse aller Menschen. Menschen hatten nichts dagegen, Kuh-Babys für ihr Kalbfleisch zu schlachten, aber sie waren immer gereizt bei der Vorstellung, selbst Nahrung zu sein.

„Wenn er zu schwer ist, werde ich ihn gerne tragen – wie ich oben schon sagte", fügte Kate durch zusammengebissene Zähne hinzu.

Lucern spürte, dass ihre Reaktion ihn beinahe zum Lächeln brachte. Aber er hielt sich zurück. Er lächelte selten. Nun hakte er es als Symptom seines hungrigen Zustands ab und nahm den Rucksack in die andere Hand. Kate hatte nicht aufgegeben. Nach mehr als einer Stunde hatte Lucern schließlich zugestimmt, es mit ihrem Plan zu versuchen. Überwiegend, weil er Hunger hatte, weil sie darauf beharrte und es die einzige Möglichkeit war, aus der Suite herauszukommen. Er wusste genau, dass sie ihm so lange zusetzen würde, bis er zustimmte.

Dass er sich bereit erklärt hatte, sich auf ihren Plan einzulassen, ihm eine Mahlzeit zu verschaffen, hatte jedoch nichts an seiner Höflichkeit geändert. Als sie den Rucksack hob, hatte er sofort darauf bestanden, ihn zu tragen. Kate schien das Angebot als Geringschätzung ihrer Kraft zu betrachten. Sie konnte ihre Taschen selbst tragen, vielen Dank. Aber das wollte er nicht zulassen.

Lucern stöhnte innerlich. Moderne Frauen waren wirklich eine Plage.

„Hier sind wir", verkündete Kate und führte ihn zu einem Taxi. Sie gab eine Adresse an, und Lucern stieg hinter ihr ein. Es sah aus, als hätte sie recherchiert. Sie glaubte offenbar daran, immer gut vorbereitet sein zu müssen – ganz wie Bastien.

Lucern spürte, wie seine Lippen trotz seiner Schmerzen amüsiert zuckten. Er konnte gar nichts dagegen tun, Kate war eben einfach hinreißend.

Die Fahrt dauerte nicht lange. Als das Taxi stehen blieb und

Lucern ausstieg, stellte er fest, dass sie sich ausgerechnet vor einem Restaurant befanden. Luc starrte das Gebäude verblüfft an, während Kate ihm aus dem Taxi folgte.

„Kate, ich glaube, wir sind hier an der falschen Stelle", sagte er, als das Taxi davonfuhr. „Ich sehe keine …"

„Hier entlang." Sie griff nach seinem Arm und führte ihn die Straße entlang. „Ich wollte nicht, dass das Taxi uns genau davor absetzt, falls unser kleines Abenteuer morgen in der Zeitung stehen sollte. Der Fahrer könnte sich erinnern, uns abgeholt und hier abgesetzt zu haben, und dann könnten sie uns ins Hotel zurückverfolgen. Jetzt ist das kein Problem." Ihre Stimme war brüchig. Es war zwar ihre Idee gewesen, aber sie wirkte dennoch extrem angespannt.

„Ah. Gut gemacht", murmelte Lucern. Er wollte sie lieber nicht darauf hinweisen, dass die Art, wie sie gekleidet waren – nicht zu reden von dem metallischen Klirren in dem Rucksack, den er trug –, sie ebenfalls sehr erinnerungswürdig machen würde. Sich ein paar Häuser entfernt absetzen zu lassen würde da wenig helfen. Dennoch, darüber brauchten sie sich keine Sorgen zu machen. Dafür würde Lucern sorgen. Er hatte nicht vor, Kate in Gefahr zu bringen.

Er entdeckte das Gebäude, dass sie suchten, aber Kate packte ihn erneut am Arm und führte ihn daran vorbei. Er wollte gerade fragen, warum, als sie plötzlich in eine Gasse einbog, die an der anderen Seite des Gebäudes entlangführte.

„Ich habe mir alles angesehen, bevor ich einkaufen ging", flüsterte sie, während sie die Gasse entlangschlich und ihn mit einer Hand, die ihn fest am Handgelenk packte, hinter sich herzog. Sie bewegte sich sehr seltsam; geduckt, als glaubte sie, das würde die Gefahr verringern, von jemandem gesehen zu werden.

Lucern betrachtete sie einigermaßen erstaunt und fragte sich, ob diese normalerweise recht vernünftige Frau den Verstand verloren hatte. Sie hätte doch wissen müssen, dass ihr Verhalten sie nicht weniger sichtbar machte, sondern im Gegenteil den Eindruck erweckte, nichts Gutes im Schilde zu führen. Aber offenbar war ihr das nicht bewusst.

Er seufzte, als er mit der Schuhspitze gegen einen Stein trat und dieser über das Pflaster hüpfte, was Kate völlig aus der Fassung brachte. Sie fing an zu rennen und zog ihn mit sich, bis sie einen Müllcontainer etwa auf der Hälfte der Gasse erreichten. Sie zog ihn dahinter, dann duckte sie sich dort und ging in Deckung.

„Hast du das gehört?", fragte sie nervös. „Ich dachte, ich hätte etwas gehört. Aber ich kann niemanden sehen. Vielleicht war es nur eine Katze oder so."

„Oder eine Ratte", flüsterte Lucern ihr ins Ohr. Er wusste, das war gemein, vor allem, da er wusste, was das Geräusch verursacht hatte. Aber er konnte einfach nicht anders. Sie war so leicht zu necken. Er hatte nicht mehr so viel Spaß gehabt seit … nun, seit Jahrhunderten, erkannte er plötzlich überrascht.

„Eine Ratte!" Kate richtete sich abrupt auf, und ihr Kopf krachte gegen seinen Unterkiefer.

Lucern riss den Kopf zurück. Er verzog das Gesicht und rieb sich die Stelle, während Kate sich an ihren Kopf fasste und einen Schmerzensschrei von sich gab. Sie hielt sich zwar sofort erschrocken die Hand vor den Mund, aber Lucern dachte trotzdem unwillkürlich, dass es mit der Heimlichtuerei bei ihrem Unternehmen nun vorbei war. Kate war keine besonders gute Einbrecherin.

„Still", sagte sie dann streng, als hätte Luc gerade den Schrei ausgestoßen. Lucern ließ es ihr durchgehen und beobachtet stattdessen interessiert, wie sie zwei Wollmützen aus der Tasche zog. Sie zog eine über, fasste dann den unteren Rand und zog ihn übers Gesicht. Es war eine Skimaske! Als sie die Löcher zurechtgerückt hatte, sodass nur noch ihre Augen und die Lippen zu sehen waren, reichte sie ihm die andere.

„Setz die auf", befahl sie. Sie nahm den Rucksack, den er in der Hand hielt, und setzte ihn mit einem Klimpern auf dem Boden ab.

„Das werde ich *nicht* tun", erklärte er angewidert.

Kate seufzte. „Setz sie auf, Lucern. Ich will morgen nicht die Zeitung aufschlagen und dein blasses Gesicht darin sehen."

„Wie könnte …"

„Sicherheitskameras", unterbrach sie finster.

Lucern schnaubte. „Sie werden wohl kaum Sicherheitskameras in …"

„Heutzutage gibt es überall Sicherheitskameras", unterbrach sie ihn erneut. „Es senkt die Versicherungskosten oder so."

Leise vor sich hinmurmelnd gab Lucern nach. Als er das blöde Ding aufsetzte, fühlte er sich wie ein Idiot und war dankbar, dass niemand von seiner Familie Zeuge dieser Szene wurde. Besonders Etienne hätte ihn noch Jahrzehnte geneckt. Er wusste, dass Kate sein Gesicht nicht sehen konnte, aber das hielt ihn nicht davon ab, sie mit einem besonders wilden Ausdruck zu bedenken. Nicht, dass es ihr aufgefallen wäre, sie war damit beschäftigt, in ihrem Rucksack herumzuwühlen. Das Ganze ging nicht ohne schreckliches Klirren und Klappern ab.

Was zum Geier hatte sie da mitgebracht?, fragte er sich.

„In all deinen Jahren", begann sie nervös, „hast du wahrscheinlich nichts übers Einbrechen gelernt, oder?"

„Ein oder zwei Dinge", gab Lucern zu.

„Gut." Sie klang erleichtert. „Denn alles, was ich weiß, habe ich im Fernsehen gesehen."

Lucern zog eine Braue hoch, aber selbstverständlich konnte sie das nicht sehen, also sagte er ernst: „Das würde man dir gar nicht zutrauen."

„Es ist aber so", erwiderte sie vollkommen ernst. „Ich mag Krimis, und an die habe ich mich gehalten. Ich hoffe, ich habe alles, was wir brauchen. Ich war nicht sicher – ich bin einfach durch den Eisenwarenladen gegangen und habe alles mitgenommen, das nützlich aussah."

Ah. Das erklärte, warum sie nicht bei der Veranstaltung mit den Cover-Models gewesen war. Lucern kniete an ihrer Seite und spähte neugierig in die Tasche. Das Erste, was er sah, waren mehrere spitze Werkzeuge. Sie sahen aus wie Schraubenzieher mit angespitzten Enden. Es gab mehrere davon, in unterschiedlichen Größen. „Ahlen? Wozu sollen die gut sein?"

„Im Fernsehen benutzen sie immer scharfe, spitze Dinge, um irgendwo einzubrechen", erklärte Kate. „Um Schlösser zu knacken." Sie hielt inne und setzte eine nachdenkliche Miene auf. „Oder sie nehmen Kreditkarten." Sie verzog kurz das Gesicht, dann fluchte sie. „Ich wusste, ich hätte meine Brieftasche mitbringen sollen."

Lucern achtete nicht auf das, was sie sagte, er wühlte weiter im Rucksack. „Eine Rohrzange?", fragte er und hob das schwere, lange Klempnerwerkzeug.

Kate biss sich auf die Lippe und verlagerte unbehaglich das Gewicht. „Ich dachte, wenn du die Schlösser nicht knacken kannst, könntest du vielleicht ein Fenster zerbrechen."

Lucern zog eine Braue hoch, dann holte er ein aufgewickeltes Seil heraus. „Ein Seil, Kate? Wofür soll das gut sein?"

„Falls du in ein Fenster im ersten Stock klettern musst", erklärte sie defensiv.

„Es ist ein einstöckiges Gebäude", erklärte er.

„Ach ja." Sie schaute das Gebäude verärgert an, als wäre es um ein Stockwerk geschrumpft, als sie gerade mal nicht hingesehen hatte.

„Ich dachte, du hast alles schon vorher ausgekundschaftet."

„Habe ich auch. Ich dachte nur …“ Sie fuchtelte mit den Händen. „Na gut, also wirst du nicht aus einem hohen Fenster steigen müssen. Du könntest es aber mitnehmen, falls du jemanden fesseln musst.“

„Hm.“ Lucern griff nach dem nächsten Gegenstand. „Klebeband?“ Er holte eine Rolle von dem breiten, silbernen Band heraus. Selbst im Dunkeln konnte er sehen, wie sie rot wurde.

„Dad sagte immer, es gibt keinen Job, bei dem Klebeband nicht nützlich wäre“, sagte sie lahm. Dann reckte sie die Schultern und fügte hinzu: „Du kannst das Glas damit bekleben, bevor du ein Fenster zerbrichst. Das macht weniger Lärm. Oder wir müssen vielleicht jemanden fesseln, und dieses Zeug lässt sich unmöglich zerreißen.“

„Ich dachte, dafür hätten wir schon das Seil.“

„Also gut“, sagte sie gereizt. „Dann benutz das Seil, um sie zu fesseln. Aber du kannst ihnen das Band über den Mund kleben, um sie zu knebeln.“

Lucern hätte beinahe laut gelacht, aber er konnte es sich gerade noch verkneifen. Sie hatte offensichtlich an alle Möglichkeiten gedacht. Bis auf eine: Er brauchte nichts von diesem Plunder. Er packte alle Werkzeuge wieder ein, schloss den Rucksack und stand auf.

„Warte hier“, befahl er ihr. Dann ging er die Gasse entlang zur Seitentür.

Wie immer hörte die Frau nicht auf ihn, sondern huschte hinter ihm her. Ihre Stimme war von Panik erfüllt, als sie fragte: „Was hast du denn vor?“

„Wozu sind wir hier?“, fragte er. „Ich werde die Blutbank ausrauben.“

Er klopfte an die Tür. Kate konnte es kaum glauben. Lucerns Vorstellung von einem Einbruch in die Blutbank bestand darin, an die verdammte Tür zu klopfen? Er brauchte wirklich einen Fernseher, damit er etwas mehr von der Realität begriff. Man brach nicht irgendwo ein, indem man anklopfte.

Vielleicht hat er den Verstand verloren, dachte sie unglücklich. Dieser Gedanke ließ sie nicht mehr los, und Kate dachte ernsthaft darüber nach. Es war durchaus möglich. Der Hunger und die Schmerzen aufgrund des Blutmangels konnten ihn um den Verstand gebracht haben. Er war inzwischen vielleicht wahnsinnig, dachte sie. Und sagte es ihm.

„Du bist verrückt", murmelte sie. „Die Blutgier hat dich in den Wahnsinn getrieben. Du …"

Sie schloss den Mund, als die Seitentür aufging. Kate war so überrascht, dass sie einfach nur dastand und glotzte, als ein Mann erschien. Er war dunkelblond, etwa so alt wie sie. Er trug einen weißen Kittel und sah sie fragend an, als wäre es nicht sonderlich ungewöhnlich, dass Leute nach Dienstschluss an die Seitentür klopften.

Kate hatte nicht erwartet, dass überhaupt jemand aufmachen würde, aber sie hatte ganz bestimmt nicht einen der Laboranten erwartet. Sie sollten doch längst zu Hause sein, oder nicht? Sie hatte einen Wachmann erwartet oder vielleicht jemand vom Reinigungsservice.

Ihre Gedanken wurden abgelenkt, als der Bursche offenbar ihre Skimasken bemerkte. Sie war ziemlich sicher, dass das die plötzliche Panik in seiner Miene bewirkte. Als er dazu ansetzte, die Tür zu schließen, warf Kate einen kurzen Blick zu Lucern und schubste ihn. Das wäre offensichtlich nicht notwendig gewesen. Im nächsten Augenblick erstarrte der Mann. Lucern arbeitete bereits daran, seinen Geist zu beherrschen

Keiner sagte etwas, während Lucern den Mann anstarrte und dessen Gesicht immer ausdrucksloser wurde. Lucern fragte freundlich: „Sind Sie allein?"

„Ja.“ Die Stimme des Blutbank-Angestellten war matt und er klang ein wenig wie betäubt.

„Gibt es hier Sicherheitskameras?“, fragte Lucern.

Als der Mann das bejahte, fühlte sich Kate gleich besser, weil sie auf den Skimasken bestanden hatte. Lucern jedoch wirkte alles andere als erfreut. Wahrscheinlich hatte er gehofft, die Maske abnehmen zu können.

„Würden Sie bitte so gut sein, uns Ihre Blutvorräte zu zeigen?“, fragte Lucern als Nächstes. Kate verdrehte angesichts dieser altmodischen Höflichkeit die Augen. Offenbar machte Lucern alles auf diese Weise. Sogar das Einbrechen.

Als sich der Blutbank-Angestellte umdrehte und den Flur hinunterging, warf Lucern Kate einen Blick zu. „Warte hier. Ich komme sofort zurück.“

„Nie im Leben!“, lautete ihre Antwort. Sie nahm den Rucksack auf die Schulter und folgte ihm hinein. Das hier war ihre Idee gewesen; sie wollte verdammt sein, wenn sie draußen in einer Gasse wartete und die Hände rang wie eine dieser zimperlichen Heldinnen in einem altmodischen Roman.

Lucern warf ihr einen erbosten Blick zu. Sie starrte ebenso wütend zurück. Dann folgte sie dem Mann im Laborkittel und überließ es Luc, ihr zu folgen.

Nervös sah sie sich um, als sie den Flur entlanggingen. In der Blutbank war es so still wie in einem Grab. Kein schöner Vergleich, dachte sie, aber sie konnte nicht anders, als an Särge zu denken. Offensichtlich musste Lucern nicht in einem schlafen. Er hatte die Dunkelheit im Hotelzimmer zwar verstärkt, indem er eine Decke über die Jalousie gehängt hatte, aber er schlief nicht in einem Sarg. Sie nahm an, das Stoker das ebenfalls falsch verstanden hatte. Aber wenn man Lucern glauben durfte, brauchte er auch deshalb keinen Sarg, weil er nicht tot war. Er war nur alt.

Kate verzog das Gesicht, als sie, Luc und ihr Führer einen Raum mit Gefrierschränken aus Metall und Glas betraten. Luc war *sehr* alt. Für gewöhnlich bevorzugte sie Beziehungen zu Männern ihres Alters. Lucern passte nicht in diese Kategorie. Sie konnte mit Sicherheit sagen, dass er der älteste Mann war, mit dem sie je zusammen gewesen war. Vielleicht der älteste Mann, mit dem jemals jemand zusammen gewesen war.

Sie blieb in der Tür stehen und sah nur zu, wie Luc an ihr vorbei zu einem der Kühlschränke ging. Er öffnete die Tür und enthüllte ordentliche Reihen der roten Flüssigkeit, die er so sehr brauchte.

Kate sah den Mann im Laborkittel neugierig an. Er wirkte vollkommen betäubt, wie ein Zombie, und sie war einen Moment dankbar, dass sie einen starken Geist hatte. Wenn nicht, hätte Luc das auch mit ihr machen und alles tun können, was er wollte. Ein beängstigender Gedanke.

Sie wandte die Aufmerksamkeit wieder Lucern zu, dann sah sie interessiert zu, wie er einen Beutel auswählte und die Zähne hineinstieß. Eine ziemlich saubere Prozedur. Er konnte das Blut offenbar direkt durch seine Zähne saugen wie durch Strohhalme, denn er stand nur da, die Zähne im Beutel, während das Blut weniger wurde. Es ging relativ schnell. Kate schaute nervös den Flur entlang, während sie darauf wartete, dass er fertig wurde.

Lucern arbeitete sich durch acht Beutel, einen nach dem anderen. Als er mit dem letzten fertig war, wollte er die Kühlschranktür schließen. Kate beeilte sich, ihn aufzuhalten.

„Was machst du denn da?“, fragte er, als sie den Rucksack öffnete. Sie begann, Beutel hineinzustecken.

„Ich nehme ein paar mit. Du wirst morgen noch mehr brauchen“, antwortete sie. „Und ich will das hier nicht noch einmal machen müssen.“

Lucern nickte. „Nimm auch die leeren Beutel“, wies er sie an. Dann ging er zu dem Blutbank-Angestellten und murmelte etwas, was sie nicht hören konnte.

„Was hast du gesagt?“, fragte Kate, als sie wieder durch den Flur eilten.

„Ich habe ihn angewiesen, die Aufzeichnungen entsprechend der Differenz zu verändern, damit niemand merkt, dass das Blut fehlt.“

„Oh.“ Kate schwieg, als sie nach draußen kamen. Die kühle Luft auf ihrem Gesicht, als sie die Maske abnahm, war eine Erleichterung, und sie spürte, wie die Anspannung ein wenig von ihr abfiel. Aber sie entspannte sich nicht vollkommen, nicht einmal, als sie wieder in einem Taxi zurück zum Hotel saßen. Sie war angespannt wie eine Feder, schon den ganzen Tag. Dabei konnte sie kaum glauben, dass es so einfach gewesen war. An die Tür klopfen! Pah.

Lucern schloss seine Hand um ihre, und Kate sah ihn überrascht an. Der Mann lächelte tatsächlich. Jedenfalls ein bisschen. Zumindest schaute er nicht so mürrisch drein wie sonst, dachte sie, und bemerkte, dass er nun Farbe im Gesicht hatte und die Falten verschwunden waren. Sie konnte kaum glauben, wie viel Blut er getrunken hatte, aber es hatte ihm offenbar gutgetan. Er sah gesünder aus, als sie ihn bisher gesehen hatte.

Ihr Blick fiel auf seine Hand, die auf ihrer lag, und sie drehte ihre um und packte Lucs Hand. Sie wusste, dass er spürte, wie angespannt sie immer noch war, und ihr ohne Worte sagen wollte, dass alles in Ordnung war. Aber sie fühlte sich wie ein Teenager, der zum ersten Mal mit seinem Freund Händchen hielt. Sie bedauerte es, als sie das Hotel erreichten und er ihre Hand losließ, um den Fahrer zu bezahlen.

Beide schwiegen, als sie nach drinnen gingen und mit dem Fahrstuhl zu ihrem Stockwerk fuhren. Sie fragte sich, ob er sie küssen und ihr für ihre Hilfe danken würde, wenn sie oben eintrafen. Sie hoffte, dass er das tun würde. Tatsächlich hoffte sie, er würde mehr als das tun. Aber sie wusste, dass das unwahrscheinlich war, als sie ins Wohnzimmer kamen und dort der Fernseher lief. Chris war wieder da und entspannte sich auf der Couch.

„Oh, heh! Ich habe mich schon gefragt, wo ihr steckt. Während ihr weg wart, ist ein Päckchen angekommen." Er zeigte auf einen großen Karton am Fenster. „Es ist an Lucern Argeneau c/o Kate C. Leever adressiert. Ich nehme an, Ihr Bruder hat es einfach noch einmal geschickt. Er hat es wohl selbst herausgefunden." Bei diesen Worten runzelte er die Stirn, dann schüttelte er den Kopf. „Allerdings kann das erste Päckchen kaum schon wieder bei ihm gelandet sein – es war nur ein Tag." Er zuckte die Achseln. „Er muss Ihnen etwas anderes geschickt haben."

Kate hörte nicht zu. Sie starrte den Karton auf dem Tisch ungläubig an. Auf der Seite Stand „A. B." Argeneau-Blutbank? Guter Gott. Der ganze Stress und die Angst waren umsonst gewesen!

12

Lucern sah sich beim Leser-und-Autorentreff um, wo Kate sich gerade mit Deeana Stancyk unterhielt. In ihrem sonnengelben Rock mit passender Jacke, glühend vor Leben und Vitalität, lächelnd und mit lebhafter Mimik, war Kate leicht zu finden. Sie gestikulierte lebhaft, wenn sie etwas sagte oder lachte. Sie war wunderschön. Sie nur anzusehen bewirkte ein Ziehen in Lucs Brust. Es konnte natürlich auch eine Verdauungsstörung sein, dachte er, und erinnerte sich an das fettige Frühstück, das er an diesem Morgen zu sich genommen hatte.

Kate war schrecklich still gewesen, als sie letzte Nacht zur Suite zurückgekehrt waren und das Päckchen von Bastien vorgefunden hatten. Sie war ihm nicht einmal in sein Zimmer gefolgt, um sich zu überzeugen, was sich in dem Päckchen befand, sondern hatte ihm einfach nur den Rucksack mit den sechs gestohlenen Blutbeuteln gereicht, „gute Nacht“ gemurmelt und war dann in ihrem Zimmer verschwunden. Was für Lucern die Nacht recht langweilig gemacht hatte.

Er hatte das Päckchen in seinem Zimmer ausgepackt und alles Blut – das von ihrem Abenteuer ebenso wie das von Bastien – in den kleinen Kühlschrank gesteckt. Um das zu tun, hatte er dort erst einmal Platz machen müssen. Also hatte er die Dosen mit nichtalkoholischen Getränken, die kleinen Alkoholfläschchen und die Snacks auf die Kommode geräumt und war dann ins Wohnzimmer geschlendert. Er hatte sich auf die Couch fallen lassen, um eine Weile mit Chris fernzusehen, in der Hoffnung, Kate würde noch einmal erscheinen. Aber das war nicht der Fall gewesen.

Die Versuchung, zu ihr zu gehen, war stark gewesen. Nachdem seine Blutgier nun befriedigt war, hatte Lucern festgestellt, dass noch andere Bedürfnisse ihn plagten – vor allem das, einfach nur mit Kate zusammen zu sein. Ihre Gesellschaft bewirkte irgendwie, dass er sich leichter und jünger fühlte. Als hätte er nicht schon sechshundert Jahre gelebt und sei des Lebens ziemlich müde. Diese Frau brachte sein Seelenleben völlig durcheinander.

Nachdem sie sich einen schlechten Vampirfilm angesehen hatten – warum war der Vampir immer der Schurke? –, hatte Lucern Chris allein gelassen und war ins Bett gegangen. Er war früh wieder aufgewacht, hatte ein paar Beutel Blut zu sich genommen, das „Bitte nicht stören"-Schild an die Flurtür und die zum Wohnzimmer gehängt – damit das Zimmermädchen sein Blut nicht im Kühlschrank finden und einen Anfall erleiden würde – und sich Kate und Chris angeschlossen, um frühstücken zu gehen.

Die drei hatten im Hauptspeisesaal gegessen, zusammen mit einigen anderen Roundhouse-Autoren. Lucern hatte beim Essen nicht viel gesagt, nur interessiert zugehört, als Kate und Chris mit den anderen sprachen. Erst jetzt begriff er, wie viel von ihrer Zeit er in Anspruch nahm. Sie passten auf ihn auf, als wäre er ein Kind. Er schämte sich beinahe.

Dann regte sich sein Stolz, und als sie alle zum Leser-und-Autorentreff gingen, bestand Lucern darauf, dass Kate sich unters Volk mischte und mit anderen Autoren sprach; er sagte ihr, er könne auf sich selbst aufpassen. Sie wirkte hin und her gerissen, hatte aber schließlich dem Bedürfnis nachgegeben, ihre Zeit mit so vielen Autoren wie möglich zu verbringen. Sie schaute oft in seine Richtung, kam hin und wieder vorbei, um sich zu überzeugen, dass es ihm auch gutging, aber den größten Teil des Morgens verbrachte sie, indem sie im Raum umherging, redete und lachte, tröstete und lobte.

Auch Chris war seiner Arbeit nachgegangen, hatte sich auf seine eigenen Autorinnen konzentriert und es Lucern überlassen, bei den Schriftstellerinnen zu sitzen, mit denen sie gefrühstückt hatten. Luc hatte den Morgen überwiegend mit Zuhören verbracht und nur hin und wieder eine Bemerkung gemacht. Das hier waren interessante Frauen, freundlich und kreativ, und sie hatten ihn ohne Fragen in ihren Kreis aufgenommen. Und da sie alle ein wenig besitzergreifend waren, was ihn anging, halfen sie ihm, mit seinen unüberschaubaren Fanmassen fertig zu werden.

Er wusste ihre Hilfe zu schätzen, aber so langsam bekam er einen Komplex. Warum nahmen alle an, dass er beschützt werden musste? Sie benahmen sich, als wäre er hilflos und – er schauderte – sensibel. Lucern war der unsensibelste Mann, den er kannte. In seiner Jugend war er ein Krieger gewesen und er hatte Männer ohne weitere Vorbehalte mit seinem Schwert niedergestreckt. Als Pistolen erfunden worden waren, hatte er zahllose Duelle ausgefochten, hatte Männer erschossen und war dann zum Frühstück zu seinem Club geritten. Er konnte auf sich selbst aufpassen. Aber Kate und die anderen schienen das nicht zu erkennen. Obwohl sie nicht an seiner Seite war, beobachtete Kate ihn immer noch wie eine Vogelmutter ihr Junges bei seinem ersten unsicheren Flug. Er bezweifelte nicht, dass sie, falls sie ihn in Not glaubte, sofort zur Stelle sein würde.

Kate schaute in diesem Moment zufällig in seine Richtung, und Lucern starrte wütend zurück, weil sie so schlecht von ihm dachte.

„Kate ist eine wunderschöne Frau“, flüsterte Jodi Hampton leise in Lucs Ohr. „Sie ist liebenswert und großherzig. Viele ihrer Autorinnen wären verärgert, wenn ihr jemand wehtun würde. Mich eingeschlossen.“

Lucern wandte sich seiner Nachbarin überrascht zu. Jodi hatte beim Frühstück neben ihm gesessen und war auch danach an seiner Seite geblieben. Sie war fünfzig, verfügte aber über die Lebhaftigkeit einer viel jüngeren Frau und gehörte zu den Spitzenautorinnen des Verlags. Sie hatte sich ihre Karriere mühsam aufgebaut, mit jedem weiteren Buch ihre Leserschaft vergrößert, mit dem Erfolg, dass ihre letzten fünf Bücher es alle in die Bestsellerliste der *New York Times* geschafft hatten. Sie war nicht nur eine attraktive Frau, sondern auch selbstsicher und interessant. Lucern hatte außerdem schnell entdeckt, dass zu ihren weniger auffälligen Eigenschaften große Warmherzigkeit gehörte – obwohl sie sich im Augenblick anhörte wie eine Bärenmutter, die ein Raubtier von ihrem Jungen verscheuchen will. Das gefiel Lucern. Hier war zumindest jemand, der ihn nicht für hilflos hielt, sondern als potenzielle Gefahr betrachtete. Wenn auch nur in gefühlsmäßiger Hinsicht.

„Ich würde Kate niemals wehtun", versicherte er und fühlte sich Jodi sehr zugetan. Er mochte intelligente Frauen.

Jodi nickte bedächtig. „Das will ich hoffen, Luke Amirault, denn ich mag Sie."

„Ich heiße eigentlich Argeneau, Lucern Argeneau", sagte er. „Ich schreibe nur unter dem Namen Luke Amirault. Das ist mein Pseudonym."

Wieder nickte Jodi und streckte die Hand aus. „Und mein richtiger Name ist Teresa Jordan. Ich freue mich, Sie kennenzulernen, Lucern."

„Nennen Sie mich Luc." Er schüttelte ihr die Hand und spürte, wie sich seine Lippen zu so etwas wie einem Grinsen verzogen. „Ich nehme an, Sie schreiben historische Liebesromane, Teresa?"

„Ja. Und ich habe all ihre historischen Werke, die mir bei den Recherchen geholfen haben. Sie sind viel jünger, als ich erwartet hatte. Aber das hätte mir eigentlich klar sein sollen; Ihre Bücher sind nicht wie diese verstaubten Wälzer anderer Historiker. Sie erwecken vergangene Zeitalter wieder zum Leben. Ihre Bücher machen Recherche zu einem Vergnügen."

Lucern spürte, wie er erneut den Mund zu einem erfreuten Lächeln verzog. Es fühlte sich seltsam an. Er war nicht daran gewöhnt, so viel zu lächeln. Erst seit Kate in sein Leben getreten war, hatte er damit angefangen. Aber er hatte das Gefühl, sich daran gewöhnen zu können.

Als die Flut von Fans langsam nachließ, entspannte sich Lucern ein wenig und fing an, mit seiner neuen Freundin über Geschichte zu diskutieren. Bald schon hatte sich die ganze Gruppe von Roundhouse-Autoren ihnen angeschlossen.

„Es ist ein bisschen ruhiger geworden."

Kate nickte, als Chris an seiner Seite erschien. Es war ein langer, aber produktiver Morgen gewesen. Kate war ziemlich sicher, dass es ihr gelungen war, mit jeder einzelnen ihrer Autorinnen auf der Konferenz zu sprechen. Sie brauchte eine Pause.

„Es ist Mittagszeit", stellte sie fest. „Wahrscheinlich sind alle essen gegangen. Danach wird es wieder lebhafter werden."

„Vielleicht sollten wir Luc holen und ebenfalls etwas essen", schlug Chris vor.

„Gute Idee." Kate drehte sich um, um Lucern ausfindig zu machen, und sah ihn in ein Gespräch mit Jodi vertieft.

„Er wirkt tatsächlich lockerer, seit er sich besser fühlt", flüsterte Chris, als sie den Raum durchquerten. „Entweder ist er nicht so schlimm, wie Edwin immer sagte, oder du hast einen guten Einfluss auf ihn."

Kate lachte. „Es ist eher wahrscheinlich, dass dieser ‚Männerabend', den ihr beiden am ersten Abend hattet, ihn ein wenig entspannt hat."

Chris lachte ebenfalls. „Ich konnte nicht glauben, dass er noch nie ferngesehen hat. Er ist dann aber sehr schnell auf den

Geschmack gekommen. Hinter all dem steifen Getue eines englischen Gentlemans verbirgt sich jedenfalls ein wirklicher Sinn für Humor. Ich mag ihn."

„Ich ebenfalls", erwiderte Kate automatisch und erkannte dann plötzlich, dass das der Wahrheit entsprach. Sie mochte Lucern tatsächlich. Sie wusste zwar nicht genau warum, aber es stimmte. Und dabei ging es nicht nur um seine Küsse oder seine Bedeutung für ihre Karriere. Sie dachte immer noch darüber nach, warum sie ihn mochte, als sie die Gruppe debattierender Schriftsteller erreichte und auf den angemessenen Moment wartete, sich zu Wort zu melden.

Lucern war unhöflich und schlecht gelaunt gewesen, als sie bei ihm aufgetaucht war, aber nicht unhöflich genug, um sie wieder wegzuschicken. Was sein gutes Recht gewesen wäre. Er hatte ihr gestattet, ihn zum Einkaufen zu schleppen, war ihr, ohne sich zu beschweren, durch den Supermarkt gefolgt und hatte gegessen, was sie gekocht hatte. Er war schwierig gewesen, was die Briefe anging, aber Kate verstand nun, dass er das nicht mit Absicht getan hatte. Sie erinnerte sich an den Brief von der Leserin, die Lucern bat, sie in einen Vampir zu verwandeln, und an Lucs abruptes „Nein." Dann erinnerte sie sich an den Brief einer Leserin, die sich in Etienne verliebt hatte, und Lucerns Antwort darauf: „Er ist bereits vergeben." Damals hatte sie angenommen, er wäre absichtlich schwierig, aber jetzt schien alles klar zu sein. Sie hätte beinahe laut gelacht, obwohl sie damals kurz davor gestanden hatte, ihn anzuschreien.

Luc war ein ehrlicher Mann, ein Mann, der sein Wort hielt. Er hatte versprochen, die R.-T.-Veranstaltung zu besuchen, und obwohl man ihm vorgemacht hatte, dass es sich dabei nur um ein Interview handele, hatte er zu seinem Wort gestanden. Nun nahm er an einer Konferenz teil, von der sie wusste, dass nichts auf der Welt ihn dazu hätte veranlassen können, wenn er nicht sein Wort gegeben hätte. Er war ein Mann von Ehre, und außerdem sehr fürsorglich und ritterlich. Man musste nur daran denken, wie er sich geweigert hatte, sie zu beißen und ihr Schmerzen zu verursachen, obwohl er so dringend Blut gebraucht hatte.

Sie vermutete inzwischen auch, dass sich hinter dieser Fassade der Korrektheit und der schlechten Laune ein schelmischer Sinn für Humor verbarg. Manchmal bemerkte sie ein Glitzern in seinen Augen – meist in Situationen, in denen er scheinbar am begriffsstutzigsten war –, das sie denken ließ, dass er sie bewusst aufzog.

„Oh, hallo."

Kate riss sich aus ihren Gedanken und lächelte, als Jodi sie grüßte.

„Wir dachten daran, etwas essen zu gehen, solange es so leer ist", sagte Chris. „Kommt jemand mit?"

Die Autorinnen waren alle sofort auf den Beinen und suchten ihre Sachen zusammen. Offenbar waren sie froh über eine Pause. Kate lächelte Lucern an, der sich an ihre Seite begab und ihren Arm nahm. Das hatte fast etwas Besitzergreifendes, aber Kate nahm an, dass es mit seiner Erziehung zusammenhing. Und mit seiner natürlichen Ritterlichkeit.

Jemand schlug vor, das Hotel zu verlassen und der Konferenzatmosphäre ein wenig zu entgehen, aber Kate machte sich Gedanken wegen Sonneneinwirkung auf Lucern. Er schien ihre Besorgnis zu spüren und sah sie an. Dann flüsterte er ihr zu, dass es in Ordnung sei – schließlich hatte er seine „Medizin".

„Welche Medizin?", fragte Jodi.

„Lucern hat eine Sonnenallergie", erklärte Kate widerstrebend. Dann fügte sie rasch hinzu: „Aber er hat ein Medikament dagegen, also wird es schon kein Problem sein. Wir können ein Restaurant in der Nähe suchen, wenn Sie wollen."

„Nein. Warum sollen wir ihn unnötig durch die Gegend

schleppen und riskieren, dass er krank wird. Wir haben hier im Hotel noch nicht im Pub gegessen. Das könnten wir versuchen", schlug Jodi vor. Die anderen Frauen stimmten zu.

Als sie nach unten gingen, zogen die Autorinnen Lucern damit auf, dass er Vampirromane schrieb und allergisch gegen die Sonne war. „Hm. Vielleicht sollten wir lieber auf unsere Hälse aufpassen", witzelte Jodi.

Kate war entsetzt. Was hatte sie da nur angerichtet? Sie wurde ziemlich nervös wegen der Neckereien, aber Lucern schien es gut gelaunt hinzunehmen. Schließlich wandte sich das Gespräch wieder anderen Themen zu. Sie erreichten den Pub und setzten sich.

Das Essen war köstlich, und alle fühlten sich sichtbar wohl. Als sie fertig waren, schien keiner aufbrechen zu wollen, also kam Kate zu dem Schluss, dass eine kleine Abwechslung nichts schaden würde, bevor sie alle wieder zum Treff zurückkehrten. „Vielleicht sollten wir uns die anderen Veranstaltungen ansehen, die derzeit stattfinden", schlug sie vor.

Jodi holte ihren Konferenzplan heraus und las die Möglichkeiten vor. Es gab Lernprogramme für Schriftsteller, eine Kochdemonstration mit dem Titel „Kochen mit Liebe", Handlesen, Astrologie und Tanzunterricht.

Zwei der Autorinnen wollten sich das Schriftstellerprogramm ansehen, versprachen aber, später wieder zum Treff zu kommen. Zwei weitere gingen mit dem gleichen Versprechen zum Kochunterricht. Eine wollte eine Tanzstunde nehmen und schleppte den widerwilligen Chris mit. Damit blieben noch Jodi, Kate und Lucern.

„Nun, wir können uns die Wahrsager und die Astrologen ansehen", schlug Jodi vor, faltete ihren Konferenzplan und steckte ihn wieder in die Tasche.

„Klingt gut." Kate schob den Stuhl zurück, um aufzustehen.

Dabei warf sie zufällig einen Blick auf Lucern und stellte mit Überraschung seine Unsicherheit fest. Jodi war es ebenfalls aufgefallen.

„Was ist denn, Luc? Befürchten Sie, die Handleserin wird in ihrer Zukunft etwas Schlimmes entdecken?", neckte ihn die Schriftstellerin.

Lucern verzog das Gesicht. „Oder in meiner Vergangenheit."

Er hatte das in seinem üblichen säuerlichen Ton gesagt, aber in seinen Augen lag ein schelmisches Funkeln, das Kate inzwischen kannte. Jodi schien es ebenfalls zu bemerken, denn sie lachte. Dennoch war Kate ein wenig nervös. Lucern blickte tatsächlich auf eine lange Vergangenheit zurück. Sechshundert Jahre. Das war eine Menge Zeit. Sie dachte an all die Jahre, die er schon gelebt hatte. Hatte er jemals jemanden geliebt? War er verheiratet gewesen? Hatte er Kinder? Derzeit war er Single – oder er schien es zumindest zu sein. Guter Gott, sie war nicht einmal sicher, was das anging! Er hatte vielleicht eine Frau. Er hatte vielleicht Kinder. Er könnte …

„Wie ist es ihnen gelungen, einer Ehe so lange aus dem Weg zu gehen, Lucern? Oder sind Sie verheiratet?", fragte Jodi, als hätte sie Kates Gedanken gelesen. Kate hatte schon oft den Eindruck gehabt, dass Jodi zu wissen schien, dass Lucern Kates Gedanken für alle möglichen Arten von Spekulationen öffnete, über die sie zuvor nur gelacht hätte. Kate beschloss, ihre Gedanken von nun an in der Nähe dieser Frau besser zu hüten … nur zur Sicherheit.

„Und wie alt sind Sie überhaupt?", fuhr die Autorin fort. „Fünfunddreißig oder so?"

Kate sah, wie Lucern den Mund zu einem seltenen, schiefen Grinsen verzog.

„Oder so", antwortete er. „Und nein, ich war nie verheiratet."

„Warum nicht?" Offenbar hatte Jodi kein Problem damit, neugierig zu sein. Sehr zu Kates Erstaunen schien Lucern über die Frage eher amüsiert als verärgert zu sein. Offenbar hatte Chris recht; Luc wurde lockerer.

„Wer sollte mich schon wollen?“, fragte er leichthin. In seinen Augen stand eindeutig ein maliziöses Glitzern.

Jodi warf einen Blick zu Kate, und Kate spürte, wie sie rot wurde. Hatte die Frau erkannt, wie sehr sie sich zu Lucern hingezogen fühlte? Guter Gott, sie musste wirklich vorsichtiger sein!

„Hier sind wir“, verkündete sie mit aufgesetzter Fröhlichkeit. Vor ihnen befand sich ein Schild, das zu dem Raum mit den Wahrsagungen und astrologischen Lesungen wies.

In dem Raum waren kleine Tische aufgestellt. An jedem davon saß eine Wahrsagerin oder Astrologin, die ihre Schilder und was sie zu ihrem Handwerk benötigte, um sich aufgestellt hatte. Außerdem stand an jedem Tisch ein Stuhl für Klienten bereit. Es gab auch Tische, an denen man Kristalle und solche Dinge kaufen konnte. Das Ganze hatte ein bisschen etwas von einem Jahrmarkt.

„Ich werde mein Horoskop erstellen lassen“, verkündete Jodi. „Und dann lasse ich es deuten. Und eine Voraussage für die Zukunft lasse ich mir ebenfalls erteilen.“ Die grünen Augen der Schriftstellerin leuchteten. Sie war offenbar ganz aufgeregt.

Kate war noch nie im Leben bei einer Wahrsagerin gewesen, und sie hatte keine Ahnung, wo sie anfangen sollte. Ein Blick zu Lucern zeigte, dass er offensichtlich gelangweilt war, also nickte Kate Jodi zu und lächelte. „Also los.“

„Sie sind eine sehr junge Seele, hell und berstend vor Liebe und dem Bedürfnis, alles zu erfahren, was die Welt zu bieten hat.“

Lucern schwieg, als die angebliche Hellseherin mit den Wimpern klimperte, aber Kate schnaubte verächtlich. Die Wahrsagerin hörte auf, seine Hand zu betrachten, um ihr einen verärgerten Blick zuzuwerfen, dann fuhr sie fort: „Sie haben viele, viele Leben geführt."

Kate schnaubte erneut. „Wann hatte er denn die Zeit dazu?"

„Wie bitte?" Die Wahrsagerin blickte höhnisch zu ihr auf.

„Ich dachte, er wäre eine junge Seele", zitierte Kate. „Wie kann er eine junge Seele sein, wenn er viele Leben hinter sich hat?" Sie berührte Lucerns Arm. „Kommen Sie. Das hier ist wirklich Geldverschwendung."

Lucern war sofort auf den Beinen und schob sie und Jodi von der Unheil verkündend dreinschauenden Wahrsagerin weg. Er steuerte sie auf den Ausgang zu, als Jodi stehen blieb und damit auch Kate und Luc veranlasste, noch mal innezuhalten.

„Nein, wartet. Ich will mir von dieser Frau dort die Zukunft voraussagen lassen." Die Autorin zeigte auf einen Tisch, an dem eine weißhaarige Frau ganz allein saß und vor dem sich nicht, wie bei den anderen Tischen, eine Schlange potenzieller Klienten gebildet hatte. Kate nahm an, das habe mit dem Mangel an aufwendigen Kulissen zu tun, der diese Frau weniger beliebt machte. Die anderen Wahrsagerinnen trugen grellbunte Kleidung und hatten dramatische Schilder und bunte Tischtücher; diese Frau hatte keine Mühe auf ein Tischtuch verschwendet, und sie trug auch keine auffällige Kleidung, um die Aufmerksamkeit auf sich zu ziehen. Auch das Schild war schlicht gehalten.

„Von der da?", fragte Kate zweifelnd. Die Frau schien nicht sonderlich gefragt zu sein und machte einen ernsten Eindruck.

„Wirkliches Talent braucht keinen Aufwand", sagte Jodi. Sie gingen auf den Tisch der Wahrsagerin zu.

Kate und Lucern sahen zu, wie die Frau Jodis Hand nahm. Sie sagte, Jodi sei Schriftstellerin – was nicht sonderlich schwer zu erraten war, wie Kate fand, denn immerhin befanden sie sich hier auf einer Autorenkonferenz. Die Wahrscheinlichkeit, dass Jodi entweder Schriftstellerin oder Lektorin sein würde, war dementsprechend hoch. Dann erklärte die Frau, sie sei recht erfolgreich, was auch keine große Enthüllung darstellte. Sie hatte Jodis Bild vielleicht schon auf einem Buchumschlag gesehen.

Die nächste Äußerung überraschte Kate allerdings. Die Frau sagte, dass Jodi immer noch unter einem schmerzhaften Verlust litte, der ihr vor einiger Zeit zugestoßen sei, dem Verlust ihres Seelengefährten. Kate spürte, wie sie eine Gänsehaut im Nacken bekam. Wie nur wenigen bekannt war, war Jodis Mann vor vier Jahren gestorben, ein Jahr, bevor ihr erstes Buch veröffentlicht wurde. Er war ihre einzig wahre Liebe gewesen und Kate wusste, dass Jodi immer noch um ihn trauerte.

Die Wahrsagerin strich tröstend über Jodis Hand und sagte, dass ihr Liebster bei ihr und immer in ihrer Nähe sei. Aber sie sagte auch, er wolle, dass Jodi weiterlebte. Bald schon würde jemand in ihr Leben treten. Das würde vielleicht nicht ihr Seelengefährte sein, wie ihre erste Liebe es gewesen war, aber ein guter Freund, Geliebter und Begleiter für den Rest ihrer Tage – und die Wahrsagerin behauptete, Jodis erste Liebe wünsche sich das für sie.

Jodis Augen glänzten vor Tränen. Sie stand auf und wandte sich Kate und Lucern zu. Kate versuchte sich etwas einfallen zu lassen, um die Stimmung aufzuhellen, als Lucern plötzlich feststellte: „Sieht aus, als würden Sie doch noch mal flachgelegt werden, bevor Sie ins Gras beißen."

Kate sah ihn entsetzt an. Sie hatte ihn noch nie so sprechen hören. Und sie hatte auch zuvor nie gehört, wie er solch moderne Begriffe benutzte. Sie drehte sich schockiert zu Jodi um, aber die Autorin brach in melodisches Lachen aus.

„Ja, ist das nicht nett?" Jodi seufzte und berührte Lucs Arm. Dann erklärte sie Kate: „Die Frauen sprachen natürlich über Sex, als es beim Leser-und-Autorentreff ein bisschen ruhiger zuging. Beth beklagte die Tatsache, dass ihre fiktiven Personen besseren Sex bekämen als sie selbst, und ich schnaubte und sagte, dass sie zumindest welchen kriegt, ich aber bezweifelte, dass ich noch einmal Sex haben würde bevor ich sterbe. Aber jetzt hört es sich so an, als könnte das doch der Fall sein!"

Sie lächelte Lucern an, dann drängte sie ihn auf den Stuhl zu. „Sie sind dran, mein Freund. Ich will hören, was sie über *Sie* zu sagen hat."

Kate beobachtete, wie die ältere Frau Luc drängte, sich hinzusetzen. Einen Moment verspürte sie so etwas wie Unbehagen. Es war offensichtlich, dass sich zwischen ihm und Jodi an diesem Morgen so etwas wie Freundschaft entwickelt hatte, und Kate schämte sich, als sie erkannte, dass sie eifersüchtig war. Sie schüttelte diese kleinlichen Gefühle ab und wandte die Aufmerksamkeit der Wahrsagerin zu, die Lucerns Hand ergriffen hatte und nun leicht mit den Fingern darüberfuhr. Sie hatte die Augen konzentriert geschlossen.

„Sie sind sehr alt", sagte die Frau leise. Sie öffnete die Augen blinzelnd, um sich sein hübsches junges Gesicht anzusehen, runzelte verwirrt die Stirn und schloss sie dann wieder. „Es muss Ihre Seele sein, die so alt ist", verbesserte sie sich. „Sehr alt. Sie hatten viele Lieben."

Kate spürte, wie es in ihrer Brust eng wurde, bevor die Frau sich verbesserte. „Nein, nicht Lieben. Geliebte. Sie hatten viele. Viele, viele", fügte sie hinzu und klang abermals überrascht. Dann öffnete sie die Augen und fragte beinahe gereizt: „Wann sind Sie je zum Schlafen gekommen?"

Kates Lippen zuckten. Sie nahm an, dass Lucern wohl tatsächlich mit vielen Frauen zusammen gewesen war. Er war ein gesunder Mann von über sechshundert Jahren. Selbst wenn er nur eine Geliebte im Jahr gehabt hatte, bedeutete das sechshundert. Wenn es mehr als drei pro Jahr gewesen waren … Ihre Gedanken überschlugen sich. Nervös kam sie zu dem Schluss, dass sie ihn lieber fragen sollte, ob Vampire Geschlechtskrankheiten bekommen und übertragen konnten. Sie hoffte es nicht, aber sie sollte es besser in Erfahrung bringen.

„Sie waren des Lebens müde geworden“, fuhr die Handleserin fort und Kate wurde wieder aufmerksam. „Es kam Ihnen alles so schwer vor, und die Grausamkeit der Menschen bedrückte sie. Aber etwas, nein, nicht etwas, sondern jemand hat Ihnen neuen Mut geschenkt. Vielleicht denken Sie jetzt, dass es doch wert ist zu leben. Dass Sie immer noch Freude finden können.“

Kates Zunge schien an ihrem Gaumen zu kleben. Jemand? Wer? Ein geheimer Teil ihrer selbst hoffte, dass sie selbst diese Person war. Gleichzeitig erschreckte dieser Gedanke sie zutiefst. Sie fühlte sich zu Lucern hingezogen. Sie mochte und respektierte ihn sogar, aber …

„Halten Sie sie fest.“ Die Frau sah tief in Lucs Augen. „Sie werden um sie kämpfen müssen, aber nicht so, wie Sie es gewöhnt sind. Waffen und körperliche Kraft werden Ihnen in diesem Kampf nichts nützen. Es sind Ihr eigener Stolz und Ihre Angst, gegen die Sie ankämpfen müssen. Wenn Sie verlieren, werden Sie als einsamer, verbitterter alter Mann sterben, der bedauert, seine Chance nicht genutzt zu haben.“

Lucern riss seine Hand los, dann stand er auf und ging davon. Kate drehte sich um, um ihm zu folgen, aber die Wahrsagerin packte plötzlich ihre Hand. „Warten Sie. Ihr Mann kann jetzt eine Minute allein gebrauchen.“

Kate erstarrte. „Er ist nicht mein Mann.“

Die Miene der Wahrsagerin gab ihr zu verstehen, dass Kate ihr nichts vormachen konnte. „Er ist etwas Besonderes, Ihr Mann. Aber um mit ihm zusammen zu sein, müssen Sie eine Wahl treffen. Sie werden alles aufgeben müssen. Wenn sie den Mut dazu haben, wird Ihnen alles gehören, was Sie sich je gewünscht haben. Wenn nicht …“ Sie zuckte die Achseln und ließ Kates Hand los. „Gehen Sie zu Ihrem Mann. Nur Sie können ihn beruhigen.“

Kate eilte hinter Lucern her, in dem Bewusstsein, dass Jodi ihr folgte. Die Haut an ihrem Handgelenk kribbelte noch, als hätte sie einen elektrischen Schlag bekommen, dort, wo die Wahrsagerin sie berührt hatte. Kate rieb die Stelle zerstreut; ihre Gedanken überschlugen sich. Sie würde alles aufgeben müssen, aber alles erhalten, was sie je hatte haben wollen? Wie war so etwas nur möglich? Sie schob diese Sorge weg, als sie aus dem Raum kam und Lucern entdeckte, wie er um eine Ecke verschwand.

Als die beiden Frauen ihn beim Treff wieder einholten, saß Luc schon an einem Tisch, umgeben von Fans.

Allison winkte Kate, zu ihr auf die andere Seite des Raums zu kommen. Kate warf einen unsicheren Blick von ihrer Chefin zu Lucern.

„Ich kümmere mich schon um ihn. Gehen Sie und sehen Sie, was Ihre Chefin will“, schlug Jodi vor und schob Kate sanft auf die Cheflektorin zu. „Wir bleiben hier nicht mehr lange. Sie schließen heute früh, damit alle Zeit haben, sich auf den Renaissance-Kostümball und das Bankett vorzubereiten.“

Oh ja, dachte Kate, als sie auf ihre Chefin zuging. Heute Abend fand der Kostümball statt.

Lucern nickte ernst, als die Leserin, mit der er gesprochen hatte, aufstand und zu Jodi weiterging. Er gewöhnte sich langsam daran, mit diesen Frauen zu sprechen. Anfangs hatte er sein Bestes getan, das zu vermeiden, aber Kates Vortrag in seinem Haus war ihm nicht mehr aus dem Kopf gegangen – dass seine Bücher ohne Leser nicht veröffentlicht würden. Dass er ihr Leben berührte, und dass sie ihm das einfach nur sagen wollten. Er hatte gelernt, auf eine halbwegs freundliche Weise auf ihre peinlichen Komplimente zu reagieren, aber festgestellt, dass die Leserinnen selbst bei so geringem Aufwand offener wurden. Sie erzählten ihm Dinge im Vertrauen, gaben ihm Teile ihrer selbst, von denen er nicht wusste, wie er damit umgehen sollte.

Eine Frau hatte ihm gesagt, dass sie gerade ihren kleinen Sohn verloren hatte, dass ihr das Leben trostlos und endlos grausam vorgekommen war, sie aber in seinen Büchern Ablenkung und Trost gefunden hatte. Vielleicht würde das Leben ja irgendwann wieder besser werden. Dann hatte sie sich zu einem Lachen gezwungen und gesagt, sie wünschte nur, dass es wirklich Vampire gäbe, dann hätte sie sich auf die Suche nach einem gemacht, der ihr Kind gerettet hätte.

Die Frau hatte Lucern schrecklich leid getan. Er hatte gespürt, wie ihr Schmerz ihn tief berührte. Er wusste, es war nicht richtig, aber er hatte sie einfach nicht so gehen lassen können. Er war in ihren Geist eingedrungen und … nein, hatte ihr nicht den Schmerz genommen, aber ihn ein wenig gedämpft, ihn erleichtert, sodass die guten Erinnerungen stärker waren als die schlechten. Sie war lächelnd davongegangen.

Er hatte an diesem Tag viele Menschen kennengelernt, die litten. Sobald er sich ihnen geöffnet hatte, schien er sie nicht mehr ausschließen zu können. Aber er hatte noch mehr Frauen kennengelernt, denen es bestens ging. Das alles war eine überaus interessante und wertvolle Erfahrung für ihn gewesen. Er hatte seine Bücher nur aus egoistischen Gründen geschrieben, um die Ereignisse seines Lebens aufzuzeichnen. Aber nun sah er, dass diese Romane das Leben vieler Menschen berührten. Das brachte ihn auf den Gedanken, es einmal mit wirklich erfundenen Geschichten zu versuchen, etwas, woran er zuvor nie gedacht hatte. Er hatte sein Leben als Krieger begonnen. Nach hundert Jahren dieses Lebens war er so etwas wie ein Lebemann geworden. Als er davon genug hatte, hatte er die Interessen eines Gelehrten entwickelt und sich in Geschichtsschreibung vergraben. Vielleicht war es ja an der Zeit, sich kreativeren Dingen zuzuwenden. Aber würde er damit erfolgreich sein?

„Also gut. Zeit zu gehen." Kate erschien plötzlich an seiner Seite. „Allison beendet den Leser-und-Autorentreff heute früher, damit alle genug Zeit haben, sich auf den Renaissance-Ball vorzubereiten."

Luc atmete erleichtert auf. Die anderen Schriftsteller taten offenbar das Gleiche. Es war zwar eine dankbare Aufgabe, mit Lesern zu sprechen, aber es ermüdete einen auch. Lucern war überrascht, wie erschöpft er sich fühlte.

Als er mit Kate zum Fahrstuhl ging, nahm er sich vor, vor dem Ball etwas zu sich zu nehmen. Es war ausgesprochen wichtig. Was seine Gedanken zum Thema des Balls brachte. Ein Renaissance-Ball.

Nun, er hatte sehr angenehme Erinnerungen an diese Periode. Aus diesem Grund war Lucern sicher, dass ihm der Ball Spaß machen würde.

13

Der Renaissance-Ball war schrecklich. Als Lucern an dieses Zeitalter dachte, hatte er eine Sache vergessen: die Kleider, die die Frauen trugen. Er wurde zu seinem Verdruss daran erinnert, als Kate aus ihrem Schlafzimmer in ihr gemeinsames Wohnzimmer kam.

Sie trug ein bodenlanges, elisabethanisches Gewand aus burgunderrotem Brokat und weißer Spitze. Es hatte ein Mieder aus Samt mit traditionellem, spitzem Bruststück. Ihr langer Rock und die Ärmelansätze lagen in Falten. Sie sah reizend aus. Wirklich. Aber es war das Mieder, das das Kleid zum Blickfang machte: es zwang ihre Brüste zusammen und so weit nach oben, dass es aussah, als wollten sie jeden Augenblick herauskullern. Lucern lief bei ihrem Anblick das Wasser im Mund zusammen. Dann fiel ihm ein, dass er nicht der Einzige sein würde, dem sie ihre üppige Halbkugeln präsentieren würde. Kate würde dieses verdammte Ding in der Öffentlichkeit tragen. Das gefiel ihm überhaupt nicht.

Lucern hatte gerade vor, ihr das zu sagen, als sie erstarrte und ihn ansah. „Was zum Teufel hast du da an?", fragte sie.

Er sah sie überrascht an. Er blickte an seinem dunkelblauen Kostüm hinunter und sagte: „Das ist ein traditionelles Kostüm aus dem sechzehnten Jahrhundert", sagte er. „Hast du das nicht bestellt?"

„Ja, selbstverständlich. Aber ich habe ihnen nur die Größen genannt und keinerlei Einzelheiten …" Kates Stimme verklang, und sie sah ihn stirnrunzelnd an.

„Es gefällt dir nicht?“

„Gefallen? Nun ja, es ist nur … du siehst irgendwie … äh … froufrou aus“, sagte sie schließlich. „Ich meine … diese schwarzen Leotards stellen deine Beine gut zur Schau, aber diese …“

„Sie wurden Pluderhosen genannt“, informierte Luc sie. Er versuchte immer noch herauszufinden, was ‚froufrou‘ bedeutete. So, wie sie es gesagt hatte, schien es nichts sonderlich Schmeichelhaftes zu sein. Unglücklicherweise hatte er mit den modernen Euphemismen nicht Schritt gehalten. Er sollte wirklich mehr ausgehen. „Ich dachte, du lektorierst auch historische Liebesromane“, sagte er mit einem leicht nörglerischen Unterton.

„Überwiegend Mittelalter“, erklärte sie. „Renaissance ist nicht so beliebt.“ Sie schürzte die Lippen, dann begannen ihre Mundwinkel zu zucken. „Und was ist dieses … äh …“ Sie deutete vage in die Richtung seiner Geschlechtsteile. „Dieses Entending?“

Lucern seufzte. „Das ist eine Schamkapsel.“

„Oh.“ Sie nickte langsam und betrachtete den eher übertriebenen Gegenstand.

Lucern spähte an sich herunter und musterte ihn ebenfalls. Er war riesig, ein gesteppter, gefältelter Beutel, bestückt mit glitzernden Schmucknadeln. Er war auch ein wenig verzogen, weil er so lange im Schrank gelegen hatte, und erinnerte tatsächlich vage an eine Ente. Das hier war offensichtlich ein Kostüm aus der Frührenaissance. Schamkapseln waren während der Regierungszeit von Königin Elizabeth aus der Mode gekommen.

„Ich habe schon von diesen Dingern gelesen, aber ich hätte sie mir … äh … runder oder so vorgestellt. Du wirst dir noch wehtun. Jemand wird an dir vorbeigehen, daran stoßen und …“

„Heh! Ihr seht toll aus!“ Chris kam aus seinem Zimmer. Er trug ein Kostüm in zwei verschiedenen Rottönen, das ähnlich wie Lucerns Kostüm geschnitten war. Seine Schamkapsel war allerdings ein winziges bisschen normaler.

Lucern lächelte den jungen Mann an und spürte, wie die Spannung sich löste. Es hatte ihm nicht behagt, dass Kate etwas gegen sein Kostüm hatte, und noch schlimmer war es gewesen, dass sich ihre Aufmerksamkeit schließlich auf seine Schamkapsel gerichtet hatte. Dieser Umstand allein genügte, dass dieser Teil seiner Anatomie sich interessiert regte.

„Und?" Chris schaute von einem zum anderen. „Gehen wir?"

Kate war überzeugt, ihre Brüste würden gleich aus dem Kleid purzeln. Sie tat ihr Bestes, nur flach zu atmen, damit das nicht passierte, aber jedes Mal, wenn sie knickste, stieß sie ein Stoßgebet aus, dass sie an Ort und Stelle blieben. Zum Glück war das der Fall, aber wenn sie sich wieder aufrichtete, stellte sie fest, dass Lucern jeden Mann in Sichtweite mit einem verärgerten Blick bedachte. Das fand sie eher erheiternd.

Gar nicht amüsant fand sie allerdings die Art, wie die Frauen Lucs Schamkapsel anstarrten. Das verdammte Ding glitzerte und funkelte, die Edelsteinnadeln fingen jedes Licht ein. Kates Blick war ebenfalls schon mehrmals davon angezogen worden. Es war verdammt peinlich, wie sehr das Ding ablenkte. Nicht, dass es Lucern aufzufallen schien. Er tat zumindest so, als bemerkte er nicht, dass zweitausend Frauen im Saal zwischen seine Beine starrten, und ging stolz weiter. Sie wusste nicht, woher er den Mut nahm. Wenn sie glitzernde Kegel auf den Brüsten getragen hätte, hätte sie sich nur noch gewunden und versucht, sie zu verbergen.

„Wow, was für eine Party!", stellte Chris fest.

Kate sah sich um. Es gab Musiker, Narren, Tänzer und Bänkelsänger. Es sah tatsächlich so aus, wie sie sich einen Ball in jener Zeit vorgestellt hätte. Ihre Hand packte Lucerns Arm fester, und sie reckte sich zu ihm hoch, um zu flüstern: „War es wirklich so?"

Er zögerte. „Ein bisschen. Das Licht wäre selbstverständlich trüber gewesen. Wir hatten damals nur Kerzen und keine Elektrizität. Der Boden wäre mit Binsen bedeckt gewesen. Hunde und Ratten hätten überall nach Fressen gesucht. Der Geruch wäre erheblich weniger angenehm gewesen und …“

„Schon gut“, unterbrach Kate ihn. „Mir gefällt unser Ball besser.“

„Hm.“ Er nickte.

Sie fanden einen Tisch und hatten sich gerade hingesetzt, als Jodi und einige andere Schriftstellerinnen sich zu ihnen gesellten. Zu Anfang sprachen sie alle darüber, wie perfekt Lady Barrow alles organisiert hatte. Die Narren waren amüsant, die Bänkelsänger spielten historische Instrumente, das Essen war köstlich, wenn auch nicht wirklich das, was man in der Renaissance gegessen hätte.

Sobald die Teller weggeräumt waren, begann der Tanz. Lucern murmelte, dass er gleich zurück sein würde, und Kate, die annahm, er würde zur Toilette gehen, nickte zerstreut, denn ihre Aufmerksamkeit galt den Paaren, die sich auf der Tanzfläche drehten. Sie wandte sich zur Seite, um etwas zu Jodi zu sagen, die auf Lucerns anderer Seite gesessen hatte, hielt aber inne, als sie sah, dass Lucern immer noch da war. „Ich dachte, du wärest …“

Sie verstummte, als sie bemerkte, dass er die Hände unter dem Tisch hatte. Er schien dort … etwas zu tun. „Was …“, begann sie erstaunt.

„Ich hänge fest“, sagte er knapp.

Kate blinzelte verwirrt. „Wie meinst du das, du hängst fest?“ Sie stellte sich vor … nun, es war besser, nicht zu lange an das zu denken, was sie sich vorstellte. Aber sie würde bald erfahren, dass die Wahrheit noch schlimmer war.

„Das Tischtuch“, sagte er und beugte sich leicht zur Seite, um dem Problem auf den Grund zu gehen. „Eine der Nadeln.“

Mehr brauchte er nicht zu sagen. Kate verstand sofort. Eine der juwelenbesetzten Nadeln an seiner Schamkapsel hatte sich irgendwie im Tischtuch verfangen. Sehr zu ihrem Entsetzen fing sie an zu lachen.

Lucern amüsierte das gar nicht. „Das ist nicht komisch", sagte er finster. „Ich muss mich ziemlich dringend erleichtern. Und ich kann nicht aufstehen."

„Ihr … ihr Leute müsst also auch auf die Toilette?", fragte Kate interessiert.

Lucern starrte sie an, als hätte sie den Verstand verloren. „Was stellst du für Fragen?"

„Nun ja", erklärte sie zu ihrer Verteidigung. „Bram Stoker hat in seinen Büchern nie erwähnt, dass Dracula sich erleichtern musste. Ich hätte jedenfalls nie gedacht …"

„Ich bezweifle, dass er so etwas bei Mina beschrieben hat", knurrte Lucern. Er riss an dem Tischtuch, was alles auf dem Tisch einen halben Meter auf ihn zurutschen ließ.

Die Gespräche ringsumher erstarben. Kate blickte auf und sah, dass alle Lucern mehr oder weniger entsetzt anstarrten. Kate wusste, dass er niemals um Hilfe bitten würde, aber sie wollte ihn vor seinem Stolz bewahren. Sie lenkte Chris' Aufmerksamkeit auf sich, indem sie sich räusperte, dann lächelte sie den Lektor an. „C. K., kannst du Lucern helfen? Er hat Probleme."

„Sicher, um was geht es denn?" Ihr Freund stand auf.

„Eine der Nadeln an seiner Schamkapsel hat sich im Tischtuch verfangen. Vielleicht könntest du unter den Tisch krabbeln und ihn befreien", schlug sie vor.

Chris lachte. „Du machst wohl Witze!"

Als sie den Kopf schüttelte, ließ er sich abrupt wieder auf seinen Platz fallen. „Tut mir leid. Über das Entfernen von Schamkapseln steht nichts in meiner Stellenbeschreibung."

„Chris!", sagte Kate finster.

„Kate", erwiderte er trocken. „Er ist *dein* Autor. Also kannst du selbst unter den Tisch krabbeln und ihn befreien."

„Ich dachte, du magst ihn", sagte sie anklagend.

„Nicht *so* sehr", gab Chris zurück. Dann warf er Lucern einen entschuldigenden Blick zu. „Tut mir leid, Luc."

„Ich verstehe. Ich werde schon zurechtkommen." Er klang würdevoll, war aber rot angelaufen, wie Kate interessiert bemerkte. Sie hatte nicht gewusst, dass Vampire rot werden konnten.

Er zupfte noch einmal am Tischtuch, und Kate verzog das Gesicht. Er würde noch den Tisch umwerfen oder das Kostüm ruinieren, das sie ausgeliehen hatte. Keine dieser Möglichkeiten gefiel ihr. Sie hatte nicht vor, die Überreste des Essens auf ihrem geliehenen Kostüm wiederzufinden, und wollte auch nicht für die Reinigung bezahlen. Ebenso wenig, wie sie diese lächerliche Schamkapsel ersetzen wollte. Also trank sie den letzten Rest ihres Weins, stellte das Glas ab und wandte sich Lucern zu.

„Also gut. Nimm die Hände weg und lass mich mal sehen."

Lucern zögerte, dann zog er die Hände unter dem Tisch hervor und Kate beugte sich vor um zu sehen, was los war. Aber sie hatte nicht den richtigen Blickwinkel. „Kannst du nicht weiter zurückrutschen?", fragte sie.

„Nicht ohne das Tischtuch mitzunehmen", fauchte er.

Sie richtete sich auf und schaute sich verlegen um. Sie war nicht überrascht, dass alle am Tisch sie neugierig beobachteten. Sie warf Jodi, die auf Lucerns anderer Seite saß, einen bedeutungsvollen Blick zu. „Aus diesem Winkel kann ich nichts sehen. Ich muss unter den Tisch."

Jodi schien ein wenig irritiert, zögerte aber nicht lange und erhob sich von ihrem Platz. „Kommt schon, Mädels. Nicht alle brauchen zu sehen, was hier vor sich geht. Wir können als Schutzschild dienen."

Die anderen Autorinnen standen sofort auf und bewegten

sich um den Tisch. Kate beobachtete erleichtert, wie sie einen Halbkreis um ihren und Lucerns Platz bildeten, wobei ihre weiten Röcke einen guten Vorhang abgaben. Chris war der Einzige, der sitzen geblieben war. Er beobachtete das Unterfangen mit großen Augen, offensichtlich unsicher, ob er entsetzt sein oder lachen sollte.

„Fangen Sie an", sagte Jodi, sobald alle an Ort und Stelle waren. Die anderen Autorinnen nickten.

Kate fühlte sich lächerlicherweise wie ein Soldat, der ganz allein auf geheime Mission geschickt wird. Sie wünschte sich, sie hätte dem Wein etwas mehr zugesprochen, dann holte sie tief Luft und rutschte von ihrem Stuhl unter den Tisch. Es war schrecklich dunkel dort. Und heiß. Sie kniete sich neben Lucerns Beine, den Kopf zur Seite gedreht, und versuchte die Nadel zu finden und zu erkennen, woran sie sich verfangen hatte, aber sie hatte immer noch nicht den richtigen Winkel und war nicht nahe genug.

Leise vor sich hinmurmelnd, rutschte sie ein wenig um sein Bein herum, bis sie zwischen seinen Beinen kniete, dann griff sie vorsichtig nach dem zusammengedrückten Tischtuch. Sie würde auf keinen Fall die Schamkapsel berühren, wenn es auch anders ging. Sie hob das Tuch ein wenig, aber es steckte wirklich fest.

„Brauchen Sie da unten eine Kerze oder so etwas?", fragte Jodi hilfreich. Ihr Kopf erschien plötzlich unter dem Tisch, dann verschwand er wieder und Kate hörte sie fragen: „Hat jemand eine von diesen dünnen, kleinen Taschenlampen dabei? Ich habe normalerweise immer eine in der Tasche, aber …"

Den Rest konnte Kate nicht mehr verstehen, weil Jodi sich wieder aufgerichtet hatte.

„Du bringst dich wirklich in die tollsten Situationen, Mädchen", murmelte Kate und versuchte, das Tischtuch glatt zu ziehen, damit sie herausfinden konnte, wo es an Lucern festhing. Es gehörte zu ihren Aufgaben, dafür zu sorgen, dass bei solchen Veranstaltungen für ihre Autoren alles glatt lief und ihnen in schwierigen Situationen geholfen wurde. Aber das hier ging wirklich weit über die Pflichten einer Lektorin hinaus. Wenn es nicht Lucern gewesen wäre, der sich in dieser Lage befand, hätte sie nie daran gedacht, die Situation selbst zu bereinigen. Was ein interessanter Punkt war – aber einer, über den sie später nachdenken würde.

Sie zuckte kurz zusammen, als etwas an die Unterseite ihrer Hand stieß. Es war die Schamkapsel, erkannte Kate staunend. Sie wuchs und war gegen sie gestoßen. Jedenfalls wuchs, was sich darin befand. Offenbar fand Lucern diese Prüfung nicht nur peinlich.

Lucern wünschte sich, der Boden würde sich auftun und ihn verschlingen. Er konnte sogar alle Autorinnen ringsumher mitnehmen, und auch Kate, wenn er wollte, solange sein Elend nur ein Ende fand, dieser peinlichste Augenblick seines Lebens. Nicht genug, dass seine Schamkapsel sich in einer Tischdecke verfangen hatte, jetzt kniete Kate auch noch zwischen seinen Beinen und versuchte ihn zu befreien. Das gab Anlass zu Gedanken, die nichts damit zu tun hatten, sich aus dieser Zwangslage zu befreien, um zur Toilette gehen zu können. Er stellte sich vor, wie Kate nicht das Tischtuch lösen, sondern einfach die Schamkapsel beiseite schieben, ihn herausziehen und in den Mund nehmen würde. Dann erkannte er, dass er hart geworden war, und er betete, dass es ihr nicht auffallen würde.

Wie war er nur in diese Situation geraten? Er war ein Mann, der Ordnung und Routine liebte. Er nahm nicht an Konferenzen teil und ging nicht auf Renaissance-Bälle. Wie war sein Leben so außer Kontrolle geraten? Etwas schubste gegen seine Schamkapsel, und er zuckte zusammen, was die Aufmerksamkeit der Frauen in seiner Nähe weckte.

„Tut mir leid", kam Kates Stimme gedämpft unter dem Tisch hervor. Es klang, als spräche sie mit zusammengebissenen Zähnen. Lucern schloss gedemütigt die Augen und wünschte sich, gepfählt zu werden.

„Hat sie Sie mit der Nadel gestochen?", fragte Beth, eine der Autorinnen, besorgt.

Lucern grunzte zur Antwort, aber es kam eher wie ein Wimmern aus ihm heraus. Beth hielt das für ein Ja und tätschelte mitleidig Lucerns Schulter.

„Da sind Sie ja!"

Lucern drehte den Kopf und sah, wie Lady Barrow durch den Schutzwall von Autorinnen auf ihn zukam. Jodi rückte neben seinem Bein näher zum Tisch und blockierte den Blick auf Kate. Lady Barrow wirkte ein wenig neugierig, weil die Frauen sich alle so zusammendrängten, aber sie stellte keine Fragen. Stattdessen lächelte sie Lucern an.

„Allison sagte mir, es ginge Ihnen besser, aber ich wollte mich selbst überzeugen."

Lucern starrte sie an und wusste, dass seine Augen nun vollkommen rund waren. Normalerweise wäre er aufgestanden, weil sich ihm eine Dame näherte, aber das war unmöglich. Tatsache war, dass Kate, die sich der Gegenwart von Lady Barrow nicht bewusst war, gerade seine Schamkapsel gepackt und sie bewegt hatte. Sie hatte damit auch – unabsichtlich – den Teil seiner Anatomie erfasst, der an Größe zunahm und die überdimensionale Schamkapsel noch weiter füllte.

„Tut mir leid", erklang Kates Stimme nun unter dem Tisch hervor. „Ich kann diese Nadel so schlecht sehen."

Lady Barrows Lächeln erstarrte. Ihr Blick schoss nach unten, wo Jodis Rock den Tisch verdeckte, dann zu dem erschrockenen Gesicht der Autorin, dann zu Lucerns zutiefst beschämter Miene. Bevor sie ein Wort sagen konnte, erklang Kates Stimme noch einmal. „Verdammt, Lucern! Sobald ich dich freigehakt habe, bestehe ich darauf, dass du diese verdammten Nadeln rausnimmst! Sie sind eine elende Plage."

„Lucs Schamkapsel steckt am Tischtuch fest", platzte Jodi heraus, als Lady Barrow zu einer Frage ansetzte. „Kate versucht, ihn zu befreien."

„Seine Schamkapsel, meint sie", warf Beth hilfreich ein. „Kate versucht, die Schamkapsel vom Tischtuch zu befreien. Nicht ihn von seiner Schamkapsel."

„Aha." Lady Barrow sah aus, als wäre sie nicht ganz sicher, wie sie mit der Situation umgehen sollte. Das dauerte aber nur einen kurzen Moment, dann bedeutete sie Jodi, zur Seite zu treten, hob das Tischtuch aus dem Weg und kniete sich ebenfalls, um unter den Tisch zu schauen. „Können Sie da unten überhaupt sehen, Kate? Oder soll ich eine Taschenlampe holen lassen?"

Lucern spürte, wie Kate ihn erschrocken fester packte, und er schloss stöhnend die Augen.

„Lady Barrow?" Kates Stimme klang ungemein jämmerlich.

„Ja, meine Liebe. Brauchen Sie Licht da unten?"

Der gedämpfte Fluch, der unter dem Tisch hervordrang, ging beinahe unter in einem plötzlichen Auflachen von oben. Lucern öffnete die Augen und sah, dass Chris sich die Hand vor den Mund hielt. Der Mann verlor offenbar die Nerven. Lucern konnte ihm das nicht übel nehmen. Wenn er nicht selbst Gegenstand des Debakels gewesen wäre, hätte er es vielleicht auch schrecklich komisch gefunden. Im Augenblick fand er es aber nur schrecklich.

Lucern konnte Kates gemurmelte Antwort an Lady Barrow nicht hören, aber es war wohl eine Bestätigung gewesen, denn die Frau richtete sich wieder auf, sah sich um, dann beauftragte sie einen ihrer Angestellten, eine Taschenlampe zu besorgen. Der Mann lief sofort los; dann drehte sich Lady Barrow um und bemerkte Lucerns gequälten Gesichtsausdruck. Sie tätschelte beruhigend seine Schulter. „Schon gut. So etwas passiert früher oder später jedem einmal." Ihre Mundwinkel bebten. „Nun, vielleicht nicht genau so etwas, aber Sie wissen schon, was ich meine."

Lucern stöhnte und schloss die Augen wieder. Dann sagte eine barsche Stimme: „Was ist denn hier los? Warum stehen all meine Autorinnen nur in der Gegend rum?"

Kate erkannte Chuck Morgans Stimme und hätte heulen können. Stattdessen lehnte sie den Kopf an Lucerns Knie und fragte sich, ob es überhaupt noch schlimmer kommen konnte. Erst wurde Lady Barrow Zeugin dieses demütigenden Ereignisses, und nun tauchte auch noch der Verleger persönlich auf. Oh, sie schaffte es tatsächlich, Ihre Vorgesetzten immer wieder aufs Neue zu beeindrucken! Es war so viel einfacher gewesen, als Edwin noch für alles zuständig und sie nur seine Assistentin gewesen war.

„Was?" Chucks entsetztes Brüllen konnte man wahrscheinlich von einem Ende des Saals bis zum anderen vernehmen – und als Kate bemerkte, wie das allgemeine Schwatzen und Gelächter plötzlich verebbte, wusste sie, dass sie mit ihrer Vermutung richtig lag: Bald würde jeder wissen, dass sie hier unten war.

Kate hörte Lady Barrows befehlsgewohnte, feste Stimme, und sie lächelte. Kathryn konnte wirklich nett sein, aber sie war keine Frau, die sich etwas gefallen ließ, und soweit Kate wusste, fürchtete sie nichts und niemanden. Sie hatte Chuck wahrscheinlich gerade zurechtgewiesen, weil er Aufmerksamkeit auf etwas lenkte, was sie alle zu verbergen versucht hatten. Kate hätte die Frau umarmen können.

„Da sind Sie ja!", hörte sie Lady Barrow dann rufen. „Danke."

Das Tischtuch wurde hochgehoben, und Lady Barrow erschien. Sehr zu Kates Erstaunen überreichte ihr Kathryn Falk, Lady Barrow, nicht nur die Taschenlampe, sondern kniete selbst nieder und rutschte neben ihr unter den Tisch. „Heiß hier unten, wie?“, stellte sie beiläufig fest, als täte sie so etwas jeden Tag. Sie setzte sich zurecht, schaltete die Taschenlampe ein, beleuchtete die Stelle, an der Tischtuch und Schamkapsel ineinander verhakt waren, und nickte Kate dann ruhig zu. „Fangen Sie an, Mädchen. Je eher sie alles entwirren, desto schneller kommen wir hier wieder raus.“

Das war leichter gesagt als getan. Lucern hatte sich nach allen Regeln der Kunst verheddert. Mindestens drei des halben Dutzends Nadeln an seiner Schamkapsel steckten an unterschiedlichen Stellen im Tischtuch fest. Wahrscheinlich hatte sich erst eine verfangen, dann hatten Lucerns Versuche, sich zu befreien, auch die anderen verstrickt. Es bedurfte einiger Anstrengung, ihn zu befreien.

Lady Barrow blieb geduldig, richtete das Licht stetig auf die bewusste Stelle, hielt das Tuch aus dem Weg, gab Ratschläge und machte hin und wieder einen Scherz, um die Situation zu entkrampfen. Aber selbst mit ihrer Hilfe schien es quälend lange zu dauern. Und schrecklich peinlich war es auch. So sehr Kate vermeiden wollte, Lucerns Schamkapsel zu berühren, es war unmöglich – und sie musste öfter als ihr lieb war Hand anlegen. Sie war sich der Erektion darunter durchaus bewusst, als sie das Material in verschiedene Richtungen drehte und versuchte, die Nadeln zu lösen, ohne weitere in die Tischdecke zu verstricken. Sie wollte nicht einmal daran denken, wie sich Lucern fühlen musste. Es musste eine schreckliche Folter sein.

Lucern war sicher, wenn Kate nicht bald aufhörte, würde er sich noch hier am Tisch vor allen blamieren. Sie berührte ihn nicht auf sexuelle Weise, aber schon die Tatsache, dass sie zwischen seinen Knien hockte und ihn hin und her bewegte, ließ ihn reagieren wie einen Teenager. Lucern lebte schon sehr lange, aber er hatte sich noch nie in einer solchen Situation befunden. Und er betete, dass es auch nie wieder geschehen möge.

„Ich habe noch eine."

Kates Stimme erklang unter dem Tisch, und alle, die in der Nähe stand, sagten etwas. Lucern nahm an, es war ermutigend gemeint. Er versuchte, nicht hin und her zu rutschen, als Kate ihren Griff um ihn erneut veränderte. Im Allgemeinen wiesen seine Erektionen nicht in diese Richtung – aber er nahm an, sie versuchte, die letzte Nadel zu erwischen. Wenn er nach unten schaute, konnte er jetzt sogar sehen, wie ihre Finger ihn umfasst hatten. Er blickte zu Jodi auf und bemerkte, dass sie ihm aus großen Augen in den Schoß schaute. Er brachte ein lahmes Lächeln zustande.

„Oh je."

Dieser Ausruf von einer der Schriftstellerinnen erregte sowohl seine als auch Jodis Aufmerksamkeit. Es war Beth, und sie schien vollkommen entsetzt zu sein. Lucern spürte, wie er jede Hoffnung verlor. Er hatte gedacht, das Auftauchen des Verlegers sei das Schlimmste gewesen, das passieren konnte, aber die Miene der Autorin ließ etwas anderes befürchten.

„Was ist denn?", fragte er, denn er war zu dem Schluss gekommen, dass er das lieber herausfinden sollte.

„Diese Dokumentationsleute, wissen Sie? Die, die alles gefilmt haben?"

„Nein." Lucern hatte nichts davon gehört, dass eine Dokumentation gefilmt wurde.

„Sie stellen bei den R.-T.-Konferenzen immer Dokumentationen her", warf Jodi ein. „Sie sind ganz versessen darauf, all die Frauen und die Kostüme und so zu filmen."

„Ja. Und schauen Sie jetzt nicht hin, aber sie kommen auf uns zu. Und der Fotograf von der Lokalzeitung ebenfalls."

„Oh je", murmelte Jodi. „Er sucht wahrscheinlich Lady Barrow. Er hat sie schon den ganzen Abend verfolgt."

„Verdammt", hauchte Lucern. Es war tatsächlich noch schlimmer gekommen.

„Die Letzte", sagte Kate zu Lady Barrow, und die Erleichterung der Gründerin der *Romantic Times* spiegelte die ihre.

„Endlich", sagte Lady Barrow.

Kate konnte ihr diese Reaktion nicht verdenken; sie knieten beide gebückt da, den Kopf zur Seite geneigt, den Rücken gegen die Unterseite des Tischs gedrückt. Kate war der Frau wirklich zu höchstem Dank verpflichtet, dass sie sich mit ihr in diese Niederungen herabbegeben hatte. Sie hätte das wirklich nicht zu tun brauchen, aber Lady Barrow hatte nun einmal diese „Es gibt viel zu tun, packen wir's an"-Einstellung.

Seufzend versuchte Kate, sich auf die Aufgabe zu konzentrieren, die vor ihr lag. Noch eine letzte Nadel, und sie wären fertig hier. Dann würde sie darauf bestehen, dass Lucern sofort zur Toilette ging und die Nadeln sämtlichst entfernte. Sie war nur dankbar, dass sie nicht mit ihm getanzt hatte, bevor das geschehen war – sie hätte sich vielleicht mit ihrem Kleid in dem Ding verfangen. Mitten auf der Tanzfläche, vor allen Leuten, eine unerträgliche Vorstellung. Es genügte, dass sie unter einem Tisch gehockt und an Lucerns Schamkapsel herumgefummelt hatte, ohne dass jeder im Saal mitbekommen hatte, in welch misslicher Lage sich ihr Autor befunden hatte.

„Hab sie! Du bist frei!", rief Kate erleichtert, als die letzte Nadel sich löste. Sie wollte zurückkrabbeln, musste jedoch feststellen, dass ihr Ärmel sich nicht von der Stelle bewegen wollte. Irgendwie hatte er sich in einer von Lucs verbliebenen Nadeln verfangen, als sie die letzte vom Tischtuch gelöst hatte. Jetzt war sie an Lucern gehefetet, Handgelenk an Schamkapsel.

„Verdammt", sagte sie.

„Was ist denn?", fragte Lady Barrow stirnrunzelnd. So etwas wie ein Aufruhr entstand auf der anderen Seite des Tischtuchs. Alle schienen gleichzeitig zu reden.

„Ich habe mich an einer der Nadeln verfangen", keuchte Kate und rutschte auf den Knien vorwärts, damit ihr Ärmel nicht zerriss, als Lucern plötzlich nach hinten rutschte. Das Quietschen der Stuhlbeine auf dem Boden übertönte ihren Schreckensschrei, und sie war gezwungen, eilig unter dem Tisch hervorzukommen, als Luc anfing aufzustehen. Kate blinzelte bei einem plötzlichen Blitz, hörte Lucern fluchen, war aber einen Moment geblendet. Unter dem Tisch war es stockdunkel gewesen.

„Vorsicht, Mr. Amirault", warnte Lady Barrow, die ihrerseits ebenfalls unter dem Tisch vorkam. „Sie hat sich mit dem Ärmel in Ihrem …"

Lady Barrow schwieg, als sie den Neuzuwachs ihres Publikums sah. Kate war ebenfalls wie vom Donner gerührt, als ihre Augen sich an das Licht gewöhnten und nach und nach die Filmkamera erkannten, die auf sie gerichtet war. Es gab auch einen Fotografen mit einer sehr professionell aussehenden Kamera. Der Blitz war von ihm gekommen, erkannte sie, als er ein Foto geschossen hatte.

Lucern tat sein Bestes, zu ignorieren, dass ihre Hand vor seinem Penis hing, und sagte in gequält höflichem Ton: „Bitte nennen Sie mich Luc, Lady Barrow."

„Oh-oh", sagte der Mann mit der Profiausrüstung. *„Diesen* Punkt des Konferenzplans haben Sie mir gegenüber nicht erwähnt, Lady Barrow."

„Wer …", begann Kate, aber sie wusste, dass sie die Antwort nicht hören wollte.

„Die Lokalzeitung“, erklärte Lady Barrow finster. Sie stand auf. „Und nachdem dieser Notfall jetzt vorüber ist, sollte ich mich lieber um den nächsten kümmern.“

Jodi und die anderen Autorinnen halfen Kathryn Falk, ihren Rock glatt zu streichen, dann nahm sie den Reporter am Arm, wandte ihn von dem Geschehen ab und fing an, ihn auf ihren eigenen Tisch zuzuführen.

„Ich wette, in ein paar Minuten wird der Mann ihr aus der Hand fressen“, sagte Jodi bewundernd. Sie wandte sich Lucern und Kate zu und lächelte ermutigend. „Dieses Bild wird nicht in die Zeitungen kommen, das garantiere ich.“

14

Sie waren sogar auf der Titelseite der *Daily News*.

„Dieses Wiesel von einem Reporter schwört, dass er das Foto seinem Herausgeber nicht ausgehändigt hat, aber ich weiß nicht, wer es sonst gewesen sein könnte“, stellte Kathryn Falk verärgert fest. Sie hatte Kate und Luc gleich am Morgen angerufen und verlangt, sie sollten sich mit ihr im Hauptrestaurant zum Frühstück treffen. Kate hatte sofort das Schlimmste befürchtet. Und sie hatte recht gehabt.

Bedrückt starrte sie das Zeitungsfoto an. Dort war Lucern, in halb stehender Position und so gut aussehend in seinem Froufrou-Kostüm, und da war sie und sah aus wie eine billige Barmaid, die unter dem Tisch hervorkroch, um ihn am … Sie seufzte jämmerlich und las noch einmal die Schlagzeile. „Mittelalterliche Momente?“ gellte es in großen Lettern.

Kate C. Leever, Lektorin bei Roundhouse Publishing, ergriff auf dem Renaissance-Ball letzte Nacht alle Vorteile von Liebesromanautor Luke Amirault, während Kathryn Falk, CEO und Gründerin der Zeitschrift *Romantic Times*, tatenlos dabei zusah.

Kate stöhnte und wollte die Zeitung gerade auf den Tisch knallen, doch dann hielt sie inne, um die Unterschrift zu lesen. Sie sah sich das Foto noch einmal genauer an.

„Wenn ich diesen Mann in die Finger kriege, werde ich …“, begann Lady Barrow.

„Ich glaube, er sagt die Wahrheit", unterbrach Kate sie argwöhnisch. „Mir kommt es so vor, als wäre der Blitz des Zeitungsmannes losgegangen, als ich gerade unter dem Tisch hervorkam, während Sie noch darunter waren. Aber auf diesem Bild sind Sie deutlich zu sehen."

Lady Barrow nahm die Zeitung, sah sie an und legte ihre Stirn in Falten. „Ich glaube, Sie haben recht. Aber wer sonst hätte es gemacht haben können? Kameras waren nicht erlaubt. Wir hatten einen Fotografen gemietet, um Fotos von den Gästen zu machen. Die einzigen Personen mit Kameras waren Reporter und ..." Sie stockte und kniff die Augen zusammen. „Oh, das ..." Sie brach verärgert ab. „Wenn Sie mich entschuldigen würden, ich muss etwas erledigen."

Sie stand auf, sah die beiden dann noch einmal an und zwang sich zu einem Lächeln. „Machen Sie sich keine Sorgen. Es ist nur ein Sturm im Wasserglas. Es wird schnell in Vergessenheit geraten, wenn Sie keine Interviews dazu geben."

Kate und Lucern nickten, dann sahen sie, wie Lady Barrow das Restaurant verließ – zweifellos, um einen gewissen Fotografen zu häuten.

Kate seufzte. Lucern tat es ihr nach. Sie vermieden es, einander anzusehen. Sie hatten seit dem vergangenen Abend vermieden, einander anzusehen. Jodi hatte geholfen, Kates Ärmel von Lucerns Schamkapsel zu lösen, wonach er sich sofort entschuldigt hatte. Kate hatte sich an den Tisch gesetzt, wo Jodi und die anderen Autorinnen sich bemüht hatten, sie aufzuheitern, und Chris angestrengt versuchte, nicht zu lachen. Chuck war zweimal vorbeigekommen, um mit den Autorinnen zu sprechen und ihr wütende Blicke zuzuwerfen. Allison war mindestens dreimal vorbeigekommen, um ihr zu versichern, dass alles gut werden würde. Wieder hatte Chris versucht, nicht zu lachen.

Als Lucern nach einer halben Stunde nicht zurückgekehrt

war, hatte sich Kate entschuldigt und war hinauf zu ihrer Suite gegangen. Lucern war gerade aus seinem Zimmer gekommen. Er hatte sie angesehen, dann schnell weggeschaut und gefragt, ob der Ball vorüber wäre. Kate hatte das verneint und erklärt, sie habe Kopfschmerzen und wolle sich hinlegen. Er hatte eine mitleidige Bemerkung gemacht, ihr gesagt, dass er nur nach oben gekommen sei, um etwas zu trinken – woraus sie entnahm, dass er Blut zu sich genommen hatte – und dann erklärt, er werde vielleicht auch in der Suite bleiben und sich entspannen.

Kate hatte nur die Achseln gezuckt. Sie hatte sich deprimiert und elend gefühlt, als Versagerin auf der ganzen Linie, und sich gefragt, wie alles nur so schieflaufen konnte.

Und all das, noch bevor ihre Dummheit überall in den Zeitungen zu sehen gewesen war.

Wieder seufzte sie.

„Wir sollten wohl zum Treff gehen", schlug Lucern schließlich vor.

Kate verzog das Gesicht. Am ersten Tag hatte sie ihn zu dem verdammten Ding zerren müssen, jetzt konnte er es kaum erwarten. Sie schon. Das Letzte, was Kate an diesem Morgen wollte, war, an einen Ort zu gehen, wo sie Chuck Morgan gegenübertreten musste. Wenn der Verleger schon gestern Abend mit ihr unzufrieden gewesen war, würde er heute, nachdem er die Schlagzeilen gesehen hatte, vor Wut kochen. Sie würde wirklich von Glück reden können, wenn sie am Mittag ihren Job noch hatte.

Aber es hatte wohl auch keinen Sinn, es hinauszuzögern. Sie sollte sich der schrecklichen Wahrheit lieber gleich stellen.

Es war nicht so schlimm, wie sie befürchtet hatte, wenn auch in gewisser Hinsicht sogar noch schlimmer. Kate hatte immer noch einen Job. Tatsächlich war Chuck sehr erfreut über die Publicity.

Lucern war immerhin auf der Titelseite gewesen, und auch der Verlag war genannt worden. Der Verleger gratulierte ihr immer wieder, als wäre ihre öffentliche Demütigung ein großer Promo-Auftritt gewesen. Kate hätte ihn am liebsten erwürgt. Tatsächlich beschloss sie, wenn er sie noch einmal auf diese gönnerhafte Art tätschelte, dies auf jeden Fall in die Tat umzusetzen.

Es war mehr als eine Erleichterung, als sie den Leser-und-Autorentreff beendeten, damit alle Zeit haben würden, sich auf die Rock'n'Roll-Party am Abend vorzubereiten.

Ihr Blick wanderte zu Lucern. Der Mann war wirklich aus seiner Schale ausgebrochen. Jedes Mal, wenn sie nach ihm sah, war er gerade dabei, sich mit einem Fan oder einer Autorin zu unterhalten. Kate vermutete, dass er seit seiner Ankunft auf der Konferenz mehr gesprochen hatte als in den letzten Jahrzehnten. Er war mit jedem Tag gesprächiger geworden, und heute stellte keine Ausnahme dar.

Natürlich gab es nicht einen einzigen Teilnehmer der Konferenz, der die Schlagzeilen nicht gelesen hatte. Die Neuigkeit hatte sich schnell herumgesprochen, und während die meisten Leute schreckliches Mitleid mit ihr und Lucern hatten, gab es doch einige, die hämisch grinsten. Sie murmelten ihr „Ach, ihr Armen“, oder ihr „Wie peinlich das für euch gewesen sein muss“, aber sie grinsten dabei. Selbstverständlich bekam Lucern das nicht zu hören. Alle schienen großes Mitgefühl mit ihm zu haben und sparten sich ihren Spott für Kate auf.

So läuft es immer, dachte Kate müde, als sie mit Lucern und den anderen Schriftstellern auf den Tisch zuging. Die Frau bekommt die Verachtung und Demütigung ab, während der Mann den Ruhm oder das Mitgefühl davonträgt. Leider konnte Kate, so sehr sie es auch versuchte, nicht wütend auf Lucern sein, nur weil andere Leute sich dumm benahmen. Er hatte sich mehrere Male entschuldigt, während Kate und Jodi daran gearbeitet hatten, Kates Ärmel von seiner Schamkapsel zu befreien, und sie wusste, dass ihm die ganze Sache wirklich leid tat. Aber es war nicht seine Schuld gewesen. Nur eines von diesen unseligen Missgeschicken.

Lucern warf ihr einen Blick zu, als sie näher kam, und es gelang Kate, ein Lächeln auf ihre Lippen zu zaubern.

„Zeit zu gehen?", fragte er.

„Ja." Sie bedachte ihn und alle am Tisch mit einem Lächeln. „Machen wir uns für die Rock'n'Roll-Party fertig."

Lucern stand auf, nahm ihre Hand und sah sie leicht besorgt an. „Du siehst müde aus."

„Es war ein langer Tag", stimmte Kate achselzuckend zu. Sie verließen den Saal. Danach sprachen sie nicht mehr miteinander, bis sie ihre Suite erreichten. Chris war noch nicht da, und die Suite war leer und still.

„Was zieht man zu einer Rock'n'Roll-Party an?", fragte Lucern, als er die Tür hinter sich geschlossen hatte.

„Na ja, ich denke, es ist eine Oldies-Party. Jeans und T-Shirts genügen. Ich habe eine Lederjacke und Stiefel für dich mitgebracht", erklärte Kate. Sie hatte versprochen, sich um alles zu kümmern, und sie hatte getan, was sie konnte.

„Eine Lederjacke?", fragte Lucern und zog eine Braue hoch.

„Ja. Du weißt schon, der Rockabilly-Look."

„Der wer?"

Sie staunte über seine verwirrte Miene, dann wurde ihr bewusst, dass er nicht gerade auf dem Laufenden war. Er hatte wirklich viel verpasst, wurde ihr erstaunt klar. „Na ja, so wie in den Fünfzigern halt. Lederjacke, Jeans, Lederstiefel und mit Gel zurückgekämmtes Haar. Wirklich cool."

„Ah ja. Ich erinnere mich an ein paar Leute aus dieser Zeit, die so aussahen." Lucern nickte. „Aber woher wusstest du meine Schuhgröße?"

Kate errötete und zuckte die Achseln, dann ging sie auf ihre Tür hinter sich zu. Sie hatte sie schon geöffnet, als sie zugab: „Ich habe deine Mutter angerufen und gefragt."

Sie wartete nicht auf seine Antwort, sondern schloss angesichts seines verdutzten Gesichtsausdrucks einfach die Tür. Dann holte sie die Sachen vom Kostümverleih heraus. Sie stellte die Tasche mit der Lederjacke und den Stiefeln aufs Bett, dann hielt sie die durchsichtige Plastiktüte mit ihrem eigenen Kostüm hoch und inspizierte es. Das hier würde ein Abenteuer werden. Das Kostüm sah kein bisschen attraktiv aus, und der Petticoat würde sie wahrscheinlich um den Verstand bringen.

Sie hatte sich wirklich geirrt, das musste Kate einige Zeit später zugeben, als sie sich im Spiegel ansah. Sie trug zweifarbige Schuhe, kurze Söckchen, einen rosa Rock und ein cremefarbenes Twinset. Sie kämmte ihr Haar zu einem Pferdeschwanz, legte nur leichtes Make-up auf und sah aus wie sechzehn. Sie schüttelte den Kopf über dieses Spiegelbild, dann kam sie zu dem Schluss, dass sie wohl mit den Vorbereitungen fertig war, und ging, um Luc sein Kostüm zu bringen.

Chris und Luc sahen beide fern, als Kate im Wohnzimmer zu ihnen stieß, und ihr Blick glitt von einem Pomadenkopf zum anderen. Sie stöhnte. „Was habt ihr denn mit eurem Haar gemacht?"

Chris drehte sich um und grinste. „Toll, nicht? Luc hat mir damit geholfen. Ich habe keine Lederjacke mitgebracht, aber er sagte, wenn ich ein Päckchen Zigaretten in den umgekrempelten T-Shirt-Ärmel stecke, sehe ich ebenso cool aus."

Kate sah Lucern an. Na wunderbar. Jetzt hatte sie es mit zwei pomadisierten Rockern zu tun. Dennoch, vom Stil der Frisur einmal abgesehen, waren sie sehr unterschiedlich. Chris war blond, und Lucerns Haar war schwarz wie die Nacht. Chris war groß, drahtig und viel schlaksiger als der muskulöse Luc. Chris' T-Shirt war einfach nur weiß; Lucerns war schwarz, spannte über seiner Brust und ließ jede Bewegung seiner Muskeln sichtbar werden. Gott, sah er gut aus! Selbst mit genügend Fett im Haar, um Donuts zu frittieren.

„Ist das für mich?" Lucern stand auf und ging auf sie zu, wobei sein Blick wie ein sanftes Streicheln über sie glitt.

„Ja." Kate reichte ihm die Taschen und merkte, wie sie rot wurde. Sie sah nicht nur aus wie sechzehn, sie fühlte sich in diesem Augenblick auch so.

„Du siehst reizend aus", sagte er mit samtweicher Stimme. „Süß und unschuldig. Ein Ausbund an Jugend."

‚Süß' – das war ungefähr so toll wie ‚niedlich'. Kate versuchte diese Worte zu verdauen, während Luc seine Stiefel und die Jacke auspackte und dann anzog. Welpen waren niedlich. Und wer wollte schon aussehen wie „ein Ausbund an Jugend"?

„Passt hervorragend."

Kate sah Lucern an, der sich streckte und prüfte, wie die Jacke um die Schultern herum saß. Ihr Blick verharrte jedoch nicht auf seinen Schultern, sondern ging wieder zu seiner Brust, wo sich die Muskeln wölbten. *Süß und unschuldig.* Sie seufzte.

„Sieht gut aus." Chris stand auf. „Kommt, gehen wir. Ich muss noch irgendwo Halt machen und eine Packung Zigaretten kaufen, um sie in meinen Ärmel zu stecken."

Es gelang ihr, den Blick wieder von Lucerns Brust loszureißen. Sie nickte, dann drehte sie sich um und ging voran.

Die Rock'n'Roll-Party war schon voll im Gang, als sie eintrafen. Kate warf einen Blick auf die Tanzenden – überwiegend Frauen – und verzog das Gesicht. Einige von ihnen sahen sehr gut aus. Einige hatten offensichtlich keine Ahnung, was sie taten. Kate hatte die Befürchtung, in die letztere Kategorie zu fallen.

„Ich nehme an, *du* kennst die Tänze“, sagte sie zu Lucern. Angesichts ihrer gequälten Miene setzte er sein seltenes Grinsen auf und nickte.

„Sogar sehr gut.“ Dann fügte er hinzu: „Ich bringe sie dir bei.“

Für Kate, die definitiv der Ansicht war, dass sie zwei linke Füße hatte, klang das beinahe wie eine Drohung. Aber Lucern war ein guter Lehrer, und dank des Mangels an Männern war er ein sehr beliebter Tanzpartner. Er verhielt sich so freundlich, dass Kate beinahe vor Schock ins Koma gefallen wäre. Einmal sah sie, wie er mit etwa zwanzig Frauen gleichzeitig tanzte. Er reihte sie auf, brachte ihnen geduldig und unter viel Kichern die Schritte bei und zeigte dabei die Kraft und das Durchhaltevermögen eines Stiers. Die Frauen fanden ihn wunderbar. Das tat Kate ebenfalls. Sie konnte nicht glauben, dass das hier der gleiche schlecht gelaunte Knotterer war, der ihr einmal die Tür vor der Nase zugeschlagen hatte. Dieser Mann lächelte. Dieser Mann war geduldig. Dieser Mann war der Traum jeder Frau. Sie ließ sich von ihm sogar zeigen, wie man tanzte.

Die Party machte wirklich Spaß, aber Kate hatte einen stressigen Tag hinter sich und wurde schon früh müde. Lucern bemerkte offenbar, dass sie ein Gähnen zu unterdrücken versuchte. Er kam zu ihr, sagte „Du solltest gehen“ und führte sie nach draußen. Dann hielt er ihr beinahe den ganzen Weg zurück zu ihrer Suite Vorträge – vor allem darüber, dass sie nicht genug aß. Er hatte offenbar bemerkt, dass sie zu beschäftigt gewesen war, mit ihren Autorinnen zu reden, um sich mehr als ein paar Bissen vom Buffet zu nehmen.

„Das gefällt mir nicht. Du musst besser auf dich aufpassen“, erklärte er beharrlich. „Du verschwendest viel zu viel Zeit und Energie an deine Autoren, mich selbst eingeschlossen“, beschwerte er sich.

Kate versuchte sich zu verteidigen und wies darauf hin, dass diese Konferenz nur einmal im Jahr stattfand und nur eine Woche dauerte.

Luc war nicht so dumm, darauf hereinzufallen. „Jodi erwähnte viele andere Konferenzen, die im Lauf des Jahres stattfinden", sagte er. „Und ich höre, dass du häufig die Nacht durcharbeitest, lektorierst und einen Stapel von Manuskripten liest, die dem Verlag unaufgefordert zugeschickt werden."

Kate nahm sich vor, Jodi demnächst an den Abenden von ihrem Windows Instant Messenger zu blockieren, denn die Autorin hatte offenbar gepetzt. Kate hatte den Instant Messenger immer an, wenn sie im Büro war, falls eine ihrer Autorinnen eine Frage haben sollte. Jodi schimpfte oft mit ihr, weil sie so lange arbeitete, aber Lucern brauchte wirklich nicht zu wissen, wie wenig sie vor die Tür kam. Offensichtlich hatte er das Interesse an der Leidenschaft verloren, die sie kurz miteinander geteilt hatten. Er hatte seit diesem ersten Abend und dem Morgen danach nichts mehr versucht. Das war am Dienstag und Mittwoch gewesen. Jetzt war es Freitagabend, und einmal abgesehen davon, ihr beruhigend die Hand zu halten, hatte Lucern nichts mehr getan, um ein weiteres derartiges Ereignis herbeizuführen.

Selbstverständlich hatte sie ebenfalls nicht die Initiative ergriffen, musste Kate zugeben. Sie betrachtete ihn nachdenklich. Vielleicht …

„Du gehst ins Bett, sobald wir ins Zimmer kommen. Und ich will dich vor sieben Uhr morgen früh nicht mehr sehen. Das bedeutet zehn Stunden Schlaf. Die brauchst du unbedingt", erklärte Lucern entschlossen und riss sie damit aus ihren Gedanken, als sie aus dem Fahrstuhl kamen.

Kate seufzte innerlich. Bei ihm gab es kein „Vielleicht"; der Mann hatte kein Interesse mehr daran, mit ihr zu schlafen, und er hatte gerade dafür gesorgt, dass sie auch selbst nicht auf die Idee kommen würde. Waren diese ersten beiden leidenschaftlichen Begegnungen nur auf sein Bedürfnis nach Blut zurückzuführen gewesen? Vielleicht hatte er sie bewusst verführt, weil er „einen Schluck nehmen" wollte. Vielleicht hatte sie bei den ersten beiden Malen seinen Mangel an echtem Interesse nicht wahrgenommen, weil sie so überwältigt gewesen war, und hatte nicht bemerkt, dass er sie bewusst erregte, um sie beißen zu können. Beim dritten Mal war ihr das sicher klar gewesen, aber nur, bis dieser geübte, entschlossene Angriff auf ihre Sinne sie überwältigt hatte. Vielleicht hatte sie ihn nur als Abendessen interessiert.

Warum hatte sie etwas anderes gedacht? Und wann hatte das angefangen, so wichtig zu werden?

Kate seufzte unglücklich, als sie ihre Suite betraten. Es war irgendwie enttäuschend, nichts weiter zu sein als eine Zwischenmahlzeit.

„Schlaf gut." Lucern gab ihr einen sanften Schubs auf ihre Schlafzimmertür zu, und Kate ging ohne Widerspruch. Es gelang ihr noch, ihm murmelnd eine gute Nacht zu wünschen, bevor sie ihr Zimmer betrat, aber dabei ging es nur um ihren Stolz. Sie ließ die Schultern hängen und das Herz tat ihr weh, als sie anfing sich auszuziehen.

Lucern sah die Tür hinter Kate zufallen und runzelte die Stirn. Sie arbeitete so schwer, sie aß zu wenig und sie rackerte sich ab. Sie brauchte Ruhe. Sie musste mehr essen. Und vor allem musste sie sich entspannen. Er konnte sich viele Möglichkeiten vorstellen, ihr dabei behilflich zu sein. Leider musste sie für die meisten nackt sein, und er war nicht ganz sicher, ob sie das willkommen heißen würde, nun, da sie die Wahrheit über ihn wusste. Nach seiner Erfahrung stieß es die meisten Frauen ab, dass er ein Vampir war. Kate war nicht die Erste, die im Laufe der Jahre sein Geheimnis erfahren hatte, und er hatte festgestellt, dass die

Frauen häufig Angst vor ihm bekamen, wenn sie die Wahrheit erfuhren. Um sich selbst und seine Familie nicht zu gefährden, hatte er es oft auf sich nehmen müssen, ihre Erinnerungen zu verschleiern oder ihnen einzureden, dass die Enthüllung nur ein Traum war.

Kate wirkte jedoch nicht verängstigt. Sie schien sein Vampirdasein wie ein gewöhnliches Problem zu betrachten. Luc war ein Vampir, aber er war auch einer ihrer erfolgreichsten Autoren, und er brauchte Blut. Also musste sie ihm welches besorgen. Sie war sogar zu Intimitäten auf der Herrentoilette bereit gewesen, um ihm zu helfen. Davon abgesehen, hatte sie allerdings keinerlei Anzeichen von Interesse gezeigt.

Er erinnerte sich an seinen ersten Abend hier und an den ersten Morgen, an dem sie einander in Leidenschaft gefunden hatten. Aber das war gewesen, bevor Kate wusste, dass er ein Vampir war. Jetzt fand sie ihn vielleicht abschreckend.

Plötzlich bemerkte er, wie angespannt sein Nacken und die Schultern waren, und er zog die Lederjacke aus und warf sie über einen Stuhl. Er ließ erst eine Schulter kreisen, dann die andere, dann ließ er auch den Kopf kreisen und versuchte, die Muskeln dort zu entspannen. Das war Kates Schuld. Er hätte wirklich gerne gewusst, was sie dachte und wie sie zu ihm stand. Er wollte, dass sie ihn wollte. Unbedingt. Er verzog das Gesicht. Was für ein törichter Gedanke! Kate war eine moderne Frau mit beruflichem Ehrgeiz und einem Job und Heim in New York. Sie hatte das Leben im verschlafenen Nebraska verlassen, um Arbeit bei einem Verlag anzunehmen. Sie würde das alles wohl kaum aufgeben, um für eine Affäre nach Kanada zu ziehen – und Lucern kannte sie noch nicht gut genug, um zu wissen, ob er ein ganzes Leben mit ihr wollte. Für einen Durchschnittsmenschen war eine schlechte Ehe nur eine Strafe von vierzig oder fünfzig Jahren; für einen wie ihn konnte es viel länger dauern.

Sein Blick ging zu der kleinen Bar in der Ecke, und er überlegte, einen Scotch zu trinken, bevor er sich ins Bett legte. Er entschied sich schließlich dagegen. Er trank normalerweise nicht viel, und er wollte lieber nicht damit anfangen, mehr Alkohol zu sich zu nehmen. Alkohol hatte seinem Vater ernsthaften Schaden zugefügt und ihn am Ende umgebracht.

Achselzuckend kam er zu dem Schluss, dass er lieber ins Bett gehen sollte.

Das Erste, was er bemerkte, als er in sein Schlafzimmer kam, war der süße Geruch von Blut, der schwer in der Luft hing. Dann erkannte er, dass die Nachttischlampe eingeschaltet war, und er erstarrte. Er hatte das Licht ausgeschaltet, bevor er zum Ball gegangen war. Jetzt brannte es. Sein Körper begann Adrenalin in seinen Blutkreislauf zu pumpen, während er sich umsah.

Die halb offene Kühlschranktür und die aufgeschlitzten Blutbeutel, die davor lagen, erklärten den Geruch in der Luft. Davon einmal abgesehen, war offenbar nichts verändert worden. Es schien niemand im Raum zu sein. Der Geruch nach Blut war allerdings so überwältigend, dass seine übliche Fähigkeit, jemanden in der Nähe zu spüren, dadurch behindert wurde.

Er machte einen Schritt auf seinen erbeuteten Blutvorrat zu und wollte sehen, ob er noch etwas davon retten konnte. In dem Moment hörte er das leise Schließen der Schlafzimmertür hinter sich. Er fuhr gerade noch rechtzeitig herum, um den Pflock zu spüren, der ihm in die Brust gerammt wurde.

Kate hatte sich ausgezogen und dachte darüber nach, ob sie duschen oder einfach gleich ins Bett gehen sollte, als sie ein Krachen hörte. Sie hielt inne und legte lauschend den Kopf schräg. Als etwas fest gegen die Wand krachte, die ihr Zimmer von Lucs Raum trennte, griff sie nach ihrem Morgenmantel, zog ihn über und band ihn zu, während sie ins Wohnzimmer rannte.

Die Tür zu Lucerns Zimmer war geschlossen. Kate klopfte nicht einmal, sondern riss sie auf und stürzte hinein. Sie wäre beinahe gegen zwei Männer gerannt, die miteinander rangen. Zuerst sah sie nur die Kämpfenden, dann bemerkte sie den Pflock, dessen Spitze in Lucerns Brust steckte, und das Blut, das aus der Wunde lief. Sie schrie entsetzt auf, ohne es wirklich zu merken. Tatsächlich hörte sie den Schrei nur als entfernten Laut.

Endlich brach sie aus ihrer durch Schock hervorgerufenen Lähmung und sah sich wild um. Die einzigen Waffen, die sie sehen konnte, waren die Nachttischlampen. Sie beeilte sich, eine zu packen, und fluchte, als sich das Ding nicht bewegen ließ. Es war am Nachttisch festgeschraubt. Ihr Blick schoss zurück zu Lucern und dem Angreifer. Das Blut war mehr geworden, und es sah so aus, als steckte der Pflock nun tiefer in Lucs Brust. Er schien schwächer zu werden. Und es gab nicht einen einzigen verdammten Gegenstand, den man als Waffe hätte benutzen können! Verzweifelt packte sie ein Kissen und rannte zu den Kämpfenden, schlug nach dem Fremden und stieß das Kissen gegen seinen Kopf und die Schultern. Ihr Angriff hatte wenig Wirkung auf den Mann. Er sah sich nicht einmal nach ihr um.

Als sie Lucerns blasses Gesicht sah, stieß sie ein Wutgeheul aus, nahm das Kissen an beiden Enden, schwang es über den Kopf des Angreifers und zog es über sein Gesicht. Sie riss fest an beiden Enden und versuchte dabei, dem Mann auf den Rücken zu klettern. Sehr zu ihrer Erleichterung ließ der Angreifer Lucern los, taumelte rückwärts und versuchte wild, nach ihr zu greifen. Sie konnte seinen um sich schlagenden Händen entgehen und hielt dabei mit aller Kraft das Kissen fest. Der Angreifer konnte nicht mehr atmen, und Kate betete, dass er das Bewusstsein verlieren würde, bevor er ihr etwas tun konnte.

Als der Fremde gegen die Wand neben dem Schrank taumelte,

stieß sie ein „Umpf" aus, aber es gelang ihr, auf seinem Rücken zu verharren. Kate klammerte sich weiter an das Kissen, denn sie wusste, wenn sie das nicht tat, wären sowohl sie als auch Luc verloren.

Sie warf einen verzweifelten Blick zu Lucern. Er lag vor dem Bett auf den Knien und griff geschwächt nach dem Pflock in seiner Brust. Sie erinnerte sich, dass er gesagt hatte, wenn ein Pflock lange genug in ihm bliebe, würde ihn das töten, und sie wusste, dass sie schnell zu ihm gelangen musste. Ihre Gedanken gerieten ins Stocken, als der Mann, auf dem sie ritt, sich wieder nach hinten warf und sie diesmal in den Schrank schleuderte. Kate grunzte, als sie mit dem Kopf gegen die Kleiderstange krachte.

Der Schmerz war wie eine Explosion in ihrem Kopf und blendete sie mit grellen weißen Blitzen hinter den Augen. Sie wollte den Kopf mit beiden Händen packen, bis die Qualen vorüber waren, aber sie konnte das Kissen nicht loslassen und blieb daher blind und unter Schmerzen auf seinem Rücken, nicht weit entfernt von der Bewusstlosigkeit.

Als die Schmerzen ein wenig nachließen, hätte Kate nicht sagen können, wie viel Zeit vergangen war. Sie brauchte einen Moment, bevor sie erkannte, dass ihr Blickwinkel sich verändert hatte. Sie war dem Boden näher gekommen. Also wandte sie die Aufmerksamkeit dem Mann zu, an dem sie hing, und sah, dass er in die Knie gegangen war und sie mitgenommen hatte. Sie brachte die Füße auf den Boden und schaute wieder zu Lucern hin. Erneut wurde sie von Panik erfasst. Er kniete nach vorn gesackt am Boden und ließ den Kopf hängen. Ihr wurde klar, dass sie nicht mehr warten konnte, bis der Angreifer vom Sauerstoffmangel ohnmächtig wurde, also ließ sie ein Ende des Kissens los und tastete auf dem Schrankboden herum.

Sie versuchte das Kissen mit einer Hand weiter über dem

Gesicht des Mannes festzuhalten, merkte aber, dass ihr das nicht so recht gelang. Sie hörte, wie er mehrmals keuchend nach Luft schnappte, und wusste, er würde nicht mehr lange brauchen, um wieder eine ernste Gefahr darzustellen. Dieser Gedanke hatte sie gerade in neue Panik versetzt, als ihre Hand gegen etwas stieß. Sie griff danach, erkannte es als Schuh und ließ ihn, ohne nachzudenken, auf den Kopf ihres Angreifers niedersausen. Sofort fiel der Mann nach vorn, und sie bemerkte, dass sie den Schuh am Absatz hielt. Sie ließ das Kissen los, drehte den Schuh herum und schmetterte diesmal mit aller Kraft, die sie aufbringen konnte, den Absatz auf den Hinterkopf ihres Gegners.

Sehr zu ihrer Zufriedenheit zeigte das Wirkung: Der Mann fiel lautlos nach vorn. Kate ließ ihn liegen, stand mühsam auf und stolperte zu Lucern.

Als Erstes packte sie ihn an den Schultern und drückte ihn hoch. Er fiel ohne einen Laut auf den Rücken. Sein Kopf krachte gegen den Boden, und da er gekniet hatte, kamen die Unterschenkel unter ihm zu liegen. Kate sah ihn unglücklich an. Eine solche Hautfarbe hatte sie noch nie bei ihm gesehen. Aber es sah nicht so aus, als hätte er viel Blut verloren. Der Pflock steckte immer noch in seiner Brust, was bewirkte, dass nur ein wenig Blut austrat. Kate erinnerte sich jedoch an seine Worte darüber, dass das Herz nicht pumpen konnte, wenn ein Pflock darin steckte, und sie wusste, wenn sie das Ding nicht herauszog, würde Lucern sterben.

Der Pflock war aus dem leichten Holz, das man normalerweise in Bastelgeschäften fand, und der Angreifer hatte ihn offenbar angespitzt, damit er Lucern pfählen konnte. Jetzt würde sie das rückgängig machen müssen, oder er würde sterben.

Sie hatte keine Zeit, darüber nachzudenken, was sie tat, und sie wusste, dass jede Sekunde zählte. Sie packte den Pflock fest mit beiden Händen und zog ihn heraus – was nicht so einfach war, wie sie erwartet hatte. Sie hatte irgendwie erwartet, sie könnte das Holz herausziehen wie ein Messer aus der Butter. Lucerns Körper bestand aber nicht aus Butter. Es gab einen gewissen Widerstand, und sie musste einiges an Kraft aufwenden. Das nasse, quatschende Geräusch, das beim Herausziehen entstand, und die Tatsache, dass sie nur wenig gegessen hatte, bewirkte, dass ihr spärliches Abendessen sich einen zweiten Auftritt verschaffte.

Kate schluckte entschlossen. Sie warf den Pflock beiseite und drückte rasch die Hände auf die Wunde in Lucerns Brust, da nun das Blut in Strömen herausgepumpt wurde. Sie setzte Druck ein, um zu verhindern, dass er verblutete, und betete, dass sein Blut den Schaden reparieren würde. Und sie fragte sich bang, ob sie ihm wirklich geholfen oder ihn umgebracht hatte.

Mehrere Minuten blieb sie neben ihm sitzen und übte nur Druck auf seine Brust aus, bis ein Stöhnen von Lucerns Angreifer sie warnte, dass der Mann wieder zu sich kam. Sie war hin- und hergerissen zwischen ihrem Wunsch, bei Lucern zu bleiben und seine Wunde zuzuhalten, und der Notwendigkeit, den Mann irgendwie wieder in die Bewusstlosigkeit zu befördern. Denn es gab keinen Zweifel daran, dass Luc und sie so gut wie tot sein würden, wenn der Mann sein Bewusstsein wiedererlangte. Er würde erst Lucern ein Ende machen und dann sie umbringen, weil sie Zeugin seines Mordes geworden war. Andererseits könnte Lucern verbluten, wenn sie ihn jetzt losließ.

Ihr Blick ging wieder zurück zu Lucern Gesicht, und sie zögerte, dann nahm sie vorsichtig die Hände von seiner Brust. Sehr zu ihrer Erleichterung sprudelte das Blut nicht mehr heraus wie zuvor. Sein Körper regenerierte sich. Das hoffte sie jedenfalls – oder er war bereits tot.

Sie schob diesen Gedanken beiseite, stand auf und sah sich im Raum nach etwas um, mit dem sie ihren Gegner fesseln konnte. Als sie den schwarzen Rucksack mit den Einbruchswerkzeugen entdeckte, eilte sie sofort darauf zu. Sie hatte Lucern den Rucksack gegeben, damit er darin das Blut transportieren konnte, und dann nicht mehr danach gefragt. Jetzt holte sie das Seil heraus, warf es aber wieder beiseite und griff stattdessen nach dem Klebeband und dem Messer. Sie kannte sich nicht sonderlich gut mit Knoten aus. Außerdem nahm sie an, es würde schwieriger sein, sich aus dem Klebeband zu befreien.

Ein weiteres Stöhnen des Angreifers ließ Kate an dessen Seite eilen. Sie zog seine Hände hinter den Rücken und wickelte rasch Klebeband um seine Unterarme und, um ganz sicher zu gehen, auch noch um die Hände. Sobald sie auf diese Weise dafür gesorgt hatte, dass er sich nicht befreien konnte, wandte sie sich seinen Füßen zu und band seine Fußknöchel auf die gleiche Art. Dann rollte sie ihn auf den Rücken, sodass er auf seinen gefesselten Händen lag, und fing an, Band über seinen Mund und um seinen Kopf zu wickeln. Es würde schwierig sein, das Band vom Haar abzubekommen, aber das interessierte sie nicht. Der Kerl hatte Schlimmeres verdient.

Kate war beinahe fertig, als der Angreifer plötzlich die Augen aufschlug. Sie zuckte zusammen, als er am Band ruckte und sich loszureißen versuchte. Hass blitzte in seinen Augen. Sie begegnete seinem Blick, dann beendete sie ihre Arbeit mit dem Band und ignorierte sein nutzloses Ringen.

Wäre Lucern ein normaler Mensch gewesen, hätte sie die Polizei anrufen können. Aber Lucern war kein normaler Mensch. Wie hätte sie die Situation erklären sollen? Kate sah sich im Raum um, und ihr Blick fiel auf die halb offene Kühlschranktür und die aufgeschnittenen Blutbeutel. Nein, sie würde der Polizei nichts davon erklären können. Sie war allein auf sich selbst angewiesen.

Sie kam wieder auf die Beine und kehrte beinahe widerstrebend zu Luc zurück. Dann zögerte sie, unsicher, was sie tun sollte. Er hatte offenbar trotz ihrer Bemühungen viel Blut verloren, außerdem würde er wahrscheinlich viel neues Blut brauchen, um die Schäden an seinem Körper zu reparieren. Ja, er würde Blut brauchen.

Ihr Blick fiel auf seinen Mund. Er schien nicht zu atmen und war erst recht nicht in der Verfassung, von ihr zu trinken. Aber sie sah auch, dass die Wunde an seiner Brust nicht mehr so stark blutete. Genauer gesagt, blutete er überhaupt nicht mehr. Wenn überhaupt, war das Loch jetzt kleiner, und es gab weniger Blut.

Kate erinnerte sich, dass Lucern gesagt hatte, die Nanos benutzten Blut, um Verletzungen zu reparieren. Benutzten sie dieses Blut jetzt? Konnte es ihn reparieren und am Leben halten ... wenn er überhaupt noch am Leben war?

Kate beugte sich vor und packte die in Fetzen hängenden Enden von Lucs T-Shirt, wo der Pflock eingedrungen war. Sie schnitt einen langen Streifen davon ab. Den legte sie auf den Boden neben sich, dann beugte sie sich über Lucs Brust, um sich seine Wunde näher anzusehen. Ja, da war nun eindeutig weniger Blut. Das war doch sicher ein Zeichen, dass er noch lebte!

Sie biss sich auf die Lippe und schaute auf das Messer in ihrer Hand. Er konnte nicht von ihr trinken. Aber vielleicht würde sie ihn dennoch füttern können.

Bevor sie weiter nachdenken und ihre Absicht ändern konnte, schnitt sie sich ins Handgelenk, dann hielt sie es über seine Wunde und ließ ihr Blut in sie hineinfließen. Damit hörte sie erst auf, als sie sich ein wenig schwindlig zu fühlen begann. Dann griff sie schnell nach dem Streifen T-Shirt, den sie abgeschnitten hatte, und verband damit ihr Handgelenk. Das fiel ihr mit nur einer Hand nicht leicht, aber sie schaffte es.

Am Ende lehnte sich Kate zurück und warf einen Blick auf den Mann, der Lucern angegriffen hatte. Er befand sich immer noch auf dem Boden vor dem Schrank und war immer noch fest verschnürt. Die Fesseln hatten seinen Versuchen, sich zu befreien, offenbar standgehalten. Erleichtert wandte sich Kate wieder Lucern zu. Seine Augen waren immer noch geschlossen, sein Gesicht blass und leblos. Er öffnete nicht die Augen oder lächelte sie an, wie sie gehofft hatte. Und die Wunde hatte sich nicht wie durch ein Wunder geschlossen. Es war nicht wie im Film. Sie wünschte sich, es wäre so.

Kate richtete sich auf eine lange Nachtwache ein. Sie war nicht sicher, ob er diese silbrigen Augen je wieder öffnen würde, aber sie würde ihn ganz sicher nicht aufgeben.

Als sie müde wurde, legte sie sich neben ihn und ließ ihren schmerzenden Kopf an seiner unverletzten Schulter ruhen. Einen Augenblick lang lag sie schweigend dort und lauschte, aber sie konnte keinen Herzschlag hören. Der Pflock hatte sein Herz zum Stillstand gebracht. Sie war nicht sicher, ob das endgültig war.

„Komm zurück zu mir, Lucern", flüsterte sie und schloss die Augen. „Bitte."

15

Lucern erwachte mit einem Keuchen. Seine Lunge saugte den Sauerstoff tief ein und zwang ihn ebenso schnell wieder heraus. In seinen klirrenden Ohren dröhnte sein pulsierendes Herz wie eine Trommel, und er sah nur Dunkelheit, die allmählich verschwommenen Farben wich. Er blieb längere Zeit reglos liegen, während sein Körper mit aller verbliebenen Kraft darum rang, sich zu erholen, denn er wusste, dass er dem Tod sehr nahe gewesen war.

Langsam wurde er sich des Drucks an seiner Schulter bewusst, er schaute nach unten und stellte erleichtert fest, dass sein Augenlicht zurückgekehrt war. Er konnte jemandes Hinterkopf sehen. Das Gesicht sah er nicht, aber er erkannte Kates honigblonde Strähnen und fand es seltsam beruhigend zu wissen, dass sie bei ihm war.

Er schloss die Augen wieder und machte eine Bestandsaufnahme. Soweit er feststellen konnte, hatte er keine Hirnschäden, und sein Gedächtnis funktionierte noch. Kate hatte ihn gerettet. Ein verstörender Gedanke. Normalerweise war *er* der Krieger, der Retter, der Held. Aber heute war Kate die Heldin gewesen und hatte den Angreifer abgewehrt – und ausgerechnet mit einem Kissen!

Er hätte gelacht, wenn er die Energie dazu gehabt hätte. Kate hatte ihren Angreifer mit einem Kissen gefällt, einen Angreifer, der ihn bereits überwältigt hatte. Das warf ihn tatsächlich fast um. Ihr Mut und ihre Schlauheit ergaben eine furchterregende Kombination. Er versuchte die Hand zu heben, um die weichen

Locken zu streicheln, wollte sich unbedingt vergewissern, dass sie tatsächlich bei ihm war, aber er hatte nicht die Kraft dazu.

Frustriert von seiner Schwäche und seinem Mangel an Beherrschung zwang Lucern sich dennoch, geduldig zu bleiben. Sein Körper würde wie wild daran arbeiten, Blut auszuschicken, um erst sein Hirn und seine lebenswichtigen Organe zu reparieren. Sobald diese wieder funktionierten, würde das Blut sich auf den Rest von ihm konzentrieren. Dann würde auch einiges von seiner Kraft zurückkehren.

Als er dort lag, fragte er sich, wer ihn wohl angegriffen hatte, und vor allem, was aus dieser Person geworden war. Er konnte nur annehmen, dass Kate sich um die Angelegenheit gekümmert hatte, sonst wäre sie sicher nicht auf ihm eingeschlafen. Wenn sie denn überhaupt schlief …

Erschrocken riss er die Augen wieder auf.

Aufgrund seiner Erfahrung mit Verletzungen vermutete er, dass er vielleicht eine halbe Stunde bewusstlos gewesen war – nicht viel Zeit für Kate, um mit dem Angreifer fertig zu werden, den Pflock aus seiner Brust zu ziehen und einzuschlafen. Als er diesmal versuchte, sich zu bewegen, war er imstande, die Hand zu heben und sie an die Seite ihres Kopfs zu legen.

Zu seiner großen Erleichterung murmelte Kate verschlafen vor sich hin. Sie schmiegte sich an ihn wie ein Kätzchen. Das beruhigte Lucern ein wenig. Sie lebte noch. Alles andere konnte warten. Er schloss die Augen zu einem leichten Schlaf, während sein Körper die Reparaturen beendete.

Als er das nächste Mal die Augen öffnete, war es Hunger, der ihn geweckt hatte. Seine Kraft war noch nicht vollkommen zurückgekehrt, aber selbst in diesem geschwächten Zustand war er bereits so stark wie ein durchschnittlicher Mann. Er schob sich vorsichtig unter Kate hervor und bettete ihren Kopf sanft auf den Boden, bevor er sich aufsetzte und sich umsah. Sofort entdeckte er seinen Angreifer vor dem Schrank auf dem Boden. Der Mann war verschnürt wie Geflügel.

Lucs Blick wanderte zum Kühlschrank, und er bemerkte die vier aufgeschnittenen Beutel. Er zog die Brauen hoch bei diesem Anblick. *Vier* Beutel. Als er das letzte Mal Blut getrunken hatte, waren es noch acht gewesen. Er stand auf, ging zum Kühlschrank, zog die Tür ganz auf und schaute hinein. Als er darin noch vier unbeschädigte Blutbeutel sah, seufzte er erleichtert. Er hatte den Burschen wohl unterbrochen, bevor er Gelegenheit gehabt hatte, seinen ganzen Vorrat zu zerstören.

Lucern packte einen Beutel und stieß seine Zähne hinein, wobei er sich im Zimmer umsah. Es würde ein wenig Arbeit brauchen, das Zimmer wieder in Ordnung zu bringen. Er würde das Blut aufwischen, die Flecken vom Teppich entfernen und sich um diesen Herrn kümmern müssen, der nun auf dem Fußboden lag wie die Imitation eines Bärenfells.

Er dachte darüber nach, was er mit seinem Angreifer tun sollte, und trank zwei weitere Beutel. Bevor er eine Entscheidung traf, würde er mehr herausfinden müssen. Er musste wissen, ob es ein Angriff auf Luke Amirault, den Vampir-Autor, oder Lucern Argeneau, den Vampir, gewesen war. Der Unterschied konnte sich gewaltig auf die Sicherheit seiner Familie auswirken.

Nachdem er den dritten Beutel Blut geleert hatte, fühlte er sich schon wieder ziemlich gut. Er beschloss, den vierten und letzten für später aufzuheben, machte den Kühlschrank zu und ging an die Arbeit. Er kümmerte sich, so gut er konnte, um alles – auch um seinen Angreifer –, dann wandte er die Aufmerksamkeit Kate zu, die mitten auf dem Boden schlief. Er überlegte, ob er sie wieder in ihr Zimmer bringen sollte, aber als er sie zum letzten Mal gesehen hatte, hatte der Angreifer sie gerade mit dem Kopf gegen die Kleiderstange gerammt. Der Gedanke, sie in diesem Zustand die ganze Nacht allein zu lassen, gefiel ihm nicht. Was, wenn die Verletzung zu Komplikationen führen würde? Sie sollte hier in seinem Zimmer schlafen, aber nicht auf dem Boden.

Er kniete sich auf den Boden, schob die Arme unter sie und hob sie hoch. Sie rührte sich kaum, als er sie zum Bett trug und darauf niederlegte. Als er sich gerade wieder aufrichten wollte, sah er den Tuchstreifen an ihrem Handgelenk. Er nahm ihre Hand und wickelte den behelfsmäßigen Verband ab. Sofort wurde er von Besorgnis erfasst. Das Blut an dem Schnitt in ihrer Haut war geronnen, die Wunde blutete nicht mehr, aber er wusste nicht, wie tief sie war. Er glaubte nicht, dass sie genäht werden musste, da sie sich bereits geschlossen hatte, aber …

Er griff nach dem Telefon und rief den Empfang an, verlangte Verbände und ein antiseptisches Mittel, dann fragte er sich, wie sie wohl zu der Wunde gekommen war. War das während des Kampfs geschehen? Sofort tat es ihm leid, dass er den Mann so leicht vom Haken gelassen hatte. Er hätte …

Seine Gedanken wurden von einem Klopfen an der Tür zur Suite unterbrochen. Ein Page brachte Verbandmaterial und Salbe. Lucern ging und nahm es in Empfang, ohne den Mann hereinzulassen, dann kehrte er zu Kate zurück, um sich um sie zu kümmern. Er säuberte ihre Wunde und verband sie vorsichtig, dann legte er ihre Hand wieder auf ihre Brust und zog die Bettdecke über sie.

Er ließ sie schlafen, während er seine ruinierte Kleidung auszog und sich unter der Dusche das Blut abwusch. Dann legte er sich ebenfalls ins Bett, so weit von Kate entfernt, wie er konnte. Er wollte nicht aus Versehen gegen ihren verletzten Arm stoßen oder riskieren, dass sie sich aufregte, wenn sie erwachte. Er würde auf seiner Seite des Betts bleiben.

Selbstverständlich hatte er dabei nicht bedacht, dass Kate vielleicht nicht auf ihrer Seite bleiben würde. Er hatte gerade angefangen einzudösen, als Kate sich umdrehte, den Arm über seine Brust streckte und sich an ihn schmiegte, als würde sie dort hingehören. Seltsamerweise fühlte es sich genau so an, als sei das der Fall.

Kate erwachte nur langsam, als widerstrebte es ihr, sich der Welt zu stellen. Es brauchte eine Weile, bis ihr umnebeltes Hirn sich erinnerte, was geschehen war. Dann kam ihr Lucerns Bild vor Augen. Sie erstarrte und schlug die Augen auf. Das Erste, was sie sah, war Lucerns Kinn. Sie starrte es einen Moment an, dann senkte sie widerstrebend die Augen zu seiner Brust und befürchtete, dort ein klaffendes Loch zu sehen. Als sie nur Bettzeug entdeckte, setzte sie sich abrupt auf, erstaunt, sich neben ihm im Bett zu finden. Sie schaute sich verwirrt um – aber der Raum war aufgeräumt. War das alles nur ein Traum gewesen?, fragte sie sich verwirrt.

Ihr Blick fiel auf den Boden vor dem kleinen Kühlschrank, und die Zunge blieb ihr am Gaumen kleben. Offensichtlich hatte jemand versucht, das Blut wegzuwischen, und den größten Teil des Flecks entfernen können, aber es war immer noch schwach zu sehen. Sie drehte sich wieder zu Lucern um und zog die Decke weg.

So etwas wie ein Schluchzen entrang sich ihrer Kehle, als sie feststellte, dass seine Brust geheilt war. Gleichermaßen erleichtert wie erstaunt fuhr sie mit den Fingerspitzen vorsichtig über die heile Haut dort, dann schloss sie die Augen und versuchte, ihr heftig schlagendes Herz zu beruhigen. Er war am Leben!

Eine warme Hand schloss sich um ihre, und Kate öffnete die Augen wieder. Lucern war wach, er sah sie an und drückte ihre Hand.

„Du hast mir das Leben gerettet", sagte er ernst. „Danke."

Kate wandte sich von ihm ab und schaute zum Schrank und dem leeren Boden davor. „Der Mann, der dich angegriffen hat …"

„Ich habe seine Erinnerung gelöscht und ihn nach Hause geschickt."

Sie starrte ihn entsetzt an. „Ihn nach Hause geschickt? Er hat dich angegriffen!"

„Ich kann wohl kaum die Polizei anrufen und versuchen, die Situation zu erklären", meinte Lucern. Er zuckte die Achseln, dann fügte er hinzu: „Außerdem ging es ihm nicht gut. Sein Kopf war … nicht in Ordnung."

„Warum hat er dich angegriffen? War er auf der Konferenz? Hat er …"

„Nein, er war kein Konferenzteilnehmer. Er wohnt hier in der Stadt. Seine Frau ist offensichtlich ein großer Fan von Liebesromanen. Als sie ihn verließ, wollte er irgendwem die Schuld geben. Er kam zu dem Schluss, dass alles von diesen Büchern kam, die sie las." Er zuckte die Achseln. „Um der Sache auf den Grund zu gehen, fing er an, selbst welche zu lesen, und als er meine las, entwickelte er die fixe Idee, ich müsse ein Vampir sein. Er sah unser Foto in der Zeitung, wusste dadurch, dass ich in der Stadt war, und er kam zu dem Schluss, dass ich den Geist seiner Frau beherrschte und sie von ihm weggelockt hatte. Er bildete sich ein, wenn er mich nur vernichten könnte, würde sie wieder klar denken können und zu ihm zurückkommen."

Kate starrte Lucern an. Ihre Gedanken überschlugen sich. Er klang so verständnisvoll!

Sie hatte sich in letzter Zeit hilflos und nutzlos gefühlt und bei dem Gedanken an die Möglichkeit, dass Lucern tot sein könnte, große Trauer verspürt – mehr Trauer, als es beim Tod eines ihrer Autoren angemessen gewesen wäre. Es hatte wirklich keinen Sinn, weiter dagegen anzukämpfen. Sie wusste, dass ihre Gefühle für diesen Mann tief gingen. Sie hatte Lucern schon für brillant und begabt gehalten, bevor sie ihm je begegnet war, hatte ihn bei ihrer Ankunft in seinem Haus mürrisch und unhöflich gefunden, aber nach und nach waren andere Seiten von ihm zutage getreten, wie die Gliedmaßen und der Kopf einer Schildkröte. Sie hatte herausgefunden, dass die Seite, die er der Welt von sich zeigte, nichts weiter als eine Fassade war, ein Schild, der ihn schützen sollte. Er war klug und stark, aber er war auch voller Mitgefühl und Freundlichkeit. Jemand hätte ihn beinahe umgebracht, und dennoch konnte Luc Mitleid mit ihm empfinden. Sie hörte das Mitgefühl in seiner Stimme. Sie klang so weich und offen wie sein Gesichtsausdruck. An diesem Morgen schien der Schutzwall, mit dem er sich umgab, vollkommen verschwunden zu sein, und sie hatte keine Ahnung, warum. Sie wünschte sich beinahe, dass es nicht so wäre. Vielleicht würde sie dann mit diesem Wust an Gefühlen fertig werden können, die in ihr aufstiegen.

„Kate?"

Sie hob den Blick zu seinem Gesicht.

„Wie geht es deinem Kopf?", fragte er. „Bevor ich letzte Nacht das Bewusstsein verlor, sah ich gerade noch, wie du gegen die Kleiderstange gekracht bist."

„Mein Kopf ist in einem ziemlich schlechtem Zustand", verkündete sie ernsthaft.

Er sah sie besorgt an. „Ja?" Er setzte sich auf und fuhr mit den Fingern über ihren Hinterkopf. „Ich hab ihn mir letzte Nacht angesehen, aber es war keine große Beule. Ich dachte …" Er brach ab, als sie die Hand an seine Brust legte, wo der Pflock eingedrungen war. Das Bettzeug fiel auf seine Taille herunter und sie konnte viel von seiner Haut sehen.

Er sah aus, als wäre er in Ordnung. Dennoch, Kate wusste, er würde das Blut ersetzen müssen, das sein Körper zum Regenerieren gebraucht hatte. Sie würde auch die Blutbeutel ersetzen müssen, die der Angreifer zerstört hatte. Luc brauchte genug, um den Rest der Konferenz durchzustehen. Es war Samstag früh, sechs Uhr, sah sie bei einem Blick auf den Wecker. Nur noch dieser und der nächste Tag blieben übrig – aber Lucern war verletzt gewesen und würde viel Blut brauchen. Sie war bereit, ihm ihr eigenes anzubieten. Anders als in der vergangenen Nacht würde es eine Freude sein, es ihm zu geben. Dafür würde er sorgen, das wusste sie. Ihre Finger bewegten sich wie von selbst über seine Brust.

Seine Haut war ein wenig kühl – nicht die kalte Haut einer Leiche, aber ein oder zwei Grad kühler als ihre eigene. Das war eher angenehm. Kate selbst fühlte sich beinahe, als hätte sie ein wenig Fieber, aber sie wusste genau, dass ihre erhöhte Temperatur so gar nichts mit Krankheit, sondern alles mit dem nackten Mann im Bett neben ihr zu tun hatte. Sie war jedenfalls ziemlich sicher, dass er nackt war. An ihrem ersten Morgen im Hotel hatte sie entdeckt, dass er nackt schlief, und sie erinnerte sich vage, dass ihre Beine seine nackte Haut berührt hatten, als sie sich an diesem Morgen umgedreht hatte. Es war natürlich auch möglich, dass er Boxershorts oder so etwas trug.

Lucern nahm ihre wandernde Hand und beendete damit ihre Fragen, ob er nackt war. Kate riss den Blick von seinem Schoß los, zu dem er hinabgeglitten war. Er sah sie an, sah ihr in die Augen, als er die Hand an den Mund hob und ihr einen Kuss in die Handfläche drückte.

Kate hielt den Atem an. Seine Zärtlichkeit verursachte ein Kribbeln in ihrer Handfläche, das ihren Arm entlanglief und einen kleinen Schauder verursachte.

„Tut dein Kopf sehr weh?“, fragte er.

Kate schüttelte langsam den Kopf. „Das meinte ich nicht, als ich sagte, er sei in schlechtem Zustand, Luc.“

„Dann …“

Kate ignorierte die Frage und hob die Hand, um ihm über die Wange zu streicheln. Der saubere Verband an ihrer Hand überraschte sie. „Hast du …“

„Ja." Er fing ihre Hand ein und zog sie an seinen Mund. Wieder drückte er einen Kuss auf ihre Handfläche, direkt neben dem Verband. Aber in seinen Augen flackerte Zorn auf. „Hat *er* das getan?"

„Nein. Ich habe mich selbst geschnitten", gab sie zu. „Um dir zu helfen."

Sein Blick folgte dem ihren zu seiner Brust, und nun begriff er. Das ließ den Zorn sofort wieder verschwinden.

„Kate", begann er heiser. Aber sie wollte keine Dankbarkeit. Sie hatte es nicht nur für ihn getan. Ihre Gründe waren viel komplizierter und zum Teil egoistisch gewesen. Sie hatte es auch für sich selbst getan. Weil sie sich eine Welt ohne ihn nicht vorstellen konnte. Das wollte sie gar nicht erst, und sie wollte auch keinen Dank. Sie wollte ihm Gelegenheit geben, sich das Blut zu nehmen, das er zweifellos brauchte, und sie wollte ihn.

„Ich will dich", gab sie zu. „Du bist einer meiner Autoren, ein Vampir, der unbedingt Blut braucht, und du wärst letzte Nacht beinahe gestorben. Wir hätten beide sterben können, und dennoch interessiert mich das heute früh alles nicht. Ich will dich nur aufs Bett zurückschieben, auf dich steigen und dich in mir spüren."

Lucern starrte Kate an, seine Gedanken wie gelähmt von ihren Worten, erfüllt von dem Bild, das sie gezeichnet hatte. Er stellte sich vor, wie sie ihn wieder aufs Bett drückte, die Laken und Decken beiseite schob, aus dem dicken Frotteemantel schlüpfte, den sie trug, und sich dann auf ihn setzte und nach unten griff, um ihn in sich hineinzuführen.

Noch vor kurzer Zeit wäre das, was sie vorgeschlagen hatte, unmöglich gewesen. Sein Körper hätte nicht mitgemacht. Jetzt jedoch war er wach und regte sich erwartungsvoll unter den Decken. *Verdammt*, dachte er mit mildem Staunen, moderne, energische Frauen hatten durchaus ihre Vorteile!

Er räusperte sich, und es gelang ihm zu lächeln. „Ich glaube, diese Idee hat einen gewissen Reiz", sagte er.

Seltsamerweise brachten seine eher förmlichen Worte Kate zum Lachen. Lucern versuchte sich zu entscheiden, ob er sich ihr anschließen oder beleidigt sein sollte, als sie plötzlich ernst wurde, sich neben ihm auf dem Bett aufsetzte und den Gürtel des Bademantels aufzog. Sie ließ ihn von den Schultern gleiten. Als er um ihre Taille lag, sagte sie: „Ich hoffe, du hast ein Kondom."

Lucern starrte ihre sahnig-blasse Haut an. Er hatte sie erst Tage zuvor beinahe nackt gesehen, hier in diesem Zimmer, aber dabei keine Gelegenheit gehabt, genau hinzuschauen. Kate war schlank und wohlgeformt, ihre Kurven großzügig, aber nicht übermäßig ausladend. Sie hatte rosige Brustwarzen, und ihre Brüste waren auf ihn gerichtet wie ein Fernglas. Er wollte die Hände ausstrecken und sie packen, wie er ein Fernglas gepackt hätte, aber nicht, um durch sie hindurchzusehen, sondern er wollte sie unbedingt lecken und daran saugen und …

„Ein Kondom?", fragte er, als hätte er das Wort nie zuvor gehört. Zum Glück wurde sein Kopf schnell genug wieder klar, um zu verstehen: Sie machte sich Sorgen wegen Geschlechtskrankheiten. „Oh. Mach dir keine Gedanken, Krankheiten können in meinem Körper nicht überleben."

Er zeigte sein seltenes Lächeln, froh, ihr diese Information geben zu können. Kein Kondom zu haben würde kein Problem sein. Außerdem war er in diesem Augenblick ziemlich überzeugt, dass *ein* Kondom nicht genügen würde. Sie würden viele brauchen. Viele, viele, dachte er, als er mit dem Finger über eine ihrer aufgerichteten Brustwarzen fuhr.

Erschrocken blickte er auf, als Kate seine Hand wegschlug. Zu seiner Bestürzung schien sie von seiner Erklärung nicht beeindruckt zu sein. Sie runzelte die Stirn.

„Und Vampire haben auch kein Sperma?"

Lucern musste einen Moment über diese Frage nachdenken, bevor sein armer, vernarrter Kopf verstand. *Sperma? Sex. Babys. Oh!*

„Oh!" Er sah sich wild im Zimmer um, und sein Hirn arbeitete auf Hochtouren. Er hatte kein Kondom. Er benutzte auch keine. Geschlechtskrankheiten brauchte er nicht zu fürchten, und Schwangerschaft hatte nie wirklich zur Debatte gestanden. Es geschah nur sehr selten, dass ein Mensch mit einem von seiner Art ein Kind zeugte. Sein Vetter, der verrückte Wissenschaftler des Clans, hatte ihm einmal erklärt, warum, aber er konnte sich im Augenblick nicht erinnern. Dennoch, er war überzeugt, dass Kate kein noch so geringes Risiko eingehen würde. Er brauchte ein Kondom.

„Äh, eine Minute. Nur … äh …" Er fegte die Decken weg, sprang aus dem Bett und griff nach der blutbefleckten Hose, die er letzte Nacht ausgezogen hatte. Er begann, in seinen Taschen zu suchen. Als er die Brieftasche fand, nahm er sie heraus und lächelte Kate an – wenn auch reichlich gequält. „Ich muss nur schnell … äh … nur eine Minute."

Er rannte hektisch aus dem Zimmer ins Wohnzimmer. Auf halbem Weg zur Flurtür blieb er wie angewurzelt stehen, als sie rief: „Du hast doch nicht vor, welche zu kaufen, oder? Du bist nackt, Luc!"

Das hielt ihn auf.

„Luc?"

„Nein. Nein, ich bin nicht … Eine Minute bitte", bat er noch einmal. Seine Gedanken überschlugen sich. Er dachte daran sich anzuziehen, aber dann stieg ein Bild von Kate vor seinem geistigen Auge auf. Nein, dazu hatte er keine Zeit. Was, wenn sie es sich anders überlegte? Bedenken bekam? Das konnte er nicht riskieren. Es wäre schneller, wenn …

Er eilte zum Telefon und wählte den Empfang.

„Guten Morgen", sagte eine muntere weibliche Stimme. „Sie sind mit der Rezeption verbunden. Was kann ich für Sie tun?"

„Kondome", rief Lucern.

„Wie bitte, Sir?"

„Kondome. Ich brauche Kondome", bellte er.

„Ich verstehe, Sir." Die Munterkeit verschwand aus der Stimme. „Welche Größe?"

„Größe?" Es gab Größen? Lucern spähte an sich hinunter. „Groß."

„Selbstverständlich, Sir. Sie sind immer groß", sagte die Stimme trocken. „Sie haben die Wahl zwischen hauteng, normal, L oder XL."

Lucern starrte erneut an sich hinab. Er schien kleiner zu sein als noch vor einem Augenblick. Seine Erektion schwand! XL konnte er wohl vergessen. „L."

„Luc? Was machst du denn da?"

Als Lucern sich umdrehte, sah er Kate nackt in der Schlafzimmertür stehen; ihr Blick huschte nervös zwischen ihm und der Tür zu Chris' Zimmer hin und her. Er betrachtete sie von oben bis unten und war dankbar, dass sein Sehvermögen letzte Nacht keinen Schaden genommen hatte. Ebenso wenig wie sein Geruchssinn. Ihr süßer, gewürzartiger Duft wehte zu ihm hinüber, umgab ihn mit seiner Üppigkeit. Sie roch zum Fressen gut. Dieser Gedanke zog weitere nach sich: Er stellte sich vor, wie er jeden Zoll ihrer Haut leckte und …

„Luc?" Kate sah ihn ein wenig besorgt an. „Geht es dir gut? Du siehst … seltsam aus."

„Sir?"

Lucerns Blick fiel erneut auf seine Erektion. Er sagte ins Telefon: „Nein, ich nehme doch lieber XL."

„XL was? Lucern, was hast du vor?", fragte Kate. Nun klang sie ein wenig gereizt.

„Eine Minute", bellte Luc ins Telefon. Er legte es auf den Tisch und eilte zu Kate, um sie bei den Armen zu nehmen. „Ich komme sofort. Geh wieder ins Bett. Du hast Gänsehaut." Die hatte sie überall … auf den Armen, die seine Hände zerstreut streichelten, auf ihren Brüsten, die er mit Blicken liebkoste, auf – Vielleicht würde selbst XL nicht groß genug sein!

Lucern schüttelte den Kopf, drehte Kate herum und schob sie in Richtung Bett. „Ich bin sofort wieder da. Das verspreche ich."

„Aber …"

Lucern schloss die Tür, ließ sie mit ihren Protesten allein und eilte wieder ans Telefon. „Hallo?"

„Ja, Sir." Die Frau war eindeutig verärgert, weil er sie hatte warten lassen. „Und welche Packungsgröße wollen Sie? Wir haben Sechserpacks, zwölf, vierundzwanzig und sechsunddreißig."

„Sechs, zwölf, vierundzwanzig und sechsunddreißig?", wiederholte Lucern. Das hier war wie eine Art von Test. Guter Gott, er konnte nicht klar denken. Kates Duft umgab ihn immer noch, und sein Hirn war vollkommen umwölkt. Er fragte sich kurz, ob er hätte mehr Blut trinken sollen. Vielleicht hatte er mehr verloren, als er gedacht hatte, und was er seinem Körper nachgeliefert hatte, war so gering gewesen, dass die Nanos nun das Blut von anderswo nehmen mussten, um die Erektion weiter aufrechtzuerhalten. Wenn, dann hatten sie sich offenbar entschlossen, es aus seinem Hirn zu holen. Seine Gedanken waren so schlammig wie ein Schweinepferch nach einem Regen.

„Sir?"

„Alle", erklärte er schließlich. Je mehr desto besser.

„Beschichtet oder nicht beschichtet?"

„Ugh", würgte Lucern ins Telefon.

„Sicher. Beschichtet", sagte die Frau. „Und nun … Wollen Sie sie geriffelt, ultra-eng, extra dick, mit Struktur, sensitiv, ultradünn, Magnum, Supra, Netz der Freuden, Ausdauer oder Magnum XL?" Die Frau klang, als hätte sie wirklich Spaß an der Sache.

Lucern ging es nicht so. Er spähte nach unten und sah, dass seine Erektion unter dieser Salve von Fragen litt. Es war ein trauriger Anblick, und er wimmerte ins Telefon.

„Ich schicke einfach eine Auswahl, ja?"

Lucern sackte erleichtert gegen den Tisch, aber dann fügte sie hinzu: „Das sollte nicht länger als eine halbe Stunde dauern. Ich wünsche Ihnen einen guten Morgen, Sir."

Lucern stand sofort aufrecht. Nun, jedenfalls seine Wirbelsäule. Sein Penis war immer noch schlaff, als er „Eine halbe Stunde?" ins Telefon brüllte.

Als Antwort erklang das Freizeichen.

„Luc?"

Er warf das Telefon hin und drehte sich um. Seine Schlafzimmertür war erneut aufgegangen, und wieder stand Kate auf der Schwelle. Aber nun hatte sie ihren Morgenmantel übergezogen. Er stellte das mit Entsetzen fest und wurde sofort von Hoffnungslosigkeit überfallen. Wenn er nicht bald etwas unternahm, würde sie es sich noch anders überlegen. Unsicherheit hatte sich bereits in ihre Miene geschlichen. „Vielleicht sollten wir es sein lassen. Du bist einer meiner Autoren, und es ist wahrscheinlich nicht sehr professionell ..."

Lucern hätte beinahe laut gestöhnt. Genau das hatte er befürchtet! Als er dem Problem nun gegenüberstand, tat er das Einzige, was ihm einfiel. Er ging durch das Zimmer, packte sie bei den Armen und küsste sie. Es war kein „Guten Morgen, schön dich zu sehen"-Kuss. Es war ein „Ich will deinen Körper heiß und verschwitzt an meinem spüren"-Kuss. Kate zögerte einen winzigen Augenblick, dann gab sie zu Lucerns großer Erleichterung mit einem Stöhnen nach und schmiegte sich an ihn.

Lucerns Erektion meldete sich sofort wieder. Sie zupfte an Kates Bademantel. Das genügte, sie in die Arme zu nehmen und zum Bett zu tragen. Er setzte sie darauf ab, zog ihr rasch den Morgenmantel aus und warf ihn beiseite. Dann machte er sich an die Arbeit, sie davon zu überzeugen, dass es kein Fehler gewesen war, ihre Begierde zuzugeben.

Sein Plan – ihr Körper war anbetungswürdig – bestand darin, das Vorspiel auszudehnen, bis die Kondome kamen. Eine halbe Stunde sollte kein Problem sein, denn so lange würde es schon brauchen, seinen Weg über jeden Zoll ihrer Haut zurückzulegen. Er begann mit ihren Brüsten, legte die Hände darum, den Daumen nach unten, und schloss die restlichen Finger um die Seiten. Dann beugte er sich vor und nahm einen perfekten Nippel in den Mund. Er würde schon wieder zu seiner früheren hinreißenden Erektion zurückfinden.

Kate stöhnte und schauderte, als ihre Brustwarze in Lucerns Mund hart wurde. Als Luc ins Nebenzimmer gegangen war, hatte sie schon befürchtet, es sei vielleicht doch keine so gute Idee gewesen, aber als er jetzt an ihrer Brust saugte, die Brustwarze in den Mund nahm und ihre Begierde erneut entfachte, ließ sie ihre Zweifel davondriften. Sie wollte ihn haben. Oh ja, sie wollte ihn haben!

Sie fuhr über seine Schultern und krallte ihre Fingernägel in seinen Rücken, während er verspielt an ihrer Haut knabberte.

Lucern lachte leise gegen ihre Brust und drängte sie aufs Bett. Er legte sich sofort auf sie, sein Mund fand den ihren und verschlang ihn. Kate erwiderte den Kuss voller Inbrunst, schob die Finger in sein Haar und hielt ihn fest. Dann ließ sie ihre Hände erneut über seinen Körper gleiten.

Lucern drückte sich gegen Kate und schloss entzückt die Augen, als sie ihre Hand um seine Erektion schloss. Sie drückte sanft, bevor sie die Hand an seinem Schaft entlanggleiten ließ.

Ah, die selbstbewusste moderne Frau, dachte er vage. Renaissance- und Regency-Frauen waren erheblich zurückhaltender gewesen. Natürlich nicht alle, aber die Mehrheit hatte es dem Mann überlassen, das Tempo zu bestimmen und die meiste Arbeit zu übernehmen. Nicht so Kate. Sie griff zu, bedrängte ihn, und wieder einmal erkannte Lucern, dass moderne Frauen auch ihre Vorteile hatten. Sie waren klug, kannten sich in geschäftlichen Dingen aus, waren teuflisch sexy und hatten keine Angst, sich zu nehmen, was sie wollten. Sie waren …

Schrecklich, dachte er plötzlich, als er seine Erektion in ihre lockende Hand stieß. Er würde eine halbe Stunde totschlagen müssen, bevor die Kondome eintrafen. Er war schon eine Weile nicht mehr mit einer Frau zusammen gewesen. Mehrere hundert Jahre Sex hatten der Sache den Reiz genommen, und er war all dieser Anstrengungen schon vor mehr als fünfzig Jahren müde geworden. Seitdem hatte er ein recht asexuelles Leben geführt. Kate jedoch hatte diese Seite von ihm wieder belebt, und zwar mit Nachdruck. Und wenn sie ihn weiter so berührte und streichelte, würde er noch die Beherrschung verlieren wie ein Teenager. Oh nein, das war nicht gut!

Lucern griff nach unten, nahm sie beim Handgelenk und zog ihre Hand weg. Er beendete ihren Kuss, bewegte sich an ihrem Körper nach unten und brachte seine Erektion damit außer Reichweite. Er war entschlossen, sie zu beschäftigen und in diesem erregten Zustand zu halten, bis die Kondome eintrafen.

Kate stöhnte mit einer Mischung aus Begierde und Verdruss, als Lucern seine Lippen von ihren löste und anfing, sich an ihrem Körper hinunterzulecken und zu knabbern. Kurz dachte sie daran, dass es eine Schande war, dass er keine zwei Münder hatte, sodass er sie weiterhin küssen konnte, ohne den Rest von ihr zu vernachlässigen.

Sie griff nach der Hand, die die ihre von ihrem Forschungsobjekt weggezogen hatte, und hob sie an den Mund. Sie nahm einen Zeigefinger und saugte und knabberte daran. Lucern hörte auf, ihren Brüsten Aufmerksamkeit zu erweisen.

Ihr Körper kribbelte überall, und Kate bewegte sich ruhelos unter Luc, umklammerte seine Hand und keuchte, als er mit dem Mund ihren Bauch berührte. Die Muskeln dort zogen sich unter seinem Angriff zusammen, sie verkrampften sich, als er sich noch tiefer bewegte und ihre Beine auseinanderdrängte. Oh, das war … Sie hoffte, er würde sie dort nicht *beißen*.

Dieser Gedanke, so albern er war, rang ihr ein keuchendes Lachen ab, aber es erstarb so schnell, wie es gekommen war. Bei dem, was er mit ihr machte, blieben kein Atem und kein Gedanke für solche Sorgen übrig, und einen Augenblick später war es ihr gleich, ob er sie beißen würde, solange er nur mit sonst nichts aufhörte.

Guter Gott, er würde sie damit umbringen, aber sie würde glücklich sterben, dachte sie halb betäubt. Dann verlor sie die Fähigkeit zu denken, denn ihr Körper implodierte. Sie schrie auf, bog die Hüften nach oben und zerrte an den Laken. Sie schauderte unkontrolliert und packte Lucerns Schultern. Das Einzige, was diese Situation noch besser machen würde, wäre, ihn in sich zu haben. Davon war sie vollkommen überzeugt. „Bitte, Lucern“, keuchte sie.

„Was denn, meine Süße?“, fragte er von zwischen ihren Beinen.

„Ich will dich in mir haben. Zieh das Kondom über“, bat sie. Als er erstarrte und innehielt, runzelte sie die Stirn. „Luc?“

„Äh …“ Zu ihrem Verdruss zog er sich von ihr zurück. „Ich, äh …“

„Hast du denn kein Kondom geholt?“, fragte sie. „Ich dachte …“

„Ja, ja, ich, äh, ich habe es nur in dem anderen Zimmer vergessen", versicherte er ihr schnell. Er stieß sich vom Bett hoch und fügte hinzu: „Ich … äh … bin gleich wieder da. Bleib, wo du bist."

Dann eilte er nach draußen und zog dabei die Tür hinter sich zu.

16

Lucern riss die Tür auf und spähte hinaus auf den Flur, in der Hoffnung, einen Pagen mit Kondomen in der Hand auf sich zukommen zu sehen. Selbstverständlich war das nicht der Fall. Der Flur war vollkommen leer. Frustriert knallte er die Tür wieder zu, dann drehte er sich um und sah sich in der Suite um. Sie sollten auf allen Zimmern Kondome haben. Hotels sollten sie genauso zur Verfügung stellen wie Schokoriegel und Getränke. Wirklich, Luc wusste nicht, wieso noch niemand daran gedacht hatte.

Ein leises Seufzen und das Rascheln von Laken lenkte seine Aufmerksamkeit wieder zu seiner Zimmertür. Sein Gehör funktionierte im Moment hervorragend. All seine Sinne surrten. Sein ganzer Körper kribbelte vor Aufregung, und jede einzelne Faser, jeder schmerzende Zoll, wollte bei Kate sein. Das hier war eine Art Hölle. Eine Art von …

Lucern richtete einen missmutigen Blick Richtung Zimmer, wo diese weiche, willige Frau auf ihn wartete. Er hatte gewusst, dass diese Konferenz ein höllisches Unternehmen sein würde. Aber wie hätte er ahnen können, dass es sich zu einer Folter entwickeln sollte, die den ganzen Körper betraf?

Ein Schnarchen aus der anderen Richtung erregte seine Aufmerksamkeit. Chris Keyes' Zimmer. Klar, der Mann schlief ganz friedlich. Er erlitt nicht die Folterqualen der Verdammten und …

Chris ist ein Mann.

Der Gedanke unterbrach Lucerns inneres Tosen, und er warf

einen prüfenden Blick zu der Tür hinüber. Kates Arbeitskollege hatte vielleicht ein Kondom. Lucern warf wieder einen kurzen Blick auf seine Zimmertür. Kate würde sicher nicht wollen, dass Chris wusste, was sie vorhatten. Er war ziemlich sicher, dass sie ausgesprochen verärgert sein würde, wenn er ihren Freund nach einem Kondom fragte.

Ein weiteres Seufzen erklang aus seinem Schlafzimmer, gefolgt von noch mehr Rascheln. Er konnte sich genau vorstellten, wie Kate ruhelos auf seinem Bett lag, die Brustwarzen immer noch hart, das Gesicht geprägt von Begierde und …

Er würde ihr einfach nicht sagen, wo er das Kondom herhatte, beschloss Lucern. Er eilte zu Chris' Tür, wo er weder klopfte oder ein anderes Geräusch machte, das Kate hätte hören können, sondern einfach die Tür öffnete und ins Zimmer schlüpfte. Er schlich zu Chris' Bett. Dann packte er den schlafenden Lektor an den Schultern und rüttelte ihn heftig.

„Wachen Sie auf", zischte er.

Chris erwachte sofort und blinzelte Lucern erschrocken an. „Was ist? Was ist passiert?", fragte er verängstigt. „Brennt das Hotel?"

„Nein. Ich brauche ein Kondom. Haben Sie eins?"

Chris blinzelte ihn dümmlich an. „Was? Ein Kondom?" Er setzte dazu an, den Kopf zu heben, dann erst sah er Lucerns nackten Körper. Er erstarrte, und sein Mund klappte vor Entsetzen auf. „Oh Mann, richten Sie gefälligst dieses Ding nicht auf mich! Oh Gott!" Er entzog sich Lucerns Händen und rollte sich angewidert weg. „Ich schlafe! Gehen Sie weg."

Lucern starrte missbilligend auf Chris' Rücken, richtete sich dann auf und verschränkte die Arme. „Ich brauche ein Kondom."

„Und ich brauche Schlaf! Gehen Sie weg", wiederholte der Lektor.

„Haben sie denn keine?“, bohrte Lucern weiter.

Offensichtlich erkannte Chris, dass Lucern nicht gehen würde. Er rollte sich wieder herum und sah ihn erbost an. „Ja. Ich habe welche. Aber sehe ich aus wie eine Drogerie?“, fragte er. Er setzte sich auf. „Hören Sie, Lucern, ich hab Sie ja ganz gern, aber Kate ist meine Freundin, und …“ Er hielt inne und runzelte die Stirn. „Werden Sie jetzt endlich aufhören, dieses verdammte Ding auf mich zu richten? Ich werde noch einen Komplex kriegen! Ich sollte wirklich nicht so viel über Kates Privatleben wissen. Wir sind Freunde und Arbeitskollegen und … Haben Sie beide nicht schon vorher miteinander geschlafen? Gestern …“

„Nein“, unterbrach Lucern ihn. „Noch nicht! Und alles, was ich will, ist ein verdammtes Kondom und keinen Vortrag!“

„Ja? Alles, was ich will, ist schlafen und nicht sehen müssen, dass jemand Kate wehtut, und Sie …“ Er hielt inne, als es an der Tür zur Suite klopfte.

Als Lucern gehen wollte, packte Chris ihn am Arm. „So sollten Sie die Tür lieber nicht öffnen. Was, wenn es ein Fan ist, dem es gelungen ist, Sie hierher zu verfolgen?“ Der Lektor stieß die Decke beiseite und war schon in der nächsten Sekunde aus dem Bett gesprungen. Sein Oberkörper war nackt, aber er trug Boxershorts. Er stolzierte aus dem Zimmer, ohne sich mit einem Bademantel abzugeben. Lucern folgte in diskretem Abstand, nur für den Fall, dass wirklich Fans an der Tür sein sollten und nicht die von ihm bestellten Kondome.

„Guten Morgen, Sir!“ Ein uniformierter Page stand in der Tür und grinste breit. Er hatte mehrere Schachteln in der Hand. „Ich glaube, die sind für Sie.“

Chris fielen beinahe die Augen aus dem Kopf. Lucern wusste nicht, ob es die Menge oder die Vielfalt war, was ihn so schockierte. Als der Lektor weiterhin einfach nur dastand, verlor Lucern die Geduld und ging zu dem Pagen.

„Geben Sie sie mir." Er nahm dem nun ebenfalls glotzenden Pagen die Schachteln ab, dann zögerte er. „Ich habe kein Trinkgeld. Chris, hast du Trinkgeld?"

„Was?" Der Lektor starrte ihn ausdruckslos an.

„Ein Trinkgeld für den Mann", wiederholte Lucern gereizt. Er deutete auf seine Nacktheit. „Ich habe nichts. Ich gebe es Ihnen später zurück."

„Oh." Chris griff instinktiv an seine Boxershorts, wo bei einer Hose die Taschen gewesen wären. Er verzog das Gesicht. „Nein, selbstverständlich habe ich kein ..."

„Schon in Ordnung. Sie können das auch später erledigen", sagte der Page schnell. Mit einem ein wenig gehetzten Blick streckte er einen Kuli und ein Klemmbrett mit einem Stück Papier hin. „Unterschreiben Sie das hier einfach nur, damit es Ihrem Zimmer in Rechnung gestellt werden kann, und ich verschwinde."

Chris unterschrieb rasch und reichte den Stift und das Klemmbrett zurück. „Äh, danke."

„Gern geschehen, Sir. Ich wünsche Ihnen beiden viel Spaß." Der Page zwinkerte, dann zog er die Tür zu.

Chris fuhr herum zu Lucern, und blankes Entsetzen stand ihm ins Gesicht geschrieben. „Er denkt, dass wir – dass Sie und ich – er ..." Er lallte beinahe vor Entsetzen.

Lucern war zu ungeduldig, zu Kate zurückzukehren, um sich Zeit nehmen zu können, Chris zu beruhigen. Er nahm die Vampir-Abkürzung und glitt in den Geist des Lektors. *Geh ins Bett, Chris. Das war alles nur ein Traum. Du schläfst.*

Der Mann beruhigte sich sofort. Er ging langsam auf seine Tür zu und murmelte: „Oh ja. Ich schlafe."

Lucern sah zu, wie sich Chris' Schlafzimmertür hinter ihm schloss, dann eilte er zurück zu seinem eigenen Zimmer. Dabei hätte er beinahe Kate umgerannt. Sie hatte ihren Bademantel wieder angezogen und sich offenbar aufgemacht, um ihn zu suchen.

„Oh", keuchte sie und wich einen Schritt zurück, als er so plötzlich vor ihr stand. „Ich dachte, ich hätte ein Klopfen an der Tür und Stimmen gehört."

„Ja. Ein Page mit einer Lieferung", sagte Lucern. Als er bemerkte, wie Kates Augen größer wurden, als sie die Schachteln in seiner Hand sah, befürchtete er, dass die Anzahl der Kondome sie abschrecken könnte, und fügte hinzu: „Ich wusste nicht, was ich bestellen sollte, also habe ich alle genommen."

„Aha." Sie wurde ein wenig rot, rang sich aber zu einem Lächeln durch. „Nun, das ist ... das zeugt von Umsicht ... oder so etwas."

Lucern seufzte innerlich. Diese Kondom-Geschichte konnte dem Liebesleben wirklich einen Dämpfer verpassen.

Verärgert über das Unbehagen, das nun zwischen ihm und Kate herrschte, legte er die Schachteln auf die Kommode und zog Kate in seine Arme. Er wollte sie warm und feucht und voller Begierde nach ihm. Schließlich hatte er dieses ganze Theater nicht veranstaltet, damit die Stimmung ruiniert war. Er küsste sie mit entschlossener Leidenschaft, was die schwelenden Überreste des Feuers, das er vorher entfacht hatte, wieder aufflackern lassen sollte, aber als Kate sich nicht sofort an ihn schmiegte, wurde ihm wieder einmal klar, wie sehr er es bedauerte, dass ihr Geist ihm verschlossen war. Es wäre so einfach gewesen, ihr seine Begierde zu übermitteln und sie damit zu durchfluten. Stattdessen würde er es auf die harte Tour machen müssen.

Er drehte sie um, sodass sie gegen die Kommode zu lehnen kam, und hörte auf, sie zu küssen, um sich ein wenig zurückzulehnen und den Gürtel ihres Frotteebademantels zu lösen. Er erstarrte, als der Mantel aufklaffte. Verdammt, sie war einfach atemberaubend! Er streckte die Hände aus, um ihre Brüste zu umfassen.

Kate gab ein schauderndes Seufzen von sich, als er sie zärtlich berührte, und Lucern erkannte, dass die harte Tour durchaus ihre Vorteile hatte. Er wollte mehr von diesen Seufzern hören. Er wollte Stöhnen, und er wollte, dass sie seinen Namen mit dieser sinnlichen, flehentlichen Stimme murmelte. Er wollte in sie hineinsinken und sie vor Entzücken in den Wahnsinn treiben. Und er wollte keine Zeit mehr damit verschwenden, zum Bett zu gehen.

Er ließ ihre Brüste los, schob die Schachteln mit den Kondomen aus dem Weg, packte Kate unter den Armen und hob sie hoch, sodass sie auf der Kommode saß. Er streifte den Bademantel von ihrer Schulter und ließ ihn auf die Kommode fallen, dann drängte er sich zwischen ihre Beine. Er wollte, dass sie wieder vor Leidenschaft glühte. Sie sollte vollkommen unbekümmert sein, und sie sollte ganz und gar ihm gehören. Er packte sie im Nacken und zog sie für einen weiteren Kuss an sich. Seine andere Hand spielte über ihren Körper. Mit Fingern und Mund wollte er jede Linie ihres Körpers verfolgen und keinen einzigen Zoll vernachlässigen. Er wollte sie anfassen, knabbern, streicheln und verschlingen.

Kate hatte jedoch ihre eigenen Vorstellungen. Er spürte, wie ihre Hand seine Erektion umfasste und am Schaft entlangfuhr, und das wäre um ein Haar sein Untergang gewesen. Er schaffte es, sich zu beherrschen, aber sein Kuss wurde beinahe zu wild. Sofort schob er die Hand zwischen sie beide und dann zwischen Kates Beine.

Kate schnappte nach Luft und wäre beinahe von der Kommode gesprungen. Lucerns Berührung war ein Schock für ihre immer noch empfindsame Haut. Sie stöhnte und rutschte näher, schloss die Beine um seine Hüften, und ihre Hände bewegten sich über seinen Körper. Er war hart und stark und so angenehm zu berühren. Und er brachte sie um den Verstand. Er hatte sie bereits vorher einmal zum Höhepunkt gebracht, und sie sehnte sich danach, das wieder zu erleben. Aber diesmal wollte sie ihn in sich haben.

Lucern stöhnte und schauderte, als sie seinen erigierten Penis in die Hand nahm. Kate lächelte, erfreut über diesen Beweis, dass sie ebenfalls eine Wirkung auf ihn hatte und nicht nur umgekehrt. Dann tastete sie blind herum, bis sie eine der Schachteln auf der Kommode fand. Irgendwie schaffte sie es, sie mit nur einer Hand zu öffnen und ein Kondom herauszuholen. Sie hatte keine Ahnung, was für eins es war, und es interessierte sie auch nicht. Sie wollte ihn in sich haben. Jetzt.

Lucern hörte ein leises Knistern, dann ein Reißen. Er wollte gerade aufhören, sie zu küssen, als er spürte, dass etwas gegen seine Spitze drückte und begann, über die ganze Länge zu gleiten. Nun unterbrach er den Kuss wirklich, um hinzusehen. Zu seinem Erstaunen ließ Kate ein Kondom auf ihn gleiten.

„Kate", brachte er durch zusammengebissene Zähne heraus. „Ich …"

„Ich will dich haben", hauchte sie und beendete ihr Vorhaben. Dann packte sie ihn am Po und zog ihn näher zu sich. *„Jetzt."*

Mehr brauchte sie nicht zu sagen. Lucern hatte geglaubt, es würde ein bisschen mehr Anstrengung brauchen, sie wieder zu diesem Punkt zurückzubringen, aber ihre Wangen waren gerötet, und ihr Körper strebte ihm entgegen. Sie wollte ihn wirklich. Kurzerhand packte er sie unter den Knien, zog sie auf der Kommode nach vorn und drückte den Mund auf ihren. Er drang in sie ein. Dann musste er sofort damit aufhören. Das Gefühl, wie sie sich warm und feucht um ihn schloss, war mit nichts vergleichbar, was er je erlebt hatte. Er war umgeben von ihrem Duft und ihrem Körper, war in jeder Hinsicht eins mit ihr. Beinahe.

Beinahe instinktiv löste er seinen Mund von ihrem und ließ ihn ihren Hals entlanggleiten. Kate murmelte entzückt, und ihr Unterkörper schmiegte sich an ihn. Sie legte den Kopf nach hinten, um ihm seine Zärtlichkeiten zu erleichtern. Lucern spürte, wie seine Zähne ausfuhren, und drückte sie in ihren Hals, und gleichzeitig stieß er wieder in ihren Körper. Es war etwas rein Tierhaftes, wie ein dominanter Kater eine Katze am Hals packte, wenn er in sie stieß. Kate C. Leever gehörte ihm, und er markierte sie für sich.

Kate schrie auf und drängte sich gegen Lucern, als ihr Geist von Ekstase durchflutet wurde. Es war ein plötzlicher Rausch, eine überwältigende Welle, als sein Geist mit ihrem verschmolz und sie mit dem beschenkte, was er erlebte. Ihr Entzücken, das zuvor schon beinahe unerträglich gewesen war, wurde plötzlich verdoppelt, und einen Augenblick war sie sicher, ihr Herz würde das einfach nicht aushalten. Dann schauderte sie und klammerte ihre Beine um seine, zog die Nägel über seinen Rücken, und Lichter explodierten hinter ihren fest geschlossenen Lidern.

Sie spürte, wie Lucern die Hand unter ihren Po schob und er sie noch dichter an sich zog, und sie stöhnte. Die Bewegung überschwemmte sie mit einer weiteren Welle von Entzücken. Noch mehr solcher Wellen stürmten auf sie ein, und eine schob sich über die andere, als sie sowohl seine Ekstase als auch ihre spürte. Sie krallte die Finger in sein Haar, hielt sich fest, als hinge ihr Leben davon ab, bis ihr von dieser Überdosis Erregung schwindlig wurde. Sie hatte Angst, die Augen zu öffnen, denn sie befürchtete, der Raum würde sich wie wild um sie drehen.

Nach diesem Erlebnis würde jeder einfache Sterbliche einen sehr zahmen Geliebten abgeben, erkannte sie traurig. Lucern hatte sie für alle anderen verdorben, und sie befürchtete, dass sich das wie eine Droge auswirken würde. Sie konnte nur noch daran denken, dass sie mehr wollte. Ihr Herz schlug laut, sie bebte am ganzen Körper, und sie wollte mehr. Sie wollte in dieser Empfindung ertrinken. Sie *ertrank* bereits darin, erkannte sie, denn sie begann, das Bewusstsein zu verlieren. Und immer noch wollte sie mehr.

Lucern spürte, wie Kate gegen ihn sackte, als seine Ekstase ihn überkam. Er wiegte sie an seiner Brust, während sein Körper schauderte, dann wartete er einen weiteren Moment darauf, dass seine Kraft zurückkehrte. Er ließ sie weit genug zurückfallen, um ihr ins Gesicht sehen zu können, und erkannte, dass sie ohnmächtig geworden war.

Das überraschte ihn nicht sonderlich. Es hatte nichts mit seinem Biss zu tun. Er hatte zwar die Zähne in sie geschlagen, aber sein Körper war angenehm gesättigt, und er hatte nichts getrunken. Die Ohnmacht war einfach ein Ergebnis dessen, was sie gerade erlebt hatten. So war es auch in der Vergangenheit bei den wenigen Gelegenheiten geschehen, wenn er all sein Entzücken in den Kopf seiner Geliebten ergossen hatte, und selbst diese Gelegenheiten waren nicht so explosiv gewesen wie das, was er gerade mit Kate erlebt hatte. Er hätte es überraschender gefunden, wenn sie nicht ohnmächtig geworden wäre.

Lächelnd drückte er ihr einen Kuss auf die Stirn, dann ließ er sie wieder an seiner Brust ruhen. Er musste seine Kraft wiedergewinnen, denn die Erfahrung hatte ihn ebenfalls ziemlich schwer getroffen. Lucern hatte sich in seinem Leben noch nie so schwach und gleichzeitig befriedigt gefühlt, und diese Frau in seinen Armen war der Grund. Er rieb ihr den Rücken mit einer Hand und fuhr ihr mit den Fingern der anderen durch das Haar.

Als er sich schließlich dazu in der Lage fühlte, hob er sie von der Kommode. Er trug sie zum Bett, Kates Beine und Arme hingen leblos an ihr herab, aber ihre Körper waren immer noch miteinander verbunden. Schon als sie das Bett erreichten, war er erneut hart geworden. Er war erleichtert, als sie etwas murmelte und die Augen öffnete. Er kniete sich mit ihr aufs Bett, dann legte er sich mit ihr in seinen Armen hin.

„Luc?"

„Ja." Er streifte das Haar aus ihrer Stirn und drückte ihr einen Kuss auf die Nasenspitze.

„Das war ..."

„Ja", stimmte er feierlich zu. Dann verlagerte er das Gewicht auf einen Ellbogen, um etwas von seinem Gewicht von ihr zu nehmen. Kates Augen wurden groß, als sie spürte, wie er sich in ihr bewegte, und dann wirkte sie enttäuscht.

Lucern verstand nicht, warum, bis sie sagte „Du bist nicht ..."

„Doch, bin ich", unterbrach er sie, denn er wollte sie nicht einmal einen Augenblick lang denken lassen, dass sie ihn nicht befriedigt hatte. „Aber du bist so berauschend, dass ich dich schon wieder haben will." Er zog sich ein wenig zurück und glitt dann wieder ganz in sie hinein.

Kate schloss die Lider ein wenig, was sie schläfrig und sinnlich aussehen ließ. Aber in ihren Augen stand ein schelmisches Glitzern. „Ich tue, was ich kann, um meine Autoren zufriedenzustellen."

Und noch bevor er dazu etwas sagen konnte, packte sie seinen Kopf und zog ihn zu einem Kuss an sich. Sie bog sich ihm entgegen und ließ ihn in sich hinein.

„Luc hat keine Bücher mehr", sagte Chris.

„Was? Jetzt schon?" Kate wandte sich von dem Cover-Model ab, mit dem sie gesprochen hatte. Der Mann war einer der beliebtesten Models, sein Name und sein Gesicht verkauften die Bücher beinahe ebenso gut wie der Name des Autors. Er dachte daran, selbst mit dem Schreiben anzufangen, um mit seinem

Namen und Gesicht noch mehr Geld zu machen. Leider hatten die Probekapitel, die er Kate vor einigen Wochen geschickt hatte, deutlich gezeigt, dass er kein Talent hatte. Kate hatte die letzten zwei Stunden versucht, ihn zu überreden, einen Ghostwriter anzuheuern. Nun gab sie auf und sah Chris stirnrunzelnd an.

Sie waren auf der „Buchmesse". Heute gab es keinen Leser-und-Autorentreff mehr; stattdessen war von zehn Uhr morgens bis zwei Uhr mittags Signieren angesetzt, und jeder an der Konferenz teilnehmende Autor signierte Bücher und unterhielt sich mit Lesern.

Kate und Lucern waren eine Minute nach zehn eingetroffen. Das war nur eine Minute zu spät gewesen, aber es hätte erheblich mehr werden können, wenn Chris sie nicht zur Eile getrieben hätte, indem er um neun Uhr dreißig an ihre Tür gehämmert und gebrüllt hatte „Steht auf, steht auf! Wir müssen gehen." Kate war selbstverständlich nicht in ihrem Zimmer gewesen. Sie war dankbar, dass ihr Arbeitskollege das nicht wusste. Lucern und sie hatten die Anzahl der Kondome erstaunlich verringert. Offenbar hatten Vampire ein erheblich größeres Durchhaltevermögen als der durchschnittliche Mann. Sie waren auch unglaublich erfindungsreich, obwohl Kate nicht wusste, ob das für alle Vampire galt oder nur für Lucern. Sie nahm an, dass man in mehr als sechshundert Jahren ein paar mehr Tricks lernte als während einer normalen Lebensspanne. Jedenfalls hatte sie jeden einzelnen davon sehr genossen.

„Ja. Er war sehr beschäftigt, und die Menge hat sich regelrecht auf ihn gestürzt und seine Bücher wie verrückt abgeschleppt", erklärte Chris.

Kate warf einen Blick auf ihre Armbanduhr. Es war erst zwölf, und das Signieren würde noch zwei Stunden dauern. „Wir haben schon extra viele mitgenommen. Sie sind ..."

„Weg", verkündete Chris. „Er hat sie alle aufgebraucht."

„Wir hätten mehr bringen sollen", seufzte Kate. „Was macht er jetzt?"

„Er sitzt einfach da und redet mit den Lesern. Was in Ordnung ist, aber er hat sich beschwert, dass er müde sei. Er hat mich geschickt, um zu fragen, ob er sich ein wenig hinlegen könnte. Willst du, dass ich ihn raufbringe?"

„Nein, ich werde …" Sie hielt inne.

Sie hatte gerade sagen wollen, dass sie ihn nach oben bringen würde, sich dabei aber nichts gedacht. Sie hatte keine Zweifel daran, dass Lucern erschöpft war. Es war eine ermüdende Nacht gewesen, mit dem Angriff und ihrem Liebesmarathon. Sie waren schon früh am Morgen das erste Mal aufgewacht, und dann hatten sie stundenlang ihren Spaß gehabt, bis Chris sie unterbrochen hatte, um sie an das Signieren zu erinnern. Der arme Vampir musste tatsächlich sehr müde sein. Aber wenn sie mit ihm nach oben ging, bestand die Gefahr, dass sie dort wieder anfingen, wo sie am Morgen aufgehört hatten – und Kate war sich gar nicht sicher, ob sie die Willenskraft hatte, sich zu weigern.

„Was ist denn mit deinem Hals?", fragte Chris plötzlich. Sie hatte ihn zerstreut gerieben.

Kate nahm ihre Hand weg. Sie hatte Bissspuren am Hals und an einigen anderen Stellen ihres Körpers.

Selbstverständlich hatte sie erwartet, dass Luc sie beißen würde. Sie hatte vorgehabt, ihn zu erfrischen. Nur hatte sie einfach nicht erwartet, dass er sie so oft und an so vielen Stellen beißen würde. Er war wirklich wie ein Tier, und sie konnte nicht genug von ihm bekommen. Besonders, da sie sich jetzt einfach hervorragend fühlte. Sie hatte keine Schwäche und keinen Schwindel gespürt, nach dem er sich von ihr genährt hatte. Na ja, am Anfang war sie ein paar Mal ohnmächtig geworden, aber das war ein geringer Preis für das, was sie genossen hatte. Er hatte sie wirklich für alle anderen Männer verdorben.

„Kate. Was ist mit deinem Hals?", wiederholte Chris.

Sie machte eine wegwerfende Bewegung. „Nichts. Und ja, bitte. Ich wäre dir sehr dankbar, wenn du ihn zur Suite bringen würdest. Nur für den Fall, dass unterwegs irgendwo Fans lauern und ihn belästigen wollen."

Tatsächlich schien Lucern mit den Fans ganz gut zurechtzukommen. Und im Gegenzug waren sie schrecklich nett zu ihm. Kate machte sich mehr Sorgen, ob ihm oben vielleicht noch so ein Spinner auflauern würde wie am Vorabend. Aber Chris wusste nichts von dieser Sache. Niemand tat das.

„Also gut." Stimmte Chris zu. „Ich komme sofort zurück, falls meine Autoren etwas brauchen."

„Danke. Ich werde so lange auf sie aufpassen", versprach Kate.

„Oh, das ist aber *wirklich* ein hübsches Kostüm."

Lucern knurrte angesichts von Jodis Bemerkung und riss seinen Blick von Kate los, um sich das Paar auf der Bühne anzusehen. Die Veranstaltung dieses Abends war ein Cover-Model-Wettbewerb mit historischer Modenschau. Das Ganze bestand überwiegend darin, Männer in engen schwarzen Hosen und weiten weißen Hemden im Piratenstil zu bewundern, die mit Frauen in altmodischen Gewändern über die Bühne flanierten.

Tatsächlich war Luc der Ansicht, dass die Kostüme der Frauen recht beeindruckende Reproduktionen von Kleidern waren, die Frauen getragen hatten, als er noch jünger gewesen war. Aber er hätte das Spektakel mehr genossen, wenn Kate bei ihm gesessen hätte. Stattdessen befand er sich mit Chris und diversen anderen Autoren an einem runden Tisch. Kate saß in der ersten von vier Reihen direkt vor der Bühne.

Sie gehörte bei diesem Wettbewerb zu den Preisrichtern. Was Luc verstand. Er hatte kein Problem damit, allein zu sein, während sie ihrer Arbeit nachging. Was ihm nicht gefiel war, dass sie direkt neben diesem langhaarigen Model saß, mit dem sie vorher bei der Signierveranstaltung schon so ausgiebig geredet hatte. Lucern war beim Signieren nicht wirklich müde gewesen, er hatte gehofft, Kate zurück in ihr Zimmer locken zu können, damit sie noch öfter miteinander schlafen konnten. Aber Kate war zu sehr mit diesem Model beschäftigt gewesen – einem langhaarigen Muskelmann, der ein wenig zu dicht neben ihr saß und dazu neigte, ein bisschen zu oft in ihren Ausschnitt zu spähen.

Auch das hätte Lucern noch nicht sonderlich gestört, wenn der Kerl ein Autor gewesen und sie geschäftlich mit ihm zu tun gehabt hätte, aber der Bursche war ein Model. Was konnten die beiden denn schon zu besprechen haben? Er verzog missbilligend das Gesicht, als der Mann sich dichter zu Kate beugte und ihr etwas ins Ohr flüsterte. Lucern hatte sich nie für eifersüchtig gehalten. Jetzt erkannte er, dass das ein Irrtum gewesen war. Und es gefiel ihm nicht.

„Oh, das da ist auch ganz reizend."

Lucern riss den Blick los von dem Paar im Jurorenbereich. Er schaute kurz zur Bühne und konnte Jodi nur finster zustimmen, als er das burgunderrote Kostüm sah, das die Frau dort trug. Das Gewand war wunderschön, ein perfektes Beispiel für Kleidung aus der Spätrenaissance. Kate hätte darin hinreißend ausgesehen. Lucs Blick ging zurück zu ihr, und er verzog missbilligend das Gesicht, als er sah, dass sie nicht einmal zur Bühne hinschaute, sondern sich weiterhin intensiv mit dem Muskelmann neben ihr unterhielt.

Dieser verdammte Kerl! Wusste er denn nicht, dass sie schon jemanden hatte? Offensichtlich nicht. Und wessen Schuld war das? Kates. Sie hätte ihn wissen lassen sollen, dass sie bereits vergeben war.

Und warum hatte sie an diesem Nachmittag nicht mit ihm

schlafen wollen? Hatte er sie am Morgen nicht wieder und wieder erfreut? Er hatte diese Stunden im Bett mit ihr eindeutig genossen. Und er war ebenso sicher, dass auch sie sie genossen hatte. Oder nicht?

„Katie hat ein wenig Ärger mit Robert", stellte Jodi fest.

Lucern starrte sie an. „Robert?"

Jodi nickte. „Er ist das beliebteste männliche Model hier. Sein Name ist ebenso bekannt wie der der meisten Autoren. Aber jetzt will er noch mehr Geld machen, indem er selbst Liebesromane schreibt *und* als Cover-Model arbeitet. Leider kann er überhaupt nicht schreiben. Seine Manuskripte sind nur schweres Atmen und Sehnen." Sie lachte laut, dann erklärte sie: „Viele denken, alle Liebesromane sind so – nur schweres Atmen und so."

Lucern knurrte. Er verwendete diese Begriffe kaum in seinen Büchern, und dennoch wurden sie als Liebesromane bezeichnet.

„Kate wollte Robert überreden, einen Ghostwriter zu engagieren", fuhr Jodi fort. „Aber davon will er nichts wissen. Er hält sich für talentiert."

Lucern nickte ernst und sah Kate nun mit anderen Augen. Das Model war also ein Autor. Wieder befand sich der Kopf des Mannes dicht bei Kate. Noch während Luc zusah, brach Kate in Lachen aus. Dann berührte sie die Schulter des Mannes. Luc hatte schon gesehen, wie sie das mit den Autorinnen tat – Kate berührte die Leute oft, das war ihm aufgefallen. Sie hatte häufig seine Hand, seine Schulter oder den Arm getätschelt, wenn sie mit ihm sprach. Er hatte auch gesehen, wie sie dasselbe bei anderen machte. Bei Frauen hatte ihn das nie gestört. Aber er mochte es nicht, dass sie diesen Robert anfasste. Nein, es gefiel ihm überhaupt nicht.

Gereizt wegen der eifersüchtigen Anwandlungen, über die er sich nie klar gewesen war, griff Lucern zu seinem Glas und trank es leer, dann sah er sich um, als alle in Applaus ausbrachen. Auf der Bühne hatten die Juroren verkündet, wer das siegreiche Liebesroman-Model war. Die Show war vorüber.

„Na gut", sagte Chris zu den anderen am Tisch, als er aufstand. „Ihr habt vor der Roundhouse-Party noch ein wenig Zeit. Warum esst ihr nicht einen Bissen? Ich muss Kate und den anderen helfen, hier alles aufzubauen. Jodi, würden Sie sich bitte um Luc kümmern?"

„Gern", erwiderte die Schriftstellerin. Als sie Lucerns mürrische Miene bemerkte, hakte sie sich bei ihm ein und sagte: „Chris meint es nur gut. Sie sind neu auf dieser Konferenz, und alle machen sich Sorgen, dass es Sie ein wenig überfordern könnte."

Lucern brummte nur. Seine missbilligende Miene hatte nicht Chris' Bitte gegolten – obwohl auch das irgendwie ärgerlich war –, sondern der Tatsache, dass Kate damit beschäftigt sein würde, die Party vorzubereiten. Er würde keine Gelegenheit haben, mit ihr zu sprechen. Er hatte nicht mehr mit ihr gesprochen, seit sie heute früh auf der Messeveranstaltung eingetroffen waren. Er fühlte sich ein wenig verlassen – ein vollkommen neues Gefühl, und eines, das ihm überhaupt keinen Spaß machte. Er war offenbar dabei, von dieser Frau abhängig zu werden, und seine Stimmung wurde von ihrer Anwesenheit beeinflusst. Das gefiel ihm nicht. Sein Leben wurde zu einer Reihe von Höhepunkten, wenn sie in der Nähe war, und Tiefpunkten, wenn das nicht der Fall war. Es kam Lucern so vor, als ob die Langeweile seines Lebens vor Kate einem solchen Zustand beinahe vorzuziehen wäre. Es war sicherer so. Vielleicht sollte er eine gewisse Distanz zwischen ihnen schaffen. Die Konferenz würde immerhin am nächsten Tag vorüber sein, er würde wieder nach Toronto fliegen und sie würde nach New York zurückkehren.

Und all diese Leidenschaft und das Lachen würden zu einer

Erinnerung werden, dachte er traurig. Kate hatte ihn für eine Weile wieder zum Leben erweckt. Er hatte das genossen. Aber nun würde es wehtun, zu seiner alten, leeren Existenz zurückkehren zu müssen. Er hatte sich lange nicht mehr dafür interessiert, Freundschaften zu schließen, denn diese Freunde waren immer gestorben oder er hatte sie hinter sich lassen müssen, wenn er umzog. Es war einfach leichter gewesen, sich nicht mit so etwas abzugeben. Er wünschte sich beinahe …

„Kommen Sie, Luc." Jodi stand neben seinem Stuhl und wartete. „Wir gehen in den Pub hier im Hotel und essen schnell etwas. Danach können wir uns dann auf die Roundhouse-Party vorbereiten."

Lucern schüttelte seine Melancholie ab und stand auf. „Und was ist das Thema dieser Party?"

„Wissen Sie das nicht?" Sie wirkte überrascht.

„Sollte ich?", fragte er. Argwohn überfiel ihn.

„Es ist ein Vampirball. Sie werden die Hauptattraktion sein!"

Lucern schaffte es, keine Grimasse zu schneiden, aber er war kein glücklicher Vampir. Er hatte die Rock'n'Roll-Party am Abend zuvor genossen, aber heute war er nicht in Partystimmung. Und die Hauptattraktion zu sein klang eher erschreckend.

17

„Ich denke, wir sind hier fertig."

Kate nickte zu dieser Bemerkung von Allison, als sie sich umsah und ihre Arbeit noch einmal kritisch begutachtete. Schwarze Tischtücher, blutrote Rosen auf jedem Tisch und nur schwache Beleuchtung. Alles war bereit.

„Du solltest dich lieber umziehen. Die Gäste werden in einer halben Stunde eintreffen, und du und Luc, ihr solltet zu den Personen gehören, die sie empfangen", warnte die Cheflektorin. Kate verzog das Gesicht, aber dann nickte sie und bedeutete Chris mit einem Winken, dass es Zeit war zu gehen. Sie machte sich auf, den Ballsaal zu verlassen.

Allison, Chuck, Tom und Deeana waren bereits umgezogen; sie waren einer nach dem anderen für eine Weile verschwunden, um ihre Kostüme anzuziehen, während die anderen weiter an der Dekoration arbeiteten. Kate und Chris waren die Einzigen, die sich noch nicht umgezogen hatten. Kate hatte das bewusst vor sich her geschoben. Sie freute sich nicht darauf, Lucern zu sagen, dass er an diesem Abend die Hauptattraktion war. Sie wusste, dass er alles andere als erfreut sein würde, und nach dem Lachen und der Leidenschaft, die sie geteilt hatten, fürchtete sie jetzt, dass der mürrische, säuerliche Lucern zurückkehren könnte.

„Nur Mut", sagte Chris, als sie aus dem Fahrstuhl kamen. „Luc ist viel lockerer geworden. Er wird sich vielleicht auch wegen heute Abend nicht aufregen."

Kate zwang sich zu einem Lächeln. Sie hoffte nur, dass er recht hatte. Sie hatte ein schlechtes Gewissen, weil sie Lucern nicht von Anfang an reinen Wein eingeschenkt hatte, aber sie war nun einmal feige.

Der Vampirball war nicht ihre Idee gewesen. Chuck hatte das ausgeheckt. Er hielt es für eine brillante Werbeidee, und als Kate versucht hatte, es ihm auszureden, und ihm sagte, dass Lucern nicht gerade ein Partylöwe sei und es ihn überfordern könnte, hatte Chuck sich einfach über ihre Proteste hinweggesetzt. Er hatte sogar das Argument ignoriert, dass die Konferenzteilnehmer zu wenig Zeit haben würden, um noch von der ursprünglich angesagten Spionage-Party umzudenken. Kate machte sich schreckliche Sorgen, dass die Hälfte der Teilnehmer in Trenchcoats und die andere Hälfte in Capes erscheinen würde. Das Ganze könnte ein gewaltiger Reinfall werden!

Aber diese Sorgen rückten in den Hintergrund, als sie vor dem Eingang zu ihrer Suite standen. C. K. zog seine Schlüsselkarte und öffnete die Tür. Kate entdeckte Lucern sofort. Er saß auf der Couch und sah fern. Sein Haar war nass, und er trug einen Bademantel, weil er sich offenbar noch fertig anziehen wollte. Erst bemerkte er nicht, dass sie hereingekommen waren, so gebannt war sein Blick auf den Bildschirm geheftet. Auf seinen Zügen lag ein Ausdruck äußersten Entsetzens. Was sah er sich denn da an?

Kate warf einen Blick auf den Fernseher und erkannte eine Wiederholung von *Buffy*.

Plötzlich beugte Lucern sich vor und gab ein angewidertes Geräusch von sich. Es klang, als hätte er „Miststück" gesagt, aber Kate war sich nicht sicher.

Wohl wissend, dass sie nur wenig Zeit hatten, um sich auf die Party vorzubereiten, räusperte sie sich. „Äh … Luc?"

Er warf ihr einen scharfen Blick zu und verzog das Gesicht. „Hast du das gesehen? Buffy hat gerade diesen armen Vampir gepfählt. Er hatte noch nicht einmal etwas Unpassendes getan, er war nur aus seinem Grab gekrochen. Und schon hat sie ihn gepfählt. Das ist einfach nicht richtig. Sie rächt sich an den Vampiren für ihre Probleme mit diesem Angel, ja, genau das tut sie." Mit einem leisen Fluch wandte er sich wieder dem Fernseher zu.

Chris grinste breit, während er auf sein Zimmer zuging.

Kate biss sich auf die Lippen und sah ihm hinterher.

„Sieh nur", rief Luc und beugte sich wieder vor. „Jetzt hat sie es schon wieder getan. Sie hat einen Pflock-Tick! Sie pfählt einen nach dem andern, und manchmal vollkommen ohne Grund. Diese Buffy ist …"

„Luc?", unterbrach Kate ihn.

„Hm?", fragte er, den Blick immer noch auf den Bildschirm gerichtet.

„Wir müssen uns fertig machen."

„Ja. Ich habe mich geduscht und rasiert. Ich muss mich nur noch anziehen. Ich habe darauf gewartet, dass du zurückkommst und mir sagst, was ich anziehen soll. Ich wusste nicht, ob du ein weiteres Kostüm hast oder – da! Schon wieder!" Er sprang auf und starrte wütend auf den Fernseher. „Wer schreibt diesen Unsinn? Wir verwandeln uns nicht in sabbernde Bestien, wenn wir beißen, oder habe ich mich in eine Rauchwolke aufgelöst, als dieser Kerl mich pfählte? Nein und nochmals nein. Das hier ist hanebüchener Unsinn. Einfach lächerlich. Ich sollte an die Produzenten schreiben und …"

Den Rest hörte Kate nicht mehr. Sie ging in ihr Zimmer, während Luc dem Fernseher mit der Faust drohte, und wollte das Kostüm holen, das sie für ihn geliehen hatte. Lucern hatte also das Fernsehen entdeckt. Es war eine Schande, wirklich. Und es war auch noch ihre Schuld. Sie hatte darauf bestanden, dass er an diesem ersten Abend fernsehen sollte.

Er war immer noch mitten in seiner Tirade, was er den Leuten schreiben würde, die für die Serie verantwortlich waren, als Kate wieder zurückkehrte. Sie blieb neben ihm stehen und schüttelte betrübt den Kopf.

„Ich nehme an, ich sollte dankbar sein, dass du die Sportsendungen noch nicht entdeckt hast. Männer können unmöglich sein, wenn es um Sport geht", stellte sie fest.

Lucern riss den Blick vom Fernseher los und schnaubte. „Sport. Ich habe gesehen, was man heutzutage als Sport bezeichnet. Pah. Wenn ihr Sport wollt, solltet ihr euch Lanzenstechen ansehen. *Das* war Sport. Turniere wurden gewonnen, Leben verloren, Blut vergossen." Er senkte den Blick zu der Tasche, die sie in der Hand hielt. „Ist das für mich?"

„Ja." Kate reichte ihm die Tüte. Sie wollte sich umdrehen, keuchte stattdessen überrascht, als er ihre Hand packte und sie aus dem Gleichgewicht brachte. Ungeschickt landete sie auf seinem Schoß. Noch bevor sie sich recht davon erholt hatte, küsste er sie ausführlich.

„Oh", seufzte sie, als der Kuss vorüber war. In ihrem Kopf drehte sich alles. Irgendwie hatte sie die Arme um Lucs Hals geschlungen und klebte an seiner Brust wie ein nasses Tuch.

„Hallo", grollte der Vampir. Seine Hand glitt an der Innenseite ihres Beins nach oben und verharrte kurz an der Bissspur, die er an ihrem Oberschenkel hinterlassen hatte.

Kate erstarrte und wand sich ein wenig, als zwischen ihren Beinen ein dumpfes Ziehen begann.

„Tut es weh?", fragte er leise und fuhr mit den Fingern über die Wunde.

„Nein." Sie griff nach unten, um ihn aufzuhalten, aber ihr enger Rock war weit über die Beine hochgerutscht. Sie konnte ihn nicht hindern.

Er begann, an ihrem Ohr zu knabbern, und seine Finger bewegten sich weiter an ihrem Bein nach oben.

„Luc“, protestierte sie und vernahm bestürzt, wie heiser sie klang. Sie versuchte, einen energischeren Ton anzuschlagen. „Ich muss mich fertig machen.“

Lucern knurrte und schob einen Finger in den Beinausschnitt ihres Höschens. „Du fühlst dich an, als wärest du zu allem bereit.“

„Oh.“ Sie bog sich leicht in seine Berührung. Ihr Körper sehnte sich danach, etwas von der Magie des vergangenen Morgens wiederzubeleben. Ihr Kopf jedoch tadelte sie. Der Ball! Lucern war die Hauptattraktion. Und Chris befand sich direkt auf der anderen Seite der Tür. Dieser letzte Gedanke bewirkte mehr als alles andere, dass sie von Lucs Schoß rutschte und sich seiner Berührung entzog.

„Ich muss mich anziehen“, rief sie. Sie eilte in ihr Zimmer und warf die Tür hinter sich zu, bevor er etwas sagen konnte, dann lehnte sie sich mit dem Rücken dagegen, die Hand an der Brust. Sie keuchte, als wäre sie ein Rennen gelaufen, ihre Knie zitterten, ihre Haut kribbelte. Und sie kämpfte gegen ihre eigenen Instinkte an. Sie hätte ihn viel lieber bei der Hand genommen und ins Bett gezerrt. Tatsächlich fiel es ihr in diesem Augenblick unsagbar schwer, das nicht zu tun. Aber die Pflicht rief.

Pflicht. Sie seufzte. Sie hatte Lucern immer noch nicht gesagt, dass er auf diesem Ball heute Abend die Hauptperson sein würde. Er fühlte sich jetzt lüstern, aber das würde sicherlich nicht mehr der Fall sein, wenn er erst erfuhr, was sie ihm aufgehalst hatte.

Sie zwang sich, nicht daran zu denken, und schob sich von der Tür weg. Sie musste sich fertig machen. Sie hatte ein langes schwarzes Kleid aus ihrem eigenen Schrank zu Hause mitgebracht und zog das enge Etuikleid aus Seide nun an, dann benutzte sie ein Make-up, das ihrer Haut den feinen, weißen Schimmer von Porzellan verlieh, und legte blutroten Lippenstift auf. Danach löste sie ihr Haar aus dem Knoten und bürstete es, bis es ihr in weichen, großzügigen Locken auf die Schultern fiel.

Sie kam zu dem Schluss, dass sie alles getan hatte, was sie konnte, griff nach den zwei Vampirgebissen, die sie aus New York mitgebracht hatte, und verließ eilig das Zimmer.

Lucern stand im Wohnzimmer, umgezogen und bereit zu gehen. Ein anerkennendes Seufzen kam unwillkürlich über Kates Lippen, als sie ihn sah. Der Mann sah in dem Smoking und dem Cape einfach fantastisch aus. Der Traum einer jeden Frau. Sie wünschte sich wirklich, ihn jetzt nicht mit ihren Neuigkeiten ärgern zu müssen.

„Du siehst hinreißend aus", sagte Lucern ernst.

Kate zwang sich zu einem Lächeln und ging auf ihn zu, die Hand mit einem Vampirgebiss darin ausgestreckt.

Lucern starrte die billigen Plastikzähne angewidert an, dann erstarrte er. Sein Blick schnellte wieder zu ihrem Gesicht. „Bitte sag mir, dass du nur scherzt."

Kate biss sich auf die Lippen, um das Lachen zu unterdrücken, das sich plötzlich seinen Weg freizwingen wollte; Luc sah schon bei der Vorstellung, diese billigen Zähne zu tragen, so entsetzt aus!

„Alle werden welche haben", informierte sie ihn. „Es ist schließlich ein Vampirball."

„Ich habe meine eigenen Zähne", erklärte er würdevoll.

„Ja, ich weiß. Aber das wird niemand erwarten. Bitte, setz sie einfach ein. Bitte, Lucern?" Sie berührte seinen Arm.

Sein Blick kam auf ihren Lippen zu ruhen, auf eine Weise, die sie stark ablenkte, dann seufzte er gereizt. „Also gut."

Er griff nach dem Gebiss, das sie in der Hand hielt, und schob es in den Mund. Dann bewegte er es von einer Seite zur anderen, schnitt Grimassen und verzog den Mund, in dem Versuch, die falschen Zähne bequemer zu machen. „Asch ischt abschlsch."

Kate blinzelte ihn verwirrt an. Sie kam zu dem Schluss, es würde das Beste sein, seine Beschwerden nicht noch zu ermutigen, sondern zuckte nur die Achseln und schob sich das zweite Gebiss in den Mund, dann verstand sie genau, was er meinte. Diese Zähne waren tatsächlich abscheulich. So verdammt unbequem! Sie waren dermaßen schlecht, dass Kate beinahe in Erwägung zog, beide Paare zurückzulassen.

Chris kam hereingeschlendert, ebenfalls in Smoking und Cape. „Ihr seht beide fantastisch aus", sagte er.

Dann lächelte er sie an und zeigte sehr realistisch wirkende Vampirzähne.

Lucern verzog missbilligend das Gesicht. „Sch' u? Scheine Schähne schen echt ausch. Und dabei bin ich der echte."

Kate versuchte zu verstehen, was er sagte, als Chris eine Grimasse zog. „Mann, Kate", sagte er. „Wo hast du denn diese Dinger her? Lieber Himmel. Die sind so hässlich, dass es schon fast wieder gut ist."

Kate warf ihrem Freund einen erbosten Blick zu. Dann ignorierte sie beide Männer einfach, ging auf die Tür zu und sagte: „Gehen wir. Ich will nicht zu spät kommen." Zumindest versuchte sie, das zu sagen. Es kam eher wie „Schill nischz schpät omme" heraus. Als Chris in Gelächter ausbrach, zog sie die Tür auf und ging nach draußen.

Lucern versuchte im Fahrstuhl, die Zähne wieder herauszunehmen, aber es gelang Kate, ihn zu überzeugen, sie drin zu behalten. Dann nahm sie ihre eigenen heraus, räusperte sich und sagte: „Luc, ich hätte das hier wirklich früher erwähnen sollen, aber …"

„Ich bin die Haha-aschn esch allsch."

„Was?" Chris sah ihn mit offenem Mund an, dann wandte er sich Kate zu. „Was hat er gesagt?"

„Er sagte: ‚Ich bin die Hauptattraktion des Balles'", erwiderte sie zerstreut. Dann fragte sie Lucern: „Woher wusstest du das?"

Lucern spuckte die Zähne aus, bevor er antwortete. „Jodi hat es mir erzählt."

„Oh." Kate biss sich auf die Lippe und betrachtete forschend sein Gesicht, weil sie herausfinden wollte, wieso er nicht zornig war. „Es war nicht meine Idee", informierte sie ihn leise.

„Das war es wirklich nicht", schloss Chris sich an. „Chuck hat das ausgeheckt. Kate hat versucht, es ihm auszureden."

Als Lucern nur nickte und nichts weiter sagte, runzelte Kate die Stirn. „Du bist nicht böse?"

Er zuckte die Achseln. „Erst war ich ein wenig verärgert. Aber es sind nur ein paar Stunden meines Lebens. Ich habe viele Stunden zu füllen, Kate. Diese ganze Konferenz ist kaum mehr als ein Wimpernschlag für mich."

Chris war verwirrt. Kate nicht – sie wusste schließlich, dass Luc schon Hunderte von Jahren gelebt hatte und zweifellos Hunderte von Jahren mehr leben würde; diese wenigen Tage waren kaum ein Sandkorn am Strand seines Lebens –, aber sie fragte sich, ob seine Worte für sie eine geheime Bedeutung hatten. Sie war eine von Hunderten, vielleicht Tausenden von Frauen, die durch sein Leben gegangen waren. War ihre Beziehung für ihn ebenso unwichtig wie die Konferenz? War auch *sie* nur ein weiteres Sandkorn?

Die Idee beunruhigte sie, aber sie sah das Ganze erstaunlich realistisch. Was blieb ihr auch anderes übrig? In vierundzwanzig Stunden würde sie wieder zu Hause in New York sein und er in Toronto. Das Leben würde weitergehen wie immer. Irgendwann würde sie einen netten Mann kennenlernen, ihn heiraten, ein paar Kinder haben und alt werden. Und Lucern würde immer noch jung und attraktiv sein und eine andere Frau in ekstatische Höhen führen. Dieser Gedanke bedrückte sie wirklich.

Sie holte tief Luft, um das Ziehen in ihrem Herzen zu vertreiben, steckte sich die Zähne wieder in den Mund und folgte Chris aus dem Fahrstuhl.

„Da seid ihr ja!“, begrüßte Allison sie. Sie stand in der Tür zum Ballsaal, zusammen mit Lady Barrow und Chuck. „Gerade rechtzeitig. Ein oder zwei Leute sind schon eingetroffen, aber das sind alle.“

„Gut. Es wäre peinlich für mich, zu meiner eigenen Party zu spät zu kommen“, sagte Lucern trocken. Er warf dem Verleger einen Blick zu, der bewirkte, dass Chuck unbehaglich das Gewicht verlagerte.

„Ja, nun“, murmelte er, aber Lucern hatte sich bereits zur Seite gedreht, um Lady Barrow zu begrüßen.

Er lächelte die Frau in ihrem schönen scharlachroten Kleid an, nahm ihre Hand und beugte sich darüber. „Lady Barrow“, sagte er und hauchte einen Kuss auf ihren Handrücken. „Sie sehen zum Fressen gut aus.“

Lady Barrow lachte gut gelaunt, aber Kate spürte, wie sie innerlich verkrampfte. Sie erinnerte sich nur zu genau daran, wie er Lady Barrow beinahe gebissen hatte. Sie erinnerte sich auch daran, dass sie immer noch Lucs Notfallblut ersetzen musste. Soweit sie wusste, brauchte er mehr Blut als das, was er an dem Morgen erhalten hatte, als sie miteinander schliefen. Sie hatte eigentlich irgendwann an diesem Tag noch einmal rasch zur Blutbank zurückkehren wollen, es dann aber vergessen. Und nun musste Luc am Verhungern sein. Und zweifellos verursachte ihm der Blutmangel bereits Schmerzen.

Dennoch, er schien nicht in schlechter Form zu sein. Sie blickte zu ihm auf, während er lachend mit Allison und Lady Barrow sprach. Er war ein wenig blass, aber nicht so grau wie zuvor. Und er hatte keine Schmerzfalten im Gesicht.

Kate dachte darüber nach, als sie Lucern daran erinnerte,

seine Zähne wieder einzusetzen. Dann nahmen sie ihre Positionen an der Tür ein, um die Teilnehmer des Balles zu begrüßen. Sie kam zu dem Schluss, dass sie den Ball wohl früh verlassen und die Blutbank noch einmal ausrauben mussten. Sie hasste den Gedanken daran. Blutbanken hatten immer zu wenig Blut. Aber Lucern brauchte es ebenso sehr wie die Patienten in den Krankenhäusern, und sie konnte ihn wohl kaum leiden lassen.

Sie hatten eine Stunde an der Tür gestanden, als Allison verkündete, es sei Zeit, sich unter die Besucher zu mischen. Kate blieb immer in Lucerns Nähe, denn sie befürchtete, er könnte aus Verzweiflung einen der Gäste beißen. Das hätte ihr nicht solche Sorgen gemacht, wenn nicht immer wieder Frauen zu ihm gekommen und ihn gebeten hätten, sich für ein Foto mit ihnen aufzustellen, auf dem er genau das tat: Beißen. Sie konnte sich nur vorstellen, welche Qualen er litt, wenn er so tat, als wenn er sie in die Hälse biss. Es war, als bäte man eine Frau auf Diät, eine Gabel voll Käsekuchen den ganzen Abend im Mund zu behalten ohne zu kauen.

Davon einmal abgesehen, war alles in bester Ordnung. Nun ja … mit Ausnahme der verdammten Zähne, die sie mitgebracht hatte. Es war schrecklich schwierig, verständlich zu sprechen, wenn man sie trug, und Lucerns Zähne fielen mindestens dreimal in sein Weinglas, als er versuchte zu trinken. Beim vierten Mal packte Kate ihn am Arm und zog ihn zu einer Bühne hinter dem Ballsaal. Sie schlüpfte hinter die Bühne, führte ihn durch die erste Tür, an der sie vorbeikamen, schaltete das Licht an und schloss die Tür hinter ihnen.

Lucern sah sich um. Der Raum war eine Garderobe. „Was …“

„Gib mir deine Zähne“, unterbrach Kate ihn und streckte die Hand aus.

Lucern versuchte nicht, seine Erleichterung zu verbergen,

als er sie herausnahm. Als er sie ihr reichte, ging Kate zum Schminktisch und warf seine falschen Zähne ebenso wie die ihren in einen Abfalleimer. „Du kannst deine wirklichen Zähne benutzen. Wir erzählen einfach allen, ein netter Fan habe die Probleme gesehen, die du damit hattest, und dir seine Reservezähne angeboten."

Sie drehte sich um und zuckte zusammen, als sie feststellte, dass er direkt hinter ihr stand. Sie hatte nicht gehört, dass er ihr zum Schminktisch gefolgt war. Trotz ihres beinahe aussetzenden Herzens gelang ihr ein Lächeln, und sie sagte: „Wir sollten vielleicht ein paar Minuten warten, bevor wir zurückkehren. Ich bin nicht sicher, wie lange es normalerweise dauert, Zähne einzusetzen, wie Chris sie hat, aber ich nehme an, der Kleber braucht ein paar Minuten, um zu trocknen."

„Hmm." Lucern fuhr ihr mit der Hand über den Arm und lächelte, als sie schauderte.

Kate versuchte, nicht allzu begierig auszusehen. Der Mann brauchte sie kaum zu berühren, und schon wollte sie ihn anspringen. Guter Gott, ihre Knie zitterten! Sie räusperte sich, trat zur Seite und sank auf die gepolsterte Bank vor dem Schminktisch. Sie wandte sich dem Spiegel zu, stellte die Handtasche ab, nahm den Lippenstift heraus und legte eine frische Schicht auf. Ihr Blick schoss zu dem Mann, der hinter ihr stand, als er die Hände auf ihre Schultern legte.

Luc sagte kein Wort, sah ihr nur im Spiegel in die Augen. Kates Mund wurde trocken. Sie schluckte beim Anblick des silbrigen Feuers, das aus seinen Augen sprühte. Sie erkannte diesen Blick. Erst an diesem Morgen hatte er sie damit beinahe bei lebendigem Leib verbrannt. Luc wollte sie haben.

Seine Hände glitten von ihren Schultern, und Kates Blick folgte seinen Händen, die nun ihre Brüste bedeckten. Das Kleid war rückenfrei, was bedeutete, dass sie keinen BH trug. Zwischen seinen Händen und ihren Brüsten befand sich nichts als schwarze Seide.

„Lucern …"

„Schsch." Er platzierte ein Knie auf der Bank neben ihrer Hüfte, dann schob er ihren Kopf zur Seite. Er strich ihr Haar zurück und küsste sie auf den Hals.

Kate lehnte sich gegen ihn und sah dabei im Spiegel zu. Seufzend beobachtete sie, wie er mit den Daumen über ihre erigierten Brustwarzen fuhr. Dann nahm er eine Hand weg und führt sie zu ihrem Kinn, um ihren Kopf zur Seite zu drehen. Er küsste sie. Kate stöhnte, öffnete sich ihm, bog sich in sein Streicheln und fuhr mit ihren Händen auf seine Schultern zu.

Es überraschte sie vollkommen, als er sie plötzlich hochzog. „Was ist denn?"

„Komm", war alles, was er sagte. Dann verließ er das Zimmer und zog sie dabei hinter sich her. Kate dachte, er würde sie zur Party zurückbringen, aber er führte sie auf die mit einem Vorhang verschlossene Bühne. Raschen Schrittes überquerte er sie. Kate versuchte, leise zu folgen, denn sie wusste, dass sich zwischen ihnen und dem Ballsaal voller Menschen nur der geschlossene Vorhang befand, aber ihre hochhackigen Schuhe klickten bei jedem Schritt. Luc führte sie die Treppe auf der gegenüberliegenden Seite hinunter und durch eine Tür.

„Wohin gehen wir?", zischte Kate und warf einen nervösen Blick zurück zu den Türen des Ballsaals.

Luc blieb an den Fahrstühlen stehen und drückte den Knopf. „Du siehst müde aus", sagte er. „Du hast heute zu schwer gearbeitet. Du brauchst Ruhe."

„Luc", sagte Kate scharf. „Wir müssen – ohh", rief sie, als die Fahrstuhltüren sich öffneten und er sie hineinzog.

„Luc", wiederholte sie. Er drückte den Knopf für ihr Stockwerk, aber Kate trat zwischen ihn und die Leiste mit den Knöpfen und drückte den Knopf, der die Türen wieder öffnen sollte. „Wir müssen …“ Sie hätte beinahe ihre eigene Zunge verschluckt, als er sich an ihren Rücken schmiegte und ihre Brüste mit den Händen umschloss. „Lucern!“

Er drückte den Unterkörper gegen ihren Po, und sie schloss die Augen, als sie spürte, wie hart er war. Die Fahrstuhltüren schlossen sich, und die Kabine begann aufzusteigen. „Ein kleines Schläfchen klingt gut“, hauchte sie. Dann schüttelte sie den Kopf. „Nein, wir müssen wirklich …“

Wieder verschluckte sie die restlichen Worte, als er sich vorbeugte und ihre Beine direkt oberhalb der Knie berührte. Seine Hand glitt über ihre Haut und unter den Rock, als er sich wieder aufrichtete.

Kate stöhnte und stellte sich breitbeiniger hin. Er umfasste sie zwischen den Beinen mit beiden Händen und drückte ihren Rücken gegen sich.

„Du willst mich haben.“

„Ich will dich haben“, wiederholte Kate. Dann blinzelte sie. „Heh!“

Sie entwand sich ihm, fuhr herum und sah ihn stirnrunzelnd an. „Versuch nicht diesen Beherrschungsmist bei mir.“

„Willst du mich denn nicht haben?“

Kate runzelte die Stirn umso intensiver. Er wusste, dass sie ihn haben wollte. Er hätte nicht in ihren Geist eindringen können, wenn das nicht der Fall gewesen wäre. Aber das zählte nicht. Es fiel ihr schon schwer genug, gegen ihre Begierde anzukämpfen und zu tun, was von ihr erwartet wurde – dass er auch noch die Beherrschung ihres Geistes übernahm, half dabei nicht sonderlich. Und es war so einfach für ihn gewesen!

Der Fahrstuhl blieb stehen, die Türen gingen auf, und Lucern nahm ihre Hand und zog sie aus der Kabine.

Kate versuchte stehen zu bleiben, als er sie den Flur entlangzerrte. „Lucern. Nur noch eine Stunde auf dem Ball. Eine einzige Stunde. Dann können wir zur Blutbank gehen und uns um dein kleines Problem kümmern. Wir können nicht – also gut, eine halbe Stunde“, feilschte sie verzweifelt, als er an ihrer Tür stehen blieb und seine Schlüsselkarte benutzte. „Nur noch eine halbe Stunde auf dem Ball!“

Er zog sie nach drinnen, schob die Tür zu und ging dann zur Couch.

„Oder vielleicht können wir jetzt schnell einen kleinen Ausflug zur Blutbank machen, und dann auf den Ball zurückkehren“, flehte Kate. Luc ließ sich auf die Couch fallen, ohne ihre Hand loszulassen. „Wir können uns um deinen Blutmangel kümmern und *dann* wieder zurück …“

„Kate“, unterbrach Lucern.

„Was ist?“, fragte sie misstrauisch.

„Ich brauche kein Blut.“ Er zog sie aus dem Gleichgewicht und auf seinen Schoß. „Ich brauche nur dich.“

Sie hatte keine Gelegenheit mehr zu antworten; Lucern verhinderte es, indem er ihre Lippen mit seinen versiegelte. Erst behielt sie den Mund geschlossen und ignorierte die Versuchung, seinen Kuss zu erwidern, während sie sich anstrengte, die Beherrschung nicht zu verlieren. Aber seine Lippen waren nicht das Einzige, was sich mit ihr befasste – einer seiner Arme befand sich an ihrem Rücken, und die Finger waren in ihr Kleid gerutscht, um die kitzlige Haut unter ihrem Arm und an der Seite ihrer Brust zu streicheln. Die andere Hand arbeitete an den Kleidverschlüssen an der Schulter.

Kate stöhnte tief in der Kehle, aber es gelang ihr, die Lippen geschlossen zu halten, als erst eine Schleife an der Schulter aufgezogen wurde, dann die zweite. Das Material fiel ihr auf die Taille, und Lucern gab es auf, ihren Mund zu küssen und senkte den Kopf zu ihren Brüsten.

„Verdammt“, flüsterte Kate, als er zunächst an einer Brustwarze saugte, dann an der anderen. „Zur Hölle mit dem Ball.“

Sie packte ihn am Haar, zog seinen Kopf wieder nach oben und küsste ihn wild. Das hier war ihre letzte Nacht zusammen. Chuck und ihr Job konnten zum Teufel gehen. Sie würde so viel wie möglich aus dieser Nacht machen.

Sie hörte, wie Lucern als Antwort auf ihre Niederlage knurrte, dann machte er sich mit allem, was er hatte, an die Arbeit. Seine Hände waren überall, auf ihren Brüsten, an ihrer Taille, ihren Hüften, glitten über ihre Oberschenkel.

Kate gab sich nicht damit zufrieden, die Berührungen einfach hinzunehmen, und drehte sich mit seiner Hilfe herum, um mit gespreizten Beinen auf ihm zu sitzen, was den engen Rock ihres Kleids über die Oberschenkel bis zu den Hüften rutschen ließ. Sie wollte ihn überall berühren und schmecken. Sie brach den Kuss ab, lehnte sich zurück und machte sich daran, ihn auszuziehen. Sie löste sein Cape und schob es von seinen Schultern, dann zog sie ihm auch die Smokingjacke aus.

Sie ließ beide Kleidungstücke hinter ihm auf die Couch fallen und machte sich an sein Hemd. Als er bis zur Taille nackt war, atmete sie erleichtert aus. Dann rutschte sie von seinem Schoß, kniete sich auf den Boden zwischen seine Knie und wandte ihre Aufmerksamkeit seiner Hose zu. Als sie den Knopf öffnete und den Reißverschluss hinunterzog, setzte Lucern dazu an aufzustehen, aber Kate rutschte nach vorn und blockierte ihm den Weg. Sie zog seine Hose und die Boxershorts herunter und packte seine Erektion. Lucern zuckte und keuchte, als sie ihn in den Mund nahm, und stöhnte, als sie mit den Lippen den Schaft entlang fuhr.

„Kate“, knurrte er und schob ihr die Hände ins Haar. Er konnte sich offenbar nicht entschließen, was er tun sollte. Sie nahm an, er wollte ihren Kopf wegziehen, konnte sich aber nicht dazu überwinden und hielt sie einfach weiter fest, während sie ihn mit Zunge und Mund erfreute. Er gestattete ihr das einen Moment, dann übte er Druck aus und zog ihren Kopf weg.

Wieder knurrte er, die Miene angespannt, und Kate wusste, dass sie die Bestie geweckt hatte. Luc packte sie an einem Arm, stand auf und zog sie mit sich hoch, dann küsste er sie rau und streifte dabei mit den Händen ihr Kleid über ihre Hüften. Es war kaum auf dem Boden gelandet, als er den dünnen Stoff ihres Höschens packte. Er zog einmal rasch und riss es ihr einfach ab.

Kate keuchte und begann zu zittern. Dann war seine Hand da, seine Finger tauchten zwischen ihre Beine. Kate drückte die Augen fest zu und drängte sich in seine Bewegung, wobei ihr bewusst war, dass ihre Beine sie nicht mehr lange halten würden. Lucern schien das ebenfalls zu bemerken, denn er unterbrach den Kuss und drehte sie in Richtung Couch. Er bog sie mit seinem Körper, sodass sie auf die Couch zu knien kam, folgte ihr in der Bewegung, beugte sie über die Rückenlehne der Couch und presste sich fest an sie.

Kate schrie auf und krallte sich in die Lehne der Couch, als er in sie eindrang und sie füllte. Sie schrie abermals auf, als er um sie herumgriff, eine Hand unter ihre Brüste schob, um sich zu halten, und die andere zwischen ihre Beine bewegte, während er hinein- und hinausglitt.

Es war schnell, wild und leidenschaftlich und überwältigte sie bald beide. Kate spürte nie, wie Lucern sie biss, aber sie bemerkte deutlich, als er ihren Geist mit seiner Leidenschaft überflutete. Sie stand bereits am Rand der Erfüllung, und nun stürzte sie sich hinein, laut und ekstatisch aufschreiend. Lucs Höhepunkt verband sich in ihrem Geist mit dem ihren. Aber ihr Schrei klang schwach in ihren klirrenden Ohren, und Kate fürchtete, dass sie kurz davorstand …

18

Sie war nicht ohnmächtig geworden. Aber sie war schrecklich nahe daran gewesen, musste sie zugeben, als sie am nächsten Morgen duschte. Es war nur gut, dass sie so jung und gesund waren; ansonsten hätten diese leidenschaftlichen Begegnungen sie sehr wahrscheinlich umbringen können.

Lächelnd drehte sie sich in den Wasserstrahl und ließ sich den Seifenschaum vom Körper spülen. Lucern war besser als Schokolade. Als Kind hatte Kate ihre Mutter einmal gefragt, wie sie denn wissen würde, wann sie verliebt war. Ihre Mutter hatte geantwortet, das würde sie wissen, wenn sie bereit wäre, selbst Schokolade für immer aufzugeben, um mit der betreffenden Person auch nur eine einzige Stunde zusammen sein zu können. Kate hatte als eindeutig hoffnungslose Schokoladensüchtige in diesem Augenblick beschlossen, sich niemals zu verlieben. Sie war sicher gewesen, dass kein männliches Wesen eine solche Entbehrung wert wäre.

Aber Lucern war es wert, selbst Schokolade aufzugeben. Dunkle Schokolade, weiße Schokolade, Milchschokolade – sie würde mit Vergnügen all das für ihn opfern. Aber das Lächeln verging ihr schnell wieder.

Sie bezweifelte, dass sie je vor eine solche Wahl gestellt würde.

Seufzend drehte sie die Dusche ab und stellte sich auf das kleine Handtuch, das sie auf den Boden gelegt hatte. Dann nahm sie eines der großen Badehandtücher vom Gestell, um sich abzutrocknen, hielt aber inne, als sie sich im Spiegel sah. Sie ließ das Handtuch fallen und starrte ihr Spiegelbild an.

Ihr Körper war von Bissspuren übersät. Es gab nur wenige Stellen, an denen Lucern sie nicht markiert hatte. Und jeder Biss war reines Vergnügen gewesen. Überall, wo es Adern gab, und auch an ein paar anderen Stellen war ihr Körper gezeichnet. Diese Spuren sollten wehtun, jetzt, da sie nicht mehr in Leidenschaft versunken war und Lucern ihr nicht sein Entzücken vermittelte, aber sie schmerzten nicht.

Kate fuhr mit den Fingern über ein paar Bissspuren an ihrer Schulter und schauderte, als sie sich erinnerte, wie Lucern sie dort gebissen hatte, während er sich in ihr bewegte. Ihr Körper ging sofort in Flammen auf, und wieder sehnte sie sich nach ihm.

„Guter Gott, ich bin wie ein Junkie", flüsterte sie und ließ die Hand sinken. Schlimmer, sie war ein Junkie, der bald seine Droge verlieren würde. Heute war Sonntag, der letzte Tag der Konferenz. Es gab noch einen Tee am Nachmittag, und für den Abend war eine Abschiedsparty anberaumt, aber das waren die einzigen Veranstaltungen auf dem Plan. Es würde keinen Leser-und-Autorentreff mehr geben. Die meisten Teilnehmer brachen am Nachmittag oder Abend auf. Einige sogar schon am Morgen.

Wegen Lucs „Sonnenallergie" hatte Kate ihm einen Flug nach Toronto um sechzehn Uhr dreißig gebucht, und für sich selbst und Chris einen siebzehn-Uhr-dreißig-Flug nach New York. So konnten sie Lucern verabschieden und würden beide ihr jeweiliges Zuhause noch früh genug erreichen, um am Abend auspacken und sich entspannen zu können, bevor sie am nächsten Tag wieder ins Büro mussten.

Wie lange blieb ihr noch mit ihm?, fragte sie sich. Sie war um sechs Uhr früh aufgewacht und hatte daran gedacht, auf ihn zu steigen und ihn mit einem Lächeln zu wecken, war dann aber ins Bad gegangen, um sich erst einmal zu duschen. Sie nahm an, dass es jetzt etwa Viertel nach sechs oder halb sieben sein musste. Das bedeutete, dass ihr noch etwa zehn Stunden blieben. Ihr Mund war plötzlich trocken. Zehn Stunden, und dann …

Plötzlich verschwamm alles vor ihren Augen, und das Herz tat ihr weh.

Kate wischte sich zornig die Tränen ab. Was war nur mit ihr los? Sie hatte also fantastischen Sex gehabt. Nein, sie hatte nichts so Dummes getan wie sich zu verlieben!

Aber damit belog sie sich nur selbst. Es war nicht nur fantastischer Sex gewesen. Sie war wirklich und wahrhaftig verliebt. Oh, Himmel! Sie gehörte normalerweise nicht zu den Leuten, die gegen Gesetze verstießen und eine Blutbank beraubten, und sie tat es ganz bestimmt nicht für jeden Autor. Sie hielt wirklich viel von Jodi, aber für sie hätte sie es nicht getan. Und sie hätte Jodi auch ihr Handgelenk nicht für einen kleinen Imbiss angeboten. Ja, sie hatte sich in Lucern verliebt. Und zwar gewaltig.

Wie war das passiert? *Wann* war das passiert? Offensichtlich vor dem Frühstück am Mittwoch. Vielleicht als Luc bewiesen hatte, dass er zu seinem Wort stand und tatsächlich auf der Konferenz aufgetaucht war. Nein, wahrscheinlich noch bevor sie Toronto verlassen hatte. Sie war ehrlich genug zuzugeben – zumindest gegenüber sich selbst –, dass sie Lucern in dem Monat, der seit ihrem Kennenlernen vergangen war, einfach nicht aus dem Kopf bekommen hatte. Es hatte ihr großen Spaß gemacht, die Suite für ihn zu reservieren, ihn auf der Konferenz anzumelden und seine Kostüme auszuwählen und zu bestellen. Sie hatte sogar von ihm geträumt – heiße, verschwitzte Träume wie der, den sie bei ihm zu Hause gehabt hatte.

Guter Gott, sie war wirklich eine blöde Kuh. Sie hätte es doch früher merken müssen! Sie hätte ihre Gefühle erkennen und sich von ihm fernhalten sollen. Mit der Zeit wäre sie dann vielleicht über ihn hinweggekommen. Aber jetzt, nachdem sie seine sanftere Seite kennengelernt und beobachtet hatte, wie er unendlich geduldig und freundlich mit seinen Fans umgegangen war, mit ihm gelächelt und gelacht und die Ekstase genossen hatte, die nur er ihr verschaffen konnte …

Kate fing an zu weinen. Dicke Tränen liefen ihr über die Wangen. Das Spiegelbild dieser Tränen erschreckte sie. Sie hatte Angst, dass sie auf dem Weg zum Flughafen ebenso reagieren und heulen würde wie ein kleines Kind, wenn sie sich verabschieden musste. Man würde ihr deutlich anmerken können, was sie empfand. Lucern würde verlegen und angewidert sein. Man erwartete, dass weltgewandte Personen sich ohne Bedenken auf solche Affären einließen und, wenn sie vorbei waren, mit einem Achselzucken weiterzogen.

Kates Herz, immer noch hoffnungsvoll, schlug vor, dass es für Lucern vielleicht ebenfalls mehr als nur eine Affäre war. Dann zerschmetterte sie diese Hoffnung brutal. Luc hatte nie über Gefühle für sie gesprochen, nicht einmal gesagt, dass er sie mochte. Und so schmerzhaft es war, sich das einzugestehen, sie fürchtete, für ihn nur ein angenehmer Snack gewesen zu sein. Er konnte ihren Geist nicht beherrschen, um sie zu beißen, er hatte sie für sich entflammen müssen. Und das hatte er wahrhaftig getan. Der Grund dafür war vollkommen offensichtlich. Er benutzte sie. Sie hatten an dem Abend, als er eingetroffen war, und am Morgen danach, als er Blut brauchte, ein paar leidenschaftliche Augenblicke gehabt. Dann hatten sie solche Situationen gemieden, bis er von dem Exmann eines Fans angegriffen worden und erneut in Not gewesen war.

Sie war für Lucern nur eine Mahlzeit. Wie demütigend! Aber noch beschämender war die Tatsache, dass Kate, selbst wenn das ihr einziger Wert für ihn sein sollte, nicht sicher war, ob sie sich nicht dennoch jeden Tag ihres Lebens auf der Speisekarte anbieten würde, nur um in seiner Nähe sein zu können.

Sie schloss die Augen und schlang die Arme um den Oberkörper. Sie konnte Lucern nicht noch einmal gegenübertreten. Sie konnte nicht riskieren, sich so verwundbar zu machen. Und wenn er sie zurückwies …

Nein. Sie konnte es nicht riskieren, ihn noch einmal zu sehen.

Lucern rollte sich auf die Seite und tastete nach Kate, aber seine Hand fand nur ein leeres Bett. Mit missmutiger Miene öffnete er ein Auge und spähte durch die Dunkelheit. Sie war nicht da. Verschlafen setzte er sich hin und sah sich weiter um. Die verdammte Frau war aufgestanden und hatte ihn allein im Bett gelassen! Er war noch nicht fertig mit ihr. Er hatte vor, sie den ganzen Tag im Bett zu beschäftigen. Ihr Stundenplan war ihm vollkommen egal. Das hier war ihr letzter Tag zusammen, und er hatte vor, so viel wie möglich daraus zu machen.

Er schob die Decken beiseite, stand auf und ging zum Bad. Kate war nicht da. Sein Blick fiel auf den Wecker. Es war kurz nach halb acht. Der einzige Grund, wieso das Zimmer noch dunkel war, bestand darin, dass er über die Jalousien am Fenster noch eine Decke gehängt hatte. Er wandte sich vom Bett ab, riss die Tür auf und stolzierte nach draußen.

Chris saß auf der Couch und sah sich Cartoons an. Er warf einen Blick über die Schulter, dann starrte er ihn genauer an.

„Oh, Mann!“ Der Lektor verdrehte angesichts von Lucerns Nacktheit die Augen und wandte sich wieder dem Fernseher zu. „Können Sie sich nicht ein paar verdammte Klamotten anziehen? Mann! Ich … warum habe ich dieses Gefühl von Déjà-vu? Ich habe Sie doch noch nie zuvor nackt gesehen.“ Misstrauisch spähte er in Lucerns Richtung. „Oder?“

Lucern ignorierte die Frage. Er hatte Chris' Erinnerung an den anderen Morgen ausgelöscht, aber er hatte nicht vor, das dem

Lektor zu sagen. Dennoch, er konnte auch nicht einfach nackt in Kates Zimmer marschieren, ohne das Wesen seiner Beziehung zu ihr zu enthüllen, was sie ihm vielleicht sehr übel nehmen würde. Es sei denn, er kontrollierte die Gedanken des Lektors ein weiteres Mal.

Du siehst fern, Chris. Du siehst mich nicht.

Lucern ging weiter zu Kates Tür und riss sie auf. Ihr Zimmer war ordentlich und von Sonne durchflutet. Der kurze Blick in den Schrank genügte, dass Lucerns Herz aussetzte. Die Schranktüren standen weit offen, und darin befand sich nur noch eine leere Kleiderstange, kein Gepäck.

Lucern kehrte ins Wohnzimmer zurück und fuhr zu Chris herum. Er ließ den Geist des Mannes los und bellte: „Wo ist sie?"

Chris drehte langsam den Kopf. „Warum sind Sie nackt?"

„Verdammt, Chris, wo ist Kate? Ihre Sachen sind weg."

„Oh." Der Lektor schaute ein wenig unbehaglich drein. „Sie hatte einen Notfall. Sie musste gehen. Sie hat mich gebeten, heute ein Auge auf Sie zu haben und Sie heute Abend zu ihrem Flug zu bringen."

Man brauchte kein Gedankenleser zu sein, um zu wissen, dass Chris log; schon die Art, wie seine Augen zur Seite auswichen, verriet ihn. Lucern fühlte sich, als hätte man ihm einen Schlag in den Bauch versetzt. „Kate ist *weg?*"

„Ja. Wie ich sagte, es gab einen Notfall." Chris wandte sich wieder dem Fernseher zu, aber sein Nacken lief rot an. Er war wirklich ein miserabler Lügner.

Lucerns Gedanken überschlugen sich. „Wie lange ist das her?"

„Äh … etwa eine halbe Stunde, denke ich. Sie hat mich geweckt. Sie fliegt um acht, und sie musste noch durch die Sicherheitskontrolle kommen und alles. Sie war nicht sicher, ob sie es rechtzeitig schaffen würde."

Lucern hörte nicht mehr zu. Er war bereits wieder in sein Zimmer gerannt und fing an, die Kleidung vom Vortag aufzulesen. Er zog die Smokinghose und das weiße Hemd wieder an, griff nach seiner Brieftasche und rannte nach draußen.

Er rannte direkt aus dem Schlafzimmer in den Flur, um keine Zeit mehr mit dem gemeinsamen Wohnzimmer zu verschwenden. Zum Glück warteten hier keine findigen Fans auf ihn – er wäre einfach über sie hinweggestürmt. Er rannte zum Fahrstuhl und wartete ungeduldig auf die Kabine, dann wartete er noch ungeduldiger, bis sie die paarundzwanzig Stockwerke bis zur Lobby abgestiegen war. Alles war in gleißendes Sonnenlicht gehüllt, als er aus dem Fahrstuhl eilte. Lucern verzog das Gesicht und stellte den Kragen auf, um so viel Haut zu schützen, wie er konnte, aber ansonsten ignorierte er die Sonne und eilte zu der Reihe von Taxis vor dem Hotel. Er sprang in den ersten offenen Wagen, drängte den Fahrer, die Geschwindigkeitsbegrenzungen zu ignorieren und zum Flughafen zu rasen.

Trotzdem war es sieben Uhr sechsundfünfzig, als er eintraf, und er musste immer noch das Gate für ihren Flug finden. Er betete, dass Kates Maschine Verspätung hatte. Das kam häufig vor, hatte er einmal gehört. Mit einem Auge auf der Armbanduhr eilte er zum Informationsschalter und ließ die Frau dort Kates Namen nachsehen. Ein kleiner geistiger Schubs stellte sicher, dass sie das, ohne zu zögern, tat. Dann rannte er durch den Flughafen, stieß gegen Leute, schob sie aus dem Weg und griff in die Köpfe des Sicherheitspersonals, damit er durchgelassen wurde. Es war acht Uhr zwei, als er Kates Gate erreichte – gerade rechtzeitig, um zu sehen, wie ihre Maschine davonrollte. Luc blieb an der Tür stehen, starrte hinter dem Flugzeug her, und seine Schultern sackten nach unten.

„Mr. Amirault?"

Lucern drehte sich langsam um und entdeckte Lady Barrows,

die ihn anlächelte. Sie zog die Brauen hoch, als sie den verzweifelten Ausdruck auf seinem Gesicht sah.

„Was ist denn passiert?“, fragte sie besorgt. „Sie sehen aus, als hätten Sie gerade Ihren besten Freund verloren.“ Dann schaute sie schweigend von Lucern zu dem Flugzeug, das außer Sicht rollte. „Oh. Ich habe Ihre Lektorin gesehen, bevor sie ging.“

Lucerns Miene wurde aufmerksam. „Haben Sie? Chris sagte, sie habe einen Notfall in New York.“

„Hmm.“ Lady Barrow fand das offenbar nicht sonderlich überzeugend. „Nun, in letzter Zeit scheint es viele davon zu geben. Wir hatten auch einen. Ich musste die Herausgeberin meiner Zeitschrift ebenfalls früher nach Hause schicken, um sich um ein Problem zu kümmern. Sie befindet sich in der gleichen Maschine.“

Wieder glitt ihr Blick zu dem Flugzeug, und sie und Luc beobachteten, wie es langsam aus ihrem Blickfeld rollte. Die Frau seufzte. „Ich denke, ich sollte Ihnen eine Mitfahrgelegenheit anbieten. Ich nehme Sie mit zurück zum Hotel, dann brauchen Sie kein Taxi.“

Lucern versteifte sich ein wenig, als sie sich bei ihm einhakte. Er wollte eigentlich nicht mit ihr zurückfahren. Er wollte im Augenblick mit niemand reden, und er fühlte sich irgendwie wund und erschöpft. Leider war Kate nicht die einzige Frau mit einem starken Geist: Die Gedanken, die er versuchte, in Lady Barrows Kopf zu projizieren, hatten offenbar keine Auswirkung. Statt die Hand von seinem Arm zu nehmen und ihn in seinem Elend allein zu lassen, wie er es wünschte, begann sie, Luc auf den Ausgang zuzuziehen.

„Hat Ihnen unsere erste *Romantic-Times*-Konferenz gefallen, Mr. Amirault?“

„Luc“, murmelte er beinahe mürrisch. Dann verzog er das Gesicht. „Nein. Ja. Nein.“

„Aha." Diese Verwirrung schien sie nicht im Geringsten zu verstören. Ganz im Gegenteil lieferte sie ihm eine Analyse seiner widersprüchlichen Gefühle. „Ich denke, Sie waren ein wenig überwältigt, und außerdem ging es Ihnen ja am Anfang nicht so gut. Dann haben Sie Spaß an der Sache gefunden, doch jetzt wünschen Sie uns alle zur Hölle."

Luc warf ihr einen verblüfften Blick zu, und sie bedachte ihn mit einem wissenden, verständnisvollen Blick. „Passen Sie auf ihren Kopf auf."

Er blinzelte über diese Worte, dann erkannte er, dass sie neben einer Limousine mit verdunkelten Fenstern standen. Er sah, wie sie in den Wagen stieg, dann folgte er ihr und schloss erleichtert die Tür hinter sich. Zumindest brauchte er sich wegen des Rückwegs keine Gedanken zu machen.

„Sie sind heute ein wenig blass", stellte Lady Barrow fest und öffnete die Tür des kleinen Kühlschranks, sodass er den Inhalt sehen konnte. „Möchten Sie etwas trinken?"

Lucerns Blick schweifte über die Wasserflaschen, Soft-Drink-Dosen und den Saft, dann wanderte er zu Lady Barrows Kehle. Er hätte einen kleinen Snack brauchen können, bis er zum Hotel und seinem letzten Blutbeutel zurückkehrte. Den hatte er für diesen Morgen aufgehoben und war nun froh darüber. Er hätte nicht in die Sonne gehen sollen.

„Luc?", fragte die Frau leise.

Lucern seufzte und schüttelte den Kopf. Er konnte Lady Barrow nicht ohne Erlaubnis beißen. Dafür war sie viel zu nett. Er würde stattdessen Chris nehmen. Der Lektor hatte das verdient, nachdem er ihn nicht sofort davon unterrichtet hatte, dass Kate gehen wollte. Diese paar Minuten mehr hätten ihn vielleicht rechtzeitig zum Flughafen gebracht und sie aufhalten können.

„Nun, ich denke, Sie könnten einen Drink brauchen", sagte Lady Barrow. Er hörte Klirren und das Geräusch von Flüssigkeit, als Kathryn Falk zwei Gläser Orangensaft mit Champagner mixte. Sie hielt ihm eins davon hin und fragte: „Hatten Sie einen Streit oder hat sie es mit der Angst bekommen?"

Lucern starrte sie verdutzt an.

Sie lächelte. „Sie haben beide die ganze Woche Funken gesprüht. Und niemandem konnte entgehen, wie beschützerisch sie Sie behandelt hat, und umgekehrt."

Lucern nahm den Morgencocktail entgegen. Er trank das Glas mit einem Schluck aus, dann reichte er es zurück. Was Kathryn Falk sagte, stimmte leider, aber Lady Barrow konnte nicht wissen, dass das Beschützerische auf Kates Seite nur beruflicher Natur gewesen war – sie hatte versprochen, sich um ihn zu kümmern, und dieses Versprechen hervorragend erfüllt. Was die Funken anging …

Ich tue alles, was ich kann, um meine Autoren zufriedenzustellen.

Lucern kniff die Lippen zusammen, als ihm diese Worte Kates wieder einfielen. Er glaubte nicht, dass alles an ihrer Leidenschaft nur gespielt war oder sie es nur als Teil ihrer Arbeit betrachtet hatte, aber sie hatte ihn heute früh verlassen, als zählte nichts davon. Oder als fürchtete sie, er könnte es für mehr halten, als es für sie gewesen war, und würde ihr eine peinliche Szene machen. Und das hätte durchaus passieren können, gestand er sich ein. Er hätte vielleicht etwas so Dummes getan, wie sie zu bitten, mit ihm nach Hause, nach Toronto, zu kommen, oder …

Vor dem „Oder" schreckte sein Geist zurück. Lucern war noch nicht bereit zuzugeben, dass er vielleicht eine ganze Ewigkeit mit Kate verbringen wollte. Zu lachen und zu weinen, sich zu streiten und mit solcher Leidenschaft über Jahrhunderte zu lieben. Nein, so weit war er noch nicht.

Vor seiner Nase erschien ein Glas, das Lady Barrow erneut für ihn gefüllt hatte. Als er zögerte, sagte sie: „Sie wird schon wieder zu Verstand kommen, Luc. Sie sind ein gut aussehender, begabter, erfolgreicher Mann. Kate wird zur Vernunft kommen. Sie braucht einfach nur ein wenig Zeit."

Lucern brummte und nahm das Glas entgegen. „Zeit ist etwas, wovon ich mehr als genug habe."

Diese Bemerkung lastete in den nächsten Wochen schwer auf Lucerns Stimmung. Er war mit Lady Barrow zum Hotel zurückgekehrt, war aber nicht länger geblieben, als er brauchte, um seine Taschen zu packen. Dann kehrte er zum Flughafen zurück und nahm den nächsten Flug nach Toronto.

Sein Haus, das so lange seine sichere Zuflucht gewesen war, wirkte kalt und leer, als er hereinkam. Es gab dort nichts als Erinnerungen. Kate, die auf seiner Couch saß und ihm einen Vortrag darüber hielt, wie wichtig Leser waren. Kate, die in der Küche zu ihm eilte, um sich um eine Kopfwunde zu kümmern, die er gar nicht hatte. Kate, wie sie in seinem Büro lachte, einen kleinen Tanz ausführte und mit ihm High-Fives austauschte. Kate, wie sie vor Leidenschaft stöhnte und sich im Bett des Gästezimmers hin und her wälzte … er war sogar so tief gesunken, jetzt in diesem Bett zu schlafen. Sie suchte ihn immer wieder heim, erfüllte beinahe jeden Augenblick seines Tages. Aber das war auch schon alles, was sie tat.

Lucern lud das Internet-Chat-Programm herunter, von dem sie gesprochen hatte, und wechselte Instant Messages mit Lady Barrow, Jodi und ein paar anderen Autorinnen, die er auf der Konferenz kennengelernt hatte. Doch obwohl er Kate auf der Liste seiner Kontakte hatte, erschien sie niemals online. Jodi vermutete, dass sie alle blockierte. Er dachte daran, ihr eine E-Mail zu schicken, aber ihm fiel nichts ein, was er sagen sollte. Stattdessen saß er an seinem Schreibtisch und lauschte, wie die Zeit vorbeitickte, während er den Bildschirm anstarrte und wartete, dass sie online erschien. Zeit hatte er schließlich genug.

Es vergingen beinahe zwei Wochen, bis er vom Warten genug hatte. Angewidert schaltete er eines Morgens das Chat-Programm ab und öffnete die Textverarbeitung. Er hatte sich vorgenommen, seinen ersten Versuch mit tatsächlich erfundenen Geschichten zu machen. Stattdessen fing er unwillkürlich an, seine Begegnung mit Kate zu beschreiben und dann alles, was auf diese Begegnung gefolgt war.

Es war kathartisch, dieses Buch zu schreiben, als würde er jeden Augenblick aufs Neue erleben. Er lachte jetzt über Ereignisse, die er gar nicht komisch gefunden hatte, als sie geschahen, wie die Sache mit der Schamkaspel und dem Tischtuch oder seinen hektischen Versuch, sich Kondome zu verschaffen. Darüber, dass sie gegangen war, konnte er nicht lachen, also beendete er die Geschichte, die er schlicht *Kate* genannt hatte, an dieser Stelle.

Er schrieb das letzte Kapitel ein paar Wochen, nachdem er damit begonnen hatte, dann stand er müde auf. Er fühlte sich ein klein wenig besser als beim Verlassen der Konferenz, aber nicht viel. Er war dankbar, dass er Kate Leever kennengelernt und Zeit mit ihr verbracht hatte. Sie würde immer einen Platz in seinem Herzen haben. Aber er war gleichzeitig traurig und zornig, dass sie ihm nicht die Chance zu mehr gegeben hatte.

Er schaltete den Computer aus und warf einen erbosten Blick auf den Anrufbeantworter auf seinem Schreibtisch. Lissianna, die darauf bestanden hatte, dass sie alle einen brauchten, da sie für gewöhnlich tagsüber schliefen, wenn die Geschäftswelt aktiv war, hatte jedem von ihnen letztes Jahr einen zu Weihnachten geschenkt. Lucern hatte sich in der Vergangenheit nie um seine Nachrichten gekümmert, aber das hatte sich seit seiner Rückkehr geändert. Er hatte gehofft, Kate würde anrufen, selbst, wenn sie es nur tun würde, um zu fragen, wann er mit dem nächsten Buch fertig sein würde. Aber sie hatte sich kein einziges Mal gemeldet. Und auch an diesem Abend war keine der Nachrichten auf dem Gerät von ihr.

Es gab eine von seiner Mutter und andere von Lissianna, Bastien und Etienne. Lucern hatte seine Familie gemieden, seit er von der Konferenz zurück war. Er wusste zwar, dass sie sich Sorgen um ihn machten, aber ihm war nicht nach Reden. Er mochte überhaupt mit niemandem sprechen, außer mit den Leuten von der Konferenz. Er hatte sie alle durch Kate kennengelernt. Irgendwie gab ihm das Chatten am Computer mit ihnen das Gefühl, ihr näher zu sein. Und manchmal hatten Jodi oder eine der anderen Frauen ein paar Neuigkeiten über Kate, die sich über das Gerüchtenetz der Autorinnen verbreiteten. Aber es gab nichts Wichtiges. Sie arbeitete gerade an Soundsos Buch. Das Manuskript von diesem Cover-Model hatte sie abgelehnt. Sie bekam eine Erkältung. Sie war sie wieder losgeworden.

Lucern ignorierte das blinkende Licht an seinem Anrufbeantworter und eilte zu seinem Schlafzimmer. Sein Magen zog sich vor Hunger zusammen, und er hatte im ganzen Körper Schmerzen von diesem Mangel an Blut, aber es kam ihm zu anstrengend vor, nach unten zu laufen und an den Kühlschrank zu gehen. Er hatte nicht einmal die Energie, sich auszuziehen, sondern ging einfach in sein Zimmer und warf sich aufs Bett. Er würde eine Weile schlafen, beschloss er. Eine lange Weile. Essen würde er später.

Die Sonne war gerade aufgegangen, als Lucern einschlief; sie war lange untergegangen, als er aufwachte. Und das Ziehen, das an ihm genagt hatte, als er sich hinlegte, war viel schlimmer geworden. Er musste essen. Also wälzte er sich aus dem Bett und ging nach unten in die Küche. Er leerte zwei Blutbeutel, während er vor dem Kühlschrank stand, dann nahm er einen dritten mit nach oben. Der Beutel war beinahe leer, als er sein Büro betrat – und das war gut so, denn der Anblick von jemandem, der an seinem Schreibtisch saß, erschreckte ihn dermaßen, dass er die letzten Tropfen auf den Boden spritzte.

„Bastien." Er sah seinen Bruder erbost an. „Was machst du denn hier?" Er warf einen Blick auf den Computerschirm und erstarrte, als er das letzte Kapitel von *Kate* erkannte.

Bastien schloss das Textverarbeitungsprogramm mit einem Klicken, dann sah er seinen Bruder entschuldigend an. „Tut mir leid, Lucern. Ich habe mir Sorgen um dich gemacht. Ich wollte sicher sein, dass du in Ordnung bist. Du hast nie zurückgerufen und willst uns nicht besuchen oder uns erlauben, zu dir zu kommen. Wir haben uns alle Gedanken gemacht, also bin ich hergekommen, um zu sehen, was du so treibst."

„Wann bist du hereingekommen?"

Bastien zögerte, dann gab er zu: „Ich kam direkt nach der Morgendämmerung."

„Du warst den ganzen Tag hier? Was …" Seine Stimme erstarb. Er wusste genau, was Bastien getan hatte. Sein Bruder hatte die ganze Geschichte von Kate gelesen, jedes Wort bis zur letzten Seite. Luc betrachtete den jüngeren Mann aus zusammengekniffenen Augen. „Woher wusstest du, dass ich es aufschreiben würde?"

„Du hast doch immer Tagebuch geführt, Luc – jedenfalls, seit Papier leichter zu beschaffen war. Du hast immer alles aufgeschrieben. Ich habe mich oft gefragt, ob du das tust, um dich von allem zu distanzieren. Genau so, wie du dich hier von allem absonderst."

Lucern öffnete den Mund, um etwas zu sagen, dann schloss er ihn wieder. Keiner würde ihm glauben, wenn er es abstritt, wozu also die Mühe? Dann wandte er sich ab und ließ sich auf die Couch fallen. Einen Augenblick schwieg er, dann verzog er das Gesicht und fragte: „Und, was hältst du von meinem ersten wirklich erfundenen Werk?"

Bastien zog die Brauen hoch, aber er sprach Lucern nicht auf die augenscheinliche Lüge an. Stattdessen sagte er: „Ich halte es für einen sehr misslungenen Versuch, falls es ein Liebesroman sein sollte."

Lucern erstarrte aufgebracht. „Warum?"

„Nun ..." Bastien fing an, mit der Computermaus auf Lucerns Schreibtisch zu spielen. „Zum einen ist der Kerl ein Idiot."

„Was?" Lucern richtete sich gerade auf.

„Aber sicher." Bastiens Lippen zuckten. „Ich meine, da ist dieser gut aussehende, erfolgreiche Schriftsteller-Vampir, und er sagt dem Mädchen nicht einmal, dass er sie liebt. Verdammt, er spricht nicht einmal davon, dass er sie mag."

Lucern verzog das Gesicht. „Sie ist gegangen, bevor er das tun konnte. Außerdem hat sie es ihm auch nicht gesagt."

„Nein, das hat sie nicht. Aber warum sollte sie auch? Die meiste Zeit ist der Bursche ein solcher Mistkerl, dass sie wahrscheinlich Angst hat, das zu tun." Als Lucern ihn nur wütend anstarrte, hörte Bastien auf, so zu tun als ob. „Du hättest ihr folgen sollen, Luc."

„Sie hatte kein Interesse. Sie hat nur ihre Arbeit gemacht."

„Ich bin ziemlich sicher, dass ihre Tätigkeitsbeschreibung nicht einschloss, mit dir zu schlafen. Oder dich von ihr nähren zu lassen."

„Bastien hat recht", sagte eine neue Stimme von der Tür her.

Beide Männer schauten überrascht zur Tür. Marguerite Argeneau sah ihre Söhne an, dann kam sie herein und setzte sich neben Lucern. Sie nahm seine Hände, sah ihm traurig in die Augen und sagte: „Du solltest zu ihr gehen, Luc. Du hast sechshundert Jahre auf sie gewartet. Kämpfe um sie."

„Ich kann nicht um sie kämpfen. Es gibt nichts zu kämpfen. Auch keine Drachen zu töten."

„So habe ich das auch nicht gemeint", sagte Marguerite ungeduldig. „Außerdem, hat das denn in der Vergangenheit jemals funktioniert? Die Aufmerksamkeit einer Frau zu erregen, indem du ihre Drachen tötest, macht sie nur abhängig. Das ist nicht Liebe, Lucern. Deshalb hast du in der Vergangenheit das Mädchen auch nie bekommen. Kate braucht dich nicht, damit du ihre Drachen tötest. Obwohl sie es wahrscheinlich mögen wird, wenn du ihr hin und wieder hilfst, ist sie stark genug, um selbst mit ihnen fertig zu werden."

„Dann braucht sie mich nicht, oder?", schloss er traurig.

„Nein. Sie braucht dich nicht", stimmte Marguerite ihm zu. „Und dadurch ist sie frei, dich wirklich zu lieben. Und sie liebt dich, Lucern. Lass sie nicht gehen."

Lucern spürte, wie sein Herz vor Hoffnung einen Sprung machte, dann fragte er misstrauisch: „Wie willst du denn wissen, dass sie mich liebt?"

„Sie war schon halb in dich verliebt, bevor sie dir je begegnet ist. Und sie hat sich vollkommen in dich verliebt, als sie hier war."

„Woher willst du das wissen?", drängte Lucern weiter.

Marguerite seufzte und gab zu: „Ich habe ihre Gedanken gelesen."

Er schüttelte den Kopf. „Ihr Geist ist zu stark. Du hättest ihre Gedanken nicht lesen können. Ich konnte es auch nicht."

„Du konntest ihre Gedanken nicht lesen, weil sie sie vor dir verborgen hat. Kate fühlte sich zu dir hingezogen und hatte Angst davor. Wie ich schon sagte, sie war bereits halb in dich verliebt, bevor sie dich auch nur kennengelernt hat. Das hat ihr Angst gemacht. Sie hat ihren Geist dagegen abgeschlossen und dadurch auch gegen dich."

Luc schüttelte den Kopf. „Wie konnte sie halb in mich verliebt gewesen sein? Sie kannte mich nicht einmal."

„Aber deine Bücher, Lucern."

Er zuckte ungeduldig die Schultern. „Viele Frauen denken dank dieser verdammten Bücher, dass sie in mich verliebt sind – das habe ich bei dieser Konferenz erlebt. Sie kannten mich überhaupt nicht."

Marguerite seufzte. „Diese Frauen fühlten sich von deinem Aussehen und deinem Erfolg angezogen. Kate ist etwas anderes. Sie ist deine Lektorin. Sie glaubte nicht an Vampire und war auch von deinem Erfolg nicht beeindruckt. Sie hat sich in den wirklichen Lucern verliebt. Sie hat dich aus dem erkannt, was du schreibst."

Als Luc sie zweifelnd ansah, schnalzte seine Mutter missbilligend mit der Zunge. „Wie denn auch nicht? Du bist im wirklichen Leben ebenso missmutig und eigenbrötlerisch, wie du Etiennes und Rachels Geschichte oder eines deiner anderen Bücher erzählt hast. Deine Stimme schimmerte immer durch. Du warst in diesen Büchern vollkommen ehrlich und hast das Gute und das Schlechte gezeigt. Beim Schreiben enthüllst du oft mehr über dich, als du im wirklichen Leben über dich verrätst, denn in deinen Büchern verrätst du Gedanken, die du für gewöhnlich für dich behältst."

Lucern glaubte es immer noch nicht.

Marguerite nahm eine Seite aus seinem Manuskript und runzelte heftig die Stirn. „Ich bin deine Mutter, Lucern. Du kannst mir vertrauen. Ich würde dich nie in die Irre führen."

„Nicht bewusst", stimmte er zu. Ein Lächeln umspielte seine Mundwinkel.

Tränen traten Marguerite in die Augen, und Luc wusste, dass seine Mutter die Trauer und den Kummer seiner Vergangenheit verbannen wollte. „Glaube mir, Sohn", sagte sie. „Bitte. Gib das

Glück nicht so schnell auf. Dein Vater hat das getan. Er war des Lebens müde und hat einfach aufgegeben, und nichts, was ich sagte oder tat, konnte den Funken zurückbringen. Du warst gefährlich nahe daran, in seine Fußstapfen zu treten. Ich habe mir schon lange Sorgen um dich gemacht. Aber Kate hat dich wach gerüttelt und wieder Freude in dein Leben gebracht." Sie nahm seine Hand in beide Hände. „Lucern, es war, als wärest du neu geboren! Du hast wieder gelächelt und sogar gelacht. Kate könnte dir eine Gefährtin sein und so vieles geben, was dir bisher gefehlt hat – einen Sohn oder eine Tochter, Freude. Lass nicht zu, dass dein Stolz dir im Weg steht."

Lucern starrte seine Mutter an, und ihre Worte verflochten sich in seinem Kopf mit denen einer anderen Frau. Die Wahrsagerin auf der Konferenz hatte etwas ganz Ähnliches gesagt.

„Sie waren des Lebens müde geworden", hatte die Frau gesagt. *„Es kam ihnen alles so schwer vor, und die Grausamkeit der Menschheit bedrückten sie. Aber etwas – nein, nicht etwas, sondern jemand – hat Ihnen neuen Mut geschenkt. Vielleicht denken Sie jetzt, dass es doch wert ist, zu leben. Dass sie immer noch Freude finden können.*

Halten Sie sie fest. Sie werden um sie kämpfen müssen, aber nicht so, wie Sie es gewöhnt sind. Waffen und körperliche Stärke werden Ihnen bei diesem Kampf nichts nützen. Es sind Ihr eigener Stolz und Ihre Angst, gegen die sie ankämpfen müssen. Wenn Sie verlieren, werden Sie als einsamer, verbitterter alter Mann sterben, der bedauert, seine Chance nicht genutzt zu haben.„

Lucern spürte, wie sich seine Nackenhaare sträubten. Er sah seine Mutter an und fragte: „Wie kann ich also um sie kämpfen?"

19

Kate starrte Allison an, und ihre Gedanken überschlugen sich. Die Cheflektorin hatte sie im Flur direkt vor Chris' Büro abgefangen, um ihr zu sagen, dass sie gerade von einem Telefongespräch mit Lucern kam. Er wollte über die Möglichkeit einer Lesereise sprechen, aber er wollte, dass Kate nach Toronto kam, um ihm die Einzelheiten zu erklären.

Kate konnte es einfach nicht fassen. Sie glaubte es nicht. Warum schickte er nach ihr? Vielleicht hatte die Argeneau-Blutbank kein Blut mehr, flüsterte ein Teil ihres Hirns boshaft, und sie zuckte innerlich schmerzerfüllt zusammen. Aber es war gleich, wieso er sie in Toronto haben wollte. Sie konnte es nicht tun. Sie würde nicht noch eine Begegnung mit ihm überleben. Zumindest ihr Herz würde das nicht. Sie war nicht einmal sicher, ob es die Konferenz überlebt hatte. Es war immer noch zerschlagen und blutig.

„Ich habe schrecklich viel zu tun, Allison. Könnte nicht Chris an meiner Stelle hinfliegen? Vielleicht könnte er Lucern überhaupt übernehmen", fügte sie hoffnungsvoll hinzu. „Es wäre wahrscheinlich das Beste. Ich glaube nicht, das ich mit Lucern zurechtkommen kann."

„Von wegen."

Kate fuhr herum, als Chuck den Flur entlang auf sie zukam.

„Wenn es eine Möglichkeit gibt, dass wir den Mistkerl zu dieser Tour bewegen können, fliegen Sie nach Toronto. Die Ausgaben für Ihren Flug dorthin und zurück sind eine Kleinigkeit, verglichen mit dem, was diese Buchhandelskette für die Lesereise zahlen wollte. Die Publicity-Möglichkeiten wären jedenfalls enorm. Zeitungsartikel in jeder größeren Stadt, in die die Tour führt, und vielleicht sogar Fernsehinterviews. Wenn Sie Ihren Job behalten wollen, buchen Sie den nächsten Flug und überzeugen Amirault, diese Lesereise zu machen."

Kate nahm sich nicht die Zeit, Chuck zu korrigieren, was Lucerns echten Namen anging. Sie war zu sehr damit beschäftigt, zu überlegen, ob sie kündigen sollte. Leider konnte sie es sich nicht leisten. Sie hatte Rechnungen zu bezahlen. Chuck nahm ihr Schweigen als Zustimmung, drehte sich um und stolzierte den Flur entlang zu seinem Büro.

„Es wird schon gut gehen", versicherte Allison ihr mit einem Tätscheln auf den Arm. Dann kehrte auch sie in ihr Büro zurück.

„Lucern hat also endlich nach dir geschickt."

Als Kate sich umdrehte, sah sie Chris grinsend in der Tür zu seinem Büro stehen.

„Nur, um über die Lesereise zu reden", tat Kate die Sache ab und steuerte auf ihr eigenes Büro zu.

Chris schnaubte ungläubig und folgte ihr. „Ja, genau. Lucern Argeneau will eine Lesereise machen. Alles nur Vorwände. Er will *dich*."

Kate setzte sich seufzend an ihren Schreibtisch. „Bitte, mach die Tür zu, Chris. Ich will nicht, dass alle davon wissen." Sie wartete, bis er die Tür geschlossen hatte, dann sagte sie: „Er will mich nicht."

„Soll das ein Witz sein? Der Kerl ist verrückt nach dir."

„Ja", murmelte Kate trocken. „Das kann man daran sehen, wie oft er angerufen und Blumen geschickt hat."

Chris setzte sich auf die Schreibtischkante und zuckte die Achseln. „He, du bist diejenige, die sich aus der Suite geschlichen hat wie ein Dieb in der Nacht. Du kannst dir doch wohl vorstellen, dass das einen Mann vermuten lässt, du hättest vielleicht kein Interesse."

Kate erstarrte. Auf den Gedanken war sie noch gar nicht gekommen. Eine jämmerlich kleine Hoffnung regte sich in ihr. „Glaubst du?"

„Darauf wette ich dein Leben."

Kate blinzelte, dann lächelte sie dünn. „Mein Leben, wie?"

„Ja." Er grinste, stand wieder vom Schreibtisch auf und ging zur Tür. „Sagen wir mal, ich bin neunundneunzig Prozent sicher, aber nicht selbstmörderisch veranlagt. Deswegen lieber deins als meins, falls ich mich doch irren sollte." Dann ging er davon.

Kate sah zu, wie sich die Tür hinter ihm schloss, dann betrachtete sie die Papiere auf ihrem Schreibtisch. Die Konferenz hatte sie in ihrer Arbeit zurückgeworfen. Sie hatte versucht, die angehäufte Arbeit aufzuholen, als sie zurückkam, war aber so abgelenkt gewesen, dass sie nur noch weiter zurückzufallen schien. Jetzt würde sie das Versäumte auch nicht wieder aufholen können. Nicht, ehe sie herausfand, wo sie mit Lucern stand.

Sie nahm die Handtasche vom Boden und stand auf. Es war Zeit, nicht mehr den Kopf hängen zu lassen und es herauszufinden. Besonders, wenn tatsächlich eine Chance bestand … Sie beendete den Gedanken nicht. Sie hatte bereits zu viel Hoffnung begraben müssen.

Chris stand im Flur und zog die Brauen hoch, als sie das Büro verließ. „Wo gehst du denn hin?"

„Ich muss einen Flug erwischen", antwortete Kate.

„Oh." Er sah sie vorbeigehen, dann folgte er ihr und sagte: „Äh … solltest du nicht anrufen oder schreiben und ihn wissen lassen, dass du auf dem Weg bist?"

„Als würde er ans Telefon gehen oder einen Brief lesen", schnaubte Kate. „Nein. Es ist schon besser so. Er will mich in Toronto, und das soll er kriegen. Ich hoffe, er ist darauf gefasst."

„Äh, junge Frau? Wollen Sie hier aussteigen oder nicht?"

Kate riss den Blick von Lucerns Haus los und zwang sich zu einem entschuldigenden Lächeln für den Taxifahrer. Der Mann hatte sich auf dem Sitz herumgedreht und beobachtete sie besorgt. Er war schrecklich ungeduldig. Sie hatte ihn schon vor Minuten bezahlt, aber statt auszusteigen, war sie sitzen geblieben und hatte das Haus ängstlich beobachtet.

„Es tut mir leid, ich …" Sie zuckte hilflos die Achseln, unfähig zuzugeben, dass ihre Entschlossenheit sie zwar bis hierher geführt hatte, nun aber nachließ und Entsetzen an deren Stelle getreten war.

„Nein, das ist schon in Ordnung. Ich kann sie woanders hinfahren, wenn Sie wollen."

Kate seufzte und packte den Türgriff. „Nein, danke."

Sie stieg aus und schloss die Tür, dann blieb sie an der Seite der Einfahrt stehen, als das Taxi auf die Straße zurückfuhr. Da sie vom Büro direkt zum Flughafen gefahren war – ohne nach Hause zu gehen und zu packen –, hatte sie nur ihre Handtasche bei sich. Die umklammerte sie nun mit beiden Händen und strengte sich an, gleichmäßig zu atmen. Sie konnte nicht glauben, dass sie wirklich hier war.

„Also gut, dann solltest du es lieber hinter dich bringen", sagte sie zu sich selbst.

Etwas ermutigt von ihrer eigenen festen Stimme, ging Kate den gepflasterten Weg entlang und trat auf die Veranda. Sie hob die Hand, um an die Tür zu klopfen, dann hielt sie inne, als ihr klar wurde, dass es nicht einmal Mittag war. Es herrschte helles Tageslicht. Lucern würde sicher schlafen. Kate ließ unsicher die Hand sinken. Sie wollte ihn nicht aufwecken. Er könnte schlecht gelaunt sein, wenn sie ihn aufweckte. Damit würde diese ganze Begegnung einen schlechten Anfang nehmen.

Sie warf einen Blick auf die Uhr. Elf Uhr fünfundvierzig. Es würde noch gut sechs Stunden dauern, bis es dunkel wurde. Sie dachte daran, sich auf die Veranda zu setzen und zu warten, aber sechs Stunden waren eine lange Zeit. Außerdem war sie ziemlich müde. Sie hatte keine Nacht mehr durchgeschlafen, seit sie die Konferenz verlassen hatte. Also hätte sie nichts dagegen gehabt, sich ein paar Stunden hinzulegen. So würde sie ihm erfrischt und hellwach entgegentreten können.

Kate drehte sich um und schaute zur Straße, dann seufzte sie. Sie hatte kein Auto und keine Möglichkeit, ein Taxi zu rufen, also konnte sie sich kein Zimmer nehmen. Und sie würde nicht auf seiner Veranda schlafen wie eine Obdachlose. Sie wandte sich wieder der Haustür zu, zögerte, dann griff sie nach dem Türknauf. Sie drehte ihn langsam und war überrascht, als die Tür sich tatsächlich öffnen ließ. Er hatte nicht abgeschlossen. Welcher Idiot schloss denn seine Haustür nicht ab? Jeder konnte hereinkommen und ihn pfählen. Und sie hatte schon einmal gesehen, wie jemand genau das mit ihm gemacht hatte, also konnte er nicht behaupten, dass so etwas nie passierte. Sie würde mit ihm darüber sprechen müssen.

In der Zwischenzeit konnte sie nicht einfach davongehen und seine Haustür unverschlossen lassen. Sie würde hineingehen, die Tür hinter sich zuziehen und auf seiner Couch ein Schläfchen halten. Das war zu seinem eigenen Besten. Kate lächelte über ihre Logik. Sie war vielleicht nicht ganz wasserdicht, klang aber brauchbar. Jedenfalls halbwegs.

Kate hatte die Tür geschlossen und es fast bis zum Wohnzimmer geschafft, als sie ein Scheppern aus der Küche hörte. Sie fuhr herum und wollte wieder nach draußen eilen und klopfen, dann blieb sie stehen. Was, wenn es nicht Lucern war, der in der Küche Lärm gemacht hatte? Er *sollte* um diese Zeit eigentlich schlafen, und er hatte tatsächlich die Haustür unverschlossen gelassen, sodass jeder einfach hereinspazieren und ihn ausrauben konnte. Kate wohnte in New York, und die Kriminalitätsrate dort war hoch. Toronto war angeblich eine Großstadt. Auch hier war das Verbrechen sicherlich auf dem Vormarsch. Sie musste nachsehen, was dieses Geräusch verursacht hatte. Sie würde nur vorsichtig zur Küchentür hineinspähen. Wenn es Lucern war, würde sie wieder nach draußen schlüpfen und klopfen. Wenn es nicht Lucern war, würde sie hinausschlüpfen, zu einem Nachbarhaus laufen und die Polizei benachrichtigen.

Sie drehte sich wieder um und schlich vorsichtig den Flur entlang, so schnell und lautlos, wie sie konnte. An der Küchentür angekommen, blieb sie stehen, um einmal tief Luft zu holen, dann öffnete sie die Tür einen Spaltbreit … und hätte beinahe vor Schreck aufgeschrien. Nicht Lucern war in der Küche. Es war eine Fremde, eine Frau – eine Putzfrau, ihrem Kopftuch, dem Mopp und dem Eimer in ihrer Hand nach zu schließen. Was Kate erschreckte, war die Tatsache, dass die Frau auf dem Weg zur Flurtür war und sich rasch bewegte. Kate würde auf keinen Fall den Flur entlangeilen und aus dem Haus huschen können, bevor die Frau herauskam.

Da ihr nicht einfiel, was sie sonst tun sollte, ließ Kate die Tür los und drückte sich an die Wand dahinter. Sie schloss die Augen und hielt zusätzlich auch noch den Atem an. Die Tür öffnete sich knarrend. Kate wartete. Sie hörte Schritte, die an ihr vorbeikamen und sich den Flur entlang entfernten, dann öffnete sie die Augen und konnte kaum glauben, dass man sie nicht erwischt hatte. Sie blieb noch eine Sekunde lang stehen, dann wurde sie plötzlich von Angst erfasst, dass die Frau sich umdrehen und sie doch noch entdecken könnte, und schlüpfte in die Küche.

Die Tür fiel gerade wieder zu, als Kate die Putzfrau vor dem Wohnzimmer stehen sah, wie sie mit den Fingern schnippte und sich wieder herumdrehte. Beinahe hyperventilierend vor Panik, sah Kate sich hektisch um und entdeckte die Tür auf der anderen

Seite. Sie rannte darauf zu, öffnete sie und fand dahinter eine Treppe zum Keller. Sie zögerte, aber im Flur waren nun deutlich Schritte zu hören. Die Frau kam zurück.

Kate ging auf die erste Stufe nach unten. Sie zog die Tür fast zu, ließ sie aber einen Spalt weit offen, damit sie sehen konnte. Da öffnete sich erneut die Küchentür, und die Reinigungskraft kam wieder herein. Sie ging zur Spüle und war nicht mehr zu sehen, dann kam sie zurück und verließ die Küche. Kate wäre fast wieder herausgekommen, dann hielt sie inne und beschloss, vorsichtshalber noch zu warten.

Sie stand in beinahe vollkommener Dunkelheit und spürte das gähnende Treppenhaus in ihrem Rücken. Für etwa dreißig Sekunden war sie sich jedes winzigen Geräuschs im Haus bewusst, bevor ihre Feigheit sie veranlasste, den Lichtschalter zu suchen. Sie schaltete das Licht ein, was die Dunkelheit sofort verscheuchte. Kate atmete erleichtert aus. Das war schon besser. Sie stand nur oben auf einer Treppe, die zum Keller hinabführte.

Ihr Gedanken rissen ab, als sie nervös die Treppe hinunterschaute. Von dort, wo sie stand, war das Ende einer schimmernden Mahaghonikiste zu sehen.

„Das ist kein Sarg", sagte Kate sich entschlossen. Sie ging noch eine Stufe tiefer und versuchte, mehr von der Kiste zu sehen. „Es ist eine Art Aussteuertruhe. Oh, ich hoffe, es ist kein Sarg."

Sie musste so gut wie die ganze Treppe hinuntergehen, um genau sehen zu können, obwohl sie schon lange zuvor wusste, dass es sich tatsächlich um einen Sarg handelte. Das Gefühl, betrogen worden zu sein, überwältigte sie. Lucern hatte gesagt, er sei nicht tot und schliefe nicht in Särgen. Oder hatte sie nur angenommen, dass er nicht in Särgen schlief? Er hatte allerdings tatsächlich gesagt, er sei nicht tot. Aber wenn er nicht tot war, wofür dann der Sarg? Vielleicht hatte er sie nur nicht aufregen wollen und deshalb behauptet, dass er nicht tot war.

Er hatte recht gehabt. Sie war aufgeregt.

„Oh, mein Gott“, hauchte sie. „Den Gedanken, mit einem Mann zu schlafen, der sechshundert Jahre älter ist als ich, kann ich verkraften, aber mit einem Toten?“ Sie riss entsetzt die Augen auf. „Macht mich das zu einer Nekrophilen?“

Sie dachte kurz darüber nach, dann schüttelte sie den Kopf. „Nein. Lucern ist nicht tot. Er hatte einen Herzschlag. Ich habe sein Herz schlagen hören, als mein Kopf an seiner Brust lag. Und seine Haut war nicht kalt. Na ja, kühl, aber nicht kalt“, korrigierte sie sich. Es war vielleicht niemand hier, der sie hören konnte, aber sie fühlte sich besser, wenn sie wenigstens sich selbst überzeugen konnte. Bis sie hörte, wie sie sagte: „Aber sein Herzschlag wurde auch einmal aufgehalten.“

Kate stöhnte bei der Erinnerung an den Abend, an dem Luc gepfählt worden war. Dann murmelte sie: „Tote können doch sicher nicht so wunderbare Erektionen haben wie Luc. Ohne den nötigen Blutfluss.“

Dieses Argument machte sie froh, bis ihre Stimme ihr wieder in den Rücken fiel. „Selbstverständlich gibt es da immer noch die Totenstarre.“

Angewidert murmelte sie: „Mach ihn einfach auf.“ Sie hatte sich langsam an den Sarg herangeschlichen und dabei zur Ablenkung mit sich selbst geredet und nun streckte sie die Hand aus, um ihn zu öffnen. „Es gibt für all das wahrscheinlich eine logische Erklärung. Luc bewahrt irgendetwas darin auf. So etwas wie ein Cello, oder vielleicht Schuhe oder … eine Leiche.“ Diese letzte Möglichkeit kam als ein Quietschen heraus, als sie schließlich den Sargdeckel hob … und den Mann darin liegen sah. Eine Sekunde später öffnete er die Augen, packte die Seiten des Sarges und begann sich hinzusetzen.

Die Lichter gingen aus. Kate fing an zu schreien.

Lucern setzte sich aufrecht hin und riss die Augen auf. Er glaubte, den Schrei einer Frau gehört zu haben. Als der Schrei noch einmal erklang, sprang er aus dem Bett und rannte zur Tür. Dieser Schrei war ein Entsetzensschrei gewesen. Er konnte sich nicht vorstellen, was da unten passiert war. Es klang, als würde jemand angegriffen. Er rannte den Flur entlang, die Treppe hinunter und schaute rasch ins Wohnzimmer, wo eine der Reinigungsfrauen wie erstarrt dastand. Die Frau war blass und hatte die Augen vor Angst weit aufgerissen.

„Was ist denn? Warum haben Sie geschrien?", wollte er wissen.

Offenbar unfähig zu sprechen, schüttelte die Frau einfach nur den Kopf. Lucern wandte sich ab und ging weiter den Flur entlang. Die Frau hatte zwar verängstigt ausgesehen, aber mit ihr schien alles zu stimmen. Außerdem waren die Schreie offenbar aus dem hinteren Teil des Hauses gekommen. Noch einer dieser schrillen Schreie zerriss die Stille, als er zur Küche rannte, und das bewies, dass er recht gehabt hatte. Aber diesmal hörte er auch, dass er nicht nur von hinten aus dem Haus kam, sondern aus dem Keller.

Fluchend brach Lucern durch die Küchentür. Er hatte den Reinigungskräften ausdrücklich gesagt, dass sie sein Kellergeschoss und den ersten Stock nicht betreten sollten. Niemand sollte im Keller sein.

„Guter Gott, wie viele von euch sind denn hier?", fauchte Lucern, als er die Frau sah, die erstarrt an der Küchentür stand. Sie starrte die Tür zum Tiefparterre an, als könnte sie jeden Augenblick explodieren.

„Zwei, Sir", antwortete die Frau, dann rief sie sofort: „Ich habe nur das Licht ausgemacht. Das war alles. Die Tür stand einen Spalt offen und das Licht war an – ich habe es nur ausgemacht. Ich wusste nicht, dass jemand da unten war."

Lucern ignorierte sie und riss die Tür auf, dann schaltete er das Licht an. Das Schreien hörte nicht auf, obwohl es langsam heiser wurde. Lucern war die Treppe schon halb herunter, als er Etienne sagen hörte: „Schon gut, schon gut, ich bin es nur. Wirklich. Es ist alles in Ordnung."

Als Luc die unterste Stufe erreichte, sah er seinen Bruder an der Seite der Treppe stehen, die Hände beschwichtigend erhoben.

„Etienne?" Er bellte seine Frage heraus, und sein Bruder drehte sich halb um und sah ihn erleichtert an. „Luc, Gott sei Dank! Ich wollte sie nicht so sehr erschrecken. Ich meine, ich hörte, wie jemand etwas von Totenstarre und Särgen murmelte, und ich wusste, dass sie den Deckel öffnen würde, also habe ich die Augen geschlossen, um sie ein bisschen zu erschrecken, aber ich dachte nicht …"

Lucern hörte seinen Bruder schon nicht mehr. Sein Blick, seine ganze Aufmerksamkeit waren auf die Frau gerichtet, die er nun in seinem Keller stehen sah. Kate. Seine Kate. Sie sah ihn an, und nachdem sie zunächst blass gewesen war und gezittert hatte, bekam sie nun langsam wieder Farbe – und ein Glitzern in den Augen, von dem er hoffte, dass es ein Zeichen von Leidenschaft und Freude war, ihn zu sehen.

„Kate", flüsterte er. Lächelnd streckte er die Arme aus, als sie auf ihn zurannte, um sie in seinem Leben willkommen zu heißen. Aber Kate eilte nicht in seine Arme. Sie drängte sich mehr oder weniger an ihm vorbei und fauchte: „Du hast gesagt, dass ihr nicht in Särgen schlaft." Sie stapfte die Treppe hinauf.

Hmm. Der Funke war also Zorn gewesen, keine Wiedersehensfreude, geschweige denn eine Leidenschaftsbekundung. Eilig drehte er sich um und folgte ihr.

„Das tun wir auch nicht. Ich habe ein Schlafzimmer", versicherte er ihr. Er fand sich ein wenig abgelenkt, da sich sein Kopf auf gleicher Höhe befand wie ihr herzförmiger Po, und er konnte seinen Blick einfach nicht losreißen. Ich sollte mehr Treppen in meinem Haus haben und ihr bei jeder Gelegenheit nach oben folgen, dachte er vage. Es war wirklich ein entzückender Anblick.

„Ha! Und was hat er in dem Sarg gemacht? Nachgedacht?", fragte sie sarkastisch. Sie stürzte in die Küche.

„Na ja, das habe ich tatsächlich getan", erklärte Etienne, der ihnen die Treppe hinauf gefolgt war. „Die Dunkelheit und Stille in einem Sarg helfen mir dabei, Probleme zu lösen, die ich manchmal beim Programmieren meiner Spiele habe."

„Ein Sarg?"

Alle drehten sich um und starrten die Reinigungskraft an, die immer noch in der Küche stand. Lucern überlegte gerade, ob er die Erinnerung der Frau löschen sollte, als Kate ein gequältes Geräusch von sich gab und in den Flur rannte.

Luc machte Anstalten, ihr zu folgen, dann hielt er inne und wandte sich seinem Bruder zu. „Was hast du getan? Sie schäumt vor Wut."

„Ich habe nur … sie …" Er verzog das Gesicht. „Ich hörte, wie sie die Treppe herunterkam, und dachte zuerst, es wäre jemand von deiner Reinigungsfirma, aber dann hörte ich sie reden und erkannte ihre Stimme."

„Mit wem hat sie gesprochen?"

„Mit sich selbst", antwortete Etienne sofort. „Sie versuchte, sich zu überreden, den Sarg zu öffnen, um sich davon zu überzeugen, dass du nicht drin sein würdest."

„Und was hast du getan – die Augen geschlossen und sie dann aufgerissen und dich hingesetzt, um sie zu Tode zu erschrecken, als sie den Mut aufbrachte, ihn zu öffnen?", fragte Luc angewidert. Es war ein Streich, den Etienne ihnen allen irgendwann einmal gespielt hatte.

Sein Bruder verzog unwillig das Gesicht, aber er nickte schuldbewusst.

Lucern fluchte leise und wollte sich abwenden, aber Etienne packte ihn am Arm und hielt ihn auf. „Ich wollte sie nicht so sehr erschrecken! Ich meine, sie hat schon halb erwartet, jemanden im Sarg zu finden. Sie hätte nicht so erschrocken sein sollen, aber dann ging das Licht aus. Sie hatte gerade genug von mir gesehen um zu wissen, dass nicht du im Sarg lagst, aber nicht genug, um mich zu erkennen, bevor unsere Energiesparerin da drüben das Licht ausmachte."

Beide hielten inne und starrten die Putzfrau an, die unter ihrem geballten Zorn zurückwich und rückwärts gegen die Wand stieß. Die Haustür wurde zugeworfen. Lucern wollte aus dem Zimmer eilen, doch Etienne hielt ihn auf. „Warte. Ich glaube nicht, dass ihr Zorn nur mit dem Sarg zusammenhängt, Luc."

„Wie meinst du das? Was könnte es denn sonst sein?"

„Nun, sie hat ein paar sehr seltsame Dinge gesagt, als sie sich überreden wollte, den Deckel zu öffnen."

„Was für Dinge?"

„Äh … na ja, sie schien es schon bedrückend zu finden, mit einem sechshundert Jahre alten Mann zu schlafen, aber der Gedanke an Sex mit einem Toten …"

Die Putzfrau keuchte. Lucern sah sie verärgert an. „Gehen Sie", fuhr er sie an.

Die Frau war sofort verschwunden. Lucern seufzte und wandte sich wieder seinem Bruder zu. „Ich bin nicht tot."

„Ach ja?" Etienne verdrehte die Augen. „Das weiß ich. Sie aber nicht. Und sie ist irgendwie erschrocken und fragt sich, ob sie das zu einer Nekrophilen macht. Sie fragte sich auch, ob deine ‚wunderbaren Erektionen' Totenstarre sein könnten."

Lucern lebte ein wenig auf. „Sie nannte meine Erektionen wunderbar?"

Etienne sah ihn nur mit offenem Mund an, dann hob er die Hand, um an der Stirn seines Bruders anzuklopfen wie an einer Tür. „Hallo! Erde ruft Luc! Sie befürchtet, es könnte Totenstarre sein!“

Lucern schlug die Hand weg und wurde wieder wütend. „Und wessen Schuld ist das? Etienne, ich weiß wirklich nicht, wieso du in diesem verdammten Sarg schlafen musst. Du hast eine liebevolle Frau zu Hause, die in einem schönen bequemen Bett auf dich wartet. Was machst du in einem Sarg in meinem Keller?“

„Ich habe Probleme mit *Blutlust III* und musste nachdenken. Außerdem ist Rachel nicht zu Hause. Sie hat eine Besprechung im Krankenhaus.“

„Ich schlage vor, dass du Deine Probleme in Zukunft woanders wälzt, weil ich dieses Ding morgen sofort wegschaffen werde.“

„Ach, komm schon, Luc“, begann Etienne, aber Lucern ließ ihn einfach stehen.

Er stakste den Flur entlang und murmelte dabei vor sich hin. „Totenstarre? Nekrophilie? Woher hat sie dieses Zeug nur?“

Die beiden Frauen von der Reinigungsfirma hatten im Wohnzimmer die Köpfe zusammengesteckt und flüsterten hektisch und verängstigt miteinander. Sie hörten damit auf, als er in Sichtweite kam, und Luc konnte ihre verstörten Blicke auf sich spüren. Er ignorierte sie und ging zur Haustür. Dort blieb er stehen, schob die Jalousien zur Seite und verzog das Gesicht, als ihm das helle Sonnenlicht in die Augen fiel. Er brauchte eine Minute, um sich an die Mittagssonne zu gewöhnen. Sobald das der Fall war, entdeckte er Kate. Sie stand auf seiner Veranda und starrte verloren auf die Straße hinaus, wie ein Welpe, den man ausgesetzt hatte.

Natürlich, sie war mit dem Taxi gekommen, erkannte er. Aber das Taxi war davongefahren, als sie im Haus war, und nun überlegte sie, was sie tun sollte. Offensichtlich hatte sie nicht vor, wieder ins Haus zu kommen, um ein anderes Taxi zu rufen.

Seufzend ließ er die Jalousien zurückfallen und öffnete die Tür. „Kate?"

Sie erstarrte, drehte sich aber nicht um.

Lucern seufzte. „Kate, komm wieder rein, damit wir reden können. Bitte."

„Das würde ich lieber nicht tun." Sie klang angespannt und sah ihn immer noch nicht an.

„Also gut." Er zog die Tür weiter auf und kam auf die Veranda. „Dann komme ich zu dir."

Kate betrachtete ihn argwöhnisch, als er zu ihr kam. „Wirst du jetzt vor meinen Augen altern und in Flammen aufgehen?"

Er sah sie verärgert an. „Du weißt doch, dass ich im Sonnenlicht nicht in Flammen aufgehe."

„Ich dachte auch, dass du nicht in Särgen schläfst."

„Das tue ich auch nicht. Etienne macht es manchmal. Er … er ist mitunter ein wenig seltsam."

„Na, vielen Dank."

Beide drehten sich um und starrten Etienne an, der im Schatten von Lucs offener Haustür stand.

„Ich gehe nach Hause. Es tut mir leid, dass ich Sie erschreckt habe, Kate", erklärte er feierlich. Dann wandte er sich seinem Bruder zu und fügte hinzu: „Bitte, kläre diese Sache mit der Totenstarre und der Nekrophilie auf. Das lässt mir keine Ruhe."

Kate errötete. Es war ihr offenbar peinlich zu erfahren, dass Etienne ihre Worte gehört hatte. Sie trat zur Seite, weil sie anscheinend erwartete, dass Etienne das Haus verlassen würde. Als er die Tür schloss, aber nicht an ihnen vorbeikam, sah sie sich um, und Argwohn schlich sich in ihren Blick, als sie bemerkte, dass er verschwunden war. „Was hat er gemacht? Hat er sich in eine Fledermaus verwandelt und ist weggeflogen?"

„Nein, selbstverständlich nicht", fauchte Lucern. „Er ist durchs Haus in die Garage gegangen. Er will die Sonne meiden."

„Hmm." Sie sah nicht aus, als würde sie ihm glauben, also wartete Lucern einfach ab. Einen Augenblick später hörten sie beide, wie ein Auto angelassen wurde, dann schwang Lucs Garagentür auf und Etiennes kleiner Sportwagen mit den verdunkelten Scheiben kam heraus. Die Garagentür schloss sich automatisch hinter ihm, und Etienne rauschte die Einfahrt und dann die Straße entlang.

Lucern wartete eine Sekunde, dann holte er tief Luft und sagte: „Kate, ich habe es dir doch gesagt: Es ist ganz anders als dieses Zeug, das Bram Stoker erfunden hat. Wir sind weder mit Fledermäusen verwandt, noch verwandeln wir uns in welche. Wir schlafen auch nicht mehr in Särgen – außer Etienne, der schwört, es versetzt ihn in die Stimmung, neue Ideen für seine Spiele auszuhecken. Ich bin nicht tot. Du bist nicht nekrophil. Und meine Erektionen waren nicht durch Totenstarre ausgelöst, sondern durch dich."

Bei diesen letzten Worten errötete sie, obwohl er nicht hätte sagen können, ob vor Verlegenheit oder Freude. Er nahm an, es war ein bisschen von beidem. Ihre Haltung wurde ein wenig entspannter, ihre Schultern waren nicht mehr so steif, aber sie seufzte unglücklich, als sie sich ihm zuwandte.

„Du willst behaupten, dass du wie jeder andere bist?"

„Das bin ich", versicherte er ihr. Dann fügte er ehrlicherweise hinzu: „Na ja, wenn man einmal vom Blutdurst und dem langen Leben absieht und davon, dass ich nie alt oder krank werde ..." Er verzog das Gesicht und brach seine Ehrlichkeitsmission abrupt ab. Das würde ihm bei ihr nichts einbringen.

„Normale Menschen können nicht die Gedanken anderer beherrschen, Lucern", wandte Kate ein.

„Nein. Na ja ..." Er seufzte. „Sieh mal, es ist keine mystische

Kraft. Unser infiziertes Blut macht unsere Körper effizienter. Wir sind stärker und haben mehr Durchhaltevermögen als ein normaler Mensch. Ich kann Dinge heben, die zehnmal so schwer sind wie die, die ein durchschnittlicher Mann meiner Größe und Kondition heben kann, und ich kann länger laufen und fester zuschlagen. Ich habe niemals meine Fähigkeit hinterfragt, die Gedanken anderer Leute lesen und beherrschen zu können, aber ich nehme an, das ist nur eine weitere Intensivierung normaler menschlicher Fähigkeiten. Es heißt ja, Menschen benutzen nicht ihr gesamtes Hirn. Sieht so aus, als würde das Blut von Leuten wie mir dafür sorgen, dass wir dazu in der Lage sind. Wahrscheinlich ist es eine Überlebensnotwendigkeit wie die Sache mit den Zähnen."

Er ließ ihr Zeit, das zu verdauen, dann fügte er hinzu: „Ist das denn wichtig, Kate? Tatsache ist, dass ich in gewissen Aspekten anders bin. Aber ich liebe dich, Kate. Von ganzem Herzen. Können wir nicht darüber hinwegsehen und eine Möglichkeit finden, zusammen zu sein? Ich möchte dich heiraten. Und die nächsten hundert oder so Jahre mit dir verbringen."

Da! Jetzt habe ich es getan, dachte Lucern. Er hatte seine eigenen Drachen bekämpft, hatte seinen Stolz und seine Furcht beiseitegeschoben und ihr gesagt, was er empfand. Nun lagen sein Herz und seine Zukunft in ihrer Hand. Und für einen Augenblick dachte er, alles würde gut werden. Tränen traten in Kates Augen, und ihre Miene hellte sich vor Freude auf. Sie bewegte sich ein wenig auf ihn zu. Dann ging die Haustür auf und die beiden Putzfrauen kamen heraus. Sie starrten Lucern an, als wäre er ein verrückter Serienkiller. Oder ein Vampir.

Luc schnitt ihnen eine Grimasse, weil die Frauen ihn in einem so delikaten Augenblick unterbrochen hatten, und sie zuckten beide zusammen und verlangsamten ihren Schritt. Dann packte eine von ihnen die andere am Handgelenk und rief: „Wir kündigen! Wir haben bereits die Firma angerufen und berichtet, wie seltsam Sie sind. Der Vertrag ist gekündigt. Sie werden andere Leute finden müssen, die hier sauber machen."

Lucern seufzte, als sie im Laufschritt von der Veranda und den Bürgersteig entlang zu ihrem Auto mit dem Firmenlogo eilten, das an der Straße geparkt war. Sie fuhren mit quietschenden Reifen an, was ihm erneut einen Seufzer entrang.

Dann zwang er sich zu einem schiefen Grinsen und dazu, Kate wieder anzusehen. „Siehst du, du musst mich einfach heiraten. Alle anderen scheine ich zu verschrecken."

Kate lächelte zaghaft, dann senkte sie den Kopf und sah auf ihre Hände hinab, die sie nervös ineinander verschränkt hielt. Er spürte, wie aufkeimende Angst ihn erfasste. „Kate?"

„Ich … Wie könnten wir zusammen sein, Luc? Du wirst noch mehrere Jahrhunderte leben oder so, niemals alt werden, und ich …"

„Ich könnte dich verändern, wie Etienne Rachel und Lissianna Greg verändert haben", unterbrach er sie ruhig. Er hatte geglaubt, das hätte sie verstanden. Offenbar war das nicht der Fall. Außerdem hatte sie, wie er jetzt erkannte, auch nicht gesagt, dass sie ihn liebte.

„Mich verändern?", wiederholte sie zerstreut. „Ich würde bei dir sein und ewig leben? Niemals altern?"

Erleichtert bemerkte Lucern, dass ihr erster Gedanke dem Zusammensein mit ihm gegolten hatte und es nicht gleich um das ewige Leben oder die Alterslosigkeit gegangen war. Für viele Frauen waren die beiden letzten Punkte Versuchung genug, Verliebtheit vorzutäuschen.

„Was ist mit meiner Familie? Wie würde ich erklären …" Sie hielt inne, als er ihre Hände nahm.

„Du würdest in etwa zehn Jahren verschwinden müssen. Die Tatsache, dass du nicht alterst, würde dann langsam auffallen, und das könntest du nicht erklären, ohne das Leben meiner gesamten Familien aufs Spiel zu setzen", gab er zu. Das war ein Punkt, den er nur zu gerne für sich behalten hätte, bis er sie verändert und an seine Seite gebunden hatte.

„Meine Familie aufgeben?", flüsterte sie, offensichtlich alles andere als glücklich über diesen Punkt.

„Kate, bitte komm ins Haus." Seine Hände glitten ihre Arme entlang und streichelten sie. Er wollte mit ihr schlafen, wollte sie mit seiner Leidenschaft überzeugen. Er wusste, wie berauschend das sein konnte und wie süchtig man danach werden konnte. Sie war nicht die Einzige, die die doppelte Ekstase erlebt hatte. Ihm ging es ebenso. Als Luc seine Erregung mit ihr teilte, hatte Kate sich instinktiv geöffnet und die ihre auch mit ihm geteilt. Es war ein seltenes Erlebnis, eines, das aus dem Vertrauen und der Liebe entstand, die sie teilten. Zumindest dachte er, dass es so war. Er hatte das noch mit keiner anderen Frau erlebt. Aber Kate hatte immer noch nicht gesagt, dass sie ihn liebte.

Luc kam zu dem Schluss, dass ihm das unwichtig war. Er wollte sie haben, er brauchte sie, er liebte sie. Zur Hölle mit seinem Stolz – er würde sie sich nehmen, und er würde dabei jeden Trick benutzen, den er kannte. Er hob ihr Kinn, küsste sie mit aller Leidenschaft, über die er verfügte. Es war, als wäre sie für ihn gemacht. Lucern umarmte sie fest und stöhnte, als er sich an sie schmiegte. Er hatte sie so vermisst, hatte sich nach ihrem Körper gesehnt, nach ihrem Lächeln und ihrem leisen Lachen. Er durfte sie jetzt einfach nicht wieder verlieren.

Kate lehnte sich seufzend an ihn, schlang die Arme um seinen Hals und hielt ihn ebenso verzweifelt fest wie er sie. Leise Geräusche kamen aus ihrer Kehle, als seine Hand eine Brust fand und umfasste – aber dann drängte er zu heftig.

Er brach den Kuss ab, nahm sie am Handgelenk und zog sie auf die Tür zu. „Gehen wir rein."

Kate widersetzte sich, die Leidenschaft verschwand aus ihrem Gesicht und so etwas wie Angst trat an deren Stelle. Sie schüttelte den Kopf. „Nein. Ich kann nicht. Ich muss nachdenken."

„Das kannst du auch drinnen tun", erklärte er und zog sie weiter auf die Tür zu.

„Nein. Wir werden miteinander schlafen und du wirst mich beißen und mein Hirn wird zu Gelee werden." Sie entzog ihm ihre Hand und ging an den Rand der Veranda. „Ich muss nachdenken, Luc. Du bittest mich darum, alles aufzugeben, was ich kenne, alles, was ich liebe."

„*Alles,* was du liebst?" fragte er leise und mit schmerzlichem Ausdruck im Gesicht.

„Nein. Ich liebe …"

Lucern hielt den Atem an: Wenn sie sagte, sie liebe ihn auch, würde ihn nichts auf der Welt davon abhalten können, sie ins Haus zu ziehen und auf der Stelle zu verwandeln. Aber sie unterbrach sich und sah ihn misstrauisch an. Sie schüttelte den Kopf und ging noch weiter. „Ich muss nach Hause gehen und darüber nachdenken. Ich muss entscheiden …"

Kate fuhr herum und begann, die Verandatreppe hinunterzugehen, aber er ergriff eilig ihren Arm. Sie drehte sich um und sah ihn verängstigt an, und Lucern wusste, dass sie fürchtete, er werde ihr die Wahl abnehmen. Einen Augenblick war er schrecklich versucht, genau das zu tun. Aber dann erinnerte er sich an die Worte der Hellseherin, und er wusste, dass er diesen Drachen für Kate nicht bekämpfen konnte. Er hatte seine eigenen Drachen besiegt, seinen Stolz und seine Ängste überwunden und sein Herz in ihre Hände gelegt. Nun musste er sich darauf verlassen, dass sie stark genug war, um es festzuhalten.

Er ließ ihren Arm los und sagte: „Ich rufe dir ein Taxi."

Kate entspannte sich, und ein dankbares Lächeln umspielte ihre Lippen. „Danke."

20

Es gelang Kate, noch an diesem Abend einen Flug nach New York zu nehmen. Sie verbrachte die Zeit vor und während des Flugs und auch danach, indem sie zwischen Glück und Verzweiflung hin und her schwankte. Lucern liebte sie. Sie war nicht nur eine Mahlzeit für ihn. Er war nicht tot, schlief nicht in einem Sarg, und er liebte sie. All das waren wundervolle, hinreißende Dinge. Aber um mit ihm zusammen zu sein, musste sie „verändert" werden und ihre Familie und Freunde aufgeben – oder zumindest drohte ihr das in zehn Jahren. Und das war alles andere als hinreißend.

Kate dachte darüber nach. Sie dachte, sie könnte vielleicht mit ihm zusammen sein und sich nicht verändern lassen, aber der Gedanke, älter zu werden und körperlich und geistig nachzulassen, während Lucern stark und klar bei Verstand blieb, war unerträglich. Sie nahm an, er würde auch bei ihr bleiben, wenn das ihre Wahl sein sollte, aber der Gedanke, wie er ihre faltige, schlaffe Haut streichelte und wie sie ihren grauen Kopf gegen seine starke, muskulöse Brust lehnte … Nein, das würde sie ihnen beiden nicht antun.

Selbstverständlich konnte sie einfach eine Affäre mit ihm haben und sich dann in zehn oder zwanzig Jahren von ihm trennen, wenn die Leute anfingen, sie für seine Mutter zu halten. Aber sie konnte sich ja schon jetzt kaum vorstellen, sich freiwillig von ihm zu trennen, und es zu tun, nachdem sie zehn oder zwanzig Jahre ihr Leben mit ihm geteilt und ihn geliebt hatte, würde unmöglich sein.

Was bedeutete, dass sie zwei Möglichkeiten hatte: ihm zu erlauben, sie zu verändern, und in zehn oder zwanzig Jahren alle anderen Menschen, die sie liebte, aufzugeben, oder sich jetzt von ihm abzuwenden, solange sie noch die Kraft dazu hatte. Keins von beidem schien akzeptabel zu sein. Trotz der Entfernung, die sie von ihrer Familie trennte, seit sie Nebraska verlassen hatte und nach New York gegangen war, stand sie ihren Verwandten doch sehr nahe. Ihre Mutter und ihr Vater kamen oft nach New York, um sich Theaterstücke anzusehen oder einzukaufen, und dann wohnten sie bei ihr. Und ihre Schwestern machten mehrere Reisen im Jahr nach New York, um sie zu besuchen, um einzukaufen und einfach, um mit ihr zusammen zu sein. Diese Leute waren ihre Familie, kannten sie besser und liebten sie mehr als alle anderen. Sie hatten ihren Traum ermutigt, hatten ihre Absicht, als Lektorin in der großen Stadt zu arbeiten, immer bewundert. Sie waren ihr Fundament, die Grundfesten ihres Lebens. Aber um Lucern haben zu können, würde sie sie aufgeben müssen. Oder um sie zu haben, würde sie Lucern aufgeben müssen.

In dieser Nacht konnte Kate kaum schlafen. Am Morgen duschte sie, zog sich an und ging hinaus, um mit der U-Bahn zum Verlag zu fahren. Ihre Gedanken hatten sich die ganze Zeit im Kreis gedreht, und sie musste immer noch eine Antwort finden, die ihr erlaubte, sowohl Lucern als auch ihre Familie zu behalten. Es machte sie verrückt. Sie wollte ihre Probleme unbedingt für kurze Zeit aus ihren Gedanken vertreiben, und sie hoffte, ein wenig Arbeit würde sie ablenken.

Chris war im Büro, als sie dort eintraf. Das überraschte Kate nicht; alle anderen Lektoren machten ebenfalls oft Überstunden und arbeiteten an Wochenenden. Chris jedoch war schrecklich überrascht, sie zu sehen.

„Ich dachte, du wärst in Toronto, um dich mit Luc zu versöhnen", neckte er, aber in seinem Blick stand Sorge, als er bemerkte, wie blass und müde sie aussah. Diese Sorge klang auch in seiner nun ernsteren Stimme mit, als er fragte: „Habe ich mich wirklich so geirrt? Wollte er tatsächlich nur eine Lesereise besprechen?"

Kate schüttelte den Kopf und ging an ihm vorbei zu ihrem Büro. „Du hast dich nicht geirrt. Wir haben überhaupt nicht über die Reise gesprochen."

„Worüber denn sonst?", fragte Chris und folgte ihr.

Kate stellte die Aktentasche auf den Tisch und starrte sie schweigend an. Dann sagte sie: „Chris, wenn du ewig leben könntest, würdest du das tun?"

Er lachte auf. „Oh, Mann, niemals! Ewig leben und mich eine Ewigkeit von Autoren scheuchen lassen? Guter Gott, schon der Gedanke verursacht mir Albträume."

Kate lächelte über sein übertriebenes Entsetzen, aber dann sagte sie: „Ich meine es ernst, C. K. Nehmen wir einmal an, du bräuchtest dich nicht mehr mit Autoren abzugeben. Du könntest irgendwo anders leben, mit jemandem, den du sehr liebst. Du hättest Geld, würdest ewig leben und niemals altern."

„Wo ist der Haken?", fragte er mit dem Zynismus, den sie erwartet hatte.

„Der Haken würde darin bestehen, dass du nicht alterst, du müsstest deine Familie und Freunde aufgeben und für immer aus ihren Leben verschwinden. Um deine eine leidenschaftliche, beinahe alles verzehrenden Liebe zu haben, würdest du schließlich viele Menschen aufgeben müssen, die du liebst."

Chris gab einen leisen Pfiff von sich. „Das ist wirklich schwierig." Er dachte kurz darüber nach, dann sagte er: „Ich denke, das würde davon abhängen, wie sehr ich sie liebte. Ich meine, Familie ist etwas Besonderes, aber meine Verwandten haben auch ihre eigenen Familien."

Kate runzelte die Stirn. „Wie meinst du das?"

Er zuckte die Achseln. „Na ja, Paare haben Kinder, die aufwachsen, sich verlieben, wegziehen und Kinder und ein eigenes Familienleben haben. Ihre ursprüngliche Familie ist immer noch wichtig für sie, aber ihre eigenen Kinder werden zur Priorität. Wenn es hart auf hart kommt, steht ihre eigene Familie an erster Stelle."

„Ja, aber ..."

„Ist diese Romanfigur ein Mann oder eine Frau?", unterbrach Chris. Kate blinzelte.

„Was?"

„Die Figur. Ich nehme an, du denkst über den Plot für ein Buch nach, oder?"

Kate zögerte, dann nickte sie. Sie konnte ihm wohl kaum sagen, dass es sich um ein Problem aus dem wirklichen Leben handelte. Er würde glauben, sie hätte den Verstand verloren, wäre vollkommen durchgeknallt. „Eine Frau."

Chris nickte. „Das macht es einfacher."

„Ja?"

„Sicher. Frauen sind immer wieder vor diese Entscheidung gestellt worden. Im Mittelalter wuchsen sie im Kreis der Familie auf, heirateten und zogen dann für gewöhnlich weg und haben oft ihre Verwandten niemals wiedergesehen", führte er aus. „Es war schließlich nicht so, als hätten sie einfach in ein Flugzeug steigen können."

„Nein", stimmte Kate nachdenklich zu.

„Selbst du hast eine ähnliche Entscheidung gefällt, als du wegen deines Jobs hierherkamst. Du hast deine Familie in Nebraska zurückgelassen."

Kate verzog das Gesicht. „Das ist etwas anderes. Sie sind da, wenn ich sie brauche. Es ist nicht so, als würde ich sie niemals wiedersehen."

„Nun, sie werden auch für diese Person noch da sein. Es ist ja nicht so, dass sie sterben, wenn sie aus ihren Leben verschwindet. Sie könnte sie vielleicht aus der Ferne sehen und mit ihnen in Verbindung bleiben. Und wenn es einen Notfall gäbe und es wirklich notwendig wäre, könnte sie in der Zukunft immer noch Kontakt mit ihnen aufnehmen. Irgendwie."

Kate nickte nachdenklich. Daran hatte sie nicht gedacht. Sie würde vielleicht nicht mit ihnen sprechen können, aber …

„Ist es ein modernes Buch oder ein historischer Roman wie sein Erster?", fragte Chris.

Kate zögerte. Er glaubte offenbar, sie machte sich Gedanken über Lucerns letztes Buch. „Modern", sagte sie schließlich und korrigiert seinen Irrtum nicht.

„Hm, das macht es ein wenig schwieriger", schloss er.

„Warum?", fragte Kate.

„Na ja … wenn es im Mittelalter wäre wie in seinem ersten Buch, könnte die Heldin wegziehen und ihrer Familie immer noch schreiben. Sie würden niemals erfahren, dass sie nicht altert. Aber heutzutage wäre es schwierig, irgendwohin zu ziehen, wohin man nicht relativ schnell fliegen kann."

Das könnte funktionieren, dachte Kate. Sie lächelte Chris an. „Du hast ein ziemliches Talent, Lösungen für Romanprobleme zu finden, mein Freund."

„Deshalb bezahlen sie mich ja so gut." Er zwinkerte ihr zu. Keiner von ihnen wurde gut bezahlt. Sie waren unterbezahlt, überlastet und die meiste Zeit schrecklich gestresst. Und sie war den ganzen Weg von Nebraska hierhergezogen, um diesen Job anzunehmen. Sie waren alle verrückt, dachte sie kopfschüttelnd. Aber sie waren auch alle verrückt nach Büchern. Sie nahm ihre Aktentasche und ging zur Tür.

„Wohin gehst du denn jetzt?", fragte Chris interessiert.

„Heim ins Bett. Ich brauche mehr Schlaf, bevor ich richtig über deine Vorschläge nachdenken kann."

Kate schlief lange und fest, vor allem, weil sie nun sicher war, dass in dem, was Chris gesagt hatte, eine Antwort auf ihr Problem enthalten war. Wenn sie nur klar denken könnte, würde sie sie finden. Diese Überzeugung milderte das Stechen in ihrem Herzen und gab ihr Hoffnung auf eine mögliche Zukunft mit Lucern.

Es war Nachmittag, als sie erwachte, weil es an ihrer Tür klopfte. Verschlafen stolperte sie aus dem Bett, zog ihren flauschigen rosa Bademantel über das Flanellnachthemd mit dem Kaninchenmuster, schlüpfte in die rosa Kaninchenpantoffeln und ging ins Wohnzimmer.

„Wer ist da?“, fragte sie mit einem Gähnen, als sie die Tür erreichte.

„Marguerite.“

Kate erstarrte, und ihre Müdigkeit war schlagartig vorüber. Lucerns Muter? Guter Gott!

Kate öffnete die Tür und begrüßte die Frau mit einem misstrauischen Lächeln. „Mrs. Argeneau! Was für eine Überraschung.“

„Das kann ich mir vorstellen.“ Marguerites Lächeln war selbstsicher und amüsiert. „Darf ich hereinkommen?“

„Selbstverständlich.“ Kate trat zurück, um die Frau hereinzulassen, dann schloss sie die Tür und folgte Marguerite den kurzen Flur zu dem winzigen Wohnzimmer entlang. „Möchten Sie etwas zu trinken? Kaffee, Tee, Saft?“

„Nein, danke.“ Marguerite ließ sich auf der Couch nieder. Ihr Blick glitt über das Manuskript auf dem Couchtisch, dann zu dem Computer, der auf dem kleinen Esstisch stand. „Ich sehe, Sie schreiben, ebenso wie Lucern.“

Kate schaute ein wenig verlegen zu den ersten zehn Kapiteln der Geschichte, die sie schrieb. Sie hatte sie ausgedruckt, um sie zu redigieren, dazu aber nie die Gelegenheit gefunden.

„Kein Wunder, dass Sie beide so gut miteinander zurechtkommen. Sie sind sich in vielerlei Hinsicht ähnlich, wenn auch in anderer wiederum vollkommen entgegengesetzt."

Kate wechselte unbehaglich von einem Bein auf das andere. „Mrs. Argeneau …"

„Ich hatte Sie doch gebeten, mich Marguerite zu nennen, wenn ich mich recht erinnere", unterbrach sie ruhig.

„Marguerite", verbesserte sich Kate. „Ich …"

„Ich bin gekommen, um Ihnen zu helfen", unterbrach Lucs Mutter sie abermals. „Nicht, um sie zu nerven oder an Ihnen herumzunörgeln, sondern um Ihnen dabei behilflich zu sein, die vielleicht schwierigste Entscheidung Ihres Lebens zu treffen."

Kate zögerte, dann fragte sie: „Können Sie das denn? Können Sie mir wirklich helfen? Lucern ist Ihr Sohn."

„Ja, das ist er. Aber auch ich habe vor mehreren Jahrhunderten eine solche Entscheidung fällen müssen. Ich weiß, wie schwer das ist."

Kate war überrascht. „Sie waren also kein …"

„Ich war ein normaler Mensch wie Sie, als ich Lucs Vater Claude kennenlernte. Er war dunkel und attraktiv und kam mir damals allmächtig vor. Ich glaubte, ihn zu lieben. Und ich glaubte, er liebte mich. Aber das tat er nicht. Er hatte sein Herz einer anderen geschenkt, lange bevor er mich zu seiner Gefährtin machte."

Kate lehnte sich zurück und fühlte sich, als wäre sie geohrfeigt worden. Sie hatte hinterfragt, ob sie ihre Familie für Lucern aufgeben würde, aber niemals ihre Liebe zu ihm. Nicht, seit sie sich selbst gegenüber in diesem Hotelbadezimmer zugegeben hatte, dass sie ihn liebte. Aber was, wenn sie ihn nicht wirklich liebte, sondern nur geblendet war von seinem Charme und seinen Kräften und … Ihre Gedanken erstarben, als Marguerite zu lachen anfing.

„Tut mir leid, meine Liebe“, entschuldigte Lucs Mutter sich und hielt sich einen Moment die Hand vor den Mund. Dann erklärte sie: „Es ist nur, dass Ihre Gedanken die albernsten sind, die ich seit Langem gehört habe. Geblendet von seinem Charme und seinen Kräften? Sie sind von diesen Kräften eher abgestoßen – sie machen Ihnen Angst! Und was seinen Charme angeht, so ist Luc mein Sohn und ich liebe ihn, aber selbst ich muss zugeben, dass es ihm daran jämmerlich mangelt. Er war mürrisch und knurrig wie ein Bär mit einer Klette am Hintern, bis Sie in sein Leben kamen.“

Kate war schockiert, dass die Frau sich so drastisch ausdrückte, aber etwas anderes beunruhigte sie mehr: „Sie haben meine Gedanken gelesen?“

Marguerite nickte.

„Aber Lucern sagte, mein Geist sei zu stark, als dass er meine Gedanken lesen könnte. Er sagte …“

„… *er* könnte Ihre Gedanken nicht lesen“, versicherte Marguerite. „Sie haben sie vor ihm verschlossen, weil Sie bereits halbwegs in ihn verliebt waren. Aber Sie machen sich nicht die Mühe, sie vor mir zu schützen, und ich habe Ihre Gedanken gelesen und Ihren widerstrebenden Respekt und Ihre Liebe schon lange erkannt. Zweifeln Sie niemals an Ihrer Liebe zu ihm, Kate. Sie haben sein wahres Wesen aus seinen Büchern erkannt, und dass sich hinter seinem abschreckenden Verhalten eine empfindsame Seele verbirgt. Seit Sie ihm begegnet sind, haben Sie noch viel mehr über ihn gelernt, und Sie lieben ihn wirklich … trotz dieser besonderen Fähigkeiten, die Sie so abschreckend finden.“

Kate schwieg einen Augenblick. „Aber Sie liebten Ihren Claude nicht.“

„Nein. Nicht mit der Art von Liebe, die Sie und Lucern teilen. Claude war nicht so stark, wie unsere Kinder inzwischen sind. Er war im Grunde ein schwacher Mann, aber ich liebte ihn auch als solchen. Am Ende war er für mich eher ein fünftes Kind als ein Partner und Gefährte, wie man es von einem Ehemann erwartet. Er schien keine Hoffnung mehr zu haben – ich denke, deshalb hat er angefangen, das Blut von Trinkern und Drogenabhängigen zu trinken, und ist auf die Weise umgekommen." Sie seufzte. Dann zuckte sie die Achseln und fügte hinzu: „Aber das ist im Augenblick nicht wichtig. Wichtig ist, dass ich trotzdem niemals meine Entscheidung bereut habe, bei ihm zu bleiben. Ich habe dadurch vier wunderbare Kinder und zwei Schwiegerkinder. Ich habe gesehen, wie sich die Welt in einem Maße veränderte, wie ich es mir niemals hätte vorstellen können. Ich habe beinahe alles getan, was ich mir je vorgenommen habe, und dennoch fallen mir immer wieder aufs Neue Dinge ein, die ich tun möchte."

„Aber was, wenn ich nicht stark genug bin? Was, wenn ich wie Claude werde?"

„Sie sind stark genug", versicherte Marguerite ihr. „Ich habe in Ihren Kopf geschaut. Sie, Lucern und all meine Kinder – Sie verfügen über die Fähigkeit, zu hoffen. Ganz gleich, wie schlimm die Situation wird oder wie Sie sich fühlen, gibt es immer einen kleinen Kern von Hoffnung in Ihrem Herzen, und das macht Sie stark. Es zwingt Sie, sich die Tränen abzuwischen, die Wunden zu verbinden und sich wieder in den Kampf zu stürzen. Sie wären eine gute Lebensgefährtin für Lucern."

Dem konnte Kate nur zustimmen. Aber damit blieb immer noch eine Sorge. „Und meine Familie?"

Marguerite sah plötzlich traurig aus. „Ja. Ihre Familie. Es muss für Sie so aussehen, als würden wir von Ihnen verlangen, alles aufzugeben, um mit einem besonderen Mann zusammen zu sein."

Kate hielt plötzlich den Atem an, als Marguerites Worte sie an die Hellseherin erinnerten: *„Er ist etwas Besonderes, Ihr Mann. Aber um mit ihm zusammen zu sein, werden Sie eine Entschei-*

dung treffen müssen. Sie werden alles aufgeben müssen. Wenn Sie dazu den Mut haben, wird Ihnen alles gehören, was Sie sich jemals gewünscht haben. Wenn nicht …“

„Wir würden Ihre Familie sein, Kate“, sagte Marguerite leise. „und solange sie lebten, könnten Sie immer Kontakt mit Ihrer anderen Familie haben.“

„Lucern sagte, nach etwa zehn Jahren …“

„Ja“, unterbrach Marguerite. „Nach zehn oder zwanzig Jahren darf Kate C. Leever sich vor denen, die sie kennen und lieben, nicht mehr zeigen – jedenfalls nicht vor denen, die nicht von unserer Art sind. Aber Sie können ihnen immer noch schreiben. Sie dürfen einfach niemals sehen, dass Sie nicht altern. Sie werden sie meiden und reisen müssen, Ausreden finden, um nicht vorbeizukommen und nicht zu den Beerdigungen zu gehen. Es wäre leichter für Kate, einen Unfall zu haben und für tot gehalten zu werden, aber es gibt andere, kompliziertere Wege, um damit zurechtzukommen. Lucern ist doch sicher diese Anstrengung wert?“

„Danke“, murmelte Lucern, als Bastien die Van-Tür hinter dem Sarg schloss, den er und Lucern gerade aus dem Haus geholt hatten.

„Kein Problem“, versicherte Bastien ihm. „Ich werde ihn in meinem Keller aufbewahren, bis Etienne sich dazu durchringen kann, sich von dem Ding zu trennen. Ich sag einfach meiner Haushälterin, sie brauchte dort einige Zeit nicht sauber zu machen.“

Lucern schob die Hände in die Taschen und nickte. Er nahm an, er sollte seinen Bruder zu einem Drink einladen, aber ihm war im Moment wirklich nicht nach einem Gespräch. Seine Mutter war an diesem Morgen aufgetaucht, um zu sehen, wie es ihm ging. Offensichtlich hatte Etienne erwähnt, dass Kate vorbeigekommen war. Marguerite hatte ihn dazu gebracht, ihr zu sagen, was zwischen ihnen vorgefallen war, dann war sie wieder aufgebrochen. Er nahm an, dass Bastiens Erscheinen, um den Sarg abzuholen, eine Ausrede gewesen war, noch einmal nach ihm zu sehen, und er vermutete stark, dass Etienne und Lissianna früher oder später ebenfalls vorbeikommen würden. Er sollte eigentlich froh sein über die Ablenkung, die sie ihm boten. Er hatte sich beinahe selbst in den Wahnsinn getrieben, indem er im Haus auf und ab ging und darauf wartete, dass Kate sich entschied.

„Na ja, ich sollte wohl …“ Bastien hielt inne und schaute die Einfahrt hinunter, an deren Ende ein Auto auftauchte. „Das ist Moms Limousine.“

„Ja.“ Lucern seufzte, denn nun würde er wieder versuchen müssen, den Eindruck zu erwecken, dass er nicht langsam durchdrehte. Andererseits hatte er sich auch nie zuvor die Mühe gegeben, normal wirken zu wollen. Warum also jetzt?

„Hm. Ich sollte lieber gehen.“

Lucern blickte überrascht zu seinem Bruder auf. Einen Augenblick glaubte er, Bastien versuchte, ihre Mutter zu meiden, aber dann schaute er zum Wagen und sah, wie eine blonde Frau ausstieg.

„Kate“, hauchte er. Er stand einfach nur da, während sein Bruder in seinen Van stieg. Die Limousine fuhr im Rückwärtsgang die Einfahrt hinunter und ließ Kate zurück, dann folgte Bastiens Van. Kate und Luc standen immer noch da und starrten einander an. Erst nachdem beide Fahrzeuge lange weg waren, bewegte Kate sich vorwärts. Lucern bemerkte, dass auch seine Füße ihn näher zu ihr trugen.

Sie trafen sich auf halbem Weg, standen da und blickten einander in die Augen. Schließlich sagte Kate: „Können wir reingehen?“

„Oh." Lucern blinzelte. Das waren nicht die ersten Worte gewesen, die er sich erhofft hatte. Aber sie waren besser als ein Tritt in den Hintern. Als sie das letzte Mal hier gewesen war, hatte sie nicht ins Haus gehen wollen. Es musste also ein gutes Zeichen sein. Aber er war ungeduldig, ihre Entscheidung zu hören. Also griff er ihren Arm, drehte sich auf dem Absatz um und drängte sie zur Haustür.

Nachdem sie eingetreten waren, warf Lucern die Tür hinter sich zu, lehnte sich dagegen und verschlang Kate mit den Augen. Würde sie ihn zum glücklichsten Mann auf Gottes Erde machen oder zum unglücklichsten, den es je gegeben hatte? Er hoffte auf das Erstere.

„Ich liebe dich."

Das war ein guter Anfang, dachte Luc.

„Und ja, ich werde dich heiraten und mein Leben mit dir verbringen."

Lucern wollte nach ihr greifen, dann bremste er sich. „Was ist mit deiner Familie?"

„Ich kann sie nicht vollkommen aufgeben, Luc", gab sie entschuldigend zu. „Ich liebe sie. Aber ich werde sie nicht mehr sehen und ihnen nur noch schreiben, wenn es offensichtlich wird, dass ich nicht altere."

Lucern schob sich von der Tür weg und nahm sie in die Arme. Ihre Lösung war einfach wunderbar. Er küsste sie mit aller Erleichterung, Liebe und Dankbarkeit, die er empfand, dann hob er sie hoch und trug sie die Treppe hinauf auf sein Schlafzimmer zu.

„Ich liebe dich, Kate. Ich werde dich glücklich machen. Du wirst diesen Entschluss nicht bedauern", versicherte er ihr zwischen Küssen überall auf ihr Gesicht.

„Das weiß ich", sagte sie leise, die Arme um seinen Hals geschlungen. „Und *wir* werden uns gegenseitig glücklich machen."

Sie hatten sein Zimmer beinahe erreicht, als sie sich räusperte und fragte: „Äh, Luc?“

„Ja, Liebste?“, fragte er, als er die Tür mit der Schulter aufschob. Nun bekam sie auch sein Schlafzimmer zu sehen. Alle Zweifel, dass er vielleicht doch in einem Sarg schlief, verschwanden sofort. Es stand außer Frage, dass es sich um Lucs Zimmer handelte. Wie der Mann selbst war es eine sehr männliche Mischung aus Schwarz, Silber und Alabaster. Die Fenster und das Bett waren mit schwarzem Tuch verhängt, das die Sonne abhalten sollte.

Erst als Lucern sie auf das Bett gelegt hatte und sich über sie beugte, fiel ihr wieder ein, was sie hatte fragen wollen. Sie legte die Hand auf seine Schulter, um ihn davon abzuhalten, sie zu küssen, und fragte: „Wird es wehtun?“

Lucern hielt inne und zog die Brauen hoch. „Die Veränderung?“

Kate nickte.

„Hm.“ Er runzelte die Stirn. „Ich bin nicht sicher. Ich habe noch nie zuvor jemanden verändert.“ Er zögerte, dann setzte er dazu an aufzustehen. „Ich werde meine Mutter anrufen und sie fragen. Sie sollte es wissen.“

„Nein.“ Kate setzte sich, schlang die Arme um seine Schultern und drückte das Gesicht an seinen Rücken, dann schloss sie: „Nein. Es ist egal, ob es wehtut. Ich würde für dich auch durch die Feuer der Hölle gehen.“

Sie spürte, wie sein Rücken vor Lachen vibrierte. „Und eine Blutbank überfallen und dich mir als Mahlzeit anbieten.“

Er drehte sich um und nahm ihren Kopf in beide Hände, dann fügte er hinzu: „Und sogar irgendwann den persönlichen Kontakt mit deiner Familie aufgeben.“ Er senkte den Kopf, um einen sanften, ehrfürchtigen Kuss auf ihre Lippen zu drücken. „Ich bin ein sehr glücklicher Mann.“

Kate nickte ernst. Dann verzog sie spöttisch die Lippen und sagte: „Hoffen wir, dass du das auch noch in hundert Jahren sein wirst, wenn ich dich anmeckere, du sollst den Müll raustragen und dem Baby die Windeln wechseln.“

Lucern lachte leise und drückte sie wieder aufs Bett. „Das wird mir ein Vergnügen sein. Alles mit dir ist ein Vergnügen.“

Kate schüttelte nur den Kopf und zog ihn zu einem Kuss zu sich herunter. Sie war nicht so naiv zu glauben, dass es niemals Streit zwischen ihnen geben oder dass ihm die Sache mit dem Müll ein Vergnügen sein würde, aber sie war sicher, dass sie alle Stürme überstehen konnten, die die nächsten Jahrhunderte bringen würden. Immerhin hatten sie Hoffnung – und solange das der Fall war, war alles möglich.